Knaur.

*Mehr Informationen über die Bücher von Iny Lorentz
im Knaur Taschenbuch Verlag finden Sie ab Seite 711.*

Über die Autorin:
Hinter dem Namen Iny Lorentz verbirgt sich ein Münchner Autorenpaar, dessen erster historischer Roman »Die Kastratin« die Leser auf Anhieb begeisterte. Seither folgt Bestseller auf Bestseller. Bei Knaur bisher erschienen: »Die Goldhändlerin«, »Die Wanderhure«, »Die Kastellanin«, »Das Vermächtnis der Wanderhure«, »Die Pilgerin«, »Die Tatarin«, »Die Löwin«, »Die Feuerbraut«, »Die Tochter der Wanderhure«, »Die Rose von Asturien« und »Dezembersturm«.

Iny Lorentz

Die Tochter der Wanderhure

Roman

KNAUR TASCHENBUCH VERLAG

Besuchen Sie uns im Internet:
www.knaur.de

Vollständige Taschenbuchausgabe Dezember 2009
Knaur Taschenbuch.
Ein Unternehmen der Droemerschen Verlagsanstalt
Th. Knaur Nachf. GmbH & Co. KG, München
Copyright © 2008 Knaur Verlag.
Ein Unternehmen der Droemerschen Verlagsanstalt
Th. Knaur Nachf. GmbH & Co. KG, München
Alle Rechte vorbehalten. Das Werk darf – auch teilweise – nur
mit Genehmigung des Verlages wiedergegeben werden.
Redaktion: Regine Weisbrod
Umschlaggestaltung: ZERO Werbeagentur, München
Umschlagabbildung: Bridgeman Art Library
Druck und Bindung: CPI – Clausen & Bosse, Leck
Printed in Germany
ISBN 978-3-426-63521-6

2 4 5 3 1

Erster Teil

Trudi

*Franken,
im Jahre des Herrn 1444*

I.

Trudi strich sich die Haare aus dem Gesicht und betrachtete Georg von Gressingen verträumt. Noch nie war ihr ein Mann begegnet, der dem Ideal eines edlen Ritters so sehr entsprach. Er war gut eine Handbreit größer als sie und dabei schlank und geschmeidig wie eine Birke. Dunkelblondes Haar umrahmte ein schmales Gesicht, und seine blauen Augen leuchteten so schmeichelnd, dass ihr Herz wie Butter in der Sonne schmolz. Sie liebte ihn! Und sie sehnte sich ebenso wie er nach dem Kuss, um den er sie gebeten hatte.

Dennoch wollte sie es ihm nicht zu leicht machen. Flink schlüpfte sie unter seinen zugreifenden Armen hinweg und sah, wie er vom eigenen Schwung getragen stolperte. Schnell drehte sie sich, damit es so aussah, als mache er einen tiefen Kniefall vor ihr.

»Das geschieht Euch recht!« Lachend wandte sie sich ab und tauchte zwischen den Bäumen unter.

Ihre Freundin Bona hatte Hardwin von Steinsfeld eine kurze Berührung ihrer Lippen gewährt. Als sie sah, wie Trudi mit ihrem Verehrer spielte, wand sie sich ebenfalls aus Hardwins Armen und rannte hinter ihr her.

»Das war ein Streich!«, rief sie und blickte zurück. Hardwin konnte sie durch die Bäume und Sträucher hindurch nicht mehr erkennen. Aber sie sah noch, wie Georg von Gressingen sich auf die Beine kämpfte und verärgert auf die Stelle starrte, an der Trudi im Unterholz verschwunden war.

»Warum hast du denn Junker Georg nicht den Kuss gewährt, den er erbeten hat?«, fragte sie. Trudi gab ihr keine Antwort, sondern rannte noch tiefer in den Wald hinein.

Bona zögerte, denn sie sehnte sich danach, Hardwins weiche Lippen noch einmal auf den ihren zu spüren. Jemanden wie ihn hätte sie sich als Gatten gewünscht. Doch der Bräutigam, den ihr Vater ausgesucht hatte, hätte ihr Großvater sein können. Während Hardwins Stimme sanft und schmeichelnd klang, knurrte Moritz von Mertelsbach bei jedem Wort wie ein gereizter Kettenhund. Bona schauderte es bei dem Gedanken, den wenig ansehnlichen Witwer heiraten und für dessen nicht gerade kleine Schar Halbwaisen die Mutter spielen zu müssen.
Bei dieser Vorstellung beneidete sie Trudi glühend. Ihre Freundin kannte solche Probleme nicht. Zwar hatte Herr Georg noch nicht auf Kibitzstein vorgesprochen und Michel Adler um die Hand seiner Tochter gebeten, aber das würde er gewiss bald tun. Sein Rang und seine Herkunft machten ihn auch für einen Reichsritter zu einem wünschenswerten Schwiegersohn, und er würde ihre Freundin wohl noch in diesem Jahr, spätestens aber im nächsten heimführen.
Bona versuchte sich mit dem Wissen zu trösten, Georg von Gressingens Interesse an Trudi sei, wie sie von ihrem Vater gehört hatte, erst durch deren stattliche Mitgift geweckt worden. Möglicherweise war er also keineswegs so verliebt, wie er tat. Immerhin konnten Trudis Eltern ihrer Tochter neben der feudalen Herrschaft Windach auch noch eine Truhe voll blitzender Gulden mitgeben. Dafür aber musste ein Mann sich bei seiner Erwählten kräftig ins Zeug legen. Bona würde Moritz von Mertelsbach zwei Dörfer mit in die Ehe bringen, doch das hatte den Witwer nicht dazu bewogen, um ihre Zuneigung zu werben.
Verärgert, weil sie sich vom Schicksal schlecht behandelt fühlte, schloss Bona zu Trudi auf und stupste sie an. »Du könntest ruhig ein wenig entgegenkommender sein, schließlich wird Junker Georg ja bald dein Ehemann.«
Trudi schüttelte lächelnd den Kopf. »Noch ist er es nicht. Außer-

dem finde ich, dass er sich ruhig ein wenig mehr anstrengen sollte, um einen Kuss von mir zu bekommen.«

Bona schnaubte leise und spähte zwischen den Bäumen hindurch. Erkennen konnte sie nichts, aber sie vernahm die Stimmen ihrer Begleiter und hörte Äste unter ihren Stiefeln knacken. Die beiden begannen wohl gerade, ein Waldstück zu ihrer Rechten zu durchsuchen, und würden einige Zeit brauchen, bis sie sie entdeckten.

Während Bona sich überlegte, ob sie sich nicht bemerkbar machen sollte, rupfte Trudi ein Eichenblatt ab, zerrieb es zwischen den Fingern und sog den strengen, leicht stechenden Geruch ein. »Wir sollten zur Burg zurückkehren. Für zwei Jungfern wie uns ziemt es sich nicht, ohne unsere Mägde durch den Wald zu laufen und dann auch noch die Gesellschaft junger Herren zu suchen.« Trudi raffte ihr langes, grünes Kleid und schritt über das feuchte Moos in die Richtung, in der die Burg von Bonas Vater lag. Plötzlich hörten sie wieder Stimmen und blieben stehen. Georg von Gressingen und sein Begleiter suchten immer noch nach Bona und ihr und befanden sich nun genau vor ihnen.

»Wir müssen einen Bogen schlagen, um nach Hause zu kommen«, flüsterte Trudi ihrer Begleiterin zu.

Bona biss sich auf die Lippen und schluckte ihren Ärger hinunter. Ihre Freundin entpuppte sich als richtige Spaßverderberin. Endlich war sie einmal der strengen Aufsicht ihres Vaters entkommen und konnte tun, wonach ihr der Sinn stand, da wollte Trudi wieder in die Burg zurück. Dort aber durfte sie so aufregenden Männern wie Georg und Hardwin nur mit sittsam niedergeschlagenen Augen entgegentreten. Statt Hardwin würde sie dort Moritz von Mertelsbach grob an sich ziehen und küssen, obwohl er aus dem Mund roch. Zudem behandelte ihr Bräutigam sie wie eine Stute, die er von ihrem Vater erstanden hatte, und nicht wie jemanden, der eigene Wünsche oder Gefühle hatte.

Störrisch blieb sie stehen. »Ich habe Durst!«

Ihre Stimme klang lauter, als es Trudi recht war. »Sei leise, sonst hören uns die Herren!«

»Wäre dies ein Schaden? Sie könnten uns etwas zu trinken besorgen und uns danach heimgeleiten.« Bona wollte auf dieses Abenteuer nicht verzichten. Sie fasste Trudi unter und wies mit der Hand auf eine Lichtung, die sich vor ihnen auftat.

»Siehst du diesen schönen Platz. Hier will ich ein wenig rasten!«

Trudi sah sich unsicher um. »Hardwin und Junker Georg werden uns gleich entdecken!«

»Das wäre mir lieb. Ich sagte ja, ich habe Durst, und ich will nicht mit trockenem Mund den steilen Weg nach Hause hochsteigen. Ins Meierdorf aber mag ich nicht gehen. Was würden die Leute sagen, wenn zwei Jungfern wie wir ohne Begleitung und vor allem ohne Geld dort erscheinen würden?« Bona verdrängte dabei die Tatsache, dass dessen Bewohner ihrem Vater fronpflichtig waren und ihr jederzeit einen Becher Wein kredenzen würden.

Trudi lauschte den Geräuschen, die zu ihnen drangen. Im Augenblick schienen die beiden jungen Männer sich eher zu entfernen. Gleichzeitig vernahm sie das Plätschern eines kleinen Baches und schöpfte Hoffnung, dass Bona sich mit einem Schluck Wasser zufriedengeben würde.

Doch als sie darauf zugehen wollte, hielt ihre Freundin sie zurück. »Mir steht der Sinn nicht nach Wasser. Ich will Wein trinken!«, sagte Bona so laut, dass ihre Verfolger sie hören mussten.

Trudi funkelte sie zornig an, setzte sich aber auf die stumme Bitte ihrer Freundin auf das Moos und zupfte unschlüssig an den Blättern eines Heidelbeerstrauchs.

2.

*I*ch glaube, die beiden sind dort vorne!« Hardwin von Steinsfeld wollte in die Richtung gehen, aus der er Bonas Stimme vernahm.

Gressingen hielt ihn mit einem leisen Auflachen zurück. »Nicht so ungeduldig, mein Guter. Eine Jagd muss genossen werden, egal ob auf einen Hirsch, einen Eber oder auf ein Weib.«
»Du kannst eine kleine Tändelei mit zwei hübschen Mädchen doch nicht mit einer Jagd vergleichen«, protestierte Hardwin.
Die Miene des Älteren wirkte mit einem Mal herablassend. »Wieso nicht? Sag, was willst du tun, wenn wir wieder bei den beiden sind?«
»Mich erst einmal bei Bona und Trudi entschuldigen, weil wir sie vorhin so bedrängt haben. Ich fürchte, wir haben sie erschreckt!«
Georg von Gressingen schüttelte nachsichtig den Kopf. »Nein, mein Guter! Ich habe die beiden nicht so weit von der Burg fortgelockt, um jetzt höflich meinen Diener vor ihnen zu machen.«
»Fortgelockt? Aber wir sind ihnen doch nur aus Zufall begegnet«, rief Hardwin verdattert.
Gressingen lachte spöttisch auf. »Das glaubst auch nur du! Ich selbst habe ihnen den Rat gegeben, ein wenig spazieren zu gehen, während ihre Väter sich mit meinem Onkel, deiner Mutter und einigen anderen Gästen die Köpfe heißreden. Jetzt haben wir die Zeit und die Gelegenheit, die wir brauchen. Die beiden Mädchen sind wie pralle Äpfel – gerade reif zum Pflücken. Und das werden wir beide auch tun. Oder zwickt es dich nicht, Bona die Röcke hochzuschlagen und mit ihr das zu tun, was schon Adam mit Eva gemacht hat?«
Hardwin starrte sein Gegenüber erschrocken an. »Du willst Ritter Ludolfs Tochter Gewalt antun, und das hier, auf seinem eigenen Grund und Boden. Das wäre ein Schurkenstück …«
»Wenn es denn eines wäre!«, unterbrach Georg den Jüngeren lachend. »Wenn die beiden Mädchen es nicht selbst wollten, würden sie nicht hier im Wald auf uns warten, sondern wären längst zur Burg oder wenigstens auf die Straße zurückgekehrt. So aber sind sie doch darauf aus, dass wir sie finden. Keine Sorge, du

wirst nicht zu kurz kommen. Ich überlasse dir Bona, denn mir steht der Sinn mehr nach Jungfer Hiltrud.«

… und nach deren Mitgift, setzte Gressingen insgeheim hinzu. Sein Besitz brachte kaum genug ein, um ihn zu ernähren, und die Schulden, die er in den letzten Jahren angehäuft hatte, drohten ihm die Luft abzuschnüren. Er brauchte dringend eine reiche Braut, doch eine solche war unter den Töchtern der fränkischen Ritter seltener zu finden als eine Perle in einer Muschel. Trudi Adler war die einzige heiratsfähige Erbin, die er kannte, und aus diesem Grund hatte er sie schon bei der ersten Begegnung umworben und versucht, sie für sich einzunehmen. Außerdem war sie hübscher als die meisten Mädchen, die für ihn als standesgemäße Bräute in Frage kamen, und das hielt er für eine angenehme Zugabe zu ihrem Geld. Heute würde er den Knoten so fest schürzen, dass ihm dieses fette Täubchen nicht mehr entfliehen konnte. Allerdings wusste er, dass er bei Trudis Mutter als Brautwerber nicht willkommen sein würde. Das hatte Marie Adler ihn bei seinen Besuchen auf Kibitzstein zwar höflich, aber doch unmissverständlich spüren lassen. Doch wenn diese erfuhr, dass er sich mit ihrer Tochter bereits fleischlich verbunden hatte, würde sie sich nicht mehr gegen eine Heirat stemmen können.

Unterdessen hatte Hardwin einen weiteren Haken entdeckt. »Aber du bist noch nicht einmal mit Trudi verlobt, und was Bona betrifft, so soll sie diesen alten Bock Mertelsbach heiraten!«

»Bonas Heirat mit Mertelsbach sollte ein Grund mehr für dich sein, ihr wenigstens eine schöne Stunde zu bescheren.« Gressingen klopfte seinem Freund aufmunternd auf die Schulter und zog ihn dann mit sich. Insgeheim spottete er über den Einfaltspinsel, der die Rechte eines Tattergreises achten wollte. Seine eigene Familie hatte sich bereits vor vielen Jahren mit dem Herrn auf Mertelsbach überworfen. Allein aus diesem Grund wollte er dafür sorgen, dass dieser statt einer tugendsamen Jungfrau ein bereits erprobtes Frauenzimmer als zweite Gemahlin erhielt.

»Du glaubst, Bona würde mir die Schenkel öffnen, obwohl sie mit Ritter Moritz verlobt ist?« Hardwins Stimme klang gepresst, und er leckte sich unwillkürlich mit der Zunge über die Lippen. Nun hatte Gressingen das Jüngelchen, das noch nicht einmal den Ritterschlag erhalten hatte, genau in dem Zustand, in den er es hatte bringen wollen. »Gerade weil sie mit diesem alten Bock verlobt ist, wird sie die Beine für dich spreizen. Aber Vorsicht! Ungeduld schadet nur. Jungfern sind da sehr eigen. Einerseits brennen sie darauf, dass ein Mann sie besteigt, andererseits aber fürchten sie sich davor. Am besten, du achtest auf mich. Ich gebe dir das Zeichen, wann du deinen Sturmbock zum Angriff rüsten kannst.«
Hardwin von Steinsfeld war zwanzig, also nur vier Jahre jünger als sein Begleiter, aber so unerfahren, dass es auch vier Jahrzehnte hätten sein können. Von seiner strengen Mutter am kurzen Zügel gehalten, bestand seine Erfahrung mit dem anderen Geschlecht aus dem einen Mal, bei dem eine schon ältere Magd im letzten Jahr auf dem Heustock den Rock für ihn gehoben und er sich beinahe noch im selben Augenblick in sie ergossen hatte. Der Spott, mit dem dieses Weib ihn überschüttet hatte, ließ ihm noch heute das Blut in die Wangen steigen, und er nahm sich fest vor, Bona keinen Grund zu liefern, ihn zu verhöhnen. Aber er war sich nicht sicher, ob er sich ihr wirklich nähern sollte. Sie war nicht nur die Braut eines anderen Mannes, sondern ebenso wie Trudi eine gute Freundin, die er seit seiner Kindheit kannte. Wenn er mit ihr das Gleiche tat wie damals mit der Magd, würde das ihre Freundschaft entweihen.
Georg von Gressingen ahnte seine Gewissensbisse und ärgerte sich darüber. Wenn er Trudi endgültig an sich binden wollte, musste er diesen Tag nutzen und durfte sich seine Chance nicht durch dieses zaudernde Jüngelchen verderben lassen. Daher heizte er die Leidenschaft seines Freundes mit schlüpfrigen Bemerkungen an, während sie auf die Lichtung zueilten, auf der die Mädchen auf sie warteten.

3.

Als die jungen Männer erschienen, blickte Bona fordernd zu ihnen auf. »Ihr kommt spät, meine Herren. Meine Freundin und ich vergehen vor Durst!«

Hardwin eilte sofort zur Quelle, um Wasser für Bona zu schöpfen. Sein Begleiter aber begann zu ahnen, dass er bei Trudi nicht so leicht zum Ziel kommen würde, denn sie wirkte wie ein Reh kurz vor der Flucht. Verärgert sann er über einen Weg nach, mit dem er sie gefügig machen konnte.

Als Hardwin mit zu einer Schale geformten Händen zurückkehrte, um mit dem darin enthaltenen Wasser Bonas Lippen zu netzen, hob er abwehrend die Hand. »Aber, aber, mein Guter! Du kannst den jungen Damen doch nicht einfach Wasser reichen, als wären es Mägde.«

Hardwin blieb verwundert stehen. »Aber Fräulein Bona hat doch Durst.«

»Wasser ist gut genug für Mägde, die Damen trinken Wein. Ein Stück weiter ist ein Dorf. Einer der Bauern wird dir gewiss einen Krug Wein verkaufen, oder besser gleich zwei. Und bring Becher für die Jungfern mit. Sie trinken den Wein nicht direkt aus dem Krug.«

»Das wollen wir gewiss nicht, Junker Georg.« Bona bedauerte in diesem Augenblick, dass Gressingens Aufmerksamkeit nicht ihr, sondern Trudi galt. Zwar war er kleiner als Hardwin, hatte aber ein hübscheres Gesicht und Augen, die so wunderbar schmeicheln konnten. Für ihn hätte sie gerne die Röcke gehoben. Andererseits war ihr der junge Steinsfeld von Kindheit an vertraut, und sie hatte sich schon öfter vorgestellt, wie es wäre, mit ihm verheiratet zu sein. Nun aber war sie für einen anderen bestimmt, den sie viel weniger sympathisch fand, und daher sehnte sie sich danach, mindestens einen Kuss mit ihrem Jugendfreund zu teilen – und vielleicht auch ein wenig mehr. Das war jedoch nur möglich, wenn Trudi sich nicht als Spielverderberin erwies oder sie gar zu Hause verriet. Aus diesem Grund musste sie ihre Freundin dazu bringen, sich Junker Georgs Liebkosungen hinzugeben.

Hardwin stand immer noch mit offenem Mund und starrte Bona an, die ihr Kleid leicht gerafft hatte und ihren Fuß und einen Teil der Wade sehen ließ. Schließlich versetzte Georg ihm einen Stoß.

»Jetzt besorge endlich Wein!«

»Ich bin ja schon weg!« Hardwin riss sich von Bonas verführerischem Anblick los und verschwand zwischen den Bäumen.

Georg hoffte, dass sein Freund genug Wein kaufte und das Getränk unterwegs nicht zur Hälfte verschüttete. Er setzte sich zu den beiden Mädchen ins Gras und wischte sich über die Stirn. Zwar glänzte kein einziger Schweißtropfen darauf, doch er wollte den Eindruck erwecken, als sei ihm heiß.

»Hardwin sollte sich beeilen. Ich fühle mich ebenfalls ganz ermattet.«

»Wirklich?«, fragte Bona mit leichter Koketterie.

»Wir sollten zur Burg zurückgehen.« Trudi sah aus, als wolle sie noch im gleichen Augenblick aufspringen und davonlaufen.

Schnell ergriff Georg ihre Hand und hielt sie fest. »Wir sollten wenigstens warten, bis Hardwin zurückkommt. Es wäre unhöflich, ihn Wein holen zu schicken und dann zu verschwinden.«

Trudi wusste nicht, was sie darauf antworten sollte. Es war mindestens ebenso ungehörig, wenn sie und Bona allein mit zwei Herren im Wald blieben. Ihre Mutter würde sehr verärgert sein, wenn sie davon erfuhr. Andererseits war sie kein kleines Kind mehr, das am Gängelband geführt werden musste, sondern eine junge Dame, die sehr wohl auf sich selbst aufpassen konnte. Zudem war Junker Georg ein echter Edelmann, unter dessen Schutz sie sich geborgen fühlte. Dem würde sicher auch ihr Vater zustimmen, der schon einmal erwähnt hatte, dass er sich Gressingen gut als Schwiegersohn vorstellen könne.

Unwillkürlich erforschte Trudi ihre eigenen Gefühle für Junker Georg und spürte, wie ihr Herz schneller schlug. Er hatte vorbildliche Manieren und sah wunderbar aus. Mit einem Mal sehnte sie die Stunde herbei, in der er bei ihrem Vater um sie anhielt.

Georg beobachtete Trudis Mienenspiel und lächelte. Das Mädchen war jung und naiv und würde, wenn er es geschickt anfing, noch in dieser Stunde ihre Unschuld verlieren. Allerdings durfte er nichts überstürzen, und daher bemühte er sich, Trudi und auch Bona mit gefälligen Worten zu unterhalten.

Während er die beiden Mädchen mit munteren Schnurren bei Laune zu halten versuchte, verglich er sie im Geiste miteinander. Beide zählten zu den hübschesten Jungfern dieser Gegend, glichen sich aber nur wenig. Bona besaß etwas fülligere Formen als ihre Freundin, ihr Haar war ein wenig heller, und auf ihrem Gesicht lag ein rosiger Schein. Allerdings hätte sie ihrer Haltung nach auch ein besonders hübsches Bauernmädchen sein können. Trudi Adler wirkte weitaus zurückhaltender, zeigte aber mehr Rasse und Anmut. Nicht zuletzt deshalb musste er sie so rasch wie möglich für sich gewinnen, denn bereits morgen konnte ein Brautwerber auf Kibitzstein erscheinen, der den Eltern mehr zusagte als er. Deshalb war er dem Schicksal dankbar, dass sein Onkel Albach nach Fuchsheim eingeladen worden war und ihn aufgefordert hatte, ihn zu begleiten.

Maximilian von Albach saß zurzeit mit anderen Burgherren zusammen und besprach mit ihnen die politische Lage, die sich durch das Auftreten des neuen Fürstbischofs in Würzburg stark verändert hatte. Zu den Besuchern, die Ludolf von Fuchsheim empfangen hatte, gehörten auch Trudis Vater Michel Adler auf Kibitzstein, Hardwins Mutter Hertha von Steinsfeld und der unsägliche Moritz von Mertelsbach.

Anders als Hardwin, der von seiner Mutter aus dem Raum gewiesen worden war, hätte Gressingen an der Versammlung teil-

nehmen sollen. Er hatte jedoch Trudi entdeckt und gefunden, dass er diesen Tag angenehmer verbringen könne als im Kreis alter, verbitterter Männer und der Dame Hertha von Steinsfeld, die mehr Haare auf den Zähnen hatte als Trudi und Bona auf ihren Köpfen.
Ihm war es gelungen, die Mädchen zu einem Spaziergang zu überreden, und war ihnen dann mit Hardwin gefolgt. Unterwegs hatten sie mit den beiden ein wenig getändelt, aber als sie Küsse von ihnen gefordert hatten, waren die Mädchen davongelaufen. Bona hatte jedoch den Eindruck gemacht, als sei sie bereit, Hardwins oder auch seine Lippen auf den ihren zu spüren, ganz im Gegensatz zu Trudi, die zwar nur um ein Jahr jünger war als ihre Freundin, aber noch sehr scheu schien, was diese Dinge betraf. Deshalb wartete Georg ungeduldig auf Hardwins Rückkehr. Nach einigen Bechern Wein würde die kleine Kibitzsteinerin sich ganz sicher zugänglicher zeigen.

4.

Hardwin musste den ganzen Weg gerannt sein, denn er tauchte bereits nach kurzer Zeit mit einem großen Henkelkorb auf, der drei Krüge gut gekühlten Weines und vier irdene Becher enthielt. Noch während er den Korb abstellte, nahm Gressingen einen Krug heraus und füllte den ersten Becher. Mit einem schmeichelnden Blick reichte er ihn Trudi.
»Auf dich, Jungfer Hiltrud, und auf deine Schönheit!«
»Und was ist mit mir? Bin ich nicht auch schön?« Bona von Fuchsheim schmeckte es nicht, von ihrer Freundin in den Schatten gestellt zu werden.
Gressingen warf Hardwin einen auffordernden Blick zu. Dieser nahm den zweiten Becher, füllte ihn und streckte ihn Bona hin.
»Dieser ist für Euch. Trinkt die Labe mit dem Wissen, dass es

kein anderes Mädchen hier gibt, welches Euch an Anmut und Schönheit übertrifft.«

»Da sich nur Trudi hier befindet, ist das kein besonders hohes Lob!« Bona wollte nur ein wenig kokett sein, doch nun verzog ihre Freundin das Gesicht.

Gressingen bemerkte es und fasste deren Hand. »Liebe Trudi, ich muss dem armen Hardwin widersprechen. Für mich gibt es kein Mädchen, das dich zu überstrahlen vermag.«

Das freudige Aufleuchten in ihren Augen bewies ihm, dass er die richtige Taktik gewählt hatte. Sie nahm ihm nicht einmal übel, dass er von der gebotenen Form der Anrede abgewichen war und sie nun ansprach wie eine Schwester – oder eine gewöhnliche Magd, wie er boshaft dachte.

»Auf Euer Wohl!« Trudi stieß mit Georg von Gressingen an und trank.

Dieses Getränk war jedoch nicht geeignet, den Durst zu stillen. Hardwin hatte Gressingens Worte beherzigt und schweren, süßen Wein gebracht. Von dem Säuerling, der in dieser Gegend gewöhnlich ausgeschenkt wurde, hätten die beiden Mädchen höchstens einen oder zwei Becher getrunken. Er hoffte jedoch, dass Bona nach ein paar Bechern ihre Hemmungen verlor und sich ihm so hingab, wie Junker Georg es ihm versprochen hatte. Sich selbst musste er ebenfalls Mut antrinken, auch wenn er sich das nicht eingestehen wollte.

Er setzte sich dicht neben Bona und berührte sie sanft. Entgegen seinen Befürchtungen stieß sie ihn nicht zurück, und so hielt nur Gressingens warnender Blick ihn davon ab, noch kühner zu werden. Dabei interessierte sich Junker Georg wenig für Bonas Befindlichkeit, denn die sah so aus, als würde sie sich schon bald auf den Rücken legen lassen, sondern für sein eigenes Opfer. Ging Hardwin zu stürmisch vor, würde Trudi kopfscheu werden und das Weite suchen.

Er sorgte dafür, dass sie eine Weile zusammensaßen und sich

artig unterhielten. Dabei schenkte er Trudi immer wieder nach und forderte sie zum Trinken auf. Hardwin folgte seinem Beispiel, und bald war der erste Krug leer. Kurz danach schwappte auch im zweiten nur noch ein Rest. Bei Bona zeigte das Getränk bereits die gewünschte Wirkung, denn sie zog ihren Rock bis zu den Knien hoch, um Hardwin zu reizen. Trudi hingegen wurde immer stiller und kämpfte zuletzt sogar mit einem heftigen Schluckauf.

»Entweder trinkst du kaltes Wasser nach, oder du streckst einmal richtig die Zunge heraus«, riet Bona ihr.

»Kein Wasser, Wein ist besser!« Hardwin packte den letzten Krug und wollte Trudis und seinen Becher füllen, verschüttete aber die Hälfte. Rasch nahm Gressingen ihm das Gefäß aus der Hand, bevor noch mehr der kostbaren Flüssigkeit verlorengehen konnte.

»Bei Gott, du bist ja betrunken!«

»Betrunken? Ich? Ganz und gar nicht!« Hardwin nuschelte bereits, und als er aufstehen wollte, um zu beweisen, dass er sicher auf seinen Füßen stand, verlor er das Gleichgewicht und stürzte auf Bona.

Diese hielt es für Absicht und fuhr ihm kichernd mit der Hand zwischen die Beine. Durch den dünnen Stoff seiner Hose hindurch ertastete sie ein langes, hartes Ding. Hardwin stieß einen keuchenden Laut aus und kannte kein Halten mehr. Ehe Bona sich's versah, hatte er sie auf den Rücken geworfen und zerrte ihre Röcke hoch. Ohne vorher auch nur zu kosen oder andere Stellen ihres Körpers zu erkunden, schob er sich zwischen ihre Schenkel und drang mit einem heftigen, für Bona schmerzhaften Ruck in sie ein.

Das Mädchen stieß einen fauchenden Laut aus, denn so hatte sie sich das Ganze nicht vorgestellt. Dann aber erinnerte sie sich an die Aussage einer bereits verheirateten Freundin, dass es beim ersten Mal weh tue, während es später einem Vorgeschmack auf

das Paradies gleichkäme. Daher ließ sie Hardwin gewähren und verspürte, als der erste Schmerz nachgelassen hatte, sogar ein angenehmes Ziehen im Bauch.
Trudi starrte das enthemmte Paar mit großen Augen an und streckte abwehrend die Hand aus. »Was machen die denn da?«
»Das, was ihnen ihr Herz eingibt.« Jetzt vermochte auch Gressingen sich nicht mehr zurückzuhalten. Er riss Trudi an sich und küsste sie voller Leidenschaft. Zuerst ließ das Mädchen ihn gewähren und erwiderte sogar den Kuss. Doch als er versuchte, sie mit einer Hand nach hinten zu drücken und mit der anderen ihre Röcke zu heben, widersetzte sie sich.
»Nein, nicht!«
Der Anblick des Paares, das neben ihnen ungehemmt seiner Leidenschaft frönte, brachte Gressingen so sehr in Wallung, dass er Trudi am liebsten mit Gewalt genommen hätte. Doch das konnte er sich nicht erlauben. Mühsam bezwang er sich und sah ihr in die Augen.
»Ich vergehe vor Sehnsucht nach dir! Du bist das Weib, das ich mir immer erträumt habe. Wenn du mich jetzt von dir stößt, bleibt mir nur noch, mein Ende in einer Schlacht zu suchen, denn ich könnte es nicht ertragen, dich zu verlieren.«
Trudi versuchte, ihrem Gehirn, das durch den genossenen Wein wie in Watte gepackt schien, einen vernünftigen Gedanken abzuringen.
»Ihr müsst nicht auf mich verzichten, Junker Georg. Ich werde die Eure sein, aber sprecht vorher mit meinen Eltern, damit sie uns die Hochzeit ausrichten.«
»Ich werde unverzüglich mit ihnen sprechen, das schwöre ich dir! Dennoch flehe ich dich an: Erhöre mich hier und jetzt! Ich kann ohne dich nicht mehr leben.« Gressingen betete innerlich, dass dieses spröde Mädchen endlich nachgab.
»Ich will Euch ja gehören, aber ...«, begann Trudi, um sofort von Gressingen unterbrochen zu werden.

»Lass uns hier und jetzt den Bund der Liebe schließen, auf dass uns niemand mehr trennen kann!«

»Uns niemand mehr trennen kann ...«, flüsterte Trudi. Genau das war es, nach dem sie sich sehnte. Sie blickte zu dem Junker auf und fühlte, wie ihr Herz schmolz. Sie liebte ihn und wollte ihm alles gewähren, um das er sie bat.

»Ihr werdet bei meinen Eltern um meine Hand anhalten?« Es klang so flehend, dass Gressingen beinahe gelacht hätte.

»Natürlich halte ich um dich an, mein Lieb! Du weißt gar nicht, wie sehr ich mich danach sehne, dich als meine Braut heimzuführen. Ein größeres Glück kann es für mich nicht geben.« Er dachte dabei an die Herrschaft Windach, die ihr als Erbe zustehen sollte, und griff insgeheim bereits in eine mit funkelnden Gulden gefüllte Truhe.

»Wenn du willst, werde ich noch heute mit deinem Vater sprechen!«, setzte er feurig hinzu.

Das war ganz nach Trudis Sinn, denn zu Hause auf Kibitzstein wartete die Mutter, und diese lehnte den Junker aus ihr unverständlichen Gründen ab. Sie richtete sich noch einmal auf und fasste nach Gressingens Hand.

»Schwört mir, dass Ihr noch an diesem Tag meinen Vater um meine Hand bittet!«

Gressingen kniete theatralisch vor Trudi nieder und hob die Rechte. »Das schwöre ich von ganzem Herzen!«

Nun gab Trudi nach. Ein Teil von ihr, den der Wein fast gelähmt hatte, flüsterte ihr noch zu, dass es nicht richtig war, was sie und der Junker taten, doch ihre Sehnsucht nach ihm überwog alle Bedenken. Noch an diesem Tag würden sie eins werden vor Gott – und kurz danach auch vor der Welt. Daher ließ sie es zu, dass Gressingen sie auf das Gras bettete, ihre Röcke hochschlug und zwischen ihre Schenkel glitt. Durch den Wein reagierte ihr Körper jedoch so träge, dass sie kaum etwas empfand. Auch als er in sie eindrang, nahm sie den Schmerz nur wie durch Watte wahr, und während Gressingen von seiner Leidenschaft überwältigt wurde, wurde sie selbst immer müder und dämmerte schließlich weg.

5.

Ein Stück oberhalb des Waldes lag Burg Fuchsheim. Seit dieser Besitz als Erbe an Bonas Vater Ludolf übergegangen war, hatte er sich hier so frei fühlen können wie jeder andere Reichsritter in diesem Landstrich. Seit einiger Zeit jedoch herrschte Unruhe in der Gegend, denn der neue Fürstbischof von Würzburg versuchte, seinen Einflussbereich immer mehr zu vergrößern, und nahm dabei wenig Rücksicht auf überlieferte Rechte. Selbst jene Burgherren, die sich auf ihren Stand als reichsfreie Ritter berufen konnten, spürten den Atem des Würzburgers im Nacken.

Aus diesem Grund hatte Ritter Ludolf etliche Freunde zu sich eingeladen und dazu jene Burgherren, die er für Verbündete hielt. Zu seinem Leidwesen war aber nicht einmal die Hälfte der erwarteten Gäste erschienen, doch er hoffte, dass zumindest die Anwesenden im Streit mit dem Würzburger Bischof zusammenstehen würden.

Bereits während des Mahles waren etliche harte Worte gefallen, aber vorerst interessierten sich die Besucher mehr für die Berichte über den letzten Reichstag in Nürnberg, an dem Reichsritter Michel Adler auf Kibitzstein und Moritz von Mertelsbach teilgenommen hatten. Sie wollten so viel wie möglich über Herrn Friedrich von Österreich erfahren, der als Nachfolger seines Vetters Albrecht zum deutschen König gewählt worden war. Michel Adler hatte sowohl König Albrecht wie auch dessen Schwiegervater und Vorgänger, Kaiser Sigismund, gut gekannt und war mehrfach für beide in den Krieg gezogen. Das erste Mal noch als einfacher Burghauptmann am Rhein gegen die Hussiten, und später sogar bis nach Ungarn, um dort für Sigismund gegen die Türken zu kämpfen. Beim Zug nach Böhmen hatte er dem Kaiser das Leben gerettet und war dafür zum Reichsritter und Herrn auf Kibitzstein ernannt worden. In Ungarn hatte Herr Sigismund ihm weitere Ehren und Reichtümer versprochen. Allerdings war der Kaiser vor der Einlösung dieser Versprechen gestorben, und sein Nachfolger Albrecht hatte sich nicht an die Zusagen gebunden gefühlt.

Daher hatte Michel aus diesem Krieg nicht mehr mit nach Hause gebracht als eine türkische Pfeilspitze, die noch immer in seinem Oberschenkel steckte und ihn arg schmerzte, wenn das Wetter umschlug. An diesem Tag aber schien die Sonne strahlend vom Himmel, und es sah nicht so aus, als würden in den nächsten Tagen dicke Wolken aufziehen.

Auch wenn der Anlass für die Zusammenkunft alles andere als angenehm war, so freute Michel sich doch, mit an diesem Tisch zu sitzen und sich mit seinen Nachbarn und Freunden unterhalten zu können. Nur Marie fehlte ihm zu seiner Zufriedenheit, denn die hatte sich das Knie verletzt und zu Hause bleiben müssen. Statt ihrer hatte er seine älteste Tochter mitgenommen. Doch Trudi interessierte sich nur wenig für die Belange der Reichsritter und zog die Gesellschaft der Tochter des Burgherrn vor. Bei diesem Gedanken fiel Michel auf, dass er Trudi seit längerer Zeit nicht mehr gesehen hatte.

Er beugte sich vor und stupste seinen Gastgeber an. »Verzeiht, Ritter Ludolf, aber ich vermisse meine Tochter.«

Der Fuchsheimer war gerade in ein interessantes Gespräch mit Abt Pankratius von Schöbach vertieft und fühlte sich gestört. »Soviel ich weiß, haben meine Bona und Jungfer Hiltrud zusammen die Burg verlassen, um einen Becher Wein unten im Dorf zu trinken. Ihr kennt die Mädchen doch. Zu Hause haben sie zwar alles besser, aber trotzdem sehnen sie sich nach Dingen, die es anderswo gibt.«

Ludolf von Fuchsheim glaubte damit alles gesagt zu haben, doch Michel empfand eine innere Unruhe, die ihm das Sitzen und Zuhören schwermachte. Obwohl er sich sagte, dass es unsinnig sei, machte er sich Sorgen um Trudi. Marie würde nun sagen, er hinge mit einer wahren Affenliebe an dem Mädchen und würde darüber ihre anderen Kinder vernachlässigen. Doch das tat er ganz gewiss nicht. In seinen Augen war Marie zu streng mit ihrer Ältesten. Sie bürdete dem Mädchen immer mehr Pflichten auf, ohne zu bedenken, dass Trudi noch ein halbes Kind war und mit ihren Geschwistern herumtollen wollte.

Mit einem Seufzen richtete Michel seine Aufmerksamkeit wieder auf das Gespräch, das der Fuchsheimer nun in Gang gebracht hatte.

»… sage ich Euch, wenn wir dem nicht von vorneherein einen Riegel vorschieben, wird uns der neue Bischof einige harte Brocken zu kauen geben«, erklärte ihr Gastgeber gerade.

»Auch der wird die Suppe nicht so heiß essen, wie er sie jetzt noch kocht«, wandte Moritz von Mertelsbach ein.

Mit dieser Bemerkung war Abt Pankratius ganz und gar nicht einverstanden. »Gottfried Schenk zu Limpurg ist ehrgeiziger als zehn andere Fürsten zusammen. Von seinen Vertrauten lässt er sich bereits als Herzog der Franken ansprechen, weil ihm dieser Titel angeblich zustehen würde.«

Der Abt des Klosters Schöbach zählte ebenfalls zu den geistlichen Würdenträgern des Reiches, hasste den Würzburger jedoch, seit dieser das Kloster Schwarzach bei einigen Forderungen unterstützte, die seinem eigenen Kloster schaden mussten. Daher wetterte er mehr als alle anderen Anwesenden über den Bischof.

Michel versuchte, ihn zu bremsen. Auch wenn keine direkten Parteigänger des Würzburgers an diesem Tisch saßen, so war anzunehmen, dass alles, was hier gesprochen wurde, Herrn Gottfried fast wortwörtlich überbracht werden würde. Maximilian

von Albach war ein Lehnsmann des Würzburger Hochstifts und musste dem Fürstbischof Rede und Antwort stehen, und da der Albacher mit Moritz von Mertelsbach verfeindet war, würde er wohl keine Rücksicht auf Ritter Ludolfs Gäste nehmen. Michel ärgerte sich, dass der Fuchsheimer beide zu diesem Treffen eingeladen hatte. In seinem Bestreben, möglichst viele Verbündete zu finden, hatte der Gastgeber keinen Gedanken an den Zwist zwischen Albach und Mertelsbach verschwendet.
Zum Glück sah Abt Pankratius bald ein, dass er mit Klagen nichts gewinnen konnte, und richtete sein Augenmerk wieder auf den Gastgeber. »Sprecht ruhig vor allen aus, was Euch bewegt, Ritter Ludolf. Über kurz oder lang wird es alle am Tisch betreffen.«
Der Fuchsheimer stärkte sich mit einem Schluck aus seinem Becher und stellte das Gefäß mit einem harten Klang auf den Tisch. »Der Würzburger Bischof maßt sich Rechte an, die ihm nicht zustehen. Mein Großvater hat diese Burg und das dazugehörige Land für fünfhundert Gulden von dem damaligen Fürstbischof Manegold von Neuenburg ohne jede Verpflichtung gekauft. Die gesiegelte Urkunde befindet sich in meinem Besitz. Doch unser Möchtegernherzog hat die Frechheit besessen, mich aufzufordern, in Würzburg zu erscheinen und den Lehnseid für meinen Besitz zu leisten. Ich frage Euch, was ist ein Vertrag mit einem Würzburger Fürstbischof wert, wenn einer seiner Nachfolger diesen für null und nichtig erklären kann?«
Michels Miene nahm einen nachdenklichen Zug an. Das Kloster Schöbach und sein Nachbar Ludolf von Fuchsheim waren die Ersten, die mit den Forderungen des Bischofs konfrontiert worden waren. Hatte Gottfried Schenk zu Limpurg damit Erfolg, würde dies seinen Appetit anregen und ihn zu weiteren Forderungen veranlassen.
»An Eurer Stelle würde ich auf diesen Verträgen beharren und vor Gericht ziehen.«

Der Fuchsheimer wandte sich mit einem Ausdruck an Michel, als sähe er einen unverständigen Knaben vor sich. »Ein guter Vorschlag, fürwahr – wenn das Gericht nicht in Würzburg wäre und unter der Kontrolle des Fürstbischofs stehen würde.«

»Wenn in unserem Franken Recht und Gesetz nichts mehr gelten, dann wendet Euch an den Kaiser!« Michel stammte zwar aus Konstanz am Bodensee, war aber in den anderthalb Jahrzehnten, die er in Franken weilte, so heimisch geworden, als sei er hier aufgewachsen.

Anders als der Fuchsheimer nickte Abt Pankratius heftig. »Diesen Rat werden wir befolgen müssen, auch wenn Herr Friedrich nicht unbedingt als Freund rascher Entscheidungen gilt.«

»Solange der König nicht entschieden hat, schwebt das Verfahren, und der Fürstbischof vermag nichts zu unternehmen, wenn er sich nicht Herrn Friedrichs Unmut zuziehen will!« Wie die meisten am Tisch konnte Michel sich nicht vorstellen, dass Gottfried Schenk zu Limpurg einem kaiserlichen Schiedsspruch zuvorkommen und vollendete Tatsachen schaffen würde.

»Schade, dass König Albrecht nicht mehr herrscht, oder noch besser Kaiser Sigismund. Ihr seid mit beiden gut bekannt gewesen, Adler, und hättet viel für uns erreichen können.« Der Abt sorgte sich, weil die Verhältnisse im Reich sich vor einigen Jahren zuungunsten der kleinen Herrschaften geändert hatten, und er zeigte den übrigen Herren und auch Frau von Steinsfeld seine Verärgerung darüber, dass sie ihm und Ritter Ludolf so wenig Unterstützung zusagten.

Ludolf von Fuchsheim gingen ähnliche Gedanken durch den Kopf, während er sich von einem Diener frischen Wein einschenken ließ und den Becher bis zur Neige leerte. Als er das Gefäß wieder auf den Tisch knallte, zuckten die Anwesenden zusammen.

»Bei unserem Herrn Jesus Christus, unserem Erlöser! Ich hatte gehofft, wir würden einen Trutzbund gegen den Würzburger

schließen. Doch Ihr tut so, als gingen Euch seine Übergriffe auf mich und den hochwürdigen Abt nichts an. Ich sage Euch aber, dass der Fürstbischof seine Augen über kurz oder lang auf jeden von Euch richten wird. Wenn Eure Rechte dann beschnitten werden, dürft Ihr Eure eigene Untätigkeit anklagen!«
»Es ist schade, dass nicht mehr von unseren Nachbarn erschienen sind«, sagte Michel. »Vor allem bedauere ich, dass sich Ritter Hans von Dettelbach nicht eingefunden hat. Er wäre ein Mann, um den wir uns alle scharen könnten.«
Moritz von Mertelsbach lachte kurz auf. »Ich hätte nichts dagegen, Herrn Hans an unserer Seite zu sehen, doch als Anführer würde er mir nicht gefallen. Da stelle ich mir schon einen tatkräftigeren Mann vor!« Sein selbstgefälliger Gesichtsausdruck machte keinen Hehl daraus, dass er sich selbst meinte.
Auch der Fuchsheimer schien sich selbst für den besten Anwärter auf diesen Posten zu halten, während die Blicke, die Abt Pankratius und die Herrin auf Steinsfeld Michel Adler zuwarfen, verrieten, wen sie für den Fähigsten im weiten Rund hielten. Der Kibitzsteiner hatte seinen Mut und seine Fähigkeiten im Kampf schon bewiesen, galt aber trotzdem nicht als einfacher Schlagetot, sondern als jemand, der mit Überlegung an eine Sache heranging und erst die Waffe zog, wenn keine andere Lösung möglich war.
Doch wie es aussah, waren die Ritter und Burgherren dieser Gegend schwerer unter einen Hut zu bringen als ein Sack Flöhe. Aus diesem Grund beschloss Abt Pankratius, auf dem Heimweg einen Abstecher nach Kibitzstein zu machen, um sich mit Michel Adler unter vier Augen zu beraten.
Das Gespräch zerfaserte in Rede und Gegenrede, ohne dass irgendeine Einigung erzielt werden konnte. Daher zog Michel Adler sich immer mehr in sich selbst zurück und hing seinen Gedanken nach. Die Vorgehensweise des neuen Fürstbischofs von Würzburg bereitete auch ihm Sorge, weniger wegen des ihm von

Kaiser Sigismund verliehenen Reichslehens Kibitzstein als vielmehr wegen einiger anderer Besitztümer, die er und seine Frau Marie in den letzten Jahren von dem früheren Würzburger Bischof Johann von Brunn käuflich erworben oder als Pfand erhalten hatten. Wahrscheinlich würden sie nicht umhinkommen, dem neuen Bischof für diese Ländereien den Treueid zu leisten. Michel schüttelte den Kopf, um den unangenehmen Gedanken zu vertreiben, und trank dann einen Schluck aus seinem Becher. Doch der Wein, den der Fuchsheimer hatte auftischen lassen, schmeckte auf einmal schal. Michel stellte das fast noch volle Gefäß zurück und sah sich um, ob etwas von seiner Tochter zu hören oder zu sehen war. Da sie, um zu ihrer oder Bonas Kammer zu kommen, die Treppe hochsteigen musste, die durch den Rittersaal führte, hätte er sie sehen müssen, wenn sie zurückgekommen wäre. Er machte sich nun ernsthaft Sorgen.

6.

Während der Paarung mit Bona war Hardwin von einer rauschhaften Leidenschaft erfüllt gewesen, die keinen Platz mehr für einen klaren Gedanken gelassen hatte. Nachdem er in einer fast schmerzhaften Weise zur Erfüllung gekommen war, blieb er noch eine Weile auf dem Mädchen liegen und sah Georg von Gressingen zu, der Trudi begattete und dabei eine erstaunliche Ausdauer bewies. Hardwin empfand Neid auf seinen Begleiter, umso mehr, als Bona zwar durch den Wein schläfrig wurde, ihn aber dennoch aufforderte weiterzumachen. Dazu war Hardwin jedoch nicht mehr in der Lage. Die Erregung, unter der er gestanden hatte, verwandelte sich mit einem Mal in Angst.
Er musste an seine Mutter denken, die ihm oft genug gepredigt hatte, er habe sich von Mägden und losen Frauen fernzuhalten und sich mit dem Eheweib zu begnügen, welches sie für ihn aus-

suchen würde. Noch während er sich vorstellte, was er von ihr zu hören bekäme, wenn sie von dieser Sache erfuhr, dachte er mit noch größerem Schrecken daran, dass Bona mit Moritz von Mertelsbach verlobt war. Fände der alte Ritter heraus, was hier geschehen war, würde er ihm und seiner Mutter die Fehde erklären oder einen anderen Weg finden, sich an ihm zu rächen.
Während Hardwin sich zwischen zwei Mühlsteinen sah, die ihn unweigerlich zerquetschen mussten, kam Georg von Gressingen mit einem letzten, wilden Keuchen zu seinem Höhepunkt und ließ dann mit zufriedener Miene von Trudi ab. Während er sich die Hose richtete, zwinkerte er seinem Begleiter zu.
»Ein Mädchen wie Bona zu besteigen, ist doch etwas anderes als die Sache mit der Magd, von der du mir erzählt hast.«
Hardwin schoss hoch und starrte seinen Freund mit weit aufgerissenen Augen an. »Mein Gott, was haben wir getan? Bona ist die Tochter unseres Gastgebers und Ritter Moritz' Braut. Die beiden werden Steinsfeld die Fehde erklären.«
Es dauerte einen Augenblick, bis Georg von Gressingen begriff, dass sein Begleiter sich vor Angst beinahe in die Hosen machte. Dann aber packte er ihn und schüttelte ihn wütend durch. »Jetzt nimm Vernunft an, du Narr! Das, was hier geschehen ist, kannst du nicht mehr ungeschehen machen. Aber halte um Gottes willen den Mund und sprich kein Wort darüber. Das Mädchen wird es schon aus Angst um ihren eigenen Ruf nicht tun.«
»Ich wollte es gar nicht. Du hast mich dazu überredet! Ich habe extra noch Wein holen müssen, damit du Bona und Trudi betrunken machen konntest. Wenn du nicht …«
Georg versetzte dem Jüngeren eine schallende Ohrfeige. »Habe ich Jungfer Bonas Häutchen gesprengt oder du? Du bist wie ein wilder Bulle über sie hergefallen und hättest ihr sogar Gewalt angetan, wenn sie nicht freiwillig stillgehalten hätte!«
Hardwin schob die Unterlippe vor und kämpfte mit den Tränen. »Ich hätte überhaupt nichts getan, wenn du mich nicht dazu auf-

gestachelt hättest. Nur wegen dir habe ich Jungfer Bona behandelt, als wäre sie eine wohlfeile Magd. Ich …«

Gressingen zweifelte schon am Verstand seines Begleiters, aber dann wurde ihm klar, dass Hardwin zwar wie ein Mann aussah, im Grunde seines Herzens aber ein Kind geblieben war. Bei einer Mutter wie Hertha von Steinsfeld hatte der Junge keinen eigenen Willen entwickeln können. Er stand nicht zu seiner Tat, wie es sich für einen Mann gehörte, sondern suchte die Schuld bei anderen. Dabei war der Steinsfelder bereits zu Beginn des Spaziergangs so spitz gewesen wie der Schoßhund der mittlerweile verstorbenen Äbtissin von Hilgertshausen, der versucht hatte, mit den Beinen jedes Besuchers zu kopulieren.

Wütend packte er Hardwin, schleifte ihn ein Stück in den Wald hinein und stieß ihn mit dem Rücken gegen einen Baumstamm, ohne dass der auch nur den Versuch machte, sich zu wehren.

»Höre mir gut zu! Wenn du diese Sache aufbringst, wirst du es bereuen. Dann hast du nicht nur den Fuchsheimer und den Mertelsbacher zum Feind, sondern auch mich. Denke immer daran, ich habe mit Trudi Adler eine Zeugin, die gesehen hat, wie du Jungfer Bona bedrängt hast, und diese wird um ihrer eigenen Ehre willen schwören, dass sie nur der Gewalt nachgegeben hat.«

»Aber dann bist auch du dran! Du hast nämlich Michel Adlers Tochter betrunken gemacht, damit sie sich gegen deine Zudringlichkeiten nicht wehren konnte!« Nun blitzte etwas von dem Temperament seiner Mutter in Hardwin auf.

Gressingen zeigte sich unbeeindruckt und stieß ihn erneut gegen den Baum. »Meine Tat ist in dem Augenblick vergessen, in dem ich mit Jungfer Hiltrud vor den Altar trete. Du aber hast einen zornigen Vater und einen betrogenen Bräutigam am Hals, ganz abgesehen von deinem Drachen zu Hause.«

»Jetzt beleidigst du auch noch meine Mutter!« Hardwin stand kurz davor, sich mit dem Mann, den er zu Beginn des Spazier-

gangs noch seinen besten Freund genannt hatte, bis aufs Blut zu schlagen. Als er noch ein Kind war, hatte seine Mutter ihm beigebracht, dass er ihr Schutz und Schirm sei und für sie eintreten müsse. In seinem Inneren focht der Zwang, die Ehre seiner Mutter mit blanker Waffe zu verteidigen, einen Kampf gegen seine ebenfalls anerzogene Zurückhaltung und die Angst vor jeglicher Verantwortung aus. Die Angst siegte. Daher senkte er den Kopf und stöhnte unter Gressingens hartem Griff schmerzerfüllt auf.
»Lass mich los! Ich sag schon nichts. Das wäre auch ganz schön dumm von mir, meinst du nicht auch?«
Georg von Gressingen lachte innerlich über das rückgratlose Bürschchen, klopfte Hardwin jedoch wohlwollend auf die Schulter. »Wenigstens hast du dich heute als echter Mann erwiesen. Jungfer Bona wird sich noch oft nach deiner Umarmung sehnen, besonders dann, wenn sie dem alten Mertelsbach die Schenkel öffnen muss.«
Die Erinnerung an jene angenehmen Augenblicke zauberte eine fast kindliche Freude auf Hardwins Gesicht. Gleich darauf versuchte er, sich wie ein erfahrener Mann zu geben. »Schlecht war es nicht!«, bestätigte er und fühlte sich wieder mit Gressingen versöhnt. »Was machen wir jetzt? Warten wir, bis die beiden Mädchen wieder aufwachen?«
Gressingen schob einen Zweig beiseite, blickte auf die kleine Lichtung und sah, dass Bona ebenfalls eingeschlafen war. Das machte es ihnen leichter, unauffällig zur Burg zu gehen. Kämen sie in der Gesellschaft der beiden Mädchen zurück, würde möglicherweise der eine oder andere Verdacht schöpfen. Auch wenn er selbst mit Michel Adler auf Kibitzstein zu einer Übereinkunft kommen würde, konnte Bonas Gegenwart ihn in Schwierigkeiten bringen. Fuchsheim und Mertelsbach waren keine Männer, die sich leicht täuschen ließen.
Daher schüttelte er den Kopf. »Bring du den Korb und die Weinkrüge zurück ins Dorf. Danach gehst du zur Burg und legst dich

hin. Du hast etliche Becher Wein getrunken, und soviel ich weiß, mag deine Mutter das nicht besonders.«

»Das kannst du laut sagen! Wenn es nach Mama ginge, müsste ich Wasser saufen wie ein Ochse.« Hardwin wollte noch weitere Klagen loswerden, doch Gressingen versetzte ihm einen Stoß.

»Wir reden später weiter. Wenn du zu sehr trödelst, läufst du deiner Mutter über den Weg.«

Hardwin erschrak und sammelte hastig den Korb, die Krüge und die Becher ein. Trotz seiner Eile starrte er immer wieder zu Bona hinüber, die mit entblößtem Unterleib dalag und den Beischlaf in ihren Träumen noch einmal zu erleben schien. Erst als Gressingen ihn anraunzte, wandte er sich ab und lief Richtung Dorf.

Bonas Anblick blieb auch auf Georg von Gressingen nicht ohne Wirkung, und er überlegte, ob er nicht die Gelegenheit beim Schopf packen und das Mädchen ebenfalls benützen sollte. Doch es gab einen gewichtigen Grund, der dagegensprach, nämlich Hiltrud Adler. Wenn das Mädchen erwachte und sah, wie er mit ihrer Freundin das älteste Spiel der Welt trieb, konnte sie in ihrer Eifersucht Dinge tun, die ihm zum Schaden gereichen würden. Daher trat Gressingen neben Bona und schlug ihr das Kleid über die Beine. Das Gleiche tat er bei Trudi, so dass es einem zufällig auftauchenden Zuseher erscheinen musste, als wären die beiden Mädchen auf ihrem Spaziergang von der Müdigkeit überrascht worden und hätten sich zum Schlafen ins Gras gelegt.

7.

Trudi schlug die Augen auf und sah sich erstaunt um. Wie war sie hierher in den Wald gekommen? Und warum dröhnte ihr Kopf wie unter einem Hammerschlag? Dann spürte sie, wie ihr übel wurde. Sie konnte sich gerade noch aufrichten, schon entlud sich ihr Magen in schmerzhaften Schüben. Das Erbrechen ver-

stärkte ihre Kopfschmerzen und verhinderte jeden klaren Gedanken. Erst als ihr Magen sich vollständig entleert hatte und sie taumelnd auf die Beine kam, kehrte die Erinnerung zurück.
Sie hatte mit Bona einen Spaziergang ins Dorf machen wollen, da es dort angeblich besseren Speckkuchen gab als auf Burg Fuchsheim. Unterwegs waren sie Ritter Georg und Hardwin begegnet und hatten ihren Spaziergang gemeinsam fortgesetzt. Im Schutz des Waldsaums waren die beiden Herren ein wenig keck geworden und hatten Küsse als Preis für den Schutz gefordert, den sie ihr und Bona angedeihen ließen.
An das, was danach geschehen war, vermochte sie sich nur mit Mühe zu erinnern. Ihre Freundin Bona und Hardwin hatten sich auf einmal wie Tiere hier auf der Lichtung gepaart. Dann hatte Junker Georg sie angefleht, ihn gewähren zu lassen. Hatte sie ihm nachgegeben? Sie wusste es nicht.
»Das habe ich hoffentlich nur geträumt«, sagte sie zu sich selbst und schlug das Kreuz.
Ein leichter Schmerz im Unterleib bewies ihr jedoch, dass jene Dinge, an die sie sich verschwommen erinnerte, tatsächlich geschehen waren. Sie sah sich nach Junker Georg um, fand aber nur Bona schlafend unter einem Baum liegen. Das Gesicht ihrer Freundin wirkte zufrieden und entspannt.
Von den beiden jungen Männern war nichts zu sehen. Dabei waren, wie sie anhand des Sonnenstands sehen konnte, mindestens zwei Stunden vergangen, seit Junker Georg sie gebeten hatte, sich ihm hinzugeben. Trudi war ein wenig enttäuscht, denn sie hätte sich gewünscht, Junker Georg wäre bei ihr geblieben und hätte über ihren Schlaf gewacht.
Vielleicht tat sie ihm unrecht, und er hatte sich mit Hardwin nur ein paar Schritte in den Wald zurückgezogen, um ihren Schlaf nicht mit ihrer Unterhaltung zu stören. Doch als sie zuerst leise und dann lauter nach ihm rief, kam keine Antwort. Alles, was sie erreichte, war, ihre Freundin zu wecken.

Bona setzte sich mit einer geschmeidigen Bewegung auf und blickte Trudi mit leuchtenden Augen an. »So geht das also! Ich glaube, es wird mir sogar gefallen, es mit Ritter Moritz zu tun. Ich hoffe nur, er verfügt über etwas mehr Ausdauer als unser Freund Hardwin. Gerade, als es so richtig schön zu werden begann, wurde sein Riemen schlaff.«

Trudi starrte ihre Freundin verwundert an. »Sag bloß, du hast das als schön empfunden?«

Bona nickte verblüfft. »Du etwa nicht?«

»Nein! Ich wollte es auch nicht, aber …« Trudi brach ab, denn in gewisser Weise war dies eine Lüge. Sie hatte sich in den letzten Wochen durchaus vorgestellt, wie es wäre, mit Georg von Gressingen als Frau und Mann zusammenzuleben und dabei auch diese Dinge zu tun. Nun war es geschehen. Aber sie hatte nicht viel gespürt und war darüber sogar eingeschlafen.

»Daran war nur der Wein schuld! Wäre ich nicht betrunken gewesen, wäre es nicht so weit gekommen«, tröstete Trudi sich. Sie fand es ein wenig bedauerlich, dass Junker Georg nicht bis nach der Hochzeit hatte warten können, hielt ihm aber die große Leidenschaft zugute, die er für sie empfand. Und da er noch am gleichen Tag bei ihrem Vater um sie anhalten würde, hatte sie zwar Schuld auf sich geladen, aber keine Todsünde begangen. Trudi hatte auch nicht vor, sie zu beichten, aber sie würde viele Paternoster und Ave-Maria beten und den Heiland um Verzeihung bitten.

Ihre bußfertige Stimmung hielt nicht lange an. Jetzt, da ihre Übelkeit gewichen war und auch ihr Kopf nicht mehr so schmerzte, dachte sie an die Zukunft und malte sich aus, wie es sein würde, wenn sie als Burgherrin auf Gressingen lebte. Heftiger Durst holte sie jedoch schnell in die Gegenwart zurück, und sie wandte sich der Quelle zu, die Bona verschmäht hatte.

Bei dem Gedanken an ihre Freundin verzog sie das Gesicht. Im Grunde war Bona schuld, dass es zu diesen ungehörigen Dingen gekommen war. Hätte die nicht darauf bestanden, Wein trinken zu wollen, wären sie und Junker Georg nicht so betrunken gewesen, dass sie jeden Anstand vergaßen. Wenigstens waren Gressingen und sie durch ihre Liebe verbunden, und sie würde das Weib des Mannes werden, dem sie ihre Jungfernschaft geopfert hatte. Bona aber hatte den Mann, dem sie anverlobt war, mit einem anderen betrogen und sich wie eine läufige Hündin benommen. Bei dem Gedanken hob Trudi die Nase, tadelte sich aber gleich darauf selbst wegen ihres Hochmuts. Es war nicht recht von ihr, der Freundin die alleinige Schuld an dem Geschehenen zu geben, denn sie hatte sich ebenfalls nicht wie eine brave Jungfer benommen.

Nachdem sie getrunken hatte, hob sie den Rock, um sich zwischen den Beinen zu waschen, die sich klebrig anfühlten, und erschrak. An ihren Schenkeln rann Blut herunter, und ihr Kleid hatte ebenfalls rote Flecken. Vor dem Vater würde sie die Bescherung noch verbergen können, doch wenn ihre Mutter das beschmutzte Kleid sah, würde es ein Donnerwetter geben, das alles bisher Dagewesene in den Schatten stellte. Sie überlegte, ob sie als Ausrede sagen sollte, ihr Monatsblut wäre geflossen, und sie hätte es zu spät gemerkt. Da das letzte Mal aber erst vierzehn Tage zurücklag, würde ihre Mutter ihr wohl kaum Glauben schenken. Mit zusammengebissenen Zähnen begann Trudi, sich und den Stoff zu waschen.

Bona war ihr gefolgt und fauchte sie an: »Musst du die Quelle schmutzig machen? Ich wollte doch auch trinken!«

Trudi empfand den Vorwurf als ungerecht, denn der Born entsprang in Höhe ihrer Augen, und auch wenn sie das Wasser mit den Händen auffing, um sich zu waschen, strömte genug nach. Ärgerlich trat sie ein Stück beiseite und setzte ihre Reinigung an dem Bächlein fort, das von der Quelle gespeist wurde.

Als sie aufsah, bemerkte sie, dass Bona genau das tat, was sie ihr eben vorgeworfen hatte. Sie wusch sich direkt an der Quelle, ohne auf sie Rücksicht zu nehmen. Dieses Verhalten erbitterte sie so, dass sie nicht mehr begreifen konnte, warum sie ihren Vater angebettelt hatte, sie nach Fuchsheim mitzunehmen. Sie hatte Bona besuchen wollen und ein wenig auch gehofft, Junker Georg wiederzusehen. Dafür hatte sie sogar den Zorn ihrer Mutter in Kauf genommen. Nach deren Willen hätte sie zu Hause bleiben und die Mägde überwachen sollen.

Stattdessen hatte sie sich mit dem Mann verbunden, dem seit einigen Wochen ihre innige Zuneigung galt. In ihren Träumen hatte sie sich dieses Ereignis weitaus schöner ausgemalt, und sie fand es traurig, dass ihr der Liebesakt wenig Freude bereitet hatte. Sie hatte sogar ein schlechtes Gewissen, weil sie dabei eingeschlafen war, und hoffte, dass sie Junker Georg damit nicht enttäuscht hatte. Auch deswegen schwor sie sich, ihm eine ergebene Ehefrau zu sein und alles zu tun, um ihn glücklich zu machen.

8.

Als Georg von Gressingen den Burghof betrat, kam ihm sein Onkel Albach entgegen. Das hagere Gesicht des alten Mannes zeigte einen unwirschen Ausdruck, und die lange Narbe auf seiner linken Wange zuckte vor unterdrückter Erregung.

»Da bist du ja endlich!«, schnauzte er seinen Neffen an.

Der Junker wunderte sich über den harschen Tonfall seines Verwandten. »Was ist denn los?«

»Ich will aufbrechen! Die Zeit bis zum Abend reicht noch aus, um nach Hause zu kommen.«

Gressingen war überrascht, denn noch zu Mittag hatte es so ausgesehen, als wolle Albach auf Fuchsheim übernachten.

»Was hat Euch so erbost?« Gressingen erinnerte sich gerade noch rechtzeitig, dass sein Onkel ihn zwar duzte, selbst aber auf der ehrenvollen Anrede bestand, die ihm als älterem Verwandten zustand.

Albach stieß einen Laut aus, der halb wie ein Lachen und halb wie ein wütendes Schnauben klang. »Ich habe noch nie so viel Unsinn schwatzen hören wie heute. Dieser Narr von Fuchsheimer will einen Bund gegen Seine hochwürdigste Exzellenz, den Fürstbischof, schmieden. Hätte ich das vorher gewusst, wäre ich erst gar nicht gekommen. Schließlich ist unsere Sippe mit den Limpurgern verschwägert, und wir halten mehrere Burgen und Dörfer als Würzburger Lehen. Herrn Gottfried verärgern hieße den Ast absägen, auf dem unsere Familie sitzt.«

»Der Limpurger soll aber recht scharf vorgehen und den Untertaneneid auch von Edelleuten verlangen, die seit Generationen als freie Herren auf ihren Burgen sitzen«, wandte Junker Georg ein.

Albach zuckte mit den Achseln. »Wer klug ist, weiß auch in einer solchen Zeit sein Brot zu buttern. Als Fürstbischof ist Herr Gottfried in der Lage, etliche Ämter, Vogteien und Kastellanstellen zu vergeben, und die erhalten natürlich jene Männer, deren Treue er sicher sein kann. Ich war letztens auf Burg Marienberg und habe mit dem Bischof gesprochen. Herr Gottfried ließ dabei anklingen, dass ich die Vogtei von Schwappach erhalten könnte. Es würde sich auch für dich lohnen, in seine Dienste zu treten. Er ist Vormund mehrerer junger Erbinnen, für die er die richtigen Ehemänner sucht.«

Gressingen winkte ab. »Kaum eine so reiche, wie ich sie im Auge habe. Eigentlich wollte ich heute noch Michel Adler aufsuchen und um dessen Tochter freien!«

Sein Onkel schüttelte heftig den Kopf. »Daraus wird nichts! Der Kibitzsteiner war ein Busenfreund des als Verschwender geltenden Johann von Brunn und steht bei seinem Nachfolger nicht gerade in hohem Ansehen. Herr Gottfried hegt den Verdacht, sein Vorgänger habe Michel Adler Würzburger Besitz für billiges

Geld überlassen und damit dem Fürstbistum großen Schaden zugefügt. Zudem zählt der Kibitzsteiner zu den Gegnern von Herrn Gottfried, denn er hat sowohl dem Fuchsheimer wie auch Abt Pankratius geraten, die berechtigten Forderungen des Bischofs zurückzuweisen und das Gericht des Kaisers anzurufen.«

»Das Hochgericht für Franken befindet sich in Würzburg. Also wird sicher kein Spruch gegen den Willen des Bischofs gefällt.«

»Ich sagte, das Gericht des Kaisers, nicht das fränkische!« Albach spie aus, doch noch während er seinem Neffen zu erklären versuchte, was hier geschehen war, begriff er, wie er das auf Fuchsheim Gehörte zu seinen Gunsten verwenden konnte.

»Wir kehren nach Hause zurück, und morgen reiten wir weiter nach Würzburg, um mit Seiner hochwürdigsten Exzellenz zu sprechen und sie vor den Fuchsheimer und Kibitzsteiner Ränken zu warnen. Ich werde dabei fallenlassen, dass dir an einer Heirat mit einer reichen Erbin gelegen sei.«

Der Elan des Onkels überraschte Gressingen ebenso wie dessen Pläne, denn er hatte erwartet, Albach würde die Freiheit, die ihre Sippe sich in den letzten Generationen errungen hatte, zäh verteidigen. Doch wenn er in Würzburger Diensten noch höher aufsteigen konnte, war es verständlich, dass er zum Bischof hielt. Er selbst besaß ebenfalls eine Burg, die einst dem Hochstift gehört hatte, aber seit Jahrzehnten wie eine freie Reichsherrschaft geführt worden war. Wenn der neue Fürstbischof seine ehrgeizigen Pläne weiterverfolgte, würde auch er sich für oder gegen Würzburg entscheiden müssen. Sein Onkel hatte diese Wahl bereits getroffen und schien damit zufrieden zu sein.

Dieser Gedanke gab für Junker Georg den Ausschlag, denn er wollte sich nicht gegen seine Familie stellen, indem er ein Mädchen heiratete, dessen Vater ein Feind des Bischofs war und überdies keiner mächtigen Sippe angehörte. Da war es besser, auf die Unterstützung seines Onkels zu hoffen. Gressingen dachte kurz

daran, dass Maximilian von Albach bis jetzt keinen Finger für ihn gerührt hatte. Das würde er nun tun müssen, wenn er den Fürstbischof nicht gegen seine Sippe aufbringen wollte. Damit aber stand für ihn eine Braut in Aussicht, die nicht nur Geld in die Ehe mitbringen, sondern ihm auch die Verbindung zu einer einflussreichen Familie ermöglichen würde.
Zwar hatte er Trudi bei seiner Ehre geschworen, bei Michel Adler um sie anzuhalten, aber das wusste ja niemand außer ihm und ihr. Sie würde schon um ihres eigenen Rufes willen verschweigen müssen, was an diesem Tag geschehen war. Und doch ging ihm die Szene nicht aus dem Sinn, in der er vor ihr gekniet und einen Eid geleistet hatte, der ihn auf Ehre band, sie zu heiraten. Der Eid eines Ritters war heilig, und wenn er ihn brach, konnte ihm dies viele Jahre im Fegefeuer einbringen. Außerdem war das Mädchen wirklich schön, und er würde, wenn er mit einer anderen Frau im Ehebett lag, immer an Trudi denken müssen. Plötzlich beschlichen ihn Zweifel, und er fragte sich, ob der Zorn Gottfried Schenks zu Limpurg auf ihren Vater wirklich so groß war, wie sein Onkel es ihm weismachen wollte. Doch dann schüttelte er mit einem ärgerlichen Laut den Kopf. Sein Onkel hatte ihn gewiss nicht umsonst gewarnt. Außerdem war Trudi von obskurer Abkunft, die selbst der Adelstitel, der ihrem Vater verliehen worden war, nicht überdecken konnte. Vor allem um die Mutter rankten sich allerlei Gerüchte, die sie in keinem guten Licht erscheinen ließen, und der Vater habe nach langen Dienstjahren als bürgerlicher Söldner nur durch einen glücklichen Zufall das Wohlgefallen Kaiser Sigismunds errungen.
Nein, da war es besser, dem Onkel zu willfahren. Um seine eigene Seligkeit durfte ihm da nicht bange sein. Irgendwann würde er einen Priester finden, der ihn gegen eine gewisse Buße davon freisprach, sagte er sich und verdrängte Trudi aus seinen Gedanken.
Unterdessen stieg Albach auf sein Pferd, das ein Stallknecht zu ihm geführt hatte. Gressingen nahm sein Tier ebenfalls in Emp-

fang und schwang sich mit dem Gefühl in den Sattel, gerade vor einem schweren Fehler bewahrt worden zu sein. Als er und sein Onkel die Burg im flotten Trab verließen, war er dennoch froh, unterwegs nicht auf Trudi zu treffen. Um seine Gedanken von ihr zu lösen, lenkte er seinen Hengst neben Albachs Pferd. »Ich bin gespannt, über welche Erbinnen Herr Gottfried seine Hand hält. Je reicher eine ist, umso lieber wäre sie mir.«
Albach nickte wohlwollend, weil sein Neffe genug Verstand bewies, um zu erkennen, wo seine Vorteile lagen. »Ich werde schon dafür sorgen, dass du nur die Beste bekommst!«

9.

Trudi und Bona hatten sich gemeinsam auf den Rückweg gemacht, wechselten aber kein Wort mehr miteinander, sondern hingen ihren Gedanken nach. Während Trudis Überlegungen eher mit freudiger Erwartung erfüllt waren, sah Bona der Ehe mit einem beinahe dreimal so alten Mann mit noch größerem Schauder entgegen. Sie konnte für ihren Zukünftigen weder Freundschaft noch Zuneigung, geschweige denn Liebe empfinden und beneidete Trudi, die die Werbung eines stattlichen jungen Ritters erwarten durfte. Den beiden Reitern am Horizont schenkte keine von ihnen Beachtung.
Schließlich blieb Bona ein Stück zurück, denn sie konnte Trudis selbstzufriedenen Gesichtsausdruck nicht mehr ertragen. Hätte sie eine ähnlich große Mitgift zu erwarten wie ihre Freundin, so wäre Georg von Gressingen gewiss ihr Bräutigam geworden. Der Junker hatte sich doch nur für Trudi entschieden, weil deren Vater weitaus wohlhabender war als die meisten Ritter und Burgherren in Franken. Ihr aber blieb nur die Wahl zwischen einem Brautwerber wie Mertelsbach oder dem Eintritt in ein Kloster.

Bonas Gefühle blieben Trudi nicht verborgen, umso mehr freute sie sich auf das Wiedersehen mit Junker Georg. Deswegen kümmerte sie sich nicht weiter um ihre Freundin, sondern lief die letzten Windungen des steilen Weges leichtfüßig hinauf, trat durch das Burgtor und sah sich um. Aber auch hier war Junker Georg nirgends zu sehen. Hatte sie auf dem Rückweg gehofft, er würde unterwegs auf sie warten, um mit ihr zusammen vor den Vater zu treten, fühlte sie nun einen kleinen Stich in ihrer Brust. Der Burghof war leer bis auf einen Knecht, der erst vor kurzem gefallene Pferdeäpfel mit einem Reisigbesen und einer Holzschaufel aufnahm und zum Misthaufen brachte, und in der Eingangshalle des Palas liefen auch nur Bedienstete herum. Als sie den Rittersaal betrat und zur Treppe ging, sah sie, dass die Herren ihre Beratung bereits beendet hatten. Nur Fuchsheim und sein zukünftiger Schwiegersohn Mertelsbach saßen noch am Tisch, hielten ihre Becher in der Hand und wirkten alles andere als nüchtern.

Bei diesem Anblick empfand Trudi Stolz auf ihren Vater, der meist nur so viel Wein trank, wie er mit klarem Kopf vertragen konnte. Ein einziges Mal war er richtig betrunken gewesen, und selbst da hatte er in ihren Augen mehr Würde ausgestrahlt als die beiden alten Männer.

Sie wandte Fuchsheim und Mertelsbach den Rücken zu und ging weiter. Zwei Stockwerke höher lagen die beiden Räume, in denen ihrem Vater und ihr Schlafgelegenheiten zugewiesen worden waren. Leider war der Platz in der alten Burg recht beengt, und so musste sie das Bett mit Hertha von Steinsfeld teilen, während ihr Vater deren Sohn und Abt Pankratius als Bettgenossen hatte.

In der Hoffnung, Gressingen habe ihren Vater bereits aufgesucht, öffnete sie die Tür zu dessen Kammer und steckte den Kopf hinein. Sie entdeckte jedoch nur Hardwin von Steinsfeld, der schnarchend auf dem Bett lag und seinen Rausch ausschlief.

»Sicher haben Vater und Junker Georg einen geeigneteren Platz gefunden, um miteinander zu reden«, sagte sie sich und überlegte, ob sie die beiden suchen sollte. Es wäre jedoch ungehörig gewesen, sie bei ihrem Gespräch zu stören, daher beschloss sie, die ihr zugewiesene Kammer aufzusuchen und zu warten, bis ihr Vater sie rufen würde. Doch als sie den Raum betrat, fand sie dort Hertha von Steinsfeld vor. Diese hatte sich, ermattet von der langen Besprechung, hingelegt und schnarchte ähnlich laut wie ihr Sohn. Das wird eine weitere unruhige Nacht, dachte Trudi seufzend und wünschte, sie wäre wieder zu Hause.

Da sie nicht in dem Raum bleiben mochte, machte sie sich nun doch auf die Suche nach ihrem Vater und entdeckte ihn schließlich im hinteren Teil der Burg.

Michel hatte eigentlich nachsehen wollen, wo Trudi blieb, war dabei jedoch an Abt Pankratius von Schöbach geraten und von diesem in ein Gespräch verwickelt worden. Da der Schöbacher zu seinen engsten Freunden zählte, konnte er ihn nicht einfach wegschicken und hatte daher beschlossen, später nach Trudi zu sehen.

Enttäuscht, weil es sich bei dem Gesprächspartner ihres Vaters nicht um Georg von Gressingen handelte, zog Trudi sich zurück und machte sich nun auf die Suche nach ihrem Geliebten. Doch es war, als habe Junker Georg sich in Luft aufgelöst. Und so war Trudi trotz ihrer Missstimmung doch froh, als sie nach einer Weile auf Bona traf. »Weißt du, wo Junker Georg ist? Er wollte sich doch heute noch mit meinem Vater treffen.«

Bona hatte bereits erfahren, dass Maximilian von Albach die Burg nach einem Streit mit ihrem Vater verlassen und seinen Neffen mitgenommen hatte. Nun lächelte sie ein wenig schadenfroh, denn es sah nicht so aus, als würde Trudi von dem Räuber ihrer Jungfernschaft vor den Traualtar geführt werden. Dennoch würde ihre Freundin, was ihren künftigen Gatten betraf, zumindest ein Mitspracherecht haben. Einen Augenblick stieg wieder der Neid bitter wie Galle in Bona hoch, und sie wünschte Trudi, schwanger geworden zu sein. Das wäre die richtige Strafe für das hochnäsige Ding, welches ihr unterwegs vorgeworfen hatte, sich wie eine Metze benommen zu haben.

»Junker Georg suchst du hier vergebens. Der hat sich bereits auf den Heimweg gemacht.«

»Oh nein! Das glaube ich nicht.« Trudi sah Bona entsetzt an und fragte sich, ob ihr Vater Gressingen vielleicht abschlägig beschieden hatte. Zwar konnte sie sich das kaum vorstellen, denn noch am Vortag hatte er Junker Georg gelobt. Es mochte allerdings sein, dass er seine Antwort verschoben hatte, um noch einmal mit ihrer Mutter zu reden. Diese mochte Gressingen nicht und hatte nach dessen letztem Aufenthalt auf Kibitzstein behauptet, der Mann sei charakterlos und nichts als ein Mitgiftjäger. Trudi fand diesen Vorwurf ungerecht, denn sie hatte keinen Fehl an Junker Georg gefunden, und sie liebte ihn.

Nein, nein und dreimal nein, sagte sie zu sich selbst, als die mahnende Stimme ihrer Mutter nicht aus ihrem Kopf weichen wollte. Junker Georg liebt mich ebenfalls und wird mich heiraten. Schließlich haben wir uns heute auf immer miteinander verbunden. Bestimmt hat sich etwas ereignet, das ihn gezwungen hat, Fuchsheim zu verlassen.

Bona sah, wie es in der Jüngeren wühlte, und rauschte in dem Bewusstsein ab, ihrer Freundin alle Vorwürfe heimgezahlt zu haben.

Trudis Glaube an Georg von Gressingen war jedoch ungebrochen, und als sie später von Hertha von Steinsfeld erfuhr, dass Albach sich mit ihrem Gastgeber zerstritten hatte, entschuldigte sie den jungen Ritter mit seinen Pflichten dem älteren Verwandten gegenüber. Gewiss würde er in den folgenden Tagen nach Kibitzstein kommen und sich erklären. Mit diesem Gefühl legte sie sich zu Bett und schlief trotz der Kopfschmerzen, die sie jetzt wieder stärker quälten, und Frau Herthas rasselndem Atem rasch ein.

Michel Adler vermisste seine Tochter beim Abendessen, doch Bona, die ihren Rausch inzwischen vollständig überwunden hatte, erklärte freundlich lächelnd, dass Trudi wohl einen Becher zu viel von dem süßen Wein im Dorf getrunken hätte. Es wunderte ihn zwar, da ein solches Verhalten nicht so recht zu Trudi passte, aber da Bona wie das blühende Leben wirkte und sich köstlich amüsiert zu haben schien, nahm er an, dass seiner Tochter der Ausflug ebenfalls gefallen hatte.

10.

Georg von Gressingen dachte in den nächsten Tagen mehrfach an Trudi und verspürte ein schlechtes Gewissen. Ein Teil von ihm hoffte, sein Onkel irre sich, und Michel Adler sei doch in der Lage, sich mit dem neuen Bischof zu einigen. Dann könnte er unbeschwert nach Kibitzstein reiten und um das Mädchen werben. Eine gleichermaßen wohlhabende und hübsche junge Erbin würde Herr Gottfried ihm wohl kaum bieten können. Deshalb war er sehr gespannt, was der Ritt zur Burg Marienberg ihm einbringen würde. Er sollte offiziell dem neuen Fürstbischof vorgestellt werden und fieberte der Audienz entgegen. Zwar war er Gottfried Schenk zu Limpurg bereits das eine oder andere Mal begegnet, aber er hatte dem hohen Herrn noch nicht angenehm auffallen können.

Während der Albacher sich ohne Zögern für den Fürstbischof entschieden hatte, bekam der Fuchsheimer in diesen Tagen mehrmals Besuch von Leuten, die erkannt hatten, welche Gefahren ihnen durch die Forderungen des Fürstbischofs drohten, aber nicht bereit waren, sich von vornherein als dessen Feinde zu erkennen zu geben. Ritter Ludolf erhielt viel Zuspruch und auch das eine oder andere Hilfsangebot, das er sich eigentlich von dem größeren Zusammentreffen erhofft hatte.

Doch die hohen Herren in diesem Teil des Frankenlands, die Grafen Castell, die Hohenlohes und die Wertheimer, deren gemeinsames Wort auch von dem Würzburger Bischof nicht einfach beiseitegeschoben werden konnte, kamen nicht und schickten auch keinen Boten. Dennoch war Bonas Vater mit dem, was er erreicht hatte, recht zufrieden und ging daran, die Hochzeit seiner Tochter mit Moritz von Mertelsbach vorzubereiten. Er hoffte, während der Feier die Gäste noch stärker auf seine Seite ziehen zu können.

Während Bona mit ihrem Schicksal haderte, das sie an einen Mann auf der Schwelle zum Greisenalter binden würde, schlich Hardwin von Steinsfeld in den ersten Tagen nach dem Treffen wie ein halberstarrtes Kaninchen durch die Korridore der heimatlichen Burg, gerade so, als fürchte er sich vor dem Strafgericht, das unweigerlich über ihn hereinbrechen musste. Seine Mutter war bisher noch hinter jedes Geheimnis gekommen, und er erwartete jeden Augenblick, in einem Hagel aus Vorwürfen und Anschuldigungen zu stehen.

Doch Hertha von Steinsfeld schimpfte zwar über alles und jeden und auch über echte und vermeintliche Fehler ihres Sohnes, doch die verwerfliche Tat, die er tatsächlich begangen hatte, erwähnte sie nicht. Als bekannt wurde, dass der Fuchsheimer sie zur Hochzeit seiner Tochter einladen würde, die in wenigen Wochen stattfinden sollte, verstärkte sich Hardwins Verzweiflung. Er wollte nicht dorthin reiten, denn dann müsste er mit ansehen, wie Bona die Frau eines anderen wurde. Ohnehin litt er stark an den Folgen seines Tuns. Durch das Liebesspiel mit Bona war sein Appetit auf Frauen erwacht, aber wenn er die Mägde zu Hause mit der Maid auf Fuchsheim verglich, erschienen diese ihm geradezu abstoßend hässlich, und er beneidete Moritz von Mertelsbach von Tag zu Tag mehr.

Während Hertha von Steinsfeld die Pläne des Fuchsheimers mit sich selbst besprach, weil ihr Sohn meist nur stummer Zuhörer war, lieferte das Thema auf Kibitzstein Stoff für viele Diskussionen. Michel war mehr denn je der Ansicht, dass nur ein fester Bund der Burgherren in der Lage sei, sich gegen die Begehrlichkeiten des Würzburger Bischofs zu behaupten. Doch ein Zusammenschluss musste offen geschehen und mit den Gesetzen des Reiches vereinbar sein. Allerdings war ihm klar, dass es fast unmöglich war, die vielen Reichsritter in den Landen um den Main unter eine Kappe zu bekommen.

Abt Pankratius hatte Michel nach Kibitzstein begleitet, um sich mit ihm zu beraten. Da der Burgherr und seine Frau ihm ein gastfreies Haus boten, blieb er gleich mehrere Tage und genoss dabei das Gespräch mit dem Hausherrn ebenso wie die gute Küche, die sich nicht vor der seines Klosters verstecken musste. Auf Kibitzstein wurde sogar abwechslungsreicher gegessen, da die Burgherrin weit gereist war und in die Töpfe vieler Länder hatte schauen können.

Anders als Marie bemerkte Michel nicht, dass Trudi ihre Pflichten in diesen Tagen nur sehr nachlässig erfüllte. Statt auf die Mägde zu achten und selbst mit Hand anzulegen, lief sie immer wieder zum Söller und spähte auf den Weg hinunter, der sich von Habichten zur Burg hochschlängelte. Wenn sie wieder zurückkehrte, hatte sich der erwartungsfrohe Ausdruck auf ihrem Gesicht verloren, und sie kaute auf ihren Lippen herum. Marie, die ihre Tochter besorgt beobachtete, gewann den Eindruck, ihre Älteste würde jedes Mal, wenn sie allein war, in Tränen ausbrechen. Als Trudi wieder einmal auf den Söller hinaustrat, anstatt das Anheizen des Backofens zu überwachen, humpelte ihre Mutter auf einen Stock gestützt hinter ihr her. »Nach wem hältst du denn so eifrig Ausschau?«

Trudi zuckte erschrocken zusammen, raffte ihren Rock und wollte sich an ihr vorbeischieben, um zurück in den Hof zu gehen. Doch Marie hielt sie fest. »Hast du etwa Heimlichkeiten vor deinem Vater und mir?«

Trudi schüttelte den Kopf, schob aber die Unterlippe vor, wie sie es immer tat, wenn sie sich störrisch zeigte.

Marie seufzte und versuchte, ihrer Tochter einen verständnisvollen Blick zu schenken, auch wenn sie sich über deren Pflichtvergessenheit ärgerte. »Irgendetwas ist doch mit dir los. Willst du es mir nicht sagen?«

Diesmal war das Kopfschütteln nur leicht angedeutet. Aber es machte Marie klar, dass es sinnlos war, weitere Fragen zu stellen. Drang sie in Trudi, würde dies nur zu einem heftigen Streit führen. Daher ließ sie sie los und blickte stumm hinter ihr her. Ihre Tochter eilte so hastig die Treppe hinunter, als wäre sie froh, aus ihrer Nähe zu kommen.

Warum vertraut sie mir nicht?, fragte Marie sich und seufzte tief. Irgendetwas hatte sie bei der Erziehung ihrer Tochter falsch gemacht. Dabei hatte sie immer nur das Beste für das Mädchen gewollt. Aber Trudi wollte einfach nicht einsehen, dass sie als Älteste mehr Pflichten übernehmen musste als ihre jüngeren Schwestern. Gerade in dieser Zeit, in der sie selbst sich wegen ihrer Knieverletzung trotz aller Salben, die ihr ihre Freundin, die Ziegenbäuerin, anrührte, nur mit Hilfe eines Stockes fortbewegen konnte, hätte sie sich etwas mehr Unterstützung von ihrer erwachsenen Tochter erhofft.

Marie ließ erschöpft die Schultern sinken und sagte sich, dass sie mit Michel über Trudi reden musste. Ihr Gemahl hing in einer schon übertriebenen Art an dem Mädchen und zog es seinen Geschwistern in allem vor. Das war höchst ungerecht, insbesondere ihrem einzigen Sohn gegenüber, der einmal Kibitzstein übernehmen würde und daher am stärksten auf den Rat und die Führung des Vaters angewiesen war.

Derzeit weilte Falko bei Graf Heinrich auf Hettenheim, um in dessen Diensten zu lernen, ein tapferer Ritter zu werden. Auch ihr Pflegesohn Egon hatte Kibitzstein verlassen und diente nun Herrn Konrad von Weilburg als Knappe. Sie selbst liebte die beiden Jungen nicht weniger als Lisa und Hildegard und versuchte, den vieren das an Liebe zu ersetzen, was Michel ihnen vorenthielt.

»So versonnen, Herrin?« Anni, die Beschließerin, hatte Marie auf dem Söller gesehen und war zu ihr heraufgestiegen.

Marie machte eine Handbewegung, als wolle sie ihre flatternden Gedanken wieder einfangen, und seufzte. »Ich weiß nicht, was ich mit Trudi anfangen soll. Als Kind war sie ein umtriebiges, aber liebes Ding, doch seit zwei Jahren benimmt sie sich störrischer als ein Maultier, und es ist kaum noch mit ihr auszuhalten.«

»So schlimm ist es auch wieder nicht.« Um Annis Lippen spielte ein verlegenes Lächeln. Sie wollte Marie nicht gestehen, dass Trudi oft zu ihr kam, um sich über die angebliche Ungerechtigkeit der Mutter zu beschweren. In den vielen Gesprächen, die sie mit Marie oder ihrer Tochter geführt hatte, war Anni klargeworden, dass die beiden einander zwar von Herzen liebten, aber auch dieselben Starrköpfe hatten, die sie immer wieder aneinandergeraten ließen.

Die Burgherrin winkte ab. »Das sagst du! Aber ich weiß mir mit Trudi nicht mehr zu helfen. Wenn ich ihr etwas anschaffe, das ihr nicht passt, läuft sie zu Michel, und der lässt ihr ihren Willen!«

Maries Augen funkelten so zornig, dass Anni nicht wagte, etwas zu Trudis Verteidigung vorzubringen. In einem hatte ihre Herrin ja recht: Seit das Mädchen von Fuchsheim zurückgekommen war, benahm es sich wirklich eigenartig.

Anni beschloss, Trudi bald darauf anzusprechen, doch vorher galt es, Maries Unmut zu beschwichtigen. »Ich würde mir an Eurer Stelle nicht so viele Sorgen um Trudi machen. Sie ist in einem Alter, in dem Mädchen im Allgemeinen schwierig werden. Gewiss gibt sich das bald wieder.«

»So? Wie viele Töchter hast du denn schon aufgezogen, dass du so erfahren daherredest?« In Maries Stimme schwang ein wenig

Spott mit, weil Anni immer noch unverheiratet war und es den Anschein hatte, als wolle sie eine alte Jungfer werden. Sie ging auf die dreißig zu, war aber abgesehen von einem Hang zur Hagerkeit durchaus ansehnlich.

Anni zog bei dem Spott den Kopf ein, gab aber nicht nach. »Natürlich habe ich selbst noch keine Tochter zur Welt gebracht, aber ich habe Mariele und Mechthild im selben Alter erlebt. Viel schlimmer als die beiden benimmt Trudi sich auch nicht.«

Der Hinweis auf die Töchter der Bäuerin auf dem Ziegenhof verfing. Zum einen war Hiltrud Maries beste Freundin und Trudis Patin, während Marie Mariele aus der Taufe gehoben und später mit einem wohlhabenden Kaufmann aus Schweinfurt verheiratet hatte, und zum andern übte der Gedanke an ihre langjährige Weggefährtin und Lebensretterin stets eine besänftigende Wirkung auf Marie aus. Auch jetzt lächelte sie und blickte über den Hügel hinüber zum Ziegenhof, der ein wenig seitlich vom Meierdorf lag. Hiltrud und ihr Mann hatten vor mehreren Jahren solide Gebäude errichtet und mit einer festen Umfassungsmauer umgeben, so dass ihr Anwesen beinahe wie eine kleine Burg wirkte.

»Hiltrud wartet sicher schon auf meinen Besuch und wird traurig sein, weil ich wegen meines verletzten Beines nicht zu ihr kommen konnte.« Marie strich vorsichtig über ihr Knie und stöhnte auf, als die Schmerzen bis in die Zehen schossen.

Anni wies auf den Stall. »Soll ich einen Wagen für Euch anspannen lassen, Herrin? Wenn Ihr Euch auf ein dickes Polster setzt, werdet Ihr die kurze Strecke wohl zurücklegen können.«

»Tu das!« Marie hatte Lust bekommen, ihre Freundin aufzusuchen. Vielleicht konnte Hiltrud, die über einen gesunden Hausverstand verfügte, ihr raten, wie sie mit Trudi umgehen sollte. Immerhin hatte ihre Freundin zwei Mädchen aufgezogen, und beide waren in Trudis Alter ebenfalls nicht leicht zu behandeln gewesen. Sie konnte sich noch gut erinnern, wie oft Mariele und

Mechthild zu ihr gekommen waren, um sich über ihre Mutter zu beklagen.

Die Erinnerung daran zauberte den Anflug eines Lächelns auf Maries Lippen. Anni sah es und atmete auf. Ihre Herrin war eine Seele von einem Menschen, doch wenn ihr etwas gegen den Strich ging, konnte sie fuchsteufelswild werden. Diese Gefahr schien jedoch vorerst gebannt zu sein.

II.

So rasch, wie sie gehofft hatte, kam Marie nicht dazu, Hiltrud zu besuchen. Abt Pankratius hatte von ihrer Reise in das Land der Moskowiter erfahren und wollte von ihr hören, wie es in jenem fernen Landstrich zuging. Daher musste Anni den Befehl geben, den Wagen wieder auszuspannen.

Inzwischen hatte Trudi es in der Burg nicht mehr ausgehalten und sich auf den Weg zum Ziegenhof gemacht. Die Bäuerin, eine große, wuchtig gebaute Frau mit weißen Haaren und einem für ihr Alter noch recht glatten Gesicht, fütterte gerade ihre Ziegen mit Brotresten, als das Mädchen erschien. Hiltrud war erfahren genug, um zu erkennen, welcher Kummer in ihrem Patenkind wühlte.

Schnell warf sie den Ziegen die letzten Brotkrumen hin und winkte Trudi, mit ihr zu kommen. »Du hast doch sicher Hunger. Komm mit! Ich mache dir ein Wurstbrot.«

Hunger war das Letzte, das Trudi verspürte, doch sie kannte die Bäuerin und wusste, dass sie deren Angebot nicht ausschlagen durfte. »Danke, Tante Hiltrud«, sagte sie daher artig und folgte der alten Frau ins Haus.

In der Küche wies Hiltrud mit dem Kinn auf einen Stuhl und holte anschließend Brot, Butter und Wurst aus dem kühlen Keller, der ihr als Vorratsraum diente.

»Was hast du auf dem Herzen?«, fragte sie, während sie das Brot abschnitt und dick mit Butter bestrich.

»Wie kommst du darauf, dass ich etwas auf dem Herzen hätte?« Trudi versuchte zu lachen, doch es kam nur ein kläglicher Laut aus ihrer Kehle.

»Natürlich hast du etwas auf dem Herzen. Das sehe ich dir an der Nasenspitze an. Was willst du trinken, Wein?«

Die Frage erinnerte Trudi daran, dass sie im Fuchsheimer Wald zu viel getrunken hatte, und sie schüttelte mit einer Gebärde des Abscheus den Kopf. »Nein, danke! Mir reicht ein Becher Kräutertee.«

»Gut!« Hiltrud trat an den Herd, nahm einen Lappen und ergriff einen Topf, in dem sie einen Sud aus Melisse, Minze und Kamille warm hielt. »Der war zwar für eine kranke Ziege gedacht, aber er ist vielleicht auch gut für ein krankes Herz«, sagte sie, während sie einen Becher mit der dunklen Flüssigkeit füllte.

»Dir kann man wohl gar nichts verheimlichen.« Trudi seufzte tief und blickte zu Boden.

»So schlimm steht es?«

»Es ist nicht nur schlimm, es ist … sehr schlimm.« Das Mädchen blickte seine Patentante an wie ein verschrecktes Kätzchen. »Es ist so, weißt du … Da gibt es einen jungen Ritter. Er hat …, äh, nun, er gefällt mir gut.«

Hiltrud wiegte verwundert den Kopf. Das hörte sich wirklich nicht nach der Trudi an, die sie kannte. Bisher war ihr das Mädchen stets stark vorgekommen und hatte einen festen Willen gezeigt. Das Kind nun so elend vor sich zu sehen, tat ihr weh. Sanft nahm sie Trudi in die Arme und zog sie an ihren Busen.

»Willst du mir nicht sagen, was dich bedrückt? Weißt du, ich habe im Lauf meines Lebens erfahren, dass es manchmal gut ist, wenn man sich einem anderen Menschen anvertrauen kann. Ich erzähle auch gewiss nichts weiter.«

»Das weiß ich doch, Tante Hiltrud. Darum bin ich auch zu dir gekommen. Ich brauche jemanden, mit dem ich reden kann, sonst werde ich noch verrückt.«

»So schrecklich wird es doch nicht sein!« Ihren Worten zum Trotz machte die alte Bäuerin sich Sorgen. Sie kannte Trudi, seit diese auf ihrem Hof geboren worden war, und hatte sie noch über Dinge lachen hören, bei denen andere Mädchen bereits in Tränen ausgebrochen wären. Wenn ihr Patenkind so verzagt wirkte, musste ihm etwas Ernsthaftes zugestoßen sein.

Hiltrud drängte Trudi, von dem Kräutertee zu trinken, dem sie eine beruhigende Wirkung beimaß, setzte sich zu ihr und wartete darauf, dass sie weitersprach. Nachdem ihre Kinder bis auf einen Sohn den Hof verlassen hatten, war es still um sie geworden. Ihre erstgeborene Tochter hatte geheiratet, ihr ältester Sohn, der nach Ritter Michel benannt worden war, weilte in dessen Diensten als Kastellan auf Burg Kessnach im Odenwald, ihre Mechthild arbeitete oben in der Burg als Köchin, und Giso, ihr Jüngster, besuchte ein Priesterseminar. Nur Dietmar war auf dem Ziegenhof geblieben und ging meist ruhig und schweigsam seiner Arbeit nach. Meist bedauerte Hiltrud die Ruhe, die nun in ihrem Haus herrschte. An diesem Tag aber war sie froh, dass nicht ständig jemand in die Küche platzte, denn sonst wäre es ihr nicht gelungen, Trudi zum Reden zu bewegen.

Da das Mädchen so wirkte, als ziehe es sich in sich zurück, umschlang sie Trudi und brachte sie mit geschickten Fragen dazu, ihr von Georg von Gressingen zu erzählen, der Trudis Beschreibung zufolge ein prachtvoller junger Mann war, dem kein Zweiter das Wasser reichen konnte. Es war zu spüren, wie tief Trudis Liebe zu diesem Mann ging. Das sollte eigentlich kein Grund zum Weinen sein, denn Michel würde Gressingen als Eidam höchst willkommen sein. Aber Hiltrud wusste auch, dass Marie dem Junker nicht die gleiche Sympathie entgegenbrachte wie ihr Mann und ihre Tochter. Ihre Freundin hatte geäußert, Gressingen ähnele zu sehr Michels einstigem Todfeind Falko von

Hettenheim und trüge auch Züge von Magister Ruppertus Splendidus, der ihren Vater umgebracht und ihr Heimat und Ehre genommen hatte. Da Hiltrud annahm, Maries Bild von dem Ritter würde durch ihre Voreingenommenheit gegenüber jungen Herren von Stand getrübt, hoffte sie inständig, Georg von Gressingen sei von edlem Charakter und wäre Trudis tiefer Liebe wert.
Doch während ihr Patenkind weitererzählte, schwand Hiltruds Zuversicht. Einmal im Redefluss verfangen, beichtete Trudi ihr auch das, was im Fuchsheimer Wald geschehen war, und sagte zuletzt weinend, sie warte seit jenem Tag darauf, dass Georg von Gressingen auf Kibitzstein erscheinen und seinen Schwur erfüllen würde.
Trudis Bericht erschreckte ihre Patentante so, dass sie einige Augenblicke brauchte, um sich zu fassen. Alles in ihr schrie danach, das Mädchen zu streicheln und zu trösten. Doch Trudi war kein kleines Kind mehr, das sich das Schienbein gestoßen hatte, und das, was geschehen war, würde auch die Zeit nicht heilen. Trudi hatte ihre Jungfernschaft an einen Mann verloren, der ihrer Liebe nicht wert war, und sie würde von Glück sagen können, wenn der Junker nicht im Kreis seiner Freunde mit seiner Eroberung prahlte.
Möglicherweise, berichtigte sie sich, tat sie ihm auch unrecht. Er konnte durch andere Pflichten oder Krankheit daran gehindert worden sein, nach Kibitzstein zu reiten und sich zu erklären. Noch während Hiltrud dieser Gedanke durch den Kopf schoss, kam Trudi darauf zu sprechen.
»Es muss etwas Unerwartetes dazwischengekommen sein, denn sonst wäre Junker Georg bereits hier gewesen. Gewiss wird er in den nächsten Tagen erscheinen und mich für sein Säumen um Verzeihung bitten. Aber wenn ich bis Ende dieser Woche nichts von ihm erfahren habe, reite ich nach Gressingen und sehe nach, was los ist.«

Hiltrud ließ das Mädchen los und schlug die Hände über dem Kopf zusammen. »Kind, das kannst du nicht tun! Deine Eltern würden dich niemals allein reiten lassen.«

Das Aufblitzen in Trudis Augen zeigte ihr, dass diese gewillt war, notfalls heimlich die väterliche Burg zu verlassen, um ihren Liebhaber zu treffen. Doch wenn sie dies tat und es bekannt wurde, geriet sie so in Verruf, dass kein Mann mehr um sie werben würde.

»Du solltest besser warten, bis du etwas von Junker Georg hörst. Wahrscheinlich musste er Hals über Kopf auf Reisen gehen, sonst hätte er dir eine Botschaft geschickt.«

»Daran habe ich noch gar nicht gedacht.« Trudi klammerte sich so stark an diese Möglichkeit, dass Hiltrud insgeheim die Heilige Jungfrau anflehte, Georg von Gressingen so bald wie möglich erscheinen zu lassen.

»Er muss kommen und mich heiraten. Schließlich habe ich ihm meine Tugend geopfert!« Nun klang Trudi kämpferisch, und Hiltrud sah neue Schwierigkeiten voraus, wenn dieser Wunsch sich nicht erfüllen würde.

»Vielleicht solltest du mit deiner Mutter darüber reden, und Marie mit deinem Vater. Michel ist Manns genug, um Gressingen zu zwingen, sein Wort zu halten.«

Trudi sprang erschrocken auf und wedelte mit den Armen. »Nein! Mama darf nichts davon erfahren. Frag nicht, wie oft sie mir gepredigt hat, ich müsse auf meine Jungfernschaft achten – so als wäre diese das höchste Gut der Welt. Dabei war sie selbst alles andere als eine Jungfrau, als mein Vater sie geheiratet hat.«

Das klang so verächtlich, dass Hiltrud die Hand ausrutschte, und sie erschrak mindestens ebenso wie Trudi, als der Schlag auf die Wange des Mädchens klatschte. Dennoch packte sie ihr Patenkind mit einem schmerzhaften Griff und zog es so nahe an sich heran, dass sich ihre Nasen beinahe berührten.

»Sag nie mehr ein böses Wort gegen deine Mutter! Sie ist der beste Mensch der Welt! Ich rate dir, mit ihr zu reden, denn wenn sie von Fremden erfährt, was mit dir los ist, wird sie mit Recht zornig auf dich sein.«
Trudi machte sich mit einer heftigen Bewegung frei. »Mama würde mir nicht glauben, wenn ich ihr sage, dass ich betrunken war und es eigentlich gegen meinen Willen geschehen ist, sondern mich für dieselbe lose Metze halten wie Bona von Fuchsheim.«
Hiltrud seufzte. »Kind, ich bin wirklich keine von denen, die dem unversehrten Jungfernhäutchen eines Mädchens übermäßigen Wert beimessen. Viele Frauen werden gegen ihren Willen benutzt oder müssen jemandem zu Diensten sein. Doch in den Kreisen, in die deine Eltern aufgestiegen sind, will man am Morgen nach der Brautnacht das blutbefleckte Laken sehen. Bei Gott, wenn es mir irgendwie möglich ist, werde ich dir helfen, damit du deinen Bräutigam und dessen Verwandte zufriedenstellen kannst. Doch die Gefahr ist größer, als du annimmst. Würde Georg von Gressingen allein behaupten, er hätte dich genommen, könnte man dies als Verleumdung abtun und ihm mit einer Fehde drohen. Doch wenn Bona und Hardwin das Gleiche herumerzählen, ist dein Ruf zerstört. In dem Fall wird nicht einmal deine Mitgift diesen Makel überdecken können, und deinen Eltern bleibt wahrscheinlich nichts anderes übrig, als dich in ein Kloster zu geben.«
Die alte Bäuerin redete auf Trudi ein wie auf eine kranke Kuh, sie solle sich ihrer Mutter anvertrauen. Zwar würde Marie das Mädchen schelten, ihm dann aber beistehen und dafür sorgen, dass Trudi so unbeschadet wie möglich aus dieser Sache herauskam. Doch Trudi glaubte felsenfest, Junker Georg hielte sein Versprechen, und in dem Augenblick, in dem er offiziell um sie anhielt, würde sie allen Vorhaltungen und Strafen der Mutter entgehen. In einem hatte diese nämlich recht. Eine sittsame

Jungfer gab sich nicht vor der Hochzeit einem Mann hin, sondern wartete, bis sie von ihrer Mutter ins Brautbett geleitet wurde.

12.

Etwa zur gleichen Zeit, in der Trudi Hiltrud besuchte, stand Georg von Gressingen auf den Zinnen der Burg Marienberg und starrte auf den Strom hinab, der den Burgberg von der Stadt trennte. Dann wanderte sein Blick über die Dächer der Bürgerhäuser und Kirchen, die sich auf dem ebenen Feld am nördlichen Ufer des Mains aneinanderdrängten. Dort drüben häuften sich Reichtümer, die selbst einen Edelmann wie ihn beschämen mussten. Die Kaufleute der Stadt versorgten die Mitglieder des Hochstifts und den Hof des Bischofs mit Waren aus aller Welt und verdienten gut daran.

Gressingen kannte den einen oder anderen Kaufherrn, der einem Edelmann wie ihm die Lieblingstochter mit Gold und Juwelen bedeckt in das Brautbett legen würde. Auf eine solche Heirat legte er jedoch keinen Wert, denn dem Gold solcher Bräute haftete der Geruch niederer Arbeit an, und den gemeinsamen Söhnen wurde es verwehrt, sich auf den bedeutenden Turnierplätzen des Reiches mit edel geborenen Rittern zu messen. Diese Gefahr hätte, wie sein Onkel Albach ihm bewusst gemacht hatte, auch bei einer Heirat mit Michel Adlers Tochter bestanden. Der Stammbaum derer von Kibitzstein war alles andere als edel, und so mancher Herold würde die Nase rümpfen, würde man von ihm verlangen, diesen zu verkünden.

Andererseits war Michel Adler von Kaiser Sigismund persönlich geadelt worden. Daher würde der Kibitzsteiner höchstens von den ganz großen Turnieren ausgeschlossen werden, und an denen durfte auch Gressingen trotz seines makellosen Stamm-

baums nicht ohne Einladung teilnehmen. Deshalb war die Gefahr, dass Nachkommen von ihm und Trudi Adler von seinen Standesgenossen wie Bastarde behandelt würden, nicht allzu groß.
Maximilian von Albach spürte die Zweifel, die seinen Neffen plagten, und legte ihm die Hand auf die Schulter. »Was schaust du dir so prüfend an? Die Wehranlagen der Stadt oder die Schiffe, die auf dem Main fahren?«
Georg von Gressingen schüttelte den Kopf. »Weder noch. Ich war einfach nur in Gedanken versunken.«
»Ich würde einen Gulden dafür geben, wenn ich wüsste, was du eben gedacht hast. Aber wir haben keine Zeit, miteinander zu reden, denn wir stehen gleich vor dem hohen Herrn. Achte genau auf das, was du sagst, oder schweige am besten ganz. Ich will kein Wort hören, das Seine hochwürdigste Exzellenz erzürnen könnte.«
Gressingen folgte seinem Onkel in die Burg und fand sich kurz darauf in einem Vorraum jenes Saales wieder, in dem Gottfried Schenk zu Limpurg Bittsteller und Besucher zu empfangen pflegte. Es waren etliche Leute erschienen, und da der Haushofmeister zuerst die Wichtigsten unter ihnen eintreten ließ, mussten Albach und Gressingen sich eine Weile gedulden.
Albach nützte die Zeit, um mit Bekannten zu reden, während sein Neffe neidvoll die Kleidung der Anwesenden betrachtete. Sogar die einfachen Bürger der Stadt, denen das Privileg erteilt worden war, zur Audienz erscheinen zu dürfen, prunkten mit gutgeschnittenen Wämsern. Zwar wurde die Auswahl der Stoffe für ihre Gewänder durch Vorschriften eingeschränkt, die schon die Vorgänger des jetzigen Bischofs erlassen hatten, aber das, was sie trugen, war von bester Qualität, und in den dicken Beuteln an ihren Gürteln klingelte es golden.
»Das verdammte Pack tut direkt so, als hätte der Herrgott es zu unseresgleichen gemacht«, schimpfte Albach, als der Haushof-

meister eine Gruppe bürgerlicher Kaufherren aufrief und in den Saal führte.

»Denen würde ich gerne einmal auf freiem Feld begegnen und sie um ihre Geldkatzen erleichtern«, murmelte Gressingen.

Zwar war die Bemerkung nur für ihn selbst bestimmt, doch sein Onkel blickte ihn warnend an. »Tu das ja nicht! Das Gesindel würde sofort zum Bischof laufen und sich beschweren. Wenn du Glück hast, schickt Seine Gnaden nur einen seiner Hauptleute mit ein paar hundert Söldnern vor deine Burg und fordert dich auf, Abbitte zu leisten und den Pfeffersäcken ihren Schaden wiedergutzumachen. Hast du aber Pech, stürmen sie gleich deine Burg und hängen dich auf. Nein, mein Junge, es gibt bessere Arten, an Reichtum zu kommen.«

Da die Bürger gerade den Audienzsaal verließen und der bischöfliche Herold auf sie zukam, konnte Albach nicht weiterreden. Er gab seinem Neffen einen Wink, mit ihm zu kommen, und trat auf die Tür zu.

Zwei Diener rissen die Flügel auf, und wenig später stand Georg von Gressingen vor dem Herrn des Fürstbistums Würzburg, der den Titel eines Herzogs von Franken für sich beanspruchte.

Gottfried Schenk zu Limpurg saß im vollen Bischofsornat auf einem thronartigen Stuhl, dem einzigen Möbel im ganzen Saal. Er war ein großer Mann mit energischen Gesichtszügen und sichtlich durchdrungen von der Macht, die sein hohes Amt ihm verlieh. Seine Albe war aus feinstem Linnen gefertigt; darüber trug er eine Dalmatika mit goldbestickten Säumen und die reichverzierte Kasel aus rotem Tuch. Seine Handschuhe und Schuhe waren rot, und an seiner rechten Hand steckte ein großer goldener Ring als Zeichen seiner hohen Würde. Ebenfalls in der Rechten hielt er den Bischofsstab, der in einem schneckenförmigen Endstück aus Gold auslief, und auf seinem Kopf saß die mit aufgestickten Engeln und kreuzförmigen Symbolen versehene Mitra, die ihn noch größer erscheinen ließ.

Neben Gottfried Schenk zu Limpurg stand ein Mann im Gewand eines päpstlichen Prälaten, das dem des Bischofs glich. Nur leuchtete seine Kasel golden statt rot, und er trug keine Mitra, sondern einen flachen Hut mit einer wagenradartigen Krempe. Mehrere Herren des Hochstifts vervollständigten das Gefolge des Fürstbischofs, und hinter dem Thron standen Gewappnete, die bereit waren, jederzeit einzugreifen. Stumm und regungslos wie Statuen warteten Diener an den Wänden auf Befehle des Fürstbischofs, falls es diesem einfiel, einen Schemel oder einen Becher Wein für einen besonders wichtigen Gast bringen zu lassen.
Albach und Gressingen wurde eine solche Ehre nicht zuteil. Herr Gottfried blickte zunächst über sie hinweg, bequemte sich dann aber zu einer grüßenden Geste. Gleichzeitig neigte der Prälat seinen Kopf zu ihm hin und flüsterte ihm etwas ins Ohr. Der Fürstbischof nickte mehrmals und wandte sich endlich seinen Gästen zu. »Seid mir willkommen, Ritter Maximilian, und Ihr auch, Junker Georg. Da heute so viele Bittsteller erschienen sind, wird der hochwürdige Prälat Cyprian Pratzendorfer sich Eurer annehmen.«
Das klang nicht gerade herzlich, und Gressingen fragte sich, ob die Hoffnungen, die sein Onkel bezüglich des Würzburger Bischofs hegte, nicht auf Sand gebaut waren. Dann sah er, dass der Prälat ihn mit einem Lächeln betrachtete, das wohlwollend genannt werden konnte, aber auch prüfend wirkte.
Pratzendorfer neigte kurz das Haupt vor dem Bischof, bat dann Albach und Gressingen, ihm zu folgen, und verließ mit ihnen den Raum. Kurz darauf erreichten sie eine kleine Kammer, in der mehrere Schemel standen. Ein Diener brachte eine Lampe, in der zu Gressingens Verwunderung eine teure Wachskerze brannte, die einen angenehmen Duft verbreitete, und stellte sie mangels eines Tisches auf die Fensterbank.
»Wünschen die Herren Wein?«, fragte er dabei.

Gressingen wollte schon ja sagen, doch der Prälat schüttelte den Kopf. »Nein, du kannst gehen.«

Nach einer stummen Verbeugung drehte sich der Diener um und schloss die Tür hinter sich. Pratzendorfer schien auf die Schritte des Mannes zu lauschen, die draußen verhallten, und musterte Albach währenddessen mit sichtlichem Ärger. »Mein werter Ritter Maximilian, Ihr habt an dem Treffen auf Fuchsheim teilgenommen und Euch dabei mit dem Gastgeber und dessen Freunden zerstritten. Dabei hatte ich gehofft, Ihr würdet Euch klüger verhalten.«

»Aber ich ...«, versuchte Albach sich zu verteidigen, doch der Prälat schnitt ihm das Wort ab.

»Beim Herrgott im Himmel! Warum seid Ihr den Leuten dort sofort in die Parade gefahren, anstatt so zu tun, als würdet Ihr diesen Schreiern zustimmen? Ihr hättet ihr Vertrauen gewinnen müssen! Ich hatte gehofft, Ihr wäret das Ohr an ihren Tischen, das wir dringend benötigen.«

Nun begann Albach zu begreifen. »Ihr meint, ich hätte die Feinde des Bischofs bespitzeln sollen? Das wäre eines Ritters unwürdig.«

»Auf diese Weise hättet Ihr Eure Treue zu Herrn Gottfried beweisen können! Doch diese Gelegenheit habt Ihr leichtfertig aus der Hand gegeben. Betet zu Gott, dass Euer Neffe es geschickter anfängt als Ihr.«

Der Blick des Prälaten wanderte zu Georg von Gressingen, der bestürzt zugehört hatte und nun versuchte, sich möglichst keine Regung anmerken zu lassen.

»Ihr, Gressingen, werdet die Freundschaft der Feinde Seiner fürstbischöflichen Exzellenz suchen und dafür sorgen, dass deren verbrecherische Pläne scheitern. Macht Ihr Eure Sache gut, werde ich Euch einem anderen hohen Herrn im Reich empfehlen, in dessen Diensten Ihr Reichtum und Ruhm erringen könnt.«

Albach ärgerte sich, weil sein Neffe ihn zu übertrumpfen schien. »Hochwürdigster Herr, ich kann immer noch nach Fuchsheim reiten und so tun, als stünde ich auf Ritter Ludolfs Seite!«
Statt verlorenen Boden gutzumachen, erntete er ein Kopfschütteln des Prälaten. »Dafür ist es zu spät. Weder Ritter Ludolf noch dieser emporgekommene Bierbrauer auf Kibitzstein würden Euch Euren Gesinnungswechsel abnehmen.«
Damit hat der Prälat vollkommen recht, sagte sich Junker Georg und musste ein spöttisches Lächeln verbergen. Sein Onkel war ein allzu geradliniger Mensch und zu keiner Verstellung fähig. Er aber würde dem Fürstbischof jenen Dienst leisten, den Pratzendorfer in Herrn Gottfrieds Namen von ihm verlangte. Dann aber fiel ihm ein, dass er es bei diesem Auftrag nicht vermeiden konnte, Michel Adler und dessen Tochter zu begegnen. Das Mädchen würde auf einer Heirat oder wenigstens einem offiziellen Eheversprechen bestehen, und wenn er Pratzendorfers Auftrag ausführen wollte, konnte er sich nicht gegen eine Verlobung mit Trudi sträuben, sonst würde er ebenso wie sein Onkel jedes Vertrauen bei Michel Adler und dessen Freunden verlieren. Aber er wollte nicht an eine Frau gefesselt sein, deren Familie den Zorn des Fürstbischofs auf sich geladen hatte.
Kurzentschlossen trat er vor und sprach den Prälaten an. »Ich bin bereit, Euch und Unserem erhabenen Bischof zu dienen. Doch bitte ich Euch, mir für den Fall, dass ich zu Lügen gezwungen werde, die meine Ehre beschmutzen, mir bereits jetzt die Absolution zu erteilen.«
Pratzendorfer zog die Augenbrauen hoch und blickte Gressingen fragend an. Diese Bitte hatte der Junker sicher nicht ohne Grund vorgebracht. Gressingen ging es offensichtlich nicht nur um zukünftige Sünden, sondern auch um solche aus der Vergangenheit. Das musste mit Michel Adlers Tochter zusammenhängen. Der Prälat erinnert sich an Berichte, dass Georg von Gressingen in der letzten Zeit mehrfach Gast auf Kibitzstein gewesen war. Da

der Junker in eher bescheidenen Verhältnissen lebte, hatte wohl die üppige Mitgift, mit der Michel Adler seine Lieblingstochter ausstatten wollte, ihn angezogen.

Von dem Schweigen des Prälaten beunruhigt, scharrte Gressingen unruhig mit den Füßen. Pratzendorfer ließ ihn eine Weile schmoren, und als er der Miene des Junkers zu entnehmen glaubte, dass dieser bereit war, sich völlig in seine Hände zu begeben, nickte er. »Kommt heute Abend mit mir in die Kapelle. Dort werde ich Euch von allen Sünden freisprechen, die Ihr im Namen Seiner Hoheit, des Fürstbischofs, begehen müsst.«

Gressingens heftiges Nicken zauberte ein zufriedenes Lächeln auf die Lippen des Prälaten. Dieser junge Mann würde ein gutes Werkzeug werden, denn er war offensichtlich bereit, für Gold und einen höheren Rang sein Gewissen zu verkaufen. Damit würde er ihn für weitaus wichtigere Dinge benutzen können, als nur die Pläne von ein paar im Grunde unbedeutenden Burgherren auszukundschaften. Zunächst aber galt es, ihn für diesen ersten Dienst vorzubereiten.

»Die kurze Audienz bei Seiner Eminenz war bewusst inszeniert, Herr von Gressingen. Es soll so aussehen, als wäret Ihr bei ihm in Ungnade gefallen. Aus diesem Grund wird Euer Besitz in den nächsten Tagen von Würzburger Kriegsknechten besetzt werden. Die Burg und das Land, das dazugehört, waren früher einmal Eigentum des Hochstifts. Es soll so aussehen, als habe Herr Gottfried Euch aufgefordert, ihm den Treueid zu leisten, und Euch, nachdem Ihr Euch geweigert habt, Euren Besitz weggenommen.« Pratzendorfer sah die Verwirrung auf Gressingens Gesicht und machte eine beschwichtigende Geste.

»Keine Sorge, Ihr verliert Euren Besitz nicht für immer, sondern bekommt alles zurück und werdet überdies noch belohnt. Es ist jedoch wichtig, dass Ihr als Feind des Bischofs geltet, um auf Fuchsheim, Steinsfeld, Mertelsbach, Kibitzstein und dem Kloster Schöbach ein und aus gehen zu können.«

Das sah Junker Georg ein. Dennoch sträubte sich alles in ihm dagegen, in Zukunft als landloser Ritter zu gelten, denn das würde seinen Wert in den Augen der Adligen stark mindern. Bei dieser Überlegung blitzte ein Gedanke in ihm auf. Wahrscheinlich war dieses scheinbare Unglück sein Vorteil, denn Michel Adler dürfte daraufhin keinen erwünschten Schwiegersohn mehr in ihm sehen. Aber er würde sich dennoch Absolution erteilen lassen, denn die Lossprechung von seinen Sünden gab ihm freie Hand.

13.

Auf Kibitzstein flehte Trudi ihren Geliebten in Gedanken an, doch endlich zu ihr zu kommen. Sie brachte es einfach nicht über sich, sich ihrer Mutter anzuvertrauen, sondern versuchte weiterhin, ihren Kummer alleine zu bewältigen.
Hiltrud war mehrmals kurz davor, mit Marie über Trudi zu reden. Doch jedes Mal, wenn Marie sie aufsuchte oder ihr einen Wagen schickte, der sie in die Burg brachte, schluckte sie das, was ihr auf der Zunge lag, hinab und schwatzte von alltäglichen Dingen. Auch wenn es ihr schwerfiel, Trudis Sorgen vor Marie zu verbergen, durfte sie das Vertrauen des Mädchens nicht enttäuschen.
Während sie und Marie in einem gemütlich eingerichteten Turmzimmer zusammensaßen, mit Wasser verdünnten Wein tranken, an Gebäck knabberten und von früheren Zeiten sprachen, musste sie ihre Freundin immer wieder betrachten. Marie war nun zweiundfünfzig Jahre alt und mit der Zeit etwas stämmig geworden. Das goldblonde Haar hatte an Fülle verloren, und der Kummer und die Entbehrungen vergangener Jahre machten sich durch einige scharfe Kerben im Gesicht bemerkbar. Trotz ihres Alters aber war sie immer noch eine schöne Frau, der viele Jüngere nicht das Wasser reichen konnten.

Auch Michel hatte dem Zahn der Zeit Tribut zollen müssen. Die Verletzungen, die er sich auf den Kriegszügen zugezogen und eigentlich schon wieder vergessen hatte, machten ihm neuerdings zu schaffen. An diesem Tag hatte er sich zu den beiden Frauen gesetzt und sich ebenfalls einen Becher verdünnten Weines einschenken lassen. Sein Gesicht wirkte ernst, und als Marie ihn ansprach, zuckte er zusammen.

»Was hast du, Michel? Du siehst heute so bedrückt aus. Gibt es Probleme?«

Michel versuchte ein Lächeln. »Wie man es nimmt. Noch betrifft es uns nicht direkt, aber ich bin sicher, dass der Würzburger Bischof uns in den nächsten Monaten oft beschäftigen wird. Abt Pankratius und der Fuchsheimer haben inzwischen Beschwerde an den Kaiser geschickt und die Einhaltung der alten Verträge durch Gottfried von Limpurg eingefordert. Damit dürften sie sich den Bischof eine Weile vom Hals halten können.

Statt ihrer hat es Georg von Gressingen getroffen. Der Bischof hat ihn nach Würzburg gerufen und den Treueid von ihm verlangt. Als Gressingen diesen nicht leisten wollte, wurde er seiner Besitzungen verlustig erklärt, und bevor er auch nur das Geringste unternehmen konnte, haben die Soldaten des Bischofs seine Burg besetzt.«

Während Marie besorgt war, weil der Fürstbischof seine Interessen mit brachialer Gewalt durchsetzte, sog Hiltrud scharf die Luft ein. Das war wirklich keine gute Nachricht. Nun verstand sie, warum Junker Georg nicht als Brautwerber auf Kibitzstein erschienen war. Er nahm wohl an, dass er als besitzloser Edelmann hier nicht mehr willkommen war. Arme Trudi, dachte sie und fragte sich, ob Michel seinem erklärten Liebling dennoch die Heirat mit dem jungen Ritter erlauben würde. Von ihrer Mutter konnte Trudi kaum Hilfe und Verständnis erwarten, denn für Marie zählte Georg von Gressingen zu jenen Edelleuten, die sie zutiefst verachtete.

»Es wundert mich, dass Gottfried Schenk zu Limpurg so scharf gegen Gressingen vorgegangen ist, während er Ludolf von Fuchsheim und Abt Pankratius seine Forderungen überbringen ließ, ohne seine militärische Macht auszuspielen«, sagte sie nachdenklich.
Michel umkrampfte seinen Becher, als wolle er ihn mit den Händen zerbrechen. »Gressingen ist kein Reichsritter, also kann er sich nicht auf den Schutz des Kaisers berufen. Aber der Bischof scheint es sich nicht ganz mit Gressingens Sippe verderben zu wollen, denn er hat dessen Onkel Albach mit den Vogteirechten von Schwappach betraut.«
»Das passt nicht zusammen«, warf Marie ein.
»In meinen Augen schon. Zum einen beweist der Bischof, wie ernst es ihm mit dem Einfordern angeblicher Würzburger Rechte ist. Auf der anderen Seite aber zeigt er, dass er die Leute belohnt, die offen zu ihm stehen. Das hat Maximilian von Albach bewiesen, als er sich auf Fuchsheim für den Fürstbischof ausgesprochen und sich von uns anderen im Streit getrennt hat.«
Marie schnaubte. »Eine seltsame Belohnung für die Sippe des Albachers, einem der Ihren den Besitz abzunehmen! Das scheint mir nicht sehr klug von Herrn Gottfried zu sein.«
»Ich denke, der Schlag gegen Gressingen war eine Warnung an die eigenständigen Reichsritter, sich nicht gegen die Machtgier des Würzburger Bischofs zu stemmen. Möglicherweise gilt sein Vorgehen in erster Linie uns Kibitzsteinern. Immerhin haben du und ich seinem Vorgänger Johann von Brunn mehrfach mit größeren Summen ausgeholfen und dafür den einen oder anderen Hof als Eigenbesitz oder Pfand erhalten. Herr Gottfried will diese Verträge für null und nichtig erklären, weil sein Vorgänger angeblich nicht das Recht besessen habe, den Besitz des Hochstifts zu schmälern.«
Michel klang besorgt, denn es ging nicht um ein paar Pfennige oder Heller, sondern um etliche Gulden. Auch hatten sie von

anderen Nachbarn Land als Pfand erhalten, das nun ebenfalls die Begehrlichkeiten des Fürstbischofs geweckt hatte. Mit einer resignierenden Geste fuhr er fort: »Es ist bedauerlich, dass Herr Gottfried mich als guten Freund seines Vorgängers ansieht und mir daher mit Missachtung begegnet. Wäre es mir möglich, von Mann zu Mann mit ihm zu reden, könnte ich vieles klären.«

Marie verzog den Mund in bitterem Spott. »Ein so hochedler Herr wie Gottfried Schenk zu Limpurg würde nie mit dir von Gleich zu Gleich reden, sondern nur als Reichsfürst zu einem kleinen Ritter, der es gewagt hat, ihn zu verärgern. Mit dem Bischof von Würzburg werden wir keinen Frieden bekommen, es sei denn, wir finden Freunde, die seinen Ehrgeiz in die Schranken weisen können.«

»Aber wer sollte das sein? Der Graf zu Castell wird es ebenso wenig wagen, gegen Würzburg aufzumucken, wie der Herr von Hohenlohe. Beide Familien haben sich in früheren Auseinandersetzungen mit Würzburg zu sehr aufgerieben, um erneut eine Fehde zu riskieren.«

Michels Stimme klang mutlos, und Marie sah ihm an, dass er bereits überlegte, mit welchen Zugeständnissen er den Bischof besänftigen konnte. Sie wollte jedoch nicht so viele gute Gulden ausgegeben haben, um nun mit leeren Händen dazustehen.

»Wenn es nicht anders geht, wenden wir uns an Bamberg.«

»Um uns dem dortigen Fürstbischof zu unterwerfen?« Michel lachte bitter auf. Dann aber schien er nachzudenken, denn er lächelte Marie schließlich zu.

»Einen gibt es, der als Verbündeter taugen würde, nämlich Albrecht Achilles von Brandenburg-Ansbach. Erst letztens musste der Bischof von Würzburg erneut das Pfandrecht des Markgrafen auf die Stadt Kitzingen anerkennen. Er hat sogar die Pfandsumme erhöhen lassen, um mit diesem Geld andere Rechte des Bistums zurückkaufen zu können.«

»Dann soll er auch unsere Rechte zurückkaufen, anstatt sie ohne Gegenleistung einzufordern!« Marie wirkte so kämpferisch, dass ihr Mann lachen musste.

Hiltrud hatte das Gespräch des Paares stumm verfolgt. Sie war nur eine einfache Bäuerin, die wusste, wie man guten Ziegenkäse machte, mit Politik hatte sie sich nie befasst. In diesem Augenblick war sie froh darum, denn es war offensichtlich, dass so etwas nur unnütze Sorgen mit sich brachte. Ihre Gedanken schweiften wieder zu Trudi und deren Liebe zu Georg von Gressingen, und sie wollte ihr so schnell wie möglich berichten, in welchen Schwierigkeiten der Junker steckte. Zwar würde die Nachricht ihr Kummer bereiten, sie aber auch trösten, wenn sie erfuhr, warum Gressingen sich nicht mehr auf Kibitzstein hatte sehen lassen.

Da sie so rasch wie möglich mit ihrem Patenkind sprechen wollte, trank sie aus und verabschiedete sich von Michel und Marie. Den beiden fiel ihre Eile nicht auf, denn sie waren so in ihre Diskussion vertieft, dass sie ihr nur kurz zunickten.

»Ich komme morgen zu dir auf den Hof«, rief Marie ihr noch nach. Dann schwemmten ihre Sorgen wegen des Würzburger Bischofs jeden Gedanken an die Freundin hinweg.

14.

Hiltrud fand Trudi im Garten, wo sie zusammen mit ihren Schwestern Lisa und Hildegard Äpfel pflückten. Eine junge Magd, die Uta gerufen wurde, half ihnen. Die vier benutzten eine lange Leiter, die gefährlich schwankte, als Trudi hinaufstieg. Hildegard, ein schmales Ding von zwölf Jahren mit einem sommersprossigen Gesicht und dunkelblonden Zöpfen, kreischte auf, als die Leiter abzurutschen drohte. Rasch trat Hiltrud hinzu und hielt die Holme fest.

»Komm herunter! Dann kann ich die Leiter besser gegen den Baum lehnen«, forderte sie ihr Patenkind auf. »Am besten wäre es, ihr würdet die Leiter von einem Knecht halten lassen.«

»Damit der Bursche uns unter den Rock schauen kann, wenn wir hinaufsteigen?«, rief Uta kess. Sie galt zwar nicht offiziell als Trudis Leibmagd, übte diese Dienste aber neben ihren anderen Pflichten aus.

Hiltrud bedauerte, dass Marie ihrer Tochter die Magd nicht mitgegeben hatte, als Trudi zu jenem verhängnisvollen Besuch auf Fuchsheim aufgebrochen war. Uta hätte auf Trudi aufgepasst und es Gressingen damit verwehrt, ein so übles Spiel zu treiben. Was er getan hatte, war eines wahren Edelmanns nicht würdig, und das machte es Hiltrud schwer, den Ritter sympathisch zu finden. Dennoch würde sie sich mit Trudis Wahl abfinden und das Ihre dazu tun, damit das Mädchen glücklich wurde.

Unterdessen war Trudi vom Baum geklettert und half ihrer Patentante, die Leiter besser an den Stamm zu lehnen. Hiltrud rüttelte kurz daran, um zu zeigen, dass jetzt keine Gefahr mehr drohte, und sah sich fragend um. »Wer steigt als Nächste hinauf und pflückt?«

Da ein eigenartiger Unterton in ihrer Stimme schwang, spitzte Trudi die Ohren. »Du warst doch bei Papa und Mama. Gibt es Neuigkeiten?«

»Die gibt es durchaus.« Hiltrud überlegte, ob sie das Mädchen ein wenig beiseitenehmen und unter vier Augen mit ihm reden oder die Nachricht von Gressingens Schicksal vor allen ausbreiten sollte. Da sie die Neugier der anderen nicht unnötig wecken wollte, entschied sie sich, es allen zu erzählen.

»Ihr kennt doch alle den Ritter auf Gressingen«, begann Hiltrud und sah Trudis Augen aufleuchten.

Lisa aber lachte etwas von oben herab. »Natürlich kennen wir Junker Georg. Er ist einige Male Papas Gast gewesen. Doch in letzter Zeit haben wir ihn nicht mehr gesehen. Papa hält große

Stücke auf ihn, aber mir gefällt er nicht – und Mama mag ihn auch nicht.«

»Pah! Ob du jemanden magst oder nicht, interessiert doch keinen!« Trudi warf ihrer Ziehschwester einen bitterbösen Blick zu und bat Hiltrud weiterzureden.

Die Bäuerin wusste nicht so recht, ob sie den Mädchen das, was sie gehört hatte, richtig erklären konnte. »Gressingens Besitz hat früher einmal dem Hochstift gehört, und nun hat der neue Bischof ihn zurückgefordert.«

»Aber das kann er doch nicht tun!«, rief Trudi empört.

Hiltrud hob in einer hilflosen Geste die Hände. »Hohe Herren machen oft Dinge, die sie eigentlich nicht tun dürften. Das ist nun einmal der Lauf der Welt.«

Während Trudi sich Sorgen um Gressingen machte, dachte Lisa weiter. »Wenn der Fürstbischof Gressingens Besitz geraubt hat, wird er auch uns alles wegnehmen.«

Trudi winkte ab, so als interessiere sie sich nicht für das Schicksal ihrer eigenen Familie. »Armer Junker Georg! Das muss ja schrecklich für ihn sein«, flüsterte sie und brach in Tränen aus.

»Aber Trudi! Was hast du denn?«, fragte Hildegard besorgt, aber sie erhielt nur ein »Lass mich in Ruhe!« als Antwort.

Lisa stupste ihre jüngere Schwester an. »Sie ist in Gressingen verliebt und träumt davon, seine Gemahlin zu werden. Das finde ich komisch, denn ich würde den Kerl um nichts auf der Welt haben wollen.«

Trudi schnellte herum und versetzte ihr eine schallende Ohrfeige. »Du kleines Miststück! Du bist genauso schlecht wie deine Mutter!«

Lisa wurde weiß wie frisch gefallener Schnee und lief weinend davon.

»Das war gemein von dir«, schrie Hildegard und spie vor Trudi aus. Dann musste sie ebenfalls wegrennen, um nicht geohrfeigt zu werden.

Fassungslos angesichts der Zwietracht, die sie unter den Schwestern gesät hatte, blickte Hiltrud ihr Patenkind tadelnd an. »Das war nicht recht! Lisa hat dir wirklich nichts getan, und sie auf diese Weise daran zu erinnern, dass sie nicht eure richtige Schwester ist, war sehr ungezogen.«

Trudi schürzte beleidigt die Lippen. »Lisa ist aber nun einmal die Tochter dieser unsäglichen Hulda von Hettenheim und besitzt einen hässlichen Charakter.«

»Das sagst du doch nur, weil Gressingen ihr nicht gefällt. Herrgott im Himmel! Menschen haben nun einmal unterschiedliche Geschmäcker. Darf ich dich daran erinnern, dass deine Mutter auch nicht gerade begeistert von ihm ist.«

Trudi stampfte mit dem Fuß auf. »Aber nur, weil Lisa ihn bei ihr verleumdet hat!«

In den Augen der Ziegenbäuerin war es wohl eher Marie, die Lisa beeinflusste. Hätte ihre Freundin Georg von Gressingen als angenehmen jungen Mann bezeichnet, wäre Lisa die Erste gewesen, die sich dieser Meinung angeschlossen hätte.

Hiltrud seufzte und wandte sich zum Gehen. »Gott sei mit dir, Kind! Ich wünsche dir nur das Beste. Aber du musst auch gescheit sein«, sagte sie noch, erhielt aber keine Antwort.

Trudi stand mit verschränkten Armen und zusammengepressten Lippen neben der Leiter und starrte ins Leere. All ihre Gedanken galten Georg von Gressingen, und sie verfluchte den Fürstbischof, der ihrem Geliebten die Heimat und ihr selbst die Aussicht auf eine rasche Heirat genommen hatte.

15.

Die Ohrfeige im Obstgarten blieb nicht ohne Folgen, Trudi redete von da an kein Wort mehr mit ihren Schwestern, und die beiden Jüngeren gingen ihr aus dem Weg. Marie und Michel

wunderten sich über das Verhalten ihrer Kinder, doch als sie nachfragten, stießen sie auf einen Wall aus Trotz, der selbst die Kibitzsteiner Wehrmauern zu überragen schien.
Marie ließ jedoch nicht locker. Sie wartete, bis Lisa ins Dorf gegangen und Trudi mit Michel ausgeritten war. Dann humpelte sie zu Hildegard, die in einem Turmzimmer Wolle sortierte, und legte ihr die Hand auf die magere Schulter.
»Ich will dich nicht dazu überreden, deine Schwestern zu verpetzen. Aber du siehst gewiss selbst ein, dass es so nicht weitergehen kann.«
Hildegard blickte ängstlich zu der Frau auf, die sie immer wie ihr eigenes Kind behandelt hatte, obwohl sie, wie sie dem Geschwätz der Mägde entnommen hatte, eigentlich Michel Adlers Tochter mit einer Konkubine war. Marie aber hatte sie dies nie spüren lassen, sondern ihr ebenso viel Liebe geschenkt wie Lisa oder Trudi. Daher hatte Hildegard Angst, ihre Ziehmutter zu enttäuschen. Sie wollte aber auch das Vertrauen ihrer Schwestern nicht verlieren und fühlte sich wie zerrissen.
Marie zog Hildegard an sich und streichelte sie, ohne zu drängen, und nach einer Weile schluchzte das Mädchen auf. »Mama, ich bin keine Petze, und ich möchte, dass wir uns alle vertragen. Aber Trudi hat Lisa vorgeworfen, sie sei nicht unsere Schwester und so schlecht wie ihre richtige Mutter.«
Das gemeinsame Blut von Vatersseite her hätte Hildegard eigentlich dazu bringen müssen, für Trudi einzutreten. Doch gerade der Vater behandelte sie eher kühl. Sie selbst und Lisa hatten die Ältere oft wegen der Zuneigung beneidet, die er ihr schenkte. Nun bot sich ihr die Gelegenheit, Trudi diese Bevorzugung heimzuzahlen, und daher erzählte sie ihrer Ziehmutter alles über den Streit, der zwischen Trudi und Lisa ausgebrochen war.
Marie drückte das Mädchen mit zusammengepressten Lippen an sich und versuchte, ihre Gefühle im Zaum zu halten. Sie und Michel hatten oft überlegt, ob sie Lisa das Geheimnis ihrer Her-

kunft verschweigen sollten, sich dann aber dagegen entschieden, damit das Mädchen es nicht von Fremden erfuhr. Allerdings hatten sie dem Kind nichts von den Untaten berichtet, die Hulda von Hettenheim begangen hatte, sondern ihr nur erklärt, diese sei ihre Feindin gewesen und habe sie bis zuletzt bekämpft. Die genauen Umstände von Huldas Tod hatten sie Lisa ebenso vorenthalten wie die Tatsache, dass die leibliche Mutter sie einem schrecklichen Schicksal ausgeliefert hatte.

Für Marie war es schmerzlich, zu erfahren, dass ihre eigene Tochter Lisa die Abkunft zum Vorwurf gemacht hatte. Dabei war das Mädchen von ihrem Wesen her das genaue Gegenteil von Hulda, und es hatte auch nichts von Falko von Hettenheim an sich. Hätte Marie Lisas Mutter nicht gut gekannt, wäre ihr der Verdacht gekommen, diese habe nach sechs Töchtern, die ihr Gemahl mit ihr gezeugt hatte, sich einem anderen Mann hingegeben, um von diesem den erhofften Sohn zu empfangen.

Mit einem zornigen Schnauben schob Marie die Erinnerungen an Hulda beiseite und überlegte, wie sie den Streit beenden konnte. Das war nicht leicht, denn Trudi besaß einen ungewöhnlich harten Kopf und würde nicht bereit sein, so rasch einzulenken. Schließlich rang sie sich ein Lächeln ab, um Hildegard zu beruhigen. »Ich danke dir, Kind. Wenigstens weiß ich jetzt, weshalb meine Töchter so wirken, als seien sie einander spinnefeind.«

»Daran ist nur dieser Gressingen schuld. Lisa hat gesagt, sie würde ihn ebenso wenig mögen wie du, Mama, und da hat Trudi sie geschlagen.«

»Gressingen also.« Maries Laune sank noch tiefer. Junker Georg war nicht der Bräutigam, den sie sich für ihre älteste Tochter wünschte, denn Gressingens übermäßiger Stolz auf seine ritterliche Ahnenreihe schien ihr keine gute Grundlage für eine Ehe. Sie sah kommen, dass Trudi vielerlei Demütigungen und Kränkungen ausgesetzt sein würde, und davor wollte sie ihre Älteste bewahren.

»Mama, bitte sag den anderen nicht, dass ich dir alles erzählt habe.« Angstvoll blickte Hildegard zu ihrer Mutter auf. Sie liebte ihre Schwestern und bat den Herrn Jesus Christus in jedem Nachtgebet, Trudi und Lisa wieder miteinander zu versöhnen. Nun aber fürchtete sie, sich den Zorn der beiden zuzuziehen, falls die Mutter zu streng mit ihnen verfuhr.
Marie strich ihr tröstend über das Haar. »Keine Sorge, Liebes. Von mir erfährt niemand etwas.«
Noch während sie es sagte, glaubte sie aus den Augenwinkeln einen Schatten bemerkt zu haben, doch als sie sich umdrehte, war niemand zu sehen. »Mach dir keine Sorgen. Es wird alles wieder ins Lot kommen«, sagte sie zu Hildegard und fasste innerlich den Entschluss, alles zu tun, um den Frieden auf Kibitzstein wiederherzustellen. Sollte Trudis Verbindung mit Gressingen der einzige Weg sein, würde sie diese Ehe sogar fördern.

16.

Uta war auf dem Weg in Trudis Schlafgemach, als sie Marie und Hildegard in der Turmkammer entdeckte. Von ihrer Neugier getrieben, drückte sie sich an die Wand neben der offenen Tür und belauschte das Gespräch zwischen Mutter und Tochter. Empört, weil dieser kleine Bastard, wie sie Hildegard für sich nannte, es wagte, ihre geliebte Trudi zu beschuldigen, kehrte sie um und suchte ihre Herrin. Als sie auf dem Burghof ankam, sagte ein Knecht ihr, dass Trudi mit Ritter Michel ausgeritten sei. Es handelte sich um einen der Nachbarschaftsbesuche, die Michel in noch stärkerem Maße unternahm als früher, um sich mit den Burgherren der Umgebung zu beraten und Nachrichten auszutauschen.
Während Uta enttäuscht in den Palas zurückkehrte und wieder ihrer Arbeit nachging, saß Michel seinem Nachbarn Ingobert

von Dieboldsheim gegenüber und versuchte, seinen steigenden Ärger zu unterdrücken. Der Vater seines Gastgebers war ein Kampfhahn gewesen, den er mehr als einmal hatte bremsen müssen, doch der jetzige Burgherr ging Problemen am liebsten aus dem Weg.

Gerade wackelte er wieder mit seinem runden Schädel, als könne er nicht glauben, was Michel ihm eben berichtet hatte. »Also, das mit Gressingen kann nicht so schlimm sein, wie man es sich erzählt. Der höchstwürdige Herr Bischof will dem jungen Ritter die Burg gewiss nicht wegnehmen, sondern ihn nur zwingen, ihm den Treueid zu leisten. Darauf hat er ein Anrecht, denn Gressingen gehörte einmal zu Würzburg, und das Hochstift hat nie auf seine Herrschaftsrechte verzichtet. Sobald Junker Georg dies anerkennt, wird er seinen Besitz zurückerhalten.«

»Aber nur als Lehen, nicht als Allod«, wandte Michel ein.

»Nicht jeder Ritter kann sich rühmen, allein dem Kaiser untertan zu sein.« Der Dieboldsheimer klang neidisch. Zwar übte seine Sippe bereits seit mehreren Generationen die Herrschaft über diese Burg und das Land darum aus, doch sein kleiner Herrschaftsbereich war einst das Geschenk eines Würzburger Bischofs an einen Neffen gewesen. Daher musste auch er damit rechnen, von Gottfried Schenk zu Limpurg aufgefordert zu werden, dessen Ring zu küssen und ihm Treue zu schwören. Sein Vater hatte es sich noch leisten können, einem Dienstmann des damaligen Bischofs Johann von Brunn die Fehde anzutragen und diese sogar zu gewinnen. Unter den strengen Augen des neuen Bischofs war so etwas jedoch nicht mehr möglich.

Es wurmte Ingobert von Dieboldsheim, dass sein Gast im Gegensatz zu ihm nicht Gefahr lief, sein Haupt vor dem Würzburger beugen zu müssen. Michel Adler auf Kibitzstein war ein reichsfreier Ritter, der sich jederzeit der Hilfe des Königs versichern konnte. Dabei war er nur ein elender Emporkömmling aus dem Bodensatz des Volkes, den der Wind des Schicksals auf seine jetzige Stelle geweht hatte.

Michel sah, wie es in dem Gesicht seines Gegenübers arbeitete, und machte sich seine eigenen Gedanken. Von seinem Standpunkt aus war es mehr als bedauerlich, dass der alte Ingomar von Dieboldsheim vor zwei Jahren gestorben war und dieser Sohn das Erbe angetreten hatte. Ingomars jüngerer Sohn Ingold besaß weitaus mehr Mut und Tatkraft als sein älterer Bruder und stand auch zu seinem Wort.

»Ihr müsst wissen, was Ihr tut, Dieboldsheim. Doch wenn Herrn Gottfrieds Schatten auf uns alle fällt, werdet Ihr Euch an dieses Gespräch erinnern.« Michel gab die Hoffnung auf, sein Nachbar könnte sich doch noch ihm und den anderen von Würzburg bedrohten Burgherren anschließen. Am liebsten hätte er dem Dieboldsheimer kräftig die Meinung gesagt, doch damit hätte er den Mann wohl direkt in die Arme des Fürstbischofs getrieben.

Da sein Gastgeber nicht antwortete, stand Michel auf und trank aus. »Auf jeden Fall danke ich Euch für den Wein. Ihr solltet Euch meine Worte durch den Kopf gehen lassen.«

»Ihr könnt gerne über Nacht bleiben«, bot Dieboldsheim an. Es war nur eine Floskel, denn sein Tonfall verriet den Wunsch, sein Nachbar möge bald aufbrechen. Wenn Michel Adler wirklich auf Dieboldsheim übernachtete, würde es nach außen hin so aussehen, als stände er mit ihm im Bunde, und das wollte Ritter Ingobert um jeden Preis vermeiden.

Michel begriff, was in seinem Gastgeber vorging, und überlegte schon, ob er nicht bleiben sollte, um den Dieboldsheimer in den Augen des Würzburgers zu kompromittieren. Aber er winkte innerlich ab, denn das Ergebnis war den Aufwand nicht wert.

»Habt Dank für die Einladung. Zu einer anderen Zeit hätte ich sie gerne angenommen, doch ich erwarte Besuch von Freunden, die ich nicht verpassen will.« Michel streckte seinem Nachbarn die Hand hin.

Ritter Ingobert ergriff sie aufatmend. »Ich wünsche Euch einen guten Heimritt, Ritter Michel.«

»Ich muss jetzt nur noch meine Tochter holen. Wisst Ihr, wo sie sich befindet?«

»Die sitzt gewiss mit meinem Weib in der Kemenate. Geht ruhig vor und lasst die Pferde satteln. Ich richte Jungfer Hiltrud aus, dass Ihr aufbrechen wollt.« Der Dieboldsheimer lächelte gepresst und verließ den Raum, ohne sich noch einmal umzusehen.

Michel blickte ihm nach und wandte sich dann ebenfalls zum Gehen. Auf dem Weg zur Tür streifte sein Blick die Einrichtung des Saales mit der langen Tafel aus Eichenholz, die nicht festgefügt war, sondern jederzeit abgetragen werden konnte, und den langen Reihen der Stühle, von denen zumeist nur wenige benutzt wurden, weil dem Burgherrn das Geld fehlte, um große Feste zu feiern.

Die Wände des Saales waren noch zu Zeiten des alten Ingomar mit Kalk beworfen worden. Nun hatte der Rauch sie fast schwarz gefärbt, und nur ein paar hellere Stellen verrieten, dass dort einmal Schilde, Waffen oder Banner gehangen hatten. Besonders heimelig fand Michel die Burg nicht. Aber das mochte an ihrem jetzigen Besitzer liegen, denn zu Ritter Ingomars Zeiten hatte er sich hier wohl gefühlt.

»Schade, alter Freund, dass du von uns gehen musstest«, sagte er zu der Stelle, an dem früher ein zerhauener Turnierschild aus Ingomars jüngeren Jahren als Trophäe gehangen hatte. »Mit dir wäre ich lieber durch den Sturm der kommenden Jahre gegangen als mit deinem Sohn.«

Michel versuchte, das Gefühl der Bedrückung abzuschütteln, und trat auf den Flur hinaus. Kurz darauf erreichte er die Ställe und wies die Knechte an, seinen Hengst und Trudis Stute zu satteln. Er lehnte sich gegen einen Türpfosten und sah den Männern zu, die seine Befehle so rasch ausführten, als stände der Stallmeister mit erhobener Peitsche hinter ihnen. Ingobert von Dieboldsheim mochte in großen Dingen ein Zauderer sein, doch auf seinem eigenen Grund und Boden herrschte er wie ein Tyrann.

17.

Trudi bedauerte schon längst, ihren Vater gedrängt zu haben, sie nach Dieboldsheim mitzunehmen. Dabei hatte sie gehofft, der schlechten Stimmung zu Hause eine Weile zu entkommen und vielleicht auch von Frau Wiburg etwas über Junker Georgs jetzigen Aufenthalt zu erfahren. Ritter Ingoberts Gattin interessierte sich jedoch für nichts, was außerhalb ihrer Sippe geschah, sondern erzählte nur von ihren Kindern, besonders von ihren beiden Söhnen, die Trudi für unerzogene, kleine Ungeheuer hielt. Während sie der Hausherrin zuhörte und nur hie und da ein Wort einwarf, zerrten die beiden Buben an ihrem Kleid und beschmierten es mit ihren schmutzigen Händen. Dabei plärrten und kreischten die beiden so infernalisch, dass sie ihnen am liebsten eine derbe Tracht Prügel verabreicht hätte.
Über Frau Wiburgs Jüngstes, ein Mädchen, konnte man noch nicht viel sagen. Es lag noch in den Windeln und wurde von einer alten Magd in einem abgelegenen Teil der Burg betreut, damit sein Schreien nicht an die mütterlichen Ohren drang. Schon nach kurzer Zeit war Trudi klargeworden, dass ihre Gastgeberin das Mädchen für nutzlosen Ballast hielt, während sie ihre Söhne vergötterte.
Unwillkürlich musste Trudi daran denken, mit welcher Liebe ihre Mutter sie und ihre Geschwister aufgezogen hatte, und fühlte Verachtung für die geschwätzige Frau, die gerade erst die dreißig überschritten hatte und bereits stark in die Breite ging.
»Ihr seid so schweigsam, meine Liebe!« Wiburg von Dieboldsheim liebte es, ein Gespräch zu beherrschen, forderte aber von Zeit zu Zeit eine Bestätigung ihrer Worte ein.

Trudi rang sich ein Lächeln ab. »Verzeiht, Frau Wiburg, aber einem sittsamen Mädchen steht es nicht an, in Anwesenheit einer älteren und erfahrenen Dame ungefragt das Wort zu ergreifen.«
»Das ist wahr! Ein Mädchen muss zum Gehorsam erzogen werden und dazu, ihrem künftigen Gemahl eine treue und fürsorgliche Gemahlin zu sein.«
Mit ihrer Antwort hatte Trudi Frau Wiburg das Stichwort für einen längeren Vortrag über die Pflichten und Aufgaben einer Tochter aus ritterlichem Haus geliefert. Da sie nur so tun musste, als höre sie aufmerksam zu, konnte Trudi ihren eigenen Gedanken nachhängen. Doch langsam sehnte sie sich nach Erlösung von dem selbstgerechten Wortschwall.
Diese erschien in Form des Gastgebers, der breitbeinig in den Raum trat und sein Weib mit einem einzigen Blick zum Verstummen brachte. Auch das herumtobende Brüderpaar wurde sofort still und starrte den Vater ängstlich an. Trudi schüttelte sich innerlich, als sie sich vorstellte, welche Verhältnisse in dieser Familie herrschen mussten. Dagegen waren ihre eigenen Eltern lauteres Gold.
»Dein Vater wartet auf dich, Hiltrud!«
Trudi kniff die Lippen zusammen, weil Ingobert von Dieboldsheim sie ansprach, als sei sie ein kleines Kind. Seinem Weib und den Söhnen gönnte er kein Wort. Stattdessen griff er nach ihrem Arm und zog sie hoch. »Du willst ihn doch nicht warten lassen?«
Das wollte Trudi wirklich nicht. Sie mochte es aber auch nicht, gegen ihren Willen mitgezerrt zu werden, doch der Ritter hielt sie so fest, dass sie sich nicht befreien konnte. Sie konnte der Burgherrin gerade noch ein Abschiedswort über ihre Schulter zurufen, dann schleifte ihr Gastgeber sie durch die Gänge, als sei sie eine ungehorsame Magd.
Zu ihrer Verwunderung wandte Ritter Ingobert sich nicht der Treppe zu, die in den Rittersaal hinabführte, sondern stieg die

enge Wendeltreppe im Turm hinab. Dort gab es nur ein paar kleine Schießscharten, durch die kaum Licht fiel, und es war so düster wie in einer Kapelle an einem Winterabend. Auch brannte keine Fackel, um die Stufen auszuleuchten, und das einzige Geräusch, das Trudi hörte, waren die Schritte und das gepresst klingende Atmen des Ritters, das immer schärfer wurde.
Als die Treppe in einer kleinen Kammer mündete, durch deren Sichtluken sich das Umland überwachen ließ, blieb der Ritter stehen und zog Trudi zu sich her. Sein nach Wein riechender Atem strich über ihre Wange, und trotz des Dämmerlichts sah sie sein gierig verzerrtes Gesicht dicht über ihrem.
»Einen Kuss, Jungfer, als Wegzoll sozusagen«, flüsterte er mit rauher Stimme.
So ähnlich hatte es auch in Fuchsheim angefangen, und Trudi schämte sich immer noch, wenn sie daran dachte, wie es geendet hatte. Dabei liebte sie Junker Georg, während der Dieboldsheimer einfach nur widerwärtig war. Wütend stieß sie ihn zurück und riss sich von ihm los.
»Küsst Euer Weib, wenn Euch danach ist, oder sucht Euch eine willige Magd. Aber mich lasst gefälligst in Frieden!«
Ritter Ingobert wollte erneut nach ihr greifen, doch sie tauchte unter seinen Armen hinweg und rannte auf den Gang hinaus. Zu ihrer Erleichterung folgte der Mann ihr nicht, sondern blieb in der Turmkammer stehen. Daher beruhigte sie sich wieder und erinnerte sich jetzt auch an das, was Bona von Fuchsheim ihr vor ein paar Monaten kichernd erzählt hatte. Die Freundin war ebenfalls mit ihrem Vater auf Dieboldsheim zu Gast gewesen und in einem abgelegenen Gang von dem Hausherrn bedrängt worden. Statt sich zu wehren, hatte sie dem Ritter den verlangten Kuss gewährt und auch zugelassen, dass er sie an Po und Busen befingert hatte.
Statt empört zu sein, hatte Bona über die Begebenheit gelacht und gesagt, dass Männer nun mal so seien. Man müsse nur acht-

geben, dass sie nicht zu aufdringlich würden. Sie war sogar stolz gewesen, das Interesse eines erwachsenen, hochangesehenen Mannes geweckt zu haben. Trudi aber schüttelte es bei dem Gedanken, und sie nahm es dem Dieboldsheimer doppelt übel, weil sich sein Gesicht in ihren Erinnerungen über das von Junker Georg schob. Nun dünkte ihr das, was Gressingen mit ihr getan hatte, weitaus schlimmer, als es gewesen sein mochte.

Sie fragte sich, ob Bona recht hatte. Sahen alle Männer junge Mädchen als Freiwild an? Sie verneinte diese Frage sofort, denn ihr eigener Vater stellte weder den Töchtern anderer Ritter noch den Mägden in der heimatlichen Burg nach. Einen Mann wie ihn hätte sie jederzeit gerne geheiratet, und sie betete zur Jungfrau Maria, dass Georg von Gressingen diesem Vorbild so weit wie möglich entsprach.

Als Trudi auf den Hof hinaustrat, versuchte sie, gleichmütig zu erscheinen. Ihr Vater wartete bereits mit den gesattelten Pferden und blickte an ihr vorbei, als erwarte er, ihr Gastgeber würde kommen, um sich von ihnen zu verabschieden.

Ingobert von Dieboldsheim ließ sich jedoch nicht sehen, und daher trat Michel den Heimweg mit der Befürchtung an, seinen Gastgeber bald im feindlichen Lager zu sehen. Der offensichtliche Misserfolg seines Ritts ärgerte ihn so sehr, dass er nicht auf seine Tochter achtete.

Trudi hatte sich von einem Knecht auf ihre temperamentvolle braune Stute helfen lassen und gab dem Tier den Kopf frei, um bei einem scharfen Ritt ihren Zorn auf den Dieboldsheimer ausrauchen zu lassen.

Auch Ingobert von Dieboldsheim ärgerte sich, allerdings weniger über sich selbst als über das spröde Mädchen, das ihn so kalt hatte abfahren lassen. Dabei hatte er wirklich nicht mehr gewollt als einen Kuss und einen beherzten Griff unter ihr Kleid. Mehr war nicht möglich, das wusste er selbst, denn der Kibitzsteiner würde ihm genauso wie andere Väter die Fehde antragen, wenn er seine Tochter auf den Rücken legte und vielleicht sogar schwängerte. So etwas konnte sich ein Graf von Castell oder jener unsägliche Hohenzoller von Brandenburg-Ansbach erlauben, der ebenso wie der Bischof von Würzburg danach strebte, die unabhängigen Herrschaften Frankens unter seinem Markgrafenhut zu vereinen. Ihm war der Würzburger lieber, denn der vermochte als Kirchenmann keine Dynastie zu gründen. Auch trat Herr Gottfried nicht so kriegerisch auf wie Albrecht von Hohenzollern, dem Kardinal Piccolomini den Beinamen Achilles verliehen hatte.

18.

Kaum war Trudi zu Hause angelangt, da schoss Uta aus dem Palas und kam auf sie zu. »Ich muss mit Euch sprechen, Jungfer. Es ist dringend.«
Da Tratschen zu Utas Lieblingsbeschäftigungen zählte, seufzte Trudi, denn sie hätte sich lieber zurückgezogen, um in Ruhe nachdenken zu können. Aber sie wusste, dass sie diesem Plagegeist nicht entkommen konnte, und so ließ sie sich von einem Stallknecht aus dem Sattel heben, raffte ihr Reitkleid, so dass sie bequem gehen konnte, und winkte Uta, ihr zu folgen.
»Nun, was gibt es?«, fragte sie, als sie ihre Schlafkammer erreichte und noch im Eintreten die Reitpeitsche in eine Ecke und die Handschuhe in eine andere feuerte.
Die Magd bemerkte, wie es in ihrer Herrin brodelte, nahm aber an, es sei wegen des Streits mit Lisa, und während sie ihr die Bänder des Kleides löste, steuerte sie sofort auf ihr Ziel zu.
»Ich habe zufällig mitbekommen, wie Hildegard, dieser elende kleine Bastard, Euch bei Eurer Mutter schlechtgemacht hat. Sie hat es so hingestellt, als wäre es Eure Schuld, dass Lisa sich Euch gegenüber so schlecht benimmt. Dabei sollten diese beiden

Bälger dankbar sein, dass Frau Marie sich ihrer angenommen hat.«

Es war der Beginn eines längeren Vortrags, der jedoch wie Wasser an Trudi abglitt. Schon längst bereute sie ihre harschen Worte. Als die Ältere war Trudi jedoch zu stolz, ihre Ziehschwester um Verzeihung zu bitten, und hatte gehofft, die hässliche Angelegenheit würde sich auf die eine oder andere Weise in Wohlgefallen auflösen. Nun aber bekam sie es mit der Angst zu tun. Ihre Mutter liebte Lisa wie ein eigenes Kind und würde es niemals zulassen, dass ihre eigene Tochter diese beleidigte oder gar schlug.

Trudi sah einen Streit mit der Mutter und wahrscheinlich auch eine harte Strafe auf sich zukommen. Ihr Herz flatterte, während sie sich vorstellte, wie der Vater ihr helfen und sich gegen die Mutter stellen würde. Ein Zerwürfnis ihrer Eltern war jedoch das Letzte, das sie sich wünschte. Als Uta jetzt auch noch begann, neben Lisa und Hildegard auch noch über Marie herzuziehen, fuhr sie wütend auf.

»Weißt du überhaupt, was du da sagst? Frau Marie ist nicht nur meine Mutter, sondern auch deine Herrin. Wenn du noch ein Wort gegen sie sagst, sorge ich dafür, dass du Rutenschläge erhältst!«

Die Magd hob erschrocken die Hände und entschuldigte sich. Hätte Trudi, die sich gerade das Kleid über den Kopf ziehen ließ, dem Mädchen ins Gesicht sehen können, wäre ihr jedoch aufgefallen, dass Uta keine Spur eines schlechten Gewissens zeigte, sondern beleidigt war, weil sie Dank für ihre Mitteilung erwartet hatte. Schließlich war sie ihrer eigenen Einschätzung nach die Einzige, die voll und ganz zu Maries leiblicher Tochter stand. Alle anderen redeten der Burgherrin nach dem Mund und behandelten die beiden anderen Mädchen, als wären sie Trudi gleichrangig.

Da Uta scheinbar verängstigt schwieg, versuchte Trudi, sie zu beruhigen. »Ich will natürlich nicht, dass du geschlagen wirst. Aber du solltest aufpassen, was du sagst.«

Sie wollte nicht allzu hart mit Uta umspringen, denn sie mochte die geschickte Magd, hätte sich aber gewünscht, dass das Mädchen etwas weniger redselig wäre und zuerst nachdenken würde, bevor es den Mund aufmachte.

»Soll ich die Truhe da drüben ebenfalls aufräumen?«, fragte Uta spitz. Sie fühlte sich schlecht behandelt und wollte, dass ihre Herrin dies auch merkte.

»Ja, danke! Tu das!« Trudi nickte erfreut, bedauerte ihre Zustimmung aber sofort, denn Uta holte als Erstes jenes grüne Gewand heraus, das sie auf Fuchsheim getragen hatte. Sie hatte es bei ihrer Rückkehr ausgezogen und so schmutzig, wie es war, in die Truhe geworfen.

»Das Kleid ist ja voller Dreck! Es hätte zuerst in die Wäsche gehört. Seht, der Rücken ist ganz braun, so als hättet ihr auf der Erde gelegen – und hier innen ist ein dunkler Fleck, der ganz in den Stoff eingezogen ist.« Die Magd hielt ihrer jungen Herrin das Gewand anklagend unter die Nase.

Trudi presste die Lippen zusammen, um nicht aufzuschreien. Der dunkle Fleck stellte nicht mehr und nicht weniger dar als den Rest ihres Jungfernbluts, das sie nicht vollständig hatte auswaschen können. Obwohl sie sich nach Junker Georg sehnte und hoffte, bald seine Frau zu werden, wollte sie sich möglichst nicht mehr an das erinnern, was im Fuchsheimer Wald geschehen war. Sie riss Uta das Kleid aus den Händen und schleuderte es zu Boden.

»Bringe es weg und verbrenne es. Ich will es nicht mehr sehen!«

»Aber es ist doch Euer bestes Kleid«, protestierte die Magd.

»Wenn du als Leibmagd in meinen Diensten bleiben willst, solltest du lernen, mir zu gehorchen!«

Uta verstand die Launen ihrer Herrin nicht, begriff aber, dass es besser war, ihre Arbeit stumm fortzusetzen. Kurz überlegte sie, ob sie das Kleid verstecken und für einen anderen Zweck verwenden sollte. Doch wenn Trudi es entdeckte, würde sie noch zorniger werden.

»Da Ihr es so haben wollt, werde ich das Kleid in der Küche verbrennen, wenn die Köchin und ihre Mägde in der Gesindekammer beisammensitzen. Wenn sie sähen, was ich tue, würden sie es gewiss Frau Marie berichten.«

»Tu es heimlich und verlier nie mehr ein Wort darüber!« Trudi wandte sich ab, damit die Magd nicht sehen konnte, dass sie den Tränen nahe war. Das Verhalten des Dieboldsheimers hatte sie abgestoßen und verletzt. Sie hatte nicht geahnt, dass Männer so widerwärtig sein konnten. Umso mehr sehnte sie sich nach Junker Georg und hoffte, er käme endlich nach Kibitzstein. Ihr machte es nichts aus, dass er keine Heimat mehr besaß, in die er sie bringen könnte. Schließlich war nicht er, sondern dieser elende Fürstbischof daran schuld, der auch ihrem Vater große Sorgen bereitete. Sie ärgerte sich so über den Mann, dass sie am liebsten nach Würzburg geritten wäre und Herrn Gottfried für seine Bosheiten erwürgt hätte.

Da sie mit einem Mal das Gefühl hatte, die Wände ihrer Kammer schnürten ihr den Atem ab, kehrte sie Uta den Rücken zu und trat auf den Flur. Auf dem Weg in den Burghof kam ihr die Mutter entgegen und hielt sie auf. »Trudi, ich glaube, wir beide müssen miteinander reden!«

»Ja, Mama!« Trudi spürte einen dicken Kloß im Hals und kämpfte gegen den Wunsch, sich an einem Ort zu verkriechen, an dem niemand sie fand, und ihren Tränen freien Lauf zu lassen. Mit verschleierten Augen versuchte sie zu erkennen, ob ihre Mutter sehr wütend war. Doch Frau Marie wirkte ernst und geradezu kalt. Das verunsicherte Trudi mehr als ein heftiger Zornausbruch, und sie bekam es mit der Angst zu tun. Wohl hatte sie sich in den letzten Monaten immer wieder mit ihrer Mutter gestritten, aber in ihrem Kummer war ihr bewusst geworden, wie sehr sie sie liebte. Nun sah es so aus, als hätte sie sich die Zuneigung ihrer Mutter verscherzt.

Marie führte ihre Tochter in ihre eigenen Räume und hieß sie, sich auf einen Stuhl zu setzen. Danach füllte sie etwas Wein in zwei Becher, vermischte ihn mit Wasser und reichte Trudi ein Gefäß. Sie lehnte sich gegen den Tisch, um ihr Knie zu entlasten, und blickte auf ihre Tochter hinab. Ihre Älteste wirkte so hilflos und verletzlich, dass es ihr schier das Herz zerriss.

»Wenn es wirklich dein Wunsch ist, werde ich einer Heirat mit Gressingen zustimmen, sollte er kommen und um dich werben!« Das waren nicht gerade die Worte, die Marie hatte sagen wollen, doch der elende Zustand ihrer Tochter flößte ihr Angst ein.

Trudi sah erstaunt zu ihr auf. »Wirklich? Das würdest du tun?«

»Du bist meine Tochter, und ich will, dass du glücklich bist. Wenn du glaubst, Junker Georg sei der Richtige für dich, werde ich dir nicht im Weg stehen.«

Marie erwartete für dieses Zugeständnis freudigen Dank, doch Trudi sah einfach nur verblüfft aus und nicht wie jemand, dem eben ein Herzenswunsch erfüllt worden war.

»Ich dachte, du willst es so«, setzte Marie etwas fragend hinzu.

»Freilich will ich es!« Nun begriff Trudi, dass kein Strafgericht über sie kommen sollte. Entgegen allen Befürchtungen bekam sie ein Zugeständnis, mit dem sie nie gerechnet hatte. Sie sprang auf und schlang ihre Arme um die Mutter. »Danke, Mama! Du bist so lieb zu mir, und dabei habe ich das gar nicht verdient. Aber ich liebe Georg von Gressingen und möchte seine Frau werden. Natürlich ist er nicht mit Vater zu vergleichen, aber das ist wohl kein Mann auf der Welt.«

»Wenn du einmal verheiratet bist, solltest du deinen Gemahl nie mit der Elle deines Vaters messen, mein Kind, sondern an seiner Liebe zu dir.« Marie strich Trudi über das Haar und erwiderte ihre Umarmung. »Ich hab dich doch lieb!«

Dabei dachte sie an die Strafpredigt, die sie auf den Kopf dieses ungebärdigen Mädchens hatte niedergehen lassen wollen, und schalt sich in Gedanken, weil sie weich geworden war.

Trudi klammerte sich weinend an ihre Mutter. »Ich habe deine Güte wirklich nicht verdient, denn ich bin sehr hässlich zu Lisa gewesen und habe sie sogar geschlagen. Das tut mir so leid!«

»Ich werde Lisa sagen, dass du es bereust, und sie wird dir verzeihen! Schließlich seid ihr Schwestern.« Marie neigte sich zu Trudi nieder und küsste sie auf die Stirn. Sie würde mit Lisa reden, und da das Mädchen nicht nachtragend war, würde der Streit bald ein Ende haben. Was Gressingen betraf, so war sie um des lieben Friedens willen bereit, ihn willkommen zu heißen.

Zweiter Teil

◆

Schatten am Horizont

I.

Magnus von Henneberg streifte den Begleiter seines Bruders mit einem verächtlichen Blick. Der Mann schien die Kemenate einer Dame mit einem Feldlager zu verwechseln. Zwar nannte er sich Peter von Eichenloh, aber so nachlässig, wie er gekleidet war und sich auf seinem Stuhl flegelte, hatte er wenig von einem Edelmann an sich. Wenn er seinen Becher leerte, tropfte ihm der Wein in den Bart, und er lachte als Einziger über die derben Witze, die er erzählte.
Von Otto wusste Graf Magnus, dass der Kerl sein Geld in fremden Diensten verdiente. Dabei wirkte Eichenloh nicht sonderlich imposant. Er war mittelgroß, kräftig gebaut, ohne untersetzt zu wirken, und hatte ein kantiges, wenig anziehendes Gesicht mit einem kurz gehaltenen, aber unordentlich geschnittenen Bart.
Elisabeth, die Gemahlin des Grafen, musterte den Gast beinahe noch feindseliger als ihr Gemahl. Ihr behagte es gar nicht, dass Otto, ihr Schwager, so viel von diesem Kerl hielt, für den nichts sprach als sein Geschick auf dem Schlachtfeld.
Die beiden anderen Besucher waren schon mehr nach dem Geschmack des gräflichen Paares. Georg von Gressingen hatte zwar jüngst seine Heimatburg an den Fürstbischof von Würzburg verloren, achtete aber dennoch so auf sein Äußeres, wie es sich gehörte. Zudem war er ein angenehmer Gesprächspartner, der den Raum nicht bei jeder unpassenden Gelegenheit mit seinem Gelächter füllte. Neben Gressingen saß Hardwin von Steinsfeld. Er war im gleichen Alter wie Otto, nahm sich aber im Gegensatz zu diesem ein Beispiel an Gressingen und nicht an diesem Söldner.
Graf Magnus hatte seinen Bruder schon bei der Ankunft getadelt, weil Otto nach seiner Rückkehr nicht mehr so sorgfältig gekleidet war, wie es einem Edelmann anstand. Ein Söldnerhauptmann bürgerlicher Herkunft mochte abgerissen herumlaufen, aber kein Angehöriger des gräflichen Hauses Henneberg.

Gräfin Elisabeth beugte sich ein wenig vor und sprach Steinsfeld an. »Ich hoffe, Eure Frau Mutter fühlt sich wohl.«
»Das tut sie«, versicherte Hardwin eilfertig.
Doch ehe er weitersprechen konnte, riss Peter von Eichenloh das Gespräch wieder an sich. »Das ist kein Wunder! Hat deine Mutter doch nach dem Tod deines Vaters auf Steinsfeld die Hosen angezogen und wird sie vor ihrem Tod nicht mehr hergeben. Wenn du ein Mann werden und dich bei ihr durchsetzen willst, solltest du eine Weile mit mir und meinen Leuten reiten. Wir machen einen richtigen Kerl aus dir!«
Für diesen Zwischenruf fing Eichenloh einige höchst missbilligende Blicke des Gastgeberpaares ein, während Otto von Henneberg sichtlich Mühe hatte, sich das Lachen zu verkneifen. Steinsfeld war in der ganzen Gegend als Muttersöhnchen verschrien, das ohne Erlaubnis Frau Herthas nicht einmal auf den Abtritt zu gehen wagte. Auch Gressingen lächelte amüsiert, während Hardwin beleidigt die Unterlippe vorschob.
Da seine Gedanken mehr der schönen Bona von Fuchsheim galten, die er seit jenem Nachmittag im Wald mehr vermisste, als er es sich hätte vorstellen können, hatte er an Krieg und Waffenehre kein Interesse. »Ich werde mich gewiss nicht Euren Totschlägern anschließen, Eichenloh.«
»Ich zwinge dich auch nicht dazu, Junge«, antwortete Junker Peter fröhlich grinsend.
»Könnt Ihr mich nicht so anreden, wie es sich gehört?«, biss Hardwin zurück.
Peter von Eichenloh zuckte mit den Schultern. »Vielleicht dann, wenn du deiner Mutter gezeigt hast, wer Herr auf eurer Burg ist. So lange aber bist du für mich nur ein Knäblein, und für ein solches verbiege ich mir nicht meinen Mund.«
»Das müsste schon ein anderer für dich tun!«, warf Gressingen ein.
»Was tun?«, fragte Hardwin verwirrt.

»Eichenloh den Mund oder noch besser den Kiefer verbiegen. Wenn du das schaffst, Steinsfeld, wird es keiner mehr wagen, dich einen Knaben zu heißen!« Gressingen brachte die Worte im vollen Ernst hervor, obwohl er sich innerlich vor Lachen krümmte. Er kannte niemanden, der sich freiwillig mit Eichenloh anlegte, und wartete gespannt, wie Hardwin sich aus dieser Klemme ziehen würde.
Bevor der Zwist ernstere Formen annehmen konnte, hob Graf Magnus gebieterisch die Hand. »Halt! Hier auf meiner Burg dulde ich weder eine Rauferei noch einen Kampf mit dem Schwert.«
Hardwin atmete erleichtert auf, während Eichenloh abwinkte. »Glaubt Ihr wirklich, ich würde mich an einem halben Kind vergreifen?«
Sein verächtlicher Tonfall reizte Hardwin so sehr, dass er ihn am liebsten zum Zweikampf aufgefordert hätte. Aber er wusste, dass er gegen den erfahrenen Recken auf verlorenem Posten stünde. Eichenloh war noch keine sechsundzwanzig Jahre alt, hatte aber bereits in mehr Schlachten gefochten als alle anderen Ritter in diesem Raum zusammen. Im Grunde, sagte Hardwin sich, war der Mann nur ein wüster Schlagetot, den man aus Gnade und Barmherzigkeit bei den Edelleuten sitzen ließ.
»Gegen welchen Gegner werdet Ihr diesmal ziehen? Für oder gegen Würzburg, für oder gegen Hohenlohe oder für oder gegen Brandenburg-Ansbach?«, fragte Gressingen, dem es Freude machte, kleine Stiche gegen Eichenloh auszuteilen.
»Das würde mich auch interessieren«, erklärte Graf Magnus, der den Söldnerhauptmann scharf beobachtete, um aus dessen Mienenspiel Schlüsse ziehen zu können.
Junker Peter lachte schallend und klopfte sich auf die Schenkel. »Ihr werdet es früh genug erfahren. Eines aber könnt Ihr gewiss sein: Lange wird mein Schwert nicht in der Scheide rosten.«
»Ihr solltet nach Würzburg reiten und dem hochwürdigsten

Herrn Bischof Eure Aufwartung machen. Er weiß kriegserfahrene Männer zu schätzen und wird Euch eine gewisse Sache daher wohl verzeihen.« Graf Magnus' Abneigung gegen diesen Gast ging nicht so weit, dass er den Mann in einer Schlacht auf der anderen Seite zu sehen wünschte.

Als Herr eines Seitenzweigs des weiter im Norden reich begüterten Geschlechts derer von Henneberg musste er zwischen den Ansprüchen von Fulda, Würzburg und Mainz lavieren und durfte dabei auch seine eigene Familie nicht außer Acht lassen. Derzeit stand er in den Diensten des Fürstbischofs Gottfried Schenk zu Limpurg und versuchte daher abzuschätzen, wie groß dessen Zorn auf Eichenloh wirklich sein mochte.

Otto von Henneberg sah seinen Freund neugierig an. »Mich würde ebenfalls interessieren, wohin wir als Nächstes reiten werden!«

»Du wirst Herrn von Eichenloh nicht weiter begleiten. Ich benötige deine Hilfe selbst«, erklärte sein Bruder mit deutlicher Schärfe.

Eichenloh hob nur die Augenbrauen, sagte aber nichts, während Otto seinen Bruder empört anfunkelte. »Ich habe Junker Peter versprochen, bei ihm zu bleiben.«

»Das wird wohl nicht für die Ewigkeit gelten. Die ehrwürdigen Damen des Frauenstifts Hilgertshausen haben mir die Vogtei über ihren Besitz bei Volkach angetragen. Ich will, dass du diese Aufgabe in meinem Namen übernimmst.« Graf Magnus ließ keinen Zweifel daran, dass es so zu geschehen hatte, wie er es bestimmte. Immerhin war er das Oberhaupt dieses Zweiges der Henneberger, und sein Bruder hatte ihm zu gehorchen.

Otto ballte die Fäuste, und es sah aus, als wolle er seinen Bruder harsch anfahren. Da legte Eichenloh die Hand auf seine Schulter. »Wenn dein Bruder es wünscht, wirst du dich dieser Aufgabe kaum entziehen können, es sei denn, du willst dich mit ihm überwerfen.«

»Nein, das will ich nicht, aber ...«, stotterte der Jüngere und setzte einen derben Fluch hinzu.
Seine Schwägerin erblasste, dann schoss ihr die Röte in die Wangen. »Pfui, Otto! So etwas will ich in meinen Wänden nicht hören.«
Frau Elisabeth bedachte ihren Schwager mit einem vernichtenden Blick, gab aber Eichenloh die Schuld für Ottos neuerdings so ungehöriges Benehmen.
Graf Magnus nahm sich vor, mit seinem Bruder zu einer besseren Gelegenheit über seine Pläne zu sprechen, und wandte sich erneut Eichenloh zu. »Ihr habt mir immer noch nicht gesagt, für welchen der Herren Ihr Euer Schwert ziehen wollt.«
Über Eichenlohs kantiges Gesicht huschte ein zweideutiges Lächeln. »Bis jetzt ist noch nichts entschieden, und bis dahin werde ich die Einladung annehmen, die Abt Pankratius ausgesprochen hat, und mit meinen Männern einige Wochen auf einem Besitz seines Klosters verbringen. Ihr wisst ja, wie es ist: Wenn man nirgends im Sold steht, fressen einem die Kerle die Haare vom Kopf.«
Auch wenn diese Worte spaßhaft gemeint waren, war eine gewisse Spannung im Raum entstanden. Frau Elisabeth rutschte unruhig auf ihrem Stuhl. Sie mochte keine Männergespräche in ihrer Gegenwart, musste aber als Graf Magnus' Ehefrau ihre Pflicht als Gastgeberin erfüllen.
Der Hausherr nickte nachdenklich. »Ihr wollt zu Abt Pankratius? Das wird den ehrwürdigen Mönchen von Schwarzach aber wenig gefallen, denn sie liegen mit dem Kloster Schöbach im Streit, weil dieses ihnen altüberlieferte Rechte verwehrt. Wenn Ihr jetzt nach Schöbach zieht, werden sie annehmen, dass Abt Pankratius auf eine Fehde aus ist.«
Magnus' Versuch, Eichenloh doch noch für die Würzburger Sache zu gewinnen, fruchtete nicht, denn der Söldnerführer wusste genau, dass hinter der Abtei Schwarzach der Fürstbischof von

Würzburg stand, der das Schöbacher Kloster wieder unter seine Kontrolle bringen wollte. Daher winkte er lachend ab. »Glaubt Ihr wirklich, ich wäre Herrn Gottfried so willkommen, wie Ihr es ausmalt? Er trägt mir immer noch die Sache mit seiner Nichte nach. Dabei war nicht ich der Schuldige. Zugegeben, ich war nicht mehr nüchtern, als die Kleine unter meine Decke geschlüpft ist. Was hätte ich da anders tun sollen, als ihr den Gefallen zu erweisen, den sie forderte?«

Er brachte seine Worte so komisch vor, dass Otto hell auflachte. Hardwin kicherte nervös, denn er erinnerte sich an die Szene im Fuchsheimer Wald, und er hatte immer noch Angst, dass Bonas Vater und deren Bräutigam davon erfuhren und Rache fordern würden. Gressingen aber zog ein schiefes Gesicht. Soweit er wusste, war Eichenloh dem Zorn des Vaters der Kleinen nur durch rasche Flucht entkommen. Daraufhin hatte der Fürstbischof sofort nach seinem Amtsantritt sämtliche Ländereien des Übeltäters beschlagnahmt, die dieser auf Würzburger Boden besessen hatte. Das Mädchen war mit einem Gefolgsmann des Vaters vermählt worden, den die Ehre, mit einem so hohen Geschlecht verschwägert zu sein, über die verlorene Jungfräulichkeit der Braut hatte hinwegsehen lassen. Gressingen musste an Trudi denken. Deren Vater zählte zwar nicht zu einer mächtigen Sippe wie die Schenks zu Limpurg, war aber auf seine Weise nicht weniger gefährlich. Wenn Michel Adler auf Kibitzstein erfuhr, was seiner Lieblingstochter widerfahren war, würde er ihn zur Rechenschaft ziehen.

Unterdessen war Frau Elisabeth das Gespräch leid, und sie blickte ihren Gemahl mit tadelnder Miene an. »Wenn Ihr weiter über Krieg und Politik reden wollt, so wählt ein anderes Gemach. Ich fühle mich müde und würde mich gern ein wenig hinlegen.«

»Sollen wir Euren Gemahl bei Euch zurücklassen?«, fragte Eichenloh anzüglich. Ihm war die Gräfin zu sittenstreng und engherzig, und er war froh, bald wieder unter seinen Kameraden zu sitzen, bei denen er seiner Zunge kein Zaumzeug anlegen musste.

Graf Magnus sah für einen Augenblick so aus, als würde er über Eichenlohs Vorschlag nachdenken, aber dann winkte er seinen Gästen, ihm zu folgen. »Wir setzen uns ins Turmzimmer und trinken noch einen guten Schluck Wein.«

»Ein Schluck wäre mir etwas zu wenig. Ein Mann wie ich braucht schon eine Kanne.« Eichenloh grinste und zwinkerte Otto zu.

Der junge Henneberg wandte sein Gesicht ein wenig ab, denn er fühlte sich seinem Freund verpflichtet, hatte sich aber mittlerweile entschieden, dem Befehl seines Bruders zu folgen und in die Dienste des Frauenstifts Hilgertshausen zu treten. Dort würde er selbständig handeln können und nicht mehr von Junker Peter bevormundet werden. Bei dem Gedanken merkte er, wie er sich über das Vertrauen seines Bruders freute.

Im Turmzimmer angekommen, achtete Eichenloh nicht auf Graf Otto, der seinen Gedanken nachzuhängen schien, sondern dachte über seine weiteren Pläne nach und fragte sich, ob er Graf Magnus' Vermittlerdienste annehmen und einen Ausgleich mit dem Würzburger Bischof suchen sollte. Da Herr Gottfried auf Rechte pochte, die er aller Voraussicht nach nur mit Gewalt durchsetzen konnte, war ein Söldner von seinem Ruf wertvoll genug, um über einige Dinge hinwegsehen zu können. Möglicherweise konnte er sogar seine Würzburger Besitzungen zurückerhalten. Doch als er sich vorstellte, wieder über eigenes Land zu reiten, spürte er, dass ihn diese Aussicht nicht mehr reizte. Seit mehr als fünf Jahren war er ein freier Mann, der vor keinem der hohen Herren mehr buckeln musste, und das wollte er so schnell nicht ändern. Besitz von Land und Burgen konnte leicht zum Klotz am Bein werden, der ihn in einer Gegend festhalten und mit ehernen Klammern an einen Lehnsherrn fesseln würde.

So in fünfzehn oder zwanzig Jahren, wenn er für diese Art, zu leben, allmählich zu alt wurde, würde er sich von seinen ersparten

Soldgeldern ein schönes Stück Land kaufen können. Dann würde er die teiggesichtige Tochter irgendeines Nachbarn heimführen und ihr zu ein paar Kindern verhelfen. Wahrscheinlich würde es ihm dann gefallen, bei einem Becher Wein mit Freunden zusammenzusitzen und von jener schönen Zeit zu schwärmen, in der er von Schlacht zu Schlacht gezogen war.

Dennoch hörte er aufmerksam zu, als sein Gastgeber die Vorzüge pries, die eine Entscheidung für Würzburg mit sich brächte. Er äußerte sich jedoch nicht, sondern stellte schließlich den Becher ab und stand auf. »Es ist spät geworden, und ich will zu Bett gehen. Morgen muss ich in aller Frühe aufbrechen.«

»Morgen schon?« Otto von Henneberg starrte ihn enttäuscht an, denn er hatte gehofft, sein Freund werde noch einige Tage bleiben. Dann aber begriff er, dass dessen Anwesenheit dem Frieden in der Burg nicht gerade zuträglich sein würde. Sein Bruder und seine Schwägerin sahen in Eichenloh einen verachtenswerten Emporkömmling, obwohl zumindest Magnus es besser wissen müsste, und umgekehrt nahm Junker Peter beide nicht ernst.

Otto sah seinem Bruder den Zwiespalt an, in dem er steckte. Einesteils war Graf Magnus froh, diesen Gast rasch wieder loszuwerden, andererseits aber missfiel es ihm, dass der Söldnerführer es ablehnte, den Fürstbischof um Vergebung zu bitten. Wenn es zu einer Fehde kam, bestand die Gefahr, dass Eichenloh sich mit seiner Truppe der Gegenseite anschloss.

Daher versuchte der Hausherr noch einmal, ihn umzustimmen. »Ich kann Euch nur empfehlen, Euch meine Worte durch den Kopf gehen zu lassen.«

Eichenloh beachtete das Angebot jedoch nicht, sondern verließ mit einem lockeren Spruch das einfach ausgestattete Turmgemach. Graf Magnus blickte ihm mit verbissener Miene hinterher und wandte sich dann an Gressingen. »Junker Georg, würdet Ihr mir den Gefallen tun, meinen Bruder nach Hilgertshausen zu begleiten und ihn der ehrwürdigen Äbtissin Klara von Monheim in meinem Namen vorzustellen? Ich selbst will mich nach Würzburg begeben und den hochwürdigen Herrn Bischof aufsuchen. Dort werde ich mich auch für Euch verwenden.«

»Habt meinen Dank dafür!« Gressingen wirkte erleichtert, amüsierte sich aber insgeheim. Eine Fürsprache bei Herrn Gottfried Schenk zu Limpurg hatte er wahrlich nicht nötig. Sein Blick wanderte zu dem jüngeren Henneberg hinüber, der sichtlich mit der Menge des genossenen Weines kämpfte.

»Ich begleite Graf Otto nach Hilgertshausen. Vielleicht finde ich bei den frommen Schwestern für die nächste Zeit ein Obdach.« Gressingen lächelte, als freue er sich über diese Idee. Dann aber kniff er die Lippen zusammen, denn ihm war eingefallen, dass Hilgertshausen und Kibitzstein benachbart waren. Nun hätte er seine Worte am liebsten zurückgenommen.

Sein Gastgeber lobte ihn jedoch schon für seine Zusage, und Otto zwinkerte ihm verschwörerisch zu. »Ich glaube, dass es uns bei den Nonnen besser gefallen wird als Peter bei den steifen Mönchen von Schöbach. Wer weiß, vielleicht ist die Tugend der einen oder anderen Dame doch nicht so stark, wie von ihnen behauptet wird.«

Graf Magnus sah seinen Bruder entgeistert an und hätte seinen Befehl am liebsten wieder rückgängig gemacht. Nie hätte er sich vorstellen können, dass Otto überhaupt auf den Gedanken kam, die verehrungswürdigen Damen, die ihr Leben dem Dienst an Jesus Christus geweiht hatten, zu verführen. Andererseits bewies ihm dieser Ausspruch, wie wichtig es war, Otto aus Eichenlohs Nähe zu entfernen. Der Söldnerführer übte einen zu schlechten Einfluss auf seinen Bruder aus.

Mit grimmiger Miene stand Graf Magnus auf und legte Otto die Hand auf die Schulter. »Ich hoffe, du erinnerst dich jederzeit daran, was du unserem Namen schuldig bist! Wenn dir daran gelegen ist, bei einem Weib zu liegen, so reite in die nächste Stadt und suche dort das Hurenhaus auf. Aber lass die Nonnen und ihre Mägde in Ruhe.«

»Aber gewiss doch, mein gestrenger Herr Bruder.« Otto von Hennebergs Blick verriet, dass er Magnus für einen argen Kleingeist hielt, der einem nicht den geringsten Spaß gönnte. Gottlob blieb er aber nicht unter dessen Aufsicht, sondern konnte auf Hilgertshausen als Vogt schalten und walten, wie es ihm gefiel.

»Trinken wir auf dein neues Amt! Wenn die frommen Damen mit dir zufrieden sind, werden sie dies Seiner Gnaden in Würzburg mitteilen, und du wirst als geachteter Ritter in seine Dienste treten können.«

Bei Magnus' Appell verzog sein Bruder das Gesicht. »Eigentlich wollte ich mich nach einiger Zeit wieder Junker Peters Schar anschließen. Als sein Waffengefährte kann ich mehr Ruhm erringen denn als Schwertknecht des Bischofs.«

Graf Magnus sah nun verärgert drein, aber er sagte nichts weiter. Sein Bruder wirkte so störrisch, dass ein weiteres Wort unweigerlich zu einem Streit führen würde.

Daher hob er den Becher und trank dem Jüngeren zu. »Auf deinen Erfolg als Vogt der frommen Damen von Hilgertshausen. Du wirst es dort nicht leicht haben, denn soviel ich gehört habe, gibt es Spannungen zwischen ihnen und ihrem Nachbarn, dem Reichsritter Adler auf Kibitzstein. Du wirst dein Amt mit Klugheit und Umsicht ausüben müssen. Junker Georg kennt die Gegend und die Verhältnisse. Er wird dir helfen, dich zurechtzufinden.«

Ein auffordernder Blick traf Gressingen, der sofort eine Verbeugung andeutete. »Sorgt Euch nicht, Graf Magnus. Ich stehe Eurem Bruder zur Seite.«

Innerlich rieb Gressingen sich die Hände, denn nun konnte er Michel Adler in einem denkbar schlechten Licht darstellen und den jungen Henneberger vielleicht sogar gegen den Kibitzsteiner aufhetzen. Sollte es daraufhin zu einer Fehde zwischen dem Kloster und dem Reichsritter kommen, würde Trudis Vater anderes zu tun haben, als sich mit ihm zu beschäftigen.

2.

Obwohl Peter von Eichenloh etliche Becher Wein getrunken hatte, stand er am nächsten Morgen vor Tau und Tag auf und trat ins Freie, um sich am Brunnen zu waschen. Das kalte Wasser erfrischte ihn und vertrieb auch den leichten Anflug eines Katers. Als er in den Palas zurückkehren wollte, schälte sich eine Gestalt aus dem Dämmerlicht.
Eichenlohs Hand wanderte zum Schwertgriff, ließ diesen aber sofort wieder los, als er den Mann erkannte. »Guten Morgen, Quirin. Ich wollte dich gerade wecken.«
Quirin, der eine Handbreit kleiner war als sein Anführer und beinahe quadratisch wirkte, verzog sein Gesicht zu einem breiten Grinsen. »Ich hab läuten hören, dass wir früh aufbrechen, und kann nicht sagen, dass ich deswegen traurig bin. Besonders willkommen waren wir hier nicht gerade. Graf Magnus ist ein trüber Geselle, wenn du mich fragst.«
»Er ist arg von sich eingenommen, obwohl er im Gegensatz zu seinen gefürsteten Verwandten nur ein Lehnsmann des Würzburger Bischofs ist. Stell dir vor, er wollte unbedingt, dass ich zu Herrn Gottfried reite und um gut Wetter bettele! Ha! Sehe ich aus, als wolle ich ein Speichellecker Seiner Eminenz werden?«
Eichenloh klopfte Quirin lachend auf die Schulter. Obwohl sein treuester Gefolgsmann nicht einmal für sich in Anspruch nehmen konnte, wenigstens der Bastard eines Edelmanns zu sein, hatte er sich den Rang eines Waffenmeisters und seines Stellvertreters in der kleinen Söldnerschar redlich erworben.

Quirin schnaubte und blickte Eichenloh dann wehmütig an. »Ich habe gehört, das Jüngelchen würde nicht mehr mit uns reiten, sondern bei seinem Brüderlein bleiben müssen.«

Seltsamerweise hatte der Waffenmeister, der sonst kein gutes Wort für übermütige, junge Adlige übrig hatte, eine Vorliebe für Graf Otto gefasst. Auch aus diesem Grund hatte er ihm während der anderthalb Jahre, die der junge Henneberger mit der Truppe geritten war, mehr über die Kunst des Lanzenstechens und des Schwertkampfs beigebracht, als dieser während seiner Knappenzeit hatte lernen können.

Eichenloh zuckte mit den Achseln. »Graf Magnus hat Otto einen Posten als Vogt der frommen Damen von Hilgertshausen verschafft, und unser Kleiner konnte nicht ablehnen, wenn er seinen Bruder nicht verärgern wollte.«

»Du hast es doch auch gekonnt. Zuerst hast du dich mit deinem Vater verkracht, und dann mit deinem Onkel. Du hättest fein in der Wolle sitzen können, aber du bist in die Welt hinausgezogen, um auf eigenen Füßen zu stehen.«

»Von meinem Vater rede ich nicht, und mein Onkel wollte mich mit allen Mitteln nach seinem Vorbild formen. Aber Otto ist anders. Er steht seinem Bruder sehr nahe.«

»Das mag sein. Ich werde trotzdem das Kreuz schlagen, wenn wir diese Burg hinter uns gelassen haben. Du willst doch hoffentlich nicht noch die Morgenmesse abwarten?«

»Nein, ich wollte mich nur noch von Otto verabschieden«, antwortete Eichenloh und sah sich suchend um.

»Auf den wartest du vergebens. Er war gestern Abend so betrunken, dass ihn die Knechte in seine Kammer tragen mussten, und in dem Zustand wacht er nicht vor dem Nachmittag auf.«

»So lange will ich wirklich nicht warten. Bereite alles für den Abritt vor. Ich suche nur noch Graf Magnus auf und verabschiede mich. Er soll mich nicht auch noch der Tatsache zeihen, ich habe ihm nicht die nötige Ehrerbietung entgegengebracht.«

Eichenloh nickte Quirin noch einmal zu und wandte sich zum Gehen.
Doch sein Stellvertreter hielt ihn zurück. »Der Vorwurf, den dir dein Onkel bei eurem letzten Zusammentreffen gemacht hat, beißt also noch immer. Glaubst du, er wird seine damals ausgesprochene Drohung wahr machen und sich ein junges Weib nehmen, das ihm zu einem Erben verhelfen soll?«
»Wie kommst du jetzt darauf? Und wenn er es täte, würde mich auch das nicht berühren. Ich führe mein Leben und mein Onkel das seine.«
»Ich denke, er wird es nicht tun. Er ist ein erfahrener Mann, der sich gewiss nicht fragen will, ob der Knabe, der zu ihm Vater sagt, nun sein Sohn ist oder der eines schmucken Knappen oder strammen Stallknechts. Also solltest du dich darauf einrichten, irgendwann einmal sein Erbe anzutreten.«
Quirins Überlegung war Eichenloh nur eine abwehrende Handbewegung wert. »Du träumst! Willst du unbedingt als Kastellan auf meiner Burg versauern? Das würde dich schnell anöden. Jetzt sorge dafür, dass die Gäule gesattelt werden. Ich will bei Sonnenaufgang losreiten.«
»Noch vor dem Frühstück?« Quirin klang so entsetzt, dass sein Anführer lachen musste.
»Wir essen unterwegs in einer Schenke. Dort werden uns das Brot und das Bier besser schmecken als in diesem Gemäuer.« Mit diesen Worten drehte Eichenloh sich um und verschwand.
Quirin blickte ihm kopfschüttelnd nach. So erfahren sein Anführer im Kampf auch sein mochte, so wenig Einsicht zeigte er, wenn es darum ging, seine Rechte gegenüber den eigenen Verwandten zu vertreten. Jedes Mal, wenn die Rede auf seine Familie kam, verwandelte er sich in einen störrischen Knaben, der lieber hungerte, als sich an den gedeckten Tisch zu setzen.

3.

Michel Adler sah die Burg des Herrn von Dettelbach vor sich aufragen und ließ seinen Hengst unwillkürlich schneller traben. Als die Hufschläge hell auf dem steinernen Pflaster der Gasse klangen, lockte das Geräusch Neugierige an die Türen und Fenster. Die Dettelbacher kannten den Herrn auf Kibitzstein, denn Michel ließ die meisten Einkäufe in ihrem Ort tätigen und nicht im näher an seiner Burg gelegenen Markt Volkach, der immer stärker unter die Herrschaft des Würzburger Bischofs geriet.

Diesmal wollte Michel jedoch nicht zum Markt, sondern zu Ritter Hans von Dettelbach, dem dieser Ort gehörte. Doch er hatte Trudi mitgenommen, die bereits begehrliche Blicke auf die Marktstände warf. Mehrere Waffenknechte schützten ihn, seine Tochter und Anni, die sie begleitete, weil sie als Wirtschafterin auf Kibitzstein am besten wusste, was eingekauft werden musste. Liebend gerne hätte er Marie an seiner Seite gesehen, doch deren Knieschmerzen waren wieder stärker geworden, so dass sie weder reiten noch in einem rüttelnden Wagen mitfahren konnte.

Es wird diesmal ohne Maries Rat gehen müssen, dachte Michel seufzend, als er sich von Trudi und Anni trennte und zwei seiner Leute dazu bestimmte, die beiden bei ihren Einkäufen zu begleiten. Er selbst trieb seinen Hengst wieder an und ritt mit dem Rest seiner Männer zur Burg hoch.

Zwei Knechte eilten auf ihn zu und nahmen den Zügel in Empfang. Michel stieg ab und versuchte, die steifen Glieder zu lockern. Der lange Ritt hatte ihm zugesetzt, und allmählich spürte er das Alter. Doch gerade in dieser schwierigen Zeit durfte er nicht nachlassen. Sein und Maries Sohn Falko war noch zu jung, um die Pflichten eines Burgherrn übernehmen zu können. Zudem weilte er bei Ritter Heinrich von Hettenheim, um zusam-

men mit dessen jüngstem Sohn erzogen zu werden, und würde erst in zwei oder drei Jahren nach Hause zurückkehren.
Michel straffte sich und trat breitbeinig auf den Eingang des Palas zu. Zu seiner Erleichterung empfing Ritter Hans von Dettelbach ihn am Fuß der Freitreppe. Das war eine Geste, die Michel hoffen ließ, dass sein Besuch von Erfolg gekrönt sein könnte.
»Gott zum Gruß, Herr Hans. Ich freue mich, Euch so wohl vor mir zu sehen!«, begrüßte Michel seinen Gastgeber, obwohl er fand, dass der Stadtherr von Dettelbach seit ihrer letzten Begegnung noch älter und hinfälliger geworden war. Dabei zählte Ritter Hans kaum mehr Jahre als er selbst.
»Seid mir willkommen, Herr Michel.« Ritter Hans' Stimme klang dünn, und als er sich umdrehte, die Treppe hochzusteigen, strauchelte er.
Michel konnte gerade noch einen Sturz verhindern, und sein Gastgeber bedankte sich seufzend. »Ich war letztens sehr krank, und seitdem will es nicht mehr so recht.«
»Das wird schon wieder!«, versuchte Michel ihn aufzumuntern.
»Gebe es Gott und der heilige Kilian! Doch ich glaube, mit mir geht es zu Ende. Der Wein schmeckt nicht mehr, und trinke ich ihn dennoch, schmerzt es in meiner Seite, als würde jemand einen Dolch darin umdrehen.«
Hans von Dettelbach sah so bedrückt aus, als glaube er tatsächlich, bald mit dem Leben abschließen zu müssen, und Michel bedauerte es noch stärker, dass Marie nicht hatte mitkommen können. Seine Frau kannte viele Kräuter und verstand es, daraus Arzneien zu mischen. Vielleicht hätte sie auch Ritter Hans einen heilenden Trunk brauen oder ihm zumindest jene Kräuter nennen können, die seine Beschwerden linderten.
Hans von Dettelbach ließ sich von Michel auf dem Weg in das Wohngebäude stützen, wies ihm aber nicht den Weg zum großen Saal, sondern führte ihn in ein kleines Zimmer, dessen schießschartenartige Fenster mit festen Läden verschlossen waren. Eine

von der Decke hängende Unschlittlampe spendete trübes Licht, das die Stimmung des Burgherrn widerzuspiegeln schien.

Eine Magd mittleren Alters kam herein und legte eine Decke um Ritter Hans' mager gewordene Schultern, während ein junges Ding, das kaum mehr als zehn Sommer gesehen haben konnte, einen Krug mit einem dampfenden Getränk und einen großen, mit Wein gefüllten Becher brachte. Die Kleine stellte die Gefäße auf den einfachen Tisch, knickste und lief eilig davon, während die Magd ihrem Herrn half, sich auf die Bank zu setzen, und ihn so warm einpackte, dass ihm die Zugluft, die durch die Spalten der Fensterläden drang, nichts anhaben konnte. Dann mahnte sie Michel, Ritter Hans nicht zu sehr zu erschöpfen, und verließ ebenfalls den Raum.

Michel wartete, bis er mit dem Dettelbacher allein war, und nahm seinen Becher zur Hand. »Auf Euer Wohl, Herr Hans!«

»Ich wollte, ich könnte Euch Bescheid geben. Doch die Brühe, die ich trinken soll, mag für ein Pferd geeignet sein, aber nicht für einen Mann. Bäh, schmeckt das widerlich!« Ungeachtet seines Widerwillens führte Hans von Dettelbach den Krug an die Lippen und schlürfte vorsichtig den heißen Absud.

Der Dampf, der Michel in die Nase stieg, roch nach Kamille, Salbei, Fenchel und Minze. Zwar interessierte er sich nicht sonderlich für die Wirkung von Heilkräutern, aber das eine oder andere hatte er aufgeschnappt, wenn Marie oder die Ziegenbäuerin nach Zutaten für ihre Tränke suchen ließen. Die Mischung, die sein Gastgeber zu sich nahm, schien ihm vertraut. Wenn diese Medizin ihm nicht half, würde auch ein hochgelehrter Arzt nicht mehr viel ausrichten können. Diese Erkenntnis brachte Michel dazu, all die vielen Höflichkeitsfloskeln, die sonst üblich waren, beiseitezulassen und das Gespräch sofort auf den Grund zu lenken, der ihn nach Dettelbach geführt hatte.

»Ritter Hans, ich wünsche Euch noch viele Jahre bei guter Gesundheit, in denen Euch der Wein wieder so schmecken soll wie früher, als wir so manches Mal hier oder auf Kibitzstein zusammengesessen sind und fröhlich gezecht haben. Vielleicht habt Ihr dann Lust, Euch ein junges Weib zu nehmen, um Eure Sippe fortzusetzen.«

»Noch einmal heiraten! Nein, mein Freund, diese Zeiten sind vorbei«, antwortete Herr von Dettelbach mit schwacher Stimme.

Michel legte ihm die Hand auf die Schulter. »Ihr seid der Letzte Eures Geschlechts, und wenn Ihr nicht wieder heiratet, gibt es keinen Erben, der einen Anspruch auf diesen Marktort oder Euren restlichen Besitz erheben kann. Dann allerdings seid Ihr in der Lage, Dettelbach an jedweden Mann zu verkaufen oder zu vererben, den Ihr auswählt. Um es offen zu sagen: Wenn es keinen Leibeserben gibt, so habe ich durchaus Interesse daran, diesen Ort zu besitzen, wenn Ihr einmal nicht mehr sein solltet.«

Der Dettelbacher fuhr gereizt auf. »Wollt Ihr Euch in die Reihe meiner sogenannten Freunde und entfernten Verwandten stellen, die mir die Tür einlaufen, damit ich ihnen meinen Besitz hinterlasse?«

Michel hob beschwichtigend die Hände. »Ich will nichts geschenkt haben. Alles im Leben hat seinen Preis. Nennt mir die Summe, die ich Euch geben soll, oder verpfändet mir Dettelbach mit dem Recht, es nach Eurem Tod in meinen Besitz nehmen zu können. Mit diesem Geld könnt Ihr Euch noch ein schönes Leben machen.«

»Ein schönes Leben? Jetzt, wo ich alt und hinfällig geworden bin und mir alle Gedärme im Leib schmerzen? Nein, Herr Michel, es lohnt sich nicht, für diesen lahmen Leib Geld auszugeben, der mich nur noch an diese Welt fesselt, obwohl ich es kaum erwarten kann, die Wunder des Paradieses zu schauen.«

Hans von Dettelbach starrte düster auf den Krug, den er vor sich gestellt hatte. »Für das da brauche ich kein Gold. Die Kräuter wachsen am Wegesrand, und meine Mägde sammeln sie ein.

Euer Angebot mag aus ehrlichem Herzen kommen, aber ein zahnloser Hund zerkaut keinen Knochen mehr.«

»Dann nehmt das Geld und spendet es der Kirche, so dass man dort für Euer Seelenheil und das Eurer Sippe betet«, beschwor Michel den Ritter.

Der Kopf des Kranken ruckte hoch. »Da habt Ihr ein wahres Wort gesprochen, Herr Michel. Das Seelenheil darf man niemals vergessen. Ich könnte den Klöstern in der Umgebung Geld für viele Seelenmessen geben und vielleicht sogar eine Kirche bauen lassen oder ein Kloster stiften. Dies mag mir helfen, das Fegefeuer schnell hinter mich zu bringen und der Freuden des Paradieses teilhaftig zu werden.«

»Damit wären wir uns ja einig.« Michel wollte schon aufatmen, doch sein Gastgeber schüttelte den Kopf.

»So schnell geht das nicht. Bevor ich mich entscheide, will ich noch mit meinem Prediger reden. Kommt in einer Woche wieder. Dann erhaltet Ihr Bescheid.«

Michel sah dem Kranken an, dass er nicht mehr als dieses halbe Zugeständnis erreichen konnte, und trank seinen Becher aus. »Ich werde wiederkommen, Ritter Hans, und dann werden wir gewiss handelseinig werden. Nun aber Gott befohlen.«

»Gott befohlen!« Der Dettelbacher trank seinen Krug leer und stand auf. Für einige Augenblicke schien er zu überlegen, ob er seinem Gast das Geleit bis in den Hof geben sollte, dann aber ließ er seine Schultern nach vorne sinken und schlurfte wortlos davon.

Michel sah ihm nach und schüttelte sich bei dem Gedanken, was aus dem früher so trinkfesten, allzeit fröhlichen Ritter Hans geworden war. Gleichzeitig bedauerte er es, dass er den Kauf des Marktorts nicht auf der Stelle hatte abschließen können. Der Besitz von Dettelbach hätte seine Macht in dieser Gegend so gefestigt, dass er in der Lage gewesen wäre, den Ansprüchen des Fürstbischofs entschiedener entgegenzutreten.

4.

Im Gewimmel des Marktes vergaß Trudi fürs Erste ihren Kummer über Georg von Gressingen und betrachtete die angebotenen Waren mit leuchtenden Augen. Ihr Vater hatte ihr eine hübsche Summe zugesteckt, damit sie einkaufen konnte. Zunächst aber ließ sie der Wirtschafterin den Vortritt. Erst als Anni ihre Einkäufe abgeschlossen hatte und die Sachen in den Gasthof zum Bach bringen ließ, in dem sie ihre Pferde abgestellt hatten, zupfte Trudi die Ältere am Ärmel.

»Wollen wir uns noch einmal die Stoffe ansehen?«

Anni zog die Stirn kraus. An Kleidern mangelte es Trudi wirklich nicht. Marie hatte das Mädchen bereits wegen seiner Putzsucht getadelt, aber Michel hatte nur gelacht und gesagt, sie solle ihrer Tochter doch die Freude gönnen. Das hatte zu einer deutlichen Missstimmung zwischen dem Ehepaar geführt, und Anni fürchtete neuen Streit, wenn Trudi sich Stoff für weitere Gewänder kaufte. Nicht zum ersten Mal fragte Anni sich, wieso Michel und Marie ausgerechnet bei den Dingen, die ihre gemeinsame Tochter betrafen, so unterschiedlicher Meinung waren, obwohl beide Trudi von Herzen liebten. Doch da, wo die Mutter zu streng war, hielt der Vater die Zügel selbst in Annis Augen zu schlaff in der Hand.

Trudi dauerte Annis Schweigen zu lange, daher zog sie die Wirtschafterin zu den beiden Ständen, an denen Stoffe und Tuche feilgeboten wurden. Das Mädchen hatte einen Blick für gute Qualität und griff sofort zu einem hellgrün gefärbten Stoff aus flandrischer Wolle.

»Ist der nicht schön?«, fragte Trudi mit leuchtenden Augen.

»Ja, schön teuer! Darf ich dich daran erinnern, dass du erst vor zwei Jahren ein Kleid von ähnlicher Farbe erhalten hast.« Anni schnaubte. In ihren Augen war das Mädchen allzu leichtfertig. Obwohl sie sich bemühte, zwischen Mutter und Tochter ausgleichend zu wirken, war sie in diesem Augenblick bereit, sich ganz auf Maries Seite zu schlagen.

Trudi gluckste vor Vergnügen. »Der soll auch nicht für mich, sondern für Lisa sein. Außerdem würde ich gern noch ein paar Ellen von dem blauen da drüben für Hildegard kaufen.«

Nun atmete Anni erleichtert auf. Wie es aussah, hatte Trudi ihr Unrecht eingesehen und wollte ihre Schwestern versöhnen. Sie nahm sich vor, Lisa gut zuzureden, damit diese auf das Friedensangebot einging. Bei Hildegard stand nicht zu befürchten, dass sie schmollen würde. Die Kleine war nicht nachtragend und würde selig sein, einen so schönen Stoff zu bekommen.

Daher nickte sie Trudi anerkennend zu. »Die beiden werden sich freuen. Aber wenn du für deine Schwestern Stoff kaufst, solltest du auch ein paar Ellen für dich aussuchen. Alika näht dir daraus gewiss ein Kleid, das du zum Hochzeitsfest auf Fuchsheim tragen kannst. Oder willst du vor deiner Freundin Bona nicht in einem neuen Gewand prunken?«

»So viel Geld habe ich nicht«, erklärte Trudi mit heimlichem Bedauern.

»Dann zahle ich den Stoff für Hildegard von dem Geld, das deine Mutter mir mitgegeben hat. Schau mal dieses hier! Wäre das nicht etwas für das Fest?« Anni wies auf einen Ballen blauen Tuchs, das mit silbernen Sternen bestickt war. »Der wird dir wunderbar stehen!«, fügte sie so stolz hinzu, als wäre sie selbst die Mutter des Mädchens.

»Er ist wirklich schön!« Trudi strich mit den Fingerspitzen über das Gewebe und stellte sich vor, wie es sie kleiden würde. Da der Fuchsheimer mit Gressingens Onkel Maximilian von Albach verwandt war, hoffte sie, dass ihr Geliebter zu dieser Hochzeit erscheinen würde. Junker Georg schämte sich sicher, als besitzloser Ritter bei ihrem Vater um sie zu werben. Aber ihre Mitgift war groß genug, um ihm eine neue Heimat schaffen zu können.

Ihre Eltern hatten ihr erklärt, dass sie die Herrschaft Windach erhalten würde. Es war nur eine kleine Burg, aber mit genug Land und zwei Dörfern, so dass sie in einem gewissen Wohlstand leben könnten.

Anni winkte inzwischen den Händler herbei, der noch mit einer anderen Kundin geschwatzt hatte, deutete auf den blausilbernen Stoff und begann zu feilschen. Auch wenn sie einige Ellen dieses Tuchs haben wollte, war sie nicht bereit, jeden Preis dafür zu bezahlen.

Der Mann jammerte, wie schlecht die Zeiten seien, und nannte dann eine Summe, die Anni ein Lachen entlockte.

»Für dasselbe Geld bekomme ich auf dem Markt in Volkach die dreifache Menge Stoff, und das in besserer Qualität!«

»Das glaubt auch nur Ihr. Seht doch den Glanz dieser Farbe, edle Dame. Dieses Tuch schreit förmlich danach, Euch zu schmücken.« Auch wenn der Händler Annis Tracht abgeschätzt und erkannt hatte, dass er es mit einer höheren Bediensteten auf einer Burg zu tun hatte, sprach er sie wie eine adlige Dame an, um ihr zu schmeicheln.

Die Wirtschafterin lachte ein zweites Mal auf. »Schmier dein Schmalz anderen um den Mund. Ich zahle dir das hier.« Sie legte einige Münzen auf ihre linke Handfläche.

»Willst du mich berauben? Dafür bekommst du den Wollstoff aus dieser Gegend, aber niemals gutes flandrisches Tuch«, rief der Händler scheinbar empört aus.

Statt einer Antwort legte Anni zwei weitere Münzen auf ihre Hand. »Das ist mein letztes Angebot!«

Der Mann stierte das Geld an und schnaufte. »Tu noch zwei Groschen hinzu, dann kannst du es haben.«

»Einen!« Anni ließ ein weiteres Geldstück folgen.

Der Händler zischte einen Fluch und nahm die Elle, um das Tuch abzumessen. Doch als er es mit der Schere abschneiden wollte, packte Trudi seinen Arm.

»Ist das nicht ein bisschen zu wenig?« Sie hatte gesehen, dass der Mann den Stab jedes Mal ein Stückchen zurückgeschoben hatte.

»Du hast gut aufgepasst!«, lobte Anni das Mädchen, ließ ihre Münzen eine nach der anderen in ihren Beutel fallen und blickte den Händler von oben herab an. »Betrügen lassen wir uns von dir nicht. Es gibt noch einen anderen Tuchhändler auf dem Markt.«

Sie tat, als wolle sie dem Stand den Rücken zukehren, doch der Mann hielt sie auf. »Tu den einen Groschen noch dazu, dann bekommst du den Stoff.«

»Soll ich deinen Betrug auch noch belohnen? Ich werde den Marktaufseher rufen. Der kann dann gleich prüfen, ob deine Elle dem Dettelbacher Maß entspricht. Sie scheint mir ein wenig zu kurz zu sein.«

Bevor Anni ihre Drohung wahr machen konnte, maß der Händler grummelnd den Stoff ab und gab sogar noch eine Handbreit dazu, bevor er zur Schere griff.

»Bist du nun zufrieden, Weib?«, fragte er mit vorwurfsvoller Miene.

Anni nickte und sah zu, wie die Schere durch das Tuch glitt. Trudi nahm an, bei den beiden anderen Stoffen würde es zu einem ähnlichen Kampf kommen, doch nun wussten sowohl Anni wie auch der Verkäufer, was sie voneinander zu halten hatten, und wurden rasch handelseinig. Kurz darauf hatten sie den Markt verlassen und gingen auf den Gasthof zum Bach zu, Anni mit dem Stoffbündel unter dem Arm und mit sehr zufriedener Miene, Trudi mit einem verwunderten Lächeln. »So einen harten Handel habe ich noch nicht erlebt. Ich dachte schon, der Händler würde sich schließlich weigern, uns etwas zu verkaufen.«

Anni kicherte. »Das war ein besonders hartnäckiger Bursche. Aber trau keinem schöntuerisch redenden Krämer und noch we-

niger denjenigen, die so tun, als nagten sie am Hungertuch. Jeder von denen versucht, seine Kunden zu übervorteilen, um noch reicher zu werden. Da heißt es, wachsam zu sein und manchmal auch auf einen Kauf zu verzichten. Umso mehr freue ich mich, dass alles gutgegangen ist. Lisa wird von diesem grünen Tuch begeistert sein, und du bekommst ein Kleid, mit dem du auf Fuchsheim den jungen Rittern ins Auge stechen wirst. Wer weiß, vielleicht ist sogar einer unter ihnen, der dir gefällt.«
»Ich werde Gressingen heiraten! Er hat mir versprochen, bei meinem Vater um mich anzuhalten.« Trudi legte so viel Nachdruck in diese Worte, dass ihre Begleiterin nichts mehr dazu äußerte.
Wie es aussah, hatte sich das Mädchen den schmucken, schmeichelnd höflich auftretenden Ritter in den Kopf gesetzt und würde erst dann aufgeben, wenn Gressingen sich erklärt hatte – oder es hart aus seinen Träumen gerissen wurde.
Anni glaubte nicht, dass Gressingen jemals um Trudis Hand anhalten würde, und fürchtete sich vor dem Tag, an dem das Mädchen das begriff. Um von dem Thema abzulenken, deutete sie mit dem Kopf auf das Wirtshausschild, das über einem angedeuteten Bachlauf einen Weinpokal zeigte, obwohl es drinnen für die meisten Gäste nur Becher aus Leder und Holz gab. »Mir steht der Sinn nach einem Schluck Wein und einem Stück Braten.«
»Mir auch! Lass uns die Einkäufe aufs Zimmer bringen und uns ein wenig frisch machen. Dann schauen wir, was die Küche zu bieten hat«, antwortete Trudi so munter, als sei sie mit sich und der Welt vollkommen im Reinen.
Als sie die Gaststube betraten, wählte Anni einen freien Tisch in der Ecke, und Trudi folgte ihr. Da sie noch in ihre Diskussion über den passenden Schnitt für die neuen Kleider vertieft waren, bemerkten sie die Männer am Nebentisch erst, als sie bereits saßen. Es handelte sich um Kriegsknechte, die sich um einen

Anführer scharten, und das waren Leute, denen man besser aus dem Weg ging. Da sie aber nicht lärmten oder herumpöbelten, wollte Trudi kein Aufsehen erregen, indem sie sich an einen anderen Tisch setzte.

Ein breit gebauter Kerl mit flachsblondem Haar sah kurz zu ihr und Anni hinüber, wandte sich aber sofort wieder seinen Kameraden zu und schlug mit der Faust auf die Tischplatte. »Wenn es mit dem Essen noch länger dauert, gebe ich dem Wirt ein paar Maulschellen!«

Sein Anführer, den der Schnitt seiner Kleidung als Edelmann auswies, winkte lachend ab und rief die Schankmaid heran. »Noch einen Krug Wein, aber vom besten, den ihr habt.«

»Unsere Weine sind alle gut«, erklärte die Magd, die höchstens zwölf Jahre alt sein konnte.

Die sechs Männer brüllten vor Lachen, und der Edelmann erklärte dem noch kindlich wirkenden Mädchen: »Dann bringst du eben den Wein, der dir selbst am besten schmeckt.«

Die Magd eilte so schnell davon, als hätte sie Angst vor diesen Gästen. Auf dem Weg zum Keller öffnete sie auf den Zuruf eines anderen Gastes die Fenster, damit mehr Licht in die Gaststube fiel. Nun konnte Trudi sehen, dass das Wams des Anführers der Soldknechte an mehreren Stellen zerrissen war und das Futter herausschaute. Auch wirkten seine Hosen speckig, als hätte ihr Besitzer die Angewohnheit, sein fettiges Messer an ihnen abzuwischen.

Trudi, die ihn im Stillen zugunsten ihres Geliebten mit Gressingen verglich, krauste verächtlich die Nase. Der Mann mochte von Adel sein, wie manche seiner Gesten verrieten, aber er wirkte heruntergekommen. Zudem war sein Gesicht viel zu kantig, um ansprechend zu sein, und er sprach so derb wie ein Fuhrmann. Mit einem verächtlichen Laut wandte sie dem Ritter von den schmutzigen Hosen den Rücken zu und nahm den Weinbecher entgegen, den ihr die kleine Magd reichte.

»He! Was soll das? Mein Herr hat Wein bestellt. Den hast du zuerst zu bringen!«, fuhr der Untersetzte mit den flachsblonden Haaren auf.

Die Schankdirne lief mit starrem Blick an ihm vorbei aus der Gaststube und kehrte kurz darauf mit einem hölzernen Brett voller Bratenstücke, einem Näpfchen Salz und einem halben Laib Brot zurück.

»Endlich gibt es das Essen!«, rief der Flachsblonde und wollte danach greifen.

Die Kleine wich ihm jedoch aus und stellte das Brett vor Trudi und Anni hin. »Lasst es Euch schmecken!«

»Vergelt's Gott!« In dem Augenblick, in dem Trudi zum Brot griff, sprang der untersetzte Mann auf und hieb mit beiden Fäusten auf den Tisch.

»Verdammtes Wirtspack! Wir waren als Erste hier und wollen auch als Erste bedient werden!«

Die kleine Magd wurde bleich und zitterte. Dabei wanderte ihr Blick zu dem Wirt, der ihr jedoch den Rücken kehrte und einem anderen Gast zuhörte. Offensichtlich hatte sie mehr Angst vor ihrem Brotherrn als vor dem Söldner, denn sie wich zwar vor ihm zurück, schüttelte jedoch den Kopf. »Die Jungfer hat das Essen heute Morgen bestellen lassen. Daher war es bereits fertig, als sie gekommen ist. Euer Braten kommt gleich.«

Das Gesicht des Mannes lief dunkelrot an. »Das lassen wir uns nicht gefallen. Entweder wir kriegen den Fraß sofort, oder …«

Ehe Trudi sich's versah, langte er an ihr vorbei, nahm das Brett mit dem Braten und stellte es vor seinen Anführer.

Die beiden Kibitzsteiner Waffenknechte, die Trudi und Anni begleiten, fühlten sich angesichts der Übermacht am anderen Tisch sichtlich unwohl, wollten aber der Tochter ihres Herrn beistehen.

»Stell das Essen wieder dorthin, wo es hingehört!«, befahl der Ältere der beiden, ein Mann mit schwellenden Muskeln und einem Gesicht voll tiefer Falten. Seine Hand ruhte herausfordernd auf dem Knauf seines Schwerts.

Der Flachsblonde zog sofort blank. Da fiel die Hand des Anführers auf seinen Arm. »Lass es gut sein, Quirin. Soll es heißen, wir hätten zu sechst zwei wackere Knechte niedergeschlagen, und das nur wegen eines Bratenstücks?« Er verbeugte sich spöttisch vor Trudi und stellte ihr das volle Brett wieder hin.

Sie neigte mit einer knappen Bewegung das Haupt und griff mit gutem Appetit zu, so als hätte es keinen Zwischenfall gegeben. Dabei schenkte sie den Söldnern keine weitere Beachtung.

Peter von Eichenloh gefiel ihre Unerschrockenheit, und er überlegte, ob er ein Gespräch in Gang bringen sollte, um ihre Bekanntschaft zu machen. Immerhin war sie ein ausnehmend hübsches Mädchen mit einer stolzen Haltung und langem, bis fast zur Taille fallendem, bernsteinfarbenem Haar. Dann aber zuckte er kaum merklich mit den Achseln. Von Adelsdämchen, insbesondere in dem Alter dieser Blonden, hatte er die Nase voll. So eine tat zuerst so hochnäsig, als sei der Mann Staub zu ihren Füßen, und dann wollte sie unbedingt geheiratet werden.

»Nein, danke! Ein Weib am Hals ist das Letzte, was ich in den nächsten Jahren brauchen kann«, murmelte er vor sich hin, während er sich wieder zu seinen Leuten setzte. Aus den Augenwinkeln sah er, dass die Begleiter des Fräuleins ebenfalls wieder Platz nahmen, und musterte unwillkürlich ihre Wappen. Ihm war kein Adelsgeschlecht in dieser Gegend bekannt, das einen auf einem Stein stehenden Vogel im Schild trug. Das Viehzeug stellte keinen Adler und auch keinen Falken dar, sondern ähnelte einem Stieglitz oder Kiebitz. Da zählte er eins und eins zusammen.

Unter Kaiser Sigismund hatte ein Ritter die reichsfreie Herrschaft Kibitzstein als Lehen erhalten. Als Junge hatte er darüber gespottet, dass dort ein Adler zum Kiebitz geworden sei, auch wenn die Burg ursprünglich nicht nach diesem Vogel benannt worden war. Eichenloh hätte aber nicht dagegen gewettet, dass irgendein Schreiber bei der Ausstellung einer Urkunde nur vergessen hatte, den Buchstaben E einzusetzen. Das erinnerte ihn an seinen Onkel, der ihn als Eichenloch beschimpft hatte, als er seinen Sippennamen abgelegt und sich nach einem Waldstück in seiner Heimat benannt hatte.

Seine bitteren Gedanken mussten sich auf seinem Gesicht abzeichnen, denn Quirin, der eben noch ausgesehen hatte, als platze er vor Wut, schenkte ihm aus dem Krug ein, den die Magd gebracht hatte, und sah ihn auffordernd an. »Schwemm das, woran auch immer du denkst, mit einem guten Schluck Wein hinweg!«

»Du hast recht, Quirin!« Eichenloh verbannte die Verwandten aus seinen Gedanken, trank den Becher in einem Zug leer und schnalzte mit der Zunge. »Der Wein ist wirklich gut. Wollt Ihr ihn nicht ebenfalls kosten, Jungfer?« Er streckte Trudi die Kanne hin, doch sie sah durch ihn hindurch, als wäre er Luft.

»Nun, dann eben nicht.« Verärgert, weil er sich so viel aus der ablehnenden Haltung des Mädchens machte, drehte er ihr den Rücken zu und schenkte jedem seiner Männer den Becher so voll, dass der Wein beinahe auf den Tisch schwappte.

»Auf uns, Kameraden, und auf unseren weiteren Erfolg!«

»Der wäre Euch wohl zu wünschen, denn dann könntet Ihr Euch endlich ein Wams ohne Löcher leisten!« Trudi wusste nicht, was sie zu diesem spöttischen Ausruf trieb, doch sie wollte diesem ungehobelten Kerl zeigen, dass eine Adler auf Kibitzstein sich von seinesgleichen nicht einschüchtern ließ.

Eichenlohs Gefährten lachten, obwohl sie selbst noch abgerissener wirkten als ihr Anführer. Er aber wollte mit gleicher Münze herausgeben, doch bevor ihm eine treffende Bemerkung einfiel, stellte die Wirtsmagd ein großes Brett mit Braten und Brot auf seinem Tisch ab.

»Lasst es Euch schmecken«, sagte sie mit zittriger Stimme.

Die Kleine hatte sichtlich Angst, die Männer zu reizen, denn

Soldknechte pflegten die Schankstube zu zertrümmern, wenn ihnen etwas nicht passte. Gleichzeitig ärgerte das Mädchen sich, weil der Anführer der Schar sich an Jungfer Trudi auf Kibitzstein rieb, deren Familie öfter hier zu Gast war und nicht mit Trinkgeld geizte. Wenn der Ritter selbst mit seinen Leuten erschien und den Beleidiger seiner Tochter bestrafte, konnte darüber das halbe Wirtshaus in Trümmer gehen.

Eichenlohs Leute interessierten sich nicht für den Eindruck, den sie auf die Magd und die übrigen Gäste im Gasthof zum Bach machten, sondern griffen wacker zu. Quirin, den die Vorzugsbehandlung, die Trudi erhalten hatte, noch immer ärgerte, sah während des Essens ständig zu deren Tisch hinüber. Ihre beiden Bewaffneten machten ihm wenig Angst. Mit denen würde er auch allein fertig werden. Daher hob er seinen Becher und streckte ihn mit spöttischer Miene Trudi entgegen.

»Kommt, trinkt auf Eichenloh und seine wackeren Männer. Das seid Ihr uns schuldig.«

»Einem Ritter mit zerrissenem Wams und einigen armseligen Gestalten im Gefolge bin ich gewiss nichts schuldig!«, fuhr Trudi auf.

»Von einer wie Euch lassen wir uns nicht armselige Gestalten nennen«, biss Quirin zurück. Auch die anderen Söldner waren nun zornig. Sie beließen es aber bei losen Reden, zu deren Opfer Trudi wurde.

Eichenloh hätte seine Leute mit ein paar Worten bremsen können, aber er lehnte sich gemütlich gegen die Wand, biss abwechselnd ein Stück Brot und ein Stück Braten ab und lachte über die teilweise recht derben Scherze seiner Männer.

Die Kibitzsteiner Knechte rutschten unruhig auf ihrer Bank herum, scheuten sich aber trotz der beleidigenden Worte, als Erste handgreiflich zu werden. Trudi biss die Zähne zusammen, um nicht Dinge zu sagen, die sich nicht einmal für eine verheiratete Frau gehörten, geschweige denn für eine brave Jungfer, und zwang

sich weiterzuessen. Da sie ihre Wut jedoch nicht mehr zu bezähmen vermochte, begann sie, Eichenlohs legeres Verhalten spöttisch nachzuahmen.
Anni wies sie zurecht. »Könnt Ihr Euch nicht benehmen, Jungfer?«
»Oh, doch! Ich passe mich heute nur den Schweinen an, die um uns herum grunzen!«
Das war ein Wort zu viel. Quirin sprang auf wie ein gereizter Stier, um die Beleidigung mit ein paar derben Ohrfeigen zu quittieren, doch sein Anführer drückte ihn auf die Bank zurück.
»Lass es! Wäre sie deine Tochter, dürftest du sie übers Knie legen und ihr den Hintern versohlen. Aber es ist nicht deine Aufgabe, einer ungezogenen Fremden besseres Benehmen beizubringen.«
»Er sollte lieber bei dir und deinesgleichen anfangen«, höhnte Trudi und schmatzte so, wie sie es einem von Eichenlohs Begleitern gerade abschaute.
Anni waren die Fremden ebenfalls zuwider, doch die Scham über Trudis Verhalten überwog. Eine wohlerzogene Jungfer sollte Leuten dieser Art mit Missachtung begegnen und sich nicht so aufführen wie ein angetrunkenes Marktweib.
»Sei froh, dass deine Mutter dich nicht sieht«, flüsterte sie Trudi zu. Ihre Hoffnung, das Mädchen würde sich daraufhin zusammennehmen, erfüllte sich nicht.
Marie war fern, und Trudi genoss es, ihre Zunge an diesem abgerissenen Kerl und seinen Mannen zu wetzen. Sie nahm an, dass der Anführer einer jener herabgekommenen Rittersöhne war, die von ihrem Vater nur ein Pferd, ein Schwert und mit Glück noch eine Rüstung geerbt hatten. Nicht wenige dieser besitzlosen Edelinge warben ein paar Strauchdiebe an, um sich bei Burgherren, die mit ihren Nachbarn in Fehde lagen, für ein paar Münzen als Söldner zu verdingen. So, wie der Mann aussah, hatte er wohl nicht viel Erfolg gehabt, und sie war neugierig, ob der Kerl genug Geld besaß, um seine Zeche bezahlen zu können.

5.

Nach seiner Unterredung mit Hans von Dettelbach hatte Michel ebenfalls auf dem Markt eingekauft und suchte nun den Gasthof zum Bach auf. Die vier Bewaffneten, die ihn zur Burg begleitet hatten, hielten sich dicht hinter ihm und ließen ihre Blicke schweifen, um ihre Wachsamkeit zu unterstreichen. Die Einkäufe ihres Herrn trugen zwei einheimische Knechte, die davon lebten, die Bündel und Körbe der Marktbesucher zu schleppen. Im Vorraum des Gasthofs luden sie ihre Last ab und verbeugten sich erwartungsvoll lächelnd vor Michel. Sie kannten den Herrn auf Kibitzstein und wussten, dass er nicht knauserig war. Michel drückte ihnen die erhofften Münzen in die Hand und lud sie überdies zu einem Becher Wein und einem Stück Braten ein.

Der Söldnerhauptmann bemerkte sofort, dass der Wind sich zu drehen begann, denn einige der Neuankömmlinge trugen das Kibitzsteiner Wappen auf ihren Gewändern. Also gehörten sie zu der scharfzüngigen Jungfer, und der Edelmann, den sie begleiteten, musste Reichsritter Michel Adler sein, jener Mann, der sich mit seiner Tapferkeit im Böhmischen Krieg Kaiser Sigismunds besondere Huld erworben hatte.

Peter von Eichenloh warf Trudis Vater einen forschenden Blick zu. Der Ritter war kein junger Mann mehr, wirkte aber immer noch kräftig und kampferprobt, und der zärtliche Blick, mit dem Michel Adler seine Tochter bedachte, ließ ihn bedauern, mit der Jungfer Streit angefangen zu haben. Sollte das scharfzüngige Weibsstück seinen Vater gegen ihn aufhetzen, würde Blut fließen.

»Gebt endlich Ruhe, Männer!«, befahl er seinen Begleitern.

Quirin musterte die Männer, die die fremde Jungfer nun umgaben, und machte ein grimmiges Gesicht. »Auch neun von dieser Sorte flößen mir keine Furcht ein.«

»Fürchten tue ich mich auch nicht. Aber es würde nicht bei diesen Gegnern bleiben. Denkt daran, heute ist Markttag. Da achten die Männer des hiesigen Vogts streng darauf, dass der Marktfriede gehalten wird.«

Ein anderer Söldner warf einen schiefen Blick auf zwei Büttel, die im Stehen ihren Wein tranken, ihre Blicke durch die Gaststube wandern ließen und auch immer wieder durch das Fenster nach draußen schauten. »Junker Peter hat recht! Wenn wir den Edelmann dort verletzen oder gar umbringen, hängt man uns kurzerhand auf!«

Die Söldner nickten und versuchten, Quirin zu beruhigen. Keiner der Männer war feige, und sie hatten schon manche Wirtshausschlägerei siegreich bestanden. Aber hier standen ihre Aussichten allzu schlecht.

Während Eichenloh sich scheinbar nur für das Fleisch vor sich und die Gespräche an seinem Tisch interessierte, beobachtete er, wie Michel liebevoll seine Tochter begrüßte und sich zu ihr und der Frau, die seine Beschließerin sein mochte, an den Tisch setzte. Sofort eilte die Schankmaid mit einem vollen Weinkrug herein und füllte ihm den Becher. Kaum weniger lang dauerte es, dann stand ein großes Stück Schweinebraten vor dem Ritter. Wie es aussah, war Adler hier regelmäßig zu Gast und wohlgelitten. Sogar die Büttel des Vogts hatten ihn beim Eintreten höflich gegrüßt, und Eichenloh empfand auf einmal Neid auf das Ansehen, das der Mann genoss.

Gleichzeitig ärgerte er sich, weil es jetzt so aussah, als müssten er und seine Leute mit eingezogenem Schwanz abziehen. Das schadete seinem Ansehen in der Truppe, und er sah sich schon gezwungen, einigen seiner Männer die Achtung vor ihm mit der Faust einzubleuen.

Zu dem Problem, die Disziplin unter seinen Soldknechten aufrechtzuerhalten, gesellten sich weitere Sorgen. Zwar roch es in dieser Gegend nach mehr als einer noch unausgesprochenen

Fehde, doch wenn er die Situation gewinnbringend ausnutzen wollte, musste er sich in dem Beziehungsgeflecht der landbesitzenden Standesherren auskennen. Bei seinem Besuch auf Graf Magnus' Burg hatte er erfahren, dass der Kibitzsteiner sein Land gegen die Begehrlichkeiten des neuen Bischofs verteidigen musste. Daher juckte es ihn in den Fingern, nun doch in Würzburger Dienste zu treten, um der Spottdrossel von einer Jungfer zu zeigen, dass sie jemanden wie ihn nicht ungestraft beleidigen durfte. Dafür aber würde er sein Knie vor Gottfried Schenk zu Limpurg beugen müssen, und der war ihm alles andere als freundlich gesinnt.

Michels Anwesenheit brachte Eichenlohs Männer dazu, sich manierlicher zu benehmen und nicht mehr wie eine Horde Schweine zu schmatzen. Jedem von ihnen war bewusst, dass sie nur dann als Söldner von Wert waren, wenn ihre Knochen heil blieben, und so enthielten sie sich jeder weiteren Provokation. Quirins Zorn war ebenfalls verraucht, aber er blickte immer wieder zu der Jungfer hinüber, die ebenso hübsch wie scharfzüngig war. Gerade erzählte das Mädchen ihrem Vater mit sichtlichem Stolz von ihren Einkäufen und dem Geschick, das die Bedienstete neben ihr beim Feilschen bewiesen hatte.

»Ein hübsches Ding, aber mit einer Zunge, die man ihr abschneiden müsste«, raunte Quirin seinem Anführer zu.

»Der gehört kräftig der Hintern versohlt!«, sagte Junker Peter in einem Ton, als würde er diese Aufgabe auf der Stelle übernehmen. Dann winkte er ab, befahl der Schankmaid, noch einen Krug Wein zu bringen, und wischte sich mit dem Rest des Brotes das Fett von den Fingern.

»Kommt, Leute, trinken wir noch einen Becher. Dann geht's in die Sättel. Wir haben noch einen weiten Weg vor uns.«

Trudi, die seine Worte deutlich vernommen hatte, sah dem Söldner ins Gesicht, machte das Grunzen eines Schweins nach und lachte schallend auf.

Michel sah sie verwundert an. »Was sollte das denn?«
»Es war nur ein Abschiedsgruß für den edlen Ritter da drüben. Für den wäre ein Schwein das richtige Wappentier.«
Eichenloh stand zähneknirschend auf und verbeugte sich übertrieben schwungvoll vor Michel. »Edler Herr, ich bewunderte den Liebreiz Eurer Tochter und vor allem die süße Rede aus ihrem Mund. Sie scheint mir auch sehr viel von Schweinen zu wissen. Gewiss habt Ihr sie in den ersten Jahren in einem Koben aufgezogen.«
Michels Hand fiel hart auf die Tischplatte. »Von einem wie dir lasse ich meine Tochter nicht beleidigen!«
»Von Euch, wenn's beliebt. Im Gegensatz zu anderen vermag ich auf sechs Generationen adliger Vorfahren zurückzublicken!«
Eichenloh sah, wie Michels Gesicht sich verfärbte, und begriff, dass es höchste Zeit war, den Rückzug anzutreten.
»Kommt mit!«, ranzte er seine Männer an und stiefelte auf den Ausgang zu. Unterwegs warf er der Schankmaid eine Münze zu. »Der Rest ist Trinkgeld!«
Die Magd mochte noch sehr jung sein, aber sie kannte sich aus. »He! Das ist zu wenig«, rief sie, trat Eichenloh fordernd und sichtlich mutiger als vorher in den Weg und hielt ihm die Münze vor die Augen.
Quirin wollte das Mädchen einfach beiseitedrängen, doch sein Anführer begriff, dass er sich geirrt hatte, und wühlte in seinem Geldbeutel, bis er das passende Geldstück gefunden hatte.
»Auf Nimmerwiedersehen, Ritter mit den sechs Ahnen, aber zu wenig Geld«, rief Trudi ihm kichernd nach.
Eichenloh blieb fluchend stehen. »Beim Blute Christi, ich könnte diesem Balg den Hals umdrehen!«
Bevor er seine Drohung in die Tat umsetzen konnte, schob Quirin ihn kurzerhand ins Freie. »Das würde schlecht ausgehen, denn der Vater des Weibsstücks sieht ganz so aus, als würde er sich mit nichts weniger als deinem Leben zufriedengeben.«

»Und daran bist du schuld, weil du den Streit mit diesem Mädchen vom Zaun gebrochen hast.« Peter schenkte seinem Stellvertreter einen wütenden Blick und schalt sich gleichzeitig einen Narren, weil er dem kindischen Spiel nicht früh genug ein Ende bereitet hatte.

Quirin blickte schuldbewusst drein. »Ich habe mich nur geärgert, weil man dieses aufgeblasene Ding vor uns bedient hat. Wäre mir klar gewesen, wie es endet, hätte ich mich beherrscht.«

»Auf jeden Fall hast du uns damit eine Feindschaft eingebracht, die wohl lange schwelen wird, und wir müssen in Zukunft einen weiten Bogen um die Ländereien des Kibitzsteiners machen. Wenn der uns abfangen kann, wird er uns für diese Stunde zahlen lassen.«

»Das fürchte ich auch.« Quirin kratzte sich am Hals. »Verdammt! Aber wer konnte wissen, dass dieses keifende Fräulein seine Tochter ist! Der Kibitzsteiner ist eine harte Nuss und wird sich die sechs Generationen adliger Vorfahren, die du ihm unter die Nase gerieben hast, gewiss gut merken. Das ist Pech, denn als der Abgesandte des Schöbacher Abtes in den höchsten Tönen von diesem Mann sprach, hatte ich schon gehofft, wir könnten uns Michel Adler zum Freund machen. Schließlich soll er der engste Verbündete dieses Klosters sein.«

»Wenn Abt Pankratius erfährt, dass wir uns mit dem Kibitzsteiner angelegt haben, wird er uns wohl nicht mehr länger beherbergen. Dabei hatte ich gehofft, wir könnten einige Wochen mit der gesamten Mannschaft bei den Mönchen zu Gast bleiben und uns durchfüttern lassen.« Eichenloh spie aus und ballte die Faust.

»Vielleicht sollten wir uns in Zukunft nicht mehr als Söldner verdingen, sondern dem Pfeffersackgesindel auflauern und sie neben ihren Waren auch um ihr Leben erleichtern!«, entfuhr es ihm.

Quirin blickte seinen Anführer zweifelnd an. »Ohne einen festen Stützpunkt oder ein gutes Versteck würden wir bald baumeln.

Die Pfeffersäcke sind sehr empfindlich, was ihre Waren betrifft, und sie werben oft genug Söldner an, um die Burgen von Raubrittern stürmen zu lassen.«

»Seit wann fürchtest du dich vor dem Tod?«, fragte sein Anführer spöttisch.

Während dieses Gesprächs auf dem Weg zum Stall des Gasthofs hatten sie nicht darauf geachtet, dass einige Knechte in der Nähe waren. Diese trugen den Wortwechsel aufgeregt weiter. Eichenloh und seine Männer hatten die Tore Dettelbachs noch nicht passiert, da machte bereits die Nachricht die Runde, der Söldnerführer wolle sich in Zukunft als Räuber betätigen. Da sein Auftreten und der abgerissene Zustand seiner Leute diese Worte glaubhaft unterstrichen, gelangte das Gerücht mit den ersten Reisenden, die Dettelbach verließen, auf vielerlei Wegen ins Land.

Als Graf Magnus von Henneberg davon hörte, schlug er das Kreuz und dankte dem Herrgott im Himmel, dass er seinen Bruder noch rechtzeitig aus Eichenlohs Trupp herausgeholt hatte. In Würzburg krausten die Berater des Fürstbischofs die Stirn, denn wenn Eichenloh zum Räuber wurde, plante er gewiss, sich wegen des alten Streits mit Gottfried Schenk zu Limpurg an diesem zu rächen und dessen Städten Schaden zuzufügen. Auch ein alter Mann, der eine gewisse Hoffnung gehegt hatte, sein Neffe könne zur Vernunft kommen, hörte davon und beschloss, nun doch das Wagnis einzugehen und sich ein junges Weib zu suchen, um einen würdigen Erben zu bekommen.

6.

Während Peter von Eichenloh mit seinen Männern die Stadt Dettelbach hinter sich ließ, setzten Michel und Trudi ihr Mittagsmahl fort. Michel war immer noch wegen der letzten Bemerkung des Söldners verletzt, während Trudi kein gutes Haar an dem Mann ließ.

Anni machte sich Sorgen, weil das Mädchen sich wirklich nicht so verhalten hatte, wie es einer wohlerzogenen Jungfer anstand, und versuchte, sie zu bremsen. Wenn Trudi Pech hatte, würden ihre beleidigenden Worte die Runde machen und ihr einen schlechten Ruf verschaffen, der auch einen Habenichts wie Gressingen davor zurückscheuen ließe, um sie zu werben. In ihren Augen war es das Beste, das Mädchen so rasch wie möglich zu verheiraten. Wenn erst einmal der Gürtelriemen eines Ehemanns auf ihre Hinterbacken klatschte, würde Trudi rasch lernen, wie sie sich zu benehmen hatte.

Anni stellte sich ein paar Atemzüge lang diese Szene vor und begriff, dass dies wohl kaum die richtige Lösung war. Sie kannte Trudis Starrkopf und wusste, dass diese sich so eine Behandlung nicht gefallen lassen würde. Das Mädchen wäre durchaus in der Lage, ihrem Gatten den nächstbesten Gegenstand an den Kopf zu werfen oder sogar mit einer Waffe in der Hand auf ihn loszugehen.

Daher suchte Anni Hilfe bei Michel und bat ihn, auf Trudi einzuwirken. Dieser schüttelte nur den Kopf und murmelte etwas, das wie »elender Lümmel« klang. Doch als seine Tochter nicht aufhörte, ihre Zunge an dem abgerissenen Zustand des Söldnerführers zu wetzen, klopfte er schließlich mit dem Knöchel auf den Tisch.

»Ich glaube, Trudi, es reicht. Dem Kerl müssen bei dem, was du da von dir gibst, beide Ohren gellen.«

»Abfallen sollen sie ihm, oder besser noch abfaulen!«, stieß Trudi wütend aus.

Michel ärgerte sich zwar ebenfalls über Eichenloh, aber ihm war klar, dass sie den Mann mit ihren spitzen Bemerkungen gereizt hatte. »Wenn du jetzt nicht den Mund hältst, bekommst du eine Maulschelle, die sich gewaschen hat. Deine Mutter und ich haben

dir gewiss Höflichkeit und Sittsamkeit beigebracht und nicht, dich aufzuführen wie die Wirtin einer Straßenschenke.«
Trudis Kopf ruckte hoch. »Von irgendjemandem muss ich das ja geerbt haben!«
Dann aber begriff sie, was sie gesagt hatte, und sie schlang ihre Finger um seine Hand. »Verzeih mir, Papa, das wollte ich nicht. Ich ...« Tränen hinderten sie daran, den Satz zu vollenden.
Michel zog sie an sich und strich ihr über das Haar. »Es ist schon gut, Kleines. Aber du musst wirklich lernen, deine Zunge im Zaum zu halten. Die Leute werden sonst mit Fingern auf deine Mutter und mich zeigen und unserer Abstammung die Schuld geben, dass wir eine so unerzogene Tochter haben.«
»Das habt ihr nicht!«, antwortete Trudi schniefend. »Ich will ja auch nicht garstig sein, aber einer dieser Kerle hat mir zuerst das Essen weggenommen, und dann haben sie sich aufgeführt, als wollten sie mir den Appetit verderben.«
Sie berichtete ihrem Vater, wie der ganze Streit begonnen hatte, und obwohl Michel durchaus merkte, dass sie nicht so lauter gewesen war, wie sie es darstellte, maß er den Fremden den größten Teil der Schuld zu. Die kleine Verstimmung, die zwischen ihm und seiner Tochter entstanden war, verflüchtigte sich, und als sie den Gasthof zum Bach verließen, konnten sie schon wieder lachen.
Während des Heimritts kam Trudi auf den Grund der Reise zu sprechen. »Konntest du Ritter Hans für deinen Plan gewinnen?«
Michel wiegte unschlüssig den Kopf. »Ich hoffe es. Aber er wird uns Dettelbach gewiss nicht für ein Butterbrot überlassen und wohl erst andere fragen, was sie ihm für den Marktort zahlen wollen. Mit einem Albrecht Achilles von Brandenburg-Ansbach oder einem der anderen hohen Herren werden wir nicht mithalten können.«
»Solange der Würzburger Bischof diesen Ort nicht kauft, dürfte es nicht so schlimm für uns sein!«

Trudi sprach das aus, was Michel quälte. Ritter Hans war durch seine Krankheit übertrieben fromm geworden, und er konnte sich durchaus vorstellen, dass der Mann sich vor lauter Sorge um sein Seelenheil an den Fürstbischof wandte. Über die Folgen brauchte Michel nicht lange nachzudenken, und nun machte er sich Vorwürfe, weil er den Dettelbacher darauf gebracht hatte, er könne für das Geld Messen lesen lassen. Dann aber kam ihm der Gedanke, dass Herrn Gottfrieds Emissäre den Ritter genau mit diesem Vorschlag ködern würden. Daher war es besser, aufrichtig zu Ritter Hans gewesen sein, denn so blieb ihm die Hoffnung, dass dieser sich aus alter Freundschaft für ihn und sein Angebot entscheiden würde. Mit dieser Auskunft würde Marie sich wohl oder übel zufriedengeben müssen.

Er selbst trachtete bei weitem nicht so ehrgeizig wie sie danach, ihren Landbesitz zu vergrößern, und hätte sich mit Kibitzstein und den drei dazugehörigen Dörfern begnügt. Marie aber hatte von dem Gold, das sie von ihrer unfreiwilligen Reise nach Russland mitgebracht hatte, und den Einnahmen aus den Weinbergen die Herrschaft Windach von den Grafen von Castell erworben und vom Kloster Ebrach den Hof Bergreuth. Überdies gehörten ihnen noch die Burg Kessnach im Odenwald, die Lisas Mitgift werden sollte, sowie ein Viertel des Damenstifts Hilgertshausen als Pfandbesitz und ein Sechstel des kleinen Marktes Ingersdorf. Dieses Sechstel lag ihm jedoch quer im Magen. Sie hatten es von Johann von Brunn, dem früheren Bischof von Würzburg, als Pfand erhalten, und der neue Bischof wollte diesen Vertrag nicht anerkennen. Der Hilgertshausener Besitz machte Michel weniger Sorgen, denn er grenzte direkt an Kibitzsteiner Grund, und er war überzeugt, dieses Stück Land über kurz oder lang übernehmen zu können.

»Du bist so still, Papa«, sagte Trudi mit einem Mal neben ihm. Michel schreckte hoch, lächelte aber. »Ich habe an deine Mutter gedacht, die Ländereien sammelt wie andere Leute Weinfässer,

und dabei unsere Dörfer und Höfe gezählt. Wenn wir Dettelbach dazubekämen, würden wir nach Würzburg, Bamberg, Ansbach, Wertheim, Henneberg und Castell zu den reichsten Geschlechtern in diesem Landstrich zählen.«
Trudi begriff, dass er nicht nach größerem Besitz strebte, sondern sich eher über diese Vorstellung lustig machte. Ihr Vater hatte nie mächtig und einflussreich werden wollen, und sie glaubte auch nicht, dass ihre Mutter sich mit diesen gräflichen und fürstlichen Familien messen wollte. Frau Marie genügte es, den Dieboldsheimer und einige kleinere Reichsritter auszustechen, die sich so hoch über den Herrn auf Kibitzstein erhaben dünkten, weil ihre Ahnen einst mit einem Kaiser Friedrich Barbarossa oder gar Kaiser Otto geritten waren. Ihre eigenen Vorfahren entstammten dem Bürgertum. Der Großvater ihrer Mutter war sogar ein leibeigener Knecht gewesen, der zu seiner Freiheit noch ein kleines Vermögen hatte erringen können. Der Vater ihres Vaters war der Wirt einer kleinen Bierschenke gewesen. Auch dem Mann hatte niemand geweissagt, dass einer seiner Söhne ein hoher Herr werden würde.
»Jetzt bist du es, die in Gedanken versunken ist«, spöttelte Michel.
Trudi blickte verträumt zu ihm auf. »Ich habe mir gerade gesagt, wie glücklich ich mich schätzen kann, dich meinen Vater nennen zu dürfen. Bona von Fuchsheim wird mit dem ihren nicht ein Zehntel so zufrieden sein wie ich.«
Obwohl Michel sich geschmeichelt fühlte, versuchte er, den Überschwang seiner Tochter zu bremsen. »Du solltest deine Mutter nicht vergessen. Eine wie sie gibt es kein zweites Mal.«
Trudi zog die Schultern hoch und starrte nach vorne, denn sie musste an all die harschen Worte denken, die sie in letzter Zeit von ihrer Mutter zu hören bekommen hatte. Dabei sehnte sie sich danach, mit ihr über ihren Kummer zu reden und Zuspruch zu erhalten. Natürlich hatte ihre Mutter recht, ihr Pflichten auf-

zuerlegen, denn sie war schon erwachsen und würde als Frau eines Ritters für einen großen Hausstand und die Ländereien verantwortlich sein. Doch sie ließ sich nicht gern wie ein unmündiges Kind behandeln, und da die Mutter ihren Vorrang als älteste Tochter nicht unterstützte, kam es immer wieder zu Auseinandersetzungen. Zudem hatte ihre Mutter Georg von Gressingen vehement abgelehnt und schlecht über ihn gesprochen, und das konnte sie ihr nicht so leicht verzeihen.

Michels Geduld mit seiner Tochter war nicht unendlich, und nun dauerte Trudis Schweigen ihm zu lange. »Ich hoffe, du schreibst dir das, was ich eben gesagt habe, hinter die Ohren. Ich mag es nicht, wenn du deiner Mutter Widerworte gibst. Marie weiß, was richtig ist und was nicht.«

Trudi nickte mit verbissener Miene, um ihren Vater nicht zu kränken. Dann wurde ihr bewusst, dass ihre Mutter sich letztens bereit erklärt hatte, Junker Georg als Brautwerber zu akzeptieren, und sie atmete befreit auf. Aber sie traute dem Frieden nicht so ganz und versuchte, ihren Vater als Verbündeten zurückzugewinnen.

»Papa, sag mal, was hat Mama eigentlich gegen Georg von Gressingen einzuwenden?«

Diese Frage hatte Michel sich auch schon gestellt, ohne sie beantworten zu können. Er nahm an, dass sie aufgrund der schlechten Erfahrungen in ihrer Jugend alle jungen Edelleute über denselben Kamm scherte. Daher konnte er Trudi nur trösten. »Wenn Marie Gressingen erst besser kennenlernt, wird sie ihn wohl auch zu schätzen wissen. Ich halte ihn für einen angenehmen jungen Mann.«

Michel hatte durchaus wahrgenommen, dass Junker Georg bei seinen Besuchen und gemeinsamen Treffen auf Nachbarburgen mit Trudi getändelt hatte, und nahm ebenso wie seine Tochter an, dass er ein ernsthaftes Interesse an ihr hatte. Gewiss hinderte nur der Streit mit dem Würzburger Bischof den jungen Mann

daran, um ihre Hand anzuhalten. Gerade diese Tatsache machte ihn in Michels Augen zu einem wertvollen Verbündeten, und er hatte sich bereits vorgenommen, bei seinem nächsten Zusammentreffen mit Gressingen über dessen mögliche Zukunft zu reden.
Trudi fühlte, dass der Vater gewillt war, ihr zu helfen, lenkte ihr Pferd dichter an seines und streckte ihre Hand nach ihm aus.
»Ich empfinde sehr viel für Junker Georg. Als wir letztens auf Fuchsheim waren, hat er mir versprochen, umgehend mit dir zu reden. Doch der Bischof hat ihm kurz darauf sein Heim weggenommen, und nun wagt er wohl nicht mehr, um mich anzuhalten.«
»Wenn Gressingen ein Mann von Ehre ist, wird er kommen, auch wenn ihm nicht mehr gehört als sein Schwert, die Rüstung, die er trägt, und sein Pferd. Mir wird er trotzdem willkommen sein!« Michel drückte die Hand seiner Tochter und hoffte dabei, Gressingen möge bald erscheinen, damit auf Kibitzstein wieder Ruhe einkehrte.

7.

Michel und Trudi ahnten nicht, dass der von ihr Ersehnte sich nur einen guten Stundenritt von Kibitzstein entfernt aufhielt. Gressingen hatte Graf Otto zum Kloster Hilgertshausen begleitet und war von diesem bereits in die Schar der engeren Freunde aufgenommen worden. Nun saßen beide der Äbtissin gegenüber, und da Otto ein leichtlebiger Bursche war, dem es schwerfiel, sich in Probleme zu verbeißen, war er froh, dass sein Begleiter den größten Teil der Unterhaltung bestritt.
Klara von Monheim war mit den Jahren stämmig geworden und hatte ein Vollmondgesicht, das durch die Haube noch betont wurde. Aber sie schien nichts von der Herzlichkeit zu besitzen,

die rundlichen Menschen so häufig zu eigen ist. Ihre Lippen wirkten wie Striche, und die Blicke ihrer blassen Augen musterten Graf Otto so kalt, dass ihn fröstelte. Eine angenehme Herrin würde diese Dame gewiss nicht werden, und plötzlich sehnte er sich nach dem unbeschwerten Leben in Eichenlohs Söldnertruppe zurück.

»Meine Vorgängerin war unfähig und ihrer Aufgabe nicht gewachsen«, erklärte die Äbtissin eben mit schneidender Stimme.

Gressingen stieß Otto unter dem Tisch an, damit dieser auch einmal etwas sagte, denn schließlich war er der neue Vogt und konnte es sich an den Fleischtöpfen des Klosters wohl ergehen lassen. Bei diesem Gedanken packte ihn Neid auf den Jüngeren, dem als Sprössling der gräflichen Sippe derer von Henneberg solche Ämter zuflogen, während er seinen Aufstieg mit Winkelzügen erkaufen und mit Kniefällen erbetteln musste.

»Ich erwarte, dass Ihr die Rechte des Klosters notfalls mit bewaffneter Hand verteidigt!« Klara von Monheim sah ihren neuen Vogt auffordernd an.

Graf Otto nickte eifrig. »Gewiss werde ich das tun, ehrwürdige Frau Äbtissin.«

»Vor allem dieser Adler auf Kibitzstein ist mir ein Dorn im Fleisch. Meine Vorgängerin hat ihm ein Viertel der Ländereien dieses Stiftes verpfändet, und das für einen Bettel! Dabei ist das Geld nicht einmal dem Stift zugutegekommen, sondern wurde von dieser pflichtvergessenen Person dazu verwendet, die Schulden ihres Neffen zu begleichen. Jetzt bleibt mir nichts anderes übrig, als den Augiasstall auszumisten, den sie mir hinterlassen hat, und dabei erwarte ich Eure tatkräftige Mithilfe, Graf Otto!«

Henneberg beeilte sich, ihr zu versichern, dass er alles tun würde, was in seiner Macht stand.

»Das will ich auch hoffen!«, antwortete die Äbtissin.

Gressingen grinste in sich hinein, denn Klara von Monheim

schien nicht viel von ihrem neuen Vogt zu halten. Offensichtlich war Otto von Henneberg in ihren Augen viel zu unreif für den verantwortungsvollen Posten eines Klostervogts. Sie hatte gehofft, Graf Magnus würde dieses Amt selbst ausüben und einen zuverlässigen Ministerialen als Stellvertreter zu ihr schicken. Auf der anderen Seite hatte die Situation auch Vorteile. Anders als einer, der sich erfahren dünkte, würde dieser junge Bursche sich nicht über ihre Anweisungen hinwegsetzen und eigene Entscheidungen treffen wollen.

Klara von Monheim straffte ihren Rücken, um größer zu wirken, und ihre Stimme klang noch giftiger. »Ihr sorgt dafür, dass Michel Adler auf Kibitzstein keine einzige Traube von unseren Weinbergen erntet! Soll er sich das Geld doch von dem holen, der es bekommen hat!«

»Selbstverständlich, ehrwürdige Mutter«, antwortete Otto von Henneberg scheinbar dienstfertig, während er sich fragte, warum die Äbtissin ihren Nachbarn so verabscheute. Da seine Familie mehr im Norden Frankens begütert war und er selbst die letzten achtzehn Monate bei Eichenlohs Schar verbracht hatte, war ihm der Reichsritter Adler auf Kibitzstein nur vom Hörensagen bekannt.

»Könnt Ihr mir mehr über diesen Mann berichten, ehrwürdige Mutter?«

»Ich kann dir auch einiges über ihn erzählen«, mischte Gressingen sich ein. Damit half er der Äbtissin aus einer Klemme, denn diese wusste von Michel Adler nicht viel mehr, als dass er ein ungehobelter Emporkömmling war, der gemeinsam mit ihrer Vorgängerin das Stift beraubt hatte.

»Ich wäre Euch dankbar, Junker Georg, wenn Ihr Graf Otto eine Weile unterstützen und ihm die Verhältnisse in unserer Gegend erklären könntet. Ich werde Seiner hochwürdigsten Exzellenz, dem Fürstbischof, davon berichten. Vielleicht wird er dann anderen Sinnes, was Eure Güter betrifft.«

Gressingen neigte scheinbar dankbar den Kopf, um sein Lächeln zu verbergen. Nach Graf Magnus war die Äbtissin bereits die Zweite, die sich für ihn verwenden wollte. Aber es war nicht im Sinne des Bischofs, wenn dessen Anhänger sich zu seinen Gunsten aussprachen, denn die Abmachung mit dem Prälaten Pratzendorfer verpflichtete ihn, Kontakt zu den Feinden Würzburgs aufzunehmen. Einige der Herren, die dem Hochstift feindlich gesinnt waren, hatte er bereits aufgesucht, aber um Kibitzstein musste er zumindest vorerst noch einen weiten Bogen machen. Aus diesem Grund wollte er im ersten Augenblick die Bitte der Äbtissin ablehnen. Dann aber kam ihm ein Gedanke, der ihn aufs höchste amüsierte.

»Ich bleibe gerne noch ein paar Tage bei unserem Freund Henneberg, ehrwürdige Mutter, und gebe ihm einen Überblick über die Lage in diesem Landstrich.« Er bekräftigte seine Bereitschaft mit einer angedeuteten Verbeugung. Die Zeit mit Graf Otto gedachte er zu nutzen, um den Graben zwischen dem Damenstift und den Kibitzsteinern so zu vertiefen, dass es wirklich zur Fehde kam.

Die Äbtissin nickte zufrieden, und Otto von Henneberg war die Erleichterung anzumerken, zumindest in der ersten Zeit einen Freund an seiner Seite zu wissen. »Ich freue mich, dass du mir helfen willst, Junker Georg.«

Gressingen lachte innerlich über den jungen Narren, der sich voll und ganz in seine Hände begab. Er würde dafür sorgen, dass Graf Otto Michel Adler so beschäftigte, dass dieser keine Zeit fand, ihn selbst unterwegs abzufangen und mit vorgehaltener Schwertklinge zum Traualtar zu schleppen. Pratzendorfer hatte ihm zwar einen Ablass für seine vergangenen und auch die künftigen Taten erteilt, doch er glaubte nicht, dass der Prälat eine Ehe mit der Tochter eines Reichsritters so ohne weiteres für ungültig erklären konnte. Jetzt, da seine Aussichten besser waren als jemals zuvor, wollte er nicht an eine Trudi Adler gefesselt sein.

Unterdessen hatte die Äbtissin das Gespräch wieder an sich gerissen und erklärte wortreich, wie sie zum Segen des Klosters und der Menschen zu wirken gedachte. Die beiden jungen Männer hörten ihr scheinbar andächtig zu, hingen jedoch ihren eigenen Gedanken nach.

8.

Als Gressingen und Henneberg einige Zeit später in einer Kammer im Gästehaus zusammensaßen, fasste der Jüngere sich an den Kopf.
»Die ehrwürdige Äbtissin hat eine Zunge wie ein Schwert! Hast du alles verstanden, was sie von uns fordert?«
Gressingen schenkte sich und seinem Begleiter Wein aus dem Krug ein, den eine aufmerksame Magd auf den Tisch gestellt hatte, und lachte leise auf. »Ihre Worte waren doch klar und deutlich, oder nicht?«
»Ich weiß nicht so recht. Sie will einen Vertrag, den ihre Vorgängerin abgeschlossen hat, nicht anerkennen. Aber das darf sie doch nicht!«
»An ihrer Stelle würde ich ihn auch nicht anerkennen. Es ist doch offensichtlich, dass die vorige Äbtissin ihrem Neffen Geld zukommen lassen wollte. Dafür hat sie mit diesem Wirtsschwengel auf Kibitzstein ein Komplott geschmiedet und ihm ein Viertel des Klosterguts verpfändet. Hätte die Frau noch länger gelebt, hätte sie Michel Adler wohl auch noch die Vogteirechte verkauft und einiges andere dazu. Aber die Statuten des Stifts lassen einen Landverkauf für solche Zwecke nicht zu. Wundert es dich da, dass die jetzige Oberin gegen solch einen perfiden Raub vorgehen will?«
»Wenn das so ist, natürlich nicht!« Übermütig grinsend streichelte Otto den Knauf seines Schwerts und stieß Junker Georg

an. »Wir beide werden diesen Adler schon auf die Größe zurechtstutzen, die ihm zukommt. Wie schon die ehrwürdige Äbtissin gesagt hat: Von uns bekommt er keine einzige Traube.«
Gressingen wunderte sich, dass Graf Otto so naiv war, seine Beweisführung zu schlucken, stach aber sofort nach. »Mit Worten wird Adler sich nicht davon abhalten lassen, die Weinberge des Klosters abzuernten. Laut der Äbtissin haben seine Leute bereits mit der Lese begonnen.«
Da Graf Otto mehr als ein Jahr mit Eichenloh geritten war und auch schon in kleineren Scharmützeln gekämpft hatte, hielt er sich für einen tapferen Krieger und fähigen Anführer. Dies wollte er seiner neuen Dienstherrin und ganz besonders auch seinem Bruder beweisen. Er trank seinen Becher leer und schob ihn Gressingen zum Nachfüllen hin. »Was meinst du? Wie viele Leute werden wir brauchen, um eine Fehde mit Kibitzstein führen zu können?«
»Muss es direkt eine Fehde sein? Wie ich die Äbtissin verstanden habe, sollst du nur Adlers Leute von ihrem Land fernhalten. Das ist kaum schwerer, als ein paar Vögel zu verscheuchen.«
Dem eifrigen Neuvogt passte diese Bemerkung nicht, denn er sah sich schon als Held, der die Feinde der ehrwürdigen Äbtissin niederrang. Er schnaufte, trank den nächsten Becher Wein in einem Zug leer und stellte das Gefäß so hart auf die Tischplatte, dass es knallte.
»Ich wäre ein schlechter Vogt, würde ich die Möglichkeit einer größeren Fehde nicht in Betracht ziehen. Wie viele Bewaffnete, glaubst du, kann der Kibitzsteiner auf die Beine stellen?«
»Auf jeden Fall nicht genug, um dem Kloster schaden zu können – zumindest dann nicht, wenn sich der Fürstbischof auf die Seite der Äbtissin stellt«, antwortete Gressingen achselzuckend, »und das wird Herr Gottfried tun!«
Dann erinnerte er sich daran, dass Michel Adler vor gut einem Dutzend Jahren eine Fehde mit dem Pfälzer Edelmann Rumold

von Lauenstein und dessen Tochter Hulda geführt und gewonnen hatte. Allerdings hatte der Kibitzsteiner damals auf einige Freunde bauen können. Er berichtete Otto, was er über die damalige Auseinandersetzung wusste, wiegelte aber sofort ab.
»Diese Männer würden ihm heute nicht mehr beistehen. Damals hatten dieser Wirtsschwengel und seine Helfer den Segen des Pfalzgrafen Ludwig, dem Vater des jetzigen Ludwig IV. von der Pfalz. Aber nun stellt sich die Situation anders dar. Mit Gottfried Schenk zu Limpurg steht der mächtigste Herr in diesen Landen auf deiner Seite.«
»Auf unserer Seite, wolltest du wohl sagen.«
Gressingen schüttelte den Kopf. »Nein, nur auf deiner! Ich kann dir zwar hier im stillen Kämmerlein erzählen, wie die Situation aussieht, die du in deiner neuen Stellung vorfindest, aber ich darf nicht in Erscheinung treten. Die hiesigen Burgherren sind zumeist nicht gut Freund mit dem Fürstbischof, und sie könnten mir mein Eintreten gegen Adler verübeln. Das aber kann ich mir in meiner Situation nicht leisten.«
Als Otto von Henneberg ihn enttäuscht anstarrte, legte er ihm den Arm um die Schulter und sprach beschwörend auf ihn ein.
»Sieh es doch von deiner Warte aus. Auch wenn du zum Vogt bestimmt worden bist, würden alle sagen, Gressingen ist der Ältere, und Henneberg macht doch nur, was jener ihm rät. So aber kannst du allen zeigen, wer die Interessen der frommen Frauen von Hilgertshausen vertritt.«
Otto lächelte verlegen und fühlte sich gleichzeitig geschmeichelt.
»Nicht, dass ich etwas gegen deinen Ratschlag hätte, doch entscheiden will ich immer noch selbst.«
»So habe ich es mir auch gedacht. Wie ich die Äbtissin verstanden habe, hat sie bereits Bewaffnete zum Wirtschaftshof geschickt, mit denen du die Kibitzsteiner Knechte und Mägde vom Stiftsland vertreiben kannst. Tu es und zeig ihr, dass du der Mann bist, den sie sich für ihre Vogtei gewünscht hat.«

Es fiel Gressingen weitaus leichter, als er gedacht hatte, Graf Otto zu lenken. Der junge Henneberger nahm jede seiner Bemerkungen auf und schmiedete mit der Begeisterung eines Knaben Pläne. Zwischendurch gab er lachend zu, dass er seinem Bruder Magnus zeigen wollte, dass er kein Kind mehr war, sondern selbständig zu handeln vermochte.

9.

Zwar herrschte nach Michels und Trudis Rückkehr auf Kibitzstein nicht eitel Sonnenschein, aber die Schwestern sprachen wieder miteinander. Trudi bemühte sich nun stärker, den Wünschen ihrer Mutter zu entsprechen, denn sie wollte lernen, Georg von Gressingen eine gute Gemahlin und Hausfrau zu werden. Noch hatte sie nichts von ihrem Geliebten gehört, hoffte aber, ihn spätestens bei Bonas Hochzeit mit Moritz von Mertelsbach wiederzusehen.

Weder die Fuchsheimer noch die Mertelsbacher gehörten hochrangigen Sippen an, aber dennoch würde jeder, der etwas auf sich hielt, zu diesem Fest kommen. Michel hoffte sogar, der neue Fürstbischof werde die Hochzeit durch seine Anwesenheit beehren und sich so eine Möglichkeit ergeben, einige Probleme zu klären. Sollte Gottfried Schenk zu Limpurg aber nicht erscheinen oder sich einem Gespräch entziehen, so war Michel bereit, die Bekanntschaft mit einigen Lehnsmännern des Ansbacher Markgrafen Albrecht Achilles zu vertiefen. Ganz recht war ihm die Verbindung nicht, denn Albrecht, der jüngere Sohn des früheren Nürnberger Burggrafen Friedrich von Hohenzollern, war sehr ehrgeizig und stellte ebenfalls eine Bedrohung für die Selbständigkeit der kleinen Burgherren dar. Doch in der Not frisst auch der Teufel Fliegen, sagte Michel sich und bereitete sich in langen Erörterungen mit seiner Frau auf die Gespräche am Rande der Feier vor.

Marie humpelte immer noch mit dem Stock herum. Ihr Knie besserte sich jedoch zusehends durch die Umschläge, die ihr die Ziegenbäuerin machte, und einige Tage vor der Hochzeit erklärte sie, sie fühle sich wohl genug, um Michel nach Fuchsheim zu begleiten.

»Du wirst mich in einer Sänfte mitnehmen müssen«, dämpfte sie seine Hoffnung auf ihre vollständige Genesung.

Dieser nickte erleichtert. »Zur Not würde ich dich auch nach Fuchsheim tragen. Ich möchte nicht allein hinreisen, denn sonst würde ich mich unter all den Leuten sehr einsam fühlen.«

Trudi empfand bei dieser Bemerkung einen schmerzhaften Stich, denn schließlich würde sie mit ihm reiten. Doch ihr Vater tat gerade so, als zähle sie nicht.

Michel schien den Unmut seiner Tochter gespürt zu haben, denn er nahm ihre Hand und musterte sie zufrieden. »Das darfst du nicht missverstehen, mein Kind. Ich bin sehr stolz auf meine große Tochter und freue mich, dich vielen Leuten vorstellen zu können. Doch wenn es ums Verhandeln geht, weiß niemand die Worte geschickter zu setzen als deine Mutter.«

»Das weiß ich doch, Papa.« Trudi war wieder versöhnt und hörte dann zu, wie ihre Eltern die Situation auf Fuchsheim diskutierten, obwohl sie sich sonst wenig dafür interessierte.

Der Fuchsheimer würde tief in die Tasche greifen müssen, um die Hochzeit seiner Tochter ausrichten zu können, und Marie überlegte, ob sie und Michel es sich trotz der Kosten, die wegen der Bedrohung durch den Fürstbischof auf sie zukommen mochten, leisten konnten, dem Nachbarn weiteres Geld gegen Pfänder zu leihen. Es lockte Marie, Kibitzsteins Herrschaftsbereich um ein weiteres Dorf in der näheren Umgebung zu mehren, aber sie wusste selbst, dass sie in dem Fall kaum noch die Summe für den Erwerb Dettelbachs aufbringen konnten. Der Meinung schien Michel ebenfalls zu sein, denn er hob abwehrend die Hand.

Ehe er etwas sagen konnte, klatschte Trudi lachend in die Hände.

»Mir würde es gefallen, wenn Bonas Vater wegen dieser Schulden unser Vasall werden müsste und ich damit über Bona stände.«

Marie klopfte mit der flachen Hand auf den Tisch. »Lass dich nicht dazu hinreißen, unsere Überlegungen auf Fuchsheim preiszugeben! Damit würdest du Ritter Ludolf schnurstracks in die Arme unserer Feinde treiben. Wahrscheinlich wird Bonas Vater kein Geld von uns benötigen, es sei denn, Mertelsbach will Bonas Mitgift nicht in Form von Land, sondern in Gold haben, um etwas in seiner Nachbarschaft kaufen zu können.«

Trudi lachte auf. »Ach, Mertelsbach! Der ist doch ein alter Bock.«

Sofort fing sie sich die nächste Rüge ein. »Auch das darfst du nur denken, aber niemals aussprechen. Kämen Ritter Moritz deine Worte zu Ohren ...«

»... würde er schnurstracks in die Arme unserer Feinde eilen. Ich weiß!« Trudi langweilten die ewigen Ermahnungen ihrer Mutter, die alles besser wusste als sie, und insgeheim spornte sie Gressingen an, sich endlich um sie zu bewerben.

Marie zuckte es in den Händen, ihrer Tochter eine Ohrfeige zu verpassen. »Gib fein acht, Mädchen! Wenn du mir zu übermütig wirst, bleibst du zu Hause.«

»Das lässt Papa nicht zu!«, antwortete Trudi herausfordernd und brachte Michel damit in eine Zwickmühle.

Gab er seiner Tochter nach, würde das zu einem heftigen Streit mit seiner Frau führen, und Marie würde möglicherweise nicht mit nach Fuchsheim reisen, obwohl er sie dort dringend brauchte. Andererseits brachte er es nicht übers Herz, Trudi zu enttäuschen.

»Wenn du deine Mutter verärgerst, wird sie dir die Teilnahme an dem Fest verbieten. Aber das tust du ja nicht!« Michel blickte sowohl Marie wie auch Trudi bittend an, ihn nicht vor die Wahl zu stellen, sich zwischen ihnen entscheiden zu müssen.

Trudi begriff, wie viel ihm daran lag, sie beide an seiner Seite zu haben, und legte ihrer Mutter die Hand auf den Unterarm.
»Es tut mir leid, Mama. Ich wollte dich ganz gewiss nicht kränken.«
»Das tust du auch nicht.« Marie küsste ihre Tochter auf die Stirn. Obwohl die Geste eher einem kleinen Kind angemessen war, fühlte Trudi, wie ihr ein Stein vom Herzen fiel. Sie freute sich auf Bonas Hochzeit und noch viel mehr darauf, Georg von Gressingen wiederzusehen.

10.

Otto von Henneberg hatte sein Quartier auf dem Wirtschaftshof des Klosters aufgeschlagen. Nun stand er am Fenster seiner Kammer und blickte nach Kibitzstein hinüber. Die Burg war in bestem Zustand und sah wehrhaft aus. Sollte er sie belagern müssen, benötigte er etliche Dutzend gut ausgebildeter Kriegsknechte, Handwerker und Wagen voller Kriegsgerät. Mit den paar Bauernburschen, die er unter Waffen stellen konnte, war an eine kriegerische Auseinandersetzung nicht zu denken. Doch die Kerle würden ausreichen, um den Kibitzsteinern den Appetit auf die Trauben auszutreiben, die reichlich auf den Rebstöcken des Stiftslands wuchsen.
Nun sah er eine Gruppe röckeschwingender Weiber, die vom Kibitzsteiner Land herüberkamen, um die Trauben zu ernten. Sie wurden von einem Knecht begleitet und führten einen zweirädrigen Karren mit, den sie mitten im Weinberg abstellten.
Während Otto die Frauen beobachtete, bedauerte er es, dass sein Freund nicht mitgekommen war, denn er hätte sein weiteres Vorgehen lieber zuerst mit Gressingen besprochen. Dann aber winkte er mit einer ärgerlichen Geste ab. Er war Manns genug, selbst zu entscheiden. Wenn es wirklich hart auf hart kam, konnte er

immer noch Eichenloh und dessen Männer bitten, ihm zu helfen. Bei dem Gedanken musste er grinsen. Sein Freund Peter saß jetzt untätig im Kloster Schöbach und wartete darauf, dass jemand seine Dienste in Anspruch nehmen wollte. Der Gute würde sich wundern, wenn plötzlich er sein neuer Befehlshaber sein würde.
Noch während Otto sich diese Situation ausmalte, schoss ihm ein Gedanke durch den Kopf, für den er sich selbst auf die Schulter schlug. Er würde nicht sofort hinauseilen und die Kibitzsteiner mit seinen Leuten vertreiben, sondern warten, bis sie den Wagen mit Trauben gefüllt hatten, und ihnen dann die Ernte samt dem Karren wegnehmen. Über diesen Spaß würden die Leute noch in vielen Jahren reden. Lachend rief er nach einer Magd und befahl ihr, ihm einen Krug Wein und einen Becher zu bringen.
Als die Magd zurückkehrte, folgte ihr ein vierschrötiger Knecht, den die neue Äbtissin als Vorarbeiter eingesetzt hatte, und baute sich respektlos vor dem neuen Vogt auf. »Ihr sollt doch etwas gegen das Kibitzsteiner Gesindel unternehmen, das uns die Reben stiehlt!«
Otto wies die Magd an, einen zweiten Becher zu bringen. »Setz dich und stoß mit mir an!«
Der Mann packte den gut gefüllten Becher und leerte ihn in einem Zug. »Wenn die Kibitzsteiner uns heuer noch einmal die ganzen Trauben wegholen, wird es wohl der letzte Wein sein, den ich zu saufen kriege. Dieses Gesindel hat uns schon im letzten Jahr die besten Weinberge abgeerntet, und gerade fangen sie wieder damit an. Diesen Adler soll der Teufel holen.«
»Ich glaube, den Gottseibeiuns brauchen wir nicht, um den Kibitzsteiner auf ein richtiges Maß zurechtzustutzen. Ich habe einen Plan.« Otto füllte eigenhändig die beiden Becher und stieß mit seinem Untergebenen an. Dann legte er ihm in kurzen Worten dar, wie er vorzugehen gedachte, und amüsierte sich über dessen verblüffte und anerkennende Miene.

11.

Trudi tat in diesen Tagen alles, um ihre Mutter nicht zu erzürnen, und erfüllte die ihr aufgetragenen Pflichten beinahe vorbildlich. Dennoch gingen ihre Gedanken eigene Wege und beschäftigten sich mehr mit Georg von Gressingen als mit der Arbeit. Seit jenem Nachmittag im Fuchsheimer Wald waren nun schon mehrere Wochen vergangen, ohne dass sie ihren Liebsten wiedergesehen hatte, und ihr schien es, als wäre sie auf Kibitzstein von aller Welt abgeschnitten. Da ihre Ungeduld wuchs, überlegte sie schließlich, ob sie ihren Vater nicht dazu überreden sollte, mit ihr nach Schweinfurt zu reiten.

Ihre Freundin Mariele, das Patenkind ihrer Mutter, hatte als Ehefrau eines Kaufherrn, der auch mit den Rittern im weiten Umkreis Handel trieb, gewiss Möglichkeiten, herauszufinden, wo Junker Georg sich jetzt aufhielt und wie es ihm erging. Vielleicht konnte sie ihm sogar ein Briefchen zukommen lassen. Auf diese Weise würde er endlich erfahren, dass er trotz seines Unglücks auf Kibitzstein willkommen war.

Die Mägde, die Trudi beaufsichtigen sollte, bemerkten ihre geistige Abwesenheit, stießen einander mit den Ellbogen an und lächelten verständnisvoll. In ihren Augen war Georg von Gressingen ein vortrefflicher junger Mann, den sie ihrer jungen Herrin von Herzen gönnten. Die Tatsache, dass der Würzburger Fürstbischof ihm übel mitgespielt hatte, erregte zudem noch ihr Mitleid, und sie wünschten ihm und Trudi das Allerbeste.

Eine der Mägde warf einen Blick durch das Turmfenster und winkte den anderen aufgeregt zu. »Da kommt ein Reiter! Ob das Junker Georg ist?«

Trudi fuhr herum und scheuchte die Mägde vom Fenster, um selbst hinaussehen zu können. Doch als sie den Reiter erkennen konnte, verblasste die Röte, die ihre Wangen überzogen hatte.

»Es ist bloß der Dieboldsheimer. Weiß der Teufel, was den nach Kibitzstein treibt!«

Ingobert von Dieboldsheim war nicht gerade der Besucher, dem sie begegnen wollte, denn sie nahm ihm immer noch übel, wie er sich letztens ihr gegenüber benommen hatte. Bevor jemand sie in die große Halle rufen konnte, damit sie dem Gast den Willkommenskuss gab, musste sie Kibitzstein verlassen haben. Sie überlegte schon, durch die Rückpforte der Burg zu verschwinden und ins Dorf hinunterzulaufen. Da fiel ihr Blick auf die Mägde, die auf Hilgertshausener Grund Wein lasen.

Kurzentschlossen winkte sie Uta zu sich. »Komm mit! Wir helfen ein wenig bei der Weinlese.«

»Muss das sein?« Uta zog ein säuerliches Gesicht. Für sie war die Arbeit im Weinberg etwas für Bauern, und als Burgmagd wollte sie sich damit nicht die Hände schmutzig machen. Andererseits durfte sie ihre junge Herrin nicht verärgern. Sie tröstete sich damit, dass Trudi die Mägde überwachen würde und sie selbst nur ein paar Weintrauben für Trudis und ihren eigenen Verzehr pflücken musste.

Während die übrigen Burgmägde wieder an die befohlene Arbeit zurückkehrten, liefen Trudi und Uta hastig die Treppe hinab und verließen die Burg im gleichen Augenblick durch die hintere Pforte, in dem Ingobert von Dieboldsheim das stattliche Burgtor passierte. Trudi mäßigte ihren Schritt nicht, sondern rannte noch schneller und winkte Uta, sich zu beeilen.

Die Magd keuchte schon. »Herrin, es ist sehr heiß, und Ihr wollt doch sicher nicht in Schweiß geraten wie ein abgetriebener Gaul.«

Trudis Lachen hallte von einigen hoch aufragenden Felsen zurück. »Ein wenig ins Schwitzen zu kommen, schadet weder dir noch mir!«

Uta wischte sich theatralisch über die Stirn, aber Trudi beachtete sie nicht weiter, und so musste auch die Magd rennen, bis sie Hilgertshausener Grund erreicht hatten.

»Ich dachte, ich schaue mal, was ihr so treibt«, rief Trudi den Frauen zu, die fröhlich sangen und dabei fleißig die Hände regten. Sie sah nicht lange zu, sondern nahm einen Korb und gliederte sich in die Reihe ein. Uta tat es ihr seufzend gleich, dachte aber zunächst nicht daran, die Trauben in den Korb zu legen, sondern stopfte sie sich erst einmal in den Mund.

»He, Uta! Unsere Arbeit sieht aber anders aus«, spottete eine der älteren Mägde.

Ihre Freundinnen lachten, Uta aber zuckte mit den Achseln. »Einem Gaul gibt man ja auch Hafer, bevor man ihn einspannt. Bei einem Menschen ist das nicht anders.«

»Die Jungfer sieht das anders als du. Ihr Korb ist bald voll, während bei dir noch nicht einmal der Boden bedeckt ist.«

Trudi kicherte vergnügt. »Lasst Uta nur essen. Sie wird bald merken, dass ihre Eingeweide die vielen süßen Trauben nicht vertragen. Dann heißt es rasch in die Büsche schlüpfen, damit kein Unglück geschieht!«

Eine der Mägde zog die Nase kraus. »Wenn Utas Gedärme sich rühren, soll sie sich gefälligst an eine Stelle verziehen, an der wir schon gelesen haben. Ich will nämlich nicht in ihre Hinterlassenschaften treten.« Da die Sprecherin ebenso wie die anderen Mägde barfuß ging, war dies nur allzu verständlich.

Trudi antwortete mit einem Scherz, um keinen Streit aufkommen zu lassen, und Uta legte die abgeschnittenen Trauben nun schneller in ihren Korb. Da man ihr Fleiß nicht absprechen konnte, holte sie bald auf und leerte ihren Korb nur kurz hinter Trudi auf den Wagen. Jetzt machte ihr die Weinlese sogar Spaß, und sie vergaß darüber ganz, dass sie sich eigentlich für etwas Besseres hielt als die biederen Bauernmägde. Sie stimmte sogar ein Lied an, in das Trudi und die anderen fröhlich einfielen.

12.

Georg von Gressingen hatte sich eigentlich von dem frischgebackenen Vogt fernhalten wollen, um nicht in die Streitigkeiten verwickelt zu werden. Bald aber langweilte er sich im Gästehaus und befahl, sein Pferd zu satteln. Er war doch neugierig und wollte zumindest aus einiger Entfernung zusehen, wie Otto von Henneberg seine unausgegorenen Pläne in die Tat umsetzte. Um weder von dessen Leuten noch von den Kibitzsteinern gesehen zu werden, schlug er einen Bogen und führte sein Pferd in die Deckung einer mächtigen Eiche. Von dort aus konnte er die Mägde beobachten, die unverdrossen die Weintrauben schnitten.

Plötzlich stutzte er und schüttelte verwundert den Kopf. Das Mädchen mit den dunkelblonden Haaren, das in einem rötlich schimmernden Kleid inmitten der anderen Frauen arbeitete, kam ihm bekannt vor. Und doch musste er geraume Zeit hinschauen, bis er begriff, dass er Trudi vor sich hatte. Statt sich zu benehmen, wie es der Tochter eines Reichsritters zukam, arbeitete sie zwischen den Mägden, als wäre sie eine von ihnen.

Auf die Entfernung konnte er zwar ihr Gesicht nicht deutlich sehen, aber ihr Lachen drang zu ihm herüber. Es klang übermütig, und das kränkte ihn. Schließlich hatte er das Mädchen umgarnt und ihm den Kopf verdreht, bis es nur noch Augen für ihn gehabt hatte. Aber statt sich vor Kummer zu zerfressen, weil er sich nicht auf Kibitzstein sehen ließ, scherzte sie mit diesen Bauerntrampeln und sang, als wäre sie mit sich und der Welt rundherum zufrieden.

»Na warte! Ich werde dafür sorgen, dass dir das Lachen für den Rest deines Lebens vergeht!«, stieß er hervor und hoffte, dass dieser Tölpel Henneberg genug Mut aufbrachte, seinen Ratschlägen zu folgen.

Gressingen trieb sein Pferd wieder an und ritt mitten durch die Felder, die den Wirtschaftshof umgaben, so dass Trudi und ihre Helferinnen ihn nicht sehen konnten. Als er auf dem Hof ankam, sprang er aus dem Sattel, warf einem Knecht die Zügel zu und stürmte ins Haus. Graf Otto hockte in seiner Stube und prostete gerade einem seiner Knechte zu, der ebenso betrunken war wie sein Herr.

Der Henneberger begrüßte seinen Freund voller Überschwang. »Da bist du ja endlich, mein lieber Georg. Hier, trink einen Schluck dieses herrlichen Weines.«

Gressingen schlug auf den Tisch. »Führst du so die Befehle der Äbtissin aus? Was soll die ehrwürdige Mutter von dir denken?«

»Aber nein! Selbst du, mein Freund, hast meinen Plan nicht erraten. Ich lasse die Kibitzsteiner ihre Arbeit tun, bis der Wagen voll ist! Dann jage ich dieses Gesindel zum Teufel, und wir schieben die Trauben in unsere Scheuer.«

Gressingen nickte unwillkürlich. Auf diese Weise würde der Verlust Michel Adler noch stärker treffen. Aber seine Tochter würde die Ernte eines Tages gewiss nicht freiwillig hergeben, und der Weinberg lag in Sichtweite von Kibitzstein. Wenn es zu einem Streit kam und Henneberg zu zögerlich vorging, mochte es sein, dass Michel Adler genügend Männer zusammenrufen und den Streich verhindern konnte.

»Dann solltest du jetzt handeln! Der Wagen ist beinahe voll, und Michel Adler wird gewiss ein paar Knechte schicken, um ihn abzuholen, denn die paar Weiber können den Karren nicht den steilen Hang zur Burg hinaufschieben. Übrigens befinden sich ein paar bildhübsche Dinger unter den Mägden, die es wert wären, auf den Rücken gelegt zu werden.«

Graf Otto hob abwehrend die Hände. »Ich glaube nicht, dass es dem Kibitzsteiner gefallen würde, wenn seinen Mägden Gewalt angetan wird.«

»Er hätte sie ja nicht auf fremdes Land schicken müssen. Auf diese Weise kannst du ihm gleich zeigen, wie kalt ihm der Wind aus Hilgertshausen um die Ohren bläst, und du hättest noch deinen Spaß dabei. Wann bist du zuletzt einem hübschen Mädchen zwischen die Beine gefahren?« Gressingen redete wie im Fieber. Wenn es ihm gelang, Graf Otto zu dieser Tat zu bewegen, war er jeder Verpflichtung ledig. Niemand würde von ihm verlangen können, ein Mädchen zu heiraten, das von einem anderen geschändet worden war.

Seine Worte zeigten schnell Wirkung. Während seiner Zeit bei Eichenloh war es Otto nicht möglich gewesen, eine Magd gegen deren Willen ins Stroh zu ziehen, denn Junker Peter hatte auf strenge Mannszucht geachtet und sogar einen Mann als Abschreckung für die anderen am nächsten Baum aufgehängt. Daher hatte er nur gelegentlich in städtischen Hurenhäusern oder bei Wirtsmägden Entspannung gefunden.

Wäre Otto von Henneberg nüchtern gewesen, hätte er Gressingens Vorschlag vehement abgelehnt. Aber der reichlich genossene Wein schwemmte seine Hemmungen hinweg, und er glaubte nun selbst, dass es sein Recht war, eine Magd, die sich verbotenerweise auf dem von ihm zu schützenden Land befand, auf diese Weise bestrafen zu dürfen.

Daher nickte er und stieß Gressingen an. »Die Schönste gehört mir, verstanden! Du kannst dir eine von den anderen aussuchen.«

Zu jeder anderen Zeit wäre Gressingen auf das Angebot eingegangen, doch wenn er seinen Zweck erreichen wollte, durfte er nicht gesehen werden. »Nein, danke! Du kennst ja meinen Standpunkt. Wenn ich mit dir käme, nähme man dich nicht ernst und würde behaupten, ich führte dich am Nasenring herum.«

Henneberg verzog spöttisch den Mund. »Wenn du nicht dabei bist, bleiben mehr für uns übrig, nicht wahr, Urban?« Er stieß seinen Untergebenen auffordernd an und ging zur Tür.

»Ich breche auf. Du kannst inzwischen hier sitzen bleiben und weitertrinken!« Mit diesen Worten verließ Otto den Raum, gefolgt von dem erwartungsvoll grinsenden Knecht.
Gressingen blieb allein zurück und betete, dass sein Streich gelingen möge. Nach so einem Zwischenfall würde es ihm möglich sein, Kibitzstein wieder aufzusuchen und dort den Empörten zu spielen.

13.

Während Gressingen Graf Otto aufhetzte, wurde Michels Aufmerksamkeit von seinem Gast abgelenkt. Ingobert von Dieboldsheim betrachtete den guten Zustand der Burg und den großen Saal, der mit seinen Wandteppichen, Wappen und allerlei Waffen eher der Halle eines Grafen oder Fürsten glich als dem Heim eines einfachen Reichsritters. Wie stets bei seinen Besuchen auf Kibitzstein konnte er den Neid kaum verhehlen, das Lob aus seinem Mund klang gepresst. Am meisten schien er den ausgestopften, weit über mannshohen Bären zu bewundern, den sein Gastgeber vor Jahren in Böhmen mit nicht mehr als dem Jagdmesser bewaffnet erlegt hatte. Obwohl er die Geschichte schon kannte, ließ er sie sich noch einmal erzählen. Das Fell hatte lange auf Burg Falkenheim zurückbleiben müssen und war nach dem Ende der böhmischen Wirren von Ottokar Sokolny nach Kibitzstein geschickt worden. Der Dieboldsheimer hörte zwar aufmerksam zu, aber seinem Gesichtsausdruck nach schien er Michels Ausführungen für Jägerlatein zu halten.
Michel achtete nicht auf die Gefühle seines Gastes, die sich deutlich auf dem rundlichen Gesicht abzeichneten, sondern beantwortete dessen Fragen mit gleichmütiger Freundlichkeit und wartete, bis dieser mit Schauen fertig war. Er war stolz auf seine Halle, die Marie mit großer Liebe und viel Aufwand eingerichtet

hatte. An der Stirnseite befand sich ein neuer Kamin, der klafterlange Baumstämme aufnehmen konnte, aber jetzt noch nicht eingeheizt wurde, und an den Wänden standen große Truhen mit schweren Eisenbeschlägen, die nicht nur den Wohlstand der Besitzer präsentierten, sondern auch geringeren Gästen als Sitzgelegenheiten dienten, sollten die Stühle an der langen Tafel nicht ausreichen.

An einem Tag wie diesem war die Halle viel zu groß für Marie, Michel und ihren Gast. Doch der Dieboldsheimer gehörte nicht zu den Leuten, die Marie gerne kommen sah, und so hatte sie darauf verzichtet, ihn in das gemütlich eingerichtete Erkerzimmer zu führen, in dem sie ihr nahestehende Menschen empfing. Dennoch befahl sie ihren Mägden, den besten Wein zu kredenzen und ein reichliches Mahl aufzutischen. Ritter Ingobert sollte ruhig sehen, dass man mit sparsamer Wirtschaft und einem klugen Kopf durchaus zu Wohlstand kommen konnte.

Schon Ingoberts Vater hatte sich schwergetan, seinen Stand zu halten, und der Sohn gab weitaus mehr für sich und seine Gemahlin aus, als er sich eigentlich leisten konnte. Dabei hatte der alte Dieboldsheimer den Besitz vor seinem Tod noch einmal geschmälert, um seinen jüngeren Sohn Ingold mit einer stattlichen Mitgift zu versehen. Schließlich hatte dieser eine Dame aus dem Geschlecht derer von Wittelsbach geheiratet, und da gehörte es sich nicht, dass der Bräutigam nicht mehr in die Ehe brachte als sich selbst und die Gaben, die einem Zweitgeborenen zustanden: ein Reittier, eine Rüstung und ein Schwert. Ingomar von Dieboldsheim hatte zu diesem Zweck eines seiner Dörfer an Marie und Michel verpfändet, und seitdem flossen die Einnahmen aus dieser Liegenschaft nicht dem Erben des früheren Herrn, sondern Kibitzstein zu.

»Schön habt Ihr es hier!«, sagte der Dieboldsheimer, nachdem er sich sattgesehen hatte.

Marie reichte ihm einen Becher Wein. »Auf Euer Wohl!«

»Und auf das Eure!« Ritter Ingobert stürzte den Wein in einem Zug hinab und stellte den Becher zurück. Dann schnaufte er und sah seine Gastgeber aus zusammengekniffenen Augen an. »Ich bin letztens in Würzburg gewesen!«

Zu einer anderen Zeit wäre das keine bemerkenswerte Neuigkeit gewesen. Sowohl von Kibitzstein wie auch von Dieboldsheim konnte man die Bischofsstadt in zwei Tagen erreichen. Marie und Michel waren in den Jahren, in denen Johann von Brunn dort geherrscht hatte, häufig dorthin gereist.

»Ich war auch auf dem Marienberg!« Jetzt wurde der Dieboldsheimer deutlicher, denn in dieser Festung residierte der Fürstbischof.

»Seine Ehrfürchtigkeit, Herr Gottfried Schenk zu Limpurg, hat mir die Ehre einer Audienz erwiesen. Es ging um eine Entschädigung für Kriegsaufwendungen, die mein Großvater von dem damaligen Bischof Johann von Egloffstein hätte bekommen sollen. Mein Vater lag mit Würzburg meistens über Kreuz und vermochte daher seine Forderungen nicht durchzusetzen.«

Um Michels Lippen spielte ein Lächeln. Johann von Brunn war keiner gewesen, der gerne Geld zurückbezahlt hatte. Um seine aufwendige Hofhaltung und gelegentliche Fehden finanzieren zu können, hatte der Bischof weitere Schulden angehäuft und sogar die Stadt Kitzingen an den Markgrafen von Ansbach verpfändet.

»Nun? Wie stellt Herr Gottfried sich zu Euren Forderungen, Nachbar?«, fragte er gespannt.

Ritter Ingobert blickte seine Gastgeber herausfordernd an. »Der Fürstbischof hat erklärt, dass sie rechtens seien, da mein Großvater für Herrn Johann von Egloffstein in den Kampf gezogen ist. Allerdings hat er mir die Summe nicht in barem Geld ausgezahlt, sondern mir einen Anspruch des Hochstifts auf Euer Dorf Spatzenhausen überschrieben, das der frühere Reichsritter auf Kibitzstein verpfändet hat.«

Maries Gesicht färbte sich dunkel, und Michel sah aus, als würde er den Gast am liebsten beim Kragen packen und zur Tür hinausschleifen. Da er aber keinen offenen Bruch mit dem Dieboldsheimer herbeiführen wollte, bemühte er sich, höflich zu bleiben.
»Ich fürchte, Ihr habt Euch von dem Würzburger übers Ohr balbieren lassen. Kaiser Sigismund hat mir das Reichslehen Kibitzstein ohne alle Verpflichtungen übergeben, und alle Nachbarn, darunter auch Würzburg, haben ihre Zustimmung erklärt. Die Verpfändung Spatzenhausens, so sie je geschehen sein sollte, war ab diesem Tag Vergangenheit.«
»Da müsst Ihr Euch irren, Ritter Michel, denn in einem solchen Fall hätte Seine fürstbischöfliche Hoheit mir diese Urkunde nicht überreicht. Seht her! So ist es geschrieben, und nirgends steht ein Verweis darauf, dass die Verpfändung erloschen wäre!«
Ingobert von Dieboldsheim zerrte an seinem Wams und holte ein vergilbtes Papier heraus. Nachdem er es umständlich entrollt hatte, hielt er es Marie und Michel hin.
Als Michel es in die Hand nehmen wollte, zog der Dieboldsheimer es sofort wieder zurück.
Um Michels Mundwinkel erschien ein harter Zug. »Ihr habt wenig Vertrauen zu mir, Nachbar. Aber ich bleibe bei meinen Worten. Der Fürstbischof hat nicht den geringsten Anspruch auf Spatzenhausen. Ich besitze eigene Urkunden, die das ausschließen.«
Marie nickte heftig, sagte sich aber, dass sie in Zukunft noch besser auf ihre Unterlagen achtgeben musste. In ihrer Jugend hatte sie erlebt, wie Urkunden gestohlen und durch gefälschte ersetzt worden waren.
Ritter Ingobert begriff, dass er Michel und Marie nicht einfach überfahren konnte, und schlug mit der Faust auf den Tisch. »Ich fordere mein Recht! Hier steht es geschrieben, und wenn Ihr es nicht anerkennen wollt, werde ich Euch auf andere Weise dazu zwingen!«

»Auch leichtfertig ausgesprochene Drohungen hallen lange nach!« Michel hatte sich jetzt wieder in der Gewalt und blickte seinen Nachbarn von oben herab an. »Ich werde die Angelegenheit prüfen lassen.«

»Das übernimmt das Gericht in Würzburg!«, trumpfte der Dieboldsheimer auf.

»Dort führt der Fürstbischof das Wort. Aber als freier Reichsritter hat mein Gemahl das Recht, den Kaiser selbst anzurufen, und das wird er auch tun!«

Ingobert von Dieboldsheim keuchte vor Wut. In seinen Augen war Michel ein Mann aus der Gosse, und dies bewies er jetzt wieder. Ein echter Edelmann hätte die Urkunde akzeptiert und ihm sein Geld gegeben.

»Das werdet Ihr bereuen! Herr Gottfried Schenk zu Limpurg hat mir nämlich erklärt, dass das Hochstift Würzburg auch ein Pfandrecht auf Euer Dorf Habichten besitzt und er selbst Eure Ansprüche auf die Herrschaft Windach, den Hof Bergreuth und Euren Anteil an Markt Ingersdorf als fraglich erachtet.«

Michel zuckte zusammen, doch Marie begriff, dass Ingobert von Dieboldsheim in seiner Erregung Dinge ausgeplaudert hatte, die der Fürstbischof noch eine Weile vor ihnen hatte verbergen wollen. Auf eine erkannte Gefahr konnten sie sich vorbereiten, und in diesem Augenblick war Marie bereit, ihre Seele dem Teufel zu verkaufen, um den gierigen Bischof ins Leere greifen zu lassen.

Ihr Mann war ähnlicher Ansicht, überlegte aber, ob sie wenigstens teilweise auf die Forderung des Dieboldsheimers eingehen sollten, um den Ritter als Verbündeten zu gewinnen. Doch so, wie der Mann sich gebärdete, hatte er sich wahrscheinlich schon in die Schar der Speichellecker des Würzburger Bischofs eingereiht. Ihm ging es wohl weniger um die zweifelhaften Rechte an Spatzenhausen als darum, das Dorf, das sein Vater an Kibitzstein verpfändet hatte, auf billige Weise zurückzubekommen. Angewidert von dem Verhalten seines Nachbarn, stand Michel auf.

»Ich werde mich mit Eurer Forderung befassen und einen erfahrenen Advocatus zu Rate ziehen. Bis dorthin bleibt alles so, wie es ist. Und nun ist es wohl an der Zeit, dass Ihr Euch verabschiedet, Herr Ingobert. Ihr werdet von mir hören!«

»Ihr von mir auch!« Der Dieboldsheimer schäumte, weil er unverrichteter Dinge abziehen musste.

Michel und Marie begleiteten ihn nicht bis auf den Hof, wie es bei einem geehrten Gast Sitte war, sondern blieben in der Halle und traten dort ans Fenster. Von dort aus sahen sie, wie der Mann sich auf sein Pferd schwang, dem Knecht, der ihm den Zügel reichte, einen Fußtritt versetzte und seinem Hengst die Sporen brutal in die Flanken stieß.

Als er in den Schatten des Torbogens tauchte, drehte Marie sich zu Michel um. »Am liebsten hätte ich diesen Kerl in den Arsch getreten!«

»So derb solltest du dich nicht ausdrücken, mein Schatz. Aber ich muss zugeben, dass es mich ebenfalls in den Fußspitzen gejuckt hat. Ich habe geahnt, dass Ingobert uns Schwierigkeiten machen würde, aber ich wollte dennoch versuchen, eine offene Feindschaft zu vermeiden.«

»Er ist dem neuen Fürstbischof in den Hintern gekrochen! Ich frage mich nur, was Gottfried Schenk zu Limpurg sich dabei denkt. Er weiß doch selbst, dass all seine Ansprüche nur aus heißer Luft bestehen.«

Michel lachte bitter auf. »Nicht, wenn er sie durchsetzen kann. Der Fürstbischof ist ein mächtiger Mann, und anders als seinerzeit Johann von Brunn weiß er das Domkapitel hinter sich. Nun nutzt er alle Möglichkeiten, um seine Macht zu vergrößern, und biegt Recht und Gesetz zu seinen Gunsten. Eigentlich kann einem der Dieboldsheimer leidtun. Er wurde gezwungen, berechtigte Forderungen gegen ein Pergament einzutauschen, das ihm jeder gute Advokat um die Ohren schlagen wird.«

Maries erste Wut schwand, und sie vermochte wieder klar zu

denken. »Ich frage mich, weshalb der Fürstbischof so handelt. Er weiß genau, dass Kibitzstein mit all seinen Dörfern reichsfrei ist und der König es niemals zulassen wird, dass dieses Recht angetastet wird.«

»Friedrich III. gilt als nicht sehr durchsetzungsfähig. Im Grunde wurde er nur zum König der Deutschen gewählt, weil sein Verwandter Albrecht zu früh verstorben ist und dessen Sohn erst nach dem Tod seines Vaters geboren wurde. Sobald Ladislaus erwachsen ist, wird er auf sein ererbtes Recht als Sigismunds Enkel pochen.«

»Bis Ladislaus erwachsen sein und vielleicht König wird, können wir nicht warten! Friedrich ist Herr über das Reich und muss über Recht und Ordnung wachen. Du solltest ihm schnellstens Botschaft senden und um Schutz für Kibitzstein bitten.«

»Du gibst mir den gleichen Rat, den ich Abt Pankratius gegeben habe. Der Schöbacher hat bereits um die Vermittlung des Kaisers angesucht. Ich glaube jedoch nicht, dass unser Besitz direkt gefährdet ist. Herrn Gottfried Schenk zu Limpurg geht es nicht darum, uns von Kibitzstein zu vertreiben, sondern er will uns zwingen, unsere Reichsfreiheit aufzugeben und ihn als Oberherrn anzuerkennen. Du hast doch gehört, dass er den alten Titel eines Herzogs von Franken angenommen hat, und jetzt will er dieses Land auch beherrschen.«

»Auch gegen Recht und Gesetz?«

Michel zuckte mit den Schultern. »Wenn jene, die das Gesetz verteidigen sollen, zu schwach dazu sind, gibt es immer Leute, die es beugen.«

»Aber wir werden uns nicht beugen«, rief Marie kämpferisch.

Michel schloss sie in die Arme und zog sie an sich. »Das werden wir nicht, auch wenn der Fürstbischof es anzunehmen scheint. Aber wir werden uns vorsehen müssen, denn die Sache mit dem Dieboldsheimer wird nicht der einzige Streich bleiben, den Herr Gottfried gegen uns zu führen beabsichtigt. Notfalls werden wir

gutes Geld einsetzen und Söldner anwerben müssen. Wie ich letztens gehört habe, ist Peter von Eichenloh derzeit ohne Verpflichtungen. Vielleicht sollte ich mit ihm reden.«
Marie wiegte unschlüssig den Kopf. »Söldner machen nur Ärger und fressen uns die Haare vom Kopf. Mir wäre ein sauberer Richtspruch des Kaisers lieber, am besten mit der Androhung einer Reichsexekution. Markgraf Albrecht von Ansbach wäre sicher dazu bereit, dem Würzburger die Flügel zu stutzen.«
»Das ist er ganz gewiss«, sagte Michel, dem es nicht sonderlich behagte, diesen Herrn um Hilfe angehen zu müssen. Doch wenn der Fürstbischof es gar zu toll trieb, würde ihm keine andere Möglichkeit bleiben.

14.

Unterdessen ging auf dem Weinberg von Hilgertshausen die Lese lustig weiter. Trudi kannte die meisten Mägde seit ihren Kindertagen und vergaß während der fröhlichen Gespräche und Lieder sogar ihren Kummer um Gressingen. Auch Uta fügte sich munter in die Gruppe ein. Da sie mit Trudi zusammen aufgewachsen war, nahm sie sich mehr Rechte heraus, als ihr eigentlich zustanden. Ihr Lebenstraum war es, zuerst Trudis Leibmagd und später ihre Wirtschafterin zu werden, wenn diese einmal ihren eigenen Hausstand auf der Burg ihres Gemahls führte. Die anderen Mägde lächelten zwar ein wenig über sie, nahmen ihr die kleinen Marotten jedoch nicht übel.
Auch wenn ihre Hände fleißig waren, flatterten Utas Gedanken wie bunte Schmetterlinge. »Es gibt heuer viele Trauben. Wir werden über den Winter und ins nächste Jahr viel Wein haben«, sagte sie zu Trudi.
»Mutter will mehrere Fuder nach Nürnberg verkaufen. Mit dem Erlös könnten wir neues Land erwerben und zum Beispiel die

Herrschaft Windach vergrößern.« Trudi seufzte hoffnungsvoll, denn noch erschien ihr Windach zu klein, um Georg von Gressingens Ehrgeiz befriedigen zu können.
»Das wäre schön! Vielleicht ziehen wir beide bald nach Windach um. Es wäre doch gut, wenn jemand aus der Familie diese Herrschaft leiten würde. Auch wenn Euer Vater einmal im Monat hinreitet, so vermag er dem dortigen Verwalter doch nicht immer auf die Finger zu sehen!«
Diese Kritik kam jedoch nicht gut an, denn Trudi hob die Hand, als wolle sie die vorlaute Magd schlagen. »Pass auf, was du sagst! Auf Windach sehen Reimo und Zdenka nach dem Rechten, und die sind treu wie lauteres Gold!«
Erschrocken zog Uta den Kopf ein. Sie hatte nicht daran gedacht, welch große Stücke die Herrschaft auf das Paar hielt, das Herrn Michel vor vielen Jahren das Leben gerettet haben sollte.
»Verzeiht, Herrin, ich wollte wirklich nichts gegen die beiden sagen. Aber ich würde mich freuen, wenn Ihr bald auf Eurer eigenen Burg schalten und walten könntet. Kessnach soll ja an Lisa gehen, obwohl die Burg größer ist, und das Fräulein ist nicht einmal Eure richtige Schwester.«
Utas Versuch, den Zorn ihrer Herrin von sich abzulenken, ging jedoch ins Leere, da Trudi genau wusste, dass die Herrschaft Kessnach einst Lisas Großvater gehört hatte. Deswegen war dieser Besitz von ihrer Mutter von Anfang an als Mitgift für ihre Pflegetochter vorgesehen worden. Sie selbst war einmal auf Kessnach gewesen und sehnte sich nicht danach, auf einer solch abgelegenen Burg in den Waldbergen zu leben.
Unterdessen war Utas Korb erneut voll, und sie wanderte zum Karren, um ihn dort auszuleeren. Da sie noch nicht einmal mittelgroß war, tat sie sich schwer damit und raunzte den jungen Knecht an, der bei ihnen geblieben war. »Kannst du mir nicht helfen, Lampert? Du siehst doch, dass ich nicht so hoch reichen kann!«
Der Bursche eilte sofort herbei, um ihr den Korb abzunehmen.

»Du hast ihn aber auch ganz schön gefüllt. Kein Wunder, dass du dich beim Heben schwertust!« Sein Lob besänftigte Uta, und daher schenkte sie ihm ein Lächeln. Lampert war zwar nicht ungewöhnlich groß, aber er überragte sie um einen ganzen Kopf. Sein Gesicht wirkte ehrlich und bieder und war auch hübsch genug, um ihr zu gefallen. Kurzgeschnittenes, dunkelblondes Haar bedeckte seinen Kopf, und der Griff seiner Hände war fest, wie sie bemerkte, als er die ihren kurz festhielt.

»Aber hoppla, für was hältst du mich?«, sagte sie und entzog ihm ihre Hände.

»Für ein hübsches Mädchen«, antwortete er fröhlich.

Uta reckte ihre Nase in den Himmel. Sie war eine Hausmagd, die nur deshalb bei der Weinlese mithalf, weil ihre Herrin dies wollte. Für einen einfachen Hofknecht war sie sich zu schade.

Eine der anderen Mägde, ein dralles Ding um die zwanzig, kam auf ihn zu und stieß ihn mit dem Ellbogen an. »Die Uta schaut einen wie dich nicht an, Lampert. Da musst du dich schon an unsereins halten.«

Der Knecht kniff die Lippen zusammen. Zwar war die Magd, die ihn so auffordernd ansah, nicht hässlich und deutete mit ihrer Haltung an, dass sie nichts gegen ein paar hübsche Augenblicke auf dem Heustock einzuwenden hätte, doch Uta gefiel ihm weitaus besser. Allerdings war sie sehr von sich eingenommen, und er würde zäh um sie werben müssen. Im Augenblick aber lag ihm etwas anderes auf dem Herzen, und er trat auf Trudi zu.

»Verzeiht, wenn ich Euch anspreche, Herrin! Aber findet Ihr es nicht auch seltsam, dass sich niemand aus dem Kloster bei uns sehen lässt? In früheren Jahren sind immer ein paar der Stiftsdamen oder ihre Knechte hierhergekommen, um ein Schwätzchen mit uns zu halten.«

»Mir kommt das auch komisch vor!«, warf eine der älteren Mägde ein. »Heuer tun die Stiftsleute gerade so, als wollten sie nichts mit uns zu tun haben.«

Trudi zuckte mit den Achseln. »Das liegt wahrscheinlich an der neuen Oberin. Wie es heißt, passt es der Dame nicht, dass ihre Vorgängerin einen Teil des Stiftguts an uns verpfändet hat. Sie hat nicht einmal die Höflichkeit besessen, uns auf Kibitzstein zu besuchen oder meine Eltern ins Stift einzuladen, damit sie sie kennenlernen können.«

Für Trudi war die Sache damit erledigt, doch Lampert wiegte zweifelnd den Kopf. »Mir gefällt das Ganze nicht! Als ich mich vorhin etwas umgeschaut habe, standen etliche Leute beim Wirtschaftshof des Stiftes herum und starrten zu uns herüber. Ich habe aber nur Männer gesehen, keine Mägde und auch keine Stiftsdamen.«

»Du sollst weniger in der Gegend herumschauen, sondern uns helfen, damit wir hier fertig werden. Ich kriege nämlich Hunger«, wies Uta ihn zurecht.

»Den habe ich mittlerweile auch«, bekannte Trudi.

»Wir haben eine kleine Vesper dabei. Wenn Ihr wollt, Herrin, können wir jetzt Pause machen und etwas essen.« Eine der Mägde holte einen großen Korb, den sie im Schatten abgestellt hatte. Trudi betrachtete den fast vollen Karren, maß die Wegstrecke, die sie damit bis nach Kibitzstein zurücklegen würden müssen, und nickte.

»Stärken wir uns! Es dauert sonst zu lange, bis wir etwas zu essen bekommen.«

Sie setzte sich auf den Boden und zog den Korb zu sich heran. Die Mägde und Lampert gesellten sich zu ihr und nahmen das Essen entgegen. Ein Laib Brot und ein Messer gingen von Hand zu Hand, so dass sich jeder ein Stück abschneiden konnte, dazu gab es Käse und glänzenden Speck. Eine Magd schenkte Wein aus einem Krug in die Becher und entschuldigte sich bei Trudi, als sie ihr das einfache Ledergefäß reichte.

»Es mag sein, dass Euch dieser Trunk nicht so mundet. Es ist halt Gesindewein und nicht der für die Herrschaften.«

Trudi hatte den Mund voll und musste erst den Speck kauen und mit einem Schluck aus dem Becher hinunterspülen. »So sauer ist der Wein auch wieder nicht. Zumindest erfrischt er«, sagte sie und wollte sich nachschenken lassen.

Da erhob sich hinter ihnen ein wildes Gebrüll. Trudi fuhr hoch und sah ein Dutzend Männer mit Knüppeln auf sie zustürmen.

»Verschwindet von unserem Grund und Boden, ihr Kibizsteiner Gesindel, sonst machen wir euch Beine«, schrie ein junger Bursche, der seiner Kleidung nach ein Edelmann sein musste.

Die Mägde blickten Trudi verstört an, und Lampert fluchte. »Die Schurken wollen unseren Karren haben – samt den Trauben, die wir bis jetzt gelesen haben!«

Diese Worte weckten die Mägde aus ihrer Starre, und sie sprangen auf. Die Becher rollten über den Boden, der Weinkrug fiel um, und der restliche Laib Brot kollerte den Hang hinab.

Trudi fragte sich, weshalb ihr all diese nebensächlichen Dinge ins Auge stachen, während ihr Kopf schwirrte und sie keinen einzigen klaren Gedanken zustande brachte. Zorn breitete sich wie eine Feuerlohe in ihr aus. So einfach würde sie sich nicht verjagen lassen!

Mit energischen Schritten trat sie den Kerlen entgegen. »Was soll das Geschrei? Ihr stört uns bei der Arbeit!«

»Beim Fressen, meinst du!« Der junge Edelmann starrte sie grinsend an. »Du könntest mir gefallen, Mädchen. Komm mit mir zur Seite, und ich lasse dich danach samt dem anderen Weibsgesindel gehen. Der Knecht bekommt allerdings die Tracht Prügel, die ihm zusteht.«

»Du bist wohl nicht ganz richtig im Kopf!«, schäumte Trudi. »Es ist unser Recht, hier Wein zu lesen! Verschwinde mit deiner Rotte, sonst werden wir uns bei der Oberin beschweren.«

Doch Graf Otto lachte nur und gab seinen Männern einen Wink. Nun schwärmten Kerle aus und versuchten, die Mägde einzufangen. Die Frauen begriffen, was die Angreifer mit ihnen vorhatten, und ergriffen kreischend die Flucht. Auch Uta und Lampert rannten davon, aber Hennebergs Leute waren ihnen dicht auf den Fersen.

Graf Otto packte Trudi mit einem schmerzhaften Griff und zog sie an sich. Sie roch seinen säuerlichen Atem, sah in seine glasigen Augen, und ihr wurde klar, dass der Mann betrunken genug war, um jede Hemmung verloren zu haben. Mit einem Mal bekam sie es mit der Angst zu tun. Sie riss sich los, wurde aber sofort wieder eingefangen. Aus den Augenwinkeln sah sie, dass Uta und Lampert Fangmich mit ihren Verfolgern spielten, während die anderen Frauen verzweifelt in Richtung Kibitzstein rannten und dabei aus vollen Kehlen schrien. Doch bis man oben auf der Burg bemerkte, was hier los war, und ihnen Hilfe schickte, würde es für sie zu spät sein.

Trudi begriff, dass ihr nur ein Mensch helfen konnte, und das war sie selbst. Sie kämpfte ihre Panik nieder und ließ es zu, dass der Mann ihren Busen abfingerte. Sollte er ruhig glauben, dass sie vor Angst gelähmt sei. Das kam ihren Absichten entgegen.

Unterdessen war Uta ihren Verfolgern entschlüpft und versuchte, Trudi zu Hilfe zu kommen. Sie packte einen Erdbatzen und schleuderte ihn auf den Angreifer. »Lass meine Herrin los, du Schurke!«

Wäre Otto nicht betrunken gewesen, hätte er spätestens jetzt erkannt, dass ihm keine einfache Magd gegenüberstand, sondern ein Fräulein von Stand. So aber wehrte er das Wurfgeschoss mit dem Arm ab und brüllte einen seiner Knechte an, das lästige Weib einzufangen. Dann warf er den Knüppel weg, den er noch immer in der Hand hielt, und versuchte, sein Opfer zu Boden zu drücken.

Trudi ließ sich fallen, zog den Angreifer mit sich und wand sich schneller unter ihm hervor, als er reagieren konnte. Noch im Aufstehen riss sie den Dolch aus seinem Gürtel und richtete die Waffe gegen ihren Besitzer. Der Mann schien sie nicht ernst zu nehmen. Obwohl die Dolchspitze auf seine Kehle zeigte, griff er nach ihr und versuchte, ihr die Beine wegzuziehen.

»Das würde ich an deiner Stelle bleiben lassen«, warnte Trudi ihn. »Und jetzt rufe dein Gesindel zurück, bevor ich es mir anders überlege!«

Otto von Henneberg war zu betrunken, um zu begreifen, dass das Mädchen ihm tatsächlich Widerstand leisten wollte, und versuchte, die Hand mit dem Dolch beiseitezuschieben. Im selben Augenblick schrie Uta auf. Einem der Angreifer war es gelungen, sie einzufangen. Nun warf er sie rüde zu Boden, schlug ihr den Rock hoch und warf sich auf sie. Da erreichte Lampert ihn und packte seine Beine, um ihn von Uta wegzuzerren. Im gleichen Moment hob ein anderer Knecht den Knüppel und schlug Lampert rücklings nieder.

Trudi sah dies aus den Augenwinkeln, während sie Hennebergs Händen auswich. »Wenn du nicht hören willst, musst du fühlen!«, fauchte sie ihn an und wollte den Dolch in den halb offen stehenden Hosenlatz stoßen. Der Kerl sollte nicht mehr in der Lage sein, einem Weib Gewalt anzutun. Mit einem eher erstaunten Ausdruck griff er nach unten und versuchte, die Stelle mit den Händen zu schützen. Da zog Trudi, die nun doch vor einer Entmannung ihres Gegners zurückschreckte, ihm die Klinge quer durchs Gesicht.

Graf Otto schrie vor Schreck und Schmerz auf und presste beide Hände so fest auf die Wunde, dass das Blut zwischen seinen Fingern hindurchquoll.

Trudi wandte ihm bereits den Rücken zu und wollte Uta zu Hilfe eilen, die sich wie eine Wildkatze zur Wehr setzte. Da erkannte der Knecht, der Lampert niedergeschlagen hatte, wen er vor sich hatte, und stieß einen Schreckensruf aus. »Die Jungfer von Kibitzstein!«

Seine Worte ernüchterten sämtliche Angreifer, die sich noch in der Nähe befanden. Da der Hilgertshausener Wirtschaftshof und Kibitzstein Nachbarn waren, kannten die meisten Trudi und hatten in früheren Zeiten manch freundliches Wort mit ihr und ihren Leuten gewechselt. Vor allem aber wussten sie um die Liebe, mit der Ritter Michel an seiner Tochter hing. Vergriffen sie sich an ihr, würde er sich fürchterlich rächen. Einer riss seinen Kameraden hoch, der Uta vergewaltigen wollte, und zeigte schreckensbleich auf das Mädchen.

»Das ist die Jungfer von Kibitzstein, Michel Adlers Tochter! Der Ritter wird uns für das, was wir getan haben, ausweiden lassen.«

Trudi hielt den Dolch stoßbereit. »Ich werde danebenstehen und zusehen. Und jetzt verschwindet, Gesindel! Den Preis für euren hinterhältigen Angriff wird mein Vater euch nennen!«

Ein Unbeteiligter hätte sich sehr gewundert, zu sehen, wie es einem einzelnen Mädchen mit einem blutigen Dolch in der Hand gelang, einem Dutzend mit Knüppeln und Messern bewaffneter Kerle heilige Furcht einzuflößen. Die Ersten verschwanden so rasch, als hofften sie, bisher nicht erkannt worden zu sein. Andere standen wie angewurzelt und ließen ihre Blicke ratlos zwischen ihrem Anführer und Trudi hin- und herwandern.

Graf Otto kniete auf dem Boden und versuchte immer noch, das Blut, das inzwischen seine Haare und sein Wams färbte, mit den Händen zu stillen. Es sah so schlimm aus, dass Trudi schon befürchtete, sie habe den Mann auf den Tod verwundet. Doch dann erhob er sich und stolperte blind umher, weil das Blut seine Augen verklebt hatte. Mit einem höhnischen Auflachen fuhr sie seine Leute an. »Nehmt dieses Jammergestell mit, sonst bringe ich es nach Kibitzstein und lasse es im Keller verrecken!«

Die Kerle zuckten zusammen und rannten ebenfalls davon, statt sich um den Verwundeten zu kümmern. Nur ein Einzelner besann sich nach ein paar Schritten, kehrte um und wich Trudi dabei in großem Bogen aus.

Er erreichte Henneberg gerade in dem Augenblick, in dem dieser sich einer der großen Stützmauern des Weinbergs näherte und in die Tiefe zu fallen drohte. Der Knecht hielt ihn fest und schob ihn hastig von der Kante weg. »Kommt, Herr, ich bringe Euch nach Hause. Die ehrwürdigen Schwestern werden gewiss gleich einen Wundarzt rufen oder Euch selbst verarzten.«

Uta hatte sich inzwischen erhoben und sammelte in ihrer Wut Steine und Erdbrocken, mit denen sie Henneberg und den Knecht bewarf. Dabei beschimpfte sie die beiden Männer in einer Weise, dass es selbst Trudi zu viel wurde. Sie packte den Arm ihrer Magd und hielt sie zurück. »Lass die Kerle! Die haben genug und werden wohl nicht vergessen, dass ein Mädchen sie in die Flucht geschlagen hat!«

Trudi genoss nun die Situation, obwohl sie vor Schrecken und Aufregung am ganzen Körper zitterte. So knapp war sie noch nie einem Verhängnis entronnen.

Inzwischen hatten die übrigen Mägde gemerkt, dass der Wind sich gedreht hatte. Zwei von ihnen, die zu langsam gewesen waren, um den Hilgertshausener Knechten zu entgehen, rieben sich die Scham mit Grasbüscheln sauber und schimpften dabei wie Rohrspatzen.

»Das Stift wird euch Genugtuung verschaffen, das verspreche ich euch!«, erklärte Trudi und wies dann auf den Karren. »Packt mit an. Wir sollten verschwinden, bevor diese Kerle es sich anders überlegen. Morgen werden wir unseren Wein im Schutz von Schwertern lesen.«

Ihre Begleiterinnen nickten eifrig und halfen Lampert auf die Beine, der wieder zu sich gekommen war. Obwohl er sich mehrmals übergeben musste und sich alles um ihn drehte, half er Trudi, den zweirädrigen Karren im Gleichgewicht zu halten, denn auch er wollte die Trauben nicht als Beute für die Hilgertshausener zurücklassen. Die Mägde schoben und zogen das Gefährt, und alle wetteiferten miteinander, Flüche zu finden, die auf die Angreifer und die wortbrüchigen Stiftsdamen passten.

Inzwischen war man auf Kibitzstein aufmerksam geworden, und Zdenkas und Reimos Sohn Karel, der als Michels rechte Hand galt, hatte schnell einige Bewaffnete zusammengerufen, mit denen er Trudi und ihrer Gruppe entgegeneilte. Als er sah, dass keine Gefahr mehr drohte, befahl er seinen Männern, den Mägden beim Schieben des Karrens zu helfen. Dann trat er neben Trudi, die aufatmend losgelassen hatte und nun hilflos auf den Dolch starrte, den sie immer noch umklammert hielt.

»Was ist geschehen? Das sah ja aus wie ein Überfall!«

»Das war auch einer«, fauchte Trudi ihn an.

»Aber …«, begann Karel, doch sie schnitt ihm das Wort vom Mund ab.

»Warte, bis wir oben sind. Ich will nicht alles zweimal erzählen müssen!«

15.

Als Trudi ihren Bericht beendet hatte, glühte Michel vor Zorn. Er ballte die Fäuste, und sein Blick suchte Marie, die so düster wie eine Gewitterwand wirkte und sichtlich mit ihren Gefühlen kämpfte.

»Ich wusste zwar, dass die neue Oberin auch einen neuen Stiftsvogt benennen wollte, aber ich hatte erwartet, der Mann würde sich wie ein guter Nachbar verhalten und das Gespräch mit uns suchen. Nie und nimmer hätte ich mir vorstellen können, dass er wider alles Recht unsere Leute verjagen und unsere Mägde seinem Gesindel überlassen würde.« Michels Stimme klang hart, und doch war sein Zorn nur eine kleine Flamme im Vergleich zu dem Feuer, das in Marie loderte.

»Du hättest den Schuft gleich töten sollen, Trudi. So wird er nur auf Rache sinnen.«

Michel legte den Arm um seine Tochter, die mit kalkweißem Gesicht neben ihm stand. »Trudi hat richtig gehandelt. Ein Toter würde die Sache nur noch schlimmer machen. So aber können wir als Geschädigte vor die Äbtissin treten und Vergeltung fordern.«

»Sie wird sie verweigern. Soviel ich erfahren konnte, handelt es sich bei diesem Weib um eine entfernte Verwandte unseres alten Feindes Rumold von Lauenstein. Daher dürfte sie uns von vornherein feindlich gesinnt sein.«

Für einige Augenblicke überdeckten die Schatten der Vergangenheit Maries Gedanken, und sie erinnerte sich an die erbitterte Fehde, die sie und Michel mit Rumold von Lauenstein und seiner Tochter Hulda hatten ausfechten müssen. Rumold war in Nürnberg wegen etlicher Verbrechen hingerichtet worden, sein Besitz war an den Pfalzgrafen zurückgefallen. Bereits als sie gehört hatte, wer zur neuen Äbtissin von Hilgertshausen ernannt worden war, hatte sie Schwierigkeiten erwartet, sich aber nicht vorstellen können, dass Klara von Monheim auf eine offene Fehde aus sein würde.

Michel schüttelte seine Benommenheit ab. »Wenn der Bischof glaubt, er könnte uns auf diese Weise kleinkriegen, so hat er sich getäuscht. Ich werde mein Recht zu wahren wissen, und wenn ich Gott und den Rest der Welt um Unterstützung ansuchen muss.«

»In wenigen Tagen findet die Hochzeit auf Fuchsheim statt. Dort werden wir viele unserer Freunde treffen und uns mit ihnen beraten können. Nach diesem Überfall wird jeder von ihnen erkennen müssen, mit welchen Mitteln Seine Ehrlosigkeit Gottfried Schenk zu Limpurg die bischöfliche Macht auszubauen versucht!«

Marie wurde ebenfalls langsam ruhiger und legte sich bereits die Worte zurecht, mit denen sie die noch zögernden Standesherren in diesem Teil Frankens auf ihre und Michels Seite ziehen wollte.

Sollte gar nichts mehr helfen, so würde sie notfalls nach Ansbach reiten und den Markgrafen Albrecht Achilles von Brandenburg um Hilfe bitten. Jetzt aber nahm sie ihre mutige Tochter in die Arme und flüsterte ihr ins Ohr, wie stolz sie auf sie war.

Dritter Teil

Die Hochzeit auf Fuchsheim

I.

Otto von Henneberg saß auf einem Lehnstuhl vor dem Haus, nur notdürftig mit einer zwischen zwei Stangen gespannten Decke vor der Sonne geschützt, und zerfraß sich vor Wut und Scham. Ein Weibsstück, ein Mädchen, das noch nicht trocken hinter den Ohren war, hatte ihn vor allen Leuten lächerlich gemacht. Zwischen Ausbrüchen von Hass suhlte er sich in Selbstmitleid und wünschte sich, der Dolch hätte seine Augen getroffen, damit er die spöttischen Blickwechsel der Knechte und die verächtliche Miene der Äbtissin nicht mehr sehen müsste.

Die ehrwürdige Mutter Klara von Monheim hatte sich sofort nach der Nachricht von der unglücklich verlaufenen Strafaktion gegen die Kibitzsteiner in einer Sänfte zum Wirtschaftshof bringen lassen und sah nun dem aus der Stadt Volkach gerufenen Wundarzt zu. Obwohl sie kaum etwas von der Behandlung von Wunden verstand, musste sie dem Mann eine geschickte und ruhige Hand zugestehen. Nachdem er Junker Ottos Wunde gesäubert hatte, nähte er nun die klaffenden Ränder mit einer kleinen, gebogenen Nadel und einem dünnen Seidenfaden zusammen. Dabei machte er seinem Patienten immer wieder Vorhaltungen, weil dieser bei jedem Stich aufstöhnte und sich unruhig bewegte.

»Seid Ihr ein Mann oder eine Memme?«, fragte er den Junker, als dieser wieder einmal das Gesicht wegdrehen wollte.

Otto von Henneberg biss die Zähne zusammen und umkrampfte mit den Händen die Armlehnen seines Stuhls. Der Schmerz, den sein verletzter Stolz ihm bereitete, war schlimmer als der, der in seiner Wunde tobte, und dieser erschien ihm bereits unerträglich. Daher forderte er den Chirurgen auf, rascher zu arbeiten.

»Bin ich ein Stück Tuch, das du zu einem Gewand zusammennähen musst? Beim Teufel noch mal, wie lange dauert das noch?«

»Bis ich fertig bin«, antwortete der Wundarzt ruhig, »und so lange solltet Ihr durchhalten, edler Herr. Oder wollt Ihr mit einer Kluft im Gesicht herumlaufen, in die man den Finger eines erwachsenen Mannes legen kann?«

»Ich werde schrecklich aussehen, nicht wahr?« Graf Otto kämpfte nicht einmal gegen die Tränen an, die in ihm aufstiegen. Bis zu diesem Tag hatte er als ausnehmend hübscher Jüngling gegolten, aber von nun an würden sich Frauen und Kinder vor seinem Anblick fürchten, und das war einzig und allein die Schuld jenes Weibsteufels.

Etwas in ihm flüsterte ihm zu, er sei selbst schuld, weil er nicht genügend achtgegeben hätte. Schließlich habe sich die Kleine ja nur gewehrt. Diesen Gedanken vertrieb Otto rasch wieder und steigerte sich weiter in seinen Hass gegen jenes Mädchen hinein, das ihn so schrecklich gezeichnet hatte. Der Schnitt ging quer über die linke Gesichtshälfte und hatte auch seine Nase und einen Teil der rechten Wange aufgeschlitzt.

»Ich werde für immer entstellt sein!«, wiederholte er hartnäckig. Der Arzt lachte auf. »Seid froh, dass Euch nicht mehr passiert ist. Der Schnitt ist zwar lang, aber nicht besonders tief. Einen Zoll höher, und er hätte Euch das linke Auge gekostet. So aber wird, wenn die Wunde gut verheilt, selbst auf Eurer Nase nur eine leichte Kerbe zurückbleiben. Damit werdet Ihr wie ein kriegserfahrener Mann aussehen und für die Damen interessant werden.«

Der Arzt hatte gehofft, seinen Patienten mit diesen Worten aufzumuntern, doch Graf Otto stöhnte wie ein krankes Pferd. »Diese Narbe ist ein Narrenzeichen, das ich mir selbst zuzuschreiben habe!«

Da der Arzt nicht in die näheren Umstände der Verletzung eingeweiht war, hüstelte die Äbtissin mahnend. »Ihr solltet nicht so viel sprechen, Graf Otto. Es erschöpft Euch und erschwert diesem wackeren Mann die Arbeit.«

»Da habt Ihr recht, ehrwürdige Mutter. Aber seid unbesorgt. Diese Verletzung ist eher harmlos, verglichen mit so mancher Wunde, die ich schon behandeln musste.«

Graf Otto war kurz davor, den Arzt zu ohrfeigen. Begriff dieser rohe Kerl nicht, welche Katastrophe die Wunde für ihn darstellte? War sie doch der sichtbare Beweis dafür, dass er bei seiner ersten Bewährungsprobe im ehrenvollen Amt des Stiftsvogts versagt hatte. Er mochte sich gar nicht vorstellen, wie Magnus das Ganze kommentieren würde. Auch die Äbtissin würde ihm, ihrer grimmigen Miene nach zu urteilen, diese Niederlage nicht so schnell verzeihen. Er sah sich schon mit Schimpf und Schande davongejagt und wie einen geprügelten Hund zu seinem Bruder zurückkehren.

Nein, nicht zu Magnus und Elisabeth, fuhr es ihm durch den Kopf. Deren Vorhaltungen wollte er sich nun doch nicht aussetzen. Am besten wäre es, seinem Freund Peter von Eichenloh zu folgen. Der würde ihn zwar auch auslachen, ihn aber wenigstens nicht wie einen unmündigen Knaben behandeln.

»So, gleich bin ich fertig. Gute Arbeit, wenn ich mich selbst loben darf, und ihres Lohnes wert.« Der Arzt setzte die beiden letzten Stiche und blickte anschließend mit einem Ausdruck des Stolzes auf die saubere Naht, die sich quer über das Gesicht seines Patienten zog. Die Wunde blutete nicht mehr und würde bei guter Behandlung rasch verheilen.

»Ich lasse Euch eine Essenz da, die die Wundheilung fördern wird. Sie brennt zwar wie Höllenfeuer, aber da Ihr sicher nicht mit einem Gesicht wie eine zernarbte Föhre herumlaufen wollt, müsst Ihr es ertragen. Die Tinktur ist allerdings nicht billig.« Der Arzt klopfte damit auf den Busch, denn die frommen Frauen von Hilgertshausen waren zwar rasch bei der Hand, wenn es darum ging, die Spenden von Gläubigen entgegenzunehmen, aber sie gaben nur ungern etwas her.

»Du wirst deinen Lohn erhalten!« Die Äbtissin nestelte den an ihrem Gürtel hängenden Beutel los und zählte dem Arzt mehrere Münzen ab.

»Hier, das dürfte wohl reichen.«

»Für die Naht, ja, und auch das halbe Fläschchen Wundtinktur, die ich Euch überlasse. Der junge Herr wird aber mehr von diesem Mittel brauchen. Wenn Ihr mir das Geld dafür gebt, kann ich es durch einen Boten von Volkach bringen lassen.«

Die Äbtissin zögerte kurz und schüttelte dann den Kopf. »Ich werde morgen einen Knecht nach Volkach schicken. Du kannst ihm die Essenz mitgeben. Was ist es eigentlich?«

Aus ihren Worten sprach ein gewisses Misstrauen, es könne sich um ein Mittel handeln, das nicht nach den Regeln der heiligen Kirche hergestellt worden war.

»Es handelt sich um den Auszug verschiedener heilender Kräuter, die ich selbst destilliert habe. Man kann ihn sogar trinken«, erklärte der Wundarzt.

Kaum hatte er dies gesagt, forderte die Äbtissin einen Knecht auf, ihr einen Becher zu bringen, und streckte diesen auffordernd dem Chirurgen hin. Der Arzt maß eine so kleine Menge ab, dass sie verwundert die Augenbrauen hob.

»Du brauchst nicht so sparsam zu sein. Ich werde morgen früh neue Tinktur für den Junker holen lassen.«

»Trinkt lieber erst einmal. Es ist ein starkes Gebräu, und, im Vertrauen gesagt, es beißt ganz schön in der Kehle.« Der Wundarzt trat einen Schritt zurück und sah gespannt zu, wie die Äbtissin an ihrem Becher nippte. Ihre Augen weiteten sich, als ihr der Trank brennend über die Zunge rann, und sie keuchte erschrocken auf. Dann schluckte sie das Gebräu mit schierer Todesverachtung hinunter.

»Das schmeckt so entsetzlich, als bekäme man Höllenfeuer in den Schlund«, begann sie. Dann aber legte sie die Hand auf ihren Bauch. »Doch es tut gut. Ich hatte bereits Magenschmerzen vor Ärger, und die vergehen jetzt wie durch ein Wunder. Du wirst meinem Boten morgen auch eine Flasche für meinen Gebrauch mitgeben, verstanden!«

Der Wundarzt nickte eifrig. Die Herstellung des Tranks kostete ihn wenig, und er konnte ihn teuer verkaufen. Die meisten seiner Kunden verwendeten ihn nur vorgeblich, um irgendwelche Leiden zu kurieren, denn sie schätzten ihn, weil er ihnen schmeckte und angenehm zu Kopf stieg.

Auch die Äbtissin genoss die Wirkung der Kräuteressenz. Eine wohlige Wärme breitete sich in ihrem Magen aus, und das Versagen ihres Vogts erschien ihr nicht mehr so schwerwiegend wie noch vor ein paar Augenblicken. Dennoch dachte sie nicht daran, Graf Otto ungeschoren davonkommen zu lassen.

Klara von Monheim wartete, bis der Wundarzt seine Instrumente eingepackt hatte und einem der Knechte folgte, der ihm eine Brotzeit vorsetzen sollte, dann wandte sie sich an Henneberg. »Da habt Ihr mir ja ein tolles Stück geliefert! Welcher Teufel hat Euch geritten, der Tochter des Kibitzsteiners Gewalt antun zu wollen? Ihr solltet diese Leute von unseren Weinbergen fernhalten, aber keine Blutfehde vom Zaun brechen!«

Graf Otto stöhnte vor Schmerz und Ärger auf. »Woher hätte ich wissen sollen, dass es sich bei dem Mädchen um Michel Adlers Tochter gehandelt hat?«

»Es ist gleichgültig, wer dieses Mädchen war. Ihr hättet es mitsamt ihrer Begleitung vertreiben sollen. Stattdessen habt Ihr Euch an der Jungfer vergriffen und die Knechte dazu angestachelt, über die Mägde herzufallen. Was hat Euer Bruder sich nur dabei gedacht, mir einen Frauenschänder ins Haus zu schicken? Dies hier ist ein Damenstift, und da wäre es vonnöten, sich entsprechend zu verhalten.«

Otto von Henneberg wand sich bei diesen Vorhaltungen wie ein Wurm und fand keine Worte zu seiner Verteidigung. Das schien die Äbtissin, die ihn scharf beobachtete, zufriedenzustellen. Sie träufelte etwas Essenz auf einen sauberen Lappen und wusch damit seine Wunde aus. Es brannte tatsächlich wie Feuer, und Henneberg krümmte sich nun vor Schmerz. Als er glaubte, es nicht mehr aushalten zu können, trat Klara von Monheim zurück und goss die Hälfte dessen, was sich noch in der Flasche befand, in ihren Becher.

»Hier, trinkt! Davon wird Euch rasch besser werden. Eure Wunde mag schmerzhaft sein und Euer glattes Gesicht ein wenig entstellen. Doch Ihr könnt froh sein, dass es so gekommen ist. Wäre es Euch nämlich gelungen, Michel Adlers Tochter zu schänden, hättet Ihr sie heiraten müssen. Dies hätten weder ich noch Seine Exzellenz, der Fürstbischof, verhindern können.«

Von dieser Warte aus hatte Otto von Henneberg die Sache noch nicht betrachtet. Gressingen hatte ihm einiges über die Kibitzsteiner erzählt, und nichts davon ließ deren Tochter in einem Licht erscheinen, das sie als Gemahlin eines Mitglieds des gräflichen Hauses Henneberg empfahl. Die Mutter sollte eine Hure gewesen sein, die es auf dem Konzil in Konstanz einigen hohen Herren angenehm gemacht hatte. Auch der Vater entstammte keinem altadeligen Haus, sondern war ein nach langen Dienstjahren zum Ritter geschlagener Soldat bürgerlicher Herkunft, dem ein gütiges Schicksal die reichsfreie Herrschaft Kibitzstein zugespielt hatte.

Graf Otto schüttelte sich bei dem Gedanken, mit so einem Gesindel verschwägert zu sein. Nach einer solchen Missheirat würden Magnus und Elisabeth die Tür vor ihm und seiner Ehefrau verschließen und jede Verwandtschaft mit ihm und seinen Nachkommen leugnen. Entsetzt blickte er die Äbtissin an. »Bei allen Heiligen, wie recht Ihr habt! Die Narbe, die diese Wunde hinterlassen wird, dürfte ein geringer Preis im Vergleich zu der Schande sein, die mir sonst geblüht hätte.«

»Es ist bedauerlich, dass es Euch nicht gelungen ist, meinen Auftrag so auszuführen, wie ich es Euch aufgetragen habe. So bleibt nur die Hoffnung, dass Michel Adler den Zwischenfall nicht zum Anlass einer Fehde nimmt, denn das wäre nicht in meinem Sinn.«

Warum habt Ihr mich dann aufgefordert, die Kibitzsteiner zu verjagen?, wollte Graf Otto fragen, verbiss sich jedoch die Worte. »Ich entschuldige mich bei Euch für das Vorgefallene«, sagte er stattdessen mit einem innerlichen Zähneknirschen. Ihm war bewusst, dass er der Äbtissin eine Menge Schwierigkeiten bereitet hatte, die sie im besten Fall mit Zugeständnissen an den Kibitzsteiner aus dem Weg räumen musste.

Klara von Monheim spürte die Verzweiflung und die Scham des jungen Grafen. Daher milderte sich ihre Empörung. »Ich mache weniger Euch einen Vorwurf als vielmehr Eurem Bruder. Er wusste, wie jung und unerfahren Ihr seid. Statt Eurer hätte er mir einen Mann als Vogt schicken sollen, der sich besser zu beherrschen weiß. Geht nun ins Haus und legt Euch hin. Ich hoffe, Ihr werdet in einer Woche so weit auf den Beinen sein, mich nach Fuchsheim begleiten zu können. Ritter Ludolfs Tochter heiratet, und zu diesem Anlass kommen viele Leute zusammen, mit denen ich reden will.«

»Auch die Kibitzsteiner?«, fragte Graf Otto ein wenig verzagt.

»Wahrscheinlich! Doch die sollten Euch nicht bekümmern. Am besten haltet Ihr Euch von Michel Adler und seiner Sippe fern, denn einen neuen Streit werde ich nicht dulden. Und nun Gott befohlen!« Die Äbtissin nickte ihm noch einmal zu und winkte den Trägern der Sänfte, die im Schatten eines Baumes auf ihren Befehl gewartet hatten.

2.

Am nächsten Morgen setzte Karel sich an die Spitze einer Schar Bewaffneter und führte alles, was an Knechten und Mägden auf der Burg und in den Dörfern des Besitztums verfügbar war, zu den Hilgertshausener Weinbergen, um den vertraglich zugesicherten Anteil der Ernte einzuholen.

Michel hatte ihn angewiesen, nur dann von den Waffen Gebrauch zu machen, wenn sie angegriffen wurden. Das war auch notwendig gewesen, denn Karel hätte seine Krieger am liebsten zum Wirtschaftshof des Damenstifts geführt und diesen angezündet. Aber er befolgte Michels Befehl und umkreiste seine Schutzbefohlenen wie ein wachsamer Hütehund seine Herde.

Es ließ sich jedoch kein Hilgertshausener Knecht oder gar eine Stiftsdame sehen, und der Wirtschaftshof wirkte wie von allen Menschen verlassen. Daraus schloss Karel, dass die Äbtissin die Gebäude aus Angst vor einer Vergeltungsaktion der Kibitzsteiner hatte räumen lassen.

Tatsächlich hatte Klara von Monheim ihre Leute zurückgezogen und nur einen Knecht zurückgelassen, der für seine flinken Füße bekannt war. Dieser beobachtete die Kibitzsteiner vom Stall des Wirtschaftshofs aus, wusste am Abend seiner Herrin jedoch nur zu vermelden, dass Michel Adlers Leute die Reben genau bis zur vereinbarten Grenze gelesen und das Stiftsland anschließend mit ihrer Ernte verlassen hatten.

Diese Auskunft ließ Klara von Monheim aufatmen. Trotz ihrer Abneigung gegen ihren Nachbarn und besonders gegen dessen Eheweib wünschte sie keine offene Fehde. Der Kibitzsteiner war als tapferer Krieger und kühner Anführer bekannt, dem sie ohne Verbündete kaum etwas entgegenzusetzen hatte. Aber sie bezweifelte, dass der Würzburger Bischof, auf dessen Unterstützung sie bis jetzt hatte bauen können, ihr mit Kriegern und Ausrüstung zu Hilfe kommen würde. Es konnte seinem Ruf schaden, wenn sich auf die Seite von Frauenschändern schlug.

Aus diesem Grund hatte die Äbtissin beschlossen, erst einmal abzuwarten und auf Verhandlungen zu setzen. Aber es ließ sich kein Kibitzsteiner Bote in ihrem Stift sehen. Stattdessen wurde ihr gemeldet, dass etliche Männer die Burg verlassen hätten und

Richtung Dettelbach, Fuchsheim oder andere Orte geritten wären. Das beunruhigte Klara von Monheim mehr, als wenn der Kibitzsteiner Drohungen gegen sie ausgestoßen hätte.

Michel hätte ihr sagen können, dass er keinen seiner Männer der Gefahr hatte aussetzen wollen, von dem Hilgertshausener Gesindel, wie er Henneberg und dessen Knechte im kleinen Kreis nannte, verprügelt oder gar erschlagen zu werden, denn auch er sah in dem Zwischenfall den Auftakt zu einer langen, blutigen Fehde.

Zum ersten Mal seit vielen Jahren beschlugen die Schmiede in Kibitzstein, Spatzenhausen, Dohlenheim und Habichten nicht nur Pferde oder schärften Sensen und Pflugscharen, sondern reparierten die alten Brustpanzer und schliffen den Rost von Schwertern und Speerspitzen. Michel selbst schwang sich in den Sattel und ritt, von sechs kräftigen Knechten begleitet, nach Dettelbach, um dort den Kauf von Waffen und Rüstungen in die Wege zu leiten und um noch einmal mit Ritter Hans zu sprechen. Ihm schien es mehr denn je geboten, neben seiner Burg und den Dörfern auch einen ummauerten Marktflecken mit allen Vogteirechten in die Hand zu bekommen.

Zu ihrer großen Enttäuschung hatte Trudi ihren Vater diesmal nicht begleiten dürfen, denn Michel hielt es nun für zu gefährlich, wenn seine Töchter die Burg verließen. Sogar Hiltruds Ziegenhof durften die Mädchen nur noch in Begleitung bewaffneter Knechte aufsuchen. Der Schreck über den Überfall, der Trudi zunächst in die Glieder gefahren war, wich bald dem Ärger über die Einschränkung ihrer bisherigen Freiheit, und so sah sie in Bonas Hochzeitsfeier auf Fuchsheim den einzigen Lichtstreif am Horizont einer düsteren Gegenwart. Dort würde sie endlich Junker Georg wiedersehen. Sie träumte von einer baldigen Heirat, die nicht nur ihr Glück begründen, sondern auch ihn und seine Sippe zu Verbündeten ihres Vaters machen würde.

Da sie sich für ihn so schön wie möglich machen wollte, trug sie den Stoff, den sie in Dettelbach gekauft hatte, zu Alika. Sie hatte zwar selbst flinke Finger und bereits einige Kleider für sich und ihre Schwestern genäht, doch mit den Fertigkeiten der Mohrin konnte sie sich nicht messen.

Uta begleitete sie, und zu ihrem Schutz kam Lampert mit, der sich für den Ausflug ins Meierdorf mit einem langen Spieß ausgerüstet hatte. Die beiden hielten sich still zurück, als ihre junge Herrin sichtlich angespannt auf das Häuschen zutrat, welches die Mohrin sich mit der ehemaligen Marketenderin Theres teilte. In dem kleinen Anwesen hatte früher die Schwarze Eva, eine andere Freundin ihrer Mutter, mit ihrem einbeinigen Mann gewohnt. Beide waren jedoch vor wenigen Jahren gestorben, und so war Alika eingezogen, damit die alte Theres nicht allein hausen musste.

Trudi wusste, wie sehr Alika, die aus dem fernen Afrika stammte, an ihrer Schwester Lisa hing, und fürchtete, dass die Mohrin ihr den Streit und die Beleidigungen ihres Lieblings nachtrug. Sie zog ihre Hand vom Türgriff zurück. Unter diesen Umständen war es wohl nicht ratsam, die dunkelhäutige Frau um Hilfe zu bitten.

Da wurde die Tür von innen geöffnet, und Alika blickte heraus. »Ich habe dich kommen sehen«, sagte sie in einem Tonfall, dem Trudi nicht entnehmen konnte, ob sich die Mohrin über ihren Besuch freute oder ungehalten war.

»Gott zum Gruß, Alika. Darf ich hereinkommen?« Trudis Stimme klang dünn.

Alika wies lächelnd in das Innere des Häuschens. »Tritt ein! Ich sehe, du hast einen Stoffballen bei dir. Soll ich dir ein neues Kleid für die Fuchsheimer Hochzeit nähen? Dafür bist du zwar schon etwas spät dran, aber ich glaube, ich kriege es noch hin.«

»Das wäre lieb von dir! Weißt du, ich …« Trudi brach ab, da sie nicht wusste, wie Alika zu Junker Georg stand. Die Mohrin hing

an ihrer Mutter und teilte möglicherweise deren Abneigung gegen den jungen Ritter.
Alika trat freundlich lächelnd zur Seite, damit die Tochter ihrer Herrin eintreten konnte, und machte eine einladende Geste.
Es war ein hübsches Häuschen mit zwei Zimmern, die von einer großen Küche abgingen. In dieser gab es neben dem gemauerten Herd einen breiten Tisch mit einer Bank und vier Stühlen und eine Art Anrichte für das Geschirr. Auch sonst war Alika besser ausgestattet als die meisten Bauern in den durchaus nicht ärmlichen Dörfern, die zu Kibitzstein gehörten, aber viele Einrichtungsgegenstände wirkten fremdartig. Die Mohrin hatte die Sachen selbst angefertigt oder nach ihren Angaben von Handwerkern herstellen lassen, und Marie hatte sie dabei unterstützt, um ihr über das Heimweh hinwegzuhelfen.
Theres, die am liebsten alles so gelassen hätte, wie es zu Lebzeiten der Schwarzen Eva gewesen war, hatte sich schließlich an die Neuerungen gewöhnt und verwendete die Gegenstände genauso wie Alika. Eben füllte sie einen buntbemalten Becher aus einem großen Topf und stellte ihn Trudi hin.
»Sei uns willkommen, Kind. Lass es dir schmecken!« Obwohl die alte Frau sie meist so behandelte, als wäre sie noch das kleine Mädchen, das sie über einen langen Winter hinweg versorgt hatte, liebte Trudi Theres und umarmte sie herzlich. Dann sagte sie sich, dass Alika auch nicht zu kurz kommen durfte, und schloss auch die Mohrin in die Arme.
Beide Frauen rochen sauber, und ihre Kleidung wirkte reinlich. Alika achtete sehr darauf, dass Theres sich nicht gehen ließ, und die Ziegenbäuerin sorgte ebenfalls dafür, dass es der alten Frau gut ging, indem sie ihr Kräutertränke braute, die die Beschwerden des Alters milderten. Da die beiden Frauen überdies von den Kibitzsteinern mit Lebensmitteln versorgt wurden, musste die Mohrin nicht für andere Leute arbeiten, um sich ihren Lebensunterhalt zu verdienen. Dennoch nähte sie fleißig, zumeist für

Maries Familie, und die Burgherrin musste ihr immer wieder befehlen, den Lohn anzunehmen, den sie ihr dafür zahlte. Auch Trudi wollte nicht, dass Alika umsonst für sie arbeitete, wusste aber nicht, was sie ihr dafür geben sollte.

»Du bist heute so schweigsam!« Alikas Worte machten Trudi erst bewusst, dass sie eine Weile ihren Gedanken nachgehangen hatte. »Es tut mir leid, aber mir geht so viel durch den Kopf.«

»Das ist kein Wunder bei dem, was man dir beinahe angetan hätte. Der Teufel soll die Hilgertshausener Äbtissin holen und ihren Vogt gleich mit dazu!«, schimpfte Theres.

»Man sagt, du hättest den Kerl ganz allein abgewehrt und ihn überdies noch verwundet.« Alika blickte Trudi neugierig an, denn bisher hatte sie nur Gerüchte vernommen. Ihnen zufolge hatten die Hilgertshausener Knechte allen Kibitzsteiner Mägden Gewalt angetan, und Trudi sei es als Einziger gelungen, ihrem Bedränger zu entkommen.

Bevor Trudi etwas sagen konnte, steckte Uta den Kopf zur Tür herein. »Dürfen wir auch reinkommen?«

»Gerne!« Theres füllte zwei weitere Becher.

Uta und Lampert nahmen sie dankbar entgegen und hockten sich schüchtern auf die Kante des Ofens.

»Ist euch etwa kalt?«, fragte Alika spöttisch.

»Wir wollten nicht stören«, antwortete Lampert.

Uta verstand die Bemerkung als Einladung und nahm neben ihrer Herrin Platz. »Habt Ihr Alika den Stoff schon gezeigt?«, fragte sie erwartungsvoll.

»Da du mich andauernd störst, bin ich noch nicht dazu gekommen.« Trudi lachte und öffnete das von schützendem Leinen umhüllte Paket.

Alika schnaufte überrascht, als sie das blaue, mit silbernen Sternen verzierte Tuch sah. »Das ist wunderschön!«

»Anni hat mir den Stoff ausgesucht!« Noch während Trudi es sagte, dachte sie, dass dies keine glückliche Bemerkung war, denn die beiden Frauen, die ihrer Mutter in verschiedenen Phasen ihres Lebens beigestanden hatten, mochten einander nicht besonders. Es mochte daran liegen, dass Alika mit ihrer dunklen Haut und ihren krausen Haaren sehr fremdartig aussah, aber wahrscheinlich war es unterschwelliger Neid. Marie hatte Alika immer als ihre Lebensretterin bezeichnet, und da die Mohrin deswegen ein hohes Ansehen genoss, fühlte Anni sich trotz ihres Rangs als Wirtschafterin auf Kibitzstein hinter sie zurückgesetzt, während Alika Anni mit einer gewissen Nachsicht begegnete und sich ansonsten nicht weiter um sie kümmerte.

Ein sanfter Stups beendete Trudis gedanklichen Ausflug. Diesmal war es Uta, die ihre Herrin darauf aufmerksam machte, dass Alika ihr eine Frage gestellt hatte.

»Wie willst du das Kleid tragen?«, wiederholte diese. »Es ist genug Stoff für weite Ärmel und eine kurze Schleppe, die du über den Arm schlagen kannst.«

Dann drehte sie sich zu Lampert um. »Du kannst deinen Wein auch draußen im Freien trinken.«

Der Bursche begriff zunächst nicht, was Alika meinte. Daher baute Uta sich vor ihm auf. »Alika will bei Trudi Maß nehmen, und dazu können wir dich nicht brauchen.«

Trudi griff begütigend ein. »Geh derweil zur Ziegenbäuerin und sag ihr, wir kämen bald nach.«

»So bald auch wieder nicht, denn es dauert seine Zeit, bis wir alles besprochen haben«, wandte Alika ein.

»Ich werde es trotzdem ausrichten und dort auf Euch warten, Herrin.«

»Und auf mich!«, rief Uta dazwischen.

»Ja, ja, tu ich auch!« Lampert freute sich, denn er sah sich schon den restlichen Vormittag im Ziegenhof sitzen und von dem guten Wein trinken, den die Bäuerin zu keltern wusste. Aber bei Trudis nächsten Worten schwand sein erwartungsvolles Lächeln.

»Bis dahin wirst du auf dem Ziegenhof mitarbeiten. Hiltrud hat uns gestern zwei Mägde geschickt, die geholfen haben, unseren Anteil an den Hilgertshausener Weinbergen zu lesen.«

»Jawohl, Herrin!« Lampert betrachtete sich selbst nicht als faul, hatte aber auf ein freies Stündchen gehofft. Aber da seine junge Herrin die Ziegenbäuerin gewiss fragen würde, ob er mitgearbeitet hatte, würde er kräftig zupacken müssen, um nicht schlecht dazustehen.

3.

Kaum hatte Lampert die Tür hinter sich zugezogen, machten sich Trudi und Alika daran, das Kleid zu entwerfen. Uta gab die eine oder andere Bemerkung von sich, und Theres, die prüfend über den Stoff strich, machte ebenfalls Vorschläge, wie Trudi darin noch schöner erscheinen könne.

Alika bremste schließlich die allgemeine Begeisterung. »Wir dürfen nicht vergessen, wie jung unsere Herrin ist!«

Die Worte ließen Trudi beinahe bedauern, den Stoff zu ihr gebracht zu haben. Schließlich wollte sie so schön und so erwachsen wie möglich aussehen, um Junker Georg zu gefallen.

Doch die Mohrin war erfahren genug, Trudi nicht das Gefühl zu vermitteln, sie sähe sie noch als Kind an, und sie wollte Trudi ebenfalls so prachtvoll wie möglich ausstatten. Die Kunde vom Überfall auf das Mädchen und ihre Mägde hatte bereits die Runde gemacht, und die Menschen sollten sehen, gegen welch edle Jungfer sich dieser üble Streich gerichtet hatte.

Sie betrachtete das Mädchen mit einem fast mütterlichen Stolz. Trudi war etwas größer als die meisten Mädchen, dabei aber anmutig wie selten eine. Ihr Gesicht mit seinem geraden Näschen und dem sanft geschwungenen Mund wirkte gleichzeitig stolz und anziehend schön. Zwar blitzten ihre blauen Augen manchmal recht kriegerisch, doch im Augenblick glichen sie zwei stillen Seen. Wir, sagte die Mohrin sich, werden der Welt zeigen, wem Unrecht angetan wurde.

»Es geht um das Ansehen deiner Eltern. Etliche eurer Nachbarn schauen auf sie herab, weil sie keine Ahnen haben, die bereits an Kaiser Karls Tisch gesessen haben«, erklärte sie vehement.

Trudi nickte eifrig. »Dabei ist Papa besser als alle Nachbarn zusammen!«

»Deine Mutter aber auch!« Ein leiser Tadel schwang in Alikas Worten mit. Sie mochte das Mädchen, aber ihr missfiel der Trotz, mit dem es in letzter Zeit der Mutter begegnete. Auch sie gab Herrn Michel ein gerüttelt Maß Schuld an diesem Zerwürfnis, weil er seiner Erstgeborenen gegenüber zu nachsichtig war, anstatt sie dazu anzuhalten, Pflichten zu übernehmen.

Schnell wischte Alika diese Gedanken beiseite und wandte sich wieder dem Kleid zu. Sie hatte eine ungewöhnliche Methode, Maß zu nehmen, doch passten die von ihr angefertigten Gewänder wie eine zweite Haut, ohne unbequem eng zu sein. Trudi konnte sich mehr und mehr vorstellen, wie schön sie aussehen würde, und ihr war es kaum noch möglich, stillzuhalten.

»Beschwere dich hinterher nicht, wenn das Kleid an dieser oder jener Stelle nicht so recht passt«, tadelte Alika sie, während sie einen Kohlestift nahm, die Maße mit eigenartigen Symbolen auf einem Blatt Papier vermerkte und dann das Gewand so zeichnete, wie sie es sich vorstellte.

»Miss bitte noch einmal nach. Ich halte jetzt ganz gewiss still!«, bat Trudi.

Alika versetzte ihr einen spielerischen Nasenstüber. »Ich messe immer gut. Du darfst in der nächsten Woche nur nicht zu viel essen, sonst passt dir das Kleid um die Taille nicht mehr. Oder soll es dir so ergehen wie deiner Freundin Bona? Ich habe ihre Leibmagd gestern in Volkach getroffen, und die hat mir ihr Leid geklagt. Der Fuchsheimer hat den Ballen für das Kleid zu knapp bemessen lassen, und nun musste sie ein Stück nachkaufen. Aber es gab den Stoff nicht mehr, und so hat die Magd einen anderen ausgesucht, den sie für ein eingesetztes Brustteil verwenden kann.«

Im Gegensatz zu Michel und Marie, die Volkach mieden, weil der Würzburger Vogt dort das Sagen hatte, ging Alika öfter dort zum Markt. Trudi dachte nicht daran, sie deswegen zur Rede zu stellen, sondern hörte interessiert zu. »Ich freue mich, Bona bald wiederzusehen.«

»Sie wird sich gewiss auch freuen, wenn du kommst.« Alika hielt nicht allzu viel von der Tochter des Fuchsheimers, sagte sich aber, dass es schlechter erzogene Mädchen gab. Ein wenig Neid und gelegentliche Missgunst gehörten nun einmal zum Leben.

Unwillkürlich verglich Trudi die dunkelhäutige Freundin mit Bona und fand sie hübscher, obwohl sie ebenso alt sein musste wie Anni. Im Gegensatz zu der mageren Wirtschafterin hatte sie eine volle Figur mit einem kräftigen Busen und einem auftragenden Hinterteil. Ihr Gesicht zeigte eine ungewöhnliche haselnussbraune Farbe, war aber glatt und wirkte auf eine exotische Weise anziehend.

»Warum hast du eigentlich nicht geheiratet?«, entfuhr es ihr.

Alika lachte schallend. »Da müsste der Richtige kommen, aber den habe ich bis jetzt nicht getroffen.«

Achselzuckend wandte sie sich ihrer Skizze zu und ging mit Trudi die Einzelheiten durch. Es sollte ein Kleid werden, das alle Hochzeitsgäste beeindrucken musste. Daher waren sie mehr als zwei Stunden damit beschäftigt, alle Variationen durchzugehen. Zwischendurch nippten sie am Wein und naschten von dem Gebäck, das Theres auf den Tisch stellte. Als alle zufrieden waren, räumte Alika den Stoffballen und die Zeichnungen beiseite und sah Trudi an.

»Willst du bei uns zu Mittag essen?«

Trudi seufzte. »Ich täte es ja gerne, aber da ich Lampert mit der

Nachricht zu Hiltrud geschickt habe, dass ich bald nachkäme, würde Hiltrud schwer enttäuscht sein, wenn ich nicht bei ihr speise.«
»Damit dürftest du recht haben. In der Hinsicht ist die Ziegenbäuerin eigen.« Alika dachte daran, wie oft sie mit Hiltrud in deren Stübchen gesessen und von Maries und ihren Abenteuern in Russland berichtet hatte. Nie hatte die alte Bäuerin es versäumt, ihr einen großen Krug mit Wein oder Kräuteraufgüssen und eine Platte mit Wurst, Butter, Käse und Brot vorzusetzen. Manchmal wunderte sie sich, dass sie mit der Gefährtin aus Maries frühen Jahren besser zurechtkam als mit Anni, die ihr im Alter näher stand. Doch im Gegensatz zu dieser war Hiltrud eine Frau ohne Eifersucht und zufrieden mit dem Leben, das Frau Marie ihr ermöglicht hatte.
»Das kann ich auch sein«, entfuhr es Alika spontan.
»Was kannst du sein?«, wollte Trudi wissen.
»Froh sein, deine Mutter getroffen zu haben und mit ihrer Hilfe einen Platz im Leben gefunden zu haben. Sie hat mir genauso geholfen wie der Ziegenbäuerin. Hiltrud ist eine gute Freundin von mir, und wir sprechen oft miteinander, auch über dich.«
Alika versuchte, auf den Busch zu klopfen, weil sie spürte, dass ein Kummer an Trudi nagte. Wären sie allein gewesen, hätte das Mädchen ihr das Herz ausgeschüttet. So aber streifte Trudi Theres und Uta mit einem beredten Blick. Die Mohrin begriff, dass Maries Ältester mehr auf dem Herzen lag, als sie vermutet hatte. Lächelnd sah sie Theres an. »Wenn Trudi nichts dagegen hat, könnte Uta die Sichel nehmen und Gras für unsere Kaninchen und die Ziege mähen. Zeigst du ihr, wo sie es schneiden darf?«
Uta schnaubte abwehrend und warf ihrer Herrin einen flehenden Blick zu, denn das war ganz bestimmt keine Arbeit für eine Burgbedienstete.
Zu ihrer Enttäuschung nickte Trudi. »Das ist ein guter Gedanke. Für Theres ist diese Arbeit zu schwer, und du musst nähen, damit

mein Kleid rechtzeitig fertig wird. Ich glaube, bis es so weit ist, werde ich Uta jeden Tag zu euch schicken, damit sie eure Tiere versorgt.«

»Aber das kann doch Lampert machen«, quietschte die Magd erschrocken.

Trudi sah sie tadelnd an. »Wenn du so unleidlich bist, werde ich wirklich Lampert schicken. Dann aber muss ich mich fragen, ob ich ein so faules und ungefälliges Ding wie dich als Magd brauchen kann!«

Nun brach Uta in Tränen aus. »Aber Herrin, ich diene Euch doch treu! Ich bin nicht davongelaufen wie die anderen Mägde, als dieser unsägliche Henneberg Euch Gewalt antun wollte, sondern habe versucht, Euch beizustehen. Dabei wäre ich beinahe selbst vergewaltigt worden.«

»Das rechne ich dir hoch an. Trotzdem solltest du dich bemühen, meine Wünsche zu erfüllen. Es wird dir gewiss nicht schaden, für Theres' und Alikas Stallhasen ein wenig Gras zu schneiden.«

Nicht zum ersten Mal stellte Uta fest, dass ihre junge Herrin trotz aller Nachsicht einen festen Willen besaß. Wenn sie sich weigerte, die Arbeit auszuführen, die die Jungfer ihr auftrug, war die Herrin imstande, selbst die Sichel in die Hand zu nehmen. In dem Fall hätte sie die Achtung des Gesindes auf der Burg verloren – und ganz bestimmt auch von Frau Marie. Vielleicht würde man sie sogar wieder nach Hause auf den väterlichen Hof schicken, und dort bekam sie für harte Arbeit nur schlechtes Essen, einen Strohsack in der Ecke und gelegentlich etwas Wolle oder Flachs, die sie zu einem Gewand verarbeiten konnte.

Als sie an ihr Zuhause dachte, wurde ihr wieder bewusst, welch schönes Leben sie auf Kibitzstein führte, und nickte eifrig. »Aber Herrin, warum schimpft Ihr mich? Ich tue doch alles, was Ihr mir auftragt.« Dann wandte sie sich an Theres und fragte, wo die Sichel sei.

»Komm mit mir!«, antwortete die alte Frau und verließ das Haus. Uta folgte ihr auf dem Fuß, und kurz darauf sahen Trudi und Alika Uta ein Stück entfernt auf der Wiese eifrig die Sichel schwingen und sich mit Theres unterhalten.

Alika schenkte Trudi frischen Wein ein und blickte das Mädchen auffordernd an. »Hiltrud hat mir erzählt, dass es dir nicht gut geht, aber sie wollte nicht so recht mit der Sprache heraus. Wenn du mich ins Vertrauen ziehst, kann ich dir vielleicht helfen oder wenigstens einen Rat geben.«

Zuerst schüttelte Trudi den Kopf, dann aber seufzte sie tief und sagte sich, dass sie Alika ebenso vertrauen konnte wie der Ziegenbäuerin. Stockend und mit schamroten Wangen berichtete sie ihr von jenem Nachmittag im Fuchsheimer Wald, an dem Bona und sie ihre Jungfräulichkeit verloren hatten.

Alika hörte aufmerksam zu, sagte aber nichts von dem, was ihr durch den Kopf ging, denn sie spürte, dass Trudi bei dem leisesten Tadel verstummen und davonlaufen würde, obwohl sie nicht die Jungfer, sondern den Junker anklagen würde. Das Mädchen entschuldigte Gressingens Tat mit seiner Leidenschaft für sie, aber die Mohrin fühlte sich in ihrer Meinung über den Ritter bestätigt. Kein aufrichtiger Mann hätte Trudi auf diese Weise bedrängt und betrunken gemacht, um ihren Widerstand zu brechen. Doch das, was geschehen war, ließ sich nicht mehr aus der Welt schaffen.

»Ich hoffe, deine Wünsche erfüllen sich, und Gressingen hält um dich an. Im anderen Fall wäre es nämlich besser gewesen, wenn du Otto von Henneberg nicht entkommen wärst. Fahr doch nicht gleich auf! Es mag hart klingen, aber von Henneberg hätte dein Vater Genugtuung verlangen und ihn vielleicht sogar zwingen können, dich zu heiraten. Bei Gressingen ist jedoch alles heimlich geschehen, und er kann abstreiten, sich dir genähert zu haben. Bona wird deine Worte nicht beschwören, weil ihr künftiger Gemahl sie sonst verstoßen oder töten würde, und der junge

Steinsfeld muss aus dem gleichen Grund den Mund halten. Damit stehst du gegen drei, die dich der Lüge zeihen würden.«
»Gressingen wird kommen!«, rief Trudi leidenschaftlich aus.
Alika lag auf der Zunge zu fragen, warum er es nicht schon längst getan habe, aber mit Vernunft war hier nichts zu erreichen. Trudi klammerte sich an seine angebliche Treue zu ihr und wollte keine andere Wahrheit gelten lassen als die, an die sie glaubte. Daher sah die Mohrin kommen, dass die Jungfer schon in nächster Zeit schmerzhaft aus ihren Träumen gerissen werden würde. Gerade in dieser Situation war es bedauerlich, dass zwischen Trudi und ihrer Mutter nicht mehr jene enge Verbundenheit herrschte wie in früheren Jahren. Alika wünschte, Marie brächte ein wenig mehr Geduld mit ihrer Tochter auf. So, wie die beiden im Augenblick zueinander standen, würde ihre Herrin das Mädchen noch tiefer in seinen Trotz hineintreiben.
Im Augenblick sah sie nur eine Lösung des Problems: Trudi musste sich ihrem Vater anvertrauen. Zwar waren Väter nicht gerade die Personen, denen Töchter ihre intimen Geheimnisse mitzuteilen pflegten, und Alika war sich auch nicht sicher, ob Michels Stolz auf Trudi diesen Stoß ertragen würde. Aber sie sah keinen anderen Ausweg.
»Sprich mit deinem Vater!«, sagte sie eindringlich. »Er vermag auf Gressingen einzuwirken und den Junker zu zwingen, zu seinem Wort zu stehen. Andernfalls läufst du Gefahr, dass deine Eltern dich mit einem anderen Herrn verheiraten und dein Makel entdeckt wird. In dem Fall würdest du mit Schimpf und Schande nach Hause geschickt oder gar in ein Kloster gesteckt, damit dein Bräutigam eine andere Ehe eingehen kann. Das willst du deinem Vater doch nicht antun!«
Trudi schüttelte wild den Kopf. »Nein, ganz gewiss nicht! Aber …«
»Vergiss nie, dass Gressingen an deiner Situation schuld ist, und danke der Heiligen Jungfrau, dass er dich dabei nicht geschwän-

gert hat. Sonst wäre deine Schande noch größer. Er ist kein so hoher Herr wie der Markgraf von Brandenburg-Ansbach, der einer Jungfer zu einem dicken Bauch verhelfen kann, ohne dass man ihm oder dem Mädchen einen Vorwurf macht. Ein Albrecht Achilles würde dich einfach mit einem passenden Gefolgsmann verheiraten, der es als eine Ehre ansehen würde, auf diese Weise mit seinem Herrn verbunden zu sein. Gressingen ist nur ein einfacher Ritter und steht trotz seiner langen Ahnenreihe im Rang unter deinem Vater. Wenn offenbar würde, was er mit dir getrieben hat, würde es nur deinen Ruf beschmutzen. Also geh zu Herrn Michel und lass dir von ihm helfen.«

Trudi hörte zwar zu, schien aber nicht bereit, Alikas Ratschlag anzunehmen. Sie trank ihren Wein aus und stand auf. »Ich muss aufbrechen. Die Ziegenbäuerin erwartet mich.«

4.

Hans von Dettelbach wirkte an diesem Tag noch hinfälliger als beim letzten Besuch. Dennoch versuchte Michel, den alten Ritter von den Vorteilen zu überzeugen, die dieser aus einer Verpfändung seines Marktes an ihn ziehen würde. Dabei ärgerte er sich im Stillen, weil er eines seiner anderen Besitztümer würde opfern müssen, um die Pfandsumme aufzubringen. Aber er konnte sich nicht gleichzeitig auf eine Fehde vorbereiten und Geld für den Ankauf des Marktorts ausgeben.

Der Dettelbacher hob abwehrend die Hand. »Ihr erschöpft mich, Kibitzstein. Ich verstehe Eure Beweggründe, will aber zu einer besseren Zeit darüber nachsinnen. Doch Ihr sollt den Ritt nicht ganz umsonst angetreten haben. Daher bin ich bereit, Euch zunächst einmal die Hälfte des Dorfes Erlbach zu verpfänden, um für dieses Geld Messen für mein Seelenheil lesen zu lassen.«

Erlbach befand sich zwar unweit von Dettelbach, war aber vollständig von Würzburger Gebiet umgeben. Deswegen hätte Michel diesen Handel am liebsten abgelehnt. Aber damit hätte er Herrn Hans verärgert und ihn vielleicht dazu getrieben, den Marktflecken an einen anderen zu verpfänden oder zu vererben. Deswegen streckte er dem Kranken die Hand hin.
»Das tun wir, Ritter Hans! Gott schenke Euch für diese Gebete noch etliche Jahre bei guter Gesundheit. Ich möchte noch manchen Humpen mit Euch leeren.«
Hans von Dettelbach ergriff Michels Hand mit schlaffem Griff, sank aber sofort wieder in die Kissen zurück, die seine Wirtschafterin ihm in den Rücken gestopft hatte. »Lasst den Vertrag von meinem Beichtvater aufsetzen. Er wird ihn mir vorlegen.«
Seine Stimme klang so, als empfände der Kranke es bereits als zu anstrengend, Unterschrift und Siegel unter eine Urkunde zu setzen.
Michel wollte wenigstens noch die Pfandsumme aushandeln, erhielt aber zur Antwort, dass der Priester auch dies übernehmen würde.
»Ich bin zu müde dazu«, erklärte der Dettelbacher und zeigte so deutlich, dass er allein zu bleiben wünsche.
»Nun denn, Gott befohlen!« Michel nickte dem Ritter noch einmal zu und verließ das Krankenzimmer.
Draußen hielt er einen Diener auf und fragte ihn nach dem Burgkaplan.
»Der ist zur Baustelle für die neue Pfarrkirche gegangen, um nachzusehen, wie dort die Arbeit vorangeht.«
»Hab Dank!« Michel reichte dem Diener eine Münze und ging hastig weiter.
Im Freien blieb er ein paar Augenblicke stehen und sog die frische Luft ein. In den düsteren Mauern der alten, schon lange nicht mehr gepflegten Burg hatte er das Gefühl gehabt, ersticken zu müssen. Während er durch die Gassen des Marktorts auf die

neue Kirche zuschlenderte, wurde ihm klar, dass das meiste, was er mit Hans von Dettelbach hatte besprechen wollen, ungesagt geblieben war. Ihm kam der Gedanke, der Ritter nutze seine Schwäche als Vorwand, um alles, was ihm nicht passte, von sich fernzuhalten. Aber Michel wollte seine Ziele nicht den Launen eines alten Mannes opfern und nahm sich vor, die Verpfändung Erlbachs noch am gleichen Tag festzuschreiben. Auch wenn er damit noch keinen Anteil an Dettelbach selbst besaß, so hoffte er, über dieses Pfand über kurz oder lang in den Besitz des Marktorts gelangen zu können.

5.

Während Michel die Freitreppe zum Burghof hinunterschritt, betrat ein Mann im wallenden Ornat eines päpstlichen Prälaten die Kammer des Dettelbachers. Mit seiner stattlichen Größe und den breiten Schultern hätte er als Ritter in Rüstung einen furchterregenden Anblick geboten. Sein Lächeln war mild und verständnisvoll, sein Blick aber wirkte durchdringend, beinahe schon drohend.

Mahnend hob er die Hand. »Ich hoffe, du hast keine Torheit begangen, mein Sohn! Bedenke, es geht um das Heil deiner unsterblichen Seele.«

Der Dettelbacher stand, am ganzen Körper zitternd, auf und kniete vor dem Kirchenmann nieder. Als er nach der Hand des Prälaten griff, um sie an seine Lippen zu führen, zog der Kirchenmann rasch den Arm zurück, so dass der Kranke nur einen Zipfel des Ärmels zu küssen vermochte.

»Ich habe dich etwas gefragt!« Cyprian Pratzendorfer schien der schlechte Zustand des Kranken kaltzulassen.

Hans von Dettelbach hob den Kopf und blickte ängstlich zu dem gestreng über ihm stehenden Herrn hoch. »Ich habe alles getan, was Ihr mir geraten habt, hochwürdigster Vater, und den Kibitzsteiner erst einmal vertröstet. Er ist ein guter Nachbar, und ich halte ihn nur ungern hin, aber ...«

»Wenn es um dein Seelenheil geht, darfst du dich nicht von den Gefühlen der Freundschaft leiten lassen, sondern allein von den Vertretern der heiligen Kirche!«, donnerte der Prälat.

»Herr Michel hätte gewiss viele Seelenmessen für mich lesen lassen«, wandte der Dettelbacher in bettelndem Ton ein.

»Wenn du zu deinem Wort stehst und deinen Besitz der heiligen Kirche vermachst, wird der hochwürdige Herr Bischof von Würzburg selbst die Messe für dich lesen, und die findet im Himmel weitaus mehr Gehör als die eines einfachen Priesters. Ich selbst werde Seine Heiligkeit in Rom bitten, dich dem Heiland und den Engeln des Himmels als wahren Christen und des ewigen Heils würdig zu empfehlen.

Zeigst du dich jedoch bockig und überlässt deinen Besitz einem Mann wie Michel Adler, der als Feind des Bischofs auch ein Feind unserer heiligen Kirche ist, so wirst du unweigerlich zur Hölle fahren. Dort werden tausend Dämonen Luzifers dich Tag für Tag mit glühenden Haken quälen, und wenn dereinst von unserem Heiland der Ruf zum Jüngsten Gericht erschallt, wird Luzifer dich mit glühenden Ketten in den tiefsten und stinkendsten Klüften der Hölle fesseln, und dort wirst du leiden, wie noch kein Mensch gelitten hat.«

»Ich tue alles, was Ihr von mir fordert, hochwürdigster Vater«, beteuerte der Kranke, der auf dem kalten Boden fror und sich nach Ruhe sehnte.

Pratzendorfer aber zwang Hans von Dettelbach mit dem Ausmalen weiterer Schreckensbilder, sich an den Tisch zu setzen, die Feder zu ergreifen und seinen Namen auf die Urkunde zu setzen, mit der der Ritter seinen gesamten Besitz dem Hochstift Würzburg übereignete. Ihm selbst blieb nur noch das Nutzungsrecht bis zu seinem Tod.

Der Prälat träufelte eigenhändig das Siegelwachs auf das Dokument und half dem Ritter, sein Siegel hineinzudrücken.
»Damit hast du dir das Himmelreich erworben, mein Sohn. Wenn wir uns einst im anderen Leben wiedersehen, wirst du mir dafür dankbar sein.«
… und der Bischof mir, setzte Pratzendorfer insgeheim hinzu. Es wäre nicht auszudenken gewesen, wenn der Markt Dettelbach in die Hand eines Gegners des Bistums geraten wäre. Wohl war der Kibitzsteiner zu unbedeutend, um selbst gefährlich zu werden, doch er hätte den Ort an Albrecht Achilles von Brandenburg-Ansbach weiterverpfänden oder verkaufen können. Diese Gefahr war nun gebannt.
Der Prälat betrachtete den Kranken, der vor Erschöpfung von seinem Hocker geglitten war, mit wachsbleichem Gesicht vor ihm kniete und dabei versuchte, sich unauffällig an einem Bettpfosten festzuhalten. »Du hast deine Pflicht getan. Lege dich nun wieder hin!«
Keuchend vor Schwäche zog Hans von Dettelbach sich am Rand seiner Bettstatt hoch und kroch zwischen die Laken, ohne dass Pratzendorfer eine Hand ausstreckte, um ihm zu helfen. Er wartete regungslos, bis der Kranke ihm das Gesicht zuwandte, zeichnete das Kreuz in die Luft und verließ den Raum mit einem frommen Gruß.
Hans von Dettelbach starrte noch eine Weile auf die Tür, die sich hinter dem Prälaten geschlossen hatte, und fragte sich, ob er richtig gehandelt hatte. Nicht lange, dann versank er in einen ruhigen Schlummer und sah in seinen Träumen den Würzburger Bischof vor dem Altar stehen und die Totenmesse für ihn lesen. Als sie endete, stiegen der heilige Kilian und die heilige Barbara vom Himmel herab, nahmen seine Seele in Empfang und wiesen ihr den Weg ins Paradies.
Unterdessen saß Michel in der halbfertigen Sakristei von St. Augustinus dem Beichtvater des Ritters gegenüber und handelte

den Pfandvertrag für das Dorf Erlbach aus, ohne zu ahnen, dass diese Abmachung nicht einmal mehr das Papier wert war, auf das sie geschrieben wurde.

Cyprian Pratzendorfer verließ Dettelbach noch am selben Tag, um nach Würzburg zurückzukehren. In seinem Gepäck befand sich der Kontrakt, der Gottfried Schenk zu Limpurg zum neuen Herrn von Dettelbach machen würde. Zufrieden lächelnd stellte er fest, dass er etwas erreicht hatte, an dem die Emissäre des Fürstbischofs bisher gescheitert waren. Hans von Dettelbach hatte sich ihnen gegenüber hartleibig gezeigt, doch der Autorität des Papstes, in dessen Namen er auftrat, hatte der Mann sich gebeugt.

Der Erbvertrag, der Dettelbach dem Fürstbistum zuschlug, war nicht der erste Dienst, den Pratzendorfer Gottfried Schenk zu Limpurg geleistet hatte, wohl aber der bedeutendste, und diese Tat würde dafür sorgen, dass er beim Fürstbischof in Zukunft stets ein geneigtes Ohr finden würde. Damit war der Weg bereitet, auf dem er seine eigenen Pläne verfolgen konnte, und die waren nicht im fernen Rom geschmiedet worden, sondern auf einer kleinen Burg in Österreich.

6.

Klara von Monheim mochte die Kibitzsteiner verachten, doch sie war keine Närrin und vermied alles, was den Zwist entflammen konnte. Nachdem es ihr nicht auf Anhieb gelungen war, ihre Gegner in die Schranken zu verweisen, spielte sie auf Zeit. Der Druck, den der Fürstbischof von Würzburg auf die kleinen Burgherren in diesem Teil Frankens ausübte, würde auch ihr zum Vorteil gereichen. Da sie den Zorn über die Niederlage nicht an den Kibitzsteinern auslassen konnte, rächte sie sich an ihrer Vorgängerin.

Die verstorbene Äbtissin wurde nicht so feierlich zu Grabe getragen, wie sie es in ihrem Letzten Willen bestimmt hatte, und erhielt auch nicht den prunkvollen Sarkophag mit ihrem steinernen Abbild, welchen sie in ihrem Testament eingehend beschrieben hatte. Stattdessen wurde sie mit einer schlichten Zeremonie in einer abgelegenen Ecke des Friedhofs in die Erde gesenkt. Kein hochstehender Gast geleitete sie zur ewigen Ruhe, und es gab auch keinen Leichenschmaus.

Einige der Stiftsdamen murrten, doch ihr Protest stieß bei ihrer neuen Oberin auf taube Ohren. Klara von Monheim verargte es der Toten, dass diese mehr als ein Viertel des Stiftslands an die Kibitzsteiner verpfändet und das dafür erhaltene Geld an ihre Familie weitergeleitet hatte. Damit hatte die Frau dem Stift geschadet und jeden Anspruch auf Achtung verspielt.

Am liebsten hätte Klara von Monheim auch den jungen Henneberger mit Verachtung gestraft und ihn aus dem Stift gewiesen. Damit aber hätte sie Magnus von Henneberg verärgert, der in Würzburg großen Einfluss besaß. Also musste sie versuchen, aus der Entstellung ihres gräflichen Vogts Kapital zu schlagen. Da seine Wunde gewiss das Mitleid der Burgherren ringsum erregen würde, bestand sie darauf, dass er sie nach Fuchsheim begleitete. Otto von Henneberg war diese Reise zuwider, denn man würde ihn dort weniger mit Mitleid als mit Spott überhäufen. Dies war Klara von Monheim ebenfalls bewusst, doch sie wollte den Leuten zeigen, dass nur ihr Vogt bei dem Zwischenfall den Schaden davongetragen hatte, nicht aber die Jungfer auf Kibitzstein. Am liebsten hätte sie Trudi vor allen Gästen auf ihre körperliche Unversehrtheit untersuchen lassen, um zu zeigen, dass ihr nichts geschehen sei und alle Klagen des Kibitzsteiners heillos übertrieben wären.

Zum Glück ahnte Trudi nichts von den Überlegungen der Äbtissin, sonst hätte sie keinen Schritt Richtung Fuchsheim getan. Ihre Sorgen waren so schon groß genug. Zwar hatte Alika ihr

Kleid rechtzeitig fertiggestellt, und der Streit mit Lisa war langsam in den Hintergrund getreten. Dafür aber lag ihr der Rat der Mohrin, sich ihrem Vater anzuvertrauen, schwer auf der Seele. Dasselbe hatte ihr auch ihre Patin, die Ziegenbäuerin, empfohlen. Beide Frauen kannten Marie und Michel und wussten, dass Trudis Vater es wohl leichter aufnehmen würde. Ihm trauten sie zu, die Nachricht Marie vorsichtig beizubringen und sie zu beschwichtigen, damit sie nicht zu harsch reagierte.

Trudi schwankte lange, ob sie den Verlust ihrer Jungfräulichkeit beichten sollte. Wenn Gressingen um sie warb, fiel dies nicht ins Gewicht. Doch seit dem Gespräch mit Alika verlor sie mit jedem Tag, an dem sie nichts von ihm hörte, ein kleines Stück von ihrem Vertrauen in den jungen Ritter. Daher klammerte sie sich schließlich an die Hoffnung, ihr Vater könne Junker Georg die Angst nehmen, er sei nach dem Verlust seines Besitzes hier auf Kibitzstein nicht mehr willkommen.

Da die Burg zu einer Fehde gerüstet wurde, war es nicht leicht, ihren Vater alleine anzutreffen. Meist stand Karel bei ihm oder dessen Unteranführer Gereon, und gingen die beiden woanders ihren Pflichten nach, wollten die Mutter, Anni oder sonst jemand eine Entscheidung von ihm. Da Trudi kein Aufsehen erregen wollte, wagte sie es nicht, ihn vor anderen Ohren um ein Gespräch unter vier Augen zu bitten. Daher bot sich ihr erst am letzten Abend vor ihrem Ritt nach Fuchsheim die Gelegenheit, auf die sie so lange gewartet hatte. Ihre Mutter war mit Lisa und Hildegard zur Ziegenbäuerin gegangen, Karel und Gereon standen unten im Burghof und wählten die Kriegsknechte aus, die die Familie nach Fuchsheim begleiten sollten, und Annis Stimme drang aus dem Küchenanbau.

Michel saß allein in der Halle, die ihm auf einmal viel zu groß und gleichzeitig bedrückend vorkam, und hielt einen leeren Becher in der Hand. Als er nach einem Knecht rufen wollte, tauchte Trudi neben ihm auf.

»Darf ich dir einschenken, Papa?«, fragte sie mit dünner Stimme.
»Der Krug ist leer. Ich wollte gerade nach Kunz rufen, damit er einen neuen holt«, antwortete Michel. Er klang so müde, dass Trudi ihr Vorhaben beinahe aufgegeben hätte.
»Das mache ich schon!«, sagte sie, um Zeit zu gewinnen. Bevor ihr Vater etwas erwidern konnte, nahm Trudi den leeren Krug und rannte los. Im Keller füllte sie das Gefäß mit dem besten Tropfen, den ihre Eltern je gekeltert hatten. Sie war dabei so aufgeregt, dass sie nicht richtig achtgab und den Hahn zu spät schloss. Ein Teil des Weines floss über und bildete auf dem Boden eine Pfütze.
Trudi überlegte kurz, ob sie einen Lappen holen und die Lache aufwischen sollte. Doch es brannte ihr unter den Nägeln, mit ihrem Vater zu reden, und so kehrte sie dem Weinkeller den Rücken. Sollte der Kellermeister doch rätseln, wer sich an dem Fass für besondere Anlässe vergriffen hatte.
Als Trudi in die Halle zurückkehrte, saß Michel noch immer an derselben Stelle und hing seinen Gedanken nach, die seiner Miene zufolge nicht gerade erfreulich sein konnten. Das Mädchen zögerte, sagte sich aber, dass dies die einzige Gelegenheit vor dem Ritt nach Fuchsheim war, ihrem Vater zu beichten, was ihr zugestoßen war.
»Hier, Papa! Es ist der gute Wein aus deinem besonderen Fass! Willst du ihn nicht lieber im Erkerkämmerchen trinken? Allein in der Halle zu sitzen, ist doch nicht schön.«
Trudis Tonfall ließ Michel aufmerken. So hatte sie als kleines Kind gesprochen, wenn sie in einem ihrer Wutanfälle ein Spielzeug ihrer Schwestern oder einen anderen Gegenstand zerschlagen hatte. Danach war sie stets zu ihm gekommen, in der Hoffnung, er würde bei ihrer Mutter um gut Wetter bitten. Inzwischen hielt Trudi sich weitaus besser im Zaum als früher, aber nun klang sie wieder so, als habe sie etwas sehr Dummes angestellt.

Michel stand auf, nahm ihr die schwere Weinkanne aus der Hand und rang sich ein Lächeln ab. »Das ist genug Wein, um mehreren Männern schwere Köpfe zu verschaffen. Willst du mich etwa betrunken machen?«

Es gelang ihm nicht, Trudi zum Lachen zu bringen, und das war ein schlechtes Zeichen. Was immer auch seine Tochter getan hatte, musste schwer auf ihrer Seele liegen.

»Komm mit! In der Erkerkammer können wir ungestört miteinander reden.«

»Danke, Papa!« Trudi ging mit hängendem Kopf hinter ihm her und blieb an der Tür zur Erkerkammer stehen, während Michel Platz nahm und sich einen Becher Wein einschenkte. Als er sich zu ihr umdrehte, erschrak er über ihr bleiches Gesicht und die zuckenden Lippen und winkte ihr energisch, sich neben ihn auf die Bank zu setzen.

Als sie saß, reichte er ihr den Becher. »Trink du erst einmal einen Schluck. Du siehst aus, als hättest du eine Stärkung bitter nötig.«

Trudi nahm das Gefäß entgegen, erinnerte sich jedoch sofort daran, wie Georg von Gressingen sie im Fuchsheimer Wald zum Trinken angestiftet hatte, und setzte es mit einem Laut des Unmuts ab. Entschlossen, sich durch nichts mehr aufhalten zu lassen, stand sie wieder auf, schloss die Tür der Erkerkammer und schob den Riegel vor.

Michels Besorgnis stieg, und als Trudi die Hände knetete und nach einem Wort suchte, mit dem sie beginnen konnte, bat er sie, geradeheraus zu sagen, was sie bedrückte.

»Papa, erinnerst du dich noch an unseren letzten Besuch in Fuchsheim?«, brachte sie mühsam heraus.

Michel nickte grimmig. »Nur allzu gut! Ritter Ludolf hatte uns eingeladen, um eine gemeinsame Haltung gegen Würzburg zu beschließen. Herausgekommen ist kaum etwas. Allein der wackere Abt Pankratius von Schöbach stand auf meiner Seite, doch das ist kein Wunder, denn er wurde damals schon offen bedrängt und hat Unterstützung gesucht. Maximilian von Albach aber wollte uns alle dazu bewegen, uns dem Würzburger zu unterwerfen, und Gressingen, von dem ich mir Unterstützung erhofft hatte, schwänzte die Besprechung wie ein dummer Junge.«

Es war wohl kein guter Gedanke gewesen, Vater an jenen Fehlschlag zu erinnern, fuhr es Trudi durch den Kopf. Gleichzeitig aber schrie alles in ihr danach, Gressingen zu verteidigen. Mutiger, als sie sich fühlte, stand sie vor ihrem Vater und blickte ihm in die Augen. »Herr von Gressingen hat nicht an der Besprechung teilgenommen, weil er mich auf einen Spaziergang begleitet hat. Dabei sind wir in den Wald geraten und …«

Sie stockte kurz, atmete tief durch und presste die nächsten Worte so rasch hervor, als hätte sie Angst, sie sonst nicht mehr aussprechen zu können. »Dabei ist etwas furchtbar Unziemliches zwischen uns geschehen!«

Es dauerte einige Augenblicke, bis Michel die Tragweite dieses Geständnisses begriff. Er starrte seine Tochter an, die wie das Fleisch gewordene schlechte Gewissen vor ihm stand und bereit schien, jede Strafe hinzunehmen. Ihre Haltung verhinderte, dass er zornig auffuhr und Trudi auf der Stelle züchtigte. Stattdessen zwang er sich zur Ruhe und versuchte, seine wirbelnden Gedanken zu ordnen.

»Erzähle mir genau, was geschehen ist!«, bat er sie, in der Hoffnung, seine Tochter habe in ihrer Unerfahrenheit aus einem Hasen einen Bären gemacht.

Es fiel Trudi schwer, die nächsten Worte zu sprechen. »Wir haben getan, was verheiratete Männer und Frauen miteinander tun.«

»Du hast also deine Ehre im Wald von Fuchsheim fortgeworfen!« Michel gab sich keine Mühe, seine Enttäuschung zu verbergen.

»Herr Georg hatte geschworen, mich als seine Gemahlin heimzuführen«, verteidigte Trudi sich und ihren Geliebten.
»Das hätte er zuerst tun sollen. So aber hat er wie ein Lump an dir gehandelt!«
Trudi brach in Tränen aus. »Junker Georg ist kein Lump! Bestimmt hätte er bereits um mich angehalten, wenn dieser schreckliche Bischof ihm nicht die Heimat weggenommen hätte!«
Michel erinnerte sich daran, dass Marie von Gressingens Charakter nicht viel gehalten hatte. Leider hatte sie sich als die Weitsichtigere erwiesen. Am liebsten hätte er sich auf sein Pferd geschwungen, um den Übeltäter zu suchen und mit eigener Hand für diesen üblen Streich zu bestrafen. Aber er wusste, dass er mit dieser Handlungsweise einen Skandal entfachen würde, dessen einzige Geschädigte seine eigene Tochter sein würde.
»So leicht kommt Gressingen mir nicht davon. Ich werde morgen auf Fuchsheim mit ihm reden und ihn dazu bringen, dich zu heiraten, und wenn ich ihn vor den Traualtar prügeln muss. Er kann nicht meine Tochter verführen, als wäre sie eine wohlfeile Bauernmagd, und sich dann einfach davonstehlen.«
Obwohl Trudi der Vergleich mit einer nachgiebigen Bauernmagd schmerzte, war sie doch froh, dass ihr Vater einer Ehe zwischen ihr und Gressingen immer noch zustimmen wollte.
Sie fasste die rechte Hand ihres Vaters und führte sie an die Lippen. »Ich danke dir, Papa.«
Michel entzog ihr die Hand mit einem heftigen Ruck. »Das ist kein Geschenk, sondern eine leidige Notwendigkeit. Freudig werde ich dich Gressingen nicht anvermählen. Doch du hast mir keine andere Wahl gelassen. Und nun geh! Deine Mutter hat dir gewiss Arbeit aufgetragen, die getan werden muss. Ich rate dir, ihr in Zukunft besser zu gehorchen und sie nicht mit deinem störrischen Sinn zu reizen. Oder willst du, dass sie dich in ein Kloster gibt, anstatt eine Heirat mit Gressingen zu gestatten? Ich würde ihr nicht widersprechen.«

So kalt und abweisend hatte Trudi ihren Vater noch nie erlebt, und zum ersten Mal in ihrem Leben war sie froh, ihn verlassen zu können.

Während sie durch die Burg eilte und mit einem für sie überraschenden Eifer die Mägde antrieb, saß Michel in der Erkerkammer und spürte, wie ihm die Tränen in die Augen stiegen. Er und Marie hatten alles getan, um Trudi zu einem sittsamen jungen Mädchen zu erziehen. Jetzt erfahren zu müssen, dass sie ihre Jungfernschaft an einen Unwürdigen verschleudert hatte, tat ihm körperlich weh.

Er überlegte, ob er es Marie berichten sollte, schüttelte aber in unbewusster Abwehr den Kopf. Er traute es seiner Frau zu, Trudi mit dem Stock zu züchtigen und sie hier auf Kibitzstein zurückzulassen. Dabei war es nun unabdingbar, das Mädchen mit nach Fuchsheim zu nehmen. Es ärgerte Michel, dass er Gressingen seine Tochter würde anbieten müssen wie sauren Wein. Dann aber sagte er sich, dass Trudi ausnehmend hübsch war und eine recht üppige Mitgift mit in die Ehe bringen würde. Mit beidem konnte Gressingen zufrieden sein.

Aber was würde sein, wenn Gressingen sich weigerte? Bei dem Gedanken wanderte seine Rechte zum Griff des Schwerts, das seit dem Ärger mit der neuen Äbtissin von Hilgertshausen an seiner linken Hüfte hing. Noch fühlte er sich nicht zu alt, um diesem Lümmel heilige Furcht einbleuen zu können. Gressingen würde Trudi heiraten, ob er es nun freiwillig tat oder mit Beulen am ganzen Leib.

Michel befand, dass ihm der Inhalt des großen Kruges, den Trudi gefüllt hatte, gerade recht kam, und schenkte sich in rascher Folge mehrere Becher ein. Dabei wurde ihm nach und nach bewusst, wie stark er Trudi ihren Schwestern und auch Falko, seinem einzigen Sohn, vorgezogen hatte. Wäre das Mädchen zur rechten Zeit so herangenommen worden, wie sie es verdient hätte, müsste er jetzt nicht hier sitzen und sich Gedanken um sie machen.

Die Enttäuschung über seine Tochter trieb ihm erneut die Tränen in die Augen. Mit dem Handrücken wischte Michel sie weg und versuchte, seinen Gedanken einen anderen Weg zu weisen. Auch wenn alles in ihm schrie, Gressingen wie einen tollen Hund niederzuschlagen und seine Tochter in das nächste Kloster zu stecken, durfte er nicht vergessen, in welch gefährlicher Lage sich Kibitzstein befand. Aus diesem Grund überlegte er sich, welche seiner Nachbarn er als Verbündete gegen das Stift Frauenlob zu Hilgertshausen und den Fürstbischof von Würzburg gewinnen könnte.

7.

Am nächsten Morgen machten sich die Kibitzsteiner auf den Weg. Lisa und Hildegard freuten sich auf das große Fest und schwatzten munter drauflos. Beiden war klar, dass sie mit ihren vierzehn und zwölf Jahren in den Augen vieler Leute bereits als heiratsfähig galten, und sie stellten sich vor, edlen Herren zu begegnen, die später nach Kibitzstein kommen und um sie werben würden.

Marie war froh, dass ihre Schmerzen im Knie endlich abgeklungen waren, so dass sie in einer Sänfte reisen konnte. Ihr ging es jedoch weniger um die Feier als um gute und erfolgreiche Gespräche, die den Einfluss Kibitzsteins in diesem Teil Frankens vergrößern konnten. Daher ärgerte sie sich über Michel, der am Vorabend viel zu tief in den Weinkrug geschaut hatte und nun wie ein nasser Sack auf seinem Hengst hing. Auch machte sie sich Sorgen um Trudi, die in einem Augenblick den Tränen nahe zu sein schien, während sie im nächsten unnatürlich fröhlich auflachte und es offensichtlich nicht erwarten konnte, Fuchsheim vor sich auftauchen zu sehen.

Die Kibitzsteiner waren nicht die Einzigen, die an der Hochzeitsfeier teilnehmen wollten. Schon bald trafen sie auf weitere Reiterzüge, die den gleichen Weg eingeschlagen hatten. Viele der Herren, die diese Gruppen anführten, zählten zu den Gefolgsleuten des Würzburger Bischofs und amtierten in dessen Städten als Vögte oder als Kastellane in seinen Burgen. Trotz der Spannungen zwischen ihrem Herrn und den Kibitzsteinern begrüßten sie Michel und Marie so höflich, wie es zwischen entfernteren Nachbarn Brauch war.

Michel nahm sich nun zusammen und wirkte auch nicht mehr, als müsse er sich jeden Augenblick übergeben. Er gab die Grüße mit fester Stimme zurück, war aber gleichzeitig froh, dass Gereon ihn und seine Familie mit einem Dutzend bewaffneter Knechte begleitete. Die erst kürzlich geschmiedeten Panzer und Schwerter seiner Trabanten flößten den anderen Herren und ihrem Gefolge Respekt ein und sorgten dafür, dass die Leute, denen sie begegneten, sich allzu heftiger Sticheleien enthielten.

Otto von Hennebergs misslungener Überfall auf die Kibitzsteiner Mägde hatte bereits die Runde gemacht, und so mancher musterte neugierig Trudi, die, wie es hieß, dem Junker das Gesicht zerschnitten habe. Diejenigen, die mit dem gräflichen Haus Henneberg verbunden waren, brachten Michel und seinen Leuten daher sichtlich wenig Sympathie entgegen, und schließlich wurden die Kibitzsteiner von einem Trupp abgedrängt, den ein Herr und eine Dame in prachtvoller Kleidung anführten.

»Wer ist denn dieses unhöfliche Paar?«, fragte Trudi, der die eisigen Blicke, mit denen die Dame sie musterte, unangenehm wurden.

Da die Henneberger aus dem nördlichen Teil des Hochstifts stammten, war Michel nur selten mit Graf Magnus zusammengetroffen und musste daher auf das Wappen sehen, um ihn und Frau Elisabeth einordnen zu können. »Das dürften der Bruder und die Schwägerin des Burschen sein, den du mit seiner eigenen Klinge gezeichnet hast«, raunte er Trudi zu.

Sie warf den Kopf hoch, straffte den Rücken und begegnete dem nächsten Blick der Gräfin mit mehr Sicherheit.

Elisabeth von Henneberg wandte schließlich den Kopf ab und forderte ihren Gemahl auf, schneller zu reiten. Das war jedoch leichter gesagt als getan, denn ein Stück vor ihnen zog die nächste Reisegruppe dahin, und diese dachte gar nicht daran, für die Henneberger Platz zu machen. Etliche zornige Worte flogen hin und her, und für den Augenblick waren die Kibitzsteiner vergessen. Graf Magnus und seinen Begleitern blieb schließlich nichts anderes übrig, als ihre Pferde zu zügeln und sich in die lange Reihe derer einzugliedern, die Fuchsheim zustrebten.

Marie und Michel stellten verwundert fest, dass Bonas Hochzeit weitaus mehr Bedeutung zugemessen wurde, als sie es eigentlich verdiente. Jeder, der in diesem Teil Frankens etwas gelten wollte, hatte sich auf den Weg gemacht oder einen hochrangigen Gefolgsmann geschickt.

Wie viele Menschen sich in Fuchsheim versammelten, begriffen sie jedoch erst, als sie am späten Nachmittag ihr Ziel erreichten. Der Burghof vermochte die Zahl der Ankommenden nicht zu fassen, geschweige denn deren Pferde. Die Ställe waren längst überfüllt, und die überforderten Knechte brachten die Reittiere bereits ins Meierdorf der Burg. Auf dem Anger unterhalb Fuchsheims hatte Ritter Ludolf eine einfache Stechbahn errichten lassen, um seinen Gästen ein kleines Turnier bieten zu können. Nun wurden dort in aller Eile Zelte errichtet, um die vielen Knechte und Reisigen unterzubringen, die ihre Herrschaften begleiteten.

Der Gastgeber wirkte verwirrt und schien sich seiner Miene nach ans andere Ende der Welt zu wünschen. Bei Michels Anblick hellte sich sein Gesicht auf. »Gott im Himmel sei Dank, dass Ihr endlich erschienen seid. Ihr müsst mir aushelfen! Meine Vorratskammern sind nicht so gut gefüllt, dass ich all diese Menschen versorgen könnte. Dabei habe ich von den Pfeffersäcken in Volkach, Gerolzhofen und Schweinfurt schon etliches auf Kredit gekauft, und nun wollen die Kerle mir nichts mehr liefern. Ich bitte Euch, bürgt bei diesem Gesindel für mich, damit sie mir noch rasch ein paar Fuhren schicken, und lasst aus Euren Kellern und Speichern bringen, was Ihr entbehren könnt! Wenn Ihr mir nicht helft, verliere ich vor allen Leuten das Gesicht!«

Michel wechselte einen kurzen Blick mit Marie. Beiden behagte es wenig, zu all den Kosten, die sich in den letzten Wochen summierten, auch hier noch Geld ausgeben zu müssen. Aber wenn sie den Fuchsheimer als Verbündeten behalten wollten, durften sie ihn nicht im Stich lassen.

»Ich werde tun, was ich kann, Nachbar. Gereon, du wirst dich darum kümmern. Ich gebe dir eine Vollmacht für die Kaufleute in Schweinfurt mit.«

»Auch eine für die in Gerolzhofen und Prichsenstadt!«, bat der Fuchsheimer verzweifelt.

Das ärgerte Michel gleich zweifach, denn nun musste er in Orten Geld ausgeben, die dem Bischof von Würzburg unterstanden. Er wusste jedoch selbst, dass es zu lange dauern würde, um genügend Lebensmittel aus Schweinfurt zu holen.

»Die Vollmacht gilt auch für die anderen Orte!«, beruhigte er seinen Gastgeber.

Ludolf von Fuchsheim umarmte ihn voller Dankbarkeit und eilte dann weiter, um andere Gäste zu begrüßen. Auch Michel wurde sofort wieder in Beschlag genommen, denn viele wünschten von ihm zu erfahren, was nun wirklich in den Hilgertshausener Weinbergen geschehen war.

Graf Magnus und seine Leute, die dicht vor den Kibitzsteinern den Burghof erreicht hatten, waren so eingekeilt, dass sie kaum absteigen konnten. Als einer seiner Knechte den Befehl bekam, Frau Elisabeth aus dem Sattel zu heben, versuchte dieser, einen älteren Ritter beiseitezuschieben.

Der Edelmann drehte sich um und versetzte ihm eine heftige Ohrfeige. »Rühr mich nicht an, Kerl!«

Graf Magnus nahm die Blicke wahr, mit denen der Ritter und einige andere Gäste ihn maßen, die den Würzburger fürchteten oder gar mit ihm im Streit lagen, und ihm war klar, dass diese ihn zum Teufel wünschten. Da er jedoch zu diesem Fest gekommen war, um mit den anwesenden Burgherren zu sprechen und sie für Würzburg zu gewinnen, zwang er sich, seinen Zorn über deren provozierende Haltung hinunterzuschlucken.

Andererseits durfte er vor seiner Gemahlin nicht als Feigling dastehen. Daher griff er zum Schwert, um dem unverschämten Ritter anzudeuten, dass man mit einem Henneberger Dienstmann nicht verfahren konnte wie mit einem Gassenbuben. In dem Augenblick legte ihm jemand die Hand auf die Schulter, als wolle er ihn zurückhalten.

Er drehte sich um und sah einen hochgewachsenen, breitschultrigen Mann im Ornat eines hohen Kirchenmanns aus Rom hinter sich stehen. Das braungebrannte Gesicht des Prälaten und die kühn blickenden Augen hätten eher zu einem Krieger gepasst, aber seine Stimme klang sanft und geradezu schmeichelnd. »Gott zum Gruß, meine Söhne. Seid doch bitte so gut und tretet ein wenig beiseite, damit die hohe Dame vom Pferd steigen kann.«

Der Ritter, der eben noch breitbeinig die Stelle blockiert hatte, an der Elisabeth von Henneberg hätte absteigen können, neigte ehrfurchtsvoll den Kopf und schob sich zwischen seine Freunde. Nun trat Cyprian Pratzendorfer vor und hob Frau Elisabeth aus dem Sattel. Als er sie abgesetzt hatte, winkte er einen Knecht herbei. »He, Bursche, sorge dafür, dass Ihre Erlaucht in einen Raum der Burg geführt wird, in dem sie sich ein wenig erfrischen kann. Ihr …«, der Prälat wandte sich mit einer bedauernden Geste an Henneberg, »… werdet vorerst mit einem Schluck sauren Weines und einem Stück Brot vorliebnehmen müssen. Auf so viele Gäste ist der Fuchsheimer nicht vorbereitet.«

Graf Magnus nickte mit wachsendem Grimm. Wenn er sich nicht mit seinem Bruder hätte treffen wollen, um zu erfahren, wie er seine Aufgabe in Hilgertshausen meisterte, und mit jenen Edelleuten, die er auf die Seite des Fürstbischofs ziehen musste, hätte er auf der Stelle kehrtgemacht. So aber schluckte er seine Abneigung hinunter und packte den Knecht am Arm, bevor dieser den Auftrag des Prälaten ausführen konnte.

»Weißt du, ob die ehrwürdige Frau Äbtissin des Stiftes Frauenlob zu Hilgertshausen bereits erschienen ist?«

»Ja, die beiden sind schon hier. Wenn Ihr den Vogt sucht – der ist nicht zu verkennen.« Der Knecht, der nicht wusste, wer vor ihm stand, machte mit der Rechten eine Geste, die den Schnitt andeuten sollte, der quer durch Junker Ottos Gesicht verlief.

»Führe mich zu der Dame und ihrem Gefolgsmann«, befahl Graf Magnus dem Mann.

»Da müsst Ihr schon warten, bis ich Euer Weib weggeräumt habe! Teilen kann ich mich nicht.«

Der Graf hob die Hand, um den Knecht für diese unverschämte Antwort zu züchtigen, doch der Prälat trat dazwischen. »Zügelt Euer hitziges Blut, mein Guter. Diese Leute lauern doch nur darauf, dass Ihr ihnen Grund gebt, die Waffen zu ziehen. Doch ein Streit oder gar eine bewaffnete Auseinandersetzung an dieser Stelle ist den Plänen des hochwürdigsten Herrn Bischof nicht zuträglich.«

Cyprian Pratzendorfer strahlte eine Autorität aus, der sich Magnus von Henneberg nicht entziehen konnte. Daher kämpfte er seinen verletzten Stolz nieder und folgte dem Kirchenmann zu einigen Herren, die für den Fürstbischof Burgen und Ortschaften verwalteten. Die Ministerialen begrüßten Graf Magnus erfreut. Die Anwesenheit eines so hochrangigen Gefolgsmannes des Fürstbischofs versprach ihnen eine gewisse Sicherheit in einer Umgebung, die immer mehr von den Gegnern des Fürstbischofs dominiert wurde.

8.

Trudi und ihre Schwestern hatten nicht mit den gleichen Schwierigkeiten zu kämpfen wie Elisabeth von Henneberg, denn man machte ihnen sofort Platz, und es eilten genug Knechte herbei, die ihnen von den Pferden halfen.

Die vielen Menschen und der Lärm, der in der Burg herrschte, schüchterten Lisa und Hildegard so ein, dass sie sich ängstlich an die Sänfte ihrer Mutter drängten. Michel musste die beiden zur Seite ziehen, damit seine Frau aussteigen konnte. Als Marie neben ihm stand und die Gäste musterte, die sich durch ihre an diesem Tag besonders prunkvolle Kleidung von den umhereilenden Knechten unterschieden, lachte er auf. »Hier hat sich halb Franken versammelt.«

»Für meinen Geschmack haben sich zu viele Männer hier eingefunden, die in Würzburger Diensten stehen. Es würde mich nicht wundern, wenn Gottfried Schenk zu Limpurg persönlich hier erscheinen würde, um seine Ansprüche zu untermauern«, antwortete Marie mit gepresster Stimme.

»Ich würde mir sogar wünschen, dass er käme. In dieser Umgebung könnte man von Mann zu Mann mit ihm reden. Wer den hohen Herrn in seiner Residenz aufsucht, muss um Audienz ansuchen und wird zum Bittsteller degradiert.« Michel schnaufte verächtlich, winkte dann ebenfalls einen Knecht zu sich und befahl diesem, Marie und die Mädchen in den Wohnturm zu bringen.

Der Mann kannte die Kibitzsteiner von früheren Besuchen und wusste, dass sie angenehme Gäste waren, die auch einmal eine Münze springen ließen. Daher gehorchte er Michel weitaus eifriger als sein Kamerad, der Magnus von Henneberg einfach stehengelassen hatte, und sorgte dafür, dass Marie und ihre Töchter umgehend in den Palas geführt wurden und etwas zu trinken erhielten.

Da der Fuchsheimer verwitwet war, hatte eine seiner verheirateten Schwestern das Kommando im Haus übernommen. Die Frau fühlte sich ebenfalls von der Zahl der Gäste überrollt und bat Marie ohne Umschweife um Hilfe.

»Bei der Heiligen Jungfrau, das hätte ich nicht erwartet! Von diesem Fest wird man noch lange sprechen. Gebe die Himmelsmutter, dass wir uns nicht zum Gespött machen. Wisst Ihr, dass selbst Markgraf Albrecht Achilles von Brandenburg-Ansbach sein Erscheinen angekündigt hat? Ich weiß nicht einmal, wie man so einen hohen Herrn empfängt.«

Marie fühlte sich verpflichtet, sich der Dame anzunehmen und ihr eine Reihe von Ratschlägen zu erteilen. Ihre drei Töchter standen zunächst still daneben, doch schon bald gesellten sich einige jüngere Frauen und Mädchen zu ihnen, und es entspann sich ein lebhaftes Gespräch, das sich hauptsächlich um die farbenfroh gekleideten jungen Herren drehte.

»Wenn mein Vater hier keinen Bräutigam für mich findet, dann werde ich eine alte Jungfer«, krähte eine magere Zwölfjährige, die einem kürzlich zum Ritter geschlagenen Jüngling mit leuchtenden Augen nachblickte.

Eine bereits verheiratete Frau sah sie bekümmert an. »Hab es lieber nicht so eilig! Ich war vierzehn, als ich ins Brautbett gesteckt wurde. Es war jedes Mal ein Schrecken und eine Qual für mich, wenn mein Gemahl zu mir gekommen ist, um gewisse Dinge zu verlangen. Ich habe drei Kinder hintereinander verloren und sollte schon ins Kloster gesteckt werden, weil mein Ehemann eine neue Heirat eingehen wollte. Zu meinem Glück konnte ich dann aber den Sohn austragen, den mein Gemahl sich so sehr gewünscht hat. Seitdem behandelt er mich etwas besser.«

Ein durchaus ansehnliches Mädchen neben ihr schüttelte sich. »Ich hätte nichts dagegen, ins Kloster zu gehen. Dort würde ich mich gewiss wohler fühlen denn als Weib eines Mannes, der über mich verfügen kann wie über eine Kuh!«

Sie erhielt nur wenig Zustimmung, denn die meisten Mädchen sehnten sich nach einem eigenen Hausstand und wollten sich nicht der Herrschaft strenger alter Nonnen unterwerfen.
Während Lisa und Hildegard mit offenen Mündern lauschten und sich beinahe schon erwachsen fühlten, langweilte Trudi das Geplapper bald. »Wisst Ihr, wer von den jungen Herren sonst noch erschienen ist?«, unterbrach sie den Redefluss einer jungen Frau, die eben von ihren eigenen Erfahrungen im Brautbett berichten wollte.
»Nein! Es sind einfach zu viele, um sie alle im Kopf behalten zu können«, antwortete diese gereizt.
Eine andere zeigte in den Burghof. »Ich habe Steinsfeld gesehen und den jungen Rotenhan zu Eyrichshof. Ach ja, Junker Otto von Henneberg ist auch hier, aber den hast du ja schon selbst kennengelernt, meine Liebe!« Ein vorwurfsvoller Blick traf Trudi.
Das dünne Mädchen sah sie ebenfalls empört an. »Wie konntest du diesen edlen Herrn nur so verletzen? Nun ist er für sein Leben gezeichnet.«
Lisa schäumte auf. »Genau das wäre meiner Schwester passiert, wenn es diesem Kerl gelungen wäre, sie zu schänden!«
Eine pummelige Fünfzehnjährige lachte sie aus. »Ach Unsinn! Als wahrer Edelmann hätte Herr Otto von Henneberg gewiss nicht gezögert, um deine Schwester anzuhalten. Bedenke nur, was das für ein Aufstieg gewesen wäre: eine Heirat in ein gräfliches Haus!«
Ein paar Mädchen kicherten spöttisch, und Trudi vernahm, wie sich einige im Hintergrund über die Herkunft der Kibitzsteiner Sippe lustig machten. Zwar wagte es schon lange niemand mehr, ihre Mutter eine Hure zu nennen, wie es früher geschehen war, doch der Hinweis auf den Bierkrug, der eigentlich das Wappen des Reichsritters zieren müsse, war unmissverständlich. Einige der Frauen und Mädchen stammten aus Familien, die eng mit dem Bischof von Würzburg verbunden waren, und stichelten

nun in einer Weise, die Trudi die Zornröte ins Gesicht trieb. Ihr lagen bereits einige derbe Antworten auf der Zunge, als sie Bona auf sich zutreten sah.

Ihre Freundin trug ein weites, nicht gerade neues Kleid und wirkte angesichts der aufputzten Schar ihrer Gäste wie ein schlichtes Huhn in einer Voliere voll prächtiger Fasanen. Trudi wunderte sich darüber, denn Bona hatte sonst weitaus mehr auf ihr Äußeres geachtet. Sie war ungewöhnlich blass und hatte wohl auch geweint, denn ihre Wangen waren feucht.

»Es ist schön, dass du gekommen bist, Trudi! Kannst du rasch mit mir kommen? Ich muss mit dir reden.«

Bona klang niedergeschlagen und so ungewohnt ängstlich, dass Trudi erschrak. »Natürlich komme ich mit.«

Dabei fragte sie sich, ob es in dieser überfüllten Burg überhaupt noch einen Ort gab, an dem man sich ungehört unterhalten konnte. Es wimmelte von Menschen, und etliche der weiblichen Gäste versuchten nun, Bona ihre Glückwünsche auszusprechen, oder wollten sie einfach nur kennenlernen. Gerade walzte eine ausladende Matrone auf Bona zu und winkte heftig, um deren Aufmerksamkeit zu erregen.

»Rasch fort! Das ist Elgard von Rendisheim, eine von Mertelsbachs Verwandten!« Bona packte Trudi am Arm und zog sie durch eine Seitentür. Kurz darauf erreichten die beiden die Burgküche, in der eine verzweifelte Köchin es längst aufgegeben hatte, die Zubereitung der Speisen sorgfältig zu überwachen. Stattdessen ließ die Frau die Zutaten von ihren Mägden und Küchenjungen nur noch nach Gefühl in die Kessel und Töpfe werfen.

Als sie die beiden Mädchen entdeckte, sah sie Bona kopfschüttelnd an. »Mit Eurer Hochzeit habt Ihr aber was angerichtet, Jungfer. So viele Leute können wir nie und nimmer drei Tage hintereinander ernähren. Schon nach zweien werden unsere Vorratskammern so leer sein, dass darin selbst ein Mäuslein verhungern müsste.«

»Ich kann doch gar nichts dafür!« Bona brach in Tränen aus.
Die Köchin wollte noch etwas hinzusetzen, doch da rief eine ihrer Gehilfinnen nach ihr.
Bona nützte die Gelegenheit und führte Trudi durch einen bogenförmigen Durchgang zu einer weiteren, recht engen Wendeltreppe. Sie mussten noch über einige Fässer und Säcke hinwegsteigen, dann blieben die Geräusche und die Unruhe der Burg hinter ihnen zurück.
»Der Turm hat früher einmal zur Wehrmauer gehört. Doch nachdem mein Großvater die Burg hat umbauen lassen, ist er mehr oder weniger nutzlos geworden. Als Kinder haben wir öfter im Turmzimmer gespielt. Erinnerst du dich nicht mehr?«
Trudi nickte. »Doch, doch! Aber wir sind mindestens zwei Jahre nicht mehr hier gewesen.«
»Es sind mehr als drei. Man hat uns verboten, noch einmal hierherzukommen, weil sie uns mit Hardwin von Steinsfeld erwischt haben, der uns gerade seine Männlichkeit zeigen wollte.« Trotz ihrer Anspannung kicherte Bona. Damals war zum ersten Mal der Wunsch in ihr erwacht, mehr mit Hardwin zu tun, als nur zuzusehen, wie er seine Hose öffnete und das freilegte, was darin verborgen lag. Dazu war es dann vor wenigen Wochen gekommen.
Der Gedanke erinnerte Bona an die Folgen ihres Tuns, und sie wurde sofort wieder ernst. Mit fahrigen Bewegungen führte sie Trudi die Treppe hoch, zog sie in die einstige Kammer des Türmers und schloss die Tür hinter ihnen zu. In dem Raum war niemals mehr aufgeräumt oder saubergemacht worden. Die Stoffpuppen, mit denen sie und Bona früher gespielt hatten, waren inzwischen von den Mäusen zernagt worden, zwischen den dreibeinigen Schemeln spannten sich verstaubte Spinnweben, und die kleine Truhe, in der Bona ihre kindlichen Schätze verborgen hatte, sah nur noch schäbig aus.
Dennoch trat Trudi an den Kasten, hob den Deckel und holte

ein paar ihrer damaligen Reichtümer heraus. Unter diesen war eine Silbermünze, die sie vor vielen Jahren am Ufer des Mains im Sand gefunden und ihrer Freundin als großen Schatz geschenkt hatte. Es war seltsam, sie jetzt wieder in der Hand zu halten. Trudi atmete tief durch und griff nach dem nächsten Gegenstand. Es handelte sich um ein winziges Schmuckkästchen, das noch von Bonas Mutter stammte.

Da legte Bona ihre Finger um Trudis Arm. »Bitte sei vorsichtig damit. In das Ding kommt etwas hinein, das mir mein Leben retten kann.«

»Das Leben?« Trudi sah ihre Freundin erschrocken an.

Bona nickte unter Tränen. »Du musst mir einen heiligen Eid schwören, mich nicht zu verraten.«

Trudis Verwunderung stieg. »Was ist denn los mit dir?«

»Du darfst niemandem je erzählen, was damals im Wald geschehen ist, verstehst du? Für meinen Bräutigam muss es so aussehen, als wäre er der Mann gewesen, der mein Häutchen gesprengt hat. Davon hängt mein Leben ab.« Bona zog ihr Kleid am Bauch stramm. Es war nur eine leichte Wölbung zu sehen, die kaum auffiel, aber erfahrene Frauen würden schnell erkennen, in welchem Zustand Bona sich befand.

»Ich bin schwanger und werde in sieben Monaten gebären! Hoffentlich wird es ein schwächliches Kind – und am besten ein Mädchen. Sonst würde Herr Moritz sich fragen, ob er der Vater ist. Ich sterbe vor Angst bei der Vorstellung, einen großen, kräftigen Sohn zu gebären. Mertelsbachs Verwandte hassen mich, und Frau Elgard hetzt seine Kinder aus erster Ehe bereits jetzt gegen mich auf.«

Man konnte Bona ansehen, wie schwer ihr dieses Geständnis fiel, und Trudi war klar, dass sie einem ähnlichen Verhängnis nur knapp entronnen war. Georg von Gressingen hätte sie an jenem Tag im Wald schwängern können, und sie wäre lieber gestorben, als das ihrer Mutter zu beichten.

Sie empfand heftiges Mitleid mit ihrer Freundin. »Bei Gott, das ist ja schrecklich! Was willst du nun tun?«

Bona rang die Hände. »Es darf niemals aufkommen, dass Junker Hardwin und ich etwas Verbotenes getan haben, verstehst du?«

Trudi nickte und bedauerte nun, ihren Vater ins Vertrauen gezogen zu haben. Dann fiel ihr ein, dass sie ihm nur von sich und Junker Georg berichtet hatte, und da Gressingen schon aus eigenem Interesse schweigen würde, atmete sie erleichtert auf. Von ihrer und seiner Seite drohte Bona keine Gefahr.

»Was ist mit Steinsfeld? Wird er schweigen?«, fragte sie.

»Ich habe letztens mit ihm gesprochen und ihn auf Knien angefleht, meinen Ruf zu wahren. Er hat mir versprochen, es zu tun.«

»Aber das ist alles umsonst! Es sei denn, du könntest deinen Bräutigam davon überzeugen, er habe dich entjungfert.«

»Genau das werde ich tun. Aber das geht nur, wenn du mir hilfst. Trudi, mein Leben liegt in deiner Hand! Wenn Mertelsbach auch nur den geringsten Verdacht schöpft, wird er mich töten oder mich zusammen mit meinem Kind in ein Kloster stecken. Ich würde als Sünderin gelten, und man würde mir wahrscheinlich sogar ein ehrliches Grab verweigern.« Bei dieser Erklärung liefen Bona die Tränen in zwei breiten Bächen über die Wangen.

Trudi strich tröstend über ihren Rücken und nickte. »Natürlich werde ich dir helfen. Aber du musst ein fröhlicheres Gesicht zeigen. Es ist deine Hochzeit! Natürlich hast du Angst vor dem, was in der Brautnacht geschieht, aber du freust dich auch darauf, deinem eigenen Hausstand vorzustehen.«

»Das habe ich bereits seit dem Tod meiner Mutter getan. Dafür muss ich nicht nach Mertelsbach ziehen und mit einem alten Mann im gleichen Bett liegen.« Kurz flammten Trotz und Widerwillen in Bona auf, verrauchten aber schnell. »Du wirst sehr geschickt zu Werk gehen müssen, denn es darf niemand etwas bemerken, sonst erschlägt Mertelsbach mich auf der Stelle!«

Bona fasste Trudis Hände und führte sie an ihre Wangen. »Du bist immer meine beste Freundin gewesen und wirst es bis zum Ende meines Lebens bleiben. Wenn es dir gelingt, mich und meine Ehre zu retten, werde ich dir selbst den gleichen Dienst erweisen, wenn du ins Brautbett geführt wirst.«

9.

Im Gefolge des Abtes von Schöbach war auch der Söldnerführer Peter von Eichenloh nach Fuchsheim gekommen, denn er wollte bei dem Fest nach einem Auftraggeber Ausschau halten, der seine Dienste zu schätzen wusste. Der höchstwürdige Herr Pankratius hatte ihm und seinen Männern zwar ein Dach über dem Kopf gegeben, sie aber mit einfachster Kost und saurem Wein abgespeist.
Und auch Eichenlohs Hoffnung, der Abt würde ihn in seine Dienste nehmen, war bald zerstoben. Da Pankratius von Schöbach Michel Adler als seinen engsten Verbündeten bezeichnet hatte, nahm Junker Peter an, der Kibitzsteiner habe ihm den dummen Streit in Dettelbach nachgetragen und verhindert, dass der Abt seine Truppe anwarb. Nun musste er versuchen, einen anderen Burgherrn zu finden, der mit Würzburg über Kreuz lag und seine Männer brauchen konnte, denn es war an der Zeit, seine Kasse wieder aufzufüllen. Schon jetzt musste er den Sold für seine Leute aus der eigenen Tasche bezahlen, und das konnte er sich nicht viel länger leisten.
Auch Junker Peter wunderte sich über die Vielzahl der Gäste, rieb sich aber im Stillen die Hände. Unter diesen Umständen würde es ihm leichtfallen, jemanden zu finden, der zwei Dutzend gut ausgerüsteter und erfahrener Kämpen brauchen konnte.
Als er sein Streitross auf dem Burghof zügelte, sprach er einen

der Knechte an. »Es sieht so aus, als habe sich halb Franken auf dieser Burg versammelt.«

»Das könnt Ihr laut sagen!«, antwortete der Knecht, ohne stehen zu bleiben.

»Und die andere Hälfte Frankens scheint auch noch zu kommen«, setzte Eichenloh mehr zu sich selbst hinzu, als er weitere Reiterzüge der Burg zustreben sah.

Als guter Freund und Verbündeter des Burgherrn wurde Abt Pankratius von Ludolf von Fuchsheim persönlich empfangen. Bonas Vater begrüßte ihn erleichtert, aber auch ein wenig abgehetzt, und wies mit der Hand auf den Wohnturm.

»Ich habe einen Raum für Euch und die anderen geistlichen Herren vorbereiten lassen. Ihr werdet ihn mit Freunden, aber auch einigen Würzburgern und einem Prälaten aus Rom teilen müssen.«

»Ein Kirchenmann aus Rom? Ich freue mich schon, seine Bekanntschaft zu machen.« Abt Pankratius sah aus, als wolle er seinen Gastgeber auffordern, ihn auf der Stelle zu diesem Gast zu führen.

Ritter Ludolfs Miene verriet, dass er von dem Erscheinen des Prälaten nicht begeistert war. »Es handelt sich um Seine Hochwürden Cyprian Pratzendorfer. Er soll ein Studienfreund von Herrn Gottfried sein und mit ihm auf gutem Fuß stehen. Das scheint zu stimmen, denn er ist in Begleitung einiger Würzburger Domherren hier erschienen. Gebt mir bitte nicht die Schuld daran, denn ich habe diese Leute gewiss nicht eingeladen.«

»Das ist nicht gut. Ich hatte gehofft, wir könnten uns bei diesem Anlass mit unseren Freunden beraten. So aber liegen Würzburger Ohren auf den Tischen, und wir müssen unsere Zungen hüten.« Abt Pankratius klang enttäuscht, doch sein Gastgeber fasste ihn am Arm und führte ihn beiseite.

»Ihr werdet doch hoffentlich ein oder zwei Tage länger bleiben können, so dass wir die Gelegenheit finden, in Ruhe miteinander zu reden. Jetzt gilt es erst einmal herauszufinden, was die Würzburger hier suchen.«

»Das kann ich Euch jetzt schon sagen. Sie wollen Euch zeigen, wie stark sie sind, und Euch gleichzeitig die Haare vom Kopf fressen«, mischte Eichenloh sich ungefragt in das Gespräch ein.

Ludolf von Fuchsheim musterte den Unbekannten mit zusammengekniffenen Lippen und wandte sich dann an den Abt. »Diesen Herrn habt Ihr mir noch nicht vorgestellt.«

»Das ist Herr Peter von Eichenloh, ein erfahrener Kriegsmann und ein Neffe von Herrn ...«

»Mein Oheim tut nichts zur Sache!«, fiel Eichenloh dem Abt ins Wort.

Dann deutete er eine Verbeugung an. »Ich bin Söldnerführer auf der Suche nach einem neuen Dienst. Wenn Ihr so gut sein könntet, mir zu sagen, wer alles erschienen ist, wäre mir sehr geholfen.«

»Schaut Euch selbst um! Ich habe es längst aufgegeben, mir all die Namen zu merken.« Ludolf von Fuchsheim war nicht daran interessiert, einem Söldling Rede und Antwort zu stehen, und führte den Abt zum Wohnturm hinüber.

Eichenloh blieb auf dem Hof zurück und versuchte, sich einen Überblick zu verschaffen. Anders als Bonas Vater war er gewohnt, viele Leute um sich zu sehen, denn verglichen mit dem Sammelplatz eines Heeres war es hier weit weniger unübersichtlich. Da er weit herumgekommen war, vermochte er bald die einzelnen Wappen und Banner einzuordnen und freute sich, einige alte Bekannte begrüßen zu können.

Seine kraftvolle Gestalt zog viele Blicke auf sich, und mancher musterte verwundert den roten Waffenrock und das Wappen mit drei goldenen Eichenblättern und ebenso vielen Eicheln. Während die anderen Herren in Samt, Brokat und Seide gekleidet waren, als wollten sie am Hofe König Friedrichs III. in Graz eine gute Figur machen, hatte Eichenloh sich so nachlässig gekleidet, wie er zu reisen pflegte.

Männer, denen er in früheren Fehden geholfen hatte, begrüßten ihn freundlich, aber auch mit einer gewissen Sorge. So nachlässig Eichenloh bei seiner Kleidung war, so genau achtete er auf die Einhaltung seiner Verträge. Ein Herr, der ihm nun geflissentlich auswich, hatte versucht, ihn um einen Teil des vereinbarten Soldes zu betrügen. Noch am gleichen Tag hatte Eichenloh ihn verlassen und war in die Dienste seines Gegners getreten, und in der nachfolgenden Schlacht hatte jener Mann eine Burg und einen Teil seiner Ländereien verloren.

Auch die Würzburger wichen dem Söldnerführer in weitem Bogen aus. Zwar zwickte es einige von ihnen in den Fingern, den erfahrenen Anführer und seine Truppe anzuwerben, doch solange ihn der Fürstbischof nicht wegen des fleischlichen Vergehens mit seiner Nichte freigesprochen hatte, wagte keiner, ihn anzusprechen.

Einer der Domherren, der gerade mit Pratzendorfer sprach, zeigte seufzend auf den Söldnerführer. »Wenn wir diesen Mann in unseren Reihen hätten, würden es sich etliche der Herrschaften überlegen, ob sie sich weiterhin gegen unseren erhabenen Fürstbischof stellen sollen.«

»Und warum nehmt Ihr ihn nicht in Eure Dienste?«, fragte der Prälat unwirsch, denn er zog es vor, seine Schlachten ohne Waffengeklirr zu schlagen.

Der Würzburger hüstelte. »Da gibt es leider ein kleines Problem. Herr Gottfried hasst diesen Mann.«

»Wenn das so ist, wird dieser Kerl sich wohl Würzburgs Feinden anschließen.« Angesichts dieser Gefahr musterte Pratzendorfer ihn genauer. Andere mochten sich von dessen schäbiger Erscheinung täuschen lassen, doch er begriff sogleich, was Eichenloh damit bezweckte. Der Mann wollte sich von all den mit Samt und Seide prunkenden Edelleuten unterscheiden und den harten Kriegsmann herauskehren, den die Meinung anderer kaltlässt.

»Der Kerl ist eine Viper«, sagte er zu sich selbst und nickte dem Würzburger Domherrn beruhigend zu. »Um dieses Problem werde ich mich kümmern, mein Freund. Herr Gottfried hat nicht zu befürchten, diesen Eichenwald ...«

»Eichenloh«, korrigierte ihn der andere.

»... diesen Eichenloh auf der Seite seiner Feinde zu sehen.« Der Prälat schob sich durch die versammelte Menge auf den Söldnerführer zu.

Dieser hatte inzwischen Magnus von Henneberg entdeckt und drängte sich durch die Umstehenden. »Gottes Gruß, Erlaucht. Ich freue mich, Euch zu sehen. Könnt Ihr mir sagen, ob Otto ebenfalls kommen wird?«

»Die ehrwürdige Äbtissin Klara von Hilgertshausen ist selbstverständlich zusammen mit ihrem Vogt erschienen. Ihr werdet meinen Bruder in dem ihr zugewiesenen Gemach finden.« Graf Magnus klang abweisend, und er blickte durch den Söldnerführer hindurch, als sei dieser nicht vorhanden. Ihn beschäftigte immer noch Ottos Anblick. Die Entstellung seines Bruders hatte ihn so schockiert, dass ihm kein Wort von all jenen Vorwürfen über die Lippen gekommen war, die der Zorn in ihm angestaut hatte.

Junker Peter schien es, als stünde der Henneberger ihm an diesem Tag noch feindseliger gegenüber als bei seinem Besuch auf dessen Burg, aber er schob diesen Umstand auf seinen Zwist mit dem Würzburger Bischof und ließ Graf Magnus ohne Abschiedsgruß stehen. Mit langen Schritten stiefelte er auf den Wohnturm zu und schob die Leute, die ihm im Weg standen, kurzerhand beiseite.

»He, was soll das?«, rief ein Mann empört, verstummte aber, als er Eichenlohs Blick auf sich gerichtet sah.

»Verdammter Totschläger!«, schimpfte ein anderer so leise, dass es nur sein Nachbar hören konnte.

Junker Peter kümmerte sich nicht um das Gemurmel, das ihn begleitete, sondern lief die Freitreppe hoch und fing den ersten Knecht ein, der ihm entgegenkam.

»Wo befindet sich die ehrwürdige Mutter Klara von Hilgertshausen?«

Der Mann starrte den Söldnerführer an, als frage er sich, was ein so abgerissener Edelmann von einer Äbtissin wollte. »Die haust mit ihren Nonnen dort hinten in der letzten Kammer. Es ist eine der wenigen, die einen Riegel besitzen. Darauf haben die Weibsen bestanden.«

Seinem Tonfall nach gehörten die frommen Damen des Stiftes Frauenlob nicht gerade zu seinen erklärten Lieblingen. Eichenloh ging ohne Dank an dem Knecht vorbei und fand kurz darauf die beschriebene Tür. Sie war aus schweren Eichenbohlen gefertigt, und es hätte schon eines Rammbocks bedurft, um sie aufzusprengen. Die ängstliche Haltung der Stiftsdamen amüsierte ihn, und so klopfte er betont hart und fordernd. Sofort klang erschrockenes Stimmengewirr auf, und dann öffnete jemand vorsichtig die Tür.

Eichenloh blickte auf eine zwergenhaft kleine, unförmige Nonne mittleren Alters hinab, die ihn mit kurzsichtigen Augen anblinzelte. Wahrscheinlich gehörte sie zu jenen armseligen Geschöpfen aus wohlhabenden Familien, die wegen ihrer körperlichen Beeinträchtigungen ins Kloster gegeben wurden. Ob die Damen solche Angst vor den meist männlichen Gästen hatten, dass sie sicherheitshalber einen Krüppel vorschickten? Er unterdrückte ein spöttisches Grinsen und deutete eine Verbeugung an.

Die Stiftsdame hatte den Besucher als Ritter in verbesserungswürdigen Verhältnissen eingestuft, der wohl gekommen war, um bei einer Verwandten im Stift zu schnorren. Da die neue Oberin den Damen Geldzuwendungen an Sippenangehörige strikt untersagt hatte, wollte sie ihm die Tür vor der Nase zuschlagen.

Eichenloh trat rasch über die Schwelle, fasste die Zwergin unter den Armen und stellte sie ungeachtet ihrer Proteste wie einen Sack Getreide beiseite. Dann warf er einen Blick in die Runde. Die Äbtissin war mit einem Gefolge von sechs Stiftsdamen erschienen, deren Betten aus nachlässig gestopften Strohsäcken bestanden. Als einziger Mann befand sich Otto von Henneberg im Raum. Dieser drehte, als Eichenloh auf ihn zutrat, den Kopf weg und zog sich aus dem schwachen Lichtkreis zurück, der von der Flamme einer einzelnen Unschlittlampe genährt wurde.
»Gott zum Gruß, ehrwürdige Schwestern«, sagte Eichenloh und neigte dabei das Haupt vor einer stämmigen Frau mit einem nicht unsympathisch wirkenden, breitflächigen Gesicht, die er mehr an ihrer souveränen Haltung und den forschenden Blicken als an ihrer Tracht als Oberin des Frauenstifts ausgemacht hatte.
»Der Segen des Herrn sei mit dir, mein Sohn. Wer bist du, und was wünschst du von uns?« Der erste Satz klang noch freundlich, doch dann wurde ihre Stimme abweisend.
»Mein Name ist Peter von Eichenloh, und ich bin gekommen, um meinen Freund Otto von Henneberg zu begrüßen.«
»Ihr seid der Frauenschänder und Totschläger Eichenloh?« Klara von Monheim ließ keinen Zweifel daran, dass sie Männer mit dem Ruf des Besuchers verachtete, und ihre Damen wichen vor dem Eindringling zurück, als wäre er ein hungriger Wolf auf der Suche nach Beute.
Eichenloh wusste nicht, wie er auf die verächtlichen Worte der Äbtissin reagieren sollte. Einen Mann hätte er entweder verprügelt oder vor seine Lanze gefordert, und für ein normales Weib wären Ohrfeigen die richtige Antwort gewesen. Doch Klara von Monheim stand nicht nur als weibliches Wesen vor ihm, sondern auch als die verehrungswürdige Repräsentantin eines großen Damenstifts.
Er zwang sich, höflich zu antworten. »Ich glaube, Ihr verwechselt mich, ehrwürdige Mutter. Ich habe noch nie ein Weib gegen sei-

nen Willen genommen noch je einen Mann getötet außer im ehrlichen Kampf!«

Klara von Monheim musterte ihn und fand ihn trotz seiner allzu freien Manieren nicht so übel, wie sie es erwartet hatte. »Wenn dies so ist, ist Euer Leumund schlechter, als Ihr es verdient.«

»Daran sind nur Neider schuld und die, die Peters Schwert zu fürchten haben«, warf Otto von Henneberg ein. Es waren die ersten Worte, die er in Gegenwart seines Freundes äußerte. Dabei klang er so bitter, wie Eichenloh es noch nie bei ihm erlebt hatte.

»Hast du Lust, mit mir zu kommen und nachzusehen, ob in diesem Bienenstock ein Schluck Wein aufzutreiben ist?«, fragte Eichenloh ihn.

Henneberg schüttelte den Kopf. »Ich mag nicht draußen herumlaufen.«

»Du kannst aber nicht bei den frommen Damen bleiben. Denke an ihren Ruf!«

»Graf Otto nächtigt selbstverständlich im großen Schlafsaal. Er weilt nur bei uns, damit wir seine Wunde versorgen können«, erklärte die Äbtissin empört.

»Eine Wunde, Otto? Sag, was hast du angestellt?« Eichenloh trat neben seinen Freund und legte ihm die Hand auf die Schulter. Henneberg drehte ihm das Gesicht zu, und im selben Augenblick hob die Äbtissin die Lampe, so dass das Licht auf den Patienten fiel.

Eichenloh stieß hart die Luft aus, als er die frische, blau und rot aufgeschwollene Narbe sah, die sich quer über sein Gesicht zog. »Bei Gott, wie bist du dazu gekommen? Der Kerl, der dir das beigebracht hat, lebt hoffentlich nicht mehr!«

Scham färbte Hennebergs Gesicht und ließ die Verwundung noch stärker hervortreten. Aber ehe er sich eine Ausflucht einfallen lassen konnte, beantwortete die Äbtissin Eichenlohs Ausruf. »Das war kein Mann, sondern das Werk eines Weibes – und noch dazu das eines jungen Mädchens. Ich hatte Herrn Otto beauftragt, etliche Knechte und Mägde zu vertreiben, die sich widerrechtlich auf unserem Land aufhielten und unsere Trauben stahlen. Dabei ist er an diese Furie geraten.«

»Was war mit dir los, mein Guter? Immerhin habe ich dir beigebracht, nie unvorsichtig zu sein und beim Kampf stets einen kühlen Kopf zu bewahren!« Eichenloh besah sich die Wunde genauer. »Wenigstens bist du in kundige Hände gekommen. Der Schnitt verheilt gut. Man hat ihn dir sogar genäht – das ist eine seltene Kunst in diesen Tagen. Dennoch dürftest du eine deutliche Narbe zurückbehalten. Ich hoffe, das Weibsstück hat dafür bezahlt!«

Hennebergs Kopfschütteln sagte Eichenloh genug. »Verdammt, Otto, ich hätte doch mit dir kommen sollen! Aber ich dachte, du hättest bereits genug Verstand im Kopf, um auf eigenen Beinen stehen zu können. Stattdessen lässt du dir von einem Weib das Gesicht aufschlitzen.«

»Sie hat zuerst woanders hingezielt, und ich kann von Glück sagen, dass sie auf mein Gesicht eingestochen hat. Das Blut hat mich so geblendet, dass ich hilflos war. Überdies sind meine Leute einfach davongerannt, und ich …« Henneberg brach ab und wischte sich über seine feuchten Augen.

»An deiner Stelle würde ich diese Magd einfangen und öffentlich auspeitschen lassen. Wenn du willst, helfe ich dir dabei«, schlug Eichenloh vor.

»Es war keine Magd, sondern die Tochter Michel Adlers auf Kibitzstein. Sie war bei ihren Leuten und trat mir in den Weg«, bekannte Otto von Henneberg mit dumpfer Stimme.

»Jungfer Trudi? Der traue ich so ein Schurkenstück zu. Gesindel bleibt nun einmal Gesindel.« Eichenloh spie aus, sah dann die indignierten Mienen der Stiftsdamen und bemühte sich, die Bescherung mit der Sohle seines rechten Schuhs zu verreiben.

Otto von Henneberg hätte nun bekennen müssen, weshalb die

Jungfer auf Kibitzstein ihn verletzt hatte, doch er schämte sich zu sehr. Sein Freund hatte stets auf schärfste Disziplin geachtet und würde, wenn er die Wahrheit erführe, nur Verachtung für ihn übrighaben.

Statt einer Antwort umarmte er Eichenloh und klammerte sich wie ein kleiner Junge an ihm fest. »Ich bin so froh, dass du gekommen bist! Mit dir kann ich wenigstens reden. Magnus hat kaum ein Wort herausgebracht und ist auch gleich wieder gegangen. Ich brauche aber jemanden, mit dem ich zusammensitzen und trinken kann.«

»Das habe ich ja die ganze Zeit vorgeschlagen. Komm endlich mit! Meine Kehle ist wie ausgedörrt. Gewiss erlauben die Damen, dass wir uns verabschieden!« Eichenloh verbeugte sich knapp und zog dann seinen Freund kurzerhand mit sich.

Kaum hatte die Zwergin die Türe hinter den beiden geschlossen, schüttelte Klara von Monheim den Kopf. »Statt uns an Magnus von Henneberg zu wenden, hätten wir diesen Eichenloh anwerben sollen. Der Mann hätte uns die Kibitzsteiner vom Hals gehalten.«

10.

Während Trudi und Bona in dem alten Turm ihren Plan schmiedeten und Eichenloh und sein Freund beinahe traumwandlerisch den Weg zum Weinkeller fanden, half Marie Ritter Ludolfs überforderter Schwester, einen Hauch von Ordnung in das herrschende Durcheinander zu bringen. Michel nützte derweil die Gelegenheit, seine Bekanntschaft mit einigen Herren zu erneuern, mit deren Hilfe er seine Position gegenüber dem Würzburger Bischof zu stärken hoffte. Dabei achtete er auf das Kommen und Gehen im Rittersaal, damit ihm Gressingens Auftauchen nicht entging. Als er Maximilian von Albach begegnete, sprach er ihn an und erfuhr, dass Junker Georg erwartet wurde, aber noch nicht eingetroffen sei.

»Mein Neffe wird wohl unterwegs übernachten und morgen kurz vor der Messe eintreffen. Ihm ergeht es besser als uns, denn er muss nicht in diesem Gemäuer nächtigen. Habt Ihr schon den Schlafsaal gesehen, Kibitzstein? Wir werden uns gegenseitig auf die Leiber treten, wenn wir des Nachts zum Abtritt gehen. Da ist es sogar ganz gut, dass Herr Ludolf nicht imstande ist, allen Gästen genug Wein zu bieten.« Der Vorwurf war ungerecht, denn der Albacher hielt bei seinen Worten einen vollen Humpen in der Hand.

Michel nickte seinem Gegenüber nachsichtig zu. Er hätte Albach gerne als Verbündeten gesehen, doch Gressingens Onkel stand voll und ganz zum Fürstbischof. Da er aber hoffte, den Mann als Vermittler zwischen den beiden Seiten zu gewinnen, hob er seinen Becher und stieß mit ihm an.

Ludolf von Fuchsheim hatte mehrere große Fässer für die Hochzeit seiner Tochter bereitstellen lassen, doch es war schon abzusehen, dass dieser Vorrat noch am gleichen Abend aufgebraucht sein würde. Deswegen gab Bonas Vater seinen Leuten den Befehl, die Keller seiner Bauern zu plündern, und als er zusah, wie die Fässchen gebracht wurden, verfluchte er insgeheim seine Gäste, die wie Heuschrecken in die Burg eingefallen waren. Aber es kam noch schlimmer, denn in dem Augenblick, in dem sein Verwalter behauptete, in der Burg fände keine Maus mehr Platz, sah Ritter Ludolf eine weitere Heimsuchung auf sich zukommen.

Diese bestand aus einem Reiterzug, der mehr als einhundert Männer zählte und den ein Herr in einem kurzen, blauen Umhang und einem farbenprächtigen Wams anführte. Ein breitrandiger Hut saß auf seinem Kopf, und das schmale Gesicht zierte ein prachtvoller Schnurrbart, während Kinn und Wangen glattrasiert waren. Über der Schar flatterte ein Banner mit dem roten Adler von Brandenburg und kündete an, dass der Herr von

Ansbach, Markgraf Albrecht Achilles aus dem Hause Hohenzollern, im Begriff war, die Hochzeit auf Fuchsheim zu beehren. Bonas Vater wusste nicht, ob er sich über diese Auszeichnung freuen oder mit der Tatsache hadern sollte, dass die Verköstigung eines so hohen Herrn samt seiner Begleitung ihn an den Bettelstab bringen würde. Mit gemischten Gefühlen eilte er dem Markgrafen bis vor das Burgtor entgegen und ergriff den Zaum des Pferdes wie ein gewöhnlicher Knecht, um Herrn Albrecht Achilles mit der ihm gebührenden Ehrfurcht in die Burg zu geleiten.

Der Brandenburger ließ seinen Blick über die Zelte auf dem Anger schweifen und musterte die Leute, die auf die Ankündigung seiner Ankunft hin im Burghof zusammenströmten und ihn mit einer Mischung aus Unglauben und Verwirrung anstarrten.

Obwohl Albrecht Achilles noch ein junger Mann in der Blüte seines Lebens war, ließ er es zu, dass der Fuchsheimer ihm untertänig half, vom Pferd zu steigen, und als Pratzendorfer auf ihn zutrat, erschien ein herausforderndes Lächeln auf seinen Lippen.

»Gottes Segen sei mit dir, mein Sohn!«, begrüßte der Prälat den Markgrafen in einem Ton, als wolle er von Anfang an klarstellen, dass er sich nicht von der Machtfülle und der herausragenden Stellung des Ansbachers im Reich beeindrucken ließ.

»Auch Euch Gottes Segen, frommer Herr!« Albrecht Achilles lachte und ließ dabei sein kräftiges Gebiss sehen.

Auf den Prälaten wirkte seine Geste wie ein warnendes Zähneblecken. Der Ansbacher war erschienen, um den Herren, die in Opposition zu dem Würzburger Fürstbischof standen, zu zeigen, dass er ihr Freund war. Aber da seine Absichten sich kaum von denen unterschieden, die Gottfried Schenk zu Limpurg hegte, erregte sein Kommen auch bei dieser Gruppe keine reine Freude.

Michel wusste ebenfalls nicht so recht, wie er sich zu dem jüngsten Sohn des verstorbenen Burggrafen von Nürnberg stellen soll-

te. Als freier Reichsritter wollte er weder dessen Untertan noch der des Würzburgers sein. Er beobachtete, wie Albrecht Achilles einige Worte mit dem Prälaten wechselte und danach die anwesenden Herrschaften des Würzburger Hochstifts begrüßte. Diesen war anzusehen, dass sie den neuen Gast dorthin wünschten, wo der Pfeffer wächst, war ihnen doch klar, dass der Hohenzoller nicht gekommen war, um die Tochter eines nachrangigen Ritters zum Altar zu führen, sondern um seine Ansprüche auf diesen Teil Frankens zum Ausdruck zu bringen.
»Das wird Krieg geben«, flüsterte Ingobert von Dieboldsheim Magnus von Henneberg zu. Seine Stimme verriet, dass er kein Held und Schlachtgetümmel ihm eher zuwider war.
Graf Magnus legte seine Linke demonstrativ auf den Schwertknauf. »Der Brandenburger mag ruhig versuchen, Würzburg zu schaden. Wir werden ihm eins auf die Nase geben, dass ihm der Machthunger gleich wieder vergeht.«
Diese Hoffnung teilte Ingobert von Dieboldsheim nicht. Albrecht Achilles nannte große Ländereien im südlichen Franken sein Eigen, und sein ältester Bruder Friedrich war der regierende Markgraf von Brandenburg und damit Kurfürst des Heiligen Römischen Reiches. Neben diesem würde auch ein weiterer Bruder, Herr Johann von Brandenburg-Kulmbach, dem Ansbacher in einem Krieg gegen Würzburg beistehen.
Noch während der Dieboldsheimer in seiner Phantasie die Zahl möglicher Feinde des Fürstbischofs um König Friedrich III. vergrößerte, weil dieser gleichzeitig Herzog von Innerösterreich und ein guter Freund von Albrecht Achilles war, sah er Michel Adler auf den Hohenzoller zutreten und zog Graf Magnus am Ärmel.
»Seht doch! Der Kibitzsteiner drängt sich zum Markgrafen durch. Gewiss stehen die beiden miteinander im Bunde.«
»Ein Markgraf aus dem Hause Hohenzollern und ein nachrangiger Reichsritter von zweifelhafter Herkunft? Ihr träumt, Dieboldsheim. Herr Albrecht Achilles sieht so einen Menschen wie

Michel Adler höchstens als jemanden an, der ihm zu Diensten sein muss.«

Eigentlich wollte Graf Magnus den Dieboldsheimer mit diesen Worten beruhigen, doch er erreichte das Gegenteil. Ritter Ingobert glaubte seinen Worten zu entnehmen, dass ihm selbst von einem Herrn wie dem Würzburger Bischof auch nur die Stellung eines Untergebenen zugebilligt werden würde. Daher sah er neiderfüllt zu, wie Albrecht Achilles von Brandenburg-Ansbach Michel Adler begrüßte und herzlich umarmte.

»Ich freue mich, Euch zu sehen, Adler. Das letzte Mal haben wir uns vor fast vier Jahren getroffen. Das war in Nürnberg, nicht wahr? Beim letzten Reichstag Seiner Majestät, des Königs. Damals lebte mein Vater noch. Er hat sehr viel von Euch gehalten! Hat Herr Sigismund Euch noch in den Rang eines Reichsfreiherrn erhoben, so wie er es angekündigt hat? Nein? Dann hat es mein zum deutschen König erhobener Namensvetter aus Österreich wohl auch nicht getan. Ihm war ohnedies nur kurze Zeit gegeben.«

Albrecht von Brandenburg klang nicht so, als bedaure er das Ableben Albrechts von Habsburg, Herzog von Niederösterreich und gewählter König des Reiches. Seiner Ansicht nach, die er mit anderen hohen Herren des Reiches teilte, war Sigismunds Schwiegersohn mit dem Luxemburger Erbe seiner Gemahlin Elisabeth zu viel Macht zugefallen. Albrechts Nachfolger Friedrich III. konnte sich nicht auf eine so große Hausmacht stützen und war daher der ideale Herrscher für einen ehrgeizigen Fürsten. Allerdings hatte der Markgraf von Brandenburg-Ansbach sich von Anfang an offen auf die Seite des Königs gestellt und galt als sein Verbündeter.

»Ich werde bald wieder mit Herrn Friedrich zusammentreffen. Dabei könnte ich ihn auf Euch ansprechen. Ihr seid seinen Vorgängern ein wackerer Dienstmann gewesen und werdet es bei ihm wohl nicht anders halten wollen!«

»Nein, gewiss nicht«, antwortete Michel, der mit freudiger Verwunderung begriff, dass der Brandenburger seine Reichsfreiheit nicht antasten wollte.

Er wusste zwar nicht, welche Pläne der hohe Gast verfolgte, aber ihm wurde klar, dass er im Notfall auf einen mächtigen Verbündeten zurückgreifen konnte. Zu schnell wollte er sich jedoch nicht in die Arme des Ansbachers werfen, denn der Appetit kam mit dem Essen, und der Markgraf mochte irgendwann ebenfalls danach streben, ihn und die anderen Reichsritter, Reichsstädte und Reichsabteien in Franken unter seine Herrschaft zu bringen. Die Freundschaft eines so hohen Herrn war ein zweischneidiges Schwert, und er hoffte, der Würzburger Bischof würde Albrecht Achilles' Erscheinen als Warnung ansehen, es mit seinen Forderungen nicht zu übertreiben.

11.

Einem hohen Herrn wie dem Markgrafen von Brandenburg-Ansbach durfte Ludolf von Fuchsheim nur seinen besten Wein kredenzen, und Michel profitierte von dieser Tatsache, da Albrecht Achilles ihn kurzerhand zu einem seiner Tischgenossen ernannte. Als Gastgeber kam dem Fuchsheimer dieselbe Ehre zu, aber Ritter Ludolf sah so aus, als würde er lieber den sauersten Essig trinken, als zusehen zu müssen, wie schnell sein bester Wein durch die Kehlen rann. Noch mehr bekümmerten ihn jedoch die scheelen Blicke der Würzburger Parteigänger, die offensichtlich annahmen, er habe den Ansbacher eingeladen, um sie in die Schranken zu weisen.

Ludolf von Fuchsheim hatte die Hochzeit im Rahmen seiner Verhältnisse durchaus prachtvoll feiern wollen, doch mittlerweile wuchsen ihm die Umstände über den Kopf. Um all diese Herrschaften verköstigen zu können, würde er sich bis über beide

Ohren verschulden und noch mehr Land verpfänden müssen, und dabei hatte sein zukünftiger Schwiegersohn ihm bereits erklärt, er würde auf keinen Gulden der vereinbarten Mitgift für Bona verzichten.

Mehr neidisch als dankbar blickte der Fuchsheimer zu Michel hinüber, der in den knapp anderthalb Jahrzehnten, die er auf Kibitzstein saß, immer reicher geworden war. Sein Nachbar hatte bereits Befehl gegeben, Lebensmittel und Wein aus seinen Dörfern nach Fuchsheim zu bringen. Dafür hatte Ritter Ludolf ihm sein größtes Dorf verpfändet, und da er bis über beide Ohren in Schulden steckte, würde er diesen Teil seines Besitzes wohl niemals mehr einlösen können.

Da er den guten Wein nun doch nicht allein seinen Gästen überlassen wollte, hielt er wacker mit und geriet in einen Zustand, der zwischen schierer Verzweiflung und völliger Gleichgültigkeit schwankte. Schließlich wandte er sich mit schwerer Zunge an Michel.

»Gegen Euch geht es mir ja noch gut, denn Ihr habt gleich drei Töchter zu versorgen, und das von drei verschiedenen Frauen.« Er kicherte dabei wie ein Mädchen und zwinkerte dem Ansbacher anzüglich zu.

Albrecht Achilles lachte schallend, hatte er doch von der Aufregung um Frau Maries spurloses Verschwinden ebenso gehört wie von den Bemühungen Kaiser Sigismunds, ihren Mann, der als Witwer gegolten hatte, wieder zu verheiraten. Schließlich hatte der Kaiser Michel mit einer Wittelsbacherin vermählt, und diese Ehe war nach Maries Rückkehr aus den Weiten Russlands stillschweigend annulliert worden. Aus der kurzen Verbindung stammte Michel Adlers jüngste Tochter Hildegard. Lisa, die mittlere Tochter, war ein Pflegekind und weder mit Adler noch mit dessen Frau verwandt.

»Wie geht es übrigens Eurer Gemahlin?«, fragte der Markgraf Michel.

»Es geht ihr gut. Sie sitzt mit den anderen Damen bei Tisch.« Michel wies in einen Teil des Saales, in dem sich die hochrangigeren weiblichen Gäste um die Schwester des Fuchsheimers versammelt hatten. Selbst auf die Entfernung war zu sehen, dass nicht diese, sondern Marie den Part der Gastgeberin übernommen hatte. Herrn Ludolfs Verwandte hatte sich ebenfalls in den Wein geflüchtet und war kaum mehr ansprechbar.
»Ist das neben ihr Eure Älteste?« Der Ansbacher wies auf Trudi, die still neben ihrer Mutter saß und ihren Gedanken nachhing.
»Ja, das ist Trudi.« Im ersten Augenblick gefiel Michel das Interesse, das Albrecht Achilles an seiner Tochter zeigte, gar nicht. Für ein Mädchen aus niederem Adel galt es jedoch als Ehre, einem Mann wie dem Markgrafen eine gewisse Zeit zu gefallen, und daher ahnte er, was nun kommen würde. Der hohe Herr forderte auch prompt einen seiner Begleiter auf, Marie und Trudi an seinen Tisch zu holen und sich selbst und seinem Nachbarn einen anderen Platz zu suchen.
Die Begleiter des Hohenzollern waren solch spontane Entscheidungen ihres Herrn gewohnt. Daher sprang der noch recht junge Ritter auf und trat mit gezierten Schritten auf Marie zu. Er verneigte sich tief und bat sie, an die Tafel seines Herrn zu kommen.
Als Marie Albrecht Achilles von Brandenburg-Ansbach das letzte Mal gesehen hatte, war dieser noch ein halbwüchsiger Knabe gewesen. Ein wenig von dieser knabenhaften Frische haftete ihm immer noch an, doch seine Haltung zeigte, dass er sich seiner Stellung als einer der mächtigsten Fürsten im Reich jetzt bewusst war.
Trotz seines Rangs verneigte der Ansbacher sich höflich, um den Anwesenden zu zeigen, dass er auch dem Weib eines einfachen Reichsritters nicht die ihrem Geschlecht und ihrem Stand gebührende Achtung versagte, und strich dann Trudi über die Wangen. »Ein hübsches Kind! Sie gleicht Euch sehr, Frau Marie.«

Es war als Kompliment für Marie gedacht, denn in den Augen des Markgrafen unterschieden Mutter und Tochter sich doch ein wenig. War Frau Marie ihm früher wie das Ebenbild der Verführerin Eva erschienen, wirkte Trudi mit ihrem straffen Rücken und dem stolz erhobenen Kopf eher wie die Verkörperung der griechischen Diana. Ihr Haar war einen Hauch dunkler als das der Mutter, ihr Blick musterte ihn offen, und als sie vor ihm knickste, tat sie es mit einer Anmut, die ihn entzückte. Dazu trug sie ein Kleid, das einer Göttin angemessen gewesen wäre. Der blaue Stoff war mit silbernen Sternen besetzt und von einem sehr eigenartigen Schnitt. Es verlieh dem Mädchen eine Hoheit, die selbst den Töchtern aus hohem Haus nur selten zuteilwurde. Albrecht Achilles dachte seufzend daran, dass Männer seines Standes zwar ebenbürtige Frauen heiraten, ihr Liebesglück aber zumeist bei niederrangigen Frauen suchen mussten.

Zunächst wusste Trudi nicht, was die Aufmerksamkeit, die der Markgraf ihr erwies, bedeuten sollte, doch als sein Verhalten und seine Rede, vom Wein befeuert, immer zügelloser wurden, begriff sie, dass er vorhatte, sie in der Nacht mit in die Kammer zu nehmen, die einige andere Herren zu ihrem Leidwesen hatten räumen müssen. Bona von Fuchsheim wäre wohl begeistert auf die Avancen des Markgrafen eingegangen, doch ihrem Sinn für Schicklichkeit widerstrebte es, die Hure eines Mannes zu spielen, nur weil dieser sich beinahe gottähnlich aufführte. Außerdem musste sie Georg von Gressingen die Treue halten, auch wenn dieser zu ihrem Leidwesen immer noch nicht eingetroffen war.

Zunächst versteifte Trudi sich und gab nur recht einsilbige Antworten. Aber bald sah sie ein, dass ihre Widerspenstigkeit Albrecht Achilles nur noch mehr reizte, und überlegte verzweifelt, wie sie sich aus dieser Klemme herauswinden konnte. Ihr Blick fiel auf den Wein, dem der hohe Herr mit großem Appetit zusprach, und sie sorgte dafür, dass er noch schneller trank. Dabei

musste sie ihm immer wieder Bescheid geben und spürte bald, wie ihr das Getränk zu Kopf stieg. Sie hörte sich über einen Witz des Hohenzollern lachen, dessen Pointe ebenso schlüpfrig wie an den Haaren herbeigezogen war, und geriet plötzlich in Panik. Wenn sie so weitermachte, würde sie genauso hilflos werden wie damals im Wald, und dann konnte der Markgraf mit ihr machen, wonach ihm der Sinn stand. Doch es gab kein Zurück mehr. Sie füllte ihren Becher zur Hälfte, den weitaus größeren Pokal des hohen Gastes aber bis zum Rand, und trank ihm zu.
»Auf den Ruhm des Hauses Hohenzollern!«
»Auf eine ebenso witzige wie beherzte junge Dame!«
»Auf ex!« Trudi setzte ihren Becher an und tat beim Trinken so, als sei auch er voll. Albrecht Achilles wollte sich nicht von einem Mädchen beschämen lassen und leerte sein Gefäß bis auf den Grund. Danach stieß er auf, grinste und goss sich den Wein nun selbst ein.
Er verschüttete einen Teil, lachte darüber und klopfte dem Fuchsheimer freundschaftlich auf die Schulter. »Dafür bekommt Ihr ein Fass vom besten Wein aus meinem Keller!«
Ludolf von Fuchsheim nickte unglücklich. Selbst wenn der hohe Gast sein im Rausch gegebenes Versprechen nicht vergaß, stellte dieses eine Fass nur einen Tropfen auf einem heißen Stein dar.
Während ihr Gastgeber alle Anwesenden zu den Moskowitern oder noch weiter weg wünschte, starrte Trudi auf ihren Becher, der diesmal so voll war, dass der Wein sich über den Rand zu wölben schien, und hörte Herrn Albrechts Trinkspruch. »Auf dich und deine Familie, meine Liebe. Kibitzstein möge tausend Jahre stehen!«
»Auf Kibitzstein!« Trudi ergriff den Becher und würgte den Inhalt mit Todesverachtung hinunter.
So ging es geraume Zeit weiter. Weniger trinkfeste Gäste als der Ansbacher begannen dem Wein Tribut zu zollen und rutschten von ihren Bänken. Schnell wurden die Betrunkenen von ihren

Bediensteten oder Fuchsheimer Knechten unter den Tischen hervorgezogen und in einen Raum getragen, dessen Boden handbreit mit Stroh bedeckt war.

Während die Fackeln an den Wänden blakten und den schlichten Rittersaal in ein flackerndes, rotes Licht hüllten, leerten sich die Reihen der Zecher. Schließlich erhob sich auch Albrecht Achilles von Brandenburg-Ansbach und zog Trudi mit sich. »Ich glaube, wir sollten jetzt zu Bett gehen!«

Marie wollte nach ihrer Tochter greifen, um sie zurückzuhalten, doch Michel legte ihr die Hand auf den Arm und drückte ihn nach unten. »Es ist besser so«, flüsterte er ihr zu und fügte nach einer kurzen Gedankenpause hinzu: »Wir dürfen den hohen Herrn auf keinen Fall mit einer Weigerung erzürnen.«

Marie blickte ihn entsetzt an, doch Michel machte ihr ein Zeichen, dass sie später darüber reden würden. Ihm tat Trudi leid, aber diese Nacht war das Beste, was ihr passieren konnte, denn danach konnte kein Bräutigam mehr von Trudi den unverkennbaren Beweis ihrer Unschuld verlangen. Auch würde die Ehre, dem Markgrafen von Ansbach auf diese Weise gedient zu haben, ihr Ansehen erhöhen, und ein späterer Ehemann konnte zudem damit rechnen, von Albrecht Achilles gefördert zu werden. Für einen landlosen Edelmann wie Georg von Gressingen war dies ein Anreiz mehr, das Mädchen zu heiraten.

Marie musste daran denken, wie oft sie in der Vergangenheit nicht mehr Herrin ihres eigenen Körpers gewesen war. Um Trudi diese Erfahrung zu ersparen, sprang sie auf und wollte dem Markgrafen nachlaufen, um ihre Tochter zurückzuholen.

Michel packte sie und schob sie kurzerhand aus dem Saal. »Nimm Vernunft an, Weib! Mit dem Markgrafen von Ansbach im Rücken vermögen wir dem Würzburger Bischof standzuhalten. Aber wenn wir ihn uns zum Feind machen, sind wir Gottfried Schenk zu Limpurg hilflos ausgeliefert.«

Marie starrte ihn ungläubig an. Wie konnte ihr Mann, der Trudi doch über alles liebte, einfach darüber hinwegsehen, dass seine eigene Tochter einem Mann, den sie vorher noch nie gesehen hatte, als Vergnügen für eine Nacht dienen sollte. Am liebsten hätte sie Michel lautstarke Vorwürfe gemacht, doch sie wusste selbst, wie gefährdet ihre Position war. Einen weiteren Gegner konnten sie sich wirklich nicht leisten.

»Ich hoffe, du irrst dich nicht, Michel. Das arme Kind zahlt einen sehr hohen Preis für unsere Sicherheit.«

Michel war ebenfalls nicht mehr nüchtern, spürte aber ihre Verzweiflung und schloss sie in die Arme. »Die Welt ist nicht gerecht, mein Schatz. Der Starke will den Schwachen ducken, und da heißt es, sich Freunde zu schaffen. Es tut mir leid, dass es auf diese Weise geschieht. Aber es ist wirklich besser so, glaube mir.«

Ich werde Marie erklären müssen, was zwischen Trudi und Gressingen geschehen ist, damit sie mich versteht, fuhr es ihm durch den Kopf. Aber in dem Augenblick kamen mehrere Leute vorbei, und er verschob die Beichte auf den Tag, an dem sie wieder in ihrem Turmzimmer zusammensaßen oder im eigenen Bett lagen.

»Schade, dass wir hier in getrennten Räumen schlafen müssen. Ich hätte gerne noch ein wenig mit dir geredet!«, sagte er, um sie und sich selbst zu trösten.

»Nur unterhalten?« Marie verspürte mit einem Mal heftige Sehnsucht nach seiner Nähe und bedauerte es ebenso wie er, dass es auf Fuchsheim keine Gelegenheit für sie gab, für sich zu sein.

Als Albrecht von Hohenzollern mit Trudi im Arm den Saal verließ, sah das Mädchen einen fast vollen Krug Wein auf dem Tisch stehen und griff danach. Sie wusste nicht, ob sie den Begehrlichkeiten ihres Begleiters würde entgehen können, und wenn ihr das nicht gelang, wollte sie so wenig wie möglich von der Sache mitbekommen. Es wird beinahe so sein wie damals im Wald, dachte sie. Nur ist Junker Georg kein Fremder für mich gewesen, sondern der Mann, den ich liebe. Bei diesem Gedanken zog sich ihr Magen zusammen. Wie es schien, waren alle Männer Tiere, und das galt sogar für Gressingen. Ihnen ging es offensichtlich nur darum, ihren Trieb zu befriedigen, und das mussten wohl alle Frauen ertragen, die nicht ins Kloster gehen wollten oder konnten.

Trudi seufzte leise, zeigte aber dem Markgrafen, der auf sie herabsah, eine scheinbar übermütige Miene und ließ sich in die Kammer schieben, die in aller Eile für Herrn Albrecht hergerichtet worden war. Die Möblierung bestand aus einem schmalen Bett und einer bemalten Truhe, auf der zu Trudis Erleichterung zwei Becher standen. Derjenige, der die Gefäße hierhergestellt hatte, musste gewusst haben, dass der hohe Herr nicht alleine schlafen würde.

Die Leute sind alle so schamlos, fuhr es Trudi durch den Kopf, während sie die Becher füllte. »Auf Euer Wohl, mein Herr!«

Albrecht Achilles von Hohenzollern nahm den Becher entgegen, leerte ihn in einem Zug und streckte ihn Trudi lachend hin. »Auf dich, du Schöne! Als ich vor einigen Jahren in Nürnberg deine Mutter gesehen habe, hätte ich sie trotz der Jahre, die sie mir voraushat, gerne unter meine Decke schlüpfen lassen. Aber du wirst mir eine ebenso gute Gespielin sein.«

Er redet, als wäre es sein Recht, jede Frau, die ihm in die Augen sticht, zu besteigen, dachte Trudi empört. Sie ließ sich ihren Widerwillen jedoch nicht anmerken, sondern füllte seinen Becher erneut. Der Markgraf trank, ohne zu merken, dass Trudi es nicht tat. Als er diesmal aufstieß, klang es etwas gequält.

»Dieser Wein bekommt mir nicht so gut wie jener, der am Tisch ausgeschenkt wurde. Das ist ja auch ein arg saurer Hund«, stöhnte er und griff sich an den Bauch.

»Ich glaube, ich muss zum Abtritt!«

In seinem betrunkenen Zustand übersah er den Eimer in der Ecke, der ihm zur Verfügung gestellt worden war, damit er sich

nicht wie ein Knecht durch die düsteren Gänge der Burg zum Abtritt tasten musste.
Trudi jedoch hatte das Gefäß entdeckt und machte den Markgrafen darauf aufmerksam. »Der Weg bleibt Euch erspart, denn Ihr könnt diesen Eimer benützen.« Es klang leicht spöttisch und sehr zufrieden, denn in seinem jetzigen Zustand stellte Herr Albrecht Achilles keine Gefahr mehr für ihre Tugend dar.
Unterdessen wankte der Markgraf zu dem Kübel und hielt den Kopf darüber.
Einen Herzschlag später bedauerte Trudi es, ihn nicht aus dem Raum geschickt zu haben, denn als er zu erbrechen begann, rebellierte auch ihr Magen, und sie musste ihm den Platz über dem Kübel streitig machen.

12.

Am nächsten Morgen besuchten alle Hochzeitsgäste die Messe, obwohl nicht jeder in der Lage war, ihr mit der gebotenen Inbrunst zu folgen. Da es sich um die Hochzeit seiner Tochter handelte, ließ Ludolf von Fuchsheim die heilige Handlung nicht von seinem Burgkaplan durchführen. Stattdessen hatte er einen entfernten Verwandten an seine Stelle gesetzt, der im Bambergischen eine hübsche Pfründe sein Eigen nannte. Obwohl der Priester hocherfreut war, vor so hohen Herren die Messe lesen zu dürfen, hatte er sich der Höflichkeit halber an Cyprian Pratzendorfer, den Prälaten aus Rom, gewandt und ihn gefragt, ob er das Hochamt halten wolle.
Pratzendorfer hatte es zeit seines Lebens mehr mit der Politik als mit dem Gebetbuch gehalten. Daher wusste er sich zwar geziert auf Latein auszudrücken, aber die Worte, die ein Priester vor dem Altar sprechen musste, waren ihm längst entfallen. Deshalb lehnte er dankend ab.

»Übernehmt Ihr dieses Amt, mein Freund. Schließlich hat Herr Ludolf Euch darum gebeten!«

Man konnte dem Priester ansehen, wie stolz er war, von einem hohen Kirchenmann von Gleich zu Gleich angesprochen zu werden, und er gab sein Bestes, um vor den kritischen Augen des Prälaten zu bestehen. Sein Einsatz hätte jedoch eine aufmerksamere Schar an Gläubigen verdient, denn die meisten Gäste knieten mit gequälten Mienen auf ihren Plätzen und gähnten um die Wette. Dabei entfuhr so manchem am Vortag geschundenen Magen ein heftiger Rülpser.

Marie und Michel litten zwar weniger unter der Wirkung des Weins, hatten aber ebenfalls kein Ohr für die hallende Predigt des Priesters. Ihre Blicke suchten Trudi, die ganz vorne neben dem Ansbacher Markgrafen auf einem der Ehrenplätze saß und trotz ihrer erkennbaren Erschöpfung eine recht zufriedene Miene zeigte. Das empfand Marie wie einen Schlag ins Gesicht. Sie hatte vor Sorge um ihre Älteste nur schlecht geschlafen und erwartet, Trudi am Morgen trösten zu müssen, weil der Markgraf so selbstherrlich über diese bestimmt hatte. Nun fragte sie sich, ob Trudi zu jenen leichtfertigen Frauenzimmern gehörte, für die allein die Leistung eines Mannes im Bett zählte. Wenn es so war, würde sie noch größere Schwierigkeiten mit ihrer Ältesten bekommen. Ein Mädchen, das einmal vom Kelch der Leidenschaft genippt hatte, würde diese Erfahrung wiederholen wollen.

»Wir sollten sie schnellstens verheiraten«, flüsterte sie Michel zu.

Er nickte und schüttelte dann den Kopf. »Das wäre das Beste, aber wir müssen abwarten, ob diese Nacht Folgen zeitigt.«

»Wärst du vielleicht noch stolz darauf, wenn Trudi diesem Herrn dort einen Bastard gebiert?«, fragte Marie so laut, das einige Damen sich empört zu ihr umdrehten.

»Sei leise, sonst störst du die Messe«, bat Michel sie und verfluchte sich gleichzeitig, weil er seine Frau noch nicht in Trudis

Geheimnis eingeweiht hatte. Ihm schnürte es das Herz ab, weil sein kleines Mädchen sich zum zweiten Mal gegen seinen Willen einem Mann hatte hingeben müssen. Dennoch fühlte er sich um Trudis willen erleichtert. Ein dezenter Hinweis auf die Hochzeit auf Fuchsheim und die Anwesenheit des Markgrafen von Brandenburg-Ansbach würde selbst die strengste Schwiegermutter entwaffnen.

Trudi ahnte nichts von den Sorgen, die ihre Eltern sich um ihretwillen machten, und wäre auch gar nicht imstande gewesen, sie zu verstehen. Beim Geruch des Weihrauchs ging es ihr auf einmal hundeübel, und sie beneidete Albrecht von Hohenzollern, der zwar erst kurz vor der heiligen Messe erwacht war, jetzt aber frisch und munter wirkte wie ein Zeisig. Noch bevor er in seine Kleider geschlüpft war, hatte er ihr zu verstehen gegeben, dass er auch in der nächsten Nacht ihre Anwesenheit wünschte, um das nachzuholen, zu dem es diesmal nicht gekommen war. Aber Trudi war noch weniger bereit, sich für den hohen Herrn bereitzulegen, schon weil sie Junker Georg die Treue halten musste.

Während der Markgraf, Michel und die anderen Standesherren einen Platz in der Kapelle zugewiesen bekommen hatten, galt Peter von Eichenloh nur als einfacher Söldnerhauptmann und musste der Messe auf dem Burghof folgen. Diese Zurücksetzung war ganz in seinem Sinn, denn auch er hatte viel zu tief in den Weinbecher geschaut und konnte kaum die Augen aufhalten. Sein Freund Otto von Henneberg war bei ihm geblieben und lauschte scheinbar andächtig den wohlgesetzten Worten des Predigers, die durch die Schalllöcher auf den Hof drangen.

Junker Peter konnte kaum den Blick von seinem Freund abwenden, dessen Verletzung im Hellen weitaus entstellender wirkte.

»Bei Gott, wieso hast du dir von diesem Miststück so einfach das Gesicht verstümmeln lassen? Du siehst einfach grässlich aus.«

»Der Volkacher Chirurg meint, es würde sich bessern.« Ottos Stimme verriet, dass er selbst nicht daran glaubte.

»Ich würde dich am liebsten grün und blau prügeln, damit du endlich vernünftig wirst – und das Kibitzsteiner Miststück gleich mit dazu.«

Einer der anderen Gäste stieß einen warnenden Laut aus. »Hütet lieber Eure Zunge, Eichenloh! Seine Hoheit, der Markgraf von Brandenburg-Ansbach, hat an Jungfer Hiltrud von Kibitzstein Gefallen gefunden und die Nacht mit ihr verbracht. Wenn Ihr sie beleidigt, könntet Ihr Euch einen weiteren hohen Herrn zum Feind machen.«

»Wenn Ihr nicht Euer Maul haltet und schleunigst verschwindet, werdet Ihr es bereuen!« Junker Peter drehte sich um und funkelte den Edelmann zornig an. Dieser wandte sich beleidigt ab und gesellte sich zu ein paar Freunden, die gerade dazugestoßen waren. Als einer ihn fragend anblickte, deutete er auf Eichenloh. »Der Kerl ist so ungehobelt wie ein Bauer, kein Wunder, dass sein Oheim nichts mehr von diesem Totschläger wissen will!«

Zu seinem Glück drang diese Bemerkung nicht an Eichenlohs Ohren, denn im gleichen Augenblick trat Hardwin von Steinsfeld auf ihn und Otto zu. Zwar hatte seine Mutter ihn in allen Waffenfertigkeiten ausbilden lassen, doch da er noch keinen ernsthaften Kampf hatte ausfechten müssen, bewunderte er die beiden Männer, die bereits Schlachtenruhm errungen hatten, und nahm an, Graf Otto trüge das sichtbare Zeichen eines harten Kampfes. Sich selbst hätte er keine so auffällige Narbe gewünscht, doch in seinen Augen verlieh sie Henneberg eine besondere Aura.

»Die Messe wird heute besonders gut gelesen«, sagte er, um ein Gespräch in Gang zu bringen.

»Mag sein!«, antwortete Eichenloh einsilbig. Sein Freund bemerkte jedoch die Bewunderung des Junkers und blickte auf. »So habe ich die Messe schon lange nicht mehr gehört.«

Hardwin wurde nun mutiger. »Tat es sehr weh, als Ihr diese Verletzung erhalten habt, edler Herr?«

»Ottos Stolz gewiss!«, warf Junker Peter bissig ein.
»Ach, es war gar nichts!« Otto von Henneberg warf seinem Freund einen wütenden Blick zu. Da kam ein junger Mann, der ihn für einen großen Krieger hielt, und Peter hatte nichts Besseres zu tun, als die Sache ins Lächerliche zu ziehen.
»Er hat die Wunde beim Kampf mit den Kibitzsteinern erhalten.« Eichenloh hoffte, damit die Neugier des Jünglings befriedigt zu haben, erreichte damit aber das Gegenteil. Hardwin hatte bereits von dem Überfall auf Trudi gehört, ohne jedoch den Namen des Übeltäters zu kennen, und funkelte Graf Otto jetzt zornig an.
»Ach, Ihr wart das!« Ein Mann, der seiner Jugendfreundin Gewalt antun hatte wollen, war in seinen Augen ein Schuft. Am liebsten hätte er Otto von Henneberg mit blanker Faust gezüchtigt, tat es aber dann doch nicht, damit es nicht hieß, er habe sich an einem Verletzten vergriffen.
Daher strafte Hardwin Graf Otto mit Missachtung und sprach Eichenloh an. »Von Trudi Adlerin könnte ich Euch auch so manches Stück erzählen. Das ist nämlich eine ganz Wilde. Man sollte sich zum Beispiel nicht auf ein Wettreiten mit ihr einlassen, denn ihre Stute schlägt sowohl auf kurzen wie auch auf langen Strecken jeden Hengst um Längen. Außerdem ist sie beherzt wie keine Zweite. Als Kinder haben wir öfter miteinander gespielt, und als ich in einen Brunnenschacht eingebrochen und durch üble Gerüche bewusstlos geworden bin, wollte Bona zur Burg zurücklaufen, um Hilfe zu holen. Aber Trudi hat das Seil, mit dem wir gespielt hatten, oben festgemacht und ist zu mir hinabgestiegen.«
Eichenloh zuckte mit den Achseln. »Das war mehr als unvernünftig. Ihr hättet beide tot sein können.«
»Sie erklärte später, sie habe so lange die Luft angehalten, bis sie mir das Seilende um die Brust gebunden hatte und wieder nach oben gestiegen war. So haben mich die beiden Mädchen hochzie-

hen können.« Hardwin schluckte, denn er begriff nun erst, dass sich Bona fast genauso beherzt gezeigt hatte. Wäre sie kopflos davongelaufen, hätte Trudi allein ihn niemals retten können.
Während Junker Peter spöttisch die Lippen verzog, packte Otto von Henneberg den Steinsfelder an der Hemdbrust. »Eure Loblieder auf dieses Miststück könnt Ihr Euch sparen! Die wird mir für die Narbe noch bezahlen, das schwöre ich Euch.«
»Davon solltet Ihr Abstand nehmen. Trudi hat viele Freunde, die für sie eintreten werden.«
»Euch vielleicht? Da lache ich doch!« Graf Otto versetzte Hardwin einen Stoß und stolzierte davon.
Eichenloh bewahrte Steinsfeld vor einem Sturz. »Nehmt es Otto nicht übel. Mit einer solchen Narbe im Gesicht würde jeder auf Rache sinnen. Es geht ja nicht um das Leben des Mädchens oder ihr Gesicht. Aber eine derbe Tracht Prügel, nach der es einige Wochen nicht sitzen kann, hätte dieses scharfzüngige Ding reichlich verdient.«
Er ertappte sich bei der Vorstellung, Trudi diese Schläge selbst versetzen zu dürfen. Noch hatte er ihre boshaften Bemerkungen in Dettelbach nicht vergessen, und die Verletzung, die sie seinem Freund zugefügt hatte, nahm er ihr deswegen doppelt übel.
»Manchmal hat sie eine scharfe Zunge, das gebe ich zu. Aber sie besitzt ein Herz aus Gold.« Hardwin wunderte sich selbst, dass er so von Trudi schwärmte. Er mochte sie nicht halb so gern wie Bona, doch wenn es eine gab, die er heiraten würde, dann war sie es, und das trotz der Sache mit Gressingen. Daher war er recht zufrieden gewesen, als seine Mutter Trudi Adler als mögliche Braut für ihn bezeichnet hatte.
Da Hardwin seinen Gedanken nachhing, musterte Junker Peter ihn ungeniert. Steinsfeld war ein großer Mann, der ihn um mehr als einen halben Kopf überragte, aber er wirkte noch schlaksig und unreif. Dazu passte sein längliches Gesicht, das ein wenig an ein Pferd erinnerte. Alles in allem war der junge Mann weder

hässlich noch wirklich hübsch, und seine Kleidung war sauber, aber eher für ländliche Feste geeignet. Damit war er wohl der Einzige außer ihm selbst, der nicht mit Äußerlichkeiten prunkte.
Hardwin erinnerte sich an seine erste Begegnung mit Eichenloh auf Henneberg und sah ihn fragend an. »Ich habe sagen hören, Ihr wäret ein großer Kriegsmann.«
»So groß bin ich nun auch wieder nicht. Mit Euch kann ich zum Beispiel nicht mithalten.«
Der junge Mann grinste. »Meine Mutter nennt mich manchmal ihr langes Elend. Aber ich habe Euren Ruf gemeint, nicht Eure Körpergröße. Wisst Ihr, ich habe gelernt, mit Schwert und Lanze umzugehen, und ich habe auch schon mit einem Pulverrohr geschossen. Aber einem echten Kampf musste ich mich noch nie stellen.«
»Gelüstet es Euch etwa danach?«, fragte Eichenloh.
»Oh ja! Ich werde einmal meinen eigenen Grund und Boden verteidigen müssen, und deswegen würde ich gerne wissen, ob ich zum Krieger tauge.«
»Hat es Euch der Herr nicht gelehrt, dem Ihr zur Erziehung übergeben worden seid?«
Hardwin zuckte die Schultern. »Mein Vater ist schon sehr lange tot, und meine Mutter hat mich daheim erziehen lassen. Jetzt drängt es mich, ein wenig mehr von der Welt zu sehen.«
»Setzt Euch auf Euer Pferd und besucht Leute, das ist weniger gefährlich, als Euch auf ein Schlachtfeld zu wagen.« Eichenloh wurde des Gesprächs überdrüssig und wandte sich ab, um den Platz zu verlassen.
Doch Hardwin hielt ihn auf. »Würdet Ihr mich unter Eure Söldner aufnehmen? Das habt Ihr mir doch auf Henneberg angeboten! Ich falle Euch gewiss nicht zur Last.«
Er wunderte sich selbst, dass er ausgerechnet Eichenloh darum bat, dessen Manieren wirklich nicht die besten waren. Dieser war jedoch genau der Mann, der ihm beibringen konnte, sich in einer

rauhen Umwelt zu behaupten. Außerdem hatte er, wenn er mit Eichenloh ritt, gewiss an anderes zu denken als an Bona.

Eichenloh musterte ihn noch einmal und stellte fest, dass Steinsfeld es tatsächlich ernst zu meinen schien. »Meine Leute lagern derzeit beim Kloster Schöbach. Wenn Ihr mich dort aufsuchen wollt, solltet Ihr Euch beeilen. Lange werde ich dort nicht mehr bleiben.« Er hoffte, den jungen Mann mit dieser Auskunft abzuschrecken, denn ihm war im Augenblick nicht danach, ein Muttersöhnchen gerade zu biegen. Mit dieser Auskunft ging er davon, um Otto zu suchen und einen Becher Wein mit ihm zu leeren.

Hardwin blickte ihm nach und beschloss, nach Schöbach zu reiten. Obwohl er seine Mutter liebte und ihr großen Kummer bereiten würde, wenn er sie verließ, um sich Söldnern anzuschließen, hielt er es für besser, der Heimat eine Weile den Rücken zuzukehren. Er musste immer wieder an Bona denken, die ihm ihre Jungfernschaft zum Geschenk gemacht hatte, und seine Sehnsucht nach ihr wütete wie ein zehrender Schmerz in seinem Inneren. Noch an diesem Tag würde sie das Eigentum eines anderen Mannes werden. Über diesen Verlust würde er wohl nie hinwegkommen, aber er nahm sich vor, die Erinnerung an sie tief in seinem Herzen zu verschließen.

Aus diesem Grund wollte er einige Zeit mit Eichenlohs Söldnern reiten und sich selbst beweisen, dass er ein Mann war und kein Knabe am Rockzipfel der Mutter. Wenn er zurückkehrte, würde er um Trudi anhalten, denn er glaubte nicht, dass Gressingen ihm in die Quere kommen würde. Wenn der Mann wirklich Interesse an Trudi hegte, hätte er sich längst erklärt, auch um zu verhindern, dass jemand anders um die reiche Erbin freite. Er wäre gewiss als einer der Ersten nach Fuchsheim gekommen, um anderen zu zeigen, dass Trudi ihm gehörte. Doch bisher hatte Gressingen sich nicht blicken lassen.

13.

Ludolf von Fuchsheim hatte bereits einigen seiner Bauern das Vieh aus den Ställen holen und schlachten lassen müssen, um seine Gäste bewirten zu können. Während er zusehen konnte, wie er unaufhaltsam an den Bettelstab geriet, verfluchte er die Leute, die ihm die Kosten einer fürstlichen Hochzeit aufhalsten, ohne ihn im Geringsten zu unterstützen. An diesem Tag hätte er sich dem Fürstbischof von Würzburg, Herrn Albrecht Achilles von Brandenburg-Ansbach und sogar dem Sultan der Osmanen als Vasall angedient, wenn er dafür mit einem dicken Beutel Gold belohnt worden wäre.

Seine Tochter machte sich ganz andere Sorgen. Da Trudi von dem Ansbacher als Tischdame eingefordert worden war, fand Bona vor der Trauung keine Gelegenheit mehr, mit ihrer Freundin zu reden. Erst als ihr geistlicher Verwandter den Trausegen über sie und ihren Ehemann gesprochen hatte und man sie in die große Halle führte, gelang es ihr, Trudi am Ärmel zu zupfen.

»Vergiss bitte nicht, was du mir versprochen hast!«

Trudi lächelte ihr aufmunternd zu. »Sei unbesorgt!«

Aber sie war nicht so zuversichtlich, wie sie sich gab. Sie würde den fraglichen Gegenstand aus seinem Versteck im alten Turm holen und ihn unbemerkt in Bonas Brautgemach schmuggeln müssen. Dazu spürte sie noch immer die Nachwehen des schlimmen Rausches, den sie sich am Vorabend angetrunken hatte. Doch weder das eine noch das andere durfte sie daran hindern, Bona zu helfen.

Marie ging es nicht viel besser als ihrer Tochter, auch wenn sie dem Wein nur mäßig zugesprochen hatte. Eigentlich hatte sie bei den Gästen sitzen und Gespräche mit möglichen Verbündeten anknüpfen wollen. Stattdessen musste sie sogar während des Mahles in der Küche oder im Keller nach dem Rechten sehen und die Pflichten einer Gastgeberin erfüllen, denn die Schwester des Fuchsheimers hockte bereits in der Frühe betrunken in einem Winkel der Küche und gab sinnlose und widersprüchliche Anweisungen. Da Trudi vom Ansbacher in Beschlag genommen worden war, hatte Marie Lisa und Hildegard gebeten, ihr zu helfen. Die beiden Mädchen beaufsichtigten die Mägde und Knechte, die das Mahl auftrugen, und sortierten die Speisen nach Aussehen und Geschmack für die verschiedenen Tische. Sorgfältig achteten sie darauf, dass Herr Albrecht von Brandenburg-Ansbach, der römische Prälat, das Brautpaar, der Brautvater und einige herausragende Gäste nur das beste Essen erhielten. Niedriger im Rang stehenden Herrschaften konnte es durchaus geschehen, dass sie mit einem halbverkohlten Stück Braten oder einer Suppe vorliebnehmen mussten, bei der mit Salz und Gewürzen gespart worden war.

Zu diesen Pechvögeln zählte auch Junker Peter, der mit Abscheu auf das Stück Fleisch auf seinem Teller starrte, das er gerade anschneiden wollte. »Das da stammt wohl noch vom ersten Reittier Methusalems!«, schimpfte er aufgebracht, als seine Klinge nicht durch die zähe Masse drang. Ungeniert nahm er seinem Nachbarn das Messer ab und begann, sein eigenes damit zu wetzen.

Das schabende Geräusch drang bis zum Tisch mit den Ehrengästen. Trudi hob den Kopf und erkannte den Mann wieder, mit dem sie in Dettelbach aneinandergeraten war. Sie spitzte den Mund zu einer boshaften Bemerkung. »Findet Ihr nicht auch, Euer Hoheit, dass das Benehmen mancher Leute arg zu wünschen übriglässt?«

Der Söldnerführer blickte auf und zwang ein spöttisches Lächeln auf seine Lippen. »Ah, die Jungfer auf Kibitzstein. Wenn Ihr so gut sein wollt, mir Eure Zunge zu reichen, wäre ich Euch dankbar. Die dürfte als Einziges in der Burg scharf genug sein, selbst dieses Fleisch zu schneiden.«

Seine Schlagfertigkeit verblüffte Trudi zunächst, doch dann

flammten ihre Augen zornig auf. »Wenn Euch Euer Fleisch zu zäh ist, dann nehmt dies hier!« Bevor jemand sie daran hindern konnte, griff sie auf das Brett mit den Bratenstücken, packte einen Schweinskopf und schleuderte ihn auf Eichenloh.
Junker Peter sah dem Geschoss lässig entgegen und wollte es auffangen. Doch in dem Augenblick stieß ihn ein Knecht an, der ein Brett voller gebackener Flussfische durch den Saal trug, und Eichenloh griff daneben. Der Schweinskopf klatschte ihm zuerst ins Gesicht und fiel dann in eine große Schüssel mit Soße. Deren Inhalt spritzte hoch und besudelte die Kleidung des Söldnerführers und der Leute, die um ihn herumsaßen.
Während Eichenloh und den anderen Betroffenen fürs Erste die Sprache wegblieb, erfüllte das dröhnende Gelächter der übrigen Gäste die Halle. Trudi stand auf und verbeugte sich in alle vier Himmelsrichtungen, um sich für den Beifall zu bedanken, legte sich dann ein Stück Fleisch auf den Teller und begann mit Genuss zu essen.
»Wie Ihr seht, schneidet mein Messer besser als Eures«, sagte sie mit vollem Mund.
»Nehmt lieber Eure Zunge! Mit der schneidet Ihr sogar festen Stahl!« Wütend fasste Eichenloh nach dem soßentriefenden Schweinskopf und wollte ihn zur Absenderin zurückwerfen.
Ein alter Ritter, der von oben bis unten mit Soße bekleckert war, hielt ihn zurück. »Macht Euch nicht unglücklich, Mann! Wenn Ihr den Brandenburger trefft oder gar den römischen Pfaffen, könnt Ihr nicht schnell genug reiten, um deren Rache zu entgehen.«
Zu seinem Leidwesen musste Junker Peter dem Alten recht geben. Bereits die Tatsache, dass der Würzburger Bischof ihn mit seinem kleinlichen Hass verfolgte, verminderte seine Chancen auf einen zahlungskräftigen Auftraggeber. Da konnte er sich keine weiteren Feinde leisten. Dennoch war er es sich schuldig, diesem kleinen Miststück eine Antwort zu geben.

Er wischte sich die Bratensoße aus dem Gesicht und blickte zu Trudi hinüber. »Jungfer Hiltrud zu Kibitzstein, ich schwöre Euch bei meiner Ehre, dass Ihr diesen Wurf ebenso bereuen werdet wie Eure boshaften Worte.«

Das war Michel nun doch zu viel. Er sprang auf und schlug auf den Tisch. »Wage es, meiner Tochter zu drohen!«

»Haltet Ihr Euch heraus, Herr Ritter vom Bierkrug!« Eichenloh war wütend genug, um vor allen Leuten auf Michels Herkunft anzuspielen. Obwohl unterdrücktes Lachen aufklang und etliche adelsstolze Herrschaften, die längst auf den Wohlstand und das Ansehen der Kibitzsteiner neidisch waren, sogar applaudierten, bereute Junker Peter seine Worte, kaum dass er sie ausgesprochen hatte. Immerhin war Michel Adler ein Mann, der sich aus eigener Leistung hochgearbeitet hatte, und solchen Menschen zollte er im Allgemeinen Respekt.

»Ihr habt ein seltenes Talent, Euch Feinde zu schaffen, Eichenloh. Michel Adler wird Euch weder die Beleidigung seiner Lieblingstochter noch die seiner Person so schnell vergessen.« Der alte Ritter begleitete seine Worte mit einem Kichern, denn der Spaß, den er eben erlebt hatte, war die Soßenflecken auf seinem Feiertagsgewand wert.

Michel überlegte einige Augenblicke lang, ob er zu dem Söldnerführer hinübergehen und diesen zur Rechenschaft ziehen sollte. Aber er wollte keinen Missklang in die frohe Runde bringen. Seiner Ehre war er es jedoch schuldig, Eichenloh wenigstens für die Zukunft Vergeltung anzudrohen.

Er wartete, bis sich der Lärm in der Halle halbwegs gelegt hatte, verschränkte die Arme vor der Brust und blickte den Söldnerführer grimmig an. »Ich werde mir deine frechen Worte merken, Bürschchen, und dir zu gegebener Zeit die rechte Antwort geben. Doch nun lasst uns weiterfeiern! Herr Moritz ist schon ganz begierig darauf, ins Brautbett zu kommen.«

Der Mertelsbacher warf seiner jungen Frau einen auffordernden

Blick zu. »Gelüsten würde es mich schon, die Festung bereits jetzt zu stürmen.«

»Bevor Ihr zu besoffen seid, um es noch tun zu können!«, rief einer seiner Freunde quer über die Tische herüber.

»Einen Ritter, den es zu seinem Weib drängt, sollte man ebenso wenig aufhalten wie einen, der mit dem Feind die Lanze brechen will. Es soll ja morgen ein Turnier abgehalten werden. Dabei findet Ihr gewiss die Möglichkeit, Herrn von Eichenloh zu beweisen, dass Ihr noch nicht eingerostet seid.« Der Brandenburger lächelte bei diesen Worten, denn diese Hochzeit versprach noch viel Spaß. Dabei war er eigentlich nur erschienen, um den Würzburgern jegliche Freude zu verderben.

Michel nickte erleichtert. An das Turnier hatte er nicht mehr gedacht. Nun sah er die Gelegenheit kommen, seine Ehre zu verteidigen und Eichenloh noch auf diesem Fest in seine Schranken zu verweisen. Dabei kümmerte es ihn nicht, dass sein Gegner jünger und wohl auch geübter war als er.

14.

Albrecht Achilles' Vorschlag, das Brautpaar gleich nach dem Mittagessen ins Brautgemach zu begleiten, fand allgemeinen Anklang, am meisten natürlich bei Moritz von Mertelsbach, den es drängte, seinen Witwerstand in den Armen seiner jungen Frau zu vergessen. Das aber brachte zwei Freundinnen in arge Verlegenheit. Bona versuchte, Zeit zu gewinnen, doch die anderen sahen darin nur jungfräuliche Angst und Scham und stachelten den Bräutigam mit deftigen Zoten an. Entsetzt sah sie sich nach Trudi um. Doch die war bereits aus der Halle geeilt und rannte in die Küche hinab, um zu dem alten Turm zu gelangen.

»Zum Abtritt geht es in die andere Richtung«, rief ihr eine Magd nach, die ihre Absichten missverstand. Trudi hatte kein Ohr für die Frau, sondern schlüpfte hinter dem Rücken ihrer Mutter vorbei, die gerade die Köchin schalt. Kurz darauf erreichte sie das versteckte Turmkämmerchen und öffnete mit bebenden Händen die kleine Truhe. Sie musste erst kramen, bis sie das Schächtelchen fand, das Bona ihr am Vortag gezeigt hatte. Nun lag der Gegenstand darin, den die Freundin so dringend benötigte. Es handelte sich um die Blase eines der vielen Hühner, die für dieses Fest geschlachtet worden waren.

Da Bona bei dieser Arbeit mitgeholfen hatte, war es ihr gelungen, das Ding ungesehen an sich zu nehmen und mit frischem Hühnerblut zu füllen. Sie hatte die Blase in aller Frühe hier versteckt, damit ihre Freundin sie später holen und ihr im Brautgemach heimlich zustecken konnte.

Trudi steckte das schwabbelnde Ding vorsichtig in ihre Ärmeltasche und eilte, zwei Stufen auf einmal nehmend, die Treppe hinab. Als sie die Halle erreichte, hatten die weiblichen Gäste die junge Braut bereits nach oben geleitet, während die Herren vor der Treppe warteten und dem Bräutigam noch einen Becher Wein aufnötigten.

Hier kam sie nicht durch, stellte Trudi besorgt fest. Doch sie kannte Burg Fuchsheim gut und wusste, dass es noch einen anderen Weg gab. Auf diesem erreichte sie die Damen noch rechtzeitig und konnte sich ihnen unauffällig anschließen.

Mertelsbachs Verwandte Elgard von Rendisheim führte die Gruppe an, denn Fuchsheims vom Wein überwältigte Schwester schlief so fest in einer Ecke des großen Saales, dass man sie nicht hatte wachrütteln können. Statt ihrer überwachte Marie das Treiben und sorgte dafür, dass die Witze und Zoten nicht zu ausgelassen wurden. Sie hatte als Einzige Trudis Fehlen bemerkt und runzelte die Stirn, als ihre Tochter sich abgehetzt und doch irgendwie erleichtert wirkend unter die anderen Frauen mischte. Da Marie Bona von Fuchsheim für ein unbedachtes Ding hielt, begriff sie, was Trudi und die Braut planten.

Ihr war der Bräutigam herzlich unsympathisch, und sie fürchtete ebenfalls, dass er Bona für ihre verlorene Jungfernschaft leiden lassen würde. Daher beschloss sie, nichts gegen den Streich
zu unternehmen, sondern die Augen offen zu halten und dafür
zu sorgen, dass er gelang. Sie warf Trudi einen mahnenden Blick
zu und sah, dass ihre Tochter sich bemühte, weniger hastig zu
atmen.

Unterdessen hatte die wuchtig gebaute Elgard von Rendisheim
die Tür des Brautgemachs geöffnet, blieb aber auf der Schwelle
stehen und beäugte alles mit kritischem Blick. Dadurch lenkte sie
die Aufmerksamkeit von Trudi ab, der es jetzt gelang, Bona mit
einem Lächeln zu signalisieren, dass sie ihren Auftrag ausgeführt
hatte.

Marie verlor allmählich die Geduld mit Frau Elgard, die die Tür
nicht freigeben wollte, und das Gemurmel ihrer Begleiterinnen
verriet, dass es ihnen genauso erging. »Wärt Ihr vielleicht so gütig, einzutreten? Die Herren werden bald den Bräutigam bringen. Ihr wollt doch nicht, dass sie uns noch hier auf dem Flur
antreffen?«

Schließlich schob Hertha von Steinsfeld Frau Elgard durch die
Tür. »Macht Platz! Andere wollen auch hinein.« Dann trat sie
selbst ein und zog Bona hinter sich her.

Die Braut sah in ihrem grasgrünen Kleid mit den rosa Unter-
röcken und dem zu langen Flechten zusammengedrehten Haar,
das sie an diesem Tag zum letzten Mal offen tragen würde, sehr
jung und verletzlich aus, und sie wirkte so, als würde sie jeden
Augenblick davonlaufen wollen.

Hardwins Mutter stieß die Zögernde auf das Bett zu. »Zier dich
nicht so! Auch wenn du nicht weißt, wie es gehen soll – Herr
Moritz weiß es gewiss.«

»Er hat ja auch schon oft genug für Nachwuchs gesorgt!«, warf
eine andere Frau kichernd ein.

»Ich weiß nicht, was er sich denkt, so ein junges Ding zu heiraten.

Eine stramme Witwe hätte ihm wirklich reichen sollen«, giftete Elgard von Rendisheim.

Einige lachten, denn sie begriffen, wen die Frau mit einer strammen Witwe gemeint hatte.

»Vielleicht ist sie Herrn Moritz ein wenig zu stramm«, raunte Trudi ihrer Mutter ins Ohr.

Um Maries Mundwinkel zuckte es. Sie wusste nicht genau, wie eng verwandt Mertelsbach mit dieser Frau war, doch für eine genügend hohe Spende drückten die Vertreter der heiligen Kirche gewöhnlich das eine oder andere Auge zu. Moritz von Mertelsbach hatte diesen Weg wahrscheinlich vor allem deshalb nicht eingeschlagen, weil er sich eine Anwartschaft auf das Erbe von Fuchsheim sichern wollte, denn Bona war Ritter Ludolfs bisher einziges Kind. Allerdings hatte dieser erklärt, ebenfalls noch einmal heiraten zu wollen.

Unterdessen neckten die anderen Frauen Bona und erklärten ihr, wie tief ihr Bräutigam gleich in sie eindringen würde. Die Länge, die sie dabei mit ihren Händen andeuteten, hätte einen Hengst beschämen können. Bona wusste durch ihre Erfahrung mit Junker Hardwin genau, wie ein Mann an dieser Stelle beschaffen war, täuschte aber Entsetzen vor. »Bei Gott, er wird mich umbringen. Das kann keine Frau ertragen!«

»Macht sie nicht noch ängstlicher, als sie bereits ist«, wies Marie die Frauen zurecht und wandte sich dann Bona zu.

»Gott hat in seiner Güte gerichtet, dass alles richtig zusammenpasst. Es wird vielleicht zu Beginn ein wenig schmerzen, doch das vergeht bald, und in Zukunft wirst du dich freuen, wenn dein Mann zu dir kommt.«

»Bei einem jungen schmucken Ritter würde sie sich gewiss mehr freuen als bei diesem halben Tattergreis, der ihr Großvater sein könnte.« Die Sprecherin hatte einen Stall voller überständiger Töchter zu Hause, und alle wussten, dass sie diese Mertelsbach ohne Erfolg angedient hatte.

Die anderen Frauen achteten nicht auf diese boshaften Worte, sondern starrten Bona an, die nun entkleidet wurde. Die Braut hatte eine gute Figur, nicht zu zierlich und nicht zu stramm, und würde ihren Mann im Bett entzücken können. Nur am Bauch war sie vielleicht einen Hauch zu füllig.
Marie, die Bona ebenfalls musterte, erschrak, als sie deren Bäuchlein sah, aber sie versuchte, es sich nicht anmerken zu lassen. Offensichtlich hatte Bona nicht nur ihr Kränzchen verloren, sondern sich auch noch schwängern lassen. Das war eine Sache, die man nicht auf die leichte Schulter nehmen durfte. Auch wenn Mertelsbach selbst nicht so genau darauf achten mochte, wann Bona ihm das erste Kind gebar, würden andere es tun. Marie ärgerte sich nun über ihre Tochter, weil diese sich anscheinend von Bona hatte überreden lassen, ihr zu helfen. Wenn das herauskam, würde es auch Trudis Ruf schaden.
»Macht jetzt! Ich höre die Herren schon kommen«, trieb sie die Frauen an.
Ein paar von ihnen strichen Bona noch über den Bauch, die Scham und den Busen und murmelten dabei uralte Segenssprüche, die seit Generationen in ihren Familien weitergegeben worden waren, dann schlug Trudi das Laken zurück. Alle sahen darunter ein weiteres Tuch in blendendem Weiß, das Bonas Mutter einst nach alter Tradition eigenhändig für die Brautnacht ihrer Tochter gewebt und gebleicht hatte. Es war noch nie benützt worden und würde auch nie mehr verwendet werden, sondern einen Ehrenplatz in der Truhe einnehmen.
Marie trat neben Trudi, um zu verhindern, dass sie Dummheiten beging, und bedeutete Bona, sich hinzulegen. Diese tat es nur zögerlich und blickte Marie verstört an.
»Wie wir alle gesehen haben, kann der Bräutigam zufrieden sein. Hoffen wir, dass Bona dies auch mit ihm ist!« Maries Worte riefen Kichern hervor.
Elgard von Rendisheim schnaubte empört. »Herr Moritz ist ein

Mann in den besten Jahren und weiß sehr wohl einem Weib Vergnügen zu bereiten!«

»Ihr habt es wohl schon mit ihm getrieben?«, stichelte eine Frau. Frau Elgards Erröten verriet, dass Mertelsbach sich während seiner Witwerzeit auch mit ihr getröstet hatte.

»Gib deiner Freundin einen Kuss und dann raus mit dir! Hier hat so ein Jüngferlein wie du nichts mehr verloren.« Maries Worte erschreckten Trudi und Bona gleichermaßen, denn es schien keine Möglichkeit zu geben, die Hühnerblase im Bett zu verstecken.

Trudi trat auf Bona zu und beugte sich über sie. Sie bekam den stoßweisen Atem ihrer Freundin ins Gesicht und las in deren Augen schiere Panik. Während sie Bona auf die Wange küsste, zog sie die Hühnerblase aus ihrem Ärmel und steckte sie unter das Laken. Jetzt konnte sie nur noch beten, dass niemand auf den Gedanken kam, das Tuch noch einmal anzuheben, ehe Bona die Blase an sich nehmen konnte. Was passierte, wenn die Herren zu früh mit dem Bräutigam erschienen und einer von denen das Ding entdeckte, mochte Trudi sich gar nicht vorstellen.

»Ich wünsche dir Glück! Möge dein Gemahl stark genug sein, dich bereits in dieser Nacht zu schwängern«, sagte Trudi, als sie sich erhob.

»Hört euch dieses Küken an! Das glaubt wohl noch, der Bauch würde gleich wachsen, wenn ein Mann seinen Riemen an der richtigen Stelle wetzt«, spottete eine Nachbarin.

Marie versetzte ihrer Tochter einen leichten Backenstreich. »Hinaus mit dir.«

Erleichtert schlüpfte Trudi aus dem Zimmer. Marie, der trotz aller Aufmerksamkeit entgangen war, dass ihre Tochter Bona die Hühnerblase zugesteckt hatte, folgte ihr auf dem Fuß.

Die ersten Herren standen bereits vor der Tür, doch im Augenblick achtete niemand auf das Brautgemach, denn alle Blicke richteten sich nach unten auf den Treppenabsatz, auf dem sich

Michel und Otto von Henneberg erregt gegenüberstanden. Der junge Graf war betrunken und hatte alle Hemmungen verloren. Schwankend versuchte er, Michel zu packen, doch dieser wehrte ihn mit Leichtigkeit ab.

»Das hier hat Eure Tochter nicht umsonst getan, Bierritter! Dafür wird sie bezahlen und Ihr mit ihr!« Obwohl Otto von Henneberg stark nuschelte, vernahm jeder der Anwesenden seine Drohung.

Michel sah auf den jungen Mann hinab wie auf einen geifernden Hund. »Wenn meiner Tochter auch nur ein Haar gekrümmt wird, werde ich Euch fangen und aufhängen lassen wie einen gemeinen Dieb. Und nun gebt den Weg frei!« Er versetzte dem Jüngeren einen Stoß und wandte sich verächtlich ab.

Otto von Henneberg wurde von einigen Gästen aufgefangen und auf die Beine gestellt. Dabei vernahm er einige verletzende Bemerkungen, die sowohl seiner Tat wie auch seinem jetzigen Zustand galten. Außer sich vor Wut, riss er seinen Dolch aus der Scheide und wollte auf Michel losgehen.

Eichenloh schlug ihm die Waffe aus der Hand. Der Dolch fiel auf die Treppe, kollerte die Stufen hinab und blieb vor den Füßen eines verspäteten Gastes liegen. Während sich die anderen nur für die Streithähne interessierten, bückte der Mann sich und hob die mit einem edelsteinbesetzten Knauf geschmückte Waffe auf.

Bei dem Besucher handelte es sich um Gressingen, der bis zuletzt mit sich gerungen hatte, ob er nach Fuchsheim reiten sollte oder nicht. Er hatte von Graf Ottos Fehlschlag erst in Gerolzhofen erfahren und war vor Angst fast gestorben, der Henneberger würde ihn der Anstiftung für diese Tat bezichtigen. In dem Fall würde er den Auftrag des Fürstbischofs nicht ausführen können und hätte alles verloren. Zudem konnte Graf Ottos Zorn sich ebenso gut gegen ihn statt gegen Trudi wenden, und der Gedanke an Michel Adler ließ ihn ebenfalls schaudern. Wenn der Kibitzsteiner erfuhr, wer hinter diesem heimtückischen Überfall auf seine Tochter und ihre Mägde steckte, war er seines Lebens nicht mehr sicher. Wusste Adler aber noch nichts davon, bestand die Gefahr, dass er ihn noch auf Fuchsheim zur Hochzeit mit seiner Tochter zwang. All das hatte ihn zögern lassen, doch die Tatsache, dass der Fürstbischof von ihm erwartete, die Geheimnisse seiner Feinde auszuspionieren, hatte ihn schließlich dazu bewegt, nach Fuchsheim zu reiten.

Nun blickte Gressingen auf Hennebergs Dolch und versuchte zu begreifen, was eben geschehen war. Anscheinend hatte der junge Narr Streit mit Michel Adler angefangen und war kläglich gescheitert. Mit einem Fluch steckte Gressingen die Waffe unter sein Wams und folgte den Männern, die in das Brautgemach strebten. Bona von Fuchsheim war ein hübsches Ding, und einen Blick auf ihre nackte Gestalt zu werfen, war den meisten das Gedränge und ein paar Stöße in die Rippen wert.

Gressingen hatte Bona bereits halbnackt gesehen, aber dennoch zwängte auch er sich nach vorne und vermochte einen kurzen Blick auf das Mädchen zu erhaschen, das offensichtlich schreckensstarr auf dem Laken lag und die Mächte des Himmels anzuflehen schien, diese Heimsuchung enden zu lassen.

Der Eindruck täuschte ihn nicht. Bona hatte die Zeit, die zwischen dem Abgang der Frauen und dem Auftauchen der ersten Männer vergangen war, genutzt und die Hühnerblase in ihre Scheide gesteckt. Jetzt starb sie beinahe vor Angst, das Ding könnte vor der Zeit platzen und das austretende Blut vor aller Augen ihre Schande offenbaren.

Markgraf Albrecht stand neben dem Bräutigam mitten im Zimmer und beschrieb die körperlichen Vorzüge der Braut mit beredten Gesten. Ihm war anzusehen, dass er Mertelsbach noch ein wenig necken wollte, indem er ihn an der Ausübung seines eben erhaltenen Rechts hinderte, gerade weil der alte Ritter vor Gier auf sein Bräutchen beinahe verging.

Pratzendorfer hatte ebenfalls einen kurzen Blick auf die Braut geworfen, machte dann aber achselzuckend anderen Platz und verließ die Kammer wieder. Auf dem Flur stieß er beinahe mit Gressingen zusammen. Da die Aufmerksamkeit der übrigen Gäste sich auf die Braut richtete und sich niemand in Hörweite befand, packte er den Junker und stieß ihn in eine düstere Ecke, die nicht so leicht eingesehen werden konnte.
»Ihr kommt spät!«
»Ich wurde aufgehalten«, versuchte Gressingen sich herauszuwinden.
»Ihr hättet bereits gestern erscheinen und mit etlichen Leuten reden sollen! Oder habt Ihr vergessen, in wessen Diensten Ihr steht?« Pratzendorfer sprach mit leiser Stimme, dennoch schnitten seine Worte Gressingen ins Mark.
Er begriff, dass der Fürstbischof und dessen Vertrauter ihn als besseren Knecht ansahen, und nahm sich vor, Herrn Gottfried zu beweisen, dass er ein treuer Gefolgsmann war, der Achtung verdiente. Dazu aber war es unbedingt notwendig, den Bischof mit etlichen Neuigkeiten zu überraschen. Da er aber keine Lügen erzählen durfte, musste er schleunigst mit dem einen oder anderen Herrn ins Gespräch kommen.
Er kehrte dem Prälaten mit einer knappen Verbeugung den Rücken und wollte auf Steinsfeld zugehen, der ihm früher wie ein Hündchen gefolgt war. Er glaubte zwar nicht, dass dieser halbe Knabe irgendwelche Geheimnisse kannte, aber Hardwin würde ihm gewiss sagen können, wer von den Feinden des Fürstbischofs auf Fuchsheim weilte. Da sah er Otto von Henneberg in dessen Nähe stehen und wich zurück.
Nun geriet Gressingen in eine Gruppe Würzburger Gefolgsleute, die nicht in sein Doppelspiel eingeweiht waren und ihn daher für einen Rebellen gegen ihren Lehnsherrn hielten. Er vernahm etliche beleidigende Äußerungen, und ein Mann stieß ihm sogar den Ellbogen in die Rippen, um ihn zu provozieren.

Gressingen fuhr zu ihm herum und wies nach draußen. »Wenn Ihr wollt, können wir morgen unser Geschick im Lanzenstechen miteinander messen!«

»Es wird mir ein Vergnügen sein, Euch in den Staub zu schicken!« Der andere wandte ihm brüsk den Rücken zu und betrat mit seinen Freunden das Brautgemach, in dem Bona und Mertelsbach die Gaffer gleichermaßen zum Teufel wünschten, wenn auch aus ganz unterschiedlichen Gründen.

Gressingen knirschte mit den Zähnen und schwor sich, es dem aufgeblasenen Kerl heimzuzahlen. Dabei achtete er nicht auf seine Umgebung und stand mit einem Mal einem Mann gegenüber, dem er während des Festes geflissentlich aus dem Weg hatte gehen wollen.

Von der sichtlichen Gier angewidert, mit der die Männer die nackte Bona anstarrten, hatte Michel die Kammer rasch wieder verlassen. Noch während er überlegte, ob er in die Halle zurückkehren oder Marie suchen und mit ihr sprechen sollte, sah er mit einem Mal Gressingen vor sich stehen. Sofort trat er auf ihn zu und legte ihm die Hand auf die Schulter.

»Ich habe mit Euch zu sprechen, Junker Georg, und zwar an einem Ort, an dem keine fremden Ohren zuhören können.«

Der Klang seiner Stimme ließ Gressingen sein Heil in der Flucht suchen.

Michel hielt ihn jedoch scheinbar mühelos fest. »Ihr kommt jetzt mit mir!«

Er schob Gressingen auf eine enge Wendeltreppe zu, die in den hinteren Teil des Burghofs führte. Von da aus ging es durch eine Pforte in den Garten der Burg. Dort, so hoffte Michel, würde sich um diese Zeit niemand aufhalten.

Gressingen spürte Michels unbeugsamen Willen und verfluchte sich, weil er sich nicht von Fuchsheim ferngehalten hatte. Dann aber sagte er sich, dass er Michel Adler noch immer Sand in die Augen streuen und eine Verlobung oder gar Heirat mit dessen Tochter bis zum Sankt Nimmerleinstag hinausschieben konnte.

Diese Überlegung machte es ihm möglich, ein verbindliches Lächeln aufzusetzen, und er deutete eine Verbeugung an. »Wie Ihr wünscht, Kibitzstein. Ich wollte Euch sowieso an einem der nächsten Tage aufsuchen.«

Michel sah seinem Gegenüber an, dass der Mann log, und es tat ihm in der Seele weh, seine Tochter an einen solch unwürdigen Burschen zu verlieren. Doch er hielt es für seine Pflicht, Trudis Ehre zu retten.

Wie er erwartet hatte, befand sich niemand im Garten. An den meisten Stellen gab es nur noch blanke Erde, wo vorher Kohlköpfe, Rettiche und anderes Gemüse gestanden hatten. Alles war abgeerntet worden, um die Gäste zu verköstigen.

Weder Michel noch Gressingen merkten, dass Pratzendorfer ihnen gefolgt war. Der Prälat stand nun im Schatten der gemauerten Pforte und lauschte.

Gressingen beschloss, sich mit Frechheit zu retten. »Was soll das Ganze, Kibitzstein? Ihr tut so, als wolltet Ihr mir Geheimnisse anvertrauen, die niemand anderes wissen darf.«

»So kann man es nennen. Wisst Ihr, Gressingen, ich würde Euch einen Schurken nennen, wenn es nicht um meine Tochter ginge.«

»Ein Schurke? Das ist ein hartes Wort! Ihr werdet mir dafür geradestehen müssen.«

Michels Griff wurde härter. »Zuerst wirst du mir geradestehen müssen, Bürschchen! Trudi hat mir gebeichtet, was zwischen dir und ihr im Fuchsheimer Wald vorgefallen ist. Ich lasse nicht zu, dass du meine Tochter zur Hure machst und sie danach fortwirfst wie einen alten Handschuh!«

Michels Stimme hatte jeden verbindlichen Klang verloren.

Gressingen überlegte verzweifelt, wie er sich aus dieser Klemme winden konnte. Leugnen half nichts mehr, denn jede Hebamme konnte bezeugen, dass Trudi keine Jungfrau mehr war. Da er erst nach dem Mittagsmahl eingetroffen war, war ihm entgangen, dass Trudi mit dem Markgrafen Albrecht Achilles in einem Bett geschlafen und dabei nach Ansicht der übrigen Gäste ihre Jungfernschaft verloren hatte. Er sah nur den erzürnten Vater vor sich, der ihn für den Schänder seiner Tochter hielt, und wusste, dass er an einem Scheideweg angekommen war. Wenn er alles abstritt, hatte er eine Fehde am Hals, die nur sein oder Adlers Tod beenden würde. Doch ebenso wenig konnte er die Tat zugeben und das Mädchen heiraten. Selbst wenn der Fürstbischof und Pratzendorfer auf dieses Spiel eingehen und die Ehe später annullieren würden, so würde ihm in dem Augenblick, in dem er Trudi in ein Kloster steckte, bei allen Nachbarn der Ruf eines üblen Schurken und Mitgiftjägers anhaften. Die Ablehnung selbst derer, die jetzt zu Würzburg standen, wäre ihm dann ebenso gewiss wie der Hass und die Rachegelüste der Freunde des Kibitzsteiners.

Ich muss Zeit gewinnen, dachte er und suchte nach einer passenden Antwort.

Doch da sprach Michel bereits weiter. »Meine Tochter ist auf diesem Fest von Albrecht Achilles, dem Markgrafen von Brandenburg-Ansbach, zur Ehrenjungfrau erwählt worden. Wie du weißt, schließt dies auch Dinge mit ein, die nicht gerade jungfräulich sind. Doch damit wirst du wohl leben können. Nun wirst du mit mir in die Halle zurückkehren, und dort werden wir beide deine Verlobung mit Trudi bekanntgeben. In zwei Monaten wird geheiratet. Bis dorthin wird wohl klar sein, ob euer erster Sohn am Hof des Markgrafen erzogen wird oder bei euch bleiben kann.«

Gressingen schwirrte der Kopf. Trudi war die Bettgespielin des Brandenburgers geworden. Damit war sie keine Jungfrau mehr, und niemand mehr konnte ihn für den Verlust ihres Kränzchens verantwortlich machen. Aber ein Blick in Michels Gesicht ver-

trieb die Hoffnung, die kurz in ihm aufgekeimt war. Der Mann würde sich mit nichts anderem als seiner offiziellen Zustimmung zu einer Heirat mit seiner Tochter zufriedengeben.
Für einige Augenblicke fragte Gressingen sich, ob er unter diesen Umständen seine Pläne ändern sollte. Immerhin konnte er über Trudi an ein hübsches Lehen in Albrecht Achilles' Machtbereich kommen und zusätzlich über die üppige Mitgift seiner Frau verfügen. Aber wenn er diesen Schritt tat, würde der Fürstbischof von Würzburg ihn unnachsichtig verfolgen lassen.
Bei dieser Vorstellung geriet er in Panik. Er hatte sich Pratzendorfer und dem Würzburger Bischof auf Gedeih und Verderben ausgeliefert und einen heiligen Eid geleistet. Unter anderen Umständen hätte der Prälat eine erzwungene Verlobung und vielleicht auch eine Ehe mit Trudi Adlerin für null und nichtig erklären lassen können. Aber das Interesse des Markgrafen an dem Mädchen ließ diesen Ausweg nicht mehr zu. Stieß er Trudi zurück, beleidigte er Albrecht Achilles und machte ihn zu einem ähnlich hartnäckigen Feind.
»Ich ... ich ... werde«, stotterte er und verschränkte die Arme vor die Brust. Dabei presste er Otto von Hennebergs Dolch gegen seine Rippen.
Mit einem Mal fühlte er eine Anspannung, die sein Blut rascher durch die Adern trieb, und er warf einen forschenden Blick in die Runde. Außer ihm und Michel Adler war niemand in Sichtweite.
Er atmete kurz durch und blickte zu Boden, als sei er beschämt. »Verzeiht mir bitte die Entjungferung Eurer Tochter, doch die Leidenschaft für sie hat mich hinweggerissen. Selbstverständlich werde ich sie heiraten. Ich habe nur nicht gewagt, als mittelloser Ritter vor Euch zu treten und um ihre Hand zu bitten. Dies tue ich hiermit und bitte Euch, mich als Euren Eidam in Eure Arme zu schließen.«
Michel war erleichtert, dass Gressingen nachgab. Auch wenn die-

ser Mann nicht der Schwiegersohn war, den er sich gewünscht hatte, so bekam Trudi doch den ersehnten Gatten. Er würde nur darauf achten müssen, dass Gressingen sie gut behandelte. Daher öffnete er die Arme und umarmte den Junker.

Gressingen zog unbemerkt den Dolch aus seinem Wams, ehe er ebenfalls die Arme um sein Gegenüber legte. Einen Augenblick zögerte er noch, dann stieß er Michel die Klinge mit aller Kraft in die Seite.

Michel öffnete den Mund zum Schrei, doch Gressingen presste ihm die Linke auf den Mund. »Stirb, du Bierritter!«, höhnte er und umklammerte sein Opfer, bis es erschlaffte. Dann stieß er Michel zu Boden und starrte schwer atmend auf ihn herab. Beim Anblick der gebrochenen Augen, die immer noch einen überraschten Ausdruck zeigten, lachte er höhnisch auf und wandte sich erleichtert ab.

Als Gressingen durch die Gartenpforte trat, sah er Cyprian Pratzendorfer vor sich und tastete nach seinem eigenen Dolch. Der Prälat hob die Hand. »Ich glaube, ein Mord reicht fürs Erste, mein Sohn. Wie es aussieht, hast du den Fürstbischof soeben von einem unangenehmen Nachbarn befreit. Dafür wird er dir gewiss Dank wissen. Trotzdem solltest du die Burg sofort verlassen und dich fürs Erste in Franken nirgends mehr sehen lassen. Sonst könnten einige Leute die richtigen Schlüsse ziehen und dir diesen Mord mit gleicher Münze heimzahlen wollen. Aber du wirst nicht ohne Ziel reisen müssen, denn ich kenne einen Herrn, der einen Mann mit einer ruhigen Dolchhand gut gebrauchen kann.«

»Ich bin kein Meuchelmörder!«, fuhr Gressingen auf.

Pratzendorfer stieß ein höhnisches Lachen aus. »Und was war das eben? Ein ehrlicher Zweikampf?«

Gressingen wollte seinen Dolch ziehen, doch der Prälat packte seine Hand und drückte so fest zu, dass dem Junker vor Schmerz die Tränen in die Augen traten.

»Ein Dolchstoß ist schnell geschehen, doch man muss wissen, wann man ihn wagen kann. Etliche Herren haben ihre Waffen zur falschen Zeit gezogen und wurden dafür in Stücke gehackt. Du aber dürftest wissen, wann es sich lohnt, etwas zu riskieren. Und lohnen würde es sich für dich in reichem Maße.«

»Hätte ich mehr zu erwarten, als der Fürstbischof mir zugestehen würde?«, fragte Gressingen unwillkürlich.

Pratzendorfer stellte zufrieden fest, dass der Junker angebissen hatte. »Der Rang eines Grafen mit einem Besitz, der diesem Stand entspricht, wäre dir sicher, mein Sohn.«

Gressingen sah den Prälaten forschend an. »Sagt mir, wer Eure Freunde sind und wo ich sie treffen kann.«

Auf seinem Gesicht mischte sich die Angst vor Entdeckung mit der Gier nach einer reichen Belohnung. Je mehr Meilen er zwischen sich und den Toten bringen konnte, umso weniger hatte er zu befürchten.

Der Prälat legte ihm die Hand auf die Schulter und flüsterte ihm ein paar Worte ins Ohr. Gressingen atmete auf. An dem Ort würde er in Sicherheit sein, und allein der Name seines neuen Auftraggebers verhieß ihm eine glänzende Zukunft.

»Du solltest jetzt gehen, mein Sohn. Reite, so schnell du kannst. Sollten Freunde nach dir fragen, werde ich dich bei ihnen entschuldigen.«

Dieser Rat kam Gressingens Wünschen entgegen. Er bat den Prälaten, ihn zu segnen und noch einmal von seinen Sünden freizusprechen. Dieser schlug das Kreuz über ihm, murmelte eine lateinische Formel und wies dann auf einen Pfad, der über den hinteren Zwinger zu den Ställen führte. Obwohl der Kirchenmann erst seit kurzer Zeit in der Burg weilte, hatte er sich bereits umgesehen und wusste, wie man unbemerkt von einem Teil in den anderen kommen konnte.

Gressingen lief hastig zu dem gewiesenen Tor, sattelte sein Pferd und führte es so vorsichtig aus der Burg, dass ihn nur ein paar übermüdete Knechte bemerkten, die froh waren, in Ruhe gelassen zu werden, und seine Anwesenheit sofort wieder vergaßen.

Auch Pratzendorfer kehrte dem Gemüsegarten den Rücken und stieg die enge, altmodisch steile Wendeltreppe empor. Dabei übersah er den Knecht, der die Küche verlassen hatte, um nachzusehen, ob im Garten nicht doch noch etwas Gemüse oder Kraut zu finden war, das zur Verköstigung der Gäste taugte.

Vierter Teil

Aufbruch

1.

Marie hätte Trudi am liebsten ein paar kräftige Ohrfeigen verpasst, denn das Mädchen benahm sich einfach schamlos. Es trank viel zu viel und lachte dabei so laut, dass seine Stimme den Geräuschpegel im Saal übertönte. Anscheinend war es ihrer Tochter zu Kopf gestiegen, dass Markgraf Albrecht Achilles ihr seine Aufmerksamkeit geschenkt hatte. Marie konnte nicht wissen, dass Trudi nur deswegen trank, um Albrecht Achilles dazu zu bewegen, es ihr gleichzutun, damit er auch an diesem Abend nicht in der Lage wäre, das zu tun, wonach ihm der Sinn stand. Außerdem war sie enttäuscht, weil Georg von Gressingen noch immer nicht gekommen war, und machte sich Sorgen um ihn.
Marie kehrte ihrer Tochter verärgert den Rücken zu und hielt Ausschau nach Michel, den sie seit dem Augenblick, in dem das Brautpaar in seine Kammer gebracht worden war, nicht mehr gesehen hatte.
Ein Stück von ihr entfernt hockten Otto von Henneberg, der ihrem Mann offen Rache angedroht hatte, und neben ihm der Söldner Eichenloh, ein äußerst widerwärtiger Mensch, wie ihr von einigen Seiten zugetragen worden war. Auch dieser Mann hatte Michel und Trudi bedroht, und beim Anblick der beiden beschlich sie ein ungutes Gefühl. Doch das wurde sogleich wieder von dem Ärger über ihre Tochter verdrängt.
Marie hatte sich auf die Hochzeitsfeier gefreut, nicht nur wegen der Gespräche mit den Nachbarn, sondern auch, weil es die erste längere Reise seit vielen Wochen war. Wegen ihrer Verletzung hatte sie die Burg kaum verlassen können, und wenn, dann hatte sie es nur bis zum Ziegenhof geschafft. Nun aber bedauerte sie es, nach Fuchsheim gekommen zu sein und Trudi mitgebracht zu haben. Beim Anblick ihrer Tochter fragte sie sich, was sie und Michel bei der Erziehung ihrer Ältesten falsch gemacht hatten. Trudi wirkte wie ein oberflächliches Ding, das sich von

Schein und Tand beeindrucken ließ. Wahrscheinlich hätte es der einen oder anderen Tracht Prügel bedurft, um ihr die gebotene Achtung und Sittsamkeit beizubringen, doch Michel hatte seine Erstgeborene ständig in Schutz genommen. Aus diesem Grund beschloss Marie, sich in Zukunft nicht mehr von ihrem Mann daran hindern zu lassen, Trudi am Zügel zu nehmen.

In ihrem düsteren Sinnieren und immer wieder durch ihre Pflichten als stellvertretende Hausfrau abgelenkt, bemerkte Marie nicht den vor Aufregung zitternden Knecht, der auf ihren Gastgeber zutrat und auf ihn einredete. Ludolf von Fuchsheim schüttelte ein paarmal ungläubig den Kopf, stand dann aber auf und entschuldigte sich bei Markgraf Albrecht Achilles mit dem Hinweis auf unaufschiebbare Pflichten.

Als der Fuchsheimer nach einer Weile zurückkehrte, war sein Gesicht so bleich, als habe er sein Todesurteil empfangen.

»Verzeiht, Euer Hoheit, aber es ist etwas Schreckliches vorgefallen«, sprach er den Brandenburger an.

Albrecht Achilles von Hohenzollern, der eben noch mit Trudi getändelt hatte, blickte unwillig auf. »Was ist denn los?«

»Ein Mann ist ermordet worden.«

»Ein Mord? Aber wie konnte das geschehen?« Der Brandenburger rief es laut genug, dass es selbst in Trudis bereits arg benebelte Sinne drang. Sie kniff die Augen zusammen, sah, wie die Blicke des Fuchsheimers zwischen ihr und ihrer Mutter hin- und herwanderten, und fühlte, wie eine eisige Hand nach ihrem Herzen griff.

»Besitzt Ihr die Halsgerichtsbarkeit, oder müsst Ihr einen der umliegenden Vögte holen?«, fragte der Markgraf den Fuchsheimer.

Der hob unschlüssig die Hände. »Ich besitze sie, aber nur aus alter Tradition, und da es keine Urkunde gibt, macht der Bischof von Würzburg mir dieses Recht streitig.«

»Dann werdet Ihr wohl den nächsten Würzburger Vogt holen müssen.«

»Es sind einige der Herren anwesend«, wandte Magnus von Henneberg ein, der das Privileg erhalten hatte, ebenfalls an der Tafel des Markgrafen zu sitzen.

»Euer Bruder vielleicht, der nicht weiter denken kann, als seine Nasenspitze reicht?«, fuhr Trudi ihn an. Ihre Stimme, die schon einen schläfrigen Ton angenommen hatte, klang nun wieder klar und scharf.

Graf Magnus ignorierte diese Bemerkung und nickte dem Fuchsheimer herablassend zu. »Als höchstrangiger weltlicher Vertreter meines Herrn werde ich die Sache in die Hand nehmen. Zeigt mir den Toten und seht zu, ob Ihr Zeugen für den Mord auftreiben könnt.«

»Ein Küchenjunge hat den Leichnam im Gemüsegarten gefunden. Aber niemand hat die Tat gesehen, denn man kann höchstens von den Zinnen in den Garten hinunterblicken, und das auch nur, wenn man sich sehr weit vorbeugt. Oh, Gott im Himmel! Warum musste das ausgerechnet jetzt passieren, während meine Tochter im Brautbett liegt? Das ist ein sehr böses Omen.«

Albrecht Achilles winkte ab. »Solche Dinge geschehen meistens dann, wenn man sie am wenigsten brauchen kann. Kommt mit!«

Der Ansbacher war nicht willens, hinter einem Würzburger Grafen zurückzutreten. Auch wenn Magnus von Henneberg sich als verlängerter Arm des Würzburger Bischofs fühlte, so war der Mord in seiner Gegenwart geschehen, und dies gab ihm als höchstrangigem Anwesenden das Recht, die Untersuchung zu überwachen.

Der Markgraf erhob sich und winkte dem Fuchsheimer und Graf Magnus, ihm zu folgen. Trudi kämpfte sich ebenfalls auf die Beine und wankte, von einer Vorahnung getrieben, hinter den dreien her. Andere wollten sich anschließen, doch da hob der Brandenburger die Hand.

»Die Leute sollen sitzen bleiben und weiterfeiern. Sie stören nur.« Seine Autorität reichte aus, um die meisten Gäste auf ihren Plätzen verharren zu lassen. Die Vögte der umliegenden Städte und Herrschaften, die sich auf Fuchsheim eingefunden hatten, folgten jedoch der Gruppe.

Auch Marie hielt es nicht auf ihrem Platz, denn ihr war das erschrockene Gesicht ihrer Tochter aufgefallen. Nun wurde sie von der gleichen Angst erfasst, die auch Trudi gepackt hielt, und so eilte sie hinter dem Markgrafen her. Fast gleichzeitig mit Albrecht Achilles erreichte sie den Gemüsegarten, und der erste Blick offenbarte ihr das Unfassbare. Sie hatte Michels dunkelblauen Rock selbst genäht und Trudi das Kibitzsteiner Wappen darauf gestickt. Nun war der kostbare Stoff blutgetränkt, und der Kiebitz stand nicht mehr auf einem Felsen, sondern auf einem roten Fleck. Unter Michel hatte sich eine Blutlache ausgebreitet, und sein Gesichtsausdruck zeigte, dass der Tod ihn vollkommen überrascht hatte.

Während Marie stehen blieb und die Hände gegen die Brust schlug, warf Trudi sich auf den Toten. »Papa, nein!« Ihre Schreie gellten durch den Garten und brachen sich an den Mauern.

Albrecht Achilles hob sie auf und schob sie Marie in die Arme. »Kümmert Euch um Eure Tochter. Der Schmerz ist zu groß für sie.«

Marie zog Trudi an sich und hielt sie fest, während sie mit tränenlosen Augen auf ihren toten Mann starrte. In wenigen Augenblicken zogen all die Stationen ihres Lebens an ihr vorbei, die sie gemeinsam durchmessen hatten. Sie waren beide in Konstanz aufgewachsen und hatten als Kinder miteinander gespielt. Später, als sie einem Fremden anverlobt und durch dessen Intrigen als Hure verurteilt und aus der Stadt getrieben worden war, hatte nur Michel an ihre Unschuld geglaubt und sogar seine Heimatstadt verlassen, um sie zu suchen. Aber er war in die Irre geleitet worden und hatte sie erst fünf Jahre später wiedergefunden. Diese Jahre waren so hart für sie gewesen, dass sie nach all der Zeit noch davon träumte und sich beim Aufwachen daran erinnern musste, dass sich ihr Schicksal längst zum Guten gewendet hatte. Mit Michels Hilfe war es ihr gelungen, ihre Unschuld zu beweisen und ihre Verderber vor Gericht zu bringen. Dort hatten die Richter sie kurzerhand miteinander verheiratet und Michel zum Kastellan einer der Burgen ernannt, die dem Pfälzer Kurfürsten gehörten.

Marie erinnerte sich an die Jahre des Glücks, die sie dort mit Michel erlebt hatte und die jäh zu Ende gegangen waren, als er in den Krieg gegen die aufständischen Böhmen hatte ziehen müssen. Sie war mit Trudi schwanger gegangen, als die Nachricht sie ereilte, ihr Mann wäre gefallen. Das hatte sie nicht glauben wollen und sich auf die Suche nach ihm gemacht. Ihre Bitten an die Himmelsmutter und die heilige Maria Magdalena, zu der sie auch jetzt noch am liebsten betete, waren erhört worden, und sie hatte Michel wiedergefunden. Erneut waren sie von Glücksgaben überreich bedacht worden, denn Kaiser Sigismund hatte Michel wegen seiner Tapferkeit zum freien Reichsritter ernannt und ihm das Lehen Kibitzstein übergeben.

Doch ihr war es nicht vergönnt gewesen, in Ruhe und Frieden zu leben, denn die Schatten der Vergangenheit hatten sie eingeholt. Eine rachsüchtige Feindin hatte sich ihrer bemächtigt und auf ein Sklavenschiff schmuggeln lassen, und dessen Besitzer hatte sie in das ferne Land der Russen verkauft. Da man an der Stelle, an der sie verschwunden war, eine Leiche gefunden hatte, war sie für tot erklärt worden, und Kaiser Sigismund hatte Michel gezwungen, eine junge Dame aus edler Familie zu heiraten. Nur der Wille, ihren Sohn wiederzusehen, den ihr die Feindin weggenommen hatte, hatte ihr die Kraft gegeben, den weiten Weg zurück in die Heimat zu finden. Michel, der nun mit zwei Frauen verheiratet gewesen war, hatte die andere, die Junge, fortgeschickt und sie wieder zu sich genommen.

Bei der letzten Erinnerung spürte Marie, wie ihr die Tränen aus den Augen traten und wie warme Bäche über die Wangen liefen. Michel war wunderbar, als Ehemann, als Kamerad, als Freund und als Liebhaber – ein Mann, wie es ihn kein zweites Mal auf Erden geben konnte. Und nun lag er tot vor ihr, ermordet mit einem Dolch, der noch in seinem Fleisch stak.

Albrecht Achilles von Hohenzollern und Graf Magnus wandten sich gerade der Waffe zu. »Das war ein gemeiner, ein hinterhältiger Stoß!«, rief der Ansbacher empört aus.

Dem Henneberger war es, als müsse sich jeden Augenblick der Boden unter seinen Füßen auftun und ihn verschlingen. Diesen Dolch kannte er. Er selbst hatte Otto die Waffe anlässlich seines Ritterschlags geschenkt. Für den täglichen Gebrauch hatte sein Bruder eine weniger prunkvolle Waffe benützt, doch die war ihm bei dem Überfall auf die Kibitzsteiner abhandengekommen. Deswegen hatte sein Bruder für dieses Fest den Juwelendolch an seinen Gürtel gehängt. Diesen jetzt als Tatwaffe zu sehen, erschreckte Magnus von Henneberg so, dass er ihn am liebsten an sich genommen und versteckt hätte.

Dafür war es jedoch zu spät, denn Marie wies gerade auf die Waffe. »Ist das nicht der Dolch des jungen Hennebergers? Mit dem hat er vorhin schon meinen Mann bedroht!«

»Irrt Ihr Euch da nicht? Dolche dieser Art tragen etliche der Herren, die hier versammelt sind.« Graf Magnus versuchte noch, seinen Bruder zu schützen, begriff aber dann die Sinnlosigkeit seines Tuns. Traf man Otto mit leerer Scheide an, würde sein Bruder sofort als Mörder gelten – und dazu noch als einer, der seinen Gegner von hinten erstochen hatte. Er selbst war Zeuge des Streits zwischen Adler und seinem Bruder geworden. Daher glaubte auch er an Ottos Schuld und hoffte verzweifelt, dass der junge Narr Vernunft genug besessen hatte, sich einen anderen

Dolch zu besorgen. Sonst würde Otto nur noch eine rasche Flucht retten können.

Einen Mann in einer offen erklärten Fehde oder im ritterlichen Zweikampf zu töten, galt als ehrenhaft. Diese Tat aber konnte nur als Meuchelmord bezeichnet werden, und darauf stand der Tod. Selbst Gottfried Schenk zu Limpurg durfte es trotz seiner Stellung als Fürstbischof nicht wagen, den Mörder von dieser Tat freizusprechen.

Markgraf Albrecht Achilles sah, wie Henneberg sich innerlich wand, und genoss es trotz der bedrückenden Situation, den Mann in der Klemme zu wissen. Mit einem bösen Lächeln wies er auf die Burg. »Wir werden jetzt feststellen, ob Frau Maries Verdacht begründet ist!«

2.

In der Halle war Otto von Henneberg nicht aufzufinden. Nun hoffte Graf Magnus, sein Bruder wäre klug genug gewesen, Fuchsheim zu verlassen.

Trudi aber betete zu allen Heiligen, dass der Mann noch an diesem Tag und vor ihren Augen geköpft würde. Sie war fest überzeugt, Otto von Henneberg habe sich für seine Verwundung an ihrem Vater gerächt. Sie klammerte sich wie eine Ertrinkende an ihre Mutter und schluchzte ihr Elend hinaus. »Lieber hätte ich mich von Graf Otto schänden lassen, als durch meinen Widerstand seine Rache herauszufordern!«

Marie war so elend zumute, dass sie sich am liebsten in eine dunkle Ecke verkrochen hätte und niemals mehr herausgekommen wäre. Doch sie musste all ihre Kraft aufwenden, um Trudi zu beruhigen. Jetzt kamen auch noch Lisa und Hildegard auf sie zu und schmiegten sich weinend an sie.

Marie wusste nicht, wie es ihr gelang, das Entsetzliche zu ertragen und gleichzeitig ihre Kinder zu trösten. Der Brandenburger warf ihr einen mitleidigen, aber auch anerkennenden Blick zu. Er hatte in seiner Jugend einiges über diese Frau gehört und begriff nun, wie sie all diese Gefahren durchgestanden hatte.

Graf Magnus' Hoffnungen zerstoben, als sie den Raum erreichten, der als Schlafsaal diente. Otto von Henneberg lag rücklings auf einem Strohsack und schnarchte mit offenem Mund. Da er sich nicht die Mühe gemacht hatte, sich auszuziehen, konnten alle seine leere Dolchscheide sehen.

»Wie es aussieht, ist der Mörder überführt!« Es bereitete dem Markgrafen Genugtuung, Graf Magnus, dessen hündische Treue zum Würzburger Fürstbischof ihm schon lange ein Dorn im Auge war, diesen Stich zu versetzen.

Der Henneberger starrte auf seinen Bruder und verfluchte ihn in Gedanken. Auf seinen Wink hin fasste der Gerolzhofener Vogt den Schlafenden an der Schulter und rüttelte ihn wach.

»Was ist denn los? Lass mich doch in Ruhe!« Graf Ottos Stimme klang undeutlich und zeigte, dass er betrunken sein musste.

»Otto, steh auf!«, herrschte sein Bruder ihn an.

Der junge Henneberger öffnete die Augen und blickte Graf Magnus verständnislos an. »Kannst du mich denn nicht schlafen lassen? Ich bin müde.«

»Verdammt, Otto! Das ist kein Spaß. Es ist ein Mord geschehen!«

»Von mir aus!« Otto von Henneberg wollte sich umdrehen und weiterschlafen.

Da versetzte sein Bruder ihm einen harten Tritt. »Man hält dich für den Mörder!«

»Unsinn!«, brummelte Graf Otto, riss dann aber die Augen wieder auf.

»Du stehst unter Verdacht, den Reichsritter Michel Adler auf Kibitzstein umgebracht zu haben.«

Otto von Henneberg schüttelte verwirrt den Kopf und setzte sich dann mühsam auf. »Was sagst du da?«
Bevor sein Bruder etwas sagen konnte, zeigte Trudi auf ihn. »Du Schurke hast meinen Vater umgebracht!« Mit einer schnellen Bewegung entwand sie sich den Armen Maries, zog dem überraschten Markgrafen den Dolch aus der Scheide und wollte sich auf den jungen Grafen stürzen.
Der Vogt von Gerolzhofen fing sie auf, bevor sie zustoßen konnte, und hielt dann eine tobende Wildkatze im Arm. Albrecht Achilles musste ihm helfen, das Mädchen zu bändigen. Aber ihr Widerstand brach erst, als er ihr den Dolch entwinden konnte.
Schluchzend sank sie zu Boden. Marie beugte sich über sie und strich ihr sanft über die Wange. »Sei unbesorgt, mein Herzblatt. Der Mörder wird für seine Untat bezahlen, das schwöre ich dir.«
Graf Magnus starrte Marie mit dunkelrotem Kopf an, und man konnte sehen, dass es ihn innerlich zerriss. »Frau Marie, wenn mein Bruder der Mörder sein sollte, so hat er diese Tat gewiss nicht mit Vorbedacht, sondern mit betrunkenem Geist durchgeführt. Ich biete Euch jede Entschädigung an, die Ihr fordern mögt. Ist es Euer Wunsch, so wird er eine Eurer Töchter zum Weibe nehmen und sie in Ehren halten, auf dass Ihr mit dem gräflichen Geschlecht derer von Henneberg versippt seid und auf dessen Schutz und Hilfe vertrauen könnt.«
Dem älteren Henneberger blutete bei diesem Angebot das Herz, denn bislang hatte noch kein Mann aus seiner Familie unter seinem Stand geheiratet. Doch um seinen Bruder zu retten, war er bereit, selbst eine Frau mit einem solch widerlichen Stammbaum wie Trudi oder eine der jüngeren Schwestern als Schwägerin in seine Arme zu schließen.
Der Brandenburger musste sich das Lachen verbeißen. Ihm war der unmäßige Stolz des Hennebergers bekannt, und er bekam nicht übel Lust, auf diese Heirat hinzuarbeiten. Doch als er in

Maries Gesicht blickte, ließ er diese Idee schnell fallen. Die Frau würde sich nur mit dem Kopf des Mörders zufriedengeben.

Otto begriff nun trotz seiner Trunkenheit die Gefahr, in der er schwebte, und schüttelte den Kopf. »Ich habe Michel Adler nicht umgebracht!«

»Ach nein? Warum steckt dann Euer Dolch zwischen seinen Rippen? Zudem hat jeder gehört, wie Ihr meinem Mann vorhin auf der Treppe blutige Vergeltung geschworen habt!« Maries Stimme klang so kalt, dass sie Wasser hätte gefrieren lassen können.

Der junge Henneberger blickte seinen Bruder hilfesuchend an. »Ich habe es wirklich nicht getan. Du musst mir glauben!«

»Es kommt weniger darauf an, was Graf Magnus glaubt, sondern auf das, was wir als die Wahrheit erachten. Ihr habt Michel Adler offen gedroht, seid ihm dann in den Garten gefolgt und habt ihn im Zorn niedergestochen. Oder könnt Ihr das widerlegen?«

Die Worte des Markgrafen verrieten Otto von Henneberg, dass der Ansbacher ihn bereits verurteilt hatte. Verzweifelt rieb er sich über die Stirn und versuchte, sich zu erinnern. Gewiss, er hatte den Kibitzsteiner in betrunkenem Zustand beschimpft und seinen Dolch gezogen. An das, was danach gekommen war, hatte er keine Erinnerung mehr.

»Ich war es nicht!«, begehrte er hilflos auf.

Auf dem Gesicht des Markgrafen machte sich Verachtung breit, während Graf Magnus allmählich die Geduld mit seinem Bruder verlor. »Es war dein Dolch! Genau die juwelenbesetzte Waffe, die ich dir geschenkt habe. Du hättest klüger sein und ihn nicht bei dem Toten lassen sollen.«

»Er war betrunken, und Betrunkene achten meist nicht auf das, was sie tun«, warf Marie ein.

»Ich war es wirklich nicht«, wiederholte Graf Otto, der bereits den Luftzug des Henkerschwerts im Nacken zu spüren glaubte.

3.

Nachdem Peter von Eichenloh seinen Freund auf die Strohschütte gelegt hatte, war er eine Weile auf dem Burghof herumgeschlendert und hatte auf die Bitte eines Knechts nach seinem Hengst gesehen. Als er in den Saal zurückkehren wollte, schlug ihm bereits auf der Freitreppe der Lärm entgegen, den die wild durcheinanderredenden Gäste verursachten. Von einer vor Aufregung greinenden Magd, die er kurzerhand festhielt und befragte, erfuhr er, dass Michel Adler auf Kibitzstein ermordet worden sei. Obwohl er mit dem Mann aneinandergeraten war, bedauerte er dessen Tod. Er hätte ihn gern unter besseren Umständen kennengelernt. Michel Adler hatte alles, was er war, aus eigener Kraft erreicht, und stellte daher sogar ein gewisses Vorbild für ihn dar, da auch er seinen eigenen Weg selbst gehen wollte.

Als er die Burg betrat, fielen ihm die heftigen Stimmen auf, die nun aus dem Schlafsaal heraudrangen, und er näherte sich ohne Hast der Tür. Dort blieb er stehen und verfolgte das Verhör. Als klar wurde, dass alle Anwesenden einschließlich des älteren Hennebergers Otto als den Mörder ansahen, hielt er es für an der Zeit, einzugreifen.

»Verzeiht, Frau Marie, edle Herren! Meiner Ansicht nach sagt Graf Otto die Wahrheit. Er ist nicht der Mann, der einen anderen aus niederen Gründen niedersticht.«

»Genauso wie er nicht der Mann ist, der jungen Mädchen auf dem Felde Gewalt antun will!«, fauchte Trudi ihn an.

Da die wahren Geschehnisse auf dem Hilgertshausener Weinberg bis jetzt noch nicht an Eichenlohs Ohr gedrungen waren, winkte er ärgerlich ab. »So etwas würde Otto niemals tun! Er ist ein Edelmann!«

Trudi blies verächtlich die Luft aus den Lungen, während Maries Augen zornig aufblitzten. »Graf Ottos Dolch hat sich Eurer

Meinung nach wohl von selbst in die Brust meines Mannes gebohrt!«

»Nein! Aber es war gewiss nicht Ottos Hand, die den Dolch geführt hat. Er mag betrunken und gereizt gewesen sein, aber ich kenne ihn gut genug, um meine Hand für ihn ins Feuer legen zu können.«

»… und sie sich kräftig zu verbrennen«, schrie Trudi ihn an, deren Rausch mit einem Mal wie weggeblasen war und die sich nun innerlich vor Schmerz krümmte.

Eichenloh trat neben seinen Freund und wies auf die leere Dolchscheide. »Das hier beweist gar nichts. Die Herren …«, er neigte den Kopf kurz in Richtung des Markgrafen und des Gerolzhofener Vogtes, »können bezeugen, dass ich Graf Otto den Dolch aus der Hand geschlagen habe, als er damit vor dem Brautgemach auf Michel Adler losgehen wollte. Die Waffe ist die Stufen hinabgekollert, und dort kann jeder der Anwesenden sie aufgehoben haben.«

»Das gilt auch für Graf Otto. Es handelt sich um eine wertvolle Waffe, die auch ein Betrunkener nicht einfach liegen lässt.« Maries Worte klangen so schlüssig, dass selbst Graf Magnus nickte. Auch er konnte sich nicht vorstellen, dass sich sein Bruder nicht mehr um seinen Dolch gekümmert habe.

Otto von Henneberg verfluchte sich, weil er so viel getrunken hatte, und rieb sich unwillkürlich über die Augen. Dabei kam er an die halbverheilten Narben und stöhnte vor Schmerz auf. Verzweifelt wandte er sich an seinen Bruder.

»Natürlich habe ich nach dem Dolch gesucht, ihn aber nicht gefunden. Jemand muss die Waffe aufgehoben haben.«

»Solange Ihr das nicht beweisen könnt, werdet Ihr als Mörder gelten«, wandte Markgraf Albrecht Achilles mit ernster Miene ein.

Eichenloh war nicht gewillt, seinen Freund im Stich zu lassen. »Otto war es gewiss nicht. Nachdem der Bräutigam zur Braut gebracht worden ist, haben wir noch drei Becher miteinander geleert. Danach war Otto nicht mehr in der Lage, auf eigenen Beinen zu stehen, und ich habe ihn in diesen Raum gebracht. Wo zum Teufel ist der Mord geschehen?«

»Im Gemüsegarten der Burg«, antwortete Magnus von Henneberg.

»Da soll Otto sich aufgehalten haben?« Eichenloh schüttelte den Kopf. In seinen Augen ergab dies alles keinen Sinn. Irgendeiner der Anwesenden musste den Dolch an sich genommen und Michel Adler getötet haben. Doch es stellte sich die Frage, was der Täter und sein Opfer im Gemüsegarten gesucht hatten. »Ich würde mir diesen Garten gerne einmal ansehen.«

»Bitte, wie Ihr wollt!« Marie wies die Richtung, und die anderen folgten ihr. Auch Otto kam mit, noch recht schwankend und mit einem so üblen Gefühl im Bauch, dass er sich in der nächsten Ecke übergeben musste.

Als sie die steile Treppe erreichten, die nach unten führte, schüttelte Eichenloh den Kopf. »In seinem Zustand wäre Otto gar nicht in der Lage gewesen, hier hinabzusteigen. Er hätte bereits auf den ersten Stufen das Gleichgewicht verloren und wäre in die Tiefe gestürzt.«

»Vielleicht hat Michel Adler ihn gestützt«, wandte der Gerolzhofener Vogt ein.

»Ach ja? Wo die beiden so gute Freunde waren?« Eichenlohs Stimme klang ätzend. Nachdem er mehrere Stufen hinabgestiegen war, forderte er Otto auf, es ihm gleichzutun, musste aber sofort zugreifen, weil sein Freund schon beim zweiten Schritt in Gefahr geriet, das Gleichgewicht zu verlieren.

»Er kann diese Treppe nicht bewältigt haben«, wiederholte der Söldnerhauptmann.

»Vielleicht spielt er nur den Betrunkenen! Außerdem dürfte es noch andere Wege in den Garten geben«, entgegnete Marie harsch.

Trudi nickte eifrig. »Einer führt durch die Küche.«

»Dort sind ständig Leute. Jemand müsste Graf Otto gesehen haben.« Es war der erste kleine Erfolg, den Peter von Eichenloh errang, denn als Graf Magnus die Köchin und deren Untergebene befragte, ob sie Otto von Henneberg gesehen hätten, verneinten es alle. Der Küchenjunge, der den Mord entdeckt hatte, biss sich auf die Lippen, sah dann Pratzendorfer an und schwieg.

Marie gab nicht auf. »Man kann den Garten auch über den vorderen Teil der Burg erreichen. Man geht zwischen den Gebäuden hindurch oder nimmt die Hintertür des Stalls und muss dann die Pforte zum hinteren Zwinger öffnen.«

»Diesen Weg kenne ich nicht!«, rief Graf Otto aus.

Marie musste zugeben, dass diese beiden Zugänge schwer zu finden waren. Da Otto von Henneberg zum ersten Mal auf Fuchsheim weilte, war es unwahrscheinlich, dass er die verschlungenen Wege in diesem Teil des Wehrbaus ausgekundschaftet hatte.

Eine Weile drehte sich das Streitgespräch im Kreis. Eichenloh und Graf Otto bestritten vehement, dass dieser der Mörder sein könne, während Marie und Trudi ebenso energisch darauf beharrten. Trudi ließ ihrem Hass auf den jungen Henneberger freien Lauf, so dass ihre Mutter sie mehrmals daran hindern musste, auf ihn loszugehen. Auch Markgraf Albrecht Achilles bezeichnete Otto von Henneberg wegen seiner Drohungen als den Mörder, und selbst Magnus von Henneberg wusste nicht mehr, wie er sich zu seinem Bruder stellen sollte.

Da griff der römische Prälat ein. Die Hände unter den Achseln eingeklemmt und den Kopf leicht gebeugt, trat er neben Graf Magnus. »Wie ich hörte, gab es einen Mordfall?«

Magnus von Henneberg nickte mit bitterer Miene. »Leider ja! Und bedauerlicherweise zählt mein Bruder zu den Verdächtigen.«

»Er ist der einzige Verdächtige! Außerdem hatte er die Tat offen angedroht. Er wollte sich für den Schnitt rächen, den ich ihm zugefügt habe«, erklärte Trudi zornig.

»Ach ja?« Pratzendorfer atmete tief durch und bat Graf Magnus, ihm die Verdachtsmomente zu nennen, die gegen dessen Bruder standen.

Dieser tat es und erwähnte dabei auch den Dolch. »Mein Bruder beschwört, er habe ihn nicht mehr gefunden, nachdem Eichenloh ihm die Waffe aus der Hand geschlagen hatte. Doch ohne einen Zeugen, der gesehen hat, wie ein anderer den Dolch an sich genommen hat, steht diese Behauptung ohne Beweis im Raum.«

Der Prälat wiegte den Kopf, als müsse er über die Sache nachdenken. »Wenn Graf Otto bereit ist, einen Reinigungseid zu leisten, wären diese Zweifel aus der Welt geschafft.«

Marie fuhr auf. »Selbst die heilige Kirche weigert sich, den Eid eines Betrunken anzuerkennen, und nüchtern könnt auch Ihr diesen Mann nicht nennen!«

Pratzendorfer sah hochmütig auf Marie herab, konnte aber seinen Ärger nicht ganz verbergen. Ihr Einwand machte es ihm unmöglich, diese Angelegenheit in seinem Sinne zu klären. Die beiden Henneberger zählten zu den eifrigsten Anhängern des Würzburger Fürstbischofs. Aus diesem Grund durfte er Graf Otto nicht als Schuldigen dastehen lassen, zumal er ja den wirklichen Mörder kannte. Für ein paar Augenblicke schwankte er, ob er Gressingens Verbrechen aufdecken sollte. Der Junker hatte die Burg längst verlassen und war auf dem Weg zu einem fernen Ziel. Aber es durfte ihm nicht das geringste rufschädigende Gerücht an den Ort folgen, an den er geschickt werden würde, sonst würde er die Tat, für die Pratzendorfer ihn ausgewählt hatte, nicht vollbringen können. Daher musste ein anderer als Schuldiger entlarvt werden, und zwar ein Mann, der nicht zu den Gefolgsleuten des Fürstbischofs gehörte. Sein Blick heftete sich auf Eichenloh, der Graf Otto mit flammenden Worten verteidigte, und auf seinen Lippen erschien ein seltsames Lächeln.

»Otto von Henneberg kann wirklich nicht der Mörder sein, denn ich habe gesehen, wie Ihr, Eichenloh, ihn in den Schlafsaal gebracht habt, und da war seine Dolchscheide leer.«

Während die beiden Henneberger aufatmeten und Eichenloh bestätigend nickte, verhärtete Maries Miene sich. »Wer anders als Graf Otto hätte meinen Mann umbringen sollen? Immerhin hat er ihn vor allen Leuten bedroht.«

Sie bot Pratzendorfer damit den Aufhänger, auf den dieser gewartet hatte. »Darf ich Euch daran erinnern, dass Otto von Henneberg nicht der Einzige war, der Euren Gemahl und Eure ganze Sippe geschmäht hat?«

Unwillkürlich wandten sich alle zu Peter von Eichenloh um, der im ersten Augenblick gar nicht begriff, was der Prälat damit hatte sagen wollen. Als er merkte, wohin der Wind sich gedreht hatte, hob er abwehrend die Hände. »Wollt Ihr damit behaupten, ich wäre der Mörder?«

»Nun, Ihr habt den Reichsritter auf Kibitzstein nicht weniger beleidigt und bedroht als Graf Otto, und im Gegensatz zu ihm steht Ihr sicher auf Euren Beinen und könnt diese steile Treppe ohne weiteres bewältigen.« Pratzendorfer gratulierte sich, denn mit diesem Schachzug wusch er einen Gefolgsmann des Fürstbischofs rein und richtete den Verdacht auf einen Gegner Würzburgs. Seine Begleiter hatten ihm genug über den Söldnerführer Eichenloh erzählt, um diesen nicht in den Reihen derer sehen zu wollen, die gegen Gottfried Schenk zu Limpurg standen. Zudem verhalf er damit dem Fürstbischof zu einer persönlichen Rache und konnte sich diesen noch mehr verpflichten.

Obwohl Pratzendorfer leise, ja fast ein wenig zögerlich gesprochen hatte, schlugen seine Worte wie ein Blitz ein. Trudis Augen flammten voller Hass auf, denn sie hatte Eichenloh weder die Begebenheit in Dettelbach vergessen noch die Beleidigungen, die er ihrem Vater und ihr hier an den Kopf geworfen hatte.

Auch Magnus von Henneberg schnappte nach dieser Deutung

wie ein hungriger Hund nach einem Knochen. »Der hochwürdige Herr Prälat hat recht, Eichenloh. Ihr habt noch härtere Drohungen gegen den Kibitzsteiner ausgestoßen als mein Bruder. Otto mag aufbrausend sein, aber er ist niemand, der einen anderen Menschen kalten Blutes erschlägt. Euch hingegen gilt ein von Eurer Hand Erschlagener nicht mehr als ein erlegter Hirsch.«

Eichenloh wurde klar, dass Magnus von Henneberg bereit war, ihn für seinen Bruder zu opfern, und verfluchte sich selbst, weil er zu Ottos Gunsten eingegriffen hatte. Dann aber schüttelte er den Kopf. Otto konnte nicht Michel Adlers Mörder sein, und er war es ebenso wenig. Mühsam zwang er sich zur Ruhe und wandte sich an Marie. »Erlaubt mir die Frage, ob Euer Gemahl noch andere Feinde besitzt als diesen jungen Narren und mich?«

Marie wollte schon heftig verneinen, dachte dann aber an den Zwischenfall, hinter dem die Äbtissin des Frauenstifts Hilgertshausen stehen musste. »Feinde hat ein jeder, denke ich.«

»Kann es nicht sein, dass jemand Graf Ottos und meine unbedachten Worte gehört hat und seinen Vorteil daraus ziehen wollte? Immerhin wurde Euer Gemahl fern von allen Leuten im Gemüsegarten ermordet. Das ist kein Ort, den sich ein Hitzkopf für einen Mord im Affekt aussuchen würde. Gewiss weilte Ritter Michel nicht ohne Grund an dieser Stelle. Ein so abgeschiedener Ort ist geeignet für Gespräche, die nicht für jedermanns Ohren bestimmt sind.«

Trudi tat dieses Argument mit einer verächtlichen Geste ab. »Ihr verteidigt Euch so geschickt, so als hättet Ihr Eure Worte bereits vorher zurechtgelegt!«

Der Prälat nahm den Ball auf, den sie ihm unbewusst zuspielte. »Da muss ich der jungen Dame recht geben!«

Eichenloh hätte ihn trotz seines hohen kirchlichen Amtes am liebsten wie einen aufmüpfigen Knecht niedergeschlagen. Allerdings wusste er, dass eine solche Handlung sofort zu seinen Ungunsten ausgelegt werden würde. Nur wenn er gelassen blieb und sich nicht provozieren ließ, konnte er unbeschadet aus dieser elenden Situation herauskommen.

»Ich bin bereit, jeden Eid zu schwören, dass ich keine Hand an den Reichsritter Michel Adler auf Kibitzstein gelegt habe, und im Gegensatz zu Graf Otto vermag mich wohl keiner betrunken zu nennen.«

Der Trumpf stach, denn ein Meineid auf heilige Reliquien war gleichbedeutend damit, seine Seele dem Teufel zu überlassen. Doch sein Gewissen war rein. Eichenloh sah den Markgrafen nicken, während Graf Magnus die Stirn in Falten legte. Leistete Eichenloh diesen Schwur, würde sein Bruder wieder in Verdacht geraten.

Cyprian Pratzendorfer, der selbst vorgeschlagen hatte, Graf Otto den Reinigungseid schwören zu lassen, brachte nun allerlei Einwände vor. »Ein Mord an einem Reichsritter ist eine schwere Sache, bei der es schon des Eides eines wahren Edelmanns bedarf, um von diesem Verbrechen freigesprochen zu werden. Seid Ihr ein solcher Edelmann, Eichenloh? Ich halte Euch für einen Söldner bürgerlicher Abkunft, der allein aufgrund seines Geschicks mit dem Schwert von diesen Herren hier an ihrem Tisch geduldet wird.«

Über Eichenlohs Gesicht huschte ein Schatten, der sich aber sofort wieder verlor. Er vermochte sogar ein wenig zu lächeln, als er sich dem Prälaten zuwandte. »Ich habe geschworen, nie mehr den Namen der Sippe zu nennen, der ich entstamme. Doch einige der Herren hier werden bestätigen können, dass in mir das Blut von Königen, Herzögen und Grafen fließt, welches seit mehr als sechs Generationen niemals durch geringeres Blut verdünnt worden ist.«

Trudi sog überrascht die Luft ein, während Maries Miene ihre gesamte Verachtung für den hohen Adel ausdrückte, die sie in den mehr als fünf Jahrzehnten ihres Lebens angesammelt hatte. Auf Pratzendorfers Gesicht machte sich Unglauben breit, und Magnus von Henneberg begann, Eichenlohs Worte wider besseres Wissen anzuzweifeln, um es ihm unmöglich zu machen, den Reinigungseid zu leisten.

Doch zwei andere Gäste, die Eichenlohs Herkunft kannten, nickten eifrig, und einer von ihnen ergriff sofort das Wort. »Ich kann bestätigen, was Herr von Eichenloh gesagt hat. Er könnte sich ungestraft Graf nennen, hätte er den Namen seines Vaters nicht nach einem Streit abgelegt und sich so benannt, wie wir ihn jetzt kennen.«

»Wie es aussieht, legt Herr von Eichenloh eine gewisse Unverträglichkeit mit seinen Verwandten an den Tag, denn er ist nach allem, was man hört, auch von seinem Oheim im Streit geschieden, obwohl dieser ihn zu seinem Erben hat machen wollen«, stichelte Graf Magnus in hilfloser Wut.

Eichenloh ging mit einem Achselzucken darüber hinweg und sah den Prälaten spöttisch an. »Reicht Euch diese Aussage, oder soll ich den Herold des Königs rufen lassen, damit er meine Worte bestätigt? Er könnte Euch auch das Wappen zeigen, das zu führen ich berechtigt wäre.«

Pratzendorfer sah seine Hoffnung schwinden, Eichenloh als Sündenbock für den Tod des Kibitzsteiners hinzustellen. Aber er gab sich noch nicht geschlagen. »Ihr müsst beweisen, dass Ihr Euren Namen aus freien Stücken abgelegt habt und er Euch nicht wegen übler Taten aberkannt wurde. Euer Ruf ist nicht der beste.«

»Ich wurde weder von der heiligen Kirche in Bann getan noch von einem der Gerichte des Reiches geächtet. Es mag einige Herren geben, die mir gram sind, aber das nur, weil mein Schwertarm der anderen Seite geholfen hat.«

»Und wie war das mit der Nichte des Bischofs?«, fuhr Pratzendorfer ihn an.

Einige Würzburger bedeuteten ihm, still zu sein. Das war keine Sache, die Herr Gottfried an die große Glocke zu hängen wünschte, denn die junge Frau war inzwischen verheiratet, und ihr Onkel wollte vermeiden, dass ein Schatten auf die Ehre der Eheleute fiel.

Eichenloh lächelte nur. Da der Vater des Mädchens ihn damals für einen einfachen Söldner gehalten hatte, war er einer Zwangsverheiratung entgangen. Natürlich hatte er mit dem Mädchen geschäkert, es aber weder verführt noch ihm besondere Avancen gemacht, und so belastete es sein Gewissen nicht, mit ihm verkehrt zu haben. Eine sittsame Maid kroch nun einmal nicht zu einem schlafenden Mann unter die Decke.

Nun begriff auch Pratzendorfer, dass er ein Thema angeschnitten hatte, welches nicht in der Öffentlichkeit besprochen werden durfte, und schluckte seinen Grimm hinunter. »Also wenn die Herren überzeugt sind, dass Ihr von adliger Herkunft seid, will ich mich darin fügen. Daher werdet Ihr Euch jetzt in die Burgkapelle begeben und dort beten, bis morgen früh zur Messe geläutet wird. Nach dem Gebet werdet Ihr Euren Eid auf das heilige Kreuz leisten. Bedenkt aber, dass ein falscher Schwur Euch auf ewig an die Hölle fesseln und Euch unsägliche Pein bereiten wird.«

»Da ich Michel Adler nicht getötet habe, wird mir die Höllenpein wenigstens in diesem Fall erspart bleiben.« Eichenloh verneigte sich spöttisch vor dem Prälaten und um einiges höflicher vor dem Markgrafen von Brandenburg-Ansbach und ging mit langen Schritten davon.

4.

Die Kapelle von Fuchsheim war reich geschmückt. Blumengirlanden umwanden die Figuren der Heiligen, und auf dem Altar lag ein neues, blendend weißes Tuch mit einem eingestickten

Kreuz aus Goldfäden. Bona hatte es selbst gefertigt und viel Lob dafür erhalten. Jetzt saß sie neben Trudi und konnte sich nicht einmal darüber freuen, dass ihr Täuschungsspiel in der Hochzeitsnacht so gut gelungen war. Immer wieder starrte sie Michel Adlers aufgebahrten Leichnam an. Marie hatte ihrem Mann die besten Kleider anziehen lassen und ein silbernes Kreuz in seine erstarrten Hände gelegt. Sie kniete ebenfalls neben Trudi, die so regungslos wirkte, als sei sie eine der Statuen, mit denen die Kapelle ausgestattet war. Nur die Tränenspuren auf ihren Wangen bezeugten, dass noch Leben in ihr war.

Marie wusste nicht, wie sie und ihre Töchter die Nacht überstanden hatten. Immer wieder waren Trudi, Lisa und Hildegard in Weinkrämpfe ausgebrochen, und sie hatte sie beruhigen müssen. Dabei bedurfte sie des Trostes nicht weniger als ihre Kinder, doch sie wusste, dass sie nun ebenso stark sein musste wie schon so oft in ihrem Leben. Aber nicht einmal während des Prozesses damals in Konstanz war sie innerlich so verwundet worden. Jetzt fasste sie Trudi um die Taille und zog sie an sich, während sie mit der anderen Hand die beiden jüngeren Mädchen streichelte. Die Nähe der drei gab ihr die Kraft, diese schrecklichen Stunden durchzustehen. Michel war der Mittelpunkt ihres Lebens gewesen. Auch ihre Töchter hatten ihn aus ganzem Herzen geliebt, Lisa und Hildegard nicht weniger als Trudi, obwohl Michel seine Älteste ihnen vorgezogen hatte. Marie erinnerte sich daran, wie sie sich mit ihrem Mann deswegen gestritten hatte, und nun bat sie ihn für jedes harsche Wort, das sie jemals zu ihm gesagt hatte, stumm um Verzeihung.

Die Glocke der Kapelle begann zu läuten, und der Prälat trat zusammen mit dem Festpriester und dem Fuchsheimer Burgkaplan durch das Portal der Kapelle. Pratzendorfers Gesicht wirkte ernst und, wie Marie fand, auch arg verbissen, als nage ein heimlicher Ärger an ihm. Sie wunderte sich immer noch, weshalb er den jungen Henneberger so geschickt verteidigt hatte, denn der Prälat stammte ursprünglich aus Österreich und hatte ihres Wissens nichts mit den adligen Familien dieser Gegend zu tun gehabt.

Den drei Klerikern folgten die beiden Männer, die im Angesicht des Toten die Reinigungseide leisten sollten. Pratzendorfer hatte durchgesetzt, dass auch Otto von Henneberg seine Unschuld auf das heilige Kreuz schwören durfte, da er angeblich nicht zu betrunken sei. Auch Magnus von Henneberg hatte darauf gedrängt, dass sein Bruder schwor und so von dem Verdacht, der Mörder zu sein, freigesprochen werden konnte, und da keiner der übrigen Gäste annahm, er würde die Seele seines Bruders vorsätzlich dem Höllenfeuer preisgeben, hatten Pratzendorfer und Graf Magnus sich durchgesetzt.

Der Beginn der Litanei riss Marie aus ihren Überlegungen. Obwohl sie sich für eine gläubige Frau hielt, lauschte sie nicht den lateinischen Worten. Sie hatte an Gottesdiensten in Böhmen teilgenommen und gehört, wie dort zu Gott und Christus gebetet wurde, und wusste auch, wie man im fernen Russland die heilige Messe feierte. Die Form war in ihren Augen leerer Tand. Es kam nur auf den Geist an, der die Gebete beseelte. Ihr Blick heftete sich auf die kleine Statue der Muttergottes, die sie neben der heiligen Maria Magdalena am meisten verehrte, und sie sprach ein stilles Gebet. Dabei bedauerte sie, dass ihre Lieblingsheilige in dieser Kapelle nicht mit einem Bildnis geehrt worden war. Dann aber musste sie daran denken, wie oft sie auf freiem Feld zu Maria Magdalena gebetet hatte – oder in jenem kleinen Zelt, in dem sie hatte hausen müssen –, denn zu jener Zeit hatten die meisten Geistlichen und Mönche die Kirchentür vor ihr verschlossen gehalten.

Während der Priester die Messe auch diesmal voller Inbrunst las, wanderten Maries Gedanken weiter, und sie fragte sich, wer denn nun wirklich für Michels Tod verantwortlich war. Auch wenn die beiden Männer, die in schlichten weißen Gewändern

auf einem grob zugehauenen Holzbrett knieten und weiße Kerzen in Händen hielten, hier vor dem Sarg einen heiligen Eid schworen, diesen Mord nicht begangen zu haben, mochte dennoch einer von ihnen der Täter sein. Der Würzburger Bischof war mächtig und gewiss in der Lage, von Seiner Heiligkeit, Papst Eugen IV., einen Ablassbrief für diesen Meineid zu beschaffen. Doch welcher der beiden mochte es gewesen sein? Der impulsive Henneberger oder Eichenloh, der kalt wie Eis zu sein schien und jedem mit Spott begegnete?
Marie presste ihre Lippen zu einem schmalen Strich zusammen. Auch wenn sie es Michel schuldig war, seinen Mörder zu finden und zu bestrafen, wollte sie nicht aufs Geratewohl einen dieser Männer verdächtigen oder gar verfolgen lassen. Ihr Blick streifte Ingobert von Dieboldsheim. Er war zwar ein Feigling, aber einen Stich aus dem Hinterhalt traute sie ihm zu. Einige der Würzburger Vasallen wie Gressingens Onkel Maximilian von Albach kamen ebenfalls in Betracht, und sie durfte auch Ludolf von Fuchsheim nicht außer Acht lassen. Dieser hatte Michel und ihr mehr als seinen halben Besitz überschreiben müssen, um Geld für die Aussteuer und Vorräte für diese Feier zusammenzubekommen.
Nimm dich zusammen, sonst verdächtigst du noch die ganze Welt, schalt Marie sich. Sie brauchte Beweise und keine Vermutungen. Doch der einzige Beweis, den es gab, war Graf Ottos Dolch. Am liebsten hätte sie alles andere von sich geschoben und den jungen Henneberger als den Mörder ihres Mannes angesehen. Doch mit seinem Schwur würde er sich der irdischen Gerechtigkeit entziehen, und auf die Strafe des Himmels zu hoffen, war, wie Marie selbst wusste, ein höchst unsicheres Unterfangen.
Otto von Henneberg quälten schwere Zweifel. Denn so klar, wie Cyprian Pratzendorfer es allen weisgemacht hatte, vermochte er sich nicht zu erinnern. Am Tag zuvor war er noch sicher gewesen, nicht der Mörder Michel Adlers zu sein, aber nun tauchte die

Szene, in der er diesen wüst beschimpft und seinen Dolch gezückt hatte, immer wieder vor seinem inneren Auge auf. Er war seinem Freund Eichenloh unendlich dankbar, dass dieser ihm die Waffe aus der Hand geschlagen hatte. Was danach mit dem Dolch geschehen war, wusste er jedoch nicht. Auch vermochte er nicht zu sagen, was zwischen dem Streit und dem Augenblick geschehen war, in dem sein Bruder ihn geweckt hatte.

Im Gegensatz zu seinem Freund Otto hatte Peter von Eichenloh ein reines Gewissen. Er hatte Michel Adler nicht umgebracht und konnte dies jederzeit beeiden. Aber auch er fragte sich, wer der wahre Mörder sein mochte. Inzwischen glaubte er nicht mehr so fest, dass sein Freund unschuldig war, denn einer seiner Bekannten hatte ihm in der Nacht von den Ereignissen in den Hilgertshausener Weinbergen erzählt.

Wie es aussah, hatte Otto, dieser Narr, nicht nur versucht, die Kibitzsteiner Knechte und Mägde vom Grund des Damenstifts Hilgertshausen zu vertreiben, sondern überdies noch seine Leute angestachelt, den Weibern Gewalt anzutun. Er selbst hatte sogar versucht, Trudi Adler zu vergewaltigen. Das befremdete Eichenloh. Als Mitglied seines Trupps hatte Otto sich niemals so gebärdet. Es war, als sei nach ihrer Trennung ein böser Geist in seinen Freund gefahren.

Gerne hätte Junker Peter sich umgedreht und das Mädchen angesehen, das so beherzt gewesen war, ihrem Bedränger den Dolch abzunehmen und ihn damit sichtbar zu zeichnen. Natürlich war der Schnitt durchs Gesicht eine Dummheit gewesen. Ein Stich in den Oberschenkel oder die Schulter hätte ausgereicht, sich den Angreifer vom Hals zu halten. Dennoch fand er, dass Otto diese Strafe verdient hatte.

Während Trudi in Eichenlohs Achtung stieg, wanderten ihre Blicke rachsüchtig zwischen seinem Rücken und Graf Ottos schmäleren Schultern hin und her. Einer der beiden war der Mörder ihres Vaters und würde angesichts des gekreuzigten

Heilands einen Meineid schwören, davon war sie überzeugt. Daher flehte sie Gott und Herrn Jesus an, diese Blasphemie nicht zu dulden und den Schuldigen auf der Stelle mit einem Blitzschlag zu bestrafen. Doch als der Prälat die Stelle des Priesters einnahm und die beiden Ritter aufforderte, bei Gott, dem Heiland und dem Heiligen Geist zu schwören, dass sie keine Schuld am Tode Michel Adlers auf Kibitzstein trügen, blieb der Himmel ruhig. Dabei machte Pratzendorfer es den beiden nicht leicht, denn er schilderte die Strafen der Hölle, die der Meineidige erleiden würde.

Er nahm sich vor allem Peter von Eichenloh vor. »Bist du dir dessen bewusst, dass ein falscher Eid deine unsterbliche Seele um das Himmelreich bringen und auf ewig Luzifer ausliefern wird, dem falschen Engel, der von dem heiligen Erzengel Michael vom Himmel gestürzt und in die Tiefen der Hölle geworfen wurde?«

»Ja, dessen bin ich mir bewusst«, antwortete Eichenloh mit fester Stimme.

»Bist du dir dessen bewusst, dass tausend Höllenteufel deinen Leib jeden Tag mit eisernen Krallen zerfetzen, deine Eingeweide herausreißen und um deinen Hals schlingen werden, sofern du einen falschen Eid schwörst?«

»Da ich nicht falsch schwöre, wird dies nicht geschehen.« Junker Peter war Pratzendorfers Gerede allmählich leid. Der Prälat hätte besser Graf Otto ins Gebet nehmen sollen, denn der sah aus, als würde er bereits in der Hölle schmoren.

»Bist du, der du dich Peter von Eichenloh nennst, dir auch dessen bewusst, dass Luzifer selbst deinen Leib in tausend Stücke schneiden und jeden Tag aufs Neue zusammenfügen wird und du bis in alle Ewigkeit Schmerzen erleiden wirst, die alle Qualen, die einem Menschen auf dieser Erde zugefügt werden können, weit übertreffen werden?«

Nur der Gedanke, dass jedes harsche Wort als Zeichen seiner Schuld angesehen werden würde, hielt Junker Peter davon ab, dem Prälaten die Antwort zu geben, die ihm auf der Zunge lag. Er war keiner der Männer, die ergeben buckelten und ihre Zunge geschmeidig tanzen ließen, um auf diese Weise an ihr Ziel zu kommen. Daher beschränkte er sich auf ein schlichtes: »Das alles ist mir bewusst.«

»Trotzdem bist du bereit, diesen Eid zu leisten?« In der Frage schien die Hoffnung zu schwingen, Eichenloh würde im letzten Augenblick, von seinem Gewissen gepeinigt, den Mord zugeben. Den Gefallen tat er Pratzendorfer jedoch nicht, sondern legte die Hand auf das Kruzifix, das der Priester, der dem Prälaten assistierte, ihm hinhielt, und sprach so laut und deutlich wie möglich.

»Ich, Peter von Eichenloh, Ritter des Heiligen Römischen Reiches, schwöre vor Gott, Jesus Christus und dem Heiligen Geist sowie allen Heiligen unserer heiligen, apostolischen Kirche, dass ich den Reichsritter Michel Adler auf Kibitzstein weder getötet noch ihm nach dem Leben getrachtet habe! Möge Gott meine Gebeine zerschmettern und mich auf ewig den Qualen der Hölle übereignen, wenn ich falsch geschworen habe!«

Pratzendorfer schnaubte enttäuscht, wandte sich dann Otto von Henneberg zu und forderte auch diesem den Eid ab, verzichtete aber darauf, ihn noch einmal daran zu erinnern, welche Gefahren seiner unsterblichen Seele im Falle eines Meineids drohen würden.

Graf Otto sprach den Eid ebenfalls nach, wenn auch stockend und bei weitem nicht so fest wie sein Freund. Der Prälat schien jedoch zufrieden, denn er segnete ihn, was er bei Eichenloh unterlassen hatte, und stellte sich dann vor den Altar, um allen Anwesenden zu verkünden, dass beide Herren vor Gott geschworen hatten und damit unschuldig seien.

»Dies ist geschehen im Namen des Vaters, des Sohnes und des Heiligen Geistes, amen«, schloss er und schlug nachlässig das Kreuz.

Marie holte tief Luft und versuchte verzweifelt, ihre Gedanken zu ordnen, Trudi aber sprang auf, eilte nach vorne und blieb mit geballten Fäusten vor den beiden Rittern stehen. »Ich glaube Euch kein Wort! Einer von Euch hat meinen Vater feige ermordet und leugnet dies selbst noch an dieser heiligen Stätte. Gott wird denjenigen, der ihn verhöhnt und das Heiligste mit Füßen getreten hat, noch in diesem Leben bestrafen!«
Da Trudi aussah, als wolle sie nicht auf die Strafe des Himmels warten, sondern sich selbst auf die beiden Ritter stürzen, griff Markgraf Albrecht Achilles ein und hielt sie auf. »Beruhigt Euch! Ganz gewiss wird Euch Genugtuung und Rache zuteilwerden.«
Da Trudi sich gegen seinen Griff wehrte, eilte Marie zu Hilfe und zog ihre Tochter fest an sich.
»Komm, mein Kind! Auch wenn uns an dieser Stelle die Rache versagt geblieben ist, so wird sie den wahren Mörder gewiss noch ereilen.«
»Ich will ihn tot sehen und ebenso feige erstochen, wie er Papa getötet hat!«, schrie Trudi so laut, dass die Umstehenden zusammenzuckten.
Marie brauchte zuletzt Lisas und Hildegards Hilfe, um Trudi aus der Kapelle zu führen. Eichenloh sah ihnen nach und schüttelte den Kopf über den Hass, der in Trudi Adler tobte. Dann erinnerte er sich an eine Szene in seiner Vergangenheit, in der ihn ein ähnlich hilfloser Zorn erfüllt hatte, und er drehte dem Mörder Michel Adlers in Gedanken den Kragen um.

5.

Die Kapelle leerte sich rasch. Auch Eichenloh verließ sie hastig, denn ihn drängte es, sich den weißen Fetzen, den er hatte tragen müssen, vom Leib zu reißen und sein gewohntes Wams überzuziehen. Nur der Prälat und die beiden Henneberger hatten es nicht eilig, den Ort zu verlassen, sondern sahen zu, wie Knechte den Sarg des Ermordeten schlossen und hinaustrugen.

Als deren Schritte verhallt waren, trat Graf Magnus auf Pratzendorfer zu und küsste ihm die Hand. »Ich bin Euch zu höchstem Dank verpflichtet, weil Ihr durchgesetzt habt, dass mein Bruder den Reinigungseid leisten konnte. Wir beide stehen tief in Eurer Schuld.«

Der Prälat begriff, dass er nun Geld oder Land von dem Grafen fordern könnte, doch mit Ersterem war er gut versehen, und das Zweite interessierte ihn in dieser Ecke des Reiches nur wenig, denn er würde den Besitz dem Würzburger Bischof übergeben müssen. Dennoch wollte er den Hennebergern diesen Dienst nicht umsonst erwiesen haben.

»Es gibt etwas, was Ihr oder, besser gesagt, Euer Bruder für mich tun könnte. Es wäre sogar in Eurem Sinne, denn Ihr habt eben den unbändigen Hass der Kibitzsteiner erlebt. Wer weiß, was Adlers Witwe in ihrer Torheit anstellen wird. Sie hat Freunde, die sie aufhetzen kann, Graf Otto aufzulauern und ihn umzubringen. Daher halte ich es für besser, wenn Euer Bruder dieses Land verlässt und in die Dienste eines höheren Herrn tritt.«

»Das wäre gewiss das Beste!« Graf Magnus behagte die Vorstellung wenig, Marie Adler könnte womöglich einen Meuchelmörder auf seinen Bruder ansetzen.

»Aber ich bin den frommen Frauen von Hilgertshausen verpflichtet«, wandte Otto von Henneberg ein.

»Dieser Dienst führt dich direkt wieder an die Kibitzsteiner Grenzen. Frau Marie würde vor Freude jubeln, wenn du so verrückt wärst, dort zu erscheinen. Nein, mein Sohn, du wirst nicht zu den Stiftsdamen zurückkehren, sondern nach Österreich reiten und Herzog Albrecht deinen Dienst antragen. Er ist mein eigener Landesherr und ein wahrer Sohn Habsburgs! Unter seinem Banner wirst du Ruhm, Ehre und Reichtum erwerben.«

Pratzendorfers Tonfall erlaubte keinen Widerspruch.

Es kamen auch keine Einwände. Magnus von Henneberg war froh, dass sein Bruder in den Dienst eines der mächtigsten Reichsfürsten treten konnte, und Graf Otto ging es so schlecht, dass es ihn kaum interessierte, was über ihn beschlossen wurde. Er wollte nur weg von diesem vor Hass verrückten Mädchen und der Witwe des Toten, deren durchdringender Blick ihm Angst gemacht hatte. Daher bat er seinen Bruder, ihn noch am gleichen Tag abreisen zu lassen.

Pratzendorfer unterstützte lebhaft seinen Wunsch. »Graf Otto hat recht! Nach allem, was geschehen ist, sollte er nicht länger bleiben. Lasst verlauten, er würde zu Eurem Stammsitz reiten und dann weiter zu Verwandten am Rhein. Stattdessen schickt Ihr ihn heimlich über die Donau zu Herzog Albrecht von Österreich. Ich werde ihm ein Empfehlungsschreiben mitgeben. Erlaubt, dass ich mich zurückziehe und es verfasse.«

Der Prälat neigte kurz das Haupt und verließ die Kirche mit dem Gedanken, dass er seinem fernen Herrn in Österreich nun schon den zweiten Ritter schicken konnte, der geeignet war, ihm jenen einen, ganz besonderen Dienst zu erweisen.

6.

Peter von Eichenloh hatte sich umgezogen und war in die große Halle zurückgekehrt. Dort ging es bereits wieder recht lustig zu. Die Männer riefen lauthals nach Wein, einige Frauen kicherten, und selbst der Gastgeber, der am Vortag noch wie das Leiden Christi ausgesehen hatte, wirkte wie von neuem Lebensmut erfüllt. Er saß gerade mit Ingobert von Dieboldsheim zusammen und redete leise auf diesen ein. Der Dieboldsheimer nickte, während ein zufriedenes Lächeln seine Lippen umspielte. Für Eichenloh sah es so aus, als heckten die beiden etwas aus, und er wünschte ihnen einen harten, zu allem entschlossenen Gegner.

Auf einmal stutzte er. War es möglich, dass sie über Frau Marie auf Kibitzstein sprachen? So, wie sie sich gaben, hätte er seinen Harnisch darauf gewettet. Obwohl die Witwe ihn nichts anging, hoffte er für sie, dass sie gute Fürsprecher und Freunde besaß, die allzu gierigen Nachbarn auf die Finger klopften.

Nun ärgerte er sich noch mehr, dass er sich die Kibitzsteiner durch seine eigene Dummheit zum Feind gemacht hatte. Michel Adler hatte als reich gegolten, und seine Witwe wäre gewiss in der Lage gewesen, ihn und seine Leute einige Monate lang in ihre Dienste zu nehmen und zu besolden. Unter den jetzigen Umständen aber würde weder sie noch sonst einer jener, die mit den Kibitzsteinern befreundet waren, ihm einen Soldvertrag anbieten. Auf der Seite der Gegner würde man dies auch nur dann tun, wenn er in Sack und Asche vor dem Fürstbischof erscheinen und sich ihm zu Füßen werfen würde. Aber es stand zu vermuten, dass Herr Gottfried ihm nicht verzieh, sondern ihn in die festen Kerker seiner Burg Marienberg einsperrte. Also gab es in diesem Landstrich niemanden mehr, dem er sich andienen konnte.

Er überlegte, ob er an den Rhein zurückkehren sollte. Dort aber würde er früher oder später den Verwandten begegnen, die zu meiden er geschworen hatte. Also musste er wohl ins Schwäbische oder nach Bayern weiterziehen und hoffen, dort in die Dienste eines Herrn treten zu können, der wohlhabend genug war, ihn und seine Truppe zu besolden.

Ein Knecht trat neben ihn, knallte einen Becher vor ihn auf den Tisch und schüttete den Wein so nachlässig ein, dass die Hälfte danebenfloss und seinen Rock und seine Hosen besudelte.

»Kannst du nicht aufpassen?«, fuhr Eichenloh den Mann an und versetzte ihm eine Maulschelle. Für einen Augenblick sah es aus, als wolle der Knecht ihm den Rest aus seiner Weinkanne an den Kopf schütten, doch dann zog er mit einem gemurmelten Fluch ab.

Junker Peter hörte die Umsitzenden lachen, und einigen Wortfetzen entnahm er, dass man ihn für so gewissenlos hielt, einen Meineid auf das heilige Kreuz zu schwören.

»Der Soldknecht fährt so oder so zur Hölle! Bei dem kommt es auf einen falschen Schwur mehr oder weniger nicht an«, erklärte Maximilian von Albach nicht gerade leise.

Ein anderer Gast stimmte ihm sofort zu. »In meinen Augen ist Eichenloh wirklich ein Diener des Satans. Wisst ihr, in wie vielen Schlachten er bereits gefochten hat? Aber er hat nie eine Schramme davongetragen! So etwas geht doch nicht mit rechten Dingen zu. Und dann sein Aussehen! Liederlich muss man das nennen. Ein Herr von Stand sollte sich besser kleiden.«

Da wollte ein weiterer Mann an dem Tisch nicht zurückstehen. »Er soll bereits in Dettelbach mit Michel Adler aneinandergeraten sein! Wären da nicht einige Freunde des Kibitzsteiners erschienen, hätte er ihn schon dort umgebracht.«

»Welch eine Kaltblütigkeit, den Mord auch noch dem armen Otto von Henneberg in die Schuhe zu schieben. Das bringt wirklich nur einer fertig, der seine Seele dem Teufel verschrieben hat!«

»Wenn ich nicht eingegriffen hätte, wäre der Junge als Mörder verurteilt worden. Aber davon ist keine Rede«, murmelte Junker Peter vor sich hin.

Markgraf Albrecht Achilles, der eben auf ihn zugekommen war, vernahm seine Worte und legte ihm die Hand auf die Schulter. »Da sprecht Ihr ein wahres Wort, Eichenloh. Kommt, rückt ein wenig, damit ich neben Euch Platz finde. Ich würde mich gerne mit Euch unterhalten.«

»Der Platz ist noch nass vom Wein, den der Trottel von Knecht eben verschüttet hat.« Eichenloh hatte wenig Lust, mit irgendjemandem zu reden, doch der Ansbacher winkte kurzerhand eine Magd zu sich und befahl ihr, die Bank zu säubern. Die Frau gehorchte, und kurze Zeit später saß Herr Albrecht neben Eichenloh und stieß mit ihm an. »Auf Euer Wohl!«

»Auf das Eure!«, antwortete Junker Peter nicht gerade freundlich.
Albrecht Achilles von Brandenburg-Ansbach schüttelte lachend den Kopf. »Ich kann verstehen, dass Euch das dumme Gerede der Leute auf die Nerven geht. Doch im Gegensatz zu diesen glaube ich Euch, dass Ihr unschuldig seid. Ihr seid nicht der Mann, jemanden hinterrücks zu ermorden. Wenn Ihr jemanden tötet, dann steht Ihr auch dazu.«
»Da sprecht Ihr ein wahres Wort. Wäre ich auf Ritter Michels Tod aus gewesen, hätte ich ihn zum Zweikampf gefordert. Oder glaubt Ihr, ich fürchte mich vor irgendeinem anderen Mann?«
Der Ansbacher schüttelte den Kopf. »Ihr gewiss nicht – und Michel Adler tat dies ebenso wenig. Er war ein guter Mann. Schade um ihn! Ich hätte ihn gerne als Verbündeten gewonnen.«
»Das könnt Ihr bei seiner Witwe immer noch tun«, wandte Eichenloh ein.
»Michel Adler verstand etwas von Krieg und von Politik. Frau Marie mag noch so beherzt sein, aber sie ist nur ein Weib. Da beider Sohn noch ein Knabe ist, wird sie ihren Besitz kaum halten können.«
»Mich interessiert mehr, wer Michel Adler umgebracht hat. Der Kerl ist mir nämlich noch etwas schuldig. Er muss gewusst haben, dass Graf Otto und ich uns mit dem Kibitzsteiner gestritten hatten und man uns daher als Erste verdächtigen würde.« Der Blick, den er über die Anwesenden schweifen ließ, versprach dem Betreffenden nichts Gutes.
»Ich nehme an, es war ein Meuchelmörder im Auftrag des Würzburger Bischofs, der Michel Adler lieber tot denn als Haupt der freien Ritter in diesem Teil Frankens sehen wollte«, erklärte Albrecht Achilles grimmig.
Obwohl Junker Peter den Fürstbischof bisher nur als stolzen und auf sein Ansehen bedachten Mann kennengelernt hatte, vermochte er Herrn Albrecht nicht zu widersprechen. Aber warum

hätte der Fürstbischof mit Otto von Henneberg einen seiner eigenen Gefolgsleute in Verdacht geraten lassen, der Mörder zu sein? Er wusste nicht, was er davon halten sollte, und winkte ärgerlich ab. »Wegen dieses Mordes werde ich in dieser Gegend kein Bein mehr auf die Erde bringen.«
»Einige Leute sähen Euch gerne auf ihrer Seite, doch sie wagen es nicht, Euch in ihre Dienste zu nehmen, denn sie wollen den Fürstbischof nicht verärgern oder reizen. Aus dem gleichen Grund kann auch ich Euch nicht anwerben. Der Bischof würde mir sofort einen Strick daraus drehen und behaupten, der Mord an Adler wäre von mir ausgegangen.« Albrecht Achilles gab zu, dass er geplant hatte, Eichenloh in sein Gefolge aufzunehmen, und wirkte nun sichtlich verärgert.
»Das ist mein Pech! Ich denke, ich gehe nach Schwaben oder nach Bayern. Irgendeiner der Herren wird einen Schlagetot wie mich schon brauchen können.« Junker Peter wollte austrinken und aufstehen, doch der Ansbacher hielt ihn zurück.
»Halt! Es ist noch nicht das letzte Wort gesprochen. Ich wüsste einen Herrn, in dessen Dienste Ihr treten könntet. Dafür müsst Ihr allerdings ein paar Meilen weiter reiten als nach Bayern, nämlich nach Graz in Innerösterreich.«
»Aber dort residiert König Friedrich!«
»Herr Friedrich wurde zwar nach dem Tod König Albrechts zum deutschen König gewählt, doch das hat die Zahl seiner Feinde eher vermehrt als verringert. Also kann er einen beherzten Mann gebrauchen, der auf seinen Rücken achtgibt.«
Die Stimme des Ansbachers hatte einen beschwörenden Klang angenommen, dem Junker Peter sich nicht entziehen konnte. Dennoch brachte er einen weiteren Einwand vor. »Es ist ein weiter Weg nach Graz. Meine Männer und ich müssten viele Tage reiten, ohne dass Geld in meine bereits arg leere Kasse kommt.«
»Der Weg führt an Ansbach vorbei, und mein Kämmerer wird Euch so viel Gold geben, dass Ihr Eure Ausgaben decken könnt –

und noch ein wenig mehr. Damit Gott befohlen.« Albrecht Achilles von Brandenburg-Ansbach klopfte auf den Tisch und stand auf.

Junker Peter starrte ihm nach, bis der Ansbacher sich zurück zu seinen Männern gesetzt hatte. Dabei führten seine Gedanken einen wilden Tanz auf. Der Vorschlag hatte ihn überrascht, doch als er darüber nachdachte, erschien er ihm recht verlockend. Hier in Franken waren seine Aussichten denkbar schlecht, und warum sollte er einem geringeren Herrn dienen, wenn er ein Gefolgsmann des Königs werden konnte? Aber wenn er diese Gegend verließ, würde er jede Möglichkeit aus der Hand geben, den wahren Mörder Michel Adlers zu finden und sich von dem auf ihm lastenden Verdacht reinzuwaschen. Die Verantwortung für seine Leute wog jedoch schwerer als seine persönliche Befindlichkeit. Die Pferde seines Trupps konnten sich notfalls von dem Gras ernähren, das sie am Weg fanden, aber Quirin und die anderen brauchten nahrhaftere Dinge und einiges an neuer Ausrüstung.

Entschlossen stand er auf und wandte sich dem Ausgang der Halle zu. Als er sie verlassen wollte, bemerkte er, dass jemand ihm folgte. Noch während er sich umdrehte, fuhr seine Hand zum Schwert. Dann sah er Hardwin von Steinsfeld auf sich zukommen.

Der junge Mann sah ihn mit leuchtenden Augen an. »Verzeiht mir, aber ich habe Euer Gespräch mit dem Markgrafen zufällig mitgehört und möchte Euch bitten, mich auf Eure Fahrt zu König Friedrich mitzunehmen. Ich glaube Euch, dass Ihr nicht Michel Adlers Mörder seid!«

Junker Peter wollte schon nein sagen, aber dann kam ihm der Gedanke, dass er einen zweiten Edelmann als Stellvertreter für Verhandlungen benötigen würde. Sein Waffenmeister Quirin war nicht nur bürgerlicher Herkunft, sondern auch von zu schlichtem Gemüt, um in seinem Auftrag mit Standesherren verhandeln zu können.

Daher nickte er unwillig. »Von mir aus, reitet mit! Aber Ihr müsst Euch beeilen. Ich breche noch zu dieser Stunde auf und warte weder hier noch in Schöbach auf Euch.«

7.

Über Michels Tod war der eigentliche Zweck der Zusammenkunft, die Hochzeit, beinahe in Vergessenheit geraten. Daher kümmerte es niemanden, dass der Bräutigam nicht auftauchte. Mertelsbach hatte sein Bräutchen so ausgiebig genossen, wie sein Zustand es erlaubt hatte, und schlief erschöpft in den Tag hinein, Bona aber war durch das Zwitschern der Vögel aufgewacht und versuchte, ihre Gedanken zu sammeln. Die Hochzeitsnacht war besser verlaufen, als sie zu hoffen gewagt hatte. Ohne viele Umstände zu machen, hatte Moritz von Mertelsbach sie mit seinem Gewicht in den Strohsack gedrückt und sie kurzerhand begattet. Zwar waren seine Zärtlichkeiten eher rauh zu nennen, aber sie hatten ein recht angenehmes Gefühl in ihr ausgelöst. Auch war ihre Angst geschwunden, ihr Mann könnte erkennen, dass sie keine Jungfrau mehr war, denn die Hühnerblase war genau zur rechten Zeit geplatzt und hatte einen ausreichend großen Blutfleck auf dem Laken hinterlassen. Danach hatte sie ihrer Phantasie freien Lauf gelassen und sich vorgestellt, Hardwin nähme die Stelle ihres Mannes ein, schlösse sie in die Arme und küsse sie.
Hinterher wunderte Bona sich über sich selbst. Bislang hatte sie Hardwin von Steinsfeld für ein Muttersöhnchen gehalten und ihn deswegen sogar verspottet. Dennoch hatte sie ihn auf eine gewisse Weise recht gern gehabt und wünschte sich, Frau Hertha hätte ihrem Vater eine Verbindung zwischen ihren Kindern schmackhaft gemacht. Obwohl sie auf Steinsfeld unter dem strengen Kommando von Frau Hertha gestanden hätte, wäre ihr das lieber gewesen, als mit einem Greis verheiratet und Stiefmut-

ter seiner Kinder zu sein. Das Schicksal hatte es jedoch anders entschieden, und sie musste sich fügen.

Mit diesen Gedanken stand sie auf, zog sich an und eilte in die Kapelle. Dort lauschte sie der heiligen Messe und vernahm den Eid der beiden Ritter, ohne sich entscheiden zu können, wen sie für den Mörder und wen sie für unschuldig hielt. Sie tendierte zu Henneberg, der betrunken genug gewesen war, die Kontrolle über sich zu verlieren. Doch die meisten Gäste schienen den anderen Ritter für den Mörder zu halten.

Bona musterte Eichenloh und fand, dass er genau der Mann war, dem auch sie einen Meineid zutrauen würde. Sein hartes, kantiges Gesicht und die ungewöhnlich dicken Muskelpakete an Armen und Schultern machten ihr Angst. Wenn sie sich vorstellte, mit so einem Mann verheiratet zu sein, erschien ihr sogar die Ehe mit Moritz von Mertelsbach erstrebenswert.

Als Marie und die jüngeren Schwestern die schreiende, um sich schlagende Trudi wegbrachten, folgte Bona ihnen in ihre Kammer. In diesem Raum hatten auch andere Frauen genächtigt, doch die hatten ihre Lagerstätten geräumt, weil sie kurz nach der Messe aufbrechen wollten. Daher befand sich keine Fremde in dem Gemach.

Bona trat auf Marie zu und fasste ihre Hände. »Es tut mir so leid um Herrn Michel. Er war ganz anders als andere Männer, so freundlich und so gütig.«

Marie zog sie an sich. »Hab Mut, mein Kind. Für dich wird sich schon alles zum Guten wenden.«

… aber für mich nicht mehr, setzte sie insgeheim hinzu und spürte, wie ihr erneut die Tränen kamen.

»Wir müssen bald aufbrechen. Dein Vater hat uns dankenswerterweise einen Karren zur Verfügung gestellt, mit dem wir Michel in die Heimat bringen können«, sagte sie und schob Bona Trudi in die Arme. Diese klammerte sich nun schluchzend an ihre Freundin und schien sie nicht mehr loslassen zu wollen.

Bona versuchte, sie zu trösten. »Du Arme, du hast deinen Vater so sehr geliebt. Es war ungerecht von Gott, ihn auf diese Weise von uns zu reißen.«

»Es gibt keinen Gott und keine Gerechtigkeit mehr, denn der Mörder meines Vaters darf frei herumlaufen und über uns lachen!« Obwohl Trudi die Tränen wie Bäche über die Wangen rannen, lag in ihrer Stimme ein ungewohnt harter Klang. Niemals würde sie diesen Tag vergessen, und sie hatte sich geschworen, notfalls ihr Leben zu geben, wenn sie damit den Mord an ihrem Vater rächen konnte. Sie blickte zu ihrer Mutter hinüber und sah, dass deren Gesicht vor Trauer versteinert war.

In früheren Zeiten wäre Frau Marie wohl selbst aufgebrochen, um den Mörder zu suchen, doch nun zehrte das Alter ebenso an ihr wie all die Verpflichtungen, denen sie sich jetzt alleine stellen musste. Trudi war bewusst, wie schwer es für ihre Mutter werden würde, den Vater als Herrn auf Kibitzstein zu ersetzen, doch es gab niemanden, der ihr diese Last abnehmen konnte. Falko war noch zu jung, und Karel, den Michel zum Kastellan auf Kibitzstein und damit zu seiner rechten Hand gemacht hatte, war ebenso wie Michi, der älteste Sohn der Ziegenbäuerin, unedler Abkunft. Die Nachbarn, allen voran der Raubbischof von Würzburg – wie Trudi Gottfried Schenk zu Limpurg bezeichnete –, würden sich weigern, mit den beiden Männern von Gleich zu Gleich zu verhandeln.

Trudis Geist kehrte erst wieder in die Gegenwart zurück, als Bona sie auf die Wangen küsste. »Dein Vater war wunderbar! Hätte jemand wie er um mich geworben, ich wäre ihm freudig gefolgt.«

Trudi betrachtete ihre Freundin und sagte sich, dass Bona ebenfalls eine schwere Last zu tragen hatte, und das in doppeltem Sinn, denn in ihr wuchs bereits ein Kind heran, dessen Vater ein anderer Mann war als der eigene. Nun erinnerte sie sich an das gemeinsame Täuschungsspiel. »Ist alles gutgegangen?«

Bona nickte. »Meine Tante war heute Morgen immer noch zu betrunken, um nachzusehen, doch diese unsägliche Elgard von Rendisheim ist mit mehreren Frauen ins Zimmer gekommen, um das Laken zu begutachten. Du hättest ihr Gesicht sehen müssen, als sie den Nachweis meiner Jungfräulichkeit zu Gesicht bekam. Es war saurer als ein Gallapfel!«
»Möge der Heiland dir beistehen!« Trudi küsste Bona und wandte sich dann ihrer Mutter zu. »Wir sollten aufbrechen und Vater ehrenhaft begraben.«

8.

Es war ein trauriger Zug, der kurz vor der Abenddämmerung Kibitzstein erreichte. Gereon hatte einen seiner Männer mit der schrecklichen Nachricht vorausgeschickt, daher wussten die Bewohner bereits, was geschehen war. Die Frauen schlugen das Kreuz, als der Karren mit Michels Sarg an ihnen vorüberrollte, während die Männer ihre Hüte und Mützen in den Händen hielten. Dabei fragten sich alle, welch frevlerische Hand ihren Herrn getötet haben mochte.
»Dies geschah gewiss im Auftrag der Äbtissin von Hilgertshausen«, mutmaßte Uta, die nicht nach Fuchsheim hatte mitkommen dürfen, und die Umstehenden nickten. Nach dem hinterhältigen Angriff auf Trudi und die Mägde, die dort Wein gelesen hatten, trauten sie Klara von Monheim alles Schlechte zu.
Die drei Freundinnen, von denen jede Marie ein Stück ihres Lebenswegs begleitet hatte, empfingen den Trauerzug in seltener Eintracht. Hiltrud ließ ihren Stock fallen, den Michel ihr im letzten Jahr geschnitzt hatte, nahm Marie in die Arme und drückte sie an ihren Busen. Die Geste war der Witwe mehr wert als tausend Worte. Sie wusste, dass ihre älteste Freundin sie verstand, hatte Hiltrud ihren eigenen Ehemann doch erst vor

wenigen Jahren verloren. Der Ziegenbauer war jedoch nach einem langen, arbeitsamen Leben friedlich im Kreis seiner Familie entschlafen.

Dennoch war Hiltruds Schmerz nicht weniger heftig gewesen als der, den Marie nun empfand. Sie schluckte die Tränen, die wieder in ihr aufstiegen, und strich ihrer ältesten Freundin über das weiße Haar. »Man muss für alles im Leben einmal bezahlen, Hiltrud, auch für das Glück!«

»Man soll sich aber auch im Unglück daran erinnern, wie glücklich man war. Michel würde es so wollen«, antwortete Hiltrud und spürte sogleich, dass Marie für solche Worte noch nicht offen war. Seufzend ließ sie sie los, damit Anni und Alika ihr Beileid wünschen konnten. Die Wirtschafterin auf Kibitzstein weinte, als hätte sie ihr liebstes Familienmitglied verloren, während die Mohrin Töne ausstieß, die allen durch Mark und Bein gingen.

Nun kam auch Karel herbei, der sehr an Michel gehangen hatte, und ihm folgten die anderen Mitglieder des Haushalts und die Bauern aus den Kibitzsteiner Dörfern, die alle der Herrin und ihren Töchtern ihre Anteilnahme bekundeten. Die ehemalige Marketenderin Theres hatte sich trotz der Schmerzen, die sie einem langen, harten Leben auf dem Bock des Handelskarrens zu verdanken hatte, auf den Burgberg hinaufgeschleppt und fasste unter Tränen nach Maries Händen.

Während all diese Menschen vorbeizogen, blieb Hiltrud seitlich hinter Marie stehen und beobachtete ihre Freundin. Marie musste bald begreifen, dass nicht nur der Tote Anspruch auf sie hatte, sondern auch all diejenigen, die auf Kibitzstein und dem dazugehörigen Land lebten. Wenn die Burgherrin die Zügel nicht wieder aufnahm, würde es mit Michels Erbe bald bergab gehen, und es bestand die Gefahr, dass Maries und Michels Sohn Falko, aber auch die Mädchen eines Tages vor dem Nichts standen. Bei dem Gedanken sah Hiltrud Trudi scharf an und versuchte zu erkennen, wie es jetzt zwischen ihr und Marie stand. Ihr Patenkind schien vor Kummer gebrochen zu sein, es klammerte sich an die Mutter, aber auch an Lisa und Hildegard, als seien sie der letzte Halt vor einem unendlich tiefen Abgrund. Das machte der Ziegenbäuerin Sorgen. Wenn Trudi sich gehenließ, würde sie Marie nicht die Stütze sein, die die Burgherrin mehr denn je benötigte. Andererseits hatte die gemeinsame Trauer um Ehemann und Vater alle Zwistigkeiten hinweggespült.

Dies beruhigte Hiltrud ein wenig, denn Streit und Missverständnisse hätten die Lage auf Kibitzstein nur erschwert. Michels Tod hatte eine Lücke gerissen, die Marie nur mit Hilfe ihrer Töchter halbwegs würde schließen können. Alika war Hiltruds Blick gefolgt und hatte ihr Mienenspiel ebenso beobachtet wie das der Herrin und ihrer Töchter. Nun atmete sie erleichtert auf. Zwar wusste sie ebenso wenig wie die Ziegenbäuerin, ob Marie in Trudis Geheimnis eingeweiht war, doch sie hoffte, dass das Band zwischen Mutter und Tochter stark genug war, um auch das zu überstehen.

Mit einem Blick des Einverständnisses wandten die beiden Frauen sich Anni zu, die gar nicht aufhören wollte, an Maries Hals zu hängen und Michels Tod wortreich zu beklagen. So, wie die Wirtschafterin sich aufführte, lag der Verdacht nahe, dass sie in Maries Ehemann verliebt gewesen war. Aber wenn es so war, hatte Anni ihre Gefühle gut verborgen und niemals verbotene Pfade betreten.

Alika beschloss, Anni in Zukunft etwas nachsichtiger zu betrachten. Die Tschechin hatte sich bisher mit aller Kraft für ihre Herrschaft eingesetzt, und Marie war nun mehr denn je auf eine gute Wirtschafterin angewiesen. Sich selbst fragte die Mohrin, wie sie Marie am besten unterstützen konnte, und nahm sich vor, jederzeit für ihre Freundin da zu sein. Sie stieß noch einmal die schrillen Klagelaute aus, mit denen in ihrer fernen Heimat Tote betrauert wurden, und trat zu Trudi, um sie zu umarmen. Dann

schloss sie Lisa in die Arme, und zuletzt Hildegard, die wie ein schmaler Schatten dastand und keine Tränen mehr hatte.
»Eines Tages wird es wieder Sonnenschein für euch geben«, versuchte Alika die Mädchen zu trösten.
Trudi blickte sie mit zornerfüllter Miene an. »Nicht, solange der Mörder meines Vaters frei herumlaufen und den Herrgott im Himmel verhöhnen kann.«
Hatte Alika eben noch geglaubt, der Einklang zwischen Mutter und Schwestern würde die meisten Schwierigkeiten überwinden helfen, so sah sie nun noch schwärzere Wolken am Horizont auftauchen. Sie kannte Trudis Starrsinn, und der Hass, den das Mädchen gegen den Mörder ihres Vaters hegte, war so stark, dass er Trudi zerstören konnte. So blieb ihr nur zu hoffen, dass der Mann rechtzeitig gefunden und bestraft werden würde, bevor es zu einem neuen Unglück kam.
»Weiß man schon, wer es getan hat?«, fragte sie schaudernd.
»Es war Eichenloh!«, behauptete Trudi, und Marie nickte zögernd.
»Der Kerl hat einen heiligen Eid geleistet, nicht der Mörder zu sein, doch es war ein falscher Schwur!«, setzte Trudi mit klirrender Stimme hinzu.
Marie hob in einer verzweifelten Geste die Arme. »Das ist auch mein Eindruck. Doch Eichenloh hat vor dem offenen Sarg auf das Kreuz geschworen – und es ist nichts geschehen, was ihn der Lüge überführt hätte. Also sind uns die Hände gebunden. Dazu kommt, dass wir keine Fehde mit einem Söldner beginnen können, der einmal hier und einmal dort weilt. Doch so es einen Herrgott im Himmel gibt, wird der Mann seiner Strafe nicht entgehen!«
Nun war Alika klar, warum sie die Zukunft mit einem Mal so düster sah. Mutter und Tochter waren von dem gleichen Hass beseelt, nur wallte dieses Gefühl in Trudi heiß und sengend empor, während Marie sich, durch die Erfahrungen eines langen

Lebens gestählt, besser beherrschen konnte. Doch gerade deswegen wirkte sie umso unerbittlicher.

»Möge dieser Soldknecht bald auf einen Feind treffen, der ihn zur Hölle schickt und damit auch eure Rache vollendet!«, rief die Ziegenbäuerin und drückte damit das aus, was Alika ebenfalls hoffte. Erst, wenn dieser Eichenloh im Kampf fiel, würden Marie und ihre Töchter wieder Frieden finden.

9.

Michel wurde in einer schlichten Zeremonie zu Grabe getragen. Der Pfarrer von Habichten, der auch die Seelen der Burgbewohner hütete, hielt die Messe und sprach ergreifende Worte, dann senkten Karel, Gereon und zwei weitere Männer den Sarg in die Erde. Marie wollte später ein steinernes Grabmal darüber errichten lassen. Sie selbst hätte ihren Mann am liebsten in einer richtigen Gruft begraben, doch auf Kibitzstein gab es nichts dergleichen, und bisher hatten Michel und sie keine Veranlassung gesehen, eine erbauen zu lassen. Nun war es zu spät. Marie tröstete sich damit, dass es Michel wohl so am liebsten gewesen wäre. Obwohl der Kaiser ihn zum Reichsritter ernannt hatte, war er im Herzen ein ehrlicher, schlichter Mensch geblieben, den viele Sitten der hohen Herren abgestoßen hatten.

»Staub warst du, und zu Staub wirst du werden«, sagte der Pfarrer gerade.

Marie trat nach vorne und warf eine Handvoll Erde auf den einfachen Sarg aus Fichtenholz, den der Schreiner auf Fuchsheim für Michel gezimmert hatte. Dabei dachte sie an den Ring, den sie auf Michels Brust gelegt hatte. Er hatte ihn ihr kurz nach ihrer Heirat geschenkt, und nun würde der feine Goldreif ihn in die Ewigkeit begleiten und daran erinnern, dass ihre Liebe auch die Auferstehung überdauern würde.

Ihre Töchter hatten dem Toten ebenfalls je ein Angebinde mit in den Sarg gegeben. Während Trudi sich das letzte Schmuckstück, das er ihr geschenkt hatte, laut schluchzend von ihrem Gewand gerissen hatte, war Lisa stumm hinzugetreten und hatte ein von ihr gesticktes Schmuckwappen der Kibitzsteiner Herrschaften hineingelegt. Hildegard hatte ihm ihre Lieblingspuppe in seine Armbeuge gedrückt und damit allen gezeigt, dass sie ihre Kindheit als beendet ansah und ihre Stiefmutter von nun an getreulich unterstützen wollte.

Nun trat das Mädchen an die Grube und warf eine Handvoll Erde hinein. Während sich noch alle Augen auf Hildegard richteten, berührte Trudi Marie am Ellbogen, sah sie beinahe furchtsam an und sagte nur: »Mama!«

Marie zog ihre Älteste an sich und ließ zu, dass sie ihr verloren wirkendes Gesicht im mütterlichen Gewand vergrub, als fürchte sie sich, noch einmal in die Grube hinabzuschauen, in der der Sarg ihres Vaters stand.

Doch dann ging ein Ruck durch Trudi. Sie richtete sich auf, nahm mehrere Klumpen Erde und warf sie mit starrem Blick auf den Sarg. Während Lisa das Gleiche tat, wanderten Maries Gedanken zu Falko, der auf Hettenheim weilte und noch nichts von dem Unglück wusste, das über sie hereingebrochen war.

In dieser Stunde hätte Marie gerne ihren Sohn bei sich gesehen. Doch bis zu seiner Ankunft wären mehrere Wochen ins Land gegangen, und aus diesem Grund hatte sie ihn noch nicht heimgerufen. Gleich am nächsten Tag würde sie ihm einen zuverlässigen Boten schicken, der ihm die Nachricht vom Tod seines Vaters brachte, und ihn nach Hause holen lassen. Sie benötigte ihn hier, denn er musste ihr jetzt Halt und Stütze sein. Zwar war er noch ein wenig zu jung, um wirklich Verantwortung übernehmen zu können, und es war auch nicht gut, wenn er seine Ausbildung abbrach, doch die Burg benötigte einen Herrn.

Nach der Familie des Toten traten nun die Kibitzsteiner an das

Grab. Anni ließ einen Strauß Herbstblumen auf den Sarg fallen, Alika eine prachtvolle reife Traube sowie mehrere Feldfrüchte, damit Herr Michel, wie sie sagte, auf dem Weg zum Himmelreich nicht hungern müsse. Sie hatte zwar inzwischen den Glauben ihrer neuen Heimat angenommen und empfing auch das heilige Abendmahl, doch sie hing immer noch an einigen, befremdlich anmutenden Bräuchen.

Marie und ihre Töchter blieben auf dem Gottesacker des Dorfes, bis das Grab mit Erde gefüllt war und sich ein kleiner Hügel darüber wölbte. Karel brachte ein hölzernes Kreuz und reichte es Marie. Diese küsste es und stieß es dann in die Erde. Es saß ein bisschen schief, und Karel beschloss, es später gerade zu stellen. Er blickte Marie fragend an und wies auf die Burg. »Habt Ihr Befehle für mich, Herrin?«

Marie schüttelte müde den Kopf. »Im Augenblick nicht. Für das Leichenmahl hat Anni bereits alles vorbereiten lassen.« Sie kniete ungeachtet der aufgewühlten Erde vor dem Grab nieder, faltete die Hände und flehte den Heiland an, sich ihres Mannes anzunehmen und ihn ins Himmelreich zu geleiten. Dann bat sie Maria Magdalena, sich Michels zu erbarmen und ihm von ihrer Liebe zu erzählen, damit auch seine Liebe zu ihr die Ewigkeit überdauern würde. Sie beendete ihr Gebet mit der Hoffnung, der Himmel möge den Mörder ihres Mannes entlarven und bestrafen.

Als sie aufstand, war ihr Kleid voll Lehm. Anni bemerkte es und winkte Uta heran. »Lauf nach oben und richte ein frisches Kleid für die Herrin her! Sie muss sich umziehen.«

Die Magd nickte eifrig und eilte davon. Zuerst war sie beleidigt gewesen, weil man sie nicht mit nach Fuchsheim genommen hatte. Nun aber war jeder Unmut vergessen, und sie nahm sich vor, alles in ihren Kräften Stehende zu tun, um die Herrin und deren Töchter zu unterstützen. Sie sollten rundherum mit ihr zufrieden sein. Das galt besonders für Trudi. Ihre junge Herrin brauchte nun jemanden, dem sie ihr Herz ausschütten konnte und der sie tröstete. Außerdem interessierte es Uta brennend, ob Trudi auf Fuchsheim ihren Schwarm Georg von Gressingen getroffen hatte. In der Phantasie der Magd war Gressingen nun der Held, der den Mord an Herrn Michel rächen und dann als strahlender Sieger um Trudi anhalten würde.

Trudi interessierte sich nicht für Uta oder sonst jemanden, sondern gab sich ganz der Trauer um ihren Vater und dem brennenden Wunsch nach Rache hin. Hie und da zog noch ein anderer Schmerz durch ihren Körper. Es war die Enttäuschung, dass Gressingen nicht nach Fuchsheim gekommen war und um ihre Hand angehalten hatte. Nun hätte seine Liebe ihr Trost spenden und sein Schwertarm ihrer Mutter dienen können. Zwar wäre er kein vollwertiger Ersatz für ihren Vater gewesen, doch seine Anwesenheit hätte so manchen Ärger mit Nachbarn, der nun auf ihre Mutter zukommen würde, verhindern können. Trudi fragte sich, wo ihr Geliebter sein mochte. Ob er überhaupt noch an sie dachte? Vielleicht würde er kommen, wenn er von ihrem schmerzhaften Verlust erfuhr, und sie trösten. Dann aber wurde ihr bewusst, dass auch er ihr nicht über ihren Kummer würde hinweghelfen können.

Dieses Leichenmahl war kein Fest, bei dem die Lebenden die Nähe des Todes vergessen wollten, sondern eine bedrückende Fortsetzung der Beerdigungszeremonie. Marie hatte keinen Nachbarn eingeladen, denn sie wollte niemanden sehen. Selbst die Anwesenheit des Gesindes war ihr zu viel, und erst recht die der Bauern und Handwerker aus den Kibitzsteiner Dörfern. Daher bat sie Anni, sich um die Gäste zu kümmern.

»Ich muss allein sein!«, setzte sie mit einem schmerzerfüllten Lächeln hinzu.

Anni beteuerte eifrig, dass sie alles in Maries Sinn erledigen würde, und eilte davon, um die Pflichten einer Gastgeberin zu übernehmen. Hiltrud und Alika wechselten einen raschen Blick und folgten Marie. Wie erwartet, fanden sie die Burgherrin in der Schlafkammer. Marie hatte sich in der schmutzigen Kleidung aufs Bett geworfen und schluchzte haltlos vor sich hin.

Hiltrud trat zu ihr und rüttelte sie. »Wir achten deine Trauer! Aber gerade jetzt darfst du keine Schwäche zeigen, sondern musst fest und unerschütterlich sein.«

Marie sah mit trüben Augen zu ihr auf. »Michel war mein Ein und Alles! Warum musste das Schicksal so grausam zu uns sein?«

»Das weiß nur Gott! Aber willst du alles, was ihr beide aufgebaut habt, nun zusammenbrechen lassen? Du bist es Michel schuldig, Kibitzstein zu erhalten und seinen und deinen Feinden die Stirn zu bieten! Was ist mit den Schwierigkeiten, die der Würzburger Bischof dir macht? Und was mit der Äbtissin von Hilgertshausen? Die wird ihren Vogt wieder losschicken, um dir zu schaden! Oder glaubst du, dieses Weib wird jetzt Ruhe geben? Oder deine anderen Nachbarn? Die meisten werden in dir eine schutzlose Witwe sehen, die man nach Belieben berauben kann! Beweise ihnen, dass du die richtige Frau für Michel gewesen bist. Oder willst du dir den Besitz entreißen lassen, so dass dein Sohn als abhängiger Ritter in die Dienste eines anderen treten muss, während deine Töchter froh sein können, wenn ein nachrangiger Gefolgsmann des Würzburgers oder des Ansbachers sie zum Weib nimmt?«

Einige Augenblicke lang fühlte Marie sich in die Zeit vor gut dreißig Jahren versetzt. Damals, als sie über die Landstraßen von Markt zu Markt gezogen waren, hatte Hiltrud ihr mit der gleichen Stimme Standpauken gehalten. Trotz der vielen Einwände ihrer Freundin war sie ihren eigenen Weg gegangen, und er hatte ihr Glück gebracht, zumindest bis zu dem Tag, an dem man ihr Michel entrissen hatte. Wenn sie sich nun vor der Welt verkroch, würde es ihr gehen wie damals in Rheinsobern. Dort hatte sie sich, als die Nachricht von Michels angeblichem Tod gekommen war, in sich selbst zurückgezogen und schließlich in ein ungeheiztes Dachstübchen sperren lassen, in dem sie beinahe gestorben wäre. Wenn Hiltrud nicht gewesen wäre, hätte es kein Wiedersehen mit ihrem Mann gegeben und Trudi die Geburt nicht überlebt.

Marie richtete sich auf und wischte sich mit einer resoluten Handbewegung die Tränen aus den Augen. »Du hast recht. Ich muss an meine Kinder denken, besonders an Falko. Ich habe schon überlegt, den Jungen zurückzuholen, damit er mir hilft, Kibitzstein zu erhalten.«

»Das ist, mit Verlaub gesagt, keine gute Idee«, wandte Alika ein. »Die Feinde, die deinen Mann umgebracht haben, werden wohl kaum vor deinem Sohn haltmachen. Dieser Eichenloh mag den Dolchstoß geführt haben, dem Michel erlegen ist, doch jemand muss den Mord angeordnet haben. Wer anders sollte das sein als der Fürstbischof? Willst du, dass deine Feinde auch noch deinen Sohn ermorden? Sie würden auch dich und deine Töchter nicht verschonen! Die Mädchen könnten noch von Glück sagen, wenn man sie nur zu einer Heirat mit Männern zwänge, die dem Würzburger dienstbar sind, so dass dieser das gesamte Kibitzsteiner Land unter seine Herrschaft brächte.«

Hiltrud begleitete Alikas Worte mit lebhaften Gesten. »Falko ist zu jung, um die Zügel in die Hand nehmen zu können. Kein Burgherr würde ihn bei Verhandlungen ernst nehmen, am wenigsten dieser räuberische Bischof. Lass ihn bei Heinrich von Hettenheim. Dort ist er in Sicherheit und wird zu einem wackeren Ritter erzogen, der einmal seinen Besitz zu wahren weiß.«

Die beiden Frauen hofften, Marie überzeugt zu haben, doch diese hob abwehrend die Hände. »Ich brauche Falko, denn allein schaffe ich es nicht. Seine Ausbildung zum Ritter kann auch hier fortgesetzt werden. Hertha von Steinsfeld hat ihren Sohn ja auch selbst erzogen.«

»Oh nein, Mama! Das darfst du meinem Bruder nicht antun.«

Trudi war ungesehen in den Raum getreten und stemmte nun die Fäuste in die Hüften. »Wenn du Falko jetzt nach Hause holst, wird man genauso über ihn lachen wie über Hardwin. Den nennen alle nur Muttersöhnchen, und keiner nimmt ihn ernst. Dabei ist er ein netter Kerl! Aber er steht so stark unter der Fuchtel seiner Mutter, dass er es nicht einmal wagt, ohne ihre Erlaubnis zu furzen.«

»Das war arg derb«, tadelte Alika sie.

»Aber es ist die Wahrheit. Ich weiß, dass Mama Falko nie so behandeln würde wie Frau Hertha ihren Sohn. Aber die Leute würden es annehmen und alle Achtung vor meinem Bruder verlieren. Es ist wirklich besser, wenn Hettenheim ihn ausbildet. Von ihm kann er alles lernen, was er als Ritter wissen muss. Wenn du ihn zurückholst, würden alle Nachbarn glauben, du wüsstest dir nicht mehr zu helfen, und noch gieriger nach unseren Fersen schnappen.«

»Das Küken hat recht.« Hiltrud warf ihrem Patenkind einen anerkennenden Blick zu, und Alika nickte beifällig.

Marie barg den Kopf in den Händen. »Allein schaffe ich es nicht. Karel ist ein braver Bursche, aber er hat immer nur Michels Befehle ausgeführt. Er hat nicht die Fähigkeiten eines Ingold von Dieboldsheim, der damals, als Michel mich für tot hielt, Kibitzstein beinahe allein geführt und ausgebaut hat. Michel und ich haben es diesem Mann zu verdanken, dass Kibitzstein so gut dasteht.«

Sie sah ihre Freundinnen und auch Trudi fragend an. »Habt ihr bessere Vorschläge?«

»Es wäre alles leichter, wenn Gressingen erschiene und um Trudi anhalten würde. Er ist in dieser Gegend gut bekannt und könnte dir die Stütze sein, die du brauchst«, erklärte Alika.

Trudis Augen leuchteten auf. Marie aber wiegte den Kopf. Gressingen war nicht gerade der Schwiegersohn, den sie sich gewünscht hätte. Andererseits musste sie Alika zustimmen. Die

Unterstützung durch einen angesehenen Ritter wäre die Lösung vieler Probleme. Aber Gressingen weilte irgendwo in der Ferne, und nichts deutete darauf hin, dass er so rasch erscheinen würde. Sie musste einen anderen Ausweg finden.

»Was haltet ihr davon, wenn ich Michi zurückhole? Er hat die Herrschaft Kessnach im Odenwald in den letzten Jahren allein verwaltet und weiß daher, wo er zugreifen muss. Ihm traue ich zu, Kibitzstein im Griff zu behalten.«

»Wenn du meinen Sohn über ihn setzt, wäre Karel gekränkt«, wandte die Ziegenbäuerin ein.

»Ich werde Michi nicht über ihn setzen, sondern Karel statt seiner nach Kessnach schicken. Dort kann er lernen, auf eigenen Füßen zu stehen.«

»Das wird er bestimmt.« Trudi atmete auf. Auch wenn sie Karel mochte, so traute sie Michi doch weitaus mehr zu.

Als Kastellan auf Kessnach würde Reimos und Zdenkas Sohn nicht so viele Verpflichtungen haben. Kibitzstein war weitaus schwieriger zu verwalten, denn zu dieser Burg gehörten ein weitaus größerer Herrschaftsbereich und auch jene Dörfer und Gerechtsame, die ihre Eltern als Pfand bekommen hatten und die nun als Erstes vor räuberischen Händen bewahrt werden mussten.

»Ja, so werde ich es machen«, sagte Marie nach kurzem Nachdenken. »Ich bin so froh, euch zu haben! Ihr habt mir sehr geholfen.«

Sie schenkte ihrer Tochter und ihren beiden Freundinnen einen dankbaren Blick. Die drei hatten recht. Sie durfte sich nicht in die Trauer um Michel vergraben, sondern musste alles tun, um sein Vermächtnis zu erfüllen. Die Starre auf ihrem Gesicht wich einem melancholischen Ausdruck, und dann schlug sie die Faust in die geöffnete Hand. Sie würde dafür sorgen, dass Falko einst die Stelle seines Vaters einnehmen konnte, und wenn sie sich dafür gegen die ganze Welt zur Wehr setzen musste.

Die Ziegenbäuerin nahm die Veränderungen in der Miene ihrer Freundin wahr und atmete auf. Das war die Marie, die sie kannte und die sogar dem Teufel die Stirn bot, wenn es notwendig war. Nun würden der Bischof von Würzburg und alle anderen, die sich an Kibitzstein vergreifen wollten, sich wundern. Was Marie zu leisten vermochte, hatte sie selbst miterlebt.

Obwohl sie unaufgefordert in Maries Kammer getreten war, bat Trudi artig, sich entfernen zu dürfen. Alika spürte, dass an Maries Ältester mehr nagte, als diese ertragen konnte, und folgte ihr, um ihr Trost zu spenden und Hilfe anzubieten. Kurz darauf zog sie sich Utas Unwillen zu, denn sie warf die junge Magd kurzerhand aus Trudis Kammer, um allein mit dem Mädchen sprechen zu können.

Die Ziegenbäuerin blieb noch eine Weile bei ihrer Freundin, damit diese jemanden hatte, bei dem sie sich ihren Kummer von der Seele reden konnte. Zunächst sprach Marie von den glücklichen Tagen, die sie mit Michel erlebt hatte und die nun endgültig der Vergangenheit angehörten, dann wies sie seufzend in die Richtung, in der die Dächer von Hiltruds Hof zu erkennen waren.

»Manchmal glaube ich, du hast das bessere Los von uns beiden gezogen. Du bist nicht so hoch gestiegen wie Michel und ich, hast aber ein glücklicheres Leben führen dürfen.«

»Ob es ein glücklicheres Leben war als deines, mag dahingestellt sein. Auf jeden Fall war es weniger aufregend. Trotzdem solltest du nicht so reden. Du bist als Tochter eines reichen Konstanzer Bürgers geboren worden, während ich nur eines von vielen Kindern eines abhängigen Bauern war, der mich an einen Hurenwirt verkauft und seinem Grundherrn wahrscheinlich weisgemacht hat, ich wäre an irgendeiner Krankheit gestorben. Hätte ich dich damals nicht getroffen, wäre ich wohl schon längst in irgendeinem Straßengraben verreckt, und niemand hätte sich die Mühe gemacht, mir ein christliches Begräbnis zukommen zu lassen.«

Hiltrud weinte bei dem Gedanken und führte Maries rechte Hand mit einer Geste tiefer Dankbarkeit an ihre Stirn.

Marie strich ihr mit der Linken über die Wange und sagte sich, dass wohl selten jemand eine treuere Freundin gehabt hatte als sie. »Weißt du, Hiltrud, ich habe mir überlegt, Trudi mit Michi zu verheiraten. Das wäre in meinen Augen der rechte Dank an dich für alles, was du, dein Mann und deine Kinder für mich getan haben.«

Obwohl auch ihr der Vorschlag zunächst verlockend erschien, schüttelte die Ziegenbäuerin heftig den Kopf. »Das wäre nicht gut! Der Standesunterschied zwischen den beiden ist zu groß. Außerdem musst du an Falko denken. Mit Michi als Schwager würde dein Sohn bei den edlen Herren in der Nachbarschaft nur als besserer Bauer gelten. Nein, Marie, eine solche Verbindung würde weder deiner noch meiner Familie nützen. Du hast mehr als genug für uns getan. Denk nur an Mariele, der du die Ehe mit dem reichen Kaufherrn Anton Tessler aus Schweinfurt ermöglicht hast. Jetzt macht Karel meiner Mechthild schöne Augen. Wenn sie ihn mag, habe ich nichts dagegen, dass sie ihn heiratet. Was meine jüngeren Söhne angeht, so wird Dietmar unseren Hof übernehmen und Giso Pfarrer werden. Du und Michel habt ja schon angeboten, dass er einmal die Priesterstelle von Kibitzstein übernehmen kann. Bei Gott, mehr Glück kann ich wirklich nicht erwarten, und ich werde mein Lebtag nicht abtragen können, was du und Michel für mich und die Meinen getan habt.«

Hiltrud umarmte Marie und seufzte tief. »Es tut mir im Herzen weh, dich so niedergeschlagen zu sehen!«

»Trauer gehört ebenso zum Leben wie Freude. Nur schmeckt die Letztere besser. Du hast mir sehr geholfen, indem du mir den Kopf heute wieder genauso zurechtgesetzt hast wie früher. Damals habe ich es ja auch das eine oder andere Mal gebraucht.«

Marie lächelte unter Tränen und sah dann in die Ferne, als erblicke sie bereits die Scharen ihrer Gegner. Dabei verhärtete sich ihre Miene.

Nun war Hiltrud sicher, dass ihre Freundin den schlimmen Schicksalsschlag überwinden und mit neuer Kraft in die Zukunft gehen würde.

10.

In den nächsten Tagen schien es, als habe die Welt Kibitzstein vergessen. Weder erschien ein Nachbar, um Marie und ihren Töchtern sein Bedauern über Michels Tod mitzuteilen, noch gab es neue Provokationen von Hilgertshausener Seite. Marie blieb jedoch auf der Hut. Die Äbtissin hatte ihnen den Fehdehandschuh hingeworfen und würde jeden Vorteil nutzen, der sich bieten mochte. Auch vom Fuchsheimer, für den Michel bei den Kaufleuten in Volkach und Gerolzhofen gebürgt hatte, kam kein Bote. Zwar besaß Marie die Pfandurkunden, die Bonas Vater unterschrieben hatte, aber ihr war klar, dass es nicht leicht sein würde, ihn dazu zu bewegen, diese auch einzulösen.

Arbeit gab es für Marie mehr als genug, und da Michel und sie die meisten Entscheidungen miteinander gefällt hatten, wusste sie, wie er gehandelt oder was er ihr geraten hätte. Ihre Töchter gaben ihr Bestes, sie zu unterstützen, und niemand, der Trudi, Lisa und Hildegard erst in diesen Tagen erlebt hätte, würde sich vorstellen können, dass die drei noch ein Vierteljahr zuvor wie Wildlinge durch Feld und Flur getobt waren. Der Überfall der Hilgertshausener hatte nun jedem noch so harmlosen Ausflug ein Ende gesetzt. Um zu verhindern, dass ihre Töchter entführt und als Druckmittel gegen sie eingesetzt wurden, ließ Marie sie nur selten aus der Burg, und wenn sie die Ziegenbäuerin oder Alika besuchten, mussten sie ein halbes Dutzend bewaffneter Knechte mitnehmen.

Früher hätte Trudi gegen diese Einschränkungen aufbegehrt, aber nun sagte sie ihrer Mutter jedes Mal Bescheid, wenn sie Kibitzstein verließ, und sorgte selbst für ihre Sicherheit und die ihrer Schwestern. Den größten Teil der Zeit aber verbrachte sie damit, Arbeit von Anni oder ihrer Mutter zu übernehmen und das Gesinde zu überwachen.

Dabei trauerte sie noch stärker um ihren Vater als in den ersten Tagen. Gleichzeitig träumte sie von Junker Georg, von dem sie sich Rettung aus der beengenden Situation versprach, und mit jedem Tag, der verstrich, ohne dass der Ersehnte erschien, wuchs ihr Elend.

Anstatt sie wegen ihrer Liebe zu Gressingen zu verspotten, wie sie es früher getan hatte, versuchte Lisa, sie zu trösten. »Bestimmt gibt es einen schwerwiegenden Grund, weshalb Junker Georg nicht nach Kibitzstein kommt.«

Trudi zwang sich zu einem Lächeln und schloss Lisa in die Arme, und da Hildegard mit bettelndem Blick neben ihnen stand, zog sie auch diese an sich.

»Was täte ich ohne euch beide?«, sagte sie und merkte zu ihrer eigenen Überraschung, dass sie es ernst meinte. Die beiden Schwestern boten ihr Trost, und wenn sie mit ihnen beriet, wie sie ihrer Mutter helfen konnten, herrschte zwischen ihnen ein herzliches Einverständnis.

Noch während die drei die Köpfe zusammensteckten, schoss Uta in den Raum. »Jungfer Trudi, da kommt ein Reiterzug auf die Burg zu!«

»Was? Wer ist es?« Ohne auf eine Antwort zu warten, rannte Trudi zu einem Fenster, von dem aus man den Weg nach Kibitzstein überblicken konnte. Lisa und Hildegard liefen ihr nach und starrten dem Trupp, der aus zehn Reitern bestand, ebenso nervös entgegen wie Trudi. Die Gruppe näherte sich Kibitzstein in forschem Tempo, doch noch waren sie zu weit entfernt, als dass man ihre Wappen hätte erkennen können. Dennoch wandte Trudi sich ab und tupfte sich mit dem Ärmel die Tränen aus den Augen. Junker Georg, das hatte sie schnell erkannt, war nicht unter den Besuchern.

Als die Reiter näher kamen, konnten die Mädchen erkennen, dass es sich bei ihrem Anführer um einen Kleriker handelte. Der Mann saß, wie es sich für einen demütigen Diener der Kirche gehörte, auf einem weißen Maultier, doch seine Haltung war die eines stolzen, fordernden Kriegers. Während er durch das Tor ritt, schien er sich alle Einzelheiten der Wehranlage einzuprägen.

Als er sich von einem seiner Begleiter aus dem Sattel helfen ließ, erkannte Lisa ihn. »Das ist doch der Prälat, den wir auf Fuchsheim erlebt haben!«

Hildegard rannte aufgeregt hin und her. »Der war es doch, der Otto von Henneberg unbedingt von dem Verdacht reinigen wollte, Papas Mörder zu sein.«

Um Trudis Lippen erschien ein herber Zug. Sie hatte Cyprian Pratzendorfer ebenfalls erkannt, und ihr schwante, dass sein Besuch nichts Gutes zu bedeuten hatte. Während Karel auf den Prälaten zutrat und ihn begrüßte, wandte sie sich ihren Schwestern zu. »Wir sollten uns anhören, was der Kerl hier will!«

»Mama wird uns aus dem Saal schicken«, wandte Hildegard ein.

»Deshalb werden wir uns unter der Treppe verstecken. Beeilt euch! Wir müssen eher in der Halle sein als Mama oder dieser aufgeblasene Pfaffe.« Trudi stürmte die Treppe des Turms hinab wie eine wilde Range, und ihre Schwestern folgten ihr auf dem Fuß. Nur Augenblicke später betraten sie die Halle, sahen, dass die Luft rein war, und verschwanden hinter der kunstvollen Verkleidung der hölzernen Treppe, die zu ihren Kammern und denen ihrer Mutter führte.

Noch während sie die Stellen im Gitterwerk suchten, durch die sie den Saal am besten überblicken konnten, führte Karel den Prälaten herein.

Der Mann wirkte verärgert, weil die Burgherrin nicht schon bereitstand, um ihn zu begrüßen. An ihrer Stelle eilte Uta auf ihn zu und reichte ihm einen Becher Wein. Dabei warf sie einen verdächtig langen Blick auf das Gitter unter der Treppe. Sie hatte die drei Mädchen hereinhuschen gesehen und nahm an, dass sie sich dahinter versteckt hatten.
»Hoffentlich verrät dieses Schwatzmaul uns nicht«, flüsterte Lisa bang.
Trudi fauchte leise. »Wenn Uta den Mund auftut oder uns durch Gesten verrät, setzt es heute Abend eine ordentliche Tracht Prügel.«
Es war, als hätte Uta die Drohung gehört, denn sie neigte kurz den Kopf und verließ die Halle schnell wieder. Nun trat Marie gemessenen Schrittes ein. Sie trug nur ein schlichtes Gewand aus dunklem Stoff und eine schmucklose Haube, unter der ihr Gesicht so bleich wirkte wie eine frisch gekalkte Wand. Den entschlossenen Zug um ihren Mund schien der Prälat nicht zu bemerken, denn er blickte hochmütig auf sie herab und wartete, bis sie das Knie gebeugt und die Hand, die er ihr hinstreckte, geküsst hatte.
»Mich schickt Seine Exzellenz, der Fürstbischof«, begann er, ohne auf die Begrüßungsformeln zu warten, mit denen ein Gast willkommen geheißen wurde.
Marie blickte ihn scheinbar gleichmütig an. »Was wünscht der hohe Herr von mir?«
»Herr Gottfried Schenk zu Limpurg drückt dir sein Bedauern über deinen Verlust aus und bietet dir seinen Schutz an.«
»Als Fahnenlehen untersteht Kibitzstein dem Schutz des Königs«, antwortete Marie weitaus gelassener, als sie sich fühlte.
»Kaiser Sigismund mag deinem Ehemann und dir vielleicht einmal Schutz geboten haben, doch Friedrich von der Steiermark vermag nicht einmal sich selbst zu schützen.« In Pratzendorfers Stimme schwang tiefe Verachtung für den vor wenigen Jahren

zum neuen deutschen König gewählten Friedrich von Habsburg.

Trudi presste die Lippen zusammen. Am liebsten hätte sie diesem überheblichen Kirchenmann an den Kopf geworfen, dass es sich nicht gehörte, so respektlos von dem Oberhaupt des Reiches zu sprechen, und sie hoffte, dass ihre Mutter ihm in diesem Sinne antworten würde.

Marie wusste selbst, dass die Macht des neuen Königs bei weitem nicht an die von Kaiser Sigismund oder dessen Schwiegersohn Albrecht II. von Habsburg heranreichte. Auch aus diesem Grund musste sie vorsichtig taktieren, um den Würzburger nicht zu sehr zu verärgern.

»Ich danke dem hochedlen Herrn Fürstbischof für den Schutz, den er mir angedeihen lassen will. Nur handelt es sich bei Kibitzstein um ein Reichslehen, das nicht ohne die Zustimmung Seiner Majestät, des Königs, einem anderen untertan sein kann.«

»Kibitzstein ist keine so bedeutende Herrschaft, dass eine Anerkennung der Würzburger Oberherrschaft irgendwelche Folgen hätte. Für dich und deine Familie wäre es ratsam, die Gunst des Fürstbischofs zu erbitten.« Pratzendorfer versuchte gar nicht erst, diplomatisch zu sein, sondern stellte seine Forderung im Bewusstsein, dass der Fürstbischof über genügend Macht verfügte, jeden renitenten Burgherrn in die Knie zu zwingen.

Eine leichter einzuschüchternde Frau hätte er mit seinem Auftreten beeindrucken können, doch Marie stellte nun die Stacheln auf. »Soll das eine Drohung oder gar die Erklärung einer Fehde sein?«

Trudi hätte ihrer Mutter am liebsten Beifall geklatscht, denn an dieser Antwort hatte Pratzendorfer zu schlucken.

»Dem Hochstift liegen etliche Forderungen gegen dich vor, die nicht allein das Kibitzsteiner Reichslehen, sondern vor allem die Herrschaften betreffen, die von deinem Mann und dir gekauft oder als Pfand erworben wurden. Das Gericht des Fürstbischofs wird darüber entscheiden, und es würde eher zu deinen Gunsten sprechen, wenn du dich unter den Schutz des Landesherrn stellst. So, wie es jetzt steht, sind deine Gegner als brave Würzburger Untertanen im Vorteil. Zeigst du dich störrisch, wirst du alles verlieren bis auf diese Burg hier und das dazugehörige Meierdorf. Im anderen Fall aber könntest du deinem Sohn eine große Herrschaft vererben und deine Töchter mit edlen Rittern in den Diensten des Fürstbischofs verheiraten.«

Jetzt ist die Katze aus dem Sack, fuhr es Trudi durch den Kopf, und für Augenblicke verließ sie der Mut. Ihre Mutter hingegen blickte dem Prälaten offen in die Augen. »Ihr habt etwas vergessen! Mir steht das Recht zu, das Reichsgericht anzurufen, und falls mein Besitz angetastet wird, werde ich genau das tun.«

Der höhnische Ausdruck auf Pratzendorfers Gesicht vertiefte sich noch. »Dann tu es! Aber glaube nicht, dass der Steiermärker dir auch nur einen einzigen Ritter zu deiner Unterstützung schicken wird. Wahrscheinlich wirst du sogar vergebens auf eine Antwort warten. Nur Herr Gottfried Schenk zu Limpurg vermag dir in dieser schweren Zeit eine helfende Hand entgegenzustrecken.«

Für Augenblicke schwankte Marie. Sie hatte bereits die noch unerklärte Fehde mit dem Damenstift von Hilgertshausen am Hals und konnte wirklich keine weiteren Feinde brauchen. Auch hing sie nicht sonderlich an der Reichsfreiheit ihres Besitzes. Aber Falko würde dies vielleicht anders sehen. Es war ein erheblicher Unterschied, ein freier Reichsritter oder der Untertan irgendeines Fürsten zu sein. Dennoch zog sie es vor, zu verhandeln.

»Ich würde gerne wissen, welche Vorstellungen Seine Hoheit, der Fürstbischof, sich bezüglich des Kibitzsteiner Besitzes macht. Wenn ich auf sein Anerbieten eingehe, muss ich sicher sein, dass mein gesamter Besitz unangetastet bleibt und sich womöglich noch vermehrt. Die Vogtei über den Markt Dettelbach sowie die Umwandlung der bisher nur als Pfand übergebenen Ländereien in Eigenbesitz wären wohl das Geringste, das ich für meinen Sohn fordern könnte.«

Diese Frechheit verschlug dem Prälaten für einen Augenblick die Sprache. Den Plänen des Fürstbischofs zufolge sollte der Kibitzsteiner Besitz bis auf einen Teil des von Kaiser Sigismund als Lehen erhaltenen Gebiets dem Hochstift zugesprochen und an treue Gefolgsleute verteilt werden.

»Das wird wohl nicht möglich sein!«, würgte er hervor und sagte sich, dass dieses Weib einen gehörigen Dämpfer brauchte, um die ihm zustehende Demut zu lernen.

»Dann werde ich abwarten, welche Vorschläge Seine Hoheit, der Fürstbischof, mir nächstens zukommen lassen wird, und danach meine Entscheidung treffen. Und Ihr, bleibt Ihr über Nacht oder wollt Ihr heute noch weiterreiten?« Maries Ausladung war nur leicht verbrämt.

Der Prälat schnaubte. »Ich werde heute noch nach Dieboldsheim reiten, um mich mit Herrn Ingobert zu besprechen. Damit Gott befohlen, meine Tochter!« Mit dem Gefühl, dass selbst der Fürstbischof Gefahr lief, sich an dieser harten Nuss einen Zahn auszubeißen, drehte Pratzendorfer Marie mit einem heftigen Ruck den Rücken zu und verließ den Saal. Dabei schmiedete er bereits an dem Hammer, mit dem er diese Nuss zu knacken gedachte.

Marie blieb gedankenverloren stehen, obwohl es die Höflichkeit erfordert hätte, den Gast bis auf den Hof zu begleiten und zu verabschieden. Aber sie konnte sich kaum noch beherrschen und hätte gewiss etwas Falsches gesagt.

Nach Michels Tod wäre sie nicht abgeneigt gewesen, sich einem der mächtigen Nachbarn anzuschließen. Da die Ansbacher Besitzungen ein ganzes Stück weiter im Süden und Osten lagen und zwischen ihnen und Kibitzstein ein breiter Streifen Würzburger Land lag, hätte sie gerne den Ausgleich mit dem Fürstbischof gesucht. Doch der Prälat war allzu leicht zu durchschauen gewesen. Sie sollte sich dem Fürstbischof unterwerfen und würde zum Dank dafür eines Großteils ihres Vermögens beraubt werden. Dagegen würde sie sich mit aller Kraft zur Wehr setzen. Michel hätte dasselbe getan, das wusste sie und schwor sich, alles zu tun, um in seinem Sinn zu handeln.

11.

Die drei Mädchen wagten sich erst zu rühren, nachdem die Mutter die Halle verlassen hatte. Als sie schließlich unter der Treppe hervorkrochen, zupfte Hildegard Trudi am Ärmel.
»Wird uns der Fürstbischof alles wegnehmen?«, fragte sie leise.
Trudi schüttelte heftig den Kopf. »Nicht, solange es einen König im Reich gibt.«
»Aber du hast doch selbst gehört, dass Herr Friedrich uns nicht helfen kann«, wandte Lisa ein.
»Das behauptet dieser widerwärtige Mann! Doch es wird sich zeigen, ob er recht hat. Kommt mit! Ich muss dringend mit euch reden. Aber es darf keiner erfahren, was ich euch zu sagen habe, auch Mama nicht!«
Hildegard presste die Hände auf die Wangen. »Aber wir sollen vor Mama doch keine Geheimnisse haben.«
»Manchmal ist es notwendig«, erklärte Trudi und tätschelte sie tröstend.
Als Lisa einen Einwand vorbringen wollte, befahl sie ihr zu schweigen und deutete mit dem Kopf auf die Magd, die gerade in die Halle trat, um den Becher zu holen, an dem Pratzendorfer nur genippt hatte. Die Frau griff hastig nach dem Gefäß und trank den Rest aus. Dann sah sie die Mädchen und zuckte zusammen, zwinkerte ihnen dann aber zu. »Ich hätte den Wein sonst ausschütten müssen – und dafür ist er wirklich zu schade.«
Trudi zwang ihr aufgewühltes Inneres mühsam zur Ruhe und nickte. »Hauptsache, er hat dir geschmeckt!«

»Das hat er, Jungfer! Das hat er wirklich.« Die Magd verschwand kichernd, und Trudi fragte sich, wieso die Leute so schnell wieder in ihre kleinen Fehler verfielen, obwohl ihr Herr erst wenige Tage unter der Erde ruhte. Aber es gab Wichtigeres als eine naschhafte Magd. Daher verließ sie den Saal und zog ihre Schwestern mit sich.

Wie Bona auf Fuchsheim besaßen die drei in einem der Türme ein Zimmer ganz für sich allein, in dem sie sich ungestört unterhalten konnten. Gerade, als sie es betreten wollten, tauchte Uta auf. »Soll ich Wache halten, damit Euch niemand überrascht?«, fragte sie, in der Hoffnung, an der Tür lauschen zu können.

Trudi kannte sie zu gut, um darauf einzugehen. »Ich glaube, Anni hat dich vorhin gesucht«, sagte sie freundlich lächelnd.

Der erwartungsfrohe Ausdruck auf Utas Gesicht erlosch. »Wirklich?«

»Ich habe sie rufen hören!«, stimmte Lisa Trudi zu, während Hildegard sich bemühte, nicht in Richtung der Magd zu schauen. Für sie stellte jede Lüge eine Sünde dar, auch wenn sie einer Magd galt, für die Anni gewiss eine Arbeit finden würde.

Genau das befürchtete auch Uta. Aber da sie die Anweisung ihrer jungen Herrin nicht missachten durfte, verließ sie gekränkt den Raum. Trudi schloss die Tür hinter ihr, schob den Riegel vor und wandte sich ihren Schwestern zu. »So, jetzt werden wir beraten, was zu tun ist, damit wir von diesem Würzburger Ungeheuer nicht gefressen werden. Mama kann ihm nicht allein standhalten.«

»Mama kann viel«, widersprach Hildegard vehement.

»Das ist richtig! Aber sie hat es nicht nur mit dem Fürstbischof zu tun, sondern auch mit dessen Kreaturen und anderen Neidhammeln. Oder glaubt ihr, Ingobert von Dieboldsheim würde sich die Gelegenheit entgehen lassen, sein verpfändetes Dorf von uns zurückzuholen, ohne einen Heller dafür zu bezahlen? Er ist ein übler Kerl, der jungen Mädchen unter die Röcke greift!«

Trudi wischte die Tränen weg, die bei der Erinnerung an den letzten Besuch auf Dieboldsheim in ihr aufzogen. Damals war ihr Vater noch wohlgemut und guter Dinge gewesen. »So wie der Dieboldsheimer werden viele unsere Lage ausnützen wollen, und ohne Hilfe steht Mama auf verlorenem Posten!«

»Der Kaiser wird uns helfen«, antwortete Hildegard darauf.

»Der König, meinst du! Aber dazu müsste Herr Friedrich wissen, was hier wirklich vor sich geht! Der Fürstbischof ist mächtig und hat viele Helfer, die jederzeit zum Hof nach Graz reisen und dort alles verdrehen können. Vielleicht sind sogar Kreaturen um den König herum, die die Briefe abfangen, die Mama schreiben wird. Ihr habt es doch selbst gehört! Mama würde nie Antwort erhalten, hat der Pfaffe behauptet und sie verspottet.«

»Pass auf, was du sagst! Mama mag es gar nicht, wenn du solche Worte ausprichst!« Hildegard zog bei diesen Worten den Kopf ein, da es sich nicht gehörte, die ältere Schwester zu tadeln.

Trudi verzieh ihr großmütig und hob die Hand, um ihre nächsten Worte zu unterstreichen. »Jemand muss zu König Friedrich reisen und ihm berichten, in welch schlimmer Gefahr wir uns befinden. Dann, aber nur dann, kann er uns helfen.«

»Mama könnte Karel oder noch besser Michi hinschicken«, schlug Lisa vor.

»Michi muss hierherkommen und Mama helfen, Karel soll Kessnach verwalten. Also können die beiden nicht weg. Ein einfacher Knecht wie Gereon aber hat noch weniger Chance als die beiden, vor den König geführt zu werden. Daher muss eine von uns reisen! Eine Jungfer auf Kibitzstein kann verlangen, vom König empfangen zu werden.« Trudis ganze Haltung ließ keinen Zweifel daran, dass sie diejenige sein wollte, die ins ferne Graz aufbrach.

»Aber das ist unmöglich!«, platzte Hildegard heraus, während Lisa zornig auffuhr. »Gib zu, du willst Kibitzstein doch nur verlassen, um Gressingen zu suchen!«

Für ein paar Augenblicke schien der erst vor kurzem beendete Streit zwischen den Schwestern wieder aufzuflammen. Trudi gab sich jedoch ungewohnt friedlich. »Junker Georg wäre eine große Unterstützung für Mama. Aber auch er ist dem Fürstbischof nicht gewachsen, denn sonst hätte der ihm nicht seine Burg abnehmen können. Nein, es gibt nur einen, der uns wirklich helfen kann, und das ist König Friedrich. Ich schwöre bei Gott, dass ich nichts anderes im Sinn habe, als ihn aufzusuchen und zu bitten, uns beizustehen.«

Sie zeigte die Zähne. »Außerdem will ich ihn um Gerechtigkeit für den Tod unseres Vaters bitten. Der Mörder hat uns mit seinem Schwur in Fuchsheim ins Gesicht gespien, doch ich bin nicht bereit, ihn ohne Strafe ziehen zu lassen.«

»Du meinst Eichenloh?« Lisa klang ein wenig zögerlich, denn ihrer Meinung nach war Otto von Henneberg der Täter.

»Eichenloh ist an allem schuld! Wäre Papa noch am Leben, würde die Würzburger Kröte es nicht wagen, uns zu bedrohen.« Hildegards Stimme klang zwar dünn, aber auch voller Zorn.

»Wie war das mit den Worten, die man nicht in den Mund nehmen soll?«, stichelte Trudi und winkte ab, als Hildegard sich entschuldigen wollte.

»Wir sind uns also einig, dass ich zum König reise. Dabei werdet ihr mir helfen müssen. Ich brauche alles Geld, das ihr mir geben könnt, und auch etwas Schmuck, den ich beim Juden eintauschen kann. Eine Reise ins Österreichische ist bestimmt nicht billig.«

Lisa seufzte. »Mama wird niemals zulassen, dass du so eine weite Reise machst.«

»Aus dem Grund darf sie nicht erfahren, was wir vorhaben. Ich werde ihr sagen, dass ich einige Wochen bei Mariele in Schweinfurt verbringen will, um dort meinen Schmerz zu vergessen. Das wird sie mir gewiss nicht abschlagen. Von Schweinfurt aus werde ich schon einen Weg finden, nach Graz weiterzureisen.« Trudis

Worte klangen so überzeugend, dass ihre Schwestern nichts mehr einzuwenden wussten.

12.

Trudi rannte hinter ihrem Vater her, so schnell sie es vermochte, aber es gelang ihr nicht, ihn einzuholen. »Papa, bleib doch stehen!«, schrie sie, doch ihre Stimme trug keine fünf Schritte weit. Dabei wusste sie genau, dass gleich etwas Schreckliches geschehen würde. Noch einmal rief sie, und diesmal schien ihr Vater sie endlich zu hören, denn er blieb stehen und drehte sich zu ihr um. Im selben Augenblick tauchte ein dunkler Schatten neben ihm auf. Stahl blitzte in der Sonne, und dann sank Michel stöhnend zu Boden. Als Trudi ihn erreichte, war er bereits tot. Außer sich vor Schmerz und Zorn, packte sie die Klinge, die ihn getroffen hatte, und wollte damit auf seinen Mörder losgehen. Doch sie befand sich auf einmal ganz allein im Fuchsheimer Kräutergarten und hörte nur noch aus weiter Ferne ein höhnisches Lachen. Mit diesem Laut im Ohr wachte Trudi auf. Ihr Herz klopfte bis in den Hals, und sie war in Schweiß gebadet. Es dauerte eine Weile, bis sie begriff, dass sie sich nicht an dem Platz befand, wo ihr Vater ums Leben gekommen war, sondern in der Kammer, die Hiltruds Tochter Mariele ihr zur Verfügung gestellt hatte. Neben ihr lag Uta auf einem Strohsack und schlief tief und fest. Marie hatte sie ihr als Leibmagd mitgegeben und dazu noch Lampert, der in einer Kammer bei den Knechten des Tessler-Hauses schlafen musste.

Marie hatte es ihrem Patenkind Mariele nicht zumuten wollen, die Besucherin mehrere Wochen lang durch ihr eigenes Gesinde bedienen zu lassen, und Trudi war froh um die bekannten Gesichter, denn sie hätte sonst noch mehr Schwierigkeiten vor sich gesehen, ihren Plan in die Tat umzusetzen.

Im Augenblick jedoch beschäftigte sie nur der Alptraum, der sie eben heimgesucht hatte. Auf diese Weise hatte sie den Mord an ihrem Vater schon mehrfach miterlebt, aber noch nie so intensiv wie in dieser Nacht. Sie glaubte immer noch das von dem Dolch tropfende Blut auf ihren Händen zu sehen, und der Hass auf den ehrlosen Schuft, der diese Tat begangen hatte, drohte sie wie das Wasser eines schwarzen, grundlosen Moores zu verschlingen.

Mit jedem dieser Träume war ihr die eigene Schuld mehr und mehr bewusst geworden. Ihr Vater würde noch leben, wenn sie nicht in Dettelbach und auf Fuchsheim mit Eichenloh aneinandergeraten wäre oder Otto von Henneberg nicht das Gesicht zerschnitten hätte.

»Der Mörder hätte mich töten sollen, dann wäre die Richtige gestorben«, sagte sie sich nicht zum ersten Mal und sank mit einem Weinkrampf zurück.

»Heult Ihr schon wieder? Damit macht Ihr das Ganze auch nicht ungeschehen«, murmelte Uta schlaftrunken.

Das ging Trudi zu weit. Am liebsten wäre sie aufgestanden, um Uta für diese rohen Worte zu züchtigen. Doch rechtzeitig fiel ihr ein, dass sie sich vorgenommen hatte, ihr Temperament im Zaum zu halten. Bei Eichenloh und Henneberg hatte sie es nicht getan, und dafür war sie schwer bestraft worden.

Ganz allein sie war die Ursache, dass Kibitzstein nun ohne Herr war und ihre Mutter sich mit den Begehrlichkeiten des Fürstbischofs und anderer Nachbarn herumschlagen musste. In Trudis Alpträume mischte sich auch die Furcht, sie könne aus Graz zurückkehren und einen fremden Verwalter oder Besitzer auf Kibitzstein vorfinden, während Mutter und Schwestern tot oder in einem Kloster eingesperrt waren und ihr Bruder als fahrender Ritter durch die Lande zog. In dem Fall würde auch Georg von Gressingen nichts mehr von ihr wissen wollen. Da er ebenfalls heimatlos war, konnte er kein mittelloses Mädchen heiraten.

»Geht es Euch wieder besser? Soll ich Euch einen Krug Bier aus der Küche holen? Danach könnt Ihr gewiss schlafen.« Ohne auf eine Anweisung zu warten, erhob Uta sich und verließ die Kammer. Trudi stand ebenfalls auf, zog ihr Hemd aus und suchte im Schein des Mondes nach einem Tuch, mit dem sie sich trockenreiben konnte. Daher stand sie nackt im Raum, als die Magd zurückkehrte.

Uta schimpfte wieder. »Warum habt Ihr nicht gesagt, dass Ihr Euch den Schweiß abwaschen wollt. Ich hätte Euch doch Wasser mitbringen können.«

»Es geht schon.« Trudi rieb sich trocken und wollte wieder in ihr Hemd schlüpfen. Doch das klebte vor Nässe. Sie warf es zusammen mit dem Lappen in eine Ecke und nahm den Bierkrug entgegen, den Uta ihr gefüllt hatte. Zunächst wollte sie nur ein paar kleine Schlucke trinken, um der Magd zu zeigen, dass diese den Weg nicht umsonst gemacht hatte. Doch dann merkte sie, wie durstig sie war, und hörte erst auf zu trinken, als der Krug zu drei Vierteln leer war. Danach stieß sie hörbar auf und reichte Uta das Gefäß.

»Wenn du magst, kannst du es austrinken. Bis morgen früh ist es schal.«

Das ließ die Magd sich nicht zweimal sagen, denn sie hatte den Krug nicht ohne Grund bis an den Rand gefüllt. Es war zwar weniger darin geblieben, als sie gehofft hatte, dennoch war sie nicht unzufrieden. Immerhin verdankte sie Trudi, dass sie in diese interessante Stadt hatte mitkommen dürfen. Schweinfurt war schon etwas anderes als die Marktorte Volkach, Dettelbach, Gerolzhofen oder Prichsenstadt, die sie von Zeit zu Zeit besuchen durfte. Hier konnte man alles kaufen, was das Herz begehrte. Uta besaß zwar kein Geld, aber es war schon aufregend genug, die wundervollen Sachen anzusehen. Außerdem war ihre Herrin so gutmütig, sie von einer Bratwurst, die sie sich auf dem Markt gekauft hatte, abbeißen zu lassen.

Genüsslich leerte Uta den Bierkrug. Zwar mochte sie Wein lieber, doch dafür hätte sie in den Keller gehen müssen, und der war aus weiser Voraussicht abgeschlossen. Marieles Ehemann Anton Tessler wollte nicht, dass seine Knechte sich heimlich an den Weinfässern vergriffen. Bier aber galt als Durststiller und Nahrung zugleich, und deswegen stand immer ein Fass davon aufgebockt in der Küche.

»Wenn du fertig bist, kannst du mir das Bett frisch beziehen. So ist es mir zu klamm!« Trudis Bitte beendete Utas Überlegungen, und sie stellte den Krug rasch ab.

Da Trudi nun fröstelte, hüllte sie sich in die Zudecke von Utas Bett, während sie zusah, wie die Magd ihre Lagerstatt herrichtete.

»Soll ich Euch ein frisches Hemd heraussuchen?«, fragte Uta.

»Nein, danke, ich schlafe ohne«, gab Trudi zurück.

Uta schüttelte missbilligend den Kopf. »Das ist aber sehr ungehörig. Was sollen Frau Marieles Mägde sagen, wenn sie morgen früh ins Zimmer kommen und Ihr nackt aus dem Bett steigt!«

»Nichts, denn sie haben gewiss kein Hemd für nachts und schlafen nur im Winter in ihren Kleidern. Nur weil ich noch Jungfer bin ... Also gut, du Quälgeist. Such mir eins heraus.«

Trudi wartete, bis Uta ein Hemd gefunden hatte, ließ sich von ihr hineinhelfen und schlüpfte dann wieder ins Bett. Während Uta sich ebenfalls wieder hinlegte, sah Trudi sich erneut ihren quälenden Gedanken ausgeliefert. Niemals, so glaubte sie, würde sie verwinden können, der Anlass für den Mord an ihrem Vater gewesen zu sein. Das konnte auch ihrer Mutter und den Schwestern auf die Dauer nicht verborgen bleiben. Sie fürchtete schon den Tag, an dem ihre Schuld offenbar wurde, denn von da an würde man sie wie eine Aussätzige behandeln. Wenn überdies noch Kibitzstein durch die Umtriebe des Fürstbischofs verlorenginge, würde ihre Familie sie gewiss hassen und von sich stoßen. So schlimm wie das, was sie dann würde durchmachen müssen, konnte nicht einmal das Fegefeuer sein.

Wenn sie sich die Achtung ihrer Lieben erhalten wollte, gab es nur einen Weg, und der führte nach Graz zu König Friedrich. Nur er allein war in der Lage, Kibitzstein den Schutz zu geben, den sie so dringend benötigten. An diesen Gedanken klammerte Trudi sich noch im Einschlafen, und als sie am Morgen erwachte, wusste sie, wie sie vorgehen musste.

13.

Trudi konnte Mariele nicht einfach sagen, sie wolle nach Österreich reisen, um den König aufzusuchen. Ihre Freundin hätte sie umgehend in einen Reisewagen gesetzt und unter scharfer Bewachung nach Kibitzstein zurückbringen lassen. Daher musste sie die Sache so geschickt anfangen, dass sie nicht den geringsten Verdacht erregte. Auch Uta und Lampert, die sie mit auf die Reise nehmen wollte, durften von ihren wahren Plänen erst erfahren, wenn sie bereits unterwegs waren.

Zunächst musste sie die Frage klären, wie sie die Reise bezahlen sollte. Ihre Mutter hatte ihr eine kleine Summe für Einkäufe mitgegeben, und die Schwestern hatten jeden Heller geopfert, den sie besaßen. Auch hatten die beiden ihr alle Schmuckstücke überlassen bis auf das jeweils letzte, welches sie von ihrem Vater erhalten hatten. Allerdings war der kleine Schatz nicht besonders viel wert. Daher klopfte Trudis Herz vor Aufregung in der Kehle, als sie am nächsten Tag den Juden aufsuchte, dessen Laden sie ein paar Tage zuvor bei einem Spaziergang durch die Stadt entdeckt hatte. Auf dem Hinweg stellte sie sich in einem Anfall von Mutlosigkeit vor, der Mann würde sie hohnlachend aus dem Haus jagen, anstatt ihr vollwertige Gulden in die Hand zu drücken, deren Ränder niemand abgezwickt hatte.

Das Geschäft war klein und befand sich in einer übel beleumdeten Gasse, in der sämtliche Juden der Stadt lebten. Issachar ben

Schimon war durch Pfandhandel zu einem gewissen Vermögen gekommen, doch anders als die reichen Christen zeigte er es nicht. Als Trudi eintrat, fand sie sich in einem finsteren Loch wieder, in dem sich nur Krempel stapelte, für den sie keinen Heller ausgegeben hätte. Der Händler, den sie im Schein einer Unschlittlampe an einem Tisch sitzen und wertloses Zeug sortieren sah, wirkte auch nicht ansprechender als sein Laden. Er trug einen schmierigen und, wie Trudi beim Näherkommen bemerkte, unangenehm riechenden Kaftan und hatte eine Filzmütze auf den Kopf gestülpt.

Issachar ben Schimon schien seine Aufmerksamkeit ganz auf die Gegenstände vor ihm zu richten, musterte die Eintretende jedoch unter gesenkten Lidern. Die Weibsperson verunsicherte ihn, und das gefiel ihm nicht. Ihrer Kleidung nach war sie eine Jungfer von Stand. Zwar war ihr die gleiche ängstliche Sorge anzumerken, die auch die anderen Frauen dazu trieb, heimlich etwas bei ihm zu verpfänden. Aber in ihren Augen lag ein Ausdruck, den er nicht zu deuten wusste. Obwohl sie nach seiner Einschätzung keinen Tag älter sein konnte als achtzehn, erschien sie ihm recht selbstbewusst. Solche Kunden wollten meist zu viel Geld für ihren Tand und begriffen nicht, dass auch er leben musste. Für ein Ding, das einmal einen Gulden gekostet hatte, wollten sie mindestens diesen Gulden haben, und es war schwer, ihnen das auszureden. Statt sich mit dem zufriedenzugeben, was er bot, liefen manche von ihnen zum Magistrat und schwärzten ihn dort an. Dann hatte er zu allem Überfluss auch noch die Büttel am Hals.

Eine Schweinfurterin war die Frau vor ihm, die er immer noch geflissentlich übersah, nicht, die hätte er gekannt. Ihrer Tracht nach stammte sie von einer der Burgen, von denen es im Frankenland viele gab, und solche Frauen kamen nur sehr selten zu ihm. Beinahe wünschte Issachar sich, das Mädchen würde wieder gehen, denn er rechnete mit viel Ärger und wenig Verdienst.

Als Trudi das Warten zu lange dauerte, räusperte sie sich energisch. Der alte Mann rutschte ein wenig auf seinem Hocker hin und her, sah aber nicht auf. Auch ein weiteres Räuspern half nichts. Trudi dachte jedoch nicht daran, aufzugeben, sondern holte das erste Schmuckstück aus ihrer Ärmeltasche und hielt es ihm unter die Nase. »Was würdest du mir für diese Spange geben?«

Nachdem die Frage gestellt war, musste Issachar antworten. Er musterte das Schmuckstück und nahm es in die Hand, um es zu schätzen. Das Gold war echt und nicht auf ein unedleres Metall aufgetragen worden. Trotzdem machte er eine abwehrende Geste und schüttelte überdies den Kopf.

»Das ist höchstens einen Gulden wert.«

»Nur ein Gulden?« Trudi klang empört. So unerfahren, wie Issachar gehofft hatte, war sie nicht, sie wusste genau, dass ihr Vater fünf Gulden dafür ausgegeben hatte. Er hatte die Spange zuerst für ihre Mutter gekauft, sie dann aber für eine Frau ihres Alters als unpassend empfunden und ihr geschenkt.

Enttäuscht nahm sie das Schmuckstück wieder an sich und steckte es ein. »Entschuldige, dass ich dich gestört habe. Ich werde es wohl zu einem anderen Juden tragen müssen.«

Der Hinweis auf seine Konkurrenten versetzte Issachar ben Schimon einen Stich. Zwar waren sie alle Brüder eines Glaubens und beteten gemeinsam in der Synagoge, doch die Geschäfte führte jeder für sich und versuchte, erfolgreicher zu sein als die anderen.

»Drei Gulden!« Es war ein großes Zugeständnis, denn selten bot er mehr als den halben Wert.

»Gib vier«, forderte Trudi, die ihre Unsicherheit abgeschüttelt hatte.

Issachar ben Schimon schüttelte den Kopf. »Mehr als drei Gulden kann ich nicht geben! Sonst setze ich zu.«

»Dreieinhalb!« Trudi lachte und tat so, als wolle sie die Spange wieder einstecken. So wie sie jetzt hatte auch Anni gefeilscht, und sie wollte es der geschickten Wirtschafterin gleichtun, da sie jeden Pfennig brauchte, den sie bei diesem Handel herausschlagen konnte.

Der Jude hielt die Spange fest und überschlug noch einmal ihren Wert. Gewiss würde er sie für viereinhalb Gulden verkaufen können, sagte er sich und nickte schließlich mit widerwilliger Anerkennung. »Ich gebe Euch drei Gulden und vier Schillinge dafür. Wenn Euch das nicht genug ist, könnt Ihr gehen. Ich sage Euch aber, kein anderer Händler wird Euch so viel geben wie ich.«

Trudi begriff, dass sie nicht mehr würde herausholen können. »Ich bin einverstanden.«

Als Issachar ben Schimon ihr die Münzen hingezählt hatte, wies sie jedoch einen Gulden und zwei der Schillinge zurück.

»Sieh dir die Ränder an! Die sind abgeschnitten worden. Man würde mir weniger dafür geben, als ich brauche.«

Issachar ben Schimon murmelte eine leise Verwünschung. Die Kleine war noch hartnäckiger, als er erwartet hatte. Da er nicht wollte, dass sie zum Magistrat lief und ihn unredlicher Geschäfte beschuldigte, ersetzte er die schlechten Münzen durch gute und hoffte, die Jungfer würde endlich gehen. Stattdessen zog sie das nächste Schmuckstück hervor und legte es auf den Tisch.

»Wie viel ist das wert?«

Seufzend ergriff Issachar ben Schimon die Kette, taxierte sie und nannte einen lächerlich niedrigen Preis.

Trudi lachte ärgerlich auf. »Du weißt genau, dass diese Kette nicht weniger wert ist als die Spange, wahrscheinlich sogar mehr.«

Der Händler begriff, dass das Mädchen mit dem ersten Schmuckstück hatte ausprobieren wollen, wie viel sie für ihren Schmuck erlösen konnte, und zollte ihr insgeheim Respekt. Auf seinen Verdienst wollte er trotzdem nicht verzichten, und so entspann

sich ein Schachern, bei dem keiner der beiden nachgeben wollte. Issachar versuchte, Trudi dazu zu bewegen, alle Schmuckstücke, die sie versetzen wollte, auf einmal auf den Tisch zu legen und dafür eine Summe auszuhandeln. Das Mädchen begriff jedoch, dass sie dadurch weniger Geld erhalten würde, als wenn sie jedes Teil einzeln verhandelte, und schüttelte den Kopf.
»Ich brauche nur eine gewisse Summe, und wenn ich die habe, nehme ich den Rest wieder mit.«
Issachar ben Schimon konnte in ihrer Miene lesen, dass dies nicht stimmte, und rang umso heftiger um jeden Groschen. Dabei fragte er sich, aus welchen Gründen das Edelfräulein ihren gesamten Schmuck versetzen wollte. Möglichkeiten gab es viele. Sie konnte versuchen, einem Bruder oder auch einem Geliebten zu einer neuen Rüstung oder einem Pferd zu verhelfen, oder aber Geld für neue Kleider benötigen. Letzteres verneinte Issachar ben Schimon sofort. In einem solchen Fall wäre die Mutter mitgekommen oder eine andere erfahrene Verwandte. Allerdings wusste dieses Mädchen besser zu handeln als die meisten anderen Frauen, die seinen Laden betraten. Die waren in der Regel zufrieden, wenn sie einen Teil des Wertes in gemünztem Gold erhielten. Die Jungfer vor ihm aber kämpfte um den Preis jedes Gegenstands, als hinge ihr Leben davon ab.
Als Trudi schließlich das letzte Schmuckstück versetzt und das Geld dafür eingestrichen hatte, wusste Issachar ben Schimon nicht zu sagen, wer den besseren Teil davongetragen hatte. Nun musste er noch vorbauen, damit seine Kundin nicht glaubte, sie könne den Schmuck später zu dem Preis zurückerhalten, den er jetzt dafür bezahlt hatte. Daher setzte er eine belehrende Miene auf. »Wenn Ihr diese Sachen zurückhaben wollt, müsst Ihr ein Viertel des Wertes als Pfandgeld bezahlen.«
Trudi nickte, ohne darüber nachzudenken. Was später kam, war in diesem Augenblick unwichtig. Für sie zählte nur, dass sie genug Geld besaß, um die Reise antreten zu können. Natürlich

würde sie unterwegs sparen müssen, doch sie fühlte sich gut gerüstet. Nun galt es, Mariele beizubringen, dass sie weiterreisen wollte.

14.

Als junges Mädchen war Mariele Tesslerin selbst in Michel Adler auf Kibitzstein verliebt gewesen. Diese Schwärmerei hatte sie längst überwunden und war mit ihrem Ehemann, mit dem sie zwei Kinder hatte, sehr glücklich geworden. Trotz der vielen Arbeit im Haus und im Geschäft ihres Mannes, dem sie half, die Bücher zu führen, und den sie vertrat, wenn er auf Reisen ging, hatte sie die Bindung zu ihrer Familie in Habichten und zu den Kibitzsteinern immer aufrechterhalten. Nun freute sie sich, Trudi für eine Weile bei sich zu haben, und tat alles, um ihr in ihrer Trauer beizustehen.

»Du bist wohl in der Kirche gewesen und hast für die Seele deines Vaters gebetet«, begrüßte sie ihren Gast.

Trudi drückte die Ärmeltasche an sich, in die sie das von Issachar ben Schimon erhaltene Geld gesteckt hatte, damit das Klirren der Münzen sie nicht verriet, und nickte beschämt. Es tat ihr leid, der Freundin die Unwahrheit sagen zu müssen, aber es ging nicht anders.

»Das ist das Einzige, mit dem ich Papa noch beistehen kann.« Sie lächelte traurig und sah Mariele in die Augen, um nicht wie eine Lügnerin zu wirken.

Hiltruds Älteste glich ihrer Mutter stärker als früher, sah aber, wenn man Hiltruds Äußerungen glauben konnte, viel hübscher aus als diese in ihrer Jugend. Mariele überragte Trudi, die selbst nicht gerade klein war, um einen halben Kopf und war kräftig gebaut, aber nicht dick. Ihr Leib wölbte sich stark vor und zeigte an, dass sie ihrem Gemahl in Kürze ein drittes Kind schenken würde. Dennoch wirkten ihre Gestalt und ihre Bewegungen harmonisch.

Mariele beobachtete ihren Gast und fand, dass Trudi an diesem Tag wie gehetzt wirkte, und nun fiel ihr auf, wie dünn das Mädchen geworden war. Das wunderte sie nicht, denn sie wusste, mit welcher Liebe das Mädchen an seinem Vater gehangen hatte. Selbst jetzt gönnte es sich keine Ruhe, sondern besuchte reihum die Schweinfurter Kirchen, um für Michels Seelenheil zu beten. Dabei war Trudi jung und sollte sich mehr für die Auslagen der Schweinfurter Tuchhändler interessieren als für Totengebete, so lieb ihr der Verstorbene auch gewesen war.

»Wie steht es eigentlich mit deiner Nadelfertigkeit? Du könntest mir helfen, die Ausstattung für das Kleine, das ich erwarte, zu vervollständigen.« Es war ein Angebot, mit dem sie ihre Freundin etwas stärker ans Haus binden wollte, um mehr mit ihr reden zu können.

Trudi schüttelte vehement den Kopf. Wenn sie Mariele half, würde sie noch mehr Zeit verlieren und womöglich nicht mehr reisen können. Es war schon spät im Jahr, und so blieb ihr nicht mehr viel Zeit, wenn sie nicht in den tiefsten Winter geraten wollte. Außerdem würde die Mutter sie zum Weihnachtsfest nach Kibitzstein zurückholen, und dann fand sie gewiss keine Gelegenheit mehr, zu König Friedrich zu reisen. Trudi wagte sich gar nicht vorzustellen, wie enttäuscht ihre Schwestern in dem Fall wären. Schließlich hatten Lisa und Hildegard ihr das Geld und den Schmuck nur für diesen Zweck anvertraut. Verzweifelt überlegte sie sich eine passende Ausrede, und als sie ihr einfiel, musste sie an sich halten, um keinen Luftsprung vor Freude zu machen.

»Ich würde ja gerne bei dir bleiben, Mariele, auch wenn Hildegard von uns diejenige ist, die am besten mit Nadel und Faden umgehen kann. Mir fehlt die dazu notwendige Geduld, sagt Mama immer. Doch ich habe gelobt, für Papa zu beten, da er ohne den Trost der heiligen Kirche in die Ewigkeit eingegangen ist. Zu dem Zweck aber muss ich, wie ich auch schon mit Mama besprochen habe, mehrere heilige Orte aufsuchen und dort meine Gebete sprechen. Ein Gebet in einer Wallfahrtskirche ist nun einmal viel wirksamer als in einem einfachen Gotteshaus. Aus diesem Grund möchte ich in zwei oder drei Tagen aufbrechen.«

»Eine Wallfahrt für das Seelenheil deines Vaters ist kein schlechter Gedanke. Am liebsten würde ich mit dir kommen!«

Mariele jagte Trudi mit dieser Bemerkung einen Schrecken ein. Käme die Freundin mit, so würde sie tatsächlich wallfahren müssen, statt sich auf den Weg nach Österreich begeben zu können. Doch da strich Mariele sinnend über ihren gewölbten Leib und seufzte. »Leider macht mein Zustand es mir unmöglich, denn ich will ja nicht unterwegs oder gar in einer geweihten Basilika niederkommen. Aber sag, wie willst du deine Wallfahrt antreten? Du hast doch keine Begleitung dafür!«

»Ich nehme Uta und Lampert mit.«

»Eine Magd und ein Knecht schützen eine Jungfer von Stand nicht ausreichend. Deine Mutter hätte die beiden Kriegsknechte, die dich hergebracht haben, ruhig bei uns lassen können. Die hätten uns schon nicht die Haare vom Kopf gefressen. Ich glaube zwar nicht, dass du sie als Schutz vor Räubern benötigst, denn du wirst dich sicher größeren Pilgergruppen anschließen. Aber eine junge Dame ohne männliche Begleitung ist unterwegs immer Belästigungen ausgesetzt.«

Marieles Ausführungen klangen vernünftig, und für einen Augenblick wusste Trudi nicht, was sie ihr antworten sollte. Da ihre Mutter von ihrer angeblichen Absicht, eine Wallfahrt zu unternehmen, nichts gewusst haben konnte, waren ihre Reisigen weisungsgemäß nach Kibitzstein zurückgekehrt. Zu ihrem Glück ging ihre Gastgeberin nicht weiter auf diesen Umstand ein, sondern überlegte angestrengt weiter.

»Ich werde mit meinem Mann sprechen. Er wird dir ein paar seiner Spießknechte mitgeben. Aber du musst bis zum Christfest wieder zurück sein! Anton will direkt nach dem Feiertag nach Frankfurt aufbrechen, und auf der Reise benötigt er jeden Bewaffneten.«
»So lange werde ich nicht unterwegs sein. Ich will nur in den Klöstern von Schwarzach beten und dann zum Grab der heiligen Kunigunde nach Bamberg pilgern«, beruhigte Trudi ihre Freundin. Aber ihre Stimme zitterte verräterisch. Sie war nicht gewohnt zu lügen und hatte in der letzten Stunde mehr Märchen erzählt als sonst in einem halben Jahr.
Zu ihrem Glück bemerkte Mariele es nicht. »Dann ist es gut. Ich werde gleich mit meinem Mann reden. Währenddessen solltest du dich hinlegen und ausruhen, denn du siehst erschöpft aus.«
Marieles Blick drang nicht tief genug, um in das Herz ihrer jüngeren Freundin blicken zu können. Ihre Mutter, die Ziegenbäuerin, oder Alika hätten sich von Trudi nicht täuschen lassen. Mariele aber kannte das Mädchen nicht so gut, denn sie hatte es in den letzten Jahren nur gesehen, wenn sie ihre Familie besucht hatte oder Marie mit ihren Töchtern zu ihr nach Schweinfurt gekommen war. Daher misstraute sie Trudis Worten nicht, sondern war entschlossen, die Wallfahrt so gut wie möglich vorzubereiten.
Sie bat ihre Freundin, sie nun zu entschuldigen. »Sonst ist Anton weg. Er wollte Geschäftsfreunde aufsuchen.«
»Danke! Du bist so lieb!« Trudi umarmte Mariele unter Tränen, die eher ihrer eigenen Verlogenheit galten, und huschte eilig davon.
Mariele sah ihr lächelnd nach und sagte sich, dass das Mädchen noch derselbe Wildfang war wie früher. Dann gab sie einer ihrer Mägde ein paar Anweisungen und ging zum Kontor ihres Mannes hinüber.
Anton Tessler rechnete gerade den Gewinn des letzten Handels-

geschäfts aus, als seine Frau in den Raum trat. Ohne aufzublicken, addierte er die Zahlenkolonnen und trug das Ergebnis pedantisch genau in sein Rechnungsbuch. Dann schob er es zu ihr hin, so dass sie hineinblicken konnte, und nickte zufrieden.

»So lasse ich es mir gefallen. Du wirst dir die pelzgesäumte Haube, die dir letztens so gefallen hat, unbesorgt machen lassen können, meine Liebe!«

»Woher wusstest du, dass ich hereingekommen bin? Es hätte ja auch eine Magd oder einer deiner Geschäftsfreunde sein können«, rief Mariele verwundert.

Ihr Mann betrachtete sie mit einem liebevollen Blick. »Ich habe dich an deinen Schritten erkannt, meine Liebe. Außerdem würden eine Magd oder ein Freund nicht hereinkommen, ohne angeklopft zu haben. Das machst nur du.« Anton Tessler stand auf, trat neben seine Frau und hauchte einen Kuss auf ihre Wange. Dabei streichelte er mit seiner Rechten zart ihren Leib.

Bei dem Gedanken, dass sie ihn zum dritten Mal Vater werden ließ, durchströmte ihn ein Gefühl des Glücks, welches das des gelungenen Geschäfts bei weitem übertraf. Als er um Mariele geworben hatte, war er bereits Witwer gewesen, und er hatte sie vor allem deswegen gewählt, weil sie aus einer gesunden, kräftigen Familie stammte und zudem das Patenkind des Reichsritters auf Kibitzstein war.

Sein erstes Weib hatten seine Eltern für ihn ausgesucht, und zwar aus der Familie eines anderen Schweinfurter Patriziers, mit dem sie verwandt gewesen waren. Als sie endlich schwanger geworden war, hatte sie das Kind nicht lebend zur Welt bringen können und war bei der Geburt gestorben. Ein Freund von ihm, der für seine Pferdezucht berühmt war, hatte dieses Unglück auf die nahe Verwandtschaft geschoben und ihm geraten, sich eine Frau aus einer anderen Stadt zu suchen.

Kurz darauf hatte er Mariele gesehen, die Marie Adlerin auf Kibitzstein nach Schweinfurt begleitet hatte, und war von ihrer

blühenden Erscheinung beeindruckt gewesen. Doch mittlerweile war sie weit mehr für ihn geworden als nur die Mutter gesunder Kinder. Er küsste Mariele erneut und zog sie so an sich, dass ihr Rücken an seiner Brust ruhte. Seine Arme umschlangen dabei ihren Bauch, ohne ihn ganz umfassen zu können.
»Du bist mein großes Glück!«
»Obwohl ich, ohne anzuklopfen, überall hereinplatze«, spöttelte Mariele.
»Vielleicht gerade deswegen. Aber jetzt sag, was hast du auf dem Herzen? Es steht auf deiner Nasenspitze, dass du nicht nur mit einem Kind, sondern auch mit Gedanken schwanger gehst.«
»Es geht um Trudi. Sie hat geschworen, eine Wallfahrt zu machen, um für ihren Vater zu beten. Aber ich kann sie doch nicht allein mit einer Magd und einem jungen Knecht losziehen lassen.«
»Vielleicht sollten wir einen Boten nach Kibitzstein senden, damit Frau Marie einige ihrer Waffenknechte schicken kann«, schlug Anton Tessler vor.
Mariele streichelte die Hände ihres Mannes. »Daran habe ich auch schon gedacht. Aber es ist spät im Jahr und würde zu lange dauern, bis der Bote die Männer hierhergebracht hat. Zudem benötigt Frau Marie all ihre Leute, falls es heuer noch zur Fehde mit den frommen Damen von Hilgertshausen kommen sollte.«
»Du möchtest Trudi helfen, ihr Gelübde noch vor dem Wintereinbruch zu erfüllen, und weißt auch schon, wie.«
Mariele lehnte ihren Kopf zurück, so dass ihre Haube an seiner Nasenspitze rieb. »Ich dachte, du könntest ihr zwei deiner Spießknechte mitgeben. Bis zum Christfest sind Trudi und die Leute längst zurück.«
Anton Tessler brummte ein wenig vor sich hin und lachte dann auf. »Nun gut, mein Schatz, das könnte gehen. Aber das Mädchen darf sich nicht verspäten. In einem Monat müssen die Männer wieder zurück sein.«

»Das sind sie gewiss«, versprach Mariele und fand, dass sie den besten Ehemann besaß, den man sich wünschen konnte.

15.

Noch nie zuvor in ihrem Leben hatte Trudi sich so geschämt wie an diesem Tag. Aber sie musste die beiden freundlichen Menschen täuschen. Aus Angst, Anton Tessler würde ihr Lügengespinst noch im letzten Augenblick durchschauen, wagte sie kaum, ihm ins Gesicht zu sehen, und als sie Mariele umarmte, schluchzte sie, als stünde nicht eine Trennung für kurze Zeit bevor, sondern ein Abschied für immer.

»Jetzt komm, Kleines! Du bist ja ganz aufgelöst. Gewiss werden deine Gebete die Kraft haben, deinem Vater den Weg ins Himmelreich zu öffnen.« Mariele zweifelte keinen Augenblick an Trudis Absicht, eine Wallfahrt zu unternehmen, und ihr Mann, der seine Geschäftspartner sonst genau einzuordnen wusste, ließ sich ebenfalls täuschen.

Er tätschelte Trudis Wange und nickte ihr begütigend zu. »Hast du genug Geld dabei, um reichlich Almosen spenden zu können? Wenn nicht, gebe ich dir noch etwas mit. Deine Mutter kann es mir später zurückgeben.«

Für Trudi war dieses Angebot fast zu viel, und sie schluchzte erneut auf. Tessler sah dies als Zugeständnis an, dass Trudi doch nicht so viel Geld von ihrer Mutter erhalten hatte, wie sie gerne spenden würde, und zählte ihr etliche blanke Gulden aus seinem Geldbeutel in die Hand.

»Einen schriftlichen Vertrag brauchen wir wohl nicht zu schließen«, sagte er gutgelaunt.

Trudis Mundwinkel zuckten schmerzhaft, und sie umarmte den Mann. »Ihr seid alle so gut zu mir. Dabei verdiene ich das gar nicht!«

»Das zu bestimmen, überlasse lieber uns.« Mariele versetzte Trudi einen leichten Nasenstüber und wies dann auf den Hof des Patriziergebäudes. »Deine Begleitung wartet. Denk daran: Du musst vor den Feiertagen wieder hier sein!«

»Aber ja! Das tue ich!« Trudi nickte beinahe zu eifrig, aber ihre Stimme hörte sich sogar in ihren eigenen Ohren falsch und kratzig an.

Mariele glaubte zu verstehen, dass Trudi ihre Wallfahrt bis zum letzten Tag ausdehnen würde. Deswegen gab sie ihrem Mann einen Wink, seinen Männern einzuschärfen, dass sie zu der verabredeten Zeit wieder in Schweinfurt sein mussten. Wenn Trudi bis dahin nicht genug heilige Orte besucht hatte, konnte sie die Wallfahrt im nächsten Frühjahr fortsetzen.

»Fahr mit Gott!« Mariele hauchte einen Kuss auf Trudis Stirn und schob sie zur Tür hinaus. »Es ist nicht so, dass ich dich loswerden will, aber ich möchte, dass du so bald wie möglich zu uns zurückkehrst«, sagte sie, während sie dem Mädchen ins Freie folgte.

Zu Uta und Lampert hatten sich zwei kräftige Männer gesellt, die gut bewaffnet waren, solide Panzerung trugen und sogar die teuren eisernen Hüte besaßen. Während die Männer ebenso geduldig warteten wie ihre temperamentlosen, aber ausdauernden Rosse, hockte Uta wie ein Häufchen Elend seitlich auf dem Lastpferd, an dessen Packsattel rechts und links je eine große Kiste befestigt war. Sie klammerte sich mit einer Hand an das hölzerne Sattelkreuz und hatte die andere unter den Schweifriemen des Pferdes geschoben. Dennoch befürchtete sie, bei der ersten Bewegung des großen, schläfrig wirkenden Gauls hinabzufallen, und sehnte sich nach dem zweirädrigen Karren zurück, auf dem sie auf der Herreise ihren Worten zufolge so durchgeschüttelt worden war, dass ihre Rückseite nur aus blauen Flecken bestanden hatte.

Lampert hielt den Zügel ihres Pferdes in der Hand und musste noch sein eigenes Ross lenken. Auch er war es nicht gewohnt, zu reiten, aber er schien fest entschlossen, der beiden dickköpfigen Gäule Herr zu werden.

Das einzig lebhafte Tier der Gruppe war für Trudi bestimmt. Es handelte sich um eine Stute namens Wirbelwind, die ihr Vater ihr zu ihrem vierzehnten Geburtstag geschenkt hatte. Das Tier war ein Nachkomme der Stute, die Marie einst von Kaiser Sigismund erhalten hatte. Zwar hatte das Pferd einen eigenen Kopf und ein schwieriges Temperament, aber es war eine zierliche Schönheit und ungewöhnlich schnell. Trudi liebte Wirbelwind und striegelte sie oft eigenhändig, weil die Stute die Stallknechte kniff und ihnen gern auf die Füße trat. Bei ihrer Herrin aber war sie lammfromm. Starr wie eine Statue stand sie da, während diese sich in den Sattel helfen ließ.

Normalerweise ritt Trudi wie ein Mann, während die meisten ihrer adligen Freundinnen auch für die Ausritte in der Umgebung ihrer Burgen den als schicklicher erachteten Damensattel wählten. Doch da sie auf dieser Reise nicht auffallen wollte, musste sie nun ebenfalls ihren rechten Schenkel über den Sattelhaken legen und den linken Fuß gegen den Steigbügel stemmen. In ihrem waidgefärbten Reitkleid und mit der kecken Kappe auf ihrem Kopf sah sie aus wie eine aparte junge Dame auf einem vergnüglichen Ausflug, doch als sie nach den Zügeln griff, verriet die heftige Geste ihre innere Anspannung. Die übertrug sich auch auf ihr Reittier, das sofort lospreschen wollte.

»Reite mit Gott und gib auf dich acht!«, rief Mariele ihr nach.

Trudi hob die Reitpeitsche zum Gruß und zog ihre Stute herum.

»Ich danke euch aus ganzem Herzen! Lebt wohl, bis zu unserem Wiedersehen!«

Als Trudis Stimme verklang, hatte sie das Tor erreicht und trabte hindurch. Lampert musste Utas Pferd, das sich nicht in Bewegung setzen wollte, mit einer Gerte antreiben. Die beiden Bewaffneten halfen ihm nicht, sondern warteten, bis er seine widerspenstigen Rösser ebenfalls durch das Tor getrieben hatte, und setzten sich erst dann in Bewegung. Für sie war dieser Ritt eine Aufgabe wie jede andere, und sie hofften, dass die Jungfer sich für ihren Schutz mit dem einen oder anderen Krug Wein in den Herbergen erkenntlich zeigen würde.

Mariele sah dem kleinen Reiterzug nach, bis er in den Gassen verschwunden war, und drehte sich dann zu ihrem Mann um. »Mit einem Mal habe ich ein ganz seltsames Gefühl. Irgendwie war Trudi diesmal anders als sonst. Ich würde gerne wissen, was wirklich hinter ihrer Stirn vorgeht.«

»Sie leidet unter dem Tod von Herrn Michel. Sei unbesorgt! Bei ihren Gebeten in den Wallfahrtskirchen wird sie gewiss ihren inneren Frieden wiederfinden«, tröstete ihr Mann sie und wandte seine Gedanken dem nächsten Geschäft zu.

Mariele sagte sich, dass sie wohl nur das Opfer jener seltsamen Gefühle geworden war, die schwangere Frauen öfter überfielen, und wünschte Trudi von ganzem Herzen Glück.

Fünfter Teil

Die Reise

I.

Der Waffenknecht sah aus, als würde er lieber mit einem wild gewordenen Auerochsen kämpfen, als Trudi zur Rede zu stellen. Dennoch war er nicht bereit, sich weiterhin ihren Launen zu fügen. Anstatt sich damit zu begnügen, die Wallfahrtsorte im Schweinfurter Umland aufzusuchen, war die junge Dame auffallend zielstrebig immer weiter nach Südosten gezogen und hatte dabei vor wenigen Tagen den Donaustrom überquert.

Unruhig von einem Fuß auf den anderen tretend, versuchte der Mann, eine möglichst strenge Miene aufzusetzen. »Wir müssen umkehren, Jungfer! Unser Herr erwartet uns vor dem Christfest zurück. Wenn wir nicht rechtzeitig daheim sind, wird er uns schelten und wahrscheinlich aus seinen Diensten entlassen. Das wollt Ihr doch gewiss nicht.«

Selbst für diesen Appell an ihre Fürsorgepflicht schien Trudi taub zu sein. Sie wies mit einer heftigen Geste nach Südosten und bemühte sich, so entschlossen wie möglich aufzutreten. »Ich muss noch diesen einen heiligen Ort aufsuchen, von dem der fromme Mönch gestern gesprochen hat.«

Der Waffenknecht schüttelte den Kopf. »Das ist unmöglich, Jungfer. Bis Altötting müssten wir mindestens noch zwei Tage reiten. Bitte dreht um! Ihr habt auf dieser Reise wirklich genug gebetet!«

»Das ist wahr!«, pflichtete Uta dem Mann bei. »Seit wir von Schweinfurt losgeritten sind, haben wir mehr als ein Dutzend heiliger Stätten besucht, und Ihr habt inzwischen so viel Ablass erworben, dass Euer Vater gewiss schon ins Himmelreich aufgenommen worden ist.«

Die Magd hatte keine Lust, noch weiter in die Ferne zu ziehen, denn das Jahr neigte sich, und das Wetter zeigte sich von einer sehr unfreundlichen Seite. Dabei lag bis Schweinfurt ein weiter

Weg vor ihnen, und sie würden bereits auf dem Rückweg durch Schnee und Eis reiten müssen.

Der Waffenknecht warf seinem Kameraden einen Blick zu, der diesen davor warnen sollte, noch einmal einzuknicken, und wandte sich erneut an Trudi. »Wir zwei sind auch der Ansicht, dass Ihr genug gebetet habt. Wenn es Euch noch nicht genügt, dann besucht die Kirchen in Schweinfurt oder geht im nächsten Jahr erneut auf Wallfahrt. Wir kehren jetzt um. Dies ist unser letztes Wort. Entweder Ihr kommt mit uns, oder …«

Der Mann ließ die Drohung unausgesprochen, doch er war eher bereit, Trudi allein zurückzulassen, als ihr noch länger zu folgen. Selbst wenn sie sich am nächsten Morgen auf den Rückweg machten, würden sie die Pferde antreiben müssen, um noch rechtzeitig nach Schweinfurt zu kommen. Natürlich würden sie großen Ärger bekommen, wenn sie dort ohne die junge Dame eintrafen. Aber falls sie nicht zum Christfest zurück waren und den Herrn deswegen auch nicht auf seiner Reise begleiten konnten, war die Gefahr, mitten im Winter entlassen zu werden, noch größer. Der Waffenknecht hoffte, seine Drohung, die Jungfer notfalls allein zu lassen, würde diese zur Besinnung bringen.

Sein Erpressungsversuch kam Trudis Absichten jedoch entgegen. »Ich reite nach Altötting, ob ihr nun mitkommt oder nicht!«

Ihr Tonfall machte dem Waffenknecht klar, dass sie nicht nachgeben würde. Der Mann schüttelte seufzend den Kopf und zog seinen Kameraden beiseite, um sich mit diesem zu beraten. »Was sollen wir tun?«

Der zuckte unschlüssig mit den Achseln. »Ich weiß es nicht. Die junge Dame ist so störrisch wie ein Maulesel, und wie wir es auch machen, wird es verkehrt sein. Zum Schluss wird Tessler uns vielleicht nicht mehr vertrauen.«

Sein Kamerad ballte die Fäuste. »Ich frage mich, was die Jungfer noch alles vorhat! Sie wollte in der Bischofskirche von Bamberg beten. Also sind wir dorthin geritten. Dann musste es unbedingt in der Bischofskirche von Eichstätt sein, und wieder haben wir nachgegeben. Kaum hofften wir, sie würde umkehren, drang sie darauf, nach Regensburg zu reisen. Von dort aus ging es weiter nach Freising, und jetzt muss es unbedingt Altötting sein. Wenn sie dort ist, wird sie von der Bischofskirche in Salzburg erfahren und darauf drängen, dass wir dorthin reiten. Am Ende finden wir uns in Rom oder gar in Jerusalem wieder. Ich glaube, wir sollten sie auf ihr Pferd binden und auf diese Weise nach Hause bringen.«

»Das würde uns schlecht bekommen«, wandte der andere ein. »Ein Fräulein von Adel schleppt man nicht in Fesseln durchs Land. Oder willst du vom nächsten Vogt in den Kerker geworfen werden?«

»Aber was sollen wir sonst tun? Wenn wir den Herrn nicht nach Frankfurt begleiten, wird er uns als unzuverlässig entlassen, und ohne sein Zeugnis finden wir keine so gute Stelle mehr. Dann bleibt uns nichts anderes übrig, als unter die Kriegsknechte zu gehen, die ihre Haut für schlechtes Essen zu Markte tragen und für Beute, die man doch nie macht.«

»Tessler wird gewiss nicht wollen, dass wir die Jungfer im Stich lassen, und für seine Reise kann er ein paar Waffenknechte mieten.« Die Worte des Mannes klangen jedoch wenig überzeugt.

»Fremde an unserer Stelle? Das fehlt gerade noch. Stell dir vor, die wären mit Räubern im Bund, wie es immer wieder vorkommt! Nein, sage ich! Mir ist das Hemd immer noch näher als der Rock. Entweder die Jungfer kommt mit uns, oder wir reiten allein zurück.«

»Dann wäre der Patron sehr zornig auf uns, und das mit Recht.«

»Wir tragen doch nicht die Schuld, sondern dieses bockbeinige Weibsbild dort!«, trumpfte der Waffenknecht auf.

Sein Kamerad kratzte sich am Kinn und äugte zu Trudi hinüber, die sie so neugierig beobachtete, als nähme sie ihren Protest nicht ernst. »Weißt du was – wir tun so, als würden wir morgen zurückreiten, warten aber im nächsten Ort auf sie. Sie wird gewiss Angst bekommen, wenn sie plötzlich mit ihrer Magd und dem Knecht allein ist, und uns folgen.«

»Abgemacht! Allerdings warte ich dort nicht länger als einen Tag.«

Er trat auf Trudi zu und wies auf seinen Freund. »Ich habe mich mit meinem Kameraden besprochen, Fräulein. Wir brechen morgen nach Hause auf. Es wäre besser für Euch, wenn Ihr mitkommen würdet.«

Trudi musste an sich halten, um nicht so zufrieden auszusehen wie eine Katze an der Sahneschüssel. »Mein Entschluss steht ebenfalls fest. Ich werde nach Altötting reiten und weiter nach Salzburg, um in der dortigen Basilika meine Gebete zum Herrn zu erheben.«

Der Waffenknecht zuckte mit den Schultern und streckte ihr die Hand hin. »Dann bleibt mir nichts anderes übrig, als Euch um Zehrgeld zu bitten, damit wir nach Hause reiten können, und Euch Gottes Segen anzuempfehlen!«

Die Forderung nach Geld kam Trudi ungelegen, denn sie hatte etliche Gulden in den Kirchen gespendet und daher auf ihrer Reise schon mehr verbraucht, als sie berechnet hatte. Dennoch war sie weniger denn je bereit, ihr Vorhaben aufzugeben.

Ohne ein Wort zu sagen, nestelte sie ihren Geldbeutel los und zählte dem Mann einige Münzen in die Hand. Inzwischen wusste sie, was Übernachtung und Essen kosteten, und konnte daher die Summe, die die beiden Männer brauchen würden, fast auf Heller und Pfennig nennen. Sie legte noch ein paar Münzen als Trinkgeld dazu und hielt es ihm hin.

»Hier, das wird wohl reichen!«

Der Knecht griff danach und steckte es mit unzufriedener Miene ein, wagte aber nicht, sich zu beschweren. Stattdessen stellte er eine andere Forderung. »Wir bräuchten noch einen Brief von

Euch, in dem Ihr unserem Herrn schreibt, dass Ihr uns von unserer Pflicht, Euch zu begleiten, entbunden habt.«

Dem Waffenknecht war im letzten Augenblick eingefallen, dass er sich auf diese Weise aus der Zwickmühle befreien konnte, in die ihn das Edelfräulein gebracht hatte. Immerhin war Trudi Gast im Hause Tessler gewesen, und da hätte es nicht gut ausgesehen, wenn er und sein Kamerad allein und ohne einen Beweis, wo sie abgeblieben sei, nach Hause zurückkehren würden.

Trudi nickte und winkte Uta heran. »Frage den Wirt, ob er Papier, Tinte und Feder besitzt. Wenn nicht, dann geh zum Pfarrer und hole es dort.«

»Wollt Ihr wirklich allein weiterreisen?« Uta starrte ihre Herrin entsetzt an.

Noch nie war sie oder irgendein anderer aus ihrer Sippe so weit gereist, und sie sehnte sich mit jeder Faser ihres Herzens zurück nach Kibitzstein. Ihr wäre sogar der heimatliche Hof lieber gewesen als diese fremde Umgebung. Hier lebten ganz andere Menschen, deren Sprache sie kaum noch verstehen konnte. Die Speisen schmeckten nicht mehr so, wie sie es gewohnt war, und der Wein war so sauer, dass sie ihn zu Hause nur als Essig verwendet hätte.

Als Trudi nicht antwortete, wandte sie sich an Lampert. »Sag doch du etwas!«

Der Knecht zog die Schultern hoch. Er war gewohnt, den Befehlen der Herrschaft zu gehorchen, und wenn Trudi in dieses Altötting reiten wollte, würde er mitgehen, ganz gleich, wie wenig es ihm behagte.

»Du bist ein Feigling«, schnaubte Uta, als er ihr nicht sofort beisprang, und stürmte zur Tür hinaus.

»Vergiss Papier und Tinte nicht!«, rief Trudi hinter ihr her. Obwohl Uta ihr recht gut diente, gingen ihr die Jeremiaden der Magd gegen den Strich. Uta hatte bereits zu jammern begonnen, als sie drei Tagesreisen von Schweinfurt entfernt gewesen waren, und seitdem nicht mehr aufgehört. Jeden Morgen und jeden Abend malte sie die Gefahren an die Wand, die während der nächsten Etappe auf sie warten mochten, und beschrieb alle Katastrophen, von denen sie je in ihrem Leben erfahren hatte.

Trudi überlegte, ob sie Uta mit Tesslers Waffenknechten nach Hause schicken sollte, doch zum einen brauchte sie dringend eine Magd, die sie bediente, wie es der Sitte entsprach, und zum anderen wäre es unschicklich gewesen, mit einem einzigen Knecht weiterzuziehen. Auch wollte sie Uta nicht der Gefahr aussetzen, unterwegs von Tesslers Männern zu körperlichen Diensten gezwungen zu werden.

Für einige Augenblicke galten ihre Gedanken der Mutter und den Geschwistern. Sie hatte inzwischen schon zu viel Zeit verloren und musste sich beeilen, um noch etwas für sie bewirken zu können. Der Gedanke, ihren Lieben könnte etwas geschehen, nur weil sie zu langsam gewesen war, brannte wie Feuer in ihr. Am liebsten hätte sie sich auf ihre Stute geschwungen und wäre erst in Graz wieder abgestiegen. Doch dazu hätte es eines Wunders bedurft, und die waren selten.

Uta musste tatsächlich bis zum Pfarrhof laufen, um das verlangte Schreibzeug zu holen. Der Hinweis, eine hochgestellte Dame benötige Papier und Feder für einen Brief, brachte den Pfarrer des kleinen Ortes dazu, das Geforderte persönlich zum Gasthof zu bringen und dem Edelfräulein seine Dienste als Schreiber anzubieten. Trudi begriff, dass der Mann, der als Hilfspfarrer die Pfründe eines höhergestellten Geistlichen verwaltete, sich ein gutes Trinkgeld erhoffte. Wahrscheinlich lebte er hauptsächlich von solchen Diensten, denn er war so mager, als bekäme er nicht genug zu essen.

Trudi tat der Mann leid, aber sie wollte den Brief selbst schreiben. Mariele und ihr Gemahl wussten, dass sie des Schreibens kundig war, und würden sich wundern, wenn plötzlich ein Brief von ihr kam, der aus fremder Feder stammte. Trotzdem reichte sie dem Pfarrer eine kleine Münze.

»Habt Dank für Feder und Tinte«, sagte sie, legte ein Blatt Papier auf den Tisch, schnitt die Feder zurecht und begann zu schreiben. Dabei sahen ihr der Pfarrer und die beiden Waffenknechte über die Schulter.

»Ihr verfügt über eine bemerkenswert klare Schrift!« In der Stimme des Priesters schwang Neid, denn seine Hand führte die Feder nicht so sicher, und er schämte sich, der jungen Dame seine Dienste angeboten zu haben. Um seine Unsicherheit zu überspielen, lobte er Trudis Vorhaben, für die Seele ihres ermordeten Vaters zu beten, und gab ihr Ratschläge, in welchen Kirchen im Umkreis ihre Gebete besonders wirkungsvoll seien.

Trudi hörte dem Pfarrer interessiert zu, beschloss aber, ihre Reise nun anders anzugehen als bisher. Sie besaß nicht mehr genug Mittel, jeden als wundertätig angesehenen Ort und jede bedeutende Kirche aufzusuchen, sondern musste nun auf schnellstem Weg zu König Friedrich in die Steiermark reisen. Am liebsten hätte sie den Priester gefragt, welches der kürzeste Weg dorthin war, aber dann hätten Tesslers Leute ihr wahres Ziel erfahren.

Während der Priester noch redete, unterzeichnete sie ihr Schreiben, erbat sich vom Wirt eine Wachskerze und ließ ein paar Tropfen auf das Papier fallen. Dann drückte sie ihren Ring in die erstarrende Masse. Zwar besaß sie kein eigenes Siegel, doch Mariele kannte das Schmuckstück und würde wissen, dass der Brief tatsächlich von ihr kam.

Erleichtert reichte sie dem Waffenknecht, der am heftigsten gedrängt hatte, das Schreiben. »Hier hast du deinen Brief. Übermittle Frau Mariele meine besten Wünsche und sage ihr, dass ich ihr großen Dank weiß.«

Der Mann begriff, dass er nichts mehr ausrichten konnte, und steckte das Papier ein. Dennoch hoffte er, das Edelfräulein würde sich über Nacht besinnen und mit ihnen kommen. Doch so, wie er sie kennengelernt hatte, würde sie erst in etlichen Stunden, vielleicht sogar erst nach Tagen zur Einsicht kommen, und er nahm sich vor, so langsam zu reiten, wie er es noch verantworten konnte, damit die junge Dame und ihre beiden Getreuen ihnen folgen und sie einholen konnten. Taten sie dies nicht, dann war ihr Schicksal nicht mehr seine Sache.

2.

Am nächsten Morgen sah Trudi die Waffenknechte aufbrechen und fühlte eine Beklemmung in sich aufsteigen, die ihr Herz schmerzhaft zucken ließ. Nur das Versprechen des Hilfspfarrers, er würde dafür sorgen, dass sie sich einer Gruppe von Wallfahrern anschließen könne, die gleich in der Frühe nach Altötting aufbrechen würden, hatte verhindert, dass sie die beiden Männer anflehte, bei ihr zu bleiben.

Die Pilger versammelten sich bereits auf dem Kirchplatz, und Trudi blieb nichts anderes übrig, als die arg säumige Uta anzutreiben, damit sie rechtzeitig fertig wurden und die Messe besuchen konnten, mit der die Wallfahrt ihren Anfang nahm.

Auf dem Weg zur Kirche und auch im Gotteshaus fand Trudi sich im Mittelpunkt fragender Blicke wieder. Den meisten erschien sie zu jung, um allein auf Reisen zu gehen, andere wiederum wunderten sich über ihr kleines Gefolge. Trudi vernahm etliche Bemerkungen über ihre Person und begriff, dass sie sich eher früher als später zwei Knechte suchen musste, die ihr als Leibwache dienen konnten.

Als sie sich nach der Messe zu der Gruppe gesellte, war sie nicht sicher, ob dies die richtige Entscheidung gewesen war. Die Leute reisten nämlich zu Fuß nach Altötting und würden ihren Worten zufolge mindestens vier Tage für den Weg brauchen. Daher überlegte Trudi, ob sie nicht den Amtmann dieses Bezirks bitten sollte, ihr mit zwei oder drei Soldknechten auszuhelfen. Sie sah zur Burg hoch, die von einem wuchtigen Turm beherrscht wurde, und fragte sich, wie der Herr wohl reagieren würde. Es war nicht auszuschließen, dass er sie gefangen setzte, um von ihrer Mutter Lösegeld zu fordern. Dann hätte sie ihrer Familie nicht geholfen, sondern ihr noch mehr Schwierigkeiten bereitet. Die beiden Tage, die sie auf dem Weg nach Altötting verlor, würde sie eben auf der weiteren Reise wieder aufholen müssen.

Nachdem sie neuen Mut gefasst hatte, ließ sie sich von Lampert auf ihr Pferd helfen. Der Knecht und Uta mussten den Weg stellvertretend für ihre Herrin zu Fuß antreten, so bestimmte es der Anführer der Wallfahrer. Die beiden zogen lange Gesichter und sahen Trudi vorwurfsvoll an. Die Blicke, die sie wechselten, verrieten die Hoffnung, ihre Herrin könne es sich doch noch anders überlegen und den Waffenknechten nach Schweinfurt folgen. Aber Trudi dachte nur an ihr fernes Ziel und trieb ihre Stute mit einem Zungenschnalzen an. Daher blieb Uta und Lampert nichts anderes übrig, als sich in die Schlange der Wallfahrer einzureihen.

Zu allem Unglück begann es schon nach einer kurzen Wegstrecke zu regnen. Die meisten Wallfahrer hatten sich in weiser Voraussicht in dicke Filzmäntel gehüllt, und Trudi konnte einen gewachsten Umhang um sich schlagen und die Kapuze über den Kopf ziehen. Uta aber besaß nur einen einfachen Wollumhang ohne Kapuze, der sich rasch vollsog und ihre Kleidung durchnässte.

Während die Pilger fromme Psalmen sangen, lief die Magd neben der Stute her und schimpfte leise. »Wahrscheinlich werde ich krank werden, und das ist dann Eure Schuld!«

»Das hoffe ich nicht, sonst müsste ich dich unterwegs zurücklassen!« Trudi war Utas ewiges Gejammer leid und fragte sich, wie sie je daran hatte denken können, dieses Mädchen zu ihrer Leibmagd zu machen. Lampert war da ganz anders. Er tat seine Arbeit unterwegs mit der gleichen Freude wie zu Hause und erwies sich als wertvoller Helfer, der mit den Leuten gut zurechtkam und immer wieder etwas in Erfahrung brachte, das ihren Plänen förderlich war.

Eben versetzte er Uta einen Stoß mit dem Ellbogen. »Sei endlich ruhig. Die Wallfahrer sehen dich schon böse an. Willst du, dass sie uns wegen deines Gemeckers aus ihrer Gruppe ausschließen?«

Der Knuff und sein Tadel ließen Uta zusammenzucken. Hatte sie doch noch Trudis Drohung im Ohr, sie notfalls zurückzulassen.

»Oh, Herr im Himmel, steh mir bei in meiner unverschuldeten Not! Bitte mach, dass die Jungfer wieder zur Vernunft kommt!«, betete sie laut.

Dafür versetzte Lampert ihr den nächsten Rippenstoß. »Die Jungfer ist dreimal so vernünftig wie du. An ihrer Stelle hätte ich dich mit Tesslers Soldknechten zurückgeschickt und mir eine brave, arbeitsame Magd aus dieser Gegend besorgt.«

Uta starrte ihn entgeistert an. »Du willst doch nicht behaupten, dass ich faul bin!«

»In Arbeitshausen bist du nicht gerade daheim«, antwortete Lampert ungerührt.

»Das muss ich mir von dir nicht bieten lassen!« Uta holte aus, um Lampert zu ohrfeigen. Der Knecht fing ihre Hand auf, packte Uta bei den Schultern und schüttelte sie durch.

»Du störst die frommen Gebete dieser guten Leute! Daher werden wir beide jetzt ein Stück zurückbleiben, damit ich dir einmal deutlich die Meinung sagen kann.«

Er hielt sie fest, bis sich der Zug der Wallfahrer ein Stück entfernt hatte. Dann packte er ihren Kopf, so dass sie ihm ins Gesicht sehen musste. »Du bist unserer Herrin eine sehr schlechte Magd. Zu Hause hast du dich noch ein wenig zusammengenommen und konntest deine Fehler schönreden, aber auf dieser Reise führst du dich auf wie ein Besen. Anstatt deiner Herrin so zu dienen, wie es sich gehört, kritisierst du jeden ihrer Schritte. Dazu beleidigst du die Knechte und Mägde in den Herbergen. Erinnere dich an den Landshuter Gasthof, in dem wir beinahe abgewiesen worden wären. Beim Heiland, ich wünschte, die Jungfer würde mir erlauben, dir den Hintern mit einer kräftigen Haselrute zu versohlen!«

Zuletzt wurde Lampert selbst so laut, dass sich die Nachhut der Wallfahrer empört umdrehte. Uta vergönnte ihm die tadelnden Blicke und erwog, sich vor diesen Leuten als unschuldiges Opfer ihrer Herrin und des rüpelhaften Knechts darzustellen. Sie glaubte auch jemanden gefunden zu haben, bei dem sie ihre Klagen anbringen konnte. Eine der Frauen schien ebenfalls geschwatzt zu haben, denn sie wurde eben vom Anführer der Wallfahrer zurechtgewiesen und musste hinter dem Zug gehen, so dass es niemanden mehr gab, mit dem sie reden konnte. Uta sah es, machte sich mit einem ärgerlichen Schnauben von Lampert frei und gesellte sich zu dieser Frau.

Zu ihrem Leidwesen war der Wallfahrerin jedoch ein heilsamer Schrecken in die Glieder gefahren, und sie bemühte sich, die Gebete der anderen mitzusprechen. Auch Trudi fiel in die Litanei ein und beachtete ihre Magd nicht mehr. Diese stapfte durch den Regen, der ihr kalt über Gesicht und Nacken lief, und haderte mit Gott und der Welt. Dabei zitterte sie vor Kälte und sehnte sich zurück in die geheizte Kemenate von Kibitzstein. Ihren Dienst bei Trudi hatte sie sich anders vorgestellt, und sie flehte den Himmel an, sie bald aus diesem Elend zu erlösen.

Ungeachtet des schlechten Wetters schritten die Wallfahrer kräftig aus. Aber da sie vor jedem Kreuz am Wegesrand ein Bittgebet anstimmten, kamen sie weitaus langsamer vorwärts, als Trudi gehofft hatte. Auch vergaßen die Leute bei aller Frömmigkeit nicht das leibliche Wohl, denn sie widmeten sich ausgiebig den Mahlzeiten in den Herbergen und ließen sich das von den Herbergswirtinnen gebraute Bier schmecken.

Trudi musste immer wieder daran denken, welchen Schikanen sich ihre Mutter vonseiten des Fürstbischofs und seiner Verbündeten inzwischen ausgesetzt sah. Daher ging es ihr nicht schnell genug, und sie schimpfte stumm über die saumseligen Pilger. Gleich darauf aber bat sie die Jesusmutter um Verzeihung für ihre bösen Worte. Die Menschen um sie herum sorgten sich um ihr Seelenheil, und dafür durfte sie sie nicht schelten. Mit dem festen Vorsatz, alle bösen Gedanken zu vertreiben und auf dem Rest der Wallfahrt für ihre Mutter und ihre Familie zu beten, damit der Himmel gnädig mit ihnen verfuhr, nahm Trudi das Brot entgegen, das ihr ein älterer Mönch aus einem Korb reichte, und trank dazu braunes Bier.

3.

Marie freute sich, als Abt Pankratius von Schöbach in die Halle trat und sie mit einer segnenden Geste begrüßte. Endlich kommt ein Freund ins Haus, dachte sie und beugte ihr Knie, um den Gast zu ehren.

»Seid mir tausendmal willkommen, ehrwürdiger Vater. Ich bin glücklich, Euch zu sehen!« Mit einer Handbewegung befahl sie Anni, dem Abt einen Begrüßungstrunk zu reichen und die Brotzeit zu bringen, die sie hatte zusammenstellen lassen, als ihr die sich nähernde Reitergruppe gemeldet worden war. Dem Schöbacher durften nur die besten Sachen aufgetischt werden, die auf Kibitzstein zu finden waren. In diesen Tagen waren gute Verbündete rar, und Pankratius von Schöbach zählte zu Michels engsten Freunden. Der Abt hatte ihren Mann oft um Rat gefragt oder Hilfe von ihm bekommen, und daher nahm Marie an, der Besucher würde nun ihr zur Seite stehen.

Während der Abt sich die Mahlzeit schmecken ließ, drehte sich das Gespräch um den schweren Verlust, den Marie erlitten hatte, und der Abt brachte seine Hoffnung zum Ausdruck, der Himmel würde den Mörder bestrafen.

»Da müsste er schon in Würzburg dreinschlagen, denn ich bin sicher, dass dieser schreckliche Plan auf der Burg des Fürstbischofs ausgeheckt worden ist«, antwortete Marie bitter.

Pankratius von Schöbach hob beschwichtigend die Hände. »Versündige dich nicht, meine Tochter! Herr Gottfried Schenk zu Limpurg ist über diesen feigen Mord genauso entsetzt wie ich und die anderen Freunde deines Gemahls.«

»Davon bemerke ich nichts. Der Fürstbischof behauptet zwar, er wolle mir Schutz bieten. Doch dafür fordert er von mir, die Reichsfreiheit Kibitzsteins aufzugeben, und will mir überdies einen großen Teil des Besitzes abnehmen, den mein Mann und ich redlich erworben haben.« Marie machte keinen Hehl daraus, dass sie kein gutes Wort über den Würzburger Bischof hören wollte.

Pankratius von Schöbach wechselte auch sofort das Thema. »Ritter Michel war ein wackerer Mann, den ich sehr geschätzt habe! Daher halte ich es für wichtig, wenn du dir mehr Gedanken um seine unsterbliche Seele machst. Bisher hast du nur von deinem Kaplan Messen für ihn lesen lassen. Aber der ist ein einfacher Dorfprediger, und seinen Gebeten fehlt die Kraft, im Himmel Gehör zu finden. Die Mönche meines Klosters und ich selbst wären gerne bereit, gegen eine kleine Spende für deinen Gemahl zu beten und ihn nicht nur der Heiligen Jungfrau, sondern auch den Patronen unseres Klosters anzuempfehlen.«

Marie war nicht übermäßig fromm, aber sie nahm an, dass einige weitere Gebete Michels Weg ins Himmelreich erleichtern würden. »Ich würde mich darüber freuen, wenn Ihr für meinen Mann beten würdet, ehrwürdiger Vater. Auf ein paar Gulden mehr oder weniger kommt es mir dabei nicht an.«

»Eine Spende an unser Kloster wäre dem Seelenheil deines Gemahls gewiss sehr zuträglich. Angesichts deines Reichtums solltest du jedoch nicht kleinlich sein. Du weißt ja: Wenn das Geld im Kasten klingt, die Seele in den Himmel springt!« Das Gesicht des Abtes nahm dabei einen gierigen Ausdruck an, und er streckte die Hand aus, als wolle er dieses Geld sofort entgegennehmen.

Marie erschrak. Eben hatte sie noch geglaubt, einen Freund zu Gast zu haben. Doch der Abt reihte sich mit seiner Forderung nahtlos in die Reihe der Dieboldsheimer, Fuchsheimer und auch des Fürstbischofs ein.

»Zu einer gewissen Spende bin ich durchaus bereit«, sagte sie zögernd.

Die Gesichtszüge des Abtes glätteten sich. »So ist es recht, meine Tochter. Dein Gemahl und du, ihr habt in der letzten Zeit sehr viel Land an euch gebracht und von anderen Leuten Pfänder genommen, wie es die von Gott verfluchten Juden tun. Dies ist nichts, das Gott im Himmel gutheißen kann. Streife die Last ab, die du dir damit auferlegt hast, und du wirst sehen, wie die Seele deines Mannes dem Fegefeuer entsteigt und ins Himmelreich eingeht. Dabei wird auch sogleich ein Platz für dich mit eingerichtet.«

Marie starrte Pankratius von Schöbach an, als stünde er mit Hörnern, Schweif und einem gespaltenen Huf anstelle des rechten Fußes vor ihr. So viel wie dieser Mann hatte nicht einmal der Würzburger von ihr gefordert – zumindest nicht offiziell –, und sie fragte sich bitter, ob sie mit ihren Feinden nicht besser fuhr als mit ihren angeblichen Freunden.

»Weißt du, meine Tochter«, fuhr Pankratius von Schöbach fort, ohne sich an Maries Schweigen zu stoßen, »wenn du mir die Mittel gibst, eine neue Klosterkirche in Schöbach zu errichten, werde ich Michel und dich als die Stifter in Stein hauen und neben den Statuen des heiligen Landelin und der heiligen Gertrud aufstellen lassen, damit diese sich bei der Himmelsmutter und unserem Herrn Jesus Christus für euch verwenden.«

»Wer, die Steinfiguren?«

Maries Frage verunsicherte den Abt für einen Augenblick. Dann schüttelte er nachsichtig den Kopf. »Aber doch nicht die Statuen! Die Heiligen selbst werden es tun!«

Marie hob abwehrend die Hände. »Eine Kirche zu bauen, liegt außerhalb meiner Möglichkeiten. Mir steht eine Fehde mit Hilgertshausen und wohl auch mit Dieboldsheim und Fuchsheim bevor. Ihr werdet verstehen, dass ich da nicht viel Geld für andere Dinge ausgeben kann. Ich bin aber gerne bereit, einige Messen für Michel in Eurem Kloster lesen zu lassen. Später, wenn die Lage sich wieder beruhigt hat und Kibitzstein auf festen Beinen steht, können wir über eine größere Spende sprechen.«

»Du bist bis in die Knochen verstockt, Weib! Glaubst du, du kannst gegen die Macht des Bischofs bestehen oder gar all das, was dein Mann und du wie schmierige Krämer zusammengerafft habt, gegen ihn verteidigen? Man wird dir deinen Besitz Stück für Stück abnehmen, und zuletzt stehst du mit leeren Händen da. Deswegen wird dein Mann im Fegefeuer leiden und dich verfluchen, weil du in deiner Narrheit mehr an weltliche Dinge als an sein Seelenheil gedacht hast. Du aber wirst dich wohl kaum den Krallen des Satans entziehen können!«

»Für einen frommen Mann wünscht Ihr mir wahrlich üble Dinge. Doch mein Entschluss steht fest. Ich werde Eurem Kloster das Geld für zehn Seelenmessen spenden. Mehr werdet Ihr von mir nicht erhalten, und ich bin sicher, dass Michel mir zustimmen würde. Er hat in Euch stets einen guten Freund gesehen und Euch geholfen, wo er nur konnte. Nun dankt Ihr es ihm, indem Ihr Euch die Hälfte seines Besitzes aneignen wollt. Das ist wahrhaft christlich gesprochen.«

Marie hatte Mühe, sich ihre Verachtung für Pankratius von Schöbach nicht zu sehr anmerken zu lassen. Ihr Mann hatte sich immer wieder für das Kloster verwendet, weil der Abt ebenfalls aus bürgerlichen Kreisen stammte und sich in langen Jahren durch Fleiß und Geschick in der Klosterhierarchie emporgearbeitet hatte.

Sie hatte den Abt ebenfalls bewundert und geglaubt, man müsse der Herkunft wegen gegen den Kreis der adligen Nachbarn zusammenhalten, weil diese immer wieder die Nase über sie und Michel gerümpft hatten. Nun aber musste sie erkennen, dass Pankratius von Schöbach, der seinen schlichten bürgerlichen Namen abgelegt und sich nach seinem Kloster benannt hatte, auch nicht besser war als die meisten Burgherren in ihrer Umgebung. Sie alle versuchten, ihre Lage auszunutzen und Teile ihres Vermögens an sich zu raffen. Die Einzige, die Verständnis für ihre Lage aufbrachte, war Hertha von Steinsfeld, die am eigenen Leibe erfahren hatte, wie die Nachbarn mit einer Witwe umsprangen.

Beinahe hätte Marie die Antwort des Abtes überhört, doch sein harscher Tonfall ließ sie hochschrecken. »Glaube nicht, dass du zu mir kommen und um Hilfe bitten kannst, wenn du mir meinen Wunsch versagst!«

Pankratius von Schöbach hatte sich mit dem Neubau der Klosterkirche ein Denkmal setzen wollen und war sehr verärgert, dass Marie ihm die Mittel dafür versagte. Nun schlug seine bisher gut verborgene Abneigung gegen die einstige Hure in offenen Hass um. »Dein Gemahl wird dich verfluchen und jede Gemeinsamkeit mit dir abstreiten, wenn du dich weigerst, dieses Opfer für seine Seele zu bringen!«

Diese Drohung verfing bei Marie ebenso wenig wie die anderen. Sie trat einen Schritt zur Seite und blickte durch ein Fenster auf den Hof hinab. Michi, der älteste Sohn der Ziegenbäuerin, war gerade dabei, den Torturm verstärken zu lassen. Er hatte Kessnach auf ihren Ruf hin sofort verlassen und sich auf Kibitzstein vom ersten Tag an als die Stütze erwiesen, die sie sich erhofft hatte. Auf seinen Mut und ihre eigene Erfahrung vertraute sie mehr als auf alle Gebete, die der Abt von Schöbach sprach oder sprechen ließe. Am liebsten hätte sie seinem Kloster keinen einzigen Gulden für die Seelenmessen zukommen lassen, doch ganz wollte sie nicht auf geistlichen Beistand für Michels Seele verzichten.

»Du schweigst! Ist dein Starrsinn bereits so groß, dass du nicht mehr weißt, was du meinem hohen kirchlichen Amt schuldig bist?« Das Gesicht des Abtes hatte sich vor Zorn gerötet. Er war in der Erwartung gekommen, Marie mit seinem überlegenen Verstand beherrschen und zu allem bringen zu können, das ihm und seinem Kloster nützte. Früher oder später würde sie den Großteil ihres Besitzes oder sogar alles an den Fürstbischof und seine Anhänger verlieren, und da war es besser, wenn er diesen Reichtum in die Hand bekam und zu Gottes Ruhm verwenden konnte. Doch dieses Weib war uneinsichtig und setzte ihm mehr Widerstand entgegen als ein Marmorblock dem Meißel des Steinmetzen.

»Ob ich starrsinnig bin, sei dahingestellt. Ich habe das heilige Vermächtnis meines Mannes zu erfüllen, unseren Besitz einmal ungeschmälert unserem Sohn zu übergeben.« Marie hatte ihre innere Ruhe wiedergefunden und vermochte dem Abt nun gelassen zu antworten.

»Gar nichts wirst du deinem Sohn übergeben können! Vielleicht noch die Burg hier mit dem Meierdorf, aber mehr nicht!«, giftete ihr Gegenüber.

Marie zuckte mit den Achseln. »Wenn es so kommen sollte, ist es Gottes Wille. Ich werde mich gegen dieses Schicksal stemmen, solange ich es vermag.«

»Dann habe ich nichts mehr zu sagen. Meinen Segen muss ich dir verweigern! Aber ich hoffe für dich und die Seele deines Mannes, dass du zur Vernunft kommst und das tust, was dir frommt. Der Weg, den du jetzt einschlägst, führt dich unweigerlich in die Tiefen der Hölle, in der du Qualen erleben wirst wie noch kein Weib zuvor.«

Bei einer anderen Frau hätte der Abt mit diesen Drohungen vielleicht Eindruck schinden können. Marie erinnerte sich jedoch allzu gut daran, dass ein kirchlicher Richter vor fünfunddreißig Jahren den Stab über sie gebrochen und sie zu einem Leben in Elend und Schande verurteilt hatte. Viel schlimmer als das, was sie fünf Jahre lang durchgemacht hatte, konnte auch die Hölle nicht sein. Damals und auch später hatte sie genug Mönche und Kleriker kennengelernt, um sagen zu können, dass auf einen Gerechten mindestens ein anderer kam, der seinen Gelüsten und Trieben freien Lauf ließ. Nun war auch Pankratius von Schöbach ein Opfer seiner Gier geworden.

Während der Abt schimpfend und drohend den Saal verließ, fragte sie sich, ob in seinen Worten ein Körnchen Wahrheit steckte. Waren Michel und sie in ihrer Art, Besitztümer zu sammeln, zu weit gegangen? Doch sie verneinte diese Frage sofort. Der Würzburger Fürstbischof und der Schöbacher Abt rafften viel unverfrorener Land und Geld an sich und bemäntelten dies mit dem Evangelium. Während Michel und sie für die gekauften oder verpfändeten Güter Geld und Waren gegeben hatten, bestand die Bezahlung der Bischöfe und Mönche zumeist nur aus jenen wohlfeilen Worten, die sie Gebete nannten.

4.

Trudi war froh, als die Wallfahrer endlich das Städtchen Altötting erreicht hatten und unter Singen und der endlosen Wiederholung der gleichen Gebete die alte Kapelle umrundeten, in der der Sage nach schon der große Kaiser Karl gekniet haben sollte. Trotz ihres ehrwürdigen Alters zählte die Kapelle in Altötting nicht zu den berühmten Wallfahrtsorten, denn bisher hatten sich an dieser Stelle noch keine bedeutenden Mirakel ereignet.

Dennoch galt der Ort als heilig und wurde von vielen frommen Menschen aus dem Umland besucht.

Trudi selbst fand den Platz wenig ansprechend. Die Kapelle war klein und von einem fremdartig wirkenden, achteckigen Grundriss. Sie stand inmitten einer freien Fläche, die als Markt benutzt wurde. Auch an diesem Tag boten die Bauern der Umgebung hier ihre Erzeugnisse an, und die Wallfahrer mussten sich ihren Weg zwischen Schweinen, Hühnerkäfigen und dem letzten Herbstgemüse suchen. Wirbelwind wollte nach Krautbüscheln und Rüben schnappen, doch Trudi hielt sie am kurzen Zügel und verhinderte, dass das Tier etwas naschte.

Lampert hatte jedoch weniger Glück, denn er hatte auf zwei Pferde achtzugeben, und Uta machte sich einen Spaß daraus, rasch eine Steckrübe zu stibitzen und einem der beiden Gäule ins Maul zu stecken. Während das Tier zufrieden kaute, fuhr die Bäuerin, die die Rüben verkaufte, zornig auf und überschüttete Lampert mit einem Wust von Beschimpfungen, von denen er allerdings nur die Hälfte verstand.

Schließlich zügelte Trudi ihr Pferd und kehrte zu dem Gemüsekarren zurück. »Man sollte dich auspeitschen, so mit meinem Knecht zu sprechen. Es geht doch nur um eine jämmerliche Frucht.«

Die Bäuerin dachte jedoch nicht daran, klein beizugeben. »Der Gaul hat die Rübe von meinem Karren gestohlen. Du musst sie bezahlen.« In ihrer Wut achtete sie nicht darauf, Trudi wie eine Dame von Stand anzureden.

Lampert wollte sie deswegen zur Rede stellen, aber Trudi winkte ihm, zu schweigen. »Das Weib ist den Atem nicht wert, den du verschwendest. Hier, da hast du Geld. Es ist viel mehr wert als diese eine Rübe.« Damit warf Trudi der Frau eine Münze zu.

Diese fing sie auf und betrachtete sie misstrauisch. »Das ist fremdes Geld und hier nichts wert«, behauptete sie.

Jetzt juckte es Trudi doch in den Fingern, ihr einen Hieb mit der Reitpeitsche überzuziehen. Da trat ein Mönch hinzu und mischte sich in das Gespräch ein.

»Kann ich Euch helfen, Herrin?«, fragte er.

Trudi nickte. »Dieses Bauernweib regt sich auf, weil eines meiner Pferde eine ihrer Rüben gefressen hat. Ich wollte ihr Geld geben, doch sie behauptet, es würde hier nicht gelten.«

Der Mönch entwand der Bäuerin die Münze, musterte sie kurz und drohte der Frau mit der Faust. »Das ist ein guter Pfennig und mehr wert als dein ganzes Gemüse. Wenn du die Dame betrügen willst, werde ich zum Marktaufseher gehen. Der wird dir eine Strafe auferlegen und dich für die nächste Zeit vom Markt ausschließen!«

Es war fast zum Lachen, wie rasch die Frau einknickte. Tränen liefen ihr über die Wangen, und sie hob die Arme flehend zu Trudi empor. »Gnade, Herrin! Ich wollte Euch wirklich nicht betrügen. Doch ich kenne die Geldstücke nicht so gut wie dieser fromme Mann hier und wusste daher nicht um ihren Wert. Bitte lasst nicht zu, dass er mich dem Marktrichter meldet. Wie soll ich meine Kinder ernähren, wenn ich mein Gemüse nicht mehr in die Stadt bringen darf?«

Ihr Jammern rührte Trudi, und sie wandte sich mit einer besänftigenden Handbewegung an den Mönch. »Lasst das Weib in Frieden, frommer Bruder. Es soll meinem Knecht noch ein paar Rüben für die Pferde geben und ein Vaterunser beten. Dann sei ihm verziehen.«

»Ihr seid sehr nachsichtig, Herrin.« Der Mönch machte keinen Hehl daraus, dass er die Bäuerin härter bestraft hätte sehen wollen, und befahl ihr, Lampert noch einige Steckrüben zu reichen. Als Trudi wieder anritt und der Knecht und Uta ihr folgten, blieb er für einen Augenblick zurück und wandte sich noch einmal an die Bauersfrau.

»Du wirst das Geldstück in den Opferstock werfen. Wage aber

nicht, ein falsches hineinzulegen. Ich kenne die Münze und finde heraus, wenn du statt ihrer eine geringere spendest.«
Die Bäuerin sagte sich, dass die fremde Dame gnädiger mit ihr verfahren war als der einheimische Mönch, wagte ihm aber nicht zu widersprechen. Seufzend beugte sie das Knie vor dem frommen Mann und reichte ihm die Münze.
»Hier, legt Ihr sie in den Opferstock. Ich vergesse es sonst, und dann bestraft Ihr mich deswegen, obwohl ich das Geld gewiss nicht aus Absicht behalten hätte.«
Der Mönch nahm die Münze entgegen und steckte sie in den Beutel, den er an einem Strick um seine Taille hängen hatte. Dann schlug er das Kreuz über die Bäuerin, die sichtlich der Münze nachtrauerte, und eilte Trudi nach, die als Fremde dringend seiner Führung bedürftig war.
Er holte sie an der Pforte der Kapelle ein und vermochte ihr gerade noch die Tür zu öffnen, damit sie eintreten konnte. Innen war kaum Platz, denn etliche Menschen knieten vor der aus Lindenholz geschnitzten Madonnenfigur, die, wie der Mönch leise erklärte, bereits über hundert Jahre an dieser Stelle stand.
»Seht sie Euch an, Herrin, dann erkennt Ihr die Kraft, die in ihr ruht. Noch begnügt die Himmelsherrin sich damit, unsere Gebete anzuhören und im Stillen zu wirken. Doch ich bin mir sicher, dass sich das erste große sichtbare Wunder, welches sie an dieser Stelle bewirken wird, noch zu meinen Lebzeiten ereignet!«
Mit diesen Worten kniete der Mönch nieder und küsste den Boden vor der Statue, die in Trudis Augen zwar wunderschön gearbeitet war, aber durch ihre geringe Größe nicht gerade imposant wirkte. Dennoch flehte sie die Königin des Himmels um Schutz und Hilfe für sich und die Ihren an. Dann erinnerte sie sich jedoch daran, dass mit dem Fürstbischof von Würzburg ein Vertreter der heiligen Kirche gegen ihre Mutter stand, und ihr wurde das Herz schwer. Würde Gott aufseiten seiner Diener stehen,

auch wenn diese Unrecht taten, und die schützende Hand von ihr und ihrer Mutter abziehen? Als sie zu der kleinen Madonnenstatue mit dem Jesuskind hochblickte, verneinte sie diese Frage, denn sie fühlte sich getröstet. Auch spürte sie eine Kraft in sich wachsen, die ihr den Mut gab, auch noch das letzte Stück Weges nach Graz in Angriff zu nehmen.

Lampert war zunächst geduldig vor der Kapelle stehen geblieben, aber da er selbst den Wunsch verspürte, vor dem Gnadenbild zu beten, vertraute er die drei Pferde einem zuverlässig aussehenden Jungen an. Danach trat er ein, blieb aber bei der Tür neben Uta stehen, da beide es nicht wagten, sich durch die frommen Leute zu zwängen. Sie konnten daher die Statue nicht so gut sehen wie ihre Herrin, richteten aber ihre Gebete an die Mutter Jesu und baten sie, ihnen ihre Bitten zu erfüllen.

Uta wünschte, dass die Reise bald zu Ende sein möge. Im Süden ragten hohe Berge in den Himmel, deren weiße Gipfel verrieten, dass dort bereits der Winter Einzug gehalten hatte. Ihr war es gleich, ob sie sich nun als Gäste auf irgendeiner Burg oder in einem Kloster einquartierten oder auf dem schnellsten Weg nach Schweinfurt zurückkehrten. Da sie selbst dann, wenn sie stramm ritten, mindestens zehn, wahrscheinlicher aber dreizehn bis fünfzehn Tage für den Rückweg benötigen würden, flehte sie die Jungfrau Maria an, ihnen für diese Zeit gutes Wetter zu senden. Vor allem anderen wünschte sie sich schließlich, der elende Regen möge aufhören, der durch die Kleider drang und ihre Glieder zu Eisklumpen werden ließ.

Anders als Uta, die nur von einem Tag zum anderen dachte, ahnte Lampert, was seine Herrin plante. Einige der Fragen, die sie unterwegs gestellt hatte, waren zu verräterisch gewesen. Auch wenn die Reise beschwerlich war, so freute er sich doch darauf, die Residenz des Königs und vielleicht sogar diesen selbst zu sehen. Den König umgab ein besonderer Segen, dessen jeder, der ihn sah, teilhaftig wurde, und dafür lohnten sich auch die Unannehmlichkeiten dieser Reise. Um sich einer solchen Ehre würdig zu zeigen, betete er, dass Herr Friedrich von Habsburg, der als Dritter seines Namens die Krone des großen Karls trug, Trudi Gehör schenken und ihrer Familie im Streit mit dem Würzburger Bischof und anderen Feinden beistehen würde.

Danach bat er die Himmelsmutter, Uta endlich Vernunft annehmen zu lassen. Zu Hause war das Mädchen ganz anders gewesen als auf dieser Reise. Doch nun kamen Seiten ihres Charakters zum Vorschein, die ihn abstießen. Ein wenig selbstsüchtig war sie schon immer gewesen, doch sie hatte sich redlich bemüht, ihrer Herrin gut zu dienen. Hier in der Fremde aber war sie zu einer Beißzange und Jammerliese geworden.

Als Trudi sich erhob und sich bekreuzigte, vermochte sie nicht abzuschätzen, wie lange sie vor der Madonnenstatue von Altötting gekniet und gebetet hatte. Es konnten ebenso wenige Minuten wie mehrere Stunden gewesen sein. Sie wollte in das Weihwassergefäß greifen, doch der Mönch kam ihr zuvor und benetzte ihre Stirn mit dem kühlen Nass. Das war eine so intime Geste, dass sie sich am liebsten die Stirn trockengerieben und den Mönch zur Rede gestellt hätte. Doch das Wissen, jemanden zu benötigen, der ihr auf ihrem weiteren Weg guten Rat geben konnte, hielt sie davon ab. Sie verließ die Kapelle und sah, dass die Händler und Marktfrauen bereits ihre Stände abbauten. Also musste der Marktaufseher bereits gegen die Stände geschlagen haben.

Nun wandte Trudi sich an den Mönch, der ihr eilfertig gefolgt war. »Könnt Ihr mir eine sichere und saubere Herberge nennen, ehrwürdiger Bruder?«

Der Mann wies auf ein größeres Gebäude am Rand des Platzes. »Dort werdet Ihr eine gute Unterkunft finden. Die Wirtsleute sind ehrlich und reinlich, und bei ihnen kehren sogar hohe Herrschaften ein.«

Dies hörte sich nicht an, als wäre es ein billiger Gasthof. Trudi seufzte, denn ihr Geld nahm schneller ab, als es ihr lieb sein konnte. Sie würde rascher reisen müssen als bisher, wenn sie unterwegs nicht in einen leeren Beutel blicken wollte. Hinzu kam, dass sie jemanden benötigte, der sie und ihre beiden Begleiter vor Räubern und Dieben schützen konnte.

Der Mönch sah, dass die junge Dame an anderes dachte, und wollte sich abwenden. Da hielt Trudis Ruf ihn auf. »Verzeiht, ehrwürdiger Bruder, doch ich habe noch eine Bitte an Euch. Mir sind meine beiden Trabanten abhandengekommen, so dass ich ohne bewaffneten Schutz reisen muss. Kennt Ihr nicht ein paar edle Ritter, die sich meiner annehmen und mich an mein Ziel geleiten würden? Ich wäre Euch sehr dankbar.«

Der Mönch rieb sich über seine Tonsur. »Wohin führt Euch Eure Reise, Herrin?«

»Nach Graz zu König Friedrich.«

Während Lampert in sich hineinlächelte, weil er richtig geraten hatte, stieß Uta einen entsetzten Schrei aus. »Ihr wollt noch weiter in die Ferne reisen, Jungfer? Aber das könnt Ihr doch nicht machen!«

Lampert versetzte ihr einen Stoß. »Halt den Mund! Du hast wohl vergessen, was du bist: nämlich eine Magd, die gehorcht, wenn die Herrin ihr etwas befiehlt. Oder willst du Schläge bekommen?«

Trudi hatte Uta zwar noch nie geschlagen, ihr unterwegs aber schon mehrfach mit dem Stock gedroht. Daher fürchtete Uta, doch Hiebe zu bekommen, wenn sie nicht den Mund hielt, und sah Lampert mit dem Blick eines waidwunden Rehs an.

Währenddessen hatte der Mönch nachgedacht und schüttelte nun bedauernd den Kopf. »Es tut mir leid, Herrin, aber ich weiß leider niemanden, der Euch bis Graz bringen kann. Der eine oder andere wäre gewiss bereit, Euch ein Stück Weges zu geleiten, aber bei diesem Wetter reitet niemand mehr bis dorthin.«

Diese Auskunft war beunruhigend, doch Trudi war nicht bereit,

den Spieß ins Korn zu werfen. Sie nestelte ihren Beutel vom Gürtel, holte eine Münze heraus und drückte sie dem Mönch in die Hand. »Hier, nehmt diese kleine Spende. Wenn Ihr von einem Herrn erfahrt, der mich zu König Friedrich begleiten kann, so lasst es mich bitte wissen.«
Der Mönch ergriff die Münze und deutete eine Verbeugung an. »Ich werde dieses Geld zu den Spenden für die Kapelle legen. Doch was das Geleit nach Österreich angeht, so bedauere ich, dass Ihr nicht zwei Tage früher hier angekommen seid. An jenem Morgen ist eine größere Schar aufgebrochen, die nach Graz reisen wollte. Deren Anführer hätte Euch gewiss den Schutz angedeihen lassen, dessen Ihr bedürftig seid.«
»Das ist wirklich schade.« Trudi seufzte und fragte sich, ob es ihr gelingen könnte, diese fremden Reiter einzuholen. Doch selbst wenn sie unterwegs die Pferde bis zur Erschöpfung antreiben ließ, würden sie mehrere Tage ohne Schutz durch ein fremdes Land reiten müssen. Da war es besser, hier jemanden zu suchen, dem sie sich anschließen konnte.

5.

Der Gasthof war gut, aber auch sehr teuer. Mehr als eine Nacht, schwor Trudi sich, würde sie hier nicht verbringen. Uta aber hoffte, länger bleiben zu können, denn die Herberge erschien ihr wie ein Vorgeschmack auf das Paradies. Die Wirtsmägde nahmen ihr die Arbeit ab, und während ihre Sachen zum Trocknen aufgehängt wurden, durfte sie ihre klammen Glieder an einem Kachelofen wärmen. Da sie nackt hätte dastehen müssen, reichte die Wirtin ihr eigenhändig eine Decke und hielt einen Schwatz mit ihr. Dabei drehte sich das Gespräch hauptsächlich um Utas junge Herrin. Auch wenn beide Frauen Schwierigkeiten hatten, den Dialekt der anderen zu verstehen, so war Uta doch froh um jemanden, der Verständnis für sie zeigte. Daher merkte sie nicht, wie sie ausgehorcht wurde. Die Wirtin erfuhr alles über Kibitzstein und vernahm auch, dass Trudi gegen den Willen der Mutter zu einer langen, beschwerlichen Reise aufgebrochen war.

Während sich die Altöttingerin nicht genug wundern konnte, dass ein junges Ding gleichermaßen kühn und unbedacht sein konnte, achteten weder Uta noch sie auf zwei Männer, die auf der anderen Seite des Kachelofens auf der Bank saßen und ihr Bier tranken. Als diese hörten, dass Trudi Leute suchte, die sie auf dem Weg zum König beschützen konnten, blickten sich die beiden grinsend an. Ihrer Kleidung und Ausrüstung nach gehörten sie dem ritterlichen Stand an, aber ihr Äußeres verriet, dass sie schon bessere Tage gesehen hatten. Ihre Gewänder waren mehrfach von ungeschickten Händen geflickt worden, und ihre dünngewetzten Börsen hingen so schlaff von ihren Gürteln, dass sie sich gerade noch das Bier in diesem Gasthaus leisten konnten. Sie hatten hier auch nicht übernachtet, sondern waren nur gekommen, weil hier jene Gäste einkehrten, die genug Geld besaßen, um notfalls ein paar notleidende Ritter in ihre Dienste nehmen zu können.

Der Größere von beiden, ein lang aufgeschossener Kerl mit langen, grauen Strümpfen, einem fleckigen Leinenhemd und einem hellgrünen, vorne halb offen stehenden Wams, stieß seinen Kameraden mit dem Ellbogen an. »Wäre das nicht genau das, wonach wir Ausschau gehalten haben?«

Der andere, der eiserne Beinschienen und einen verbeulten Brustpanzer über seiner Kleidung trug, begann zu grinsen. »Das Dämchen werden wir uns ansehen.«

»Ganz meine Meinung!« Der Lange trank aus und stellte den Bierkrug leise auf die Bank. Ungesehen von den beiden schwatzenden Weibern verließen sie die Stube und öffneten die Tür des Raumes, in dem für die besseren Gäste aufgetragen wurde. Darin war aber keine unbegleitete junge Dame zu finden.

Die beiden konnten nicht wissen, dass Trudi in ihre Schlafkammer geflüchtet war, weil ihr Magen beim Anblick der köstlichen Speisen zu knurren begonnen hatte. Die Preise, die in diesem Haus verlangt wurden, waren jedoch zu hoch für ihre Börse, und sie bedauerte, so lange in der Kapelle geweilt zu haben. Damit hatte sie die Gelegenheit vertan, sich auf dem Marktplatz ein paar Bratwürste oder Ähnliches schmecken zu lassen. Am liebsten wäre sie zu einem Metzger gegangen, um sich eine Wurst zu kaufen, doch für eine Jungfer ihres Rangs war es undenkbar, unbegleitet durch die Straßen zu schlendern. Sie wollte schon Uta schicken, doch ihre Magd blieb fürs Erste verschwunden.
Nach einer Weile klopfte Lampert an der Tür und bat, eintreten zu dürfen. »Komm herein! Ich bin weder nackt noch tue ich sonst etwas Ungebührliches!« Trudis Ärger über die Situation entlud sich in bitterem Spott, der mehr ihr selbst galt als jemand anderem. Wie sollte sie ihre Mutter und ihre Geschwister retten, wenn es ihr nicht einmal gelang, sich selbst zu helfen?
Lampert öffnete die Tür, blieb auf der Schwelle stehen und knetete seine Kappe mit den Händen. »Verzeiht, Herrin, aber ich …«
Er schluckte und zögerte, ermannte sich dann aber, sein Anliegen vorzutragen. »Es geht um den Burschen, der bei der Kapelle die Pferde gehalten hat, während wir drinnen waren. Ich weiß, ich hätte selbst draußen bleiben und auf die Tiere aufpassen sollen, aber es hat mich gedrängt, ebenfalls dort zu beten. Jetzt will der Kerl eine Münze zur Belohnung haben, und ich habe doch keine.«
Seine Worte erinnerten Trudi daran, dass sie, seit sie Kibitzstein verlassen hatten, weder ihm noch Uta Lohn gegeben hatte, und sie schämte sich. Rasch zog sie zwei Münzen aus ihrer Börse und steckte sie Lampert zu. »Hier, die eine ist für den freundlichen Jungen, der dir geholfen hat, die andere für dich. Trink einen Becher Wein auf meine Gesundheit.«
»Freundlich würde ich den Kerl nicht nennen. Er hat mich ganz

schön angefahren und wollte mir die Pferde nicht zurückgeben, wenn er nicht die Belohnung erhält!« Lampert ärgerte sich, weil er sich dazu hatte hinreißen lassen, die Tiere einem anderen Menschen anzuvertrauen.

»Eine Belohnung habe ich wirklich nicht verdient, denn ich hätte klüger sein müssen«, brummte er, während er Trudi die eine Münze zurückreichte. Er hätte sich zwar gerne einen guten Tropfen schmecken lassen, aber das Bier, das nur einen Bruchteil davon kostete, tat es in seinen Augen auch. Die paar Becher, die er davon trank, konnte er auf die Herrin anschreiben lassen, ohne dass es ins Gewicht fiel.

»Dann nimm das Geld und sieh zu, ob du einen Metzger und einen Bäcker findest, bei denen du etwas Wurst und Brot kaufen kannst. Bringe es aber so zu mir, dass die Herbergsleute es nicht bemerken. Es soll nämlich unser Abendessen sein.«

Damit offenbarte sie, ohne sich dessen bewusst zu sein, wie schlecht es um ihre Finanzen stand. Für so bedrohlich hatte der Bursche die Lage nicht gehalten. Damit wurde es umso wichtiger, dieses Graz so bald wie möglich zu erreichen. Er schwor sich, alles zu tun, was in seiner Macht stand, und dazu gehörte auch das Besorgen von billigen Lebensmitteln.

Lampert löste die Pferde aus, stellte sie im Stall der Gastwirtschaft unter und kehrte kurz darauf mit einer unterarmlangen Blutwurst und einem Laib Brot zurück, die er unter seinem Umhang versteckt hielt. Auf dem Weg zum Zimmer seiner Herrin suchte er Uta und forderte sie auf, mit ihm zu kommen. Da ihre Kleidung trocken genug war, schlüpfte die Magd in ihre Sachen und beeilte sich sogar, da sie annahm, Trudi benötige ihre Hilfe, um sich für das Abendessen zurechtzumachen.

Als sie jedoch entdeckte, dass ihre Herrin und Lampert sich eine Blutwurst und trockenes Brot teilten und dieses frugale Mahl mit säuerlich schmeckendem Bier hinunterspülten, zog sie eine Schnute.

»Was soll denn das?«

»Sei still! Siehst du nicht, dass wir essen? Komm, setz dich zu uns.« Trudi schnitt ein Stück Blutwurst und etwas Brot ab und hielt es Uta hin. Diese schüttelte nur den Kopf über ihre Herrin. Unten in der Wirtsstube gab es ausgesuchte Köstlichkeiten, wie sie nicht einmal die Köchin auf Kibitzstein auf den Tisch bringen konnte, und da mochte sie sich nicht mit bäuerlicher Blutwurst und Gerstenbrot begnügen.

»Wollen wir nicht lieber hinuntergehen?«, fragte sie.

»Halt den Mund und setz dich!« Lampert wies auf den Schemel, der noch frei war, weil Trudi auf dem Bett Platz genommen hatte. Er selbst saß im Schneidersitz auf dem Boden.

»Wir können uns aber auch Speisen heraufbringen lassen, und ein paar weitere Schemel dazu«, drängte Uta.

»Davon will ich nichts mehr hören. Iss jetzt!« Trudis Stimme klang scharf genug, um die Magd zusammenzucken zu lassen. Seufzend sagte Uta all den leckeren Dingen ade, auf die sie sich so gefreut hatte, und nahm das Stück bröckelige Blutwurst entgegen, das Trudi ihr hinhielt. Während sie hineinbiss, fragte sie sich, was sie verbrochen hatte, um all das mitmachen zu müssen. Unten in der Gaststube warteten unterdessen zwei abgerissene Ritter vergeblich auf Trudis Erscheinen. Dabei beobachteten sie, wie ein Knecht und zwei Mägde einen köstlich gebratenen Kapaun, eine Schweinshaxe und einen großen Krug Wein hinaustrugen, die ein Gast auf sein Zimmer bestellt hatte, und stießen sich grinsend an.

»Das ist sicher für die Jungfer aus Franken. Arm scheint sie nicht zu sein«, erklärte der Lange und fuhr sich mit der Zunge begehrlich über die Lippen.

»Das kann uns nur recht sein, mein Guter!« Sein um einen Kopf kleinerer, aber wuchtiger wirkender Freund rieb sich zufrieden die Hände.

»Sollen wir uns gleich der Jungfer vorstellen? Dann wird sie uns

gewiss zum Essen einladen.« Der Lange wollte schon aufstehen und zur Tür gehen, doch sein Freund fasste ihn am Ärmel und zog ihn zurück.
»Soll sie uns für aufdringlich halten? Wir werden sie morgen früh mit gezierten Worten begrüßen und ihr erklären, dieser Mönch, von dem die Magd gesprochen hat, habe uns zu ihr geschickt.«
»Aber was ist, wenn der Kuttenträger wirklich jemanden findet, der die Jungfer nach Graz bringen will?«, wandte der Lange ein. Sein Kamerad lachte. »Um die Jahreszeit? In den Bergen liegt bereits Schnee, und da schaut jeder zu, dass er zu Hause bleibt. Außerdem gibt es in diesem elenden Nest außer uns keinen Ritter, der in der Lage wäre, so eine beschwerliche Reise anzutreten und dabei ein Jüngferlein zu beschützen. Die Einzigen, die es hätten tun können, waren die Söldner, denen wir uns hatten anschließen wollen. Aber so, wie der aufgeblasene Anführer uns abgefertigt hat, wären wir bei denen wohl kaum auf unsere Kosten gekommen. Dabei sah dieser Eichenloh nicht so aus, als habe er mehr als einen Heller im Beutel.«
»Wenn ich dem Kerl noch mal begegne, stecke ich ihm für seine Beleidigungen sechs Zoll Stahl zwischen die Rippen! Aber nun bin ich froh, dass er uns nicht mitgenommen hat. Der Dienst bei der Jungfer wird uns gewiss mehr einbringen, als wenn wir uns für irgendeinen großkotzigen Fürsten die Knochen kaputt schlagen lassen würden.« Der Lange nickte, als müsse er seine eigenen Worte bestätigen, und musterte seinen Freund.
»Ich glaube, es ist wirklich besser, die Jungfer bekommt uns erst morgen zu Gesicht. So, wie wir jetzt aussehen, könnte sie einen schlechten Eindruck von uns gewinnen. Wir müssen in voller Wehr vor sie treten. Außerdem sollten wir bis morgen früh einen Weg finden, an so viel Geld zu kommen, dass wir unsere Pferde auslösen können. Dieses Schwein von einem Wirt dürfte sie nicht freiwillig herausrücken, solange wir die Zeche nicht bezahlt haben.«

»Dabei hat es in der Spelunke nur Bauernpampe gegeben, und schlafen mussten wir in einem elenden Loch. Dem gierigen Hund würde ich am liebsten den roten Hahn auf das Dach setzen«, giftete der Kleinere der beiden. Doch er wusste selbst, dass er nicht so weit gehen durfte, denn nach einer solchen Tat würden er und sein Freund von allen Vögten im größeren Umkreis gejagt werden. Es gab sicherere Möglichkeiten, sich an dem unverschämten Wirt zu rächen. Bei dem Gedanken streichelte er mit einer zärtlichen Geste seinen Dolch.

6.

Am nächsten Morgen streiften etliche fragende Blicke die kleine Reisegesellschaft, die sich in der Herberge eingemietet hatte, ohne etwas zu verzehren. Auf das Frühstück konnte Trudi nicht verzichten, doch sie ließ sich und ihren Begleitern nur Haferbrei und Bier servieren.
Uta quollen beim Anblick der Bratwürste, die einem Herrn aufgetischt wurden, beinahe die Augen aus dem Kopf, und sie hätte am liebsten hinübergegriffen und eine Wurst stibitzt. Die Erinnerung an einen Dieb, der ebenfalls nur einen Mundraub begangen hatte und dessen Bestrafung sie in Volkach miterlebt hatte, brachte sie jedoch dazu, dem Mann und seinen Würsten den Rücken zuzukehren. Mit aufgeschlitzten Ohren wollte sie wirklich nicht herumlaufen, noch schrecklicher war die Vorstellung, zur Stadt hinausgepeitscht zu werden. Sie verstand nicht, warum ihre Herrin nicht ihrem Rang gemäß auftrat, sondern ihr treues Gesinde so leiden ließ, und warf ihr einen anklagenden Blick zu.
Trudi nahm Utas Verärgerung kaum wahr. Das Gesicht über den Napf gebeugt, löffelte sie den Brei und sah kein einziges Mal auf. Sie schämte sich, weil sie am Vorabend billiges Essen in die Her-

berge hatte schmuggeln lassen, und noch mehr wegen des schlichten Frühstücks, das höchstens einer Bäuerin angemessen war, aber keiner Adler auf Kibitzstein. Zudem fragte sie sich verzweifelt, wie es weitergehen sollte. Der Mönch war nicht wieder aufgetaucht, und so nahm sie an, dass er niemanden gefunden hatte, der sie zu König Friedrich bringen konnte. Das bedeutete für sie, allen Gefahren der Landstraße zum Trotz nur mit Uta und Lampert weiterreisen zu müssen. Vorher aber würde sie noch eine weitere Demütigung hinnehmen müssen, denn sie konnte dem Gesinde des Wirts wie auch der Wirtin nicht das Trinkgeld geben, das diese von ihr erwarteten.

Bisher war sie nur in Begleitung des Vaters oder der Mutter gereist und hatte sich nicht darum gekümmert, was alles kostete oder wie man mit Wirtsleuten und ihrem Personal umging. Das rächte sich nun, und ihre Fahrt drohte in einer Katastrophe zu enden. Trudi spürte, wie die Tränen in ihr hochsteigen wollten, und sie musste mühsam an sich halten, um nicht loszuheulen wie ein kleines Mädchen. Wie durch einen Schleier sah sie die Wirtin auf sich zukommen und auf zwei Männer deuten, die eben eingetreten waren.

»Die Herren wollen Euch sprechen!« Der Tonfall der Wirtsfrau verriet, was sie von adligen Damen hielt, die mit kleinem Gefolge reisten und ihr kaum etwas zu verdienen gaben.

Trudi verspürte einen Stich im Magen und wäre am liebsten davongelaufen. Nur die Nachricht, dass zwei Männer sie suchten, hielt sie aufrecht. Sie wischte sich mit dem Handrücken über die Augen und konnte nun die Neuankömmlinge erkennen. Es handelte sich um Krieger, auch wenn sie nicht auf Anhieb sagen konnte, ob sie einfache Söldner oder Edelleute waren. Der Größere von beiden trug einen Helm mit Halbvisier und hatte sich statt einer Rüstung eine schwere Brustplatte umgeschnallt. Seine Beine steckten in eisernen Schienen, wobei der linke Fuß zusätzlich von einem altmodischen, spitz zulaufenden Eisenschuh geschützt wurde, während der rechte sich mit einem Lederschuh begnügen musste.

Sein Kamerad war etwas besser gerüstet und besaß sogar Panzerhandschuhe, doch seine Wehr schien aus alten, abgelegten Rüstungen zusammengestellt worden zu sein. Beide Männer trugen lange Schlachtschwerter an der Seite und sahen so aus, als wüssten sie damit umzugehen.

»Gott zum Gruße, Jungfer Hiltrud!«, sagte der Lange.

Trudi brauchte einen Augenblick, um zu begreifen, dass er sie mit dieser Anrede meinte, denn sie war zeit ihres Lebens nur Trudi genannt worden, um Verwechslungen mit ihrer Patentante, der Ziegenbäuerin, zu vermeiden. Nur einige wenige, die die Verhältnisse auf Kibitzstein nicht so gut kannten, hatten sie mit Hiltrud angesprochen, doch seit jener Zeit schien für Trudis Gefühl ein ganzes Menschenleben vergangen zu sein.

»Auch Euch Gottes Gruß!«, sagte Trudi, in der Hoffnung, der freundliche Mönch habe ihr die Männer geschickt.

Der Lange verbeugte sich etwas unbeholfen und entblößte sein Gebiss zu einer Art Lächeln. »Erlaubt, hohe Dame, dass wir uns vorstellen. Mein Freund hier ist Ritter Frodewin von Stammberg, und ich nenne mich mit Fug und Recht Melchior von Hohenwiesen und bin ebenfalls von ritterlichem Stand.«

Das Schicksal muss diesen beiden Edelleuten übel mitgespielt haben, dachte Trudi und wusste nicht, ob sie Mitleid haben oder Misstrauen hegen sollte. Sie beschloss, sich nicht von dem Aussehen der Männer beeinflussen zu lassen, sondern sie anzuhören. Immerhin konnten sie genauso wie Georg von Gressingen schuldlos in diese Lage geraten sein. Der Gedanke an ihren Geliebten ließ sie freundlicher antworten, als sie es sonst getan hätte.

»Ich bin Trudi Adler, Tochter des Reichsritters Michel Adler auf Kibitzstein, und reise nach Graz zu unserem guten König Friedrich«, stellte sie sich vor.

Der Lange nickte so eifrig, dass es aussah, als könne ihm der Helm samt Kopf abfallen. »Das haben wir schon vernommen. Uns hat nämlich Bruder ... äh, Martin, ja, Bruder Martin gebeten, Euch zum König zu geleiten. Wisst Ihr, wir haben nämlich den gleichen Weg. Wir wollen zum König reisen, um ihm unsere Dienste anzubieten. Eigentlich hatten wir geplant, uns hier mit Freunden zu treffen und gemeinsam weiterzureiten, aber durch einen unglücklichen Umstand sind wir zu spät gekommen und haben sie verpasst. Daher müssen wir den Weg allein antreten, und da ist es angenehmer, in Gesellschaft zu reisen.« Melchior von Hohenwiesen betrachtete dabei Trudi und deren Magd mit Wohlgefallen, denn beide waren recht hübsch und auch nicht auf den Mund gefallen, und das versprach einen angenehmen Ritt.

Trudi war so erleichtert, nicht allein weiterreisen zu müssen, dass ihr die aufkeimende Gier in seinen Augen entging. Am liebsten hätte sie die beiden Ritter vor Freude umarmt, begnügte sich aber damit, ihnen freundlich zuzulächeln. Die Tatsache, dass die Männer selbst zu König Friedrich wollten, enthob sie etlicher Sorgen, denn sie würde den beiden wohl nur geringen Sold geben müssen und konnte das restliche Geld für die Weiterreise aufteilen. Natürlich würde sie für die Mahlzeiten ihrer neuen Begleiter aufkommen müssen und ihnen auch den einen oder anderen Becher Wein spendieren. Um zu erfahren, wie stark sie haushalten musste, wandte sie sich an Melchior von Hohenwiesen.

»Wie lange wird es dauern, bis wir Graz erreicht haben?«

»Knapp zehn Tage«, antwortete der Ritter zu ihrer Erleichterung.

Trudi teilte ihre Barschaft im Geiste in zehn Teile auf, sagte sich dann aber, dass sie auch mit unvorhergesehenen Aufenthalten rechnen musste, und richtete sich auf ein Dutzend Reisetage ein.

»Ich bin sehr froh, mich Euch anschließen zu dürfen. Wenn es Euch recht ist, will ich noch heute aufbrechen.«

Frodewin von Stammberg nickte eifrig. »Sehr gerne, denn wir waren schon im Begriff, auf unsere Pferde zu steigen, als Bruder ..., wie hieß er gleich wieder?«
»Markus«, half der Lange ihm aus.
»Also, wir wollten uns schon in die Sättel schwingen und losreiten, als der Mönch uns ansprach und uns gebeten hat, uns Eurer anzunehmen.«
Aufatmend straffte Trudi die Schultern und stieß Lampert an. »Hol unsere Sachen und sorge dafür, dass die Pferde gesattelt werden. Uta hilft dir dabei. Ich bezahle unterdessen die Wirtin!«
»So soll es uns recht sein«, lachte Frodewin von Stammberg und zwinkerte seinem Kameraden zu.
Als Trudi auf die Wirtin zutrat, um die Rechnung zu begleichen, versuchten beide, einen Blick in die Börse des Mädchens zu werfen. Sie hatte jedoch von ihren Eltern gelernt, dass man niemals zeigen sollte, wie viel Geld man bei sich hat, und schirmte ihr Beutelchen geschickt mit den Händen ab. Froh über die glückliche Wendung, die ihre Reise eben genommen hatte, geizte sie nicht mit Trinkgeld, und die Wirtin, die noch eben in der Küche bissige Worte über diese Reisende verloren hatte, verneigte sich nun so devot, als sähe sie die Herzogin von Niederbayern vor sich.
Die beiden Ritter bemerkten diese Geste und grinsten einander zu. »Mit einer Dame mit einer so offenen Hand lässt es sich gewiss gut reisen«, raunte Melchior von Hohenwiesen seinem Freund zu.
Dieser strich über den Griff seines Dolchs und nickte. »Du sprichst das aus, was ich eben gedacht habe, mein Guter.«

7.

Auch wenn nicht immer eitel Sonnenschein zwischen ihr und ihrer Ältesten geherrscht hatte, vermisste Marie ihre Tochter doch schmerzlich, und das nicht nur, weil Trudi sich nach Michels Tod als tatkräftige Unterstützung erwiesen hatte. Die Wolken, die sich über Kibitzstein zusammenballten, waren um einiges düsterer geworden. Von der Äbtissin Klara von Hilgertshausen hatte Marie ein Schreiben erhalten, in dem stand, sie denke nicht daran, die Abmachungen einzuhalten, die ihre Vorgängerin mit den Kibitzsteinern getroffen hatte. Sollten sich Kibitzsteiner Knechte oder Mägde auf den Besitz des Damenstifts Hilgertshausen verirren, würden sie als Eindringlinge gefangen gesetzt und bestraft werden. Obwohl Marie nichts anderes erwartet hatte, empfand sie den Brief als Schlag ins Gesicht.

Die Äbtissin war die Erste, die offiziell verkündete, ihre Schulden nicht zahlen zu wollen. Kurz darauf ließ der Fuchsheimer sie wissen, dass er die Verpflichtungen, die er bei Michel während der Hochzeit seiner Tochter eingegangen war, zwar zu begleichen gedenke, aber lediglich in Form von ein paar Fuder Wein zweifelhafter Qualität, die nicht einmal ein Sechstel des Wertes ausmachten. Zudem weigerte er sich, einen Kibitzsteiner Vogt auf den verpfändeten Teil seines Besitzes zu lassen.

Zur gleichen Zeit drängte der Dieboldsheimer mit harschen Worten auf die Rückgabe seines von Kibitzstein verwalteten Dorfes und bot als einzige Gegenleistung an, sich aus einer möglichen Fehde Maries mit anderen Feinden herauszuhalten. Marie erkannte durchaus die in seinen Worten versteckte Drohung und fand, dass ihre Lage auch ohne die Forderungen des Würzburger Bischofs trübe aussah.

Herr Gottfried Schenk zu Limpurg hatte nichts mehr von sich hören lassen, doch Marie hätte keinen lumpigen Heller gegen ein

Guldenstück gewettet, dass auf der Feste Marienberg Pläne geschmiedet wurden, wie man sie am besten in die Knie zwingen konnte. Wenn sie des Nachts in ihrem Bett lag und unwillkürlich auf die Seite griff, auf der Michel so viele Jahre geschlafen hatte, und die Leere neben sich spürte, fragte sie sich, wie lange sie dies alles würde ertragen können. In diesen Augenblicken erschien ihr ihre Lage so schwarz wie eine mondlose Nacht im Winter, und sie überlegte sich, ob sie nicht doch nach Würzburg reiten und sich dem Fürstbischof zu Füßen werfen sollte. Nur der Gedanke, dass sie dann neben all den Pfandschaften, die sie besaß, für den zweifelhaften Schutz dieses Herrn vermutlich auch noch Teile des von Kaiser Sigismund erhaltenen Lehens würde hergeben müssen, brachte sie jedes Mal dazu, von dem Ritt nach Würzburg abzusehen.

Wäre es allein um den Machtanspruch des Bischofs gegangen, hätte sie zur Not damit leben können. Doch die Kreaturen in seiner Umgebung wollten sich um jeden Preis an ihrem Besitz bereichern. Graf Magnus von Henneberg forderte, wie Marie zu Ohren gekommen war, mindestens eines ihrer Dörfer als Entschädigung für seinen Bruder. Im Grunde aber ging es dem Mann um ganz Kibitzstein. Marie war sich sicher, dass er sie und ihre Familie vernichten oder zumindest von ihrem Besitz vertreiben wollte. Etliche boshafte Aussprüche, die ihr zugetragen wurden und die von ihm und seiner Ehefrau Elisabeth stammen sollten, ließen keinen anderen Schluss zu.

»Aus Dreck kann man keinen Edelstein machen, hat er gesagt. Nun, der Kerl soll sich vorsehen!«

»Drehst du dem Henneberger im Geist den Kragen um?«, hörte sie Anni fragen und begriff, dass sie ihren Gedanken laut ausgesprochen hatte.

»Ja, das tue ich!« In ihrer Wut auf diese raffgierigen Menschen hätte Marie am liebsten den Becher, den sie in der Hand hielt, gegen die Wand geworfen.

»Was denkt sich dieser Mann überhaupt? Er hetzt den Fürstbischof gegen uns auf und hat dabei nur seinen eigenen Vorteil im Sinn. Aber da wird ihm der Schnabel sauber bleiben. Ehe Schenk zu Limpurg und Henneberg auch nur einen Gulden von mir bekommen, unterwerfe ich Kibitzstein mit allem, was dazugehört, dem Ansbacher Markgrafen.«
»Glaubst du wirklich, Albrecht von Brandenburg-Ansbach würde wegen Kibitzstein einen Krieg mit Würzburg anfangen?«, fragte Anni zweifelnd.
Marie stellte den Becher wieder hin und zuckte mit den Schultern. »Leider nein! Wahrscheinlich gäbe es zwischen den hohen Herren ein Geschacher, von dem selbst ein Marktweib noch lernen könnte, und wir wären am Ende ebenfalls die Leidtragenden.«
Mit einem Mal überkam sie das Gefühl, dringend an die frische Luft zu müssen, und sie stand mit einem Seufzer auf. »Sieh zu, dass die Mägde weitermachen, wie ich es angeordnet habe. Ich gehe ein wenig hinaus.«
»Willst du schon wieder die Ziegenbäuerin aufsuchen?« Die Wirtschafterin vermochte ihre Eifersucht auf Hiltrud nicht immer zu verbergen. Obwohl sie wusste, dass sie Marie nicht die Stütze sein konnte, die ihre Herrin in dieser Zeit benötigte, ärgerte sie sich über deren tägliche Besuche auf dem Ziegenhof. Die Bäuerin war alt und hatte kaum etwas anderes zu tun, als auf der Ofenbank zu sitzen und zu schwatzen. Die Herrin aber musste sich mit allerlei Problemen herumschlagen und viele Entscheidungen treffen. Da sollte sie sich nicht auch noch um ein greises Weib kümmern.
Marie sah es in Annis Gesicht arbeiten und bedauerte, dass ihre Freundinnen nicht in gutem Einvernehmen zueinandergefunden hatten. Zum Glück vertrugen Alika und Hiltrud sich recht gut, doch Anni mochte beide nicht und bemühte sich auch nicht um deren Freundschaft. Marie liebte alle drei Frauen, die jeweils sehr

schwierige Teile ihres Lebenswegs mit ihr zurückgelegt hatten. Aber Anni schien nicht ertragen zu können, dass ihre Herrin sowohl Hiltrud wie auch Alika ihr Leben verdankte, während sie selbst in den Weiten Böhmens halbtot gefunden und von Marie gerettet worden war. Daher hatte sie das Gefühl, von Marie und den anderen weniger geachtet zu werden, und versuchte, dies durch besonderen Einsatz und Arbeitseifer wettzumachen.
Marie beruhigte sie, anstatt zu schelten. »Ich will nur sehen, wie weit Michi mit seinen Vorbereitungen gekommen ist, und ihn fragen, was wir noch brauchen, sollte Henneberg uns im Auftrag des Fürstbischofs mit Krieg überziehen.«
»Die Keller und Scheuern sind voll, und die Lebensmittel reichen für viele Tage«, versicherte Anni nachdrücklich.
»Man kann nie genug haben, außerdem habe ich jetzt eher an Waffen gedacht. Wir brauchen unbedingt eine größere Kanone, doch die müssten wir über Würzburger Gebiet hierherschaffen lassen, und das scheint mir so gut wie unmöglich.«
Die Wirtschafterin krauste die Stirn, denn sie wusste, wie teuer solche Waffen waren. »Warum reichen die beiden Geschütze denn nicht aus, die Herr Michel angeschafft hat?«
Marie schüttelte nachsichtig den Kopf. »Darüber werde ich lieber mit Michi reden. Ich frage ihn ja auch nicht, was wir an Leinen und Essensvorräten benötigen.«
Marie hatte am Vortag von Hiltruds Sohn wissen wollen, für wie viele Monate sie die Burg mit Vorräten versorgen lassen sollte. Deshalb zog Anni ein schiefes Gesicht und versicherte Marie, keine ihrer Pflichten zu vernachlässigen.
Da Marie ihre Wirtschafterin kannte, wusste sie, dass die Tschechin die Mägde zu noch rascherer Arbeit antreiben würde, um sie zufriedenzustellen. Anni hungerte nach ihrer Anerkennung und schonte weder sich noch ihre Untergebenen, nur um ein gutes Wort von ihr zu hören.
Spontan umarmte sie die junge Frau und zog sie an sich. »Was

täte ich, wenn ich dich nicht hätte? Du bist wie eine vierte Tochter für mich!«

Annis Gesicht hellte sich auf, und sie ergriff Maries Hand, um sie zu küssen. »Ich liebe dich wie eine Schwester und eine Mutter. Du hast mein Leben erhalten, mich mit hierhergebracht und mir eine Aufgabe gegeben. Solange ich lebe, werde ich dir dafür dankbar sein. Selbst wenn dir durch die Ungnade des Bischofs nicht mehr bleiben sollte als eine einfache Kate, werde ich mit meiner Hände Arbeit dafür sorgen, dass du behaglich darin wohnen kannst.«

»So weit wollen wir es nicht kommen lassen.« Marie strich Anni über das Haar und konnte sich des Gedankens nicht erwehren, dass zu viel Liebe auch lästig sein mochte.

Kurz darauf trat Marie aus dem Palas der Burg und sah von der Freitreppe aus zu, wie Michi die Kibitzsteiner Knechte im Burghof drillte. Aus dem hübschen, aber noch etwas unbedarften Jungen war inzwischen ein stattlicher Mann geworden. Da er die Körpergröße seiner Mutter geerbt hatte, überragte er jeden anderen Bewohner von Kibitzstein um mehr als eine Handbreit. Sein hellblondes Haar stob in dem durch den Burghof streichenden Wind auf, und sein Gesicht wirkte fest und willensstark.

Mehr denn je bedauerte Marie, dass sie diesen prachtvollen Burschen nicht mit Trudi verheiraten konnte, doch seine Mutter hatte recht. Da Magnus von Henneberg und wohl auch andere in Würzburg gegen sie hetzten und dabei ihre und Michels Herkunft in den Dreck zogen, durfte sie sich diesen Wunsch nicht erfüllen. Trudi und die beiden anderen Mädchen mussten Männer von Stand heiraten, die in der Lage waren, sich für Kibitzstein einzusetzen. Bedauerlicherweise kannte Marie niemanden, der zurzeit als Brautwerber in Frage käme. Von Gressingen hatte sie seit Monaten nichts mehr gehört, und daher nahm sie an, dass er wegen der unsicheren Lage, in der Kibitzstein sich derzeit befand, nicht mehr an einer Verbindung mit Trudi interessiert war. Diese Vermutung bestärkte sie nur in ihrer Ansicht, er habe einen schlechten Charakter, und sie war froh, dass es für Trudi kein böses Erwachen geben würde. Ein Teil ihrer selbst, der ihrer Tochter die Enttäuschung ersparen wollte, hoffte allerdings, dass Gressingen nur deswegen nicht auf Kibitzstein erschien, da er nicht als mittelloser Bettler um Trudi werben wollte.

Dieser Gedanke half ihr leider auch nicht weiter, denn auch sonst ließ sich niemand sehen, der den Wunsch hatte, sich mit einer ihrer Töchter zu vermählen. In ihrer Not hätte Marie sogar Lisa verheiratet, obwohl das Mädchen ihr mit seinen fünfzehn Jahren noch zu jung dafür schien. Zwar sahen die hohen Geschlechter dies anders und legten bereits Zwölfjährige als Bräute ins Ehebett, doch Marie war der Ansicht, dass ein Mädchen ausgewachsen und in der Lage sein sollte, Verantwortung zu übernehmen, bevor es einem Mann übergeben wurde.

»Die Burschen sind mit Feuereifer bei der Sache und werden den Leuten des Bischofs auf die Köpfe spucken, wenn die sich trauen, vor den Toren Kibitzsteins zu erscheinen.«

Michis Worte rissen Marie aus ihrem Grübeln. Sie stieg zu ihm hinunter und nickte ihm dankbar zu. Ohne ihn hätte sie sich noch hilfloser gefühlt, denn Karel wäre in dieser bedrohlichen Situation überfordert gewesen. Michi aber hatte in den letzten Jahren viel an Erfahrung und Wissen gewonnen und war bereit, sie und ihre Familie bis zum letzten Blutstropfen zu verteidigen.

»Ich hoffe, der Eifer hält an, wenn es erst einmal hart auf hart kommt. Doch wie sieht es sonst aus? Hat es wieder Übergriffe vonseiten der Stiftsdamen gegeben?«

Der junge Mann schüttelte den Kopf. »Nein. Klara von Monheim belässt es dabei, die Grenzen ihres Gebiets zu bewachen. Dafür hat der Dieboldsheimer heute Nacht versucht, sein Dorf wieder einzunehmen. Er kam mit etwa zwanzig Leuten, doch als sie bemerkten, dass wir auf der Lauer lagen, haben sie sich aus dem Staub gemacht.«

»Wie gut, dass wir Freunde in Dieboldsheim haben, die uns warnen«, raunte Marie Michi ins Ohr.

»Die meisten dort sind mit Ingobert als Herrn unzufrieden, dürfen es sich aber nicht anmerken lassen. Die beiden, die uns Nachrichten zukommen lassen, riskieren ihr Leben! Der Dieboldsheimer würde sie einen Kopf kürzer machen lassen, wenn er davon wüsste.« Michi klang besorgt, und zwar nicht nur wegen der Gefahr für das junge Paar, sondern auch aus Angst, Ingobert von Dieboldsheim könnte deren Verrat bemerken und versuchen, ihn für sich auszunützen, indem er sie mit falschen Auskünften fütterte.

Daran dachte Marie jedoch nicht. Ihre Überlegungen galten der Magd und dem Knecht auf Dieboldsheim, welche sie mit allen Informationen versorgten, die sie bei ihrer Herrschaft erlauschen konnten. »Wenn die Sache vorbei ist, sollten wir die zwei zu uns holen, damit sie vor Ingoberts Rache sicher sind.«

»Helfen müssen wir ihnen, doch Kibitzstein dürfte nicht der richtige Ort für sie sein. Sie müssen dem Dieboldsheimer aus den Augen kommen, sonst wird er versuchen, sich an ihnen zu rächen. Ich schlage vor, du schickst die beiden, wenn es so weit ist, nach Kessnach. Im Odenwald dürften sie vor den Nachstellungen ihres jetzigen Herrn sicher sein.« Michi lächelte erleichtert, weil Marie sich nicht mehr so stark wie in den letzten Wochen in ihr Leid vergrub, sondern wieder an die Zukunft dachte. Er wusste aber auch, dass er ihr einen großen Teil der Verantwortung abnehmen musste, denn die Last, die sie zu tragen hatte, war auch für eine Frau wie sie zu schwer.

»Habt Ihr Euch schon entschieden, was die neue Kanone betrifft?«, fragte er.

»Wenn wir eine Chance haben wollen, einer Belagerung der Würzburger standzuhalten, benötigen wir sie dringend. Aber

mir ist kein Weg eingefallen, wie wir sie über Würzburger Gebiet schaffen könnten.«
Michi sah Maries zweifelnde Miene und winkte ab. »Das lasst mich nur machen. Ich weiß bereits, wie wir die Leute des Bischofs übertölpeln können. Oder glaubt Ihr, die werden in einem Mistwagen herumwühlen, ob unter dem Dung Schmuggelgut versteckt liegt?«
Zuerst lachte Marie auf, dann aber breitete sie zweifelnd die Hände aus. »Das werden sie wohl nicht tun. Aber ein Bauernkarren hält das Gewicht eines schweren Geschützes nicht aus. Er würde bereits auf halbem Weg von Schweinfurt hierher zusammenbrechen.«
»Nicht, wenn der Wagen von unserem Wagner und unserem Schmied gemeinsam gebaut worden ist. Er ist fast fertig! Kommt, ich zeige ihn Euch.« Michi wies auf die Remise, aus der Hammerschläge klangen.
Marie folgte ihm dorthin und stand dann vor einem Karren, der jenen ähnelte, mit denen die Bauern dieser Gegend den Stallmist auf die Felder fuhren. Nur einem geübten Auge fiel auf, dass er weitaus kräftiger gebaut war.
»Das Geheimnis liegt im Holz«, erklärte Michi. »Wir haben gutes Eichenholz für den Bau verwendet und es mit Eisenschienen verstärkt. Ihr müsstet Euch bücken, um das erkennen zu können. Ich bezweifle, dass die Beamten des Bischofs vor einem Mistwagen auf die Knie gehen werden.« Er klang so fröhlich, als ließe er einen munteren Scherz vorbereiten.
Marie nickte unwillkürlich und fand ihre Entscheidung, Michi wieder nach Kibitzstein zu holen, vollauf bestätigt. Er würde dafür sorgen, dass Magnus von Henneberg und die Männer des Fürstbischofs sich so manchen Zahn an ihrer Burg ausbissen.
»Gut gemacht, Michi! Doch wer soll den Wagen fahren? Die meisten unserer Leute sind im Umland bekannt.«
»Das werde ich selbst tun. In der Zeit, in der ich auf Kessnach

war, habe ich mich doch ein wenig verändert, und nach meiner Rückkehr haben mich eigentlich nur unsere eigenen Leute gesehen. Einen Ochsenkarren kann ich führen – das habe ich Euch ja schon bewiesen.«

Marie erinnerte sich durchaus noch an ihre Abenteuer als fahrende Marketenderin, bei denen Michi sie begleitet hatte.

Er sah sie wissend lächeln und musste selbst grinsen. »Heute Nacht werde ich aufbrechen. Der Mond dürfte hell genug scheinen. Ich werde mich abseits der großen Straßen halten und wohl gut zwei Tage bis Schweinfurt brauchen. Mit etwas Glück entgehe ich auf diese Weise den Bischofsknechten und bleibe unbehelligt.«

»Möge unsere Jungfrau im Himmel dich beschirmen! Allein wirst du die schwere Kanone aber nicht nach Hause schaffen können.«

»Keine Angst, Frau Marie. Ich habe meinem Schwager Nachricht geschickt, er solle mir ein paar handfeste Knechte mitgeben. Wenn diese sich als wandernde Gesellen verkleiden und in meiner Nähe bleiben, können sie jederzeit eingreifen, wenn es nötig ist.«

Marie nickte zufrieden, denn Michi hatte alles gut geplant. Nun mussten die himmlischen Mächte mit ihm sein. »Wenn du in Schweinfurt bist, richte Trudi liebe Grüße von mir aus und frag sie, wann sie nach Hause kommt. Wir vermissen sie sehr.«

»Mach ich! Aber ich bin sicher, dass ihr ein paar Wochen bei meiner Schwester guttun. Mariele dürfte ihr die Flausen schon aus dem Kopf blasen!« Michi grinste und rief dem Schmied zu, schneller zu machen.

»Sonst bist du noch nicht fertig, wenn ich aufbrechen will«, fügte er hinzu.

»Keine Sorge, Herr, das wird nicht geschehen!«, antwortete der vierschrötige Mann und schwang seinen Hammer mit einer Wucht, dass es von den Wänden widerhallte.

Marie und Michi verließen die Remise und rieben sich draußen die Ohren. »Der Kerl muss es ständig übertreiben«, stöhnte sie und wechselte abrupt das Thema. »Hast du meine Töchter gesehen?«

»Soviel ich weiß, sind Lisa und Hildegard in den Garten gegangen, um Bogenschießen zu üben. Sie haben beschlossen, mitzuhelfen, die Burg zu verteidigen, falls wir belagert werden sollten.« Michi klang amüsiert, denn er nahm die Mädchen nicht ernst, die sich trotz ihres jugendlichen Alters wie wilde Amazonen gebärdeten.

Marie war froh, dass die beiden den Schmerz über den Verlust des Vaters zu überwinden begannen, und verabschiedete sich von Michi, um nach den beiden zu sehen.

Als sie in den Garten kam, schossen Lisa und Hildegard mit zwei Bögen und den Pfeilen, die ihnen der Wagner der Burg aus Gefälligkeit angefertigt hatte, eifrig auf eine aus Stroh zusammengedrehte Figur. Maries Lippen wurden schmal, denn das Ziel glich einem Menschen und trug eine Bischofsmitra aus Papier auf dem Kopf.

Die beiden Mädchen waren so in ihr Tun vertieft, dass sie die Annäherung der Mutter nicht bemerkten. Eben spannte Hildegard den Bogen, zielte und schoss. Der Pfeil schnellte von der Sehne und traf die Strohfigur dort, wo bei einem Menschen der Magen war.

»Das hat gesessen«, rief das Mädchen mit triumphierender Stimme.

»Jetzt bin ich dran, und ich werde ihm direkt in sein schwarzes Herz schießen!« Auch Lisa spannte den Bogen und schoss. Im gleichen Augenblick ließ ein Hüsteln hinter ihr sie zusammenzucken, und sie verzog den Pfeil, so dass dieser an dem Strohmann vorbeizischte.

»Ich dachte, du wolltest dem Bischof das Herz aus dem Leib schießen«, tadelte Hildegard sie. Dann entdeckte auch sie die

Mutter und wies stolz ihren Bogen vor. »Wir werden die Soldaten des bösen Bischofs alle erschießen, damit sie uns nichts tun können!«

»Die Leute des Bischofs sind keine Gestalten aus Stroh, sondern stecken in eisernen Rüstungen, gegen die ihr mit euren Kinderbögen nichts ausrichten könnt. Da ist es besser, wenn ihr im Fall einer Belagerung den Mägden beim Wasserkochen helft, damit wir den Feinden einen warmen Empfang bereiten können.«

Hildegard protestierte. »Wir treffen gut! Ich bin sogar noch besser als Lisa. Wir können die Würzburger töten.«

»Ich glaube nicht, dass es erstrebenswert ist, einen anderen Menschen umzubringen.« Doch noch während sie es sagte, begriff Marie, dass auch sie dazu bereit war, ihre Familie und ihre Heimat mit blanker Klinge zu verteidigen.

Sie umschlang die Mädchen und drückte sie an sich. »Ich habe euch lieb.«

»Wir dich auch, Mama.« Lisa schmiegte sich an sie, während Hildegard ein wenig scheu zu Marie aufblickte.

»Sie werden uns nicht von Kibitzstein vertreiben, nicht wahr?«

Marie strich ihr das vom Wind zerzauste Haar aus dem Gesicht und schüttelte den Kopf. »Nein, das können sie nicht!«

Innerlich war sie jedoch nicht davon überzeugt, denn die Drohungen, die sie über verschiedene Ecken erreicht hatten, ließen an Deutlichkeit nichts zu wünschen übrig. Auch hatte sie auf die Botschaft, die sie Albrecht von Brandenburg-Ansbach mit der Bitte geschickt hatte, sich bei König Friedrich für sie zu verwenden, bislang keine Antwort erhalten. Wie es aussah, stand Kibitzstein allein einem vielköpfigen, zu allem entschlossenen Feind gegenüber, und da galt es, den Würzburger Bischof nicht noch mehr gegen sich aufzubringen. Mit einer energischen Handbewegung wies sie auf die Strohfigur.

»Es gefällt mir nicht, dass ihr auf etwas schießt, das einem Menschen gleicht. Auch ziemt es sich nicht, einen Vertreter der heiligen Kirche zum Ziel zu nehmen. Ihr werdet das da zerstören. Wenn ihr schon schießen wollt, dann lasst euch eine Scheibe aus Stroh drehen.«

Lisa zog ein enttäuschtes Gesicht. »Aber Mama! Mit einer Scheibe können wir doch nicht lernen, wo man einen Feind treffen muss, damit er hinüber ist«, protestierte Lisa.

Maries Blick wurde hart. »Ihr habt gehört, was ich euch befohlen habe. Also handelt danach. Wir haben genug Feinde auf dem Marienberg! Da müssen wir Herrn Gottfried Schenk zu Limpurg nicht zusätzlich reizen. Was, glaubt ihr, wird er sagen, wenn er erfährt, dass ihr auf eine Strohfigur schießt, die ihn darstellen soll?«

Das sahen die beiden ein, und während Tränen über Hildegards Wangen perlten, fasste Lisa nach Maries Hand. »Es tut uns leid, Mama! Wir wollten dir nicht noch mehr Kummer bereiten.«

»Das tut ihr doch nicht!« Marie drückte die Mädchen erneut an sich und sagte sich, dass sie selbst gegen den Teufel kämpfen würde, um die Zukunft ihrer Kinder zu sichern.

8.

Etwa um dieselbe Zeit stand Magnus von Henneberg auf der Mauer der Festung Marienberg und blickte auf die Stadt Würzburg hinab, die jenseits des Mains am anderen Ufer lag. Zwar führte eine Brücke hinüber, dennoch trennte der Fluss die Feste des Bischofs stärker von der Bürgerstadt, als die steinernen Quader sie zu verbinden vermochten. Schon mehrfach hatten sich die Einwohner Würzburgs gegen ihre geistliche Herrschaft erhoben und versucht, den Status einer freien Reichsstadt zu erhalten. Bislang waren die Herren auf dem Marienberg stets Sieger geblieben, und der jetzige Fürstbischof war noch weniger bereit als seine Vorgänger, die Stadt seiner Herrschaft entgleiten zu lassen.

Graf Magnus' Gedanken wanderten zurück in die Zeit, in der Männer seiner Sippe noch als Burghauptleute von Würzburg amtiert und zu den mächtigsten Herren in Franken gehört hatten. Das Ringen um Einfluss und Macht hatte die Henneberger jedoch geschwächt und ihren Hauptzweig bis über die Rhön zurückgetrieben. Seine Familie, die seit langem wegen Erbstreitigkeiten mit den anderen Henneberger Linien verfeindet war, hatte sich den Bischöfen angeschlossen und ihr Land als Lehnsmänner des Hochstifts behalten dürfen. Das Ansehen und die Bedeutung ihrer Ahnen hatten sie jedoch nicht mehr erreicht.

Es war an der Zeit, dies zu ändern. Graf Magnus ballte die Faust in die Richtung, in der er Kibitzstein wusste. Diese Sippe würde als erste fallen, und nach ihr noch etliche, die sich dem Fürstbischof nicht unterwerfen wollten. Ein Viertel der Ländereien, die auf diese Weise in den Besitz des Hochstifts übergingen, würde ihm als Belohnung zufallen. Daher hoffte er, dass möglichst viele Burgherren störrisch blieben, denn mit jedem, den er im Auftrag des Herrn Gottfried zur Räson brachte, würde der Reichtum seiner Familie steigen.

Magnus von Henneberg ahnte nicht, dass er schon seit geraumer Zeit beobachtet wurde. Cyprian Pratzendorfer weilte immer noch in Würzburg, obwohl der Auftrag, mit dem Papst Eugen IV. ihn hierhergeschickt hatte, längst ausgeführt war. Nun trat er neben den Grafen und setzte ein freundliches Lächeln auf. »So in Gedanken, mein Sohn?«

Ungehalten über die Störung, drehte Graf Magnus sich zu dem Sprecher um. Als er den Prälaten erkannte, schluckte er seinen Unmut hinunter. Immerhin war Pratzendorfer ein Studienfreund des Bischofs und übte großen Einfluss auf Herrn Gottfried aus. Also durfte er diesen Mann nicht verärgern.

»Das Denken unterscheidet den Menschen vom Tier, Hochwürden.«

Pratzendorfer nickte. »Damit hast du recht, mein Sohn. Doch es gibt gute Gedanken und schlechte Gedanken.«

»Meine sind gewiss gut!« Graf Magnus hatte kein Bedürfnis, mit dem Prälaten über seine Gedanken oder gar Pläne zu sprechen. Sein Gesichtsausdruck verriet Pratzendorfer jedoch genug. »Du willst gegen Kibitzstein ziehen, um die Verwundung deines Bruders zu rächen. Dies ist verständlich, doch du darfst die Pläne Seiner Hoheit, des Fürstbischofs, nicht in Gefahr bringen.«

Der warnende Unterton ärgerte den Henneberger, denn er hielt sich für einen aufrechten Gefolgsmann des Bischofs und war bereit, für diesen gegen jeden anderen Herrn im Reich das Schwert zu ziehen. »Ich bin der Ansicht, dass dieses Ärgernis Kibitzstein aus der Welt geschafft werden muss. Das Beispiel dieser Wirtswitwe stachelt nur die anderen Burgherren und Reichsritter an, es ihr gleichzutun und sich gegen Seine fürstbischöfliche Exzellenz zu stellen.«

Der Prälat lächelte. »Die Schlinge, in der ein solches Wild sich fangen soll, muss gut gelegt werden, mein Sohn. Wenn du wie ein gereizter Stier nach Kibitzstein stürmst und die Burg belagerst, hilfst du weder Herrn Gottfried noch dir. Es würde nur heißen, ihr nehmt einer armen Witwe und deren Kindern das Erbe weg. Zunächst muss dieses Weib die ihm schützend entgegengestreckte Hand Seiner Hoheit ausgeschlagen und sich mit den meisten Nachbarn zerstritten haben. Erst dann vermag der Fürstbischof einzugreifen, um den Landfrieden wiederherzustellen. Selbst darf er ihn jedoch nicht brechen.«

Die Warnung war deutlich, denn Henneberg wäre am liebsten auf der Stelle mit einem Heer nach Kibitzstein aufgebrochen. Doch es war sinnlos, die gut befestigte Burg mit seinen eigenen Männern und den paar Bewaffneten anzugreifen, die ihm Freunde zur Verfügung stellen konnten. Um Erfolg zu haben, benötigte er Geschütze aus dem Arsenal des Fürstbischofs. Aber zurückstecken oder gar aufgeben wollte Graf Magnus nicht.

»Und was ist, wenn dieses Wirtsweib sich dem Markgrafen von Ansbach an den Hals wirft?«, fragte er besorgt.

»Sie hat ihm bereits eine Botschaft geschickt und um Hilfe gebeten. Zum Glück ist es meinen Verbündeten in Ansbach gelungen, das Schreiben an sich zu bringen, bevor es den Markgrafen erreichen konnte. Aber uns bleibt nicht mehr viel Zeit. Bevor es zu einer Fehde gegen Kibitzstein kommt, müssen wir dafür Sorge tragen, dass Seine Hoheit, der Fürstbischof, als Verteidiger des Landfriedens auftreten kann.«

»Wie stellt Ihr Euch das vor?«, fragte Graf Magnus.

»Du solltest ein wenig durchs Land reiten und mit einigen Leuten reden. Besuche zum Beispiel den Abt Pankratius von Schöbach. Erfolg dürftest du auf jeden Fall bei Maximilian von Albach, Ludolf von Fuchsheim und Ingobert von Dieboldsheim haben. Hör dich dort um! Dann erfährst du gewiss Namen von weiteren Burgherren, die ebenfalls nichts dagegen hätten, ein paar Körner der Kibitzsteiner Ernte aufzupicken. Es sollten nur Herren sein, die sich als freie Reichsritter bezeichnen. Tragen sie Kibitzstein die Fehde an, liegt es nicht in der Macht des Fürstbischofs, dies zu unterbinden.«

Graf Magnus stieß ein ärgerliches Lachen aus. »Eure Worte hören sich ja gut an, aber diese Herrschaften, die Ihr nennt, werden mir erst dann gegen Kibitzstein folgen, wenn ich selbst mit genügend Soldaten und Kanonen vor der Burg erscheinen kann. Doch dafür müsste ich erst Söldner anwerben, und das kostet mehr Geld, als ich mir im Augenblick leisten kann.«

Um die Lippen des Prälaten spielte ein nachsichtiges Lächeln. »Herr Gottfried Schenk zu Limpurg wird seine Kriegsleute und Kanonen nicht täglich zählen. Nimm dir so viel, wie du brauchst, steck sie unter deine eigenen Fahnen und zieh mit ihnen gegen Kibitzstein. Schließlich hast du einen handfesten Grund, der Wirtswitwe die Fehde anzutragen, denn du willst ja deinen Bruder rächen.«

Pratzendorfer sah Henneberg unbewusst nicken. Der Mann würde seinen Rat in die Tat umsetzen und in seiner Wut auf die Kibitzsteiner einen Aufruhr verursachen, der halb Franken erfassen konnte. Und genau das bot dem Fürstbischof die Gelegenheit, zum richtigen Zeitpunkt als Friedensstifter aufzutreten und dabei unauffällig seine Macht zu erweitern. Anders als der Henneberger es plante, würde Gottfried Schenk zu Limpurg die Witwe auf Kibitzstein jedoch nicht samt ihren Bälgern aus diesem Landstrich vertreiben, sondern ihnen den um etliche Teile verringerten Besitz als Lehen übergeben. Dieses Beispiel würde die übrigen Zaunkönige in diesem Landstrich überzeugen, sich nicht gegen seinen Willen zu stemmen.
Das aber ging Magnus von Henneberg nichts an, denn der Mann war nur ein Werkzeug, das ihm den Weg zu einem größeren Ziel bahnen sollte. Der Prälat klopfte dem Grafen leutselig auf die Schulter und zog ihn näher zu sich heran. »Wenn du deine Sache gut machst, mein Sohn, wird es dein Schade nicht sein! Und dein Bruder Otto wird ebenfalls nicht vergessen werden, auch wenn er es nun selbst in der Hand hat, sich großen Ruhm und Reichtum zu erwerben.«
»Ich würde gerne wissen, wie es Otto geht. Die lange Reise wird seiner Verletzung wohl nicht guttun.« Für einen Augenblick wurde Graf Magnus weich und ließ Pratzendorfer in sein Herz blicken.
Der Prälat registrierte es mit Zufriedenheit. Graf Magnus' Stolz auf sein Geschlecht und seine Liebe zu seinem jüngeren Bruder waren Hebel, derer er sich bedienen konnte. Nun musste er noch eine Sache klären, bevor er den Henneberger wieder seinen Plänen überließ.
Leise, so als hätte er Angst vor heimlichen Lauschern, ermahnte er ihn. »Wenn du dich an die Ausführung deiner Pläne machst, so belästige Seine Hoheit, den Fürstbischof, nicht mit Einzelheiten. Herrn Gottfried interessiert nur das Ergebnis. Wie es

dazu kommt, ist deine Sache. Daher wirst du mir allein Bericht erstatten und sonst keinem.«

Diese Anweisung schmeckte Magnus von Henneberg wenig, aber er war klug genug, nicht zu widersprechen. Wenn er es geschickt anfing, vermochte er den Einfluss, den Cyprian Pratzendorfer besaß, zu seinen eigenen Gunsten zu nutzen. Daher verabschiedete er sich freundlicher von dem Prälaten, als er ihm tatsächlich gesinnt war, und bereitete seine Abreise aus Würzburg vor. Auch wenn er nun etliche Umwege in Kauf nehmen musste, so würde sein eigentliches Ziel Burg Kibitzstein sein.

9.

Lampert gefielen die beiden Ritter, die im Auftrag des freundlichen Mönches aus Altötting über Trudi wachen sollten, von Tag zu Tag weniger. Die Männer fluchten wie Fuhrknechte, und wenn sie mit Uta sprachen, taten sie es in einer so anzüglichen Weise, dass sie die Magd weniger zum Kichern als zum Erröten brachten. Selbst Trudi gegenüber hielten sie ihre Zungen nicht im Zaum, sondern redeten so, wie man vielleicht mit einer erfahrenen Frau sprechen konnte, nicht aber zu einer Jungfer ihres Alters.

Trudi nahm weder das Misstrauen ihres Knechts wahr, noch störte sie sich an den schlechten Manieren ihrer Beschützer. Endlich ging es stramm vorwärts, und daher machte es sie nicht misstrauisch, dass Melchior von Hohenwiesen und Frodewin von Stammberg sich von allen größeren Siedlungen fernhielten und nur in kleinen Dörfern übernachteten, in denen es meist nicht einmal eine Herberge gab und sie bei Bauern auf der Ofenbank nächtigen mussten. Da ihre Gastgeber oft nur Gottes Lohn für Kost und Logis forderten, benötigte Trudi nicht viel Geld und blickte hoffnungsvoller in die Zukunft.

Obwohl die Reise in die Berge führte und von Tag zu Tag beschwerlicher wurde, hatte Uta einen Teil ihres Missmuts abgelegt und ließ sich die derbe Aufmerksamkeit der beiden Ritter gefallen. Selbst als der untersetzte Stammberg seine Hand mit Schwung auf ihr Hinterteil klatschen ließ, machte sie nur eine schwache Abwehrbewegung.

Er lachte zufrieden. »Du bist ein strammes Mädel und gefällst mir. Willst du nicht mit mir kommen und nach den Pferden schauen? Im Heu liegt es sich weich.«

Weit davon entfernt, dieses eindeutige Angebot empört abzulehnen, schwenkte Uta verführerisch die Hüften. »Euch sticht wohl eher der Hafer als das Heu, mein Herr. Doch umsonst ist der Tod. Ein armes Mädchen wie ich hat nicht mehr zu verkaufen als das, was es zwischen den Beinen trägt, und dieses Gut sollte es nicht zu billig verschleudern.«

Stammberg begriff, dass die Magd für einen strammen Ritt im Heu ebenso stramm entlohnt werden wollte, und stieß einen leisen Fluch aus. Er besaß nicht einmal genug Geld, um eine der schmutzigen Straßendirnen zu bezahlen, die sich im Umfeld der Jahrmärkte und großen Wallfahrten herumtrieben. Aber ein gesundes, sauberes Ding wie Uta würde einen weitaus höheren Lohn erwarten. Kurz überlegte er, ob er ihr nicht Geld versprechen und sie danach lachend auf dem Heustock zurücklassen sollte. Dann aber dachte er daran, wie er das Angenehme mit dem Nützlichen verbinden konnte, und setzte ein Lächeln auf.

»Leider habe ich kein Geld bei mir, denn ich habe alles in den Opferstock der Altöttinger Kapelle gesteckt, um die Heilige Jungfrau gnädig zu stimmen. Aber in ein paar Tagen kommen wir an meiner Burg vorbei. Dort könnte ich dir deinen Lohn geben.«

Uta wehrte lachend ab. »Umsonst ist der Tod, heißt es, und selbst der kostet das Leben! Nein, Herr Ritter, von nichts kommt nichts. Ihr hättet zwar Euer Vergnügen, aber ich würde vielleicht hinterher mit dickem Bauch herumlaufen. Das lassen wir lieber sein!« Mit diesen Worten rannte sie zur Tür des Bauernhauses hinaus, um einen Auftrag zu erfüllen, den Trudi ihr erteilt hatte.

Stammberg starrte ihr nach und begriff, dass die Magd zwar mit ihm tändelte, aber nicht daran dachte, sich ihm hinzugeben. Über sein Gesicht glitt ein Ausdruck des Zorns, gefolgt von heimlicher Genugtuung. Dieses kleine Miststück würde noch bitter für seine Frechheit büßen. Mit dieser Gewissheit gewann er seine gute Laune zurück und trat in den besten Raum des Hauses, den die Bauersleute den Reisenden überlassen hatten.

Trudi war gerade dabei, sich zu waschen, und glaubte, Uta wäre zurückgekommen. »Lege das Hemd dorthin«, sagte sie und wies mit dem Kinn auf die Bank, die neben dem Bett stand. Da entdeckte sie aus den Augenwinkeln Stammberg und raffte rasch ein Laken an sich, um sich darin einzuhüllen.

»Könnt Ihr nicht klopfen, bevor Ihr eintretet, wie andere Leute auch?«, fragte sie zornig.

Der Ritter starrte auf ihren nackten Rücken und den gut geschwungenen, sich deutlich unter dem Laken abzeichnenden Po und musste an sich halten, um nicht auf der Stelle über sie herzufallen. Widerstrebend senkte er den Kopf und trat einen Schritt zurück.

»Verzeiht, aber ich wusste nicht, dass Ihr …« Mit diesen Worten drehte er sich um und verließ den Raum.

Trudi drückte die Tür hinter ihm zu und schob resolut den Riegel vor. Wenn Uta mit ihrem Ersatzhemd kam, musste sie eben klopfen. Danach setzte sie ihre Reinigung fort und sparte dabei auch jene Stelle nicht aus, an der andere Frauen sich weniger Mühe gaben, da die Priester von ihren Kanzeln bereits die Berührung als sündhaft anprangerten. Als Kind hatte Trudi sich deswegen ebenfalls nicht dort waschen wollen. Aber ihre Mutter hatte ihr drastisch den Kopf zurechtgesetzt, und nun war sie ihr dankbar dafür. Vor allem im Sommer war es ein gutes Gefühl, sich dort sauber zu wissen.

Kratzen und Klopfen an der Tür riss sie aus ihren Gedanken. »Wer ist draußen?«, fragte sie.

»Na, wer schon? Ich natürlich!« Utas Stimme klang gereizt.

Trudi ließ die Magd ein und verriegelte die Tür sofort wieder.

Uta kniff verwundert die Augenlider zusammen. »Was soll denn das?«

»Ich will nicht, dass andere Leute hereinkommen, während ich mich wasche.«

»Das war wohl auf Stammberg gemünzt, was? Ich habe schon gemerkt, dass diesen Kerl der Hafer sticht. Aber die Frechheit, in Eure Kammer zu platzen, hätte ich ihm nicht zugetraut. Ihr werdet tatsächlich den Riegel vorschieben müssen. Das ist zwar ärgerlich, aber ...« In dem Augenblick machte die Magd eine drohende Handbewegung und hätte dabei beinahe Trudis Hemd fallen lassen. Gerade noch konnte sie verhindern, dass es ihr aus der Hand rutschte.

Trudi fauchte wie eine Katze, die man auf den Schwanz getreten hatte. »Ich mag es nicht, wenn Männer mich nackt sehen.«

»Das mag ich auch nicht. Dabei bin ich nur eine Magd und keine hohe Dame wie Ihr.«

Trudi begann unwillkürlich zu lachen. »Ich erinnere mich noch gut an die Ohrfeige, die du Lampert gegeben hast, als er letztens in unsere Kammer gekommen ist und du nur dein Hemd anhattest. Dabei hat er dir wirklich nichts abschauen können.«

»Er hätte anklopfen müssen«, gab Uta zurück.

»Wie denn? Er hatte ja beide Arme voll!«

»Mit dem Knie halt – oder mit etwas anderem.« Erst als der Satz heraus war, merkte Uta, dass der letzte Teil doch ein wenig anzüglich klang, und setzte rasch hinzu: »Die Füße meine ich!« Rasch wechselte sie das Thema.

»Seit Altötting haben wir vier Reisetage hinter uns gebracht und damit beinahe die Hälfte bis Graz geschafft. Ich werde froh sein, wenn wir angekommen sind.«

»Und ich erst! Ich will endlich vor dem König stehen und mit ihm reden. Er muss sofort einen Boten nach Kibitzstein senden, damit Mama sich keine Sorgen um mich machen muss.«

Je weiter Trudi sich von Kibitzstein entfernte, umso stärker quälte sie die Situation in der Heimat. Sie hatte schon viel zu viel Zeit verloren und plagte sich ständig mit einem schlechten Gewissen. Es war ihr nicht leichtgefallen, die Menschen, die sie liebte, zu täuschen, und nun zerfraß sie sich vor Angst und Sorge. Wenn die Reise gut ausging, würde sie Kibitzstein ihrer Mutter erhalten können, aber wenn es schlecht endete ...

Mit einer heftigen Abwehrbewegung verscheuchte Trudi ihre Ängste und streifte das Hemd über, das die Magd ihr gebracht hatte.

»Übrigens hat Stammberg vorhin behauptet, wir würden unterwegs an seiner Burg vorbeikommen«, erzählte Uta.

Diese Neuigkeit machte Trudi bewusst, wie wenig sie über die beiden Männer wusste, denen sie sich anvertraut hatte. In Altötting hatte ihr die Versicherung gereicht, der Mönch, auf den sie dort getroffen waren, habe sie geschickt, und nicht weiter nachgefragt. In den vier Tagen, die seitdem verstrichen waren, hatten die beiden Ritter zwar viel geredet, dabei aber kaum etwas von sich preisgegeben. Stattdessen hatten sie viel über König Friedrich gesprochen. Zusammen mit dem, was sie in Schweinfurt und auf dem ersten Teil ihrer Reise erfahren hatte, glaubte Trudi sich nun ein gutes Bild von der politischen Lage machen zu können.

Friedrich III. war lange nicht so mächtig, wie sie gehofft hatte, denn sein jüngerer Bruder Albrecht von Habsburg bekämpfte ihn mit allen Mitteln. Überdies hatten einheimische Magnaten in Böhmen und Ungarn die Macht an sich gerissen. Da der König diese Länder für sein Mündel Ladislaus, den Enkel Kaiser Sigismunds, verwaltete, war ihm ein großer Teil seiner Macht-

basis weggebrochen, und man nannte ihn schon einen König ohne Land. Dieses Wissen hatte Trudis Hoffnungen, Herr Friedrich könne ihrer Mutter helfen, einen herben Dämpfer versetzt. Doch sie war schon zu weit geritten, um umkehren zu können, und so hoffte sie tief in ihrem Herzen auf ein Wunder.
Trudis Überlegungen kehrten zu den beiden Rittern zurück, und sie wunderte sich, dass Stammberg ihr nichts davon gesagt hatte, dass seine Burg auf dem Weg nach Graz lag. Bisher hatte sie nicht einmal gewusst, aus welcher Gegend Stammberg und Hohenwiesen stammten, und da die Beutel der beiden Herren so leer waren wie eine Mehltruhe bei Hungersnot, hatte sie angenommen, die beiden würden keinen Flecken Land ihr Eigen nennen. Darauf hatte auch der Umstand hingedeutet, dass sie auf Pferden ritten, die bestenfalls Klepper genannt werden konnten. Gegen die beiden Gäule waren selbst Utas und Lamperts Reittiere feine Rösser.
»Kein Wunder, dass die beiden sich einen Dienst bei König Friedrich erhoffen«, sprach sie ihren letzten Gedanken laut aus.
Damit verwirrte sie ihre Magd, deren Gedanken mit Stammbergs Wohnsitz beschäftigt waren. Trudi verstand ihren fragenden Blick und zuckte mit den Achseln. »Ritter Frodewin wird sich wohl zu Hause Geld holen wollen, um nicht als Bettler vor den König treten zu müssen. Da die Burg auf unserem Weg liegt, soll es mir recht sein.«
»Woher wollt Ihr wissen, dass wir noch auf dem richtigen Weg sind?«, platzte Uta aus einer plötzlichen Eingebung heraus.
»Ich habe mir in Altötting einige Orte nennen lassen, an denen wir vorbeikommen müssen, und frage Abend für Abend unsere Gastgeber, welche größeren Städte in der Nähe liegen. Bis jetzt hat alles gestimmt.«
Uta blickte sie zweifelnd an. »Aber wir sind nicht durch Salzburg gekommen, und diese Stadt sollte doch auch auf dem Weg nach Graz liegen.«

»Wären wir nach Salzburg geritten, säßen wir jetzt mitten im Gebirge bei Eis und Schnee fest und kämen kaum weiter. Aber auf der Straße, die unsere beiden Führer gewählt haben, konnten wir die Pferde bisher gut ausgreifen lassen. Wenn wir nur ein bisschen Glück haben, werden wir Graz erreichen, ohne eingeschneit zu werden.«

»Vielleicht hat Stammberg diesen Weg nur gewählt, damit er seine Burg aufsuchen kann.« Uta schien dieser Gedanke sehr vernünftig, denn sie selbst hätte ebenso gehandelt. Da weder sie noch Trudi wussten, wo Graz wirklich lag, mussten sie ihren Begleitern vertrauen.

Aber die Tatsache, dass Stammberg ihr den Abstecher zu seiner Burg verschwiegen hatte, missfiel Trudi, und sie nahm sich vor, nun stärker auf das zu achten, was um sie herum vorging.

10.

Nicht lange, da streckten sich die Berge vor den Reisenden wie eine weiße Wand von West nach Ost, und Trudi fror bereits, wenn sie sie nur anblickte. Sie hatte einen Teil des ihr noch verbliebenen Geldes opfern müssen, um Decken für Uta und Lampert zu kaufen, da deren Kleidung nicht so warm war wie ihre. Inzwischen waren sie zwei weitere Tage unterwegs und entgegen den Ankündigungen der beiden Ritter doch zwischen hohe Berge geraten. Die Tage waren sonnig und klar, aber die Pferde mussten sich entweder durch kniehohen Schnee kämpfen oder rutschten auf zu Eis gefrorenen Pfützen aus.

Als Trudi ihre Stute wieder einmal knapp vor einem Sturz bewahrt hatte, wandte sie sich verärgert an Hohenwiesen. »Der Weg ist schlecht gewählt! Hier kommen unsere Pferde noch zu Schaden!«

»Es ist ein guter Weg«, antwortete der Ritter aufgeräumt, »denn er führt uns genau auf das Heim meines Freundes zu. Heute Abend können wir in seiner warmen Halle sitzen und gut schmausen. Morgen lassen wir die Pferde neu beschlagen, so dass sie sicher über die Berge steigen können.«
»Aber Euren Worten und denen Eures Freundes zufolge sollten wir doch gar nicht in die Berge kommen«, wandte Trudi verwirrt ein.
»Wenn man nach Graz reisen will, kann man die Berge nicht ganz umgehen«, erklärte Hohenwiesen ihr wie einem unmündigen Kind und drehte sich dann zu Uta und Lampert um, die ein wenig zurückgeblieben waren.
»Trödelt nicht so! Sonst müsst ihr die Nacht im Freien verbringen, und darüber würden sich die Wölfe freuen. Das gilt auch für Euch, Jungfer. Oder wollt Ihr heute Abend nicht an einem prasselnden Feuer sitzen?«
Hohenwiesens spöttischer Tonfall zerrte an Trudis Nerven, und sie stellte innerlich die Stacheln auf. »Ich glaube nicht, dass ich zur Burg Eures Freundes reiten will. Bringt uns in die nächste Stadt!«
Mit einem Mal erschienen Hohenwiesen und Stammberg ihr so unsympathisch, dass sie sich fragte, wie sie ihnen jemals hatte vertrauen können. Daher beschloss sie, sich bei der nächsten Gelegenheit von den beiden zu trennen und die letzte Wegstrecke nach Graz trotz aller Bedenken mit Uta und Lampert alleine zu bewältigen.
Melchior von Hohenwiesen spürte ihren wachsenden Unmut. »Du wirst die Gastfreundschaft meines Kameraden schlecht ausschlagen können, denn es gibt im weiten Rund keine Stadt und auf viele Stunden auch kein Dorf, in dem du mit deinem Gesinde Unterschlupf finden könntest. Außerdem besteht Ritter Frodewin darauf, dich zu bewirten. Also füge dich darein! Es ist besser für dich und deine Begleiter.«

Der Tonfall des Mannes gefiel Trudi noch weniger als seine Worte. Außerdem ärgerte sie sich darüber, dass er sie auf einmal duzte wie eine beliebige Magd. Sie zügelte ihre Stute und funkelte ihn zornig an. »So lasse ich nicht mit mir reden! Ihr bringt uns sofort in das nächste Dorf, habt Ihr verstanden?«

Statt einer Antwort zog der Ritter sein Schwert und hielt ihr die Spitze an die Kehle. »Wenn du zickig werden willst, kann ich auch anders. Das hier solltest du verstehen!«

Trudi war so empört, dass sie keine Angst empfand. »Was soll das? Steckt Eure Waffe weg!«

»Aber nur, wenn du ganz brav bist, mein Täubchen. Jetzt, wo wir dich einmal in der Hand haben, wollen wir nicht riskieren, dass du uns wieder davonfliegst. Also lang erst einmal deine Zügel herüber. Ich möchte nicht, dass du die Schnelligkeit deiner Stute ausnützen kannst, um uns zu entkommen. Ein gutes Tier übrigens, das ich für die Zucht verwenden werde, sowie ich über einen Hengst verfüge, der ihrer würdig ist.«

»Was soll das werden? Eine Entführung?«

»So kann man es nennen! Vielleicht auch ein Raubüberfall, wenn dir das lieber ist. Reich mir deine Börse herüber! Ein junges Ding wie du braucht kein Geld.«

»Zügel, Börse, was soll ich Euch noch alles geben?«, fragte Trudi voller Wut.

»Alles, was du bei dir hast. Du hast gewiss auch Freunde und Verwandte, die jemanden wie mich reichlich belohnen werden, wenn ich dich ihnen zurückgebe.«

Trudi wünschte Hohenwiesen in die tiefste Hölle und sich gleich mit dazu, weil sie so dumm und leichtsinnig gewesen war, auf diesen Kerl und seinen ebenso windigen Begleiter hereinzufallen. Mit seinem Schwert an der Kehle blieb ihr nichts anderes übrig, als seinen Anweisungen zu folgen und ihm ihren recht mageren Geldbeutel und die Zügel der Stute auszuhändigen.

Melchior von Hohenwiesen wog den Beutel und kniff die Augen-

lider zusammen. »Das kann doch wohl nicht alles sein! Gewiss hast du den Großteil deines Geldes in der Satteltasche stecken. Das kann bis heute Abend dort bleiben. Jetzt müssen wir vorwärts!« Damit riss er so hart an den Zügeln, dass die Stute vor Empörung aufwieherte und antrabte.
Uta und Lampert hatten die Auseinandersetzung verfolgt, ohne eingreifen zu können. Die Magd war unbewaffnet, und Lampert besaß nur einen Dolch. Bevor er danach greifen konnte, hatte auch Stammberg sein Schwert gezogen und hielt ihn in Schach. Lamperts Gedanken führten einen wirren Tanz auf, und er verfluchte sich, weil er die Herrin nicht von Anfang an gewarnt hatte, sich mit den beiden Rittern einzulassen. Jetzt schien es zu spät. Ohne sich zu besinnen, riss er sein Pferd herum, um zu fliehen. Solange er in Freiheit war, sagte er sich, konnte er etwas für seine Herrin und Uta tun.
Stammberg hatte diese Reaktion jedoch erwartet, hieb zu und traf den Knecht mit der flachen Klinge am Kopf.
Lampert kippte bewusstlos aus dem Sattel und fiel in den Schnee, der sich durch das Blut, das aus einer Platzwunde floss, unter ihm rot färbte.
Nur wenige Schritte entfernt kreischte Uta voller Schrecken auf.
»Du hast ihn erschlagen!«
»Und wenn schon! Wäre nicht schade um den Kerl«, antwortete Stammberg achselzuckend. »Aber der dürfte nur ohne Besinnung sein. Ich könnte ihn als Futter für die Wölfe liegenlassen, aber als barmherziger Mensch bringe ich das nicht übers Herz. Also steig ab, und du auch, Jungfer, und hebt den Burschen auf seinen Gaul!«
Von den Schwertern der Ritter bedroht, konnten Trudi und Uta nichts anderes tun als gehorchen. Während sie sich über Lampert beugten, der zu ihrer Erleichterung noch atmete, fing Hohenwiesen das Pferd des Knechts ein, das nach ein paar Schritten stehen geblieben war.

»Wir müssen ihn verbinden, sonst verblutet er noch«, erklärte Trudi mit einem Blick auf ihre Satteltasche, in der neben etwas Leinwand, das sich für die Versorgung von Wunden eignete, auch der Dolch steckte, den sie Otto von Henneberg bei dem Überfall auf sie und die Mägde abgenommen hatte.

Stammberg winkte ab. »Von dem bisschen Blut wird er schon nicht krepieren. Für ihn ist das so, als hätte man ihm ein paar Blutegel angesetzt. Hinterher fühlt er sich besser und wird uns dafür dankbar sein.«

Das war blanker Hohn. Trudi konnte sich nicht mehr beherrschen und schlug voller Wut mit den Fäusten auf den Raubritter ein. Stammberg war so verblüfft, dass er einige schmerzhafte Hiebe abbekam, ehe er sie packen konnte. Dann aber versetzte er ihr einen heftigen Schlag ins Gesicht und schleuderte sie zu Boden.

»Das ist nur ein Vorgeschmack dessen, was dich erwartet, wenn du dich weiterhin störrisch zeigst«, drohte er.

Trudi wischte sich über die schmerzenden Lippen und starrte auf das Blut auf ihrem Handrücken. Wenn der Kerl glaubte, sie mit Schlägen brechen zu können, so sollte er sich getäuscht haben. Sie sah sich nach etwas um, das sie als Waffe benutzen konnte, begriff dann aber, dass sie allein gegen die beiden Schurken nichts ausrichten konnte. Der Zorn trieb ihr die Tränen aus den Augen, doch Stammberg glaubte, er habe ihren Willen gebrochen, und lachte triumphierend.

»Heul nur! So gefällst du mir besser. Und jetzt los, ihr faulen Weiber! Hebt den Knecht auf den Gaul, sonst schlage ich noch einmal zu.«

»Wenn ich dann ebenfalls ohnmächtig daliege, könnt Ihr zusehen, wer Lampert und mich aufhebt.« Trudis bissige Antwort machte jedoch wenig Eindruck auf den Mann.

Er bedrohte sie erneut mit dem Schwert. »Ich warte nicht länger!«

Uta begriff, dass Stammberg bereit war, ihre Herrin niederzuschlagen und vielleicht sogar zu töten. Daher fasste sie Trudis Hände und zog sie auf Lampert zu. »Herrin, beruhigt Euch! Bitte! Die Kerle bringen uns sonst noch um.«

Trudi kniff die Augenlider zusammen und stöhnte auf, weil ihr linkes Auge fürchterlich brannte. Es schwoll bereits zu, und sie war sicher, in den nächsten Tagen mit einem riesigen Veilchen herumlaufen zu müssen. Dennoch hielt nur die Angst, niedergeschlagen zu werden und den Schurken bewusstlos ausgeliefert zu sein, sie davon ab, wieder auf Stammberg loszugehen. Mit mühsam gebändigter Wut half sie Uta, Lampert über den Sattel zu legen, und stieg dann wieder auf ihre Stute. Jetzt bedauerte sie, sich nicht Hiltruds Erzählungen zum Vorbild genommen und ein Messer unter ihrem Kleid versteckt zu haben. Das hatten die Ziegenbäuerin und ihre Mutter in Zeiten großer Gefahr getan, doch ihr selbst war nicht einmal der Gedanke gekommen, sie könne in eine Situation geraten, in der sie eine verstecke Waffe benötigte.

Die beiden Ritter scheuchten Uta wieder auf ihren Gaul, nahmen die Zügel und führten die Pferde neben sich her. Dabei prahlten sie, wie leicht ihnen dieser Streich gefallen wäre, und spotteten über ihre Opfer.

»Ich habe dir ja gesagt, unser Schicksal würde sich in Altötting wenden«, erinnerte Hohenwiesen seinen Freund an einen früheren Ausspruch.

»So hat es aber zuerst nicht ausgesehen. Wenn uns der Opferstock der Kapelle nicht gerettet hätte, besäße nun der Herbergswirt unsere Pferde!«, erwiderte Stammberg lachend.

Sein Kamerad kicherte. »Die Gläubigen hätten ruhig ein wenig mehr spenden können. So hat es gerade dafür gereicht, unsere Zeche zu zahlen und unsere Sachen auszulösen. Aber von nun an geht es uns besser! Dafür wird schon die gutgefüllte Reisekasse der Jungfer sorgen.«

Trudi hätte beinahe laut aufgelacht. Ihre angeblich so reich bestückte Reisekasse hielt Hohenwiesen bereits in der Hand, und er hatte sie als Bettel bezeichnet. Mehr als die paar Münzen würde er bei ihr nicht finden.

11.

Zuletzt wurde der Weg so eng, dass die Pferde hintereinandergehen mussten. Zu beiden Seiten strebten die Felswände beinahe senkrecht empor, und immer wieder fielen Schneebrocken auf die Reiter. Melchior von Hohenwiesen fluchte gotteslästerlich, während die Laune seines Kumpans eher stieg.
»Bald haben wir unser Ziel erreicht, mein Lieber, und können es uns gut gehen lassen.«
»Hoffentlich! Denn wenn das so weitergeht, versinken unsere Gäule bald bis zur Brust im Schnee, und wir kommen weder vor noch zurück«, antwortete Hohenwiesen mürrisch.
»Zugegeben, der Weg zur Burg ist nicht leicht zurückzulegen. Dafür aber bekommt man kaum unliebsame Besucher. Keine Sorge, es ist nicht mehr weit. Wir müssen nur noch diesen einen Anstieg dort vorne schaffen.« Stammberg wies dabei auf einen Abhang, der stark vereist wirkte.
Sein Freund knurrte gereizt. »Wir werden absteigen und die Gäule führen müssen.«
»Unsere Gäste gehen voraus!« Stammberg zog sein Schwert. »Runter von den Zossen, aber schnell!«
Inzwischen war Lampert aus seiner Bewusstlosigkeit erwacht, fühlte sich aber immer noch benommen. Als er die Klinge sah, gehorchte er sofort. Uta rutschte aufquiekend von ihrem Packsattel, Trudi aber wartete, bis der Ritter das Schwert hob, um sie mit der flachen Klinge zu schlagen, und schwang sich erst im letzten Augenblick aus dem Sattel. Nun bekamen sie die Zügel

ihrer Pferde in die Hand gedrückt. Fliehen war jedoch unmöglich, denn die beiden Räuber trieben ihre drei Gefangenen wie eine Schafherde vor sich her.

Als Trudi zornerfüllt stehen blieb und ihr Pferd wie eine Mauer quer über den Weg stellte, spie Stammberg aus und deutete mit dem Schwert auf ihre Stute.

»Mir gefällt dieser Gaul zwar, aber wenn du weiterhin so störrisch bist, steche ich ihn als Erstes ab. Also marsch weiter, oder ...«

Trudi sah ihm an, dass er ihre Stute abschlachten würde, und gab auf. Sie kraulte das nervöse Tier kurz unter der Mähne. »Komm, Wirbelwind, wir müssen weiter«, sagte sie und erstickte beinahe an diesen Worten.

Der Aufstieg war hart, denn es gab keinen gebahnten Weg, und sie rutschten auf dem eisglatten Boden immer wieder aus. Als sie schließlich die Höhe erreicht hatten, sahen sie ein kleines, schmales Tal vor sich, das nicht einmal genug Fläche für einen Meierhof bot. Die Berge, die das Tal umgaben, strebten steil nach oben, und ihre Gipfel verloren sich in den dichten Wolken. In der jenseitigen Felswand entdeckte Trudi auf halber Höhe eine Öffnung im Berg, einem riesigen Schlund gleich, der gerade eine Mauer verschlang.

Trudi musste mehrmals hinsehen, bevor sie begriff, dass sie eine in eine Höhle hineingebaute Burg vor sich hatte, deren Eingang man nur über einen schmalen Pfad erreichen konnte. Jeder Feind, der dieses Bauwerk belagern wollte, konnte nur hoffen, dass es keinen zweiten Ausgang gab, durch den sich die Bewohner versorgen konnten. Nämlich allein durch Aushungern war diese Burg zu nehmen, da gegen deren Willen höchstens Vögel hineinfliegen konnten.

Stammberg blickte seinen Freund herausfordernd an. »Na, habe ich zu viel versprochen? In dem Ding hier werden wir den Winter auf einer Arschbacke absitzen und im nächsten Frühjahr einige wackere Burschen um uns sammeln, mit denen wir den Pfeffersäcken die Sorge um ihren Reichtum abnehmen können.«

»Die Burg sieht verlassen aus«, gab Hohenwiesen zu bedenken. Stammberg zuckte mit den Achseln. »Ich musste vor zwei Jahren ziemlich schnell von hier verschwinden und anderswo mein Auskommen suchen.«

»Was ist mit Vorräten? Ich habe keine Lust, hier in den Bergen zu verhungern!« Hohenwiesen sah aus, als würde er am liebsten die Pferde wenden und den Weg zurückreiten, den sie gekommen waren.

Sein Freund lachte ihn aus. »Glaubst du, ich hätte keine Vorkehrungen für den Fall getroffen, dass ich wieder zurückkomme? Ich habe etliche Fässer mit Mehl, Pökelfleisch und anderem Zeug im tiefsten Keller unter Sand begraben lassen. Zusammen mit dem Wildbret, das wir hier jagen können, werden wir mitsamt unseren Gästen wie die Fürsten leben.«

Stammberg wies grinsend auf Uta und Lampert. »Wir beide brauchen nicht einmal einen Finger zu rühren, denn die beiden werden uns fein säuberlich bedienen. Außerdem ist das Weibsstück noch zu anderen Dingen gut.« Er bewegte dabei sein Becken mit einem anzüglichen Grinsen vor und zurück.

Uta schlug die Hände vors Gesicht. »Nein, das dürft Ihr nicht tun!«

»Und ob ich das tun werde, und zwar richtig!« Stammberg versuchte, die Magd in den Busen zu kneifen, doch seine Finger rutschten an der Decke ab, die sie fest um sich geschlungen hatte. In dem Augenblick, in dem er Uta berührte, stieß Lampert einen Schrei aus und ging auf den Mann los. Der Ritter wich ihm jedoch geschickt aus und stellte ihm ein Bein, so dass der Knecht haltlos in den Schnee fiel. Lachend stellte Stammberg ihm den Fuß in den Nacken und drückte seinen Kopf tief in die weiße Pracht.

Lampert schlug verzweifelt mit Armen und Beinen, doch der Ritter presste ihn so lange in den Schnee, bis seine Bewegungen schwächer wurden. Dann trat er zurück und versetzte dem Halberstickten einen Fußtritt.

»Beim nächsten Mal werde ich nicht mehr so nachsichtig mit dir sein«, drohte er und forderte seine Gefangenen auf, zur Burg hochzusteigen.

Die beiden Männer trieben ihre drei Opfer so geschickt vor sich her, dass ihnen niemand entkommen konnte. Offensichtlich waren Trudi und ihre Begleiter nicht die Ersten, die die Kerle entführt hatten, und das Mädchen begriff endlich, dass sie auf ein paar üble Raubritter hereingefallen war, denen das Wasser bis zum Hals stand. Aber nun glaubten die Kerle wieder mit Zuversicht in die Zukunft sehen zu können.

Trudi zerfraß sich in Selbstvorwürfen und wusste zuletzt nicht, wie sie das letzte Stück Weg zur Burg geschafft hatte. Nur der beißende Wind, der um die Felswand fegte, blieb ihr in Erinnerung.

Der Eingang war mannshoch zugeweht, und Stammberg zwang die drei, den Schnee ohne Hilfsmittel beiseitezuräumen. Es war eine mühselige Arbeit. Trudis Hände wurden vor Kälte steif, und zuletzt weinten sie und Uta vor Erschöpfung.

Kaum lag das Tor frei, zog Stammberg einen alten Schlüssel, der mehr einem verbogenen Haken glich, aus seiner Satteltasche, steckte ihn ins Schlüsselloch und versuchte zu öffnen. Das Schloss war jedoch eingefroren, und er musste eine ganze Weile hantieren, bis er den Verschlussbolzen gelöst hatte und eintreten konnte.

»Siehst du, ich hatte recht!«, sagte er zu seinem Kameraden. »Seitdem ich weggegangen bin, ist keiner mehr hier gewesen!«

Zufrieden nahm er eine Fackel aus einer Mauernische und setzte sie mit Hilfe von Feuerstein, Stahl und Zunder, die ebenfalls dort lagen, in Brand.

Das nächste Tor führte in einen Stall, der zwei Dutzend Pferde aufnehmen konnte. In einem abgetrennten Teil gab es sogar noch Stroh und Heu. Als Stammberg die Futterkiste öffnete, konnte man jedoch sehen, dass der Hafer den Mäusen zum Opfer gefallen war, denn es lagen nur noch Schalenreste darin und massenhaft Kötel.

»Im Keller muss sich noch ein Fass mit Hafer befinden. Du, Bursche, wirst morgen die Kiste saubermachen und dann frischen Hafer von unten holen. Jetzt aber schürst du erst einmal das Feuer in der Küche, damit die Magd das Abendessen kochen kann. Sie soll dafür die Vorräte nehmen, die wir unterwegs erstanden haben.«

Damit meinte er das Fleisch und das Brot, welches sein Freund und er bei ihrem letzten Gastgeber aus der Speisekammer gestohlen hatten. Die Menge reichte aus, um fünf Leute einige Tage lang zu verköstigen.

Dann ordnete Stammberg an, dass sie vorerst nur die Küche bewohnen sollten, weil es neben ihr einen Raum gab, der von außen zugeschlossen werden konnte. Lampert musste unter scharfer Bewachung zuerst die Pferde versorgen und dann etwas Stroh in die Kammer bringen, in die die Raubritter Trudi sperren wollten. Vorerst erlaubten die Entführer ihr, in der Küche zu bleiben und sich am Feuer zu wärmen.

Kaum hatte Lampert die Befehle ausgeführt, zwangen die beiden Männer ihn, sich flach auf den Boden zu legen. Während Stammberg ihn mit gezückter Klinge in Schach hielt, legte sein Kumpan ihm eine Eisenschelle um den rechten Fußknöchel und schloss diese mit zwei Nieten. Danach befestigte Hohenwiesen eine kurze Kette mit einer schweren Eisenkugel an der Schelle. Als Lampert wieder aufstehen durfte, musste er, wenn er gehen wollte, diese Kugel entweder in der Hand tragen oder mühsam hinter sich herziehen.

»Der wäre versorgt!«, spottete Stammberg und machte sich ei-

nen Spaß daraus, den Knecht mit der flachen Klinge anzutreiben. Lange aber hielt er sich damit nicht auf, sondern trat auf Uta zu, die den über der Feuerstelle hängenden Kessel blank geputzt hatte und nun einen Eintopf aus Wasser, Mehl, kleingeschnittenem Fleisch und Steckrübenscheiben kochte.
»Das kann deine Herrin tun. Du wirst für etwas anderes gebraucht!«
»Nein!«, schrie Uta erschrocken, doch angesichts der Schwertspitze, mit der er auf ihren Busen zielte, begann sie langsam, ihre Kleider abzulegen.
Lampert stieß einen Schrei aus und riss die Eisenkugel hoch, um Stammberg damit niederzuschlagen, doch da hielt Hohenwiesen ihm grinsend das Schwert vor den Bauch. »Das würde ich an deiner Stelle nicht tun. Sonst müssten wir überlegen, ob wir dich am Leben lassen wollen. Die beiden Weibsstücke können die Arbeit auch allein tun.«
Vor Wut zitternd, setzte Lampert die Kugel wieder ab und stand mit geballten Fäusten da. Trudi konnte ebenfalls nur hilflos mit ansehen, wie Stammberg ihre Magd zu dem Strohhaufen schleifte, der als Bett für die Ritter dienen sollte, und sie dort mit einem harten Griff zwang, sich hinzulegen. Als der Ritter seine Hose öffnete und sich auf Uta warf, kehrte Trudi ihnen den Rücken zu und schnipselte mit Tränen in den Augen die letzten Steckrüben. Dabei stellte sie sich vor, das Messer in Stammbergs Wanst zu rammen. Hohenwiesen stand jedoch mit gezogenem Schwert zwischen ihr und seinem Kumpan und ließ die Augen zwischen Stammberg und den Gefangenen hin- und herwandern.
Schließlich befahl er Lampert, Trudis Satteltaschen zu holen und auszuleeren. Als er sah, dass nur ein wenig Ersatzkleidung in ihnen zu finden war, trat Hohenwiesen fluchend auf Trudi zu und zerrte sie an den Haaren herum.
»Wo hast du dein Geld versteckt?«

Sie riss das Messer hoch und stach zu, traf aber nur Hohenwiesens Gürtel. An dem zähen Leder glitt die stumpfe Klinge ab, und zu einem zweiten Stich kam Trudi nicht mehr. Der Ritter prellte ihr mit der Linken die Waffe aus der Hand und versetzte ihr mit der anderen Hand eine Ohrfeige, die sie halbbetäubt zu Boden warf.

Hohenwiesen sah mit verkniffener Miene auf sie herab und entblößte dann die Zähne zu einem höhnischen Lächeln. »Wenn du kein Geld hast, muss deine Mutter ihre Truhen leeren, damit sie dich unbeschadet zurückbekommt. Und jetzt mach, dass du an den Kessel kommst. Ich bekomme Hunger!«

Trudi kämpfte sich auf die Beine, hob das Messer auf und zerteilte noch ein paar Rüben. Während sie das Essen zubereitete, wünschte sie sich, ihre Ohren wären taub, denn Utas Wimmern und Flehen, der Ritter solle doch nicht gar so rauh sein, peinigte ihre Nerven.

Auch wenn sie den beiden den Rücken zudrehte, glaubte sie die Vergewaltigung vor sich zu sehen. Dabei gaukelte ihre Phantasie das Geschehen schrecklicher vor, als es war. Gleichzeitig nahm sie wahr, dass Stammbergs Kumpan sie förmlich mit den Augen auszog. Noch ließ Hohenwiesen sie in Ruhe, doch der Winter hatte erst begonnen, und sie war sicher, dass die Schurken mit der Zeit auch noch die letzten Hemmungen verlieren würden. Aber ihr eigenes Schicksal erschien ihr nicht so schrecklich wie das, welches auf ihre Mutter zukam. Ihr hatte sie nun genau die Sorgen aufgehalst, die sie um jeden Preis hatte vermeiden wollen, und bei dieser Erkenntnis wünschte sie sich, auf der Stelle zu sterben.

12.

𝒫eter von Eichenloh betrachtete den König, der ihm in einen dicken Pelzmantel gehüllt gegenübersaß, den Kopf mit der scharf geschnittenen Nase auf die rechte Hand gestützt, und überlegte, was er Friedrich antworten sollte. Ein Feldzug im Winter war auch dann eine schlimme Sache, wenn man ihn gut vorbereitet antreten konnte. Ein Angriff auf eine Festung mit geringen Mitteln und ohne Geschütze und Belagerungsgeräte erschien ihm jedoch als nackter Wahnsinn. Andererseits verstand er, was den König antrieb. Die umkämpfte Burg beherrschte einen der wichtigen Gebirgsübergänge, und Friedrich durfte nicht zulassen, dass sie sich noch im Frühjahr in den Händen seines Bruders und schlimmsten Konkurrenten, Herzog Albrecht von Österreich, befand.

»Nun, Eichenloh, glaubt Ihr, Ihr würdet es schaffen?« König Friedrichs Stimme klang so leise, als habe er Angst vor jedem Wort. Im Grunde seines Herzens erwartete er ein Nein. Um dem Söldnerführer Zeit zum Überlegen zu geben, blickte Friedrich durch das offene Fenster auf die Höhen, die Graz in dieser Jahreszeit wie ein weißer Kranz umgaben.

Eichenloh aber wusste, dass man ein gekröntes Haupt nicht warten lassen durfte, und verneigte sich knapp. »Ein Handstreich noch in diesem Jahr würde uns vieler Sorgen entheben, Euer Majestät. Bis zum Ende des Winters könnten die Leute, die Euer Bruder nach Teiflach geschickt hat, die Burg weiter ausbauen und verstärken. Dann müsstet Ihr sie entweder Herzog Albrecht überlassen oder sie mit starken Truppen belagern.«

Er wusste, dass Friedrich von Habsburg weder über ein so starkes Heer noch über ausreichend Belagerungsgerät verfügte, mit dem er eine Bergfestung wie Teiflach hätte erobern können. Zwar saß der gekrönte König der Deutschen als Dritter seines Namens auf dem Thron, doch seine Mittel, dem Titel auch Inhalt und Macht zu verleihen, waren jämmerlich gering.

Selten war ein Mann mit schlechteren Vorbedingungen zum Herrscher über das Reich gewählt worden. Friedrich war nicht einmal unumschränkter Herr in seinem Teil der Habsburger Besitzungen, denn der Adel und die Städte richteten stets neue, immer unverschämtere Forderungen an ihn. An diesem Zustand trug er jedoch keine Schuld, denn die Unruhen wurden von Friedrichs jüngerem Bruder, Herzog Albrecht IV. von Österreich, geschürt. Der ehrgeizige Fürst tat alles, um seine Macht auf Friedrichs Kosten zu vergrößern. Die Besetzung der kleinen, aber wichtigen Bergfestung Teiflach war nur eine der vielen Aktionen, mit denen Albrecht die Macht seines Bruders untergrub.

Friedrich von Habsburg hatte nach Eichenlohs Antwort eine Zeitlang geschwiegen und seinen Gast den eigenen Gedanken überlassen. Jetzt hob er den Kopf und musterte sein Gegenüber mit einem fragenden Blick.

»Ich könnte diese Aufgabe auch einem meiner steirischen Ritter übertragen. Doch selbst der Treueste von ihnen hat Verwandte, die meinem Bruder dienen. Fällt nur ein falsches Wort, wäre Albrecht gewarnt und könnte genug Männer nach Teiflach schicken, um eine Rückeroberung der Burg unmöglich zu machen.«

Wer den König so hört, könnte ihn für einen mutlosen alten Mann halten, dachte Eichenloh verunsichert. Gleichzeitig aber war er gespannt, wie Friedrich III. diese Situation meistern wollte.

»Natürlich kann ich Teiflach auch einfach aufgeben und ein Stück weiter unten im Tal eine neue Burg bauen lassen, um den Pass zu schützen. Allerdings würden Albrechts Leute von der Höhe aus meine Männer stören und vielleicht sogar den Bau verhindern, und das wäre meinem Ansehen im Reich abträglich.«

Bei diesen Worten wirkte der König auf einmal so entschlossen und kriegerisch, als wolle er jeden, der Zweifel an seiner Macht äußerte, mit eigener Hand niederschlagen.

Eichenloh weilte noch nicht lange genug in der Steiermark, um Friedrich einschätzen zu können. Obwohl der König noch keine dreißig Jahre zählte, trat er so bedächtig auf, als müsse er sich jeden einzelnen Schritt dreimal überlegen. Andererseits aber war er ein brillanter Taktiker. Die Idee, einen Landfremden damit zu beauftragen, die an seinen Bruder verlorene Burg durch einen kühnen Handstreich mitten im Winter zurückzuholen, hätte jeder andere schon im Ansatz als undurchführbar abgetan.

Friedrich ballte die Faust, als wolle er einen unsichtbaren Feind niederschlagen. »Mein Bruder hat Teiflach kurz vor dem ersten Schnee durch Verrat eingenommen. Aber das Wetter dürfte ihn daran gehindert haben, genug Vorräte dorthin schaffen zu lassen und die Burg mit einer starken Mannschaft zu besetzen. Also kann er höchstens ein Dutzend Soldaten dort zurückgelassen haben.«

Für Eichenloh hörte es sich so an, als wolle der König ihm einen arg sauren Bissen schmackhaft machen. Oder versuchte Friedrich, sich selbst Mut zuzusprechen?

»Über wie viele Leute verfügt Ihr, Eichenloh?«

»Gut zwei Dutzend oder, genauer gesagt, siebenundzwanzig.«

»Das wird nicht reichen. Ich gebe Euch noch dreißig Fußknechte mit. Mit diesen Leuten müsst Ihr es schaffen. Es darf keinen Fehlschlag geben. Ein solcher würde nicht nur meine Feinde ermutigen, sondern auch mich dem Gelächter des gesamten Reiches preisgeben.« Erneut klirrte Friedrichs Stimme, als zügele er nur mühsam seinen Zorn.

Er war der Senior im Hause Habsburg und damit laut Sippengesetz berechtigt, seine jüngeren Verwandten zu leiten. Doch sein Bruder gönnte ihm weder den Rang noch die Vormundschaft über den Knaben Ladislaus, den Erben der Königskronen von Ungarn und Böhmen und auch des niederösterreichischen Teils der Habsburger Lande.

Am liebsten hätte Eichenloh dem König vorgeschlagen, so viele Ritter und Fußknechte wie möglich zu sammeln und seinen Bruder ein für alle Mal zur Räson zu bringen. Er wusste jedoch, dass Friedrich für solche Vorschläge nicht empfänglich war. Eine großangelegte Aktion barg im Keim die Möglichkeit des Scheiterns und damit die Gefahr, Thron, Land und Leben zu verlieren. Ein solches Risiko wollte der König nicht eingehen.

Eichenloh bemerkte, dass er sich schon wieder mit der Gesamtsituation beschäftigte, anstatt mit Friedrich zu beraten, wie die Burg Teiflach eingenommen werden konnte. Doch als er seine Pläne darlegen wollte, hob Friedrich die Hand.

»Wie Ihr das macht, überlasse ich Euch. Selbst hier ist es möglich, dass man uns belauscht.«

In Eichenlohs Ohren klang das nach einer Ausrede, ihn zum Sündenbock machen zu können. Der König hatte ihm die volle Verantwortung für diese Aktion aufgelastet und würde, wenn sie misslang, seine Hände wie einst Pontius Pilatus in Unschuld waschen. In gewisser Weise hätte Eichenloh sich einen lebhafteren Herrn gewünscht als diesen Zauderer, doch als er ihn mit dem Markgrafen von Ansbach verglich, der wie ein auf dem Sprung befindliches Raubtier aufgetreten war, dachte er seufzend, dass beiden ein wenig von den Charakterzügen des jeweils anderen guttäte. Friedrich würde ein wenig mehr Wagemut anstehen und dem Hohenzoller ein Teil von Friedrichs Vorsicht.

Er schob diesen Gedanken rasch wieder beiseite, denn es galt nun, alle Vorkehrungen für den kühnen Streich zu treffen, ohne dass jemand Verdacht schöpfen und seine Gegner warnen konnte. Eichenloh verbeugte sich vor dem König und bat, sich zurückziehen zu dürfen. Friedrich nickte und beugte sich über einen Stapel Briefe, die er an diesem Tag empfangen hatte. Seinem säuerlichen Gesichtsausdruck nach schien der Inhalt der Schreiben unerfreulich zu sein.

13.

Im Nordwesten, mehrere Tagesritte von Graz entfernt, stand Herzog Albrecht von Österreich auf einer Anhöhe und musterte die Verteidigungsanlagen der Burg Teiflach. Zufrieden stellte er fest, dass sie in gutem Zustand waren und stark genug, um jedem Angriff standzuhalten, mochte dieser im Winter oder erst im Frühjahr erfolgen. Mit einem zufriedenen Nicken drehte er sich zu seinen zwei Begleitern um, die mit ihm den steilen, schneebedeckten Hang hochgestiegen waren.
»Diese Burg ist zwar nur ein kleiner Dorn im Gesäß meines Bruders, aber er wird ihn schmerzen.«
Georg von Gressingen, der zu den Männern gezählt hatte, die von einem Verräter in die Burg eingelassen worden waren und die Besatzung im Schlaf überrascht hatten, grinste zustimmend.
»Es wird Herrn Friedrich gewaltig stinken, dass er diese Burg an Euch verloren hat. Aber er wird bald noch mehr Grund haben, sein Schicksal zu beweinen.«
»Das will ich hoffen!« Albrecht von Österreich bleckte die Zähne, als wolle er seinem Bruder selbst an die Kehle gehen. »Er wäre nicht der erste Habsburger, der wegen eines Erbstreits den Tod findet.«
Damit spielte er auf seinen Namensvetter Albrecht an, der als zweiter Habsburger zum deutschen König gewählt worden und von seinem eifersüchtigen Neffen Johann Parricida ermordet worden war. Herzog Albrecht gedachte jedoch nicht, sich selbst die Hände schmutzig zu machen. Das sollten die beiden Männer tun, die sein Vertrauter Cyprian Pratzendorfer ihm geschickt hatte.

Er nickte den beiden huldvoll zu. »Ich lege die Ausführung dieser Aktion vollständig in Eure Hände, meine Herren. Ich selbst werde im Anschluss in die Vorlande zurückkehren und dieses aufständische Gesindel, das sich Eidgenossen nennt, zur Räson bringen.«

Während Gressingen sich bei dem Gedanken an die Belohnung bereits die Hände rieb, zog Otto von Henneberg ein säuerliches Gesicht. Seine Narbe war inzwischen halbwegs abgeheilt, verlieh ihm aber ein grimmiges und vor allem für Frauen erschreckendes Aussehen. Obwohl er Gressingen eine gewisse Mitschuld an dieser Entstellung gab, hatte er sich zunächst noch gefreut, hier in der Ferne auf einen Bekannten zu treffen. Mittlerweile aber wünschte er sich an jeden anderen Ort der Welt als diesen. Junker Georg und er hatten Teiflach erobert, und zur Belohnung fanden sie sich inmitten eines Mordkomplotts gegen König Friedrich wieder. Das war alles andere als ein ehrenhafter Dienst, und er fühlte sich enttäuscht und erniedrigt. Mit Freuden wäre er Herzog Albrecht von Österreich an den Rhein und an den Bodensee gefolgt, um dort gegen die Schweizer zu kämpfen. Doch der geplante Meuchelmord stieß ihn ab. Im Gegensatz zu Gressingen ließ er sich nicht von der Belohnung blenden, die Herzog Albrecht von Österreich ihnen für diese Tat versprochen hatte, sondern fragte sich, wie groß dessen Hass auf seinen älteren Bruder sein musste, dass er ihm nicht nur Land und Titel, sondern auch noch das Leben missgönnte.

Graf Otto war mit seinem Bruder immer gut ausgekommen und hätte sich niemals vorstellen können, einen Mord begehen zu lassen, um seinen Erbteil mit Magnus' Land zu vergrößern. Die ganz hohen Herren schienen jedoch anders zu denken als seinesgleichen. Für sie zählte allein die Macht, und dabei nahmen sie nur wenig Rücksicht auf familiäre Bindungen.

Herzog Albrecht schien Ottos Zweifel zu ahnen, denn er wiederholte die Gründe für seinen ungewöhnlichen Auftrag, die er

ihnen schon zu Anfang dargelegt hatte. »Friedrich stellt eine Gefahr für das Haus Habsburg dar. Seit er zum deutschen König gewählt wurde, hat er Ungarn, das er für Ladislaus verwalten sollte, an den Jagiellonen Wladislaw verloren und sich auch unfähig gezeigt, die Herrschaft in Böhmen gegen Georg von Podiebrad zu sichern. Dies ist ein herber Verlust, den Habsburg nicht hinnehmen darf.«
Den du nicht hinnehmen willst, berichtigte Otto von Henneberg Albrecht von Österreich insgeheim. Diesem Habsburger ging es nicht um das Ansehen des eigenen Hauses, sondern darum, selbst die Hand auf Böhmen, Ungarn, Niederösterreich und alle anderen Gebiete zu legen, die Kaiser Sigismunds Enkel Ladislaus aufgrund seiner Abstammung als sein Erbe fordern konnte. Und mehr noch ging es ihm um die Krone des Reiches der Deutschen, die Herzog Albrecht seinem Bruder missgönnte und die nach dessen Tod, wie er annahm, auf ihn übergehen würde.
Aufmerksam beobachtete Otto den Herzog, der selbst in seinem dicken Pelzumhang wie ein Raubtier auf dem Sprung wirkte. Das Gesicht war noch jugendlich schmal, doch in den blauen Augen brannte ein verzehrendes Feuer, und er ballte beinahe bei jedem Satz die Faust. Der Gedanke, diesen Mann einmal als König des Reiches zu sehen, war eher abstoßend als wünschenswert, und er fragte sich, ob er wirklich bereit war, Friedrich zu töten, damit dessen Bruder den Thron besteigen konnte.
Gressingen sah Henneberg an, wie wenig diesem die Situation behagte. Offensichtlich schlug das Kerlchen sich mit seinem Gewissen herum. Am liebsten hätte er ihn ausgelacht, aber das musste er sich in Gegenwart des Herzogs verkneifen. Albrecht von Österreich konnte nicht wissen, dass Graf Otto aus der Heimat geflohen war, um der Rache für einen Mord zu entgehen, den er nie begangen hatte. Hier aber sollte der junge Henneberger eine Tat begehen, die er noch in Franken als ehrlos bezeichnet hatte. Was würde das Gräflein wohl sagen, wenn es wüsste, dass Michel

Adlers Mörder direkt neben ihm stand? Den Auftrag ablehnen konnte der Henneberger jedoch nicht, denn Herzog Albrecht würde keinen Mitwisser am Leben lassen.

Gressingen räusperte sich. »Es wird nicht leicht sein, an Friedrich heranzukommen.« Im letzten Augenblick hatte er vermieden, »Euren Bruder« zu sagen. Es brachte wenig, den Herzog auf die nahe Verwandtschaft zu seinem erklärten Feind hinzuweisen.

Für ihn war der König ein Fremder und ein ebenso gutes Opfer wie jeder andere. Nein, nicht ganz, sagte er sich und spürte, wie sein Blut schneller durch die Adern rauschte. Sein Dolch würde in Kürze das Schicksal des Reiches bestimmen. Michel Adler hatte er getötet, weil dieser ihn in die Enge hatte treiben wollen. Es war die Entscheidung eines Augenblicks gewesen. Seit dem Tod dieses Mannes spürte Gressingen die Macht, die ihm der zehn Zoll lange Stahl an seiner Seite verlieh. Inzwischen lachte er auch über die Angst, die ihn nach dem Mord an Michel in den Klauen gehalten hatte. Damals hatte er sein Pferd zuschanden geritten, weil er gedacht hatte, man könnte ihn für den Mörder halten und verfolgen. Jetzt aber fühlte er sich sicher und kühn genug, um alles zu wagen.

Sein Dolch würde ihm nun zu einem Aufstieg verhelfen, von dem er in der Heimat höchstens hätte träumen können. Der Titel eines Grafen, den Otto von Henneberg von Geburt an trug, ohne über die für diese Stellung notwendigen Fähigkeiten zu verfügen, war das Mindeste, das er von Albrecht von Habsburg erhoffen durfte.

»Ich nehme an, Euch fehlt nicht der Mut für diese Tat, meine Herren!«

Herzog Albrechts Bemerkung riss Gressingen aus seinen angenehmen Vorstellungen. »Gewiss nicht, Euer Durchlaucht. Diese Aufgabe bedarf nicht nur des Mutes. Es darf auch nicht an Geschicklichkeit, Verstellungskunst und Umsicht fehlen. Wenn mein Freund und ich Euch von König Friedrich befreien, wollen wir nicht von dessen Leibwachen in Stücke gehackt werden.«

»Ein löblicher Vorsatz!« Herzog Albrecht verzog sein Gesicht zu etwas, das einem Lächeln gleichkommen sollte. Für sich aber nannte er Gressingen einen Feigling. Der Mann taugte wirklich nur zu einem Meuchelmörder. Aber der Charakter des Kerls konnte ihm gleichgültig sein, solange er ihm den Weg an die Spitze Habsburgs und des Reiches frei machte. Sollte es Gressingen und seinem Kumpan gelingen und sie tatsächlich lebend davonkommen, würde er sich gut überlegen müssen, was er mit ihnen anfangen sollte.

»Ihr habt den Winter über Zeit, nachzudenken, wie Ihr die Tat ausführen wollt. Es ist wichtig, dass niemand Verdacht schöpft oder Euch an Friedrichs Hof mit mir in Verbindung bringt. Daher werdet Ihr bis zum Frühjahr hier auf Teiflach bleiben. Ich überlasse Euch ein halbes Dutzend Fußknechte. Mit deren Hilfe werdet Ihr die Burg selbst dann halten können, wenn einer der Vasallen meines Bruders so wahnsinnig wäre, zu dieser Jahreszeit einen Angriff zu wagen.«

Herzog Albrecht von Österreich streifte die beiden Männer, die er ins Vertrauen gezogen hatte, noch mit einem kurzen Blick, dann machte er sich an den Abstieg. Nach wenigen Schritten glitt er auf dem festgetretenen Schnee aus und geriet in Gefahr, in die Tiefe zu stürzen. Otto von Henneberg griff gerade noch rechtzeitig zu, um dies zu verhindern.

»Habt Dank!« Albrecht von Österreich schenkte Henneberg ein wohlwollendes Lächeln und fragte sich, ob er mit Gressingen nicht den falschen Mann zum Anführer gemacht hatte. Doch sein Gewährsmann Pratzendorfer hatte Graf Otto als jungen, unbedachten Ritter geschildert und Gressingen das kühlere Blut zugeschrieben. Mit einer ärgerlichen Handbewegung schob der Herzog diese Überlegung beiseite. Wichtig war, dass die beiden Männer Erfolg hatten. Er musste nur dafür Sorge tragen, dass er nicht selbst mit dieser Tat in Verbindung gebracht wurde. Sein Bruder besaß genug Feinde, die ihm nach dem Leben trachteten, und jeder von ihnen konnte die Meuchelmörder geschickt haben. Aus diesem Grund hatte er auch keinen seiner Gefolgsleute mit dem Anschlag beauftragt, sondern sich auf Pratzendorfer verlassen, der zwar offiziell in Papst Eugens Diensten stand, aber insgeheim für ihn arbeitete.

Sehr zufrieden mit sich betrat der Herzog die Burg und ließ sich in der bescheidenen Halle nieder. Bis auf ein paar alte Waffen waren die Wände leer, und auch die Tafel, an der höchstens zwanzig Leute Platz fanden, trug bereits deutliche Spuren der Holzwürmer. Im Vorratskeller gab es kaum mehr als Reste, denn Friedrich hatte die Versorgung der Burg mit Wintervorräten immer wieder hinausgeschoben. Nicht zuletzt deswegen hatte ein Mann der Besatzung ihm die Burg in die Hände gespielt. Doch auch er hatte nur ein paar Maultierladungen Lebensmittel heranschaffen können. Die mussten für zwei Ritter, sechs Krieger und drei Knechte reichen.

Sechster Teil

◆

Der König

I.

Trudi schien es, als habe es nie ein Leben vor der Gefangenschaft gegeben. Selbst ihre Mutter und ihre Schwestern schienen nur noch Gestalten aus einem fernen Traum zu sein, und sie hatte das Gefühl, ein halbes Menschenleben in diesem finsteren, kalten Loch zugebracht zu haben, in das nicht einmal der Schein des Herdfeuers drang.

Da die Entführer ihr weder eine Fackel noch eine Unschlittlampe gelassen hatten, konnte Trudi sich nur tastend in ihrer Zelle bewegen. Das war eine demütigende Erfahrung, vor allem dann, wenn sie den Eimer suchte, der ihr für ihre Notdurft diente. Sie bekam auch nicht genügend Wasser, um sich waschen zu können, und stank nun so, dass sie sich vor sich selbst ekelte. Wenn sie den Getreidebrei und gelegentlich auch etwas altes, ranziges Pökelfleisch erhielt, musste sie mit schmutzigen Händen essen, und davor hatten ihre Mutter und die Ziegenbäuerin sie stets gewarnt. Die beiden hatten auf ihren Reisen oft erlebt, wie durch mangelnde Sauberkeit Krankheiten entstanden, und nun lebte Trudi in stetiger Angst, hilflos auf dem zerfallenden Stroh zu liegen und sich selbst zu beschmutzen. Dabei ging es ihr weitaus besser als ihren Begleitern.

Uta und Lampert hatten zwar ein wenig mehr Bewegungsfreiheit als sie, waren aber den ständigen Quälereien der Raubritter ausgesetzt. Wenn Stammberg und Hohenwiesen die Festung verließen, um auf die Jagd zu gehen, wurden sie in der Küche angekettet oder qualvoll gefesselt, so dass keine Möglichkeit zur Flucht bestand.

Neben ihren eigenen Ängsten litt Trudi mit, wenn die Kerle über Uta herfielen und die Schreie der Magd in ihren Verschlag drangen. Da die beiden Schurken in der von der Außenwelt abgeschnittenen Burg nichts anderes zu tun hatten, schütteten sie den Wein in sich hinein, der sich wohl reichlich im Keller befand.

Der Alkohol schwemmte die letzten Hemmungen der beiden Männer fort und ließ Stammberg und Hohenwiesen zu Tieren werden.

Nein, nicht zu Tieren, berichtigte Trudi sich. Tiere waren nicht von Natur aus grausam. Ihre Entführer aber dachten sich ständig neue Gemeinheiten aus, mit denen sie Uta demütigen konnten. Da die beiden ungeniert über das redeten, was sie Uta antaten, bekam Trudi ihr widerliches Tun in allen Einzelheiten mit und wusste nicht, wie sie ihrer Magd später noch in die Augen sehen sollte. Sie schämte sich auch vor Lampert, der den Wortfetzen und Geräuschen zufolge, die in Trudis Verschlag drangen, immer wieder versuchte, Uta beizustehen. Zur Strafe schlugen die Schufte ihn, peitschten ihn aus und fesselten ihn auf schmerzhafte Weise. Auch drohten sie immer wieder, ihn umzubringen, taten es aber doch nicht, weil sie sonst die Arbeiten hätten selbst tun müssen, zu denen sie den Knecht zwangen.

Trudi war von den Schurken bisher verschont geblieben, auch wenn die Kerle ihr immer wieder mit widerwärtigen Worten beschrieben, was sie mit ihr machen würden, wenn es kein Lösegeld für sie gäbe. Doch Trudi ahnte, dass sich die beiden wohl kaum bis zum Ende des Winters würden beherrschen können. Aus diesem Grund fürchtete Trudi bei jedem Geräusch vor ihrer Tür, die beiden würden hereinkommen und sie ebenso missbrauchen wie Uta. Eingeschlossen in völliger Dunkelheit, haderte sie mit sich, diese verhängnisvolle Reise angetreten zu haben, und sie sah den Tod als einzigen Ausweg für sich und ihre Begleiter.

Wäre es ihr möglich gewesen, an einen scharfen Gegenstand zu kommen, hätte sie sich längst die Pulsadern aufgeschnitten. Auch hatte sie die Kammer mehrmals gründlich abgetastet, um eine Stelle zu finden, an der sie sich mit ihrem zu einem Strick gedrehten Unterhemd aufhängen konnte. Doch es gab weder einen Balken noch eine Fackelhalterung oder sonst eine Möglichkeit,

eine Schlinge zu befestigen. Sie hatte sogar schon versucht, sich mit einem Streifen, den sie vom Saum ihres Unterhemds gerissen hatte, selbst zu erdrosseln, war aber nur bewusstlos geworden und mit schmerzendem Hals aufgewacht.
Der Tod, das war ihr danach klargeworden, wäre nur ein Fliehen aus der Verantwortung, zumindest so lange, wie Uta und Lampert noch lebten. Daher grübelte sie nun ständig, um doch noch eine Möglichkeit zur Flucht zu finden. Aber ihr war nicht einmal der Hauch einer Idee gekommen.
Wie so oft drang Stammbergs höhnisches Auflachen so laut durch die Tür, als stände er mitten in der Zelle. Trudi wurde aus ihren Gedanken gerissen und spürte, wie sich ihr die Nackenhaare aufstellten. Wenn der Mann so betrunken war, führte er sich derart abscheulich auf, dass sie im Tierreich keinen Vertreter finden konnte, mit dem sie ihn hätte vergleichen können.
Nun brüllte er, dass das Holz der Tür vibrierte. »Willst du wohl gehorchen? Du wirst es mir so machen, wie ich es dir befohlen habe, sonst schlage ich dir die Rippen ein!«
»Bei Gott, nein! Dafür kommt man in die Hölle!«, rief Uta und kreischte noch im selben Augenblick auf. Ein heftiges Klatschen verriet Trudi, dass jemand mit dem Stock auf ihre Magd einhieb.
»Ihr widerwärtigen Schufte! Euch sollte man wie tolle Hunde erschlagen!« Lamperts Stimme klang matt, als sei er am Ende seiner Kraft. Dennoch versuchte er, die beiden Raubritter von Uta abzulenken. Seinen Worten folgte das Geräusch eines harten Schlags und eines dumpfen Aufpralls.
»Jetzt haben sie ihn umgebracht«, flüsterte Trudi. Sie konnte nur noch Stammberg hören, der Uta mit üblen Worten verwünschte und hemmungslos auf sie einzuprügeln schien. Die Magd schrie und kreischte, als stecke sie am Spieß, und Trudi begriff, dass es dem Mann nicht nur darum ging, sich ihrer zu bedienen. Er genoss es, sie zu quälen.

»Verdammt, mach jetzt endlich! Nimm das dumme Ding. Ich habe keine Lust, ewig zu warten.« Im Gegensatz zu seinem Kumpan dachte Hohenwiesen mehr wie ein Bulle. Ihm ging es darum, auf einem Weib zu liegen und es zu stoßen, bis er vor Erschöpfung nicht mehr konnte. Stammbergs Gemeinheiten vermochte er nicht viel abzugewinnen. Deswegen hatten sich die beiden schon mehrfach heftig gestritten.

»Du wirst warten können, bis ich mit diesem Miststück fertig bin«, bellte Stammberg und begleitete seine Worte mit einem besonders starken Hieb.

»Wenn du das Weib zuschanden schlägst, können wir beide nichts mehr mit ihr anfangen!« Hohenwiesen wollte seinen Kumpan von Uta wegziehen, doch der stieß ihn zurück und bedrohte nun ihn mit dem Stock.

»Störe mich nicht! Wenn es dir nur ums Rammeln geht, kannst du auch das Miststück in der Kammer nehmen. Oder glaubst du, ihre Mutter erwartet, es unbeschädigt zurückzubekommen?«

Hohenwiesen leckte sich über die Lippen. »Die Kleine ist uns ohnehin noch etwas schuldig. Der Bettel, den sie bei sich hatte, war den ganzen Aufwand nicht wert. Dabei wollten wir mit ihrem Geld eine wackere Mannschaft um uns sammeln.«

»Keine Sorge! Das Geld kriegen wir schon noch, und zwar von der Alten. Sobald die Wege wieder passierbar sind, hole ich ein paar meiner früheren Kameraden, damit sie dir helfen, die Gefangenen zu bewachen. Ich mache mich auf den Weg zu der Mutter der Kleinen. Die wird für ihr Schätzchen bis zum Weißbluten zahlen, das kannst du mir glauben.«

»Das denkst auch nur du«, stieß Trudi aus, aber so leise, dass man es draußen nicht hören konnte. Dabei wusste sie genau, dass ihre Mutter eher ihr letztes Hemd verkaufen würde, als sie im Stich zu lassen. In dem Augenblick näherten sich Schritte. Ihr Herz klopfte bis in den Hals. Nun war der Augenblick gekommen, vor dem sie sich am meisten gefürchtet hatte. Während

Hohenwiesen an der Tür rüttelte, um die rostigen Riegel zu lösen, wich Trudi bis in den hintersten Winkel der Kammer zurück und tastete unwillkürlich nach etwas, das sie als Waffe verwenden konnte. Doch außer dem verrottenden Stroh ihres Lagers und dem Eimer für ihre Notdurft gab es hier drinnen nichts.
Die Tür schwang auf, und Trudi sah Hohenwiesen wie einen Schattenriss in dem vom Küchenfeuer erleuchteten Viereck stehen. Der Mann starrte in das dunkle Loch, brummte etwas und machte noch einmal kehrt, um eine Lampe zu holen. Unwillkürlich trat Trudi auf die Öffnung zu, in der vagen Hoffnung, einen Ausweg zu finden, erstarrte dann aber, als sie die beiden Raubritter sah.
»Ist noch Wein da?«, schrie Stammberg gerade.
»Der Krug ist leer!«, antwortete Hohenwiesen.
»Der Knecht soll in den Keller gehen und ihn füllen!«
»Dann hättest du ihm nicht den Schwertknauf über den Schädel ziehen sollen. Hoffentlich lebt er noch, denn sonst müssen wir selbst ausmisten und die Pferde füttern.« Hohenwiesen trat den am Boden liegenden Lampert in die Seite.
Der Knecht schien den Schmerz selbst in den Tiefen seiner Bewusstlosigkeit zu spüren, denn er stieß einen Seufzer aus.
»Leben tut er noch«, erklärte der Ritter zufrieden.
»Aber davon bekommen wir noch keinen frischen Wein. Los, geh in den Keller und hol welchen!« Stammberg wandte sich wieder Uta zu, die mit blutunterlaufenen Striemen vor ihm kauerte.
Hohenwiesen schnaubte verärgert. »Ich gehe jetzt die Jungfer vögeln. Der Wein hat Zeit bis später.«
»Für mich nicht!« Stammberg versetzte Uta einen weiteren Hieb, dann wandte er sich schwankend ab und griff nach dem Krug. Bevor er die Küche verließ, drehte er sich noch einmal zu der Magd um. »Ich komme gleich wieder! Dann machen wir dort weiter, wo wir aufgehört haben!«

Trudi hörte, wie Stammberg die Treppe hinuntertorkelte, die in den tiefer in der Höhle liegenden Vorratskeller führte, und dabei gegen die Wände stieß. Mit einem Stoßgebet wünschte sie ihm, sich den Hals zu brechen. In dem Moment begriff sie, wie günstig die Situation war. Der Betrunkene würde gewiss nicht so schnell zurückkehren, also war Hohenwiesen eine Weile allein.

Mit allem Mut, den sie zusammenraffen konnte, stieß sie sich vom Türrahmen ab und trat in die Küche. Zuerst blendete sie das flackernde Licht des Herdfeuers, doch ihre Augen gewöhnten sich schnell an die Helligkeit, und sie erkannte, dass sie auf Lamperts und Utas Hilfe nicht hoffen konnte. Der Knecht lag blutend und bewusstlos in einer Ecke, während Uta schluchzend und zitternd in einer anderen kauerte. Dennoch war sie nicht bereit, die Quälereien der beiden Raubritter wehrlos über sich ergehen zu lassen.

Hohenwiesen musterte sie grinsend, denn er nahm an, dass die Haft in der lichtlosen Kammer ihren Willen gebrochen hatte, und gedachte das auszunützen.

»Komm her«, befahl er Trudi und streckte die Hand aus.

Sie gehorchte und wich auch nicht zurück, als er ihr Gesicht berührte und nicht allzu zart darüberstrich. Seine Finger wanderten rasch abwärts und kamen auf ihrem Busen zu liegen.

»Du gefällst mir, Kleine. Komm, zieh dich aus, oder muss ich dir mit dem Stock Gehorsam beibringen?«

Trudi hob flehend die Arme. »Bitte, Herr, verschont mich. Ihr würdet mir gewiss große Schmerzen zufügen.«

»Unsinn! Daran ist noch keine gestorben!« Hohenwiesen fasste kräftiger zu und zerrte an Trudis Gewand.

»Vorsicht! Ihr zerreißt es noch«, rief das Mädchen.

Das Grinsen des Mannes wurde noch breiter. Weiber sind alle gleich, dachte er. Ihnen ging es in erster Linie um Kleider und Tand. Ihre Ehre galt ihnen kaum etwas. Er lockerte seinen Griff ein wenig und funkelte Trudi an. »Dann beeile dich mit dem Ausziehen!«

Trudi war klar, dass ihr nicht viel Zeit blieb, bis Stammberg aus dem Weinkeller zurückkehrte, und ihr Blick streifte den Dolch an Hohenwiesens Seite. Schon einmal hatte sie einen Mann überrascht und war dadurch einer Vergewaltigung entgangen. Warum sollte es ihr jetzt nicht gelingen?

Aber diesmal hatte sie es nicht mit einem leichtsinnigen Jüngling zu tun, sondern mit einem Mann mit der Erfahrung vieler Kämpfe und Raufereien. Hohenwiesen begriff die Absicht des Mädchens und verzog hämisch das Gesicht. Er wartete, bis Trudi sich entkleidet hatte, zog seinen Dolch und hielt ihn ihr an die Kehle.

»Um mich zu überlisten, musst du früher aufstehen oder dir eine weniger schwatzhafte Magd suchen. Sie hat uns erzählt, wie du mit jenem Ritter im Weinberg fertig geworden bist.«

Mit einem harten Griff zwang er Trudi, sich auf den Rücken zu legen. »Und jetzt spreiz brav die Beine!«

Verzweifelt hoffte Trudi, ihn übertölpeln zu können, wenn er seinen Hosenlatz öffnete. Der Raubritter war jedoch auch in diesen Dingen erfahren. Er kniete sich auf ihre Oberschenkel, drückte ihr mit der Linken die Dolchspitze in die Halsbeuge, bis ein roter Tropfen austrat, und nestelte mit der anderen Hand seine Hose auf.

Trudi wandte den Kopf ab, um das hässliche Ding nicht ansehen zu müssen, das dort zum Vorschein kam. Hohenwiesen war um einiges kräftiger bestückt als Gressingen, und damals hatte es ihr trotz ihrer Trunkenheit weh getan. Jetzt würde es wohl noch viel schlimmer kommen. Trudi dachte an Utas unmenschlich klingende Schreie und schwor sich, ihrem Vergewaltiger wenigstens diesen Triumph nicht zu gönnen. Gleichzeitig erinnerte sie sich daran, dass ihr die Ziegenbäuerin einmal erzählt hatte, ein Weib, dem Gewalt angetan wird, müsse wie Wasser werden, ganz weich und nachgiebig. Verkrampfe sie sich oder setze sie sich gar zur Wehr, würde sie verletzt werden und große Schmerzen erdulden.

Uta hatte sich gewiss verkrampft und deswegen schreckliche Qualen erlitten. So durfte es ihr nicht ergehen, wenn sie auch nur den Hauch einer Möglichkeit erhaschen wollte, den Schurken zu entkommen. Sie versuchte, sich zu erinnern, wie es bei Gressingen gewesen war. Damals hatte wohl der Wein ihren Körper zu einem nachgiebigen Etwas gemacht, nun musste ihr Wille dafür sorgen.

Hohenwiesen spürte, wie der Widerstand seines Opfers schwand, und feixte. »Du bist wohl selbst heiß, was? Willst du wissen, wie es ist, von einem richtigen Mann bestiegen zu werden? Das kannst du haben!« Er packte Trudis rechte Hand und presste sie auf den Boden, dann zog er seine Rechte mit dem Dolch zurück, ergriff Trudis freie Hand und drückte diese ebenfalls nieder. Die Waffe hielt er dabei so in den Fingern, dass sie nicht in der Lage war, sich zu befreien und nach dem Dolch zu greifen.

»Sollte dir noch einmal das Fell jucken, schere ich dich bis unter die Haut.« Hohenwiesen lag so schwer auf Trudi, dass sie nur noch ein wenig mit den Beinen zucken konnte, und versuchte, in sie einzudringen. Da er keine Hand zu Hilfe nehmen konnte, gelang es ihm nicht auf Anhieb.

Dann aber spürte Trudi, wie etwas sich gegen ihre empfindlichste Stelle presste und sich dann unaufhaltsam in sie hineinbohrte. Einen Augenblick lang versteifte sie sich und versuchte, dem Druck entgegenzuwirken, doch sie begriff rasch, dass sie sich damit nur selbst Schaden zufügen würde, und gab auf.

Es dauerte einige Augenblicke, bis das Glied des Mannes ganz in ihr steckte und er sich gegen sie stemmte, als wolle er sie spalten. Seltsamerweise empfand sie keinen Schmerz, ja eigentlich überhaupt nichts. Es war, als gehöre ihr Unterleib einer fremden Frau und nicht ihr. Sie kämpfte nur darum, genug Luft zu bekommen und nicht den Augenblick zu verpassen, der ihr Rettung bringen konnte.

Hohenwiesen begann nun, sein Becken vor- und zurückzubewegen. Sein Keuchen wurde immer lauter, und während seine Stöße schneller und härter kamen, umklammerte er mit den Händen Trudis Finger, als wolle er sie brechen.

Trudi begriff, dass sie den Schuft bis zuletzt würde ertragen müssen, und wollte die Augen schließen, weil sie sich vor seinem hochroten, vor Gier verzerrten Gesicht ekelte. Da bemerkte sie schräg hinter ihm eine Bewegung. Zuerst glaubte sie, Stammberg wäre zurückgekommen und würde nur darauf warten, dort weiterzumachen, wo sein Kumpan aufhören würde. Die Gestalt war jedoch nackt und hatte zwei Brüste, die mit blauen Flecken übersät waren. Rote Striemen liefen dicht an dicht über ihren Leib, und in den Augen lag ein Ausdruck, der Abscheu, Angst und Hass gleichermaßen ausdrückte.

Uta hatte sich mühsam auf die Beine gekämpft, als sie sah, wie ihre Herrin geschändet wurde. Ein Zittern durchlief ihren Körper, dann streckte sie die Hand aus und packte den eisernen Schürhaken, der auf der Ofenbank lag. Mit langsamen Bewegungen trat sie näher und hob zögernd die Hand.

Schlag zu, schlag endlich zu!, flehte Trudi die Magd insgeheim an.

»Gleich bin ich so weit!«, stieß Hohenwiesen aus. Doch bevor er zur Erfüllung kam, sauste der Schürhaken auf seinen Hinterkopf nieder. Der Ritter riss noch Augen und Mund auf und blieb dann so schwer wie ein Baumstamm auf Trudi liegen. Sie versuchte, ihn von sich hinabzuschieben, brachte aber nicht genügend Kraft auf.

»Du musst mir helfen!«, bat sie ihre Magd, die regungslos dastand und auf den Schürhaken starrte.

In ihrer Vorstellung hatte Uta schon Dutzende Male auf ihre Peiniger eingeschlagen, aber nie den Mut gefunden, es wirklich zu tun. Erst als Hohenwiesen über ihre Herrin hergefallen war, hatte sie ihre Angst ein paar Augenblicke lang überwinden können. Nun aber wurde sie von Panik ergriffen.

»Die Kerle werden mich dafür umbringen!«, wimmerte sie.

»Wenn wir hierbleiben, bringen sie uns alle um. Komm, hilf mir, den Kerl von mir wegzuschieben«, herrschte Trudi sie an und stemmte sich erneut gegen den Mann.

Trudis scharfe Worte verjagten zwar nicht das Grauen, das Uta lähmte, aber sie gehorchte aus alter Gewohnheit, packte Hohenwiesens Arm und rollte den Mann von ihrer Herrin herab.

Trudi stand auf und versetzte dem Reglosen einen Tritt. Der Raubritter rührte sich nicht. Für einen Augenblick hoffte sie, Uta habe ihm den Schädel eingeschlagen, doch sie hatte nicht die Zeit, festzustellen, ob er lebte oder tot war. Sie raffte ihre Kleider an sich und begann sich trotz ihres Ekels vor dem schmutzstarrenden Stoff in fieberhafter Eile anzuziehen.

Da Uta noch immer mit dem Schürhaken in der Hand dastand, versetzte sie ihr einen Stoß. »Los, schlüpf in deine Kleider! Nein, halt! Vorher schieben wir den Tisch vor die Tür, die zum Keller führt. Mit etwas Glück hält das Ding Stammberg lange genug auf, so dass wir fliehen können.«

»Fliehen?« Es war, als hätte dieses Wort Utas Lebensgeister geweckt. Splitternackt stemmte sie sich gegen den schweren Tisch und wuchtete ihn zusammen mit Trudi gegen die Tür. Dann lauschten sie und erwarteten ein Wutgebrüll zu vernehmen, doch es blieb ruhig.

»Der Hund säuft wohl direkt am Fass und überlegt sich dabei, was er mir noch alles antun kann«, zischte Uta.

»Das alles tut mir furchtbar leid! Ich wollte wirklich nicht, dass dir so etwas Schreckliches zustößt.« Trudi streckte die Hand aus, um ihre Magd zu trösten.

Uta aber entzog sich der Berührung mit einem heftigen Ruck. »Ich muss mich anziehen, habt Ihr gesagt, und mit Euch fliehen.

Aber was machen wir mit Lampert? Wenn wir ihn zurücklassen, werden die Schufte ihn zu Tode quälen. Uns ebenfalls, wenn wir nicht schnell genug vor ihnen davonlaufen können!«

Die Magd zitterte am ganzen Leib und stolperte mit ihrem Kleiderbündel in der Hand auf die Tür zu, so als wolle sie nackt in die Kälte fliehen. Trudi hielt sie im letzten Augenblick fest und schüttelte sie, um sie zur Vernunft zu bringen. »Anziehen, habe ich gesagt! Und dann hilf mir, Lampert hinauszuschaffen.«

Uta schlüpfte gehorsam in Hemd und Kleid und schlug dann die Hände vors Gesicht. »Wir können denen nicht entkommen!«

»Wenn wir nicht schneller machen, gewiss nicht!«, sagte Trudi und trat zu Lampert. Der Knecht lag in tiefer Bewusstlosigkeit, und weder seine erschreckende Blässe noch sein flacher Atem ließen hoffen, dass er bald wieder zu sich käme. Uta und sie würden ihn tragen müssen, und mit ihm die schwere Eisenkugel, die sie selbst kaum hochbrachte. So ist es unmöglich, fuhr es ihr durch den Kopf, und sie blickte sich verzweifelt um. Dann sah sie den blutbespritzten Schürhaken am Boden liegen. Sie packte das Ding, fuhr mit der Spitze in das erste Kettenglied nach der Fußschelle und versuchte, es aufzubiegen. Die eiserne Schelle presste sich tief in Lamperts Fußgelenk und riss die Haut auf. Blut trat heraus, und selbst in seiner Ohnmacht bewegte sich der Knecht, als wolle er dem Schmerz entkommen.

Trudi wollte schon aufgeben, sah dann aber, wie das Kettenglied klaffte, und verstärkte ihre Bemühungen. Kurz darauf war es so weit aufgebogen, dass sie es von der Schelle lösen konnte. Um die würde sich ein Schmied kümmern müssen. Trudi verband Lamperts blutendes Bein mit einem Tuch, das sie unter den eisernen Ring schob, und winkte Uta zu sich.

»Steh nicht so herum! Hilf mir, Lampert in die Decke da zu wickeln und hinauszuschaffen. Allein kann ich ihn nicht tragen.«

Uta riss die Hände hoch. »Aber wenn wir ihn schleppen, kommen wir nicht weit. Vielleicht sollten wir ihn doch zurücklassen!«

Doch trotz ihres Protests fasste sie mit an. Gemeinsam rollten sie Lampert in die Decke und trugen ihn zur Küche hinaus. Es war keinen Augenblick zu früh, denn hinter der verbarrikadierten Tür klangen Schritte auf. Stammberg kam die Treppe herauf.

Dieser Gedanke vertrieb jeden Funken von Schwäche aus den beiden Frauen. Uta wimmerte zwar vor Schmerzen, doch sie brachte trotz ihres zerschlagenen Körpers eine Kraft auf, die Trudi überraschte. So schnell sie konnten, durchquerten sie den vorderen Teil der Burg und erreichten den Stall.

»Wir brauchen unsere Pferde«, sagte Trudi und wies Uta an, Lampert ins Stroh zu legen. Als sie nach ihrem Sattel griff, wurde ihr bewusst, dass ihnen nicht genug Zeit blieb. Daher schob sie ihrer Stute und Lamperts Pferd nur das Zaumzeug ins Maul, während Uta das Gleiche bei ihrem Reittier tat.

»Wir müssen Lampert auf den Gaul legen!« Trudi biss die Zähne zusammen und wies Uta an, ihr zu helfen. Um zu verhindern, dass der Knecht wieder vom Pferd rutschte, banden sie seine Arme und Beine mit einem Halfterstrick unter dem Bauch des Pferdes fest und zogen einen zweiten Riemen um die Brust des Tieres herum. Dann führte Trudi seinen Wallach und ihre Stute nach draußen.

Der Wind fegte eisig den Hang hoch und überschüttete sie mit winzigen, scharfkantigen Schneekristallen, die ihr schier die Haut vom Gesicht fetzten. Bedauernd dachte Trudi an den Reitumhang und ihr sauberes Ersatzkleid, die irgendwo in der Burg liegen mussten. Sie hatte nicht gewagt, Zeit mit der Suche danach zu verlieren. Es muss auch so gehen, dachte sie und stemmte sich gegen den Sturm. Sich nach Uta umzusehen, war unter diesen Umständen unmöglich. Sie konnte nur hoffen, dass diese ihr folgen und sich in Sicherheit bringen konnte – eine trügerische Sicherheit, wie sie sich sagen musste, denn sie zweifelte langsam, dass sie in diesem Wetter lange überleben würden.

Es schien kaum möglich zu sein, mit zwei Pferden am Zügel den steilen Weg zu bewältigen und gleichzeitig darauf zu achten, dass Lampert nicht hinabrutschte. Der Schnee lag hüfthoch, und wenn die Tiere ihn lostraten, rutschte er in großen Platten zu Tal und nahm sie und Trudi ein Stück mit sich. Dabei brachen die Pferde in die Knie und drohten sich zu überschlagen. Gerade, als Trudi Lamperts Pferd wieder auf die Beine gebracht hatte, geriet sie auf eine vereiste Stelle, glitt aus und schlug in den verharschten Schnee. Während sie sich wieder aufraffte, fühlte sie es warm über ihre Stirn laufen, und als sie danach tastete, klebten rot gefärbte Schneekristalle an ihren Fingern.

Die Wunde war nicht tief, doch als Trudi weiterging, fraß der Eiswind sich in die Verletzung und schien selbst ihr Gehirn erstarren zu lassen. Halbblind vor Tränen stolperte sie weiter und drehte sich erst nach Uta um, als sie endlich den Talgrund erreicht hatte.

Von ihrer Magd war nichts zu sehen. Trudi spürte, wie die Angst sich wie eine Würgeschlinge um ihre Kehle legte. Hatte Stammberg die Barrikade überwinden können und das Mädchen abgefangen? Unwillkürlich wollte sie wieder hochsteigen und nachsehen, doch die Vernunft ließ ihren Fuß stocken. Da sie gegen den Raubritter nicht ankam, würde sie versuchen müssen, mit Lampert zu entkommen.

Kaum hatte sie diesen Entschluss gefasst, sah sie, dass zwei Pferde durch das Tor der Festung trabten und sichtlich widerwillig den steilen Weg hinabstaksten. Es handelte sich um die Reittiere der beiden Ritter. Einen Augenblick später folgte Uta mit ihrem eigenen Pferd. Die Magd hielt eine Peitsche in der Hand und schlug auf die Gäule ihrer Entführer ein. Dabei trieb sie es so arg, dass die beiden Tiere das letzte Stück hinabgaloppierten und mit wehenden Mähnen im Schneegestöber verschwanden.

»Es ist besser, wenn die beiden Schurken erst ihre Zossen suchen müssen, bevor sie uns folgen können.« Uta lächelte unter Schmerzen, war aber sichtlich stolz auf ihren Einfall. Trotz des Schrecklichen, das sie in der Höhlenburg durchlitten hatte, besaß sie eine Menge Lebensmut.
Wenn sie wieder zu Hause waren, sagte Trudi sich, würde sie Uta für all das reichlich entschädigen. Ohne die Magd und den Schürhaken wäre sie noch immer oben in der Burg gefangen und würde nun auch von Stammberg missbraucht und gequält.

2.

Peter von Eichenloh hatte mit Winterwetter gerechnet, aber nicht mit solchen Widrigkeiten. Es war, als wolle ihm irgendeine himmlische oder höllische Macht den Marsch noch zusätzlich erschweren. Gegen den scharfen Wind, der die Höhen herabfegte, halfen weder Mäntel noch Decken. Die über den verharschten Schnee fegenden Eiskristalle drangen in jede Ritze und rieben wie Scheuersand über die Haut. Am schlimmsten traf es die Augen, die in einem fort tränten, so dass man kaum etwas sehen konnte. Um wenigstens den Pferden diese Qual zu ersparen, hatte Eichenloh befohlen, ihnen Tücher um die Köpfe zu binden. Am liebsten hätte er auch noch die weichen Nüstern einwickeln lassen, aber die Tiere mussten schließlich Luft bekommen.
»Zur Hölle mit demjenigen, der uns bei diesem elenden Wetter und in einer solch üblen Gegend Krieg führen lassen will! So etwas kann sich auch nur jemand einfallen lassen, der um die Zeit brav zu Hause auf seinem Stuhl hockt und Würzwein säuft! Uns aber hat man nicht einmal gegönnt, das Christfest zu feiern.«
Eichenlohs Stellvertreter Quirin hatte sein Pferd neben das seines Anführers gelenkt und schüttelte sich wie ein nasser Hund.

Dann wies er mit einer ausholenden Geste auf die verschneiten Berge und die Bäume, die dick mit einer weißen Schicht überzogen waren. »Kannst du mir sagen, wie wir hier unser Ziel finden sollen? Für mich sieht das alles gleich aus, und unser angeblich so wegkundiger Führer scheint auch nicht mehr zu wissen, wo wir uns befinden!«

»Das glaube ich nicht. Der Mann geht immer noch in die Richtung, in der Teiflach liegt. Das zeigen mir die Bergspitzen. Ich habe mir von Seiner Majestät genau erklären lassen, wie die Gipfel aussehen, die wir unterwegs passieren müssen.«

»Das war sehr klug von Euch!« Hardwin von Steinsfeld, der direkt hinter Eichenloh ritt, machte aus seiner Bewunderung für ihren Anführer keinen Hehl.

Quirin spie aus. »In meinen Augen gleichen sich diese Berge wie ein Ei dem anderen. Sie sind alle verdammt hoch und mit Schnee bedeckt, der, wie ich gehört habe, von Zeit zu Zeit herabfällt und alles unter sich begräbt. Die Leute hier nennen das Lawinen. Ich will nur hoffen, dass wir keiner davon begegnen. Am besten sollten wir das Maul halten und jedes unnötige Geräusch vermeiden. Es soll hier nämlich Geister geben, die solche Schneehaufenlawinen über Reisende schütten, wenn sie sich gestört fühlen.«

»Dann solltest du mit gutem Beispiel vorangehen, denn deine Stimme hallt wie ein Schlachthorn über das Land«, riet Eichenloh ihm lächelnd.

Hardwin kicherte leise. Normalerweise dröhnte Quirins Organ so durchdringend, als wolle er Tote erwecken. Nun aber klappte der breit gebaute Mann seinen Mund zu und äugte wie ein verschrecktes kleines Mädchen zu den steil aufragenden Felswänden hinauf. Dabei war Quirin nach alledem, was Hardwin über ihn gehört hatte, ein beherzter Kämpfer und noch nie von einem Schlachtfeld geflohen. Es war wohl etwas anderes, feindlichen Kriegern gegenüberzustehen und sich seiner eigenen Kraft bewusst zu sein, als der unbekannten Natur mit ihren grausamen Gesetzen ausgeliefert zu sein.

Auch Eichenloh wünschte sich etwas Besseres, als im Schatten dieser steinernen Riesen zu reiten, doch wenn er König Friedrichs Wohlwollen erlangen wollte, musste er diesen Feldzug erfolgreich abschließen. Sein Blick schweifte über seine Männer, die er in so manchen Kampf geführt hatte, und las die Angst vor den Bergen und den Geistern, die hier leben sollten, auf ihren vor Kälte geröteten Gesichtern. Keiner redete, und die meisten blickten starr auf den Hintern des vor ihnen gehenden Pferdes. Auch die einheimischen Fußknechte, die hinter den Reitern marschierten, schienen von der Geisterfurcht befallen zu sein. Immer wieder schlug einer das Kreuz, und viele zuckten bei jedem Geräusch zusammen.

Eichenloh wollte schon den Kopf darüber schütteln, da hörte er selbst etwas, das ihm die Nackenhaare aufstellte. Es begann mit einem Rauschen, das immer lauter wurde und zuletzt in ein tosendes Krachen überging. Gleichzeitig schien die Erde zu beben, und die Pferde gerieten in Panik. Einzelne Felsen und Eisplatten lösten sich und polterten in einer Woge weiteren Schnees dem Talgrund zu. Zum Glück flog keiner der Brocken in die Gruppe der Männer, die für Augenblicke wie erstarrt standen.

»Das war eine Lawine! Unser Heiland hat sie in Seiner Gnade ein Stück entfernt niedergehen lassen. Wir wollen ihm dafür danken!« Der Mann stimmte ein Gebet an, in das die anderen sofort einfielen.

Auch Eichenloh sprach die frommen Worte mit, fragte sich aber, ob er auf dem besten Weg war, eine Memme zu werden. Für einige Augenblicke hatte er Panik verspürt und wäre am liebsten umgekehrt.

»Weiter!«, befahl er, als das Gebet gesprochen war, und setzte sich wieder an die Spitze des Zuges.

Der einheimische Führer, der wie die Knechte zu Fuß ging, eilte hastig an seine Seite. »Wir müssen innerhalb der nächsten Stunde einen sicheren Platz erreichen. Heute Nacht wird es einen Schneesturm geben, den wir im Freien nicht überstehen würden.«

»Und wo soll es hier einen sicheren Platz geben?« Eichenloh deutete missmutig auf die weißummantelten Berge, die sie wie ein Wall umgaben.

»Ein Stück weiter vorne führt ein Seitental zu einer alten Höhlenburg. Früher haben Raubritter in dem Gemäuer gehaust, doch seit ein paar Jahren ist sie verlassen. Dort finden wir den Unterschlupf, den wir brauchen.«

Eichenloh nickte. »Es wird wohl das Beste sein. Mir reicht bereits der Wind, der uns jetzt um die Ohren pfeift. Einem richtigen Sturm möchte ich zu dieser Jahreszeit nur ungern im Freien ausgesetzt sein.«

»Dann vorwärts! Uns bleibt nicht mehr viel Zeit!« Der Führer blickte besorgt auf die Berge im Osten, von denen der Wind nun spürbar kälter herabpfiff, und stapfte durch den Schnee voraus.

Da Eichenloh den Mann nicht vor der Zeit erschöpfen wollte, befahl er einem seiner Leute abzusteigen und dem Führer das Pferd zu geben. »Dir wird das Laufen leichter fallen, wenn du weißt, dass wir in kurzer Zeit ein Dach über dem Kopf haben«, rief er dem Söldner zu und trieb sein protestierend schnaubendes Pferd an.

Da der Schnee streckenweise hüfthoch lag und seine Oberfläche verharrscht war, hatten sie die Beine der Pferde mit Decken umwickelt, damit diese sich nicht verletzten. Nun trampelten die Tiere den Schnee nieder oder pflügten sich hindurch, so dass die Fußkrieger ihnen zu folgen vermochten, ohne bei jedem Schritt einzubrechen. Auf diese Art und Weise kamen sie recht gut voran. Dennoch wären sie ohne ihren Führer nach kurzer Zeit verloren gewesen. Diese Erkenntnis stimmte Eichenloh wieder zuversichtlich. Bei diesem Wetter würden die Leute, die für Herzog

Albrecht von Österreich die Burg halten sollten, gewiss keinen Angriff erwarten.

Eine Zeitlang bewegte sich der Zug fast lautlos weiter. Nur das gelegentliche Prusten der Pferde war noch zu vernehmen, aber das ging bald im Geheul des aufziehenden Sturms unter. Gleichzeitig stob der Schnee in dichten Flocken durch das immer schmäler werdende Tal, so dass man keine zehn Schritt weit sehen konnte, und Eichenloh fragte sich besorgt, ob ihr Führer unter diesen Umständen noch wusste, wo sie sich befanden. Als er schon annahm, der Mann habe die Abzweigung zur Höhlenburg verfehlt, winkte dieser heftig, nach links abzubiegen.

Es ging nun stärker bergan, und Eichenloh überlegte sich schon, ob er nicht absteigen sollte, um seinem Hengst den Weg zu erleichtern, da tauchten mit einem Mal mehrere Schatten vor ihm auf, und ehe er sich's versah, prallte er mit einem anderen Pferd zusammen. Er konnte sich gerade noch im Sattel halten, doch der andere Reiter verlor den Halt und stürzte in den Schnee. Der lange Rock und das lange, blonde Haar zeigten Eichenloh zu seiner großen Überraschung, dass es sich um ein weibliches Wesen handeln musste.

Ohne sich zu besinnen, sprang er vom Pferd, beugte sich über die Frau und starrte sie fassungslos an. Es schien unmöglich. Sollte ein Berggeist ihn narren, um ihn an seinem Verstand zweifeln und scheitern zu lassen? Hilfesuchend drehte er sich zu Quirin um, doch es war Junker Hardwin, der ihm die Bestätigung gab.

»Bei Gott, das ist doch Trudi Adler! Wie kommt die hierher?«

»Das würde ich auch gerne wissen!« Eichenloh klang bärbeißig, gleichzeitig fühlte er sich seltsam hilflos. Als er Trudi das letzte Mal gegenübergestanden hatte, war sie überzeugt gewesen, er sei der Mörder ihres Vaters, und hatte ihn beschimpft. Nun bemerkte er ihre viel zu dünne Kleidung und begriff, dass sie beim Sturz die Besinnung verloren hatte.

»Rasch, eine Decke, bevor sie erfriert«, fuhr er Quirin an.

Sein Stellvertreter gab den Befehl weiter und wies dann auf zwei weitere Gestalten, die auf ihren Gäulen hingen. »Den beiden scheint es noch schlechter zu gehen!«

Jetzt erst nahm Eichenloh Uta und Lampert wahr. Die Magd wimmerte nur noch, und ihre Tränen waren auf den Wangen zu Eisperlen erstarrt. Sie ließ sich widerstandslos vom Pferd heben und in eine Decke hüllen. Dann banden ein paar Söldner Lampert los, der das Bewusstsein wiedererlangt hatte, aber immer noch hilflos auf dem Pferd hing, hoben ihn herab und wickelten ihn in Schaffelle und Pferdedecken.

Quirin beuge sich über Trudi, die nun die Augen geöffnet hatte, aber vor Kälte zitterte und kein Wort herausbrachte. Erst als er ihr eine Tonflasche mit Branntwein an die Lippen hielt und ihr ein paar Tropfen der scharfen Flüssigkeit einflößte, schien sie sich ihrer Umgebung bewusst zu werden. »Habt Dank, gute Leute. Das war Rettung in letzter Not. Ich glaubte uns schon verloren.«

»Trudi! Sag, wie kommst du hierher?« Hardwin drängte sich an Quirin vorbei und kniete sich neben sie.

»Hardwin?« Auf Trudis Gesicht spiegelten sich Unglauben, Erstaunen und zuletzt Erleichterung.

Zu seiner eigenen Verwunderung ärgerte Eichenloh sich über die Freude, die die kleine Adlerin angesichts des jungen Mannes zeigte. Um klarzustellen, wem sie ihr Leben verdankte, schob er Hardwin beiseite und stellte sich breitbeinig vor Trudi hin.

»Gottes Gruß, Jungfer. Ihr habt Euch wirklich eine angenehme Zeit zum Reisen ausgewählt.«

Die Ironie in seinen Worten färbte Trudis Gesicht weiß. Sie biss die Zähne zusammen, damit ihr kein falsches Wort entschlüpfte. »Wenn Ihr zu dieser Zeit reisen könnt, warum sollte ich es nicht auch tun?«

Ihre Antwort bewies Eichenloh, dass sie ihn immer noch als Feind ansah. Er wollte achselzuckend über ihre Haltung hinweggehen, doch ihre Abneigung traf ihn stärker, als er erwartet hatte. Eigentlich hätte die Zeit ausreichen müssen, den Schmerz des Mädchens zu lindern. Auch hätte sie nur richtig nachdenken müssen, um zu erkennen, dass er sich wohl kaum zu Otto von Hennebergs Gunsten verwendet hätte, wenn er der Mörder ihres Vaters gewesen wäre.

»Ich reise im Auftrag des Königs. Dabei ist es gleichgültig, zu welcher Jahreszeit und bei welchem Wetter«, erklärte er barsch.

»Und ich will zum König, um Gerechtigkeit zu erflehen. Könnt Ihr mich zu ihm bringen?« Es tat Trudi fast körperlich weh, ausgerechnet diesen Mann um etwas zu bitten. Da er jedoch der Anführer des Trupps war, würde sie sich an ihn halten müssen.

»Zum König wollt Ihr? Was sucht Ihr beim dritten Friedrich?« Eichenloh musterte Trudi verblüfft. Wenn ein junges Ding wie sie so viele Meilen zurücklegte, und das noch im Winter, musste es um Leben oder Tod gehen.

Trudi wollte ihm schon sagen, dass ihn das nichts anginge, biss sich aber auf die Lippen. Im Augenblick war sie von den Launen dieses Mannes und seiner Gnade abhängig, und daher bequemte sie sich zu einer höflicheren Antwort. »Ich will Seine Majestät um Schutz für Kibitzstein bitten, das von den Kreaturen des Würzburger Bischofs bedroht wird.«

Eichenloh schüttelte verwundert den Kopf. Als er die Gegend um Würzburg verlassen hatte, hatte Kibitzstein als gesichert gegolten. Trudis nächste Worte klärten ihn darüber auf, dass die Nachbarn nach dem Tod ihres Vaters die Mutter bedrängten und ihr die Pfänder abnehmen wollten, während der Würzburger Bischof gleich die Hand nach dem gesamten Besitz ausstreckte.

Ohne es zu wollen, empfand Eichenloh großen Respekt für die scharfzüngige Jungfer. Natürlich war es Irrwitz, so eine weite Reise mit nur einer Magd und einem einzigen Knecht anzutreten. Doch nur der, der etwas wagte, konnte gewinnen.

Hardwin deutete auf Trudis Stute, die mit tief gesenktem Kopf dastand und nicht weniger zitterte als ihre Herrin. »Hast du die Sättel verkaufen müssen, um an Geld zu kommen?«

Trudi zog die Decke enger um sich, weil ihre Zähne vor Kälte und Aufregung klapperten. »Die mussten wir auf unserer Flucht zurücklassen, sonst hätten diese elenden Räuber uns wieder erwischt.«

»Flucht? Räuber? Das klingt nach einer längeren Geschichte.« Eichenloh hätte seine Neugier am liebsten auf der Stelle gestillt, doch ihr Führer zog ihn am Ärmel und deutete auf den Himmel.

»Wir müssen weiter! Der Sturm, der sich da zusammenbraut, wird uns das Fleisch von den Knochen reißen!«

Quirin fluchte. »Und was pfeift uns jetzt um die Ohren? Etwa ein mildes Lüftchen?«

»Du wirst den Unterschied merken. Jetzt kommt endlich! Wenn wir nicht bald die Höhlenburg erreichen, könnt ihr eure Seelen dem Herrn empfehlen – oder dem Teufel, wenn euch das lieber ist.« Mit diesen Worten trieb der Führer sein Pferd an, ohne sich darum zu kümmern, ob die anderen ihm folgten.

Eichenloh wollte Trudi auf ihre Stute heben, sagte sich dann aber, dass sie dort zu sehr frieren würde, und setzte sie vor sich in den Sattel. Dabei schlang er seinen weiten Umhang um sie und drückte sie fest an sich, um sie mit seinem Leib zu wärmen.

Sie versteifte sich, fühlte aber dann, wie die Kälte aus ihren Knochen wich, und atmete ein wenig auf. Auch wenn sie Eichenloh im Grunde für einen schlimmen Schurken hielt und seinen abgeschlagenen Kopf hatte sehen wollen, so verdankte sie ihm nun ihr Leben und das ihres Gesindes. Das musste sie ihm zugutehalten.

Dann kamen ihr die Worte des Führers in den Sinn, und sie blickte zu Eichenloh auf. »Ihr wollt zur Höhlenburg? Von dort kommen wir gerade.«

Der Ritter starrte sie verdattert an. »Was habt Ihr mit dieser Burg zu schaffen?«

»Dort sind Uta, Lampert und ich von zwei Schurken gefangen gehalten worden. Die Kerle haben uns entführt und beraubt. Überdies wollten sie auch noch Lösegeld von meiner Mutter erpressen. Aber es ist uns gelungen, ihnen zu entkommen.« Sie musste schreien, so stark heulte der Sturm.

Uta, die nur eine Decke erhalten hatte und wieder auf ihrem Gaul saß, hatte Trudis Worte vernommen und trieb das Tier neben Eichenlohs Pferd. »Das sind ganz üble Schufte, edler Herr! Sie haben mir wieder und wieder Gewalt angetan und mich schrecklich geschlagen. Schaut her!« Trotz des starken Windes zog Uta ihren Rock hoch und entblößte ihren von blutigen Striemen gezeichneten Oberschenkel.

Eichenloh knirschte mit den Zähnen, während Uta eine wirre Kurzfassung der letzten Stunden in der Höhlenburg gab. Er entnahm dem Wortschwall nur, dass es der Magd gelungen war, einen der Räuber mit dem Schürhaken niederzuschlagen, während dieser sich an Trudi Adler verging, und ballte unwillkürlich die Faust.

Trudi warf ihrer Magd einen dankbaren Blick zu. Uta mochte geschwätzig sein und gewiss nicht die Dienerin, die eine Frau sich wünschen mochte, doch die gemeinsamen Erlebnisse verbanden sie miteinander wie Schwestern.

»Der Kerl wollte Euch schänden! Ist es ihm gelungen?« Eichenloh wusste selbst nicht, weshalb er diese Frage stellte.

Trudi stieß die Luft zischend durch die Zähne. »Er hat mich zu Boden geworfen und begonnen, mir Gewalt anzutun. Doch dank Utas Hilfe vermochte er sein Werk nicht zu vollenden.«

»Bei Henneberg habt Ihr Euch besser gewehrt!«

»Wäre mir das möglich gewesen, hätte ich die Klinge in seine Eingeweide gestoßen! Doch der Kerl hat mir den Dolch an die Kehle gesetzt.«

Trudi fühlte sich von den Worten verletzt und wandte den Kopf ab.

Eichenloh bemerkte ihre Erschütterung und nannte sich einen Narren. Trudi mochte Mut haben, aber sie war doch nur ein Mädchen, das gegen einen zu allem entschlossenen Mann auf verlorenem Posten stand. Gleichzeitig wuchs sein Zorn auf die Kerle, die sie und ihre Magd gequält hatten. Als Trudi wieder zu ihm hochsah, wirkte sein Gesicht wie aus Stein gemeißelt, und in seinen Augen glühte ein Feuer, das sie erschreckte.

Sie schob den Gedanken weg, dass sie in den Armen eines ihr eigentlich verhassten Mannes lag, und genoss die Wärme, die sein Körper ausstrahlte. Bald fühlte sie sich so kraftlos, dass sie sich wünschte, einzuschlafen und erst wieder zu erwachen, wenn die Welt sich zum Guten gewandelt hatte. Mit dem Gedanken dämmerte sie trotz des unbequemen Sitzes auf dem Sattelbogen weg.

»Wenn wir nur die Spuren der Jungfer und ihrer Leute finden könnten!« Der verzweifelte Ausruf ihres Führers verriet Eichenloh, dass der Mann nun doch die Orientierung verloren hatte. Da die Luft von dahinwirbelnden Schneeflocken erfüllt war und der Wind alle Spuren in kurzer Zeit verwehte, war es aussichtslos, die Stapfen zu suchen, die Trudis Pferde hinterlassen hatten.

Eichenloh ließ den Blick über seine Männer schweifen, soweit er sie in dem Schneetreiben noch ausmachen konnte. Die grauen Gesichter derer, die hinter ihm ritten, verrieten ihm, wie erschöpft sie waren, und er sah auch, dass die Fußknechte immer weiter zurückblieben. Offensichtlich hatte ihr Führer nicht übertrieben, als er sagte, der Trupp sei ohne schützendes Dach dem Tod geweiht. Das schienen auch die Wölfe bereits zu wissen, denn ihr Geheul übertönte sogar das Tosen des Sturms. Den Raubtieren reichte ein zottiger Pelz als Schutz gegen die Unbilden des Wetters, und wenn der Wind zu scharf blies, kauerten sie aneinandergepresst in einer Kuhle und warteten, bis das Unwetter vorübergezogen war. Eichenloh ertappte sich dabei, die Tiere zu beneiden. Wenn nicht bald ein Wunder geschah, würden diese noch in der Nacht einen reich gedeckten Tisch vorfinden.

»Dort müssen wir hin!« Utas Ausruf ließ den Ritter hochschrecken.

»Was sagst du?«

»Die Höhlenburg liegt in dieser Richtung«, erklärte die Magd mit Nachdruck.

Der einheimische Führer machte eine wegwerfende Geste. »Woher willst du das wissen? Du hast diesen Weg doch erst ein Mal zurückgelegt, und da konntest du wohl kaum weit sehen.«

»Ich erinnere mich an den Busch dort drüben. An dem sind wir vorbeigekommen!« Uta zeigte auf ein Gebilde, das ebenso gut ein Felsvorsprung hätte sein können, wäre da nicht ein einzelner Zweig gewesen, der aus dem Schnee herausragte.

Der Führer winkte ab und wollte geradeaus weiter, doch Eichenloh zog sein Pferd herum, um sich den Busch anzusehen. »Die Frau hat recht! Im Windschatten des Gebüschs sind noch Spuren von Gäulen zu sehen.«

Nun kehrte der Führer um, warf einen Blick auf die Spur und sah Eichenloh unschlüssig an. »Wenn Ihr es befehlt, ziehen wir in die Richtung.«

Seinem Tonfall nach schien er nichts von der Idee zu halten. Eichenloh aber trieb sein Pferd in die Schlucht, auf die Uta zeigte. Bald musste er absteigen und Trudi wie ein Kind auf den Arm nehmen, denn der Sturm blies mit einer solchen Wucht durch den Engpass, dass der Boden blankgefegt und höllisch glatt war.

Eine Weile glaubte er, die Magd müsse sich vertan und sie in eine Sackgasse geführt haben, denn die Felsen rückten immer enger zusammen. Dann ging es mit einem Mal einen steilen Abhang hinauf, und auf dem höchsten Punkt sah er in einen Felsenkessel hinab, in dem sich der Wind fing und den Schnee wie in einer

Windhose im Kreis trieb. Zwei dunkle Flecken bewegten sich schneckenhaft langsam auf dem hellen Hintergrund, und als Eichenloh, der wieder aufgestiegen war, näher kam, sah er zwei Reiter vor sich, deren Tiere offensichtlich kurz vor dem Zusammenbrechen standen. Da der Sturm in einer Weise tobte, die selbst die Wilde Jagd beschämt hätte, nahmen die beiden nicht wahr, dass Eichenlohs Trupp allmählich zu ihnen aufschloss.
»Das sind die beiden Schurken!«, rief Uta Eichenloh zu. Sie musste schreien, damit er sie verstand.
Stammberg und Hohenwiesen war es offensichtlich gelungen, ihre Pferde einzufangen und die Flüchtlinge zu verfolgen. Doch der Sturm hatte die weitere Suche unmöglich gemacht, und nun versuchten sie, zur Höhlenburg zurückzukehren. Durch das Toben der Elemente nahmen sie die fremden Krieger erst wahr, als sich Eichenlohs kräftig gebauter Hengst zwischen ihre Pferde schob.
Stammbergs Hand fuhr noch zum Schwertgriff. Doch da tauchte Quirin neben ihm auf und bedrohte ihn mit seiner Klinge, und Hardwin von Steinsfeld nahm sich Hohenwiesen vor.
»Was soll das?«, rief der Raubritter empört, entdeckte dann aber Uta und sah deren hasserfüllte und gleichzeitig triumphierende Miene. Während Stammberg sich noch über die Feindseligkeit der so plötzlich aufgetauchten Männer wunderte, begriff Hohenwiesen, dass ihre Gefangenen bei ihrer Flucht auf diese Reitergruppe gestoßen waren und Unterstützung erhalten hatten.
»Euch hat wohl der Teufel geschickt!«, fluchte er, erinnerte sich dann aber an den Marktflecken, an dem sie Trudi und deren Gefolge getroffen hatten. Das war in Altötting gewesen, einem Ort, an dem die Heilige Jungfrau besondere Verehrung genoss. Angesichts der Mutter Jesu hatten sie die junge Adlige betrogen, in die Irre geführt und hierhergebracht, und was danach geschehen war, hatte der Gottesgebärerin wohl ebenso wenig gefallen. Eine

kalte Hand legte sich um Hohenwiesens Herz, und als er sich zu dem Anführer der Reiter umdrehte, las er in dessen Augen seinen Tod.

3.

Kaum hatten sie die Höhlenfestung erreicht, fegte der Sturm mit solcher Wucht über das Land, als wolle er die festen Mauern der Burgen und Städte schleifen. Eichenloh konnte sich nicht erinnern, jemals ein solches Unwetter erlebt zu haben. Auch die Pferde schienen die Gefahr zu begreifen, denn sie drängten ungestüm durch das Tor und fanden sogleich den Stall. Drinnen war kaum genug Platz für die vielen Menschen und ihre Tiere, aber die Männer atmeten erst einmal auf und schüttelten sich den Schnee von Mänteln und Mützen. Dabei murmelten einige ein kurzes Gebet, in dem sie ihren ganz persönlichen Schutzheiligen dafür dankten, dem Unwetter entronnen zu sein.
Trudi wurde selbst dann nicht wach, als Eichenloh sie vom Pferd hob. Da er das Mädchen nicht auf die schmutzige Streu zwischen die Beine der Tiere legen wollte, wandte er sich an Uta.
»Gibt es einen Raum, in den ich deine Herrin bringen kann?«
»Ja, die Küche. Dort dürfte sogar noch das Feuer brennen.« Uta ging voraus, und ihr vorsichtiger Schritt verriet, dass sie immer noch unter Schmerzen litt. Quirin trieb Stammberg hinter Eichenloh her, und da Steinsfeld nicht zurückbleiben wollte, folgte er ihm mit Hohenwiesen, der anders als sein Freund längst aufgegeben hatte.
Stammberg grinste Eichenloh an. »Euch kenne ich doch von Altötting her, Herr Ritter! Wollen wir uns nicht setzen, einen Schluck Wein trinken und wie vernünftige Männer miteinander reden?«
Bislang war es ihm stets gelungen, sich mit seiner Beredsamkeit aus gefährlichen Situationen herauszuwinden. Diesmal aber hat-

te er das Gefühl, auf Granit zu beißen. Eichenloh beachtete ihn nicht, sondern trug Trudi in die Küche und legte sie auf die Strohschütte, auf der Uta geschlafen hatte. Danach reckte er sich und sah sich forschend um.

»Gibt es hier noch Vorräte, mit denen wir uns verköstigen können? Wir müssten sonst unsere eigenen angreifen, und auf die sind wir angewiesen, wenn wir weiterreiten. Ich hoffe jedenfalls nicht, dass der verdammte Sturm uns hier festnageln wird, bis wir halbverhungert sind.«

»Im Keller sind noch einige Fässer mit Mehl und Pökelfleisch. Für so viele Leute werden sie zwar nur wenige Tage reichen, aber es ist besser als nichts«, sagte Lampert, dem es inzwischen gelungen war, wieder auf den Beinen zu stehen. Er öffnete die Kellertür, neben der noch immer der Tisch stand, der ihnen den nötigen Vorsprung verschafft hatte, und wollte hinuntersteigen, doch Quirin streckte den Arm aus und hielt ihn fest.

»Bleib hier, Bursche! Diese Arbeit können auch andere tun. Du siehst aus, als würdest du jeden Augenblick zusammenklappen.« Er befahl einigen Männern, den Keller zu suchen und Vorräte zu holen, damit für alle gekocht werden konnte. »Wenn ihr dort Wein findet, bringt ihn herauf!«, rief er ihnen nach.

»Es ist noch ein fast volles Fass Wein unten«, berichtete Lampert.

»Gegen einen Schluck Wein habe ich nichts. Aber wer von den Kerlen denkt, er könne sich besaufen, den jage ich in den Sturm hinaus!« Eichenloh kannte seine Männer und wusste, dass er sie nur mit eiserner Faust zur Mäßigung zwingen konnte. Der eine oder andere würde trotzdem zu viel trinken, sich aber hinterher wünschen, vorsichtiger gewesen zu sein.

Nun drehte Eichenloh sich zu seinen Gefangenen um, die von vier seiner Leute flankiert wurden. Stammberg gab sich, als sei er noch Herr der Lage, und grüßte devot. »Seid willkommen in meiner Burg, Herr. Euer Erscheinen war zwar etwas überraschend, aber ich kann Euch nachfühlen, dass Ihr diesem entsetzlichen Sturm entkommen wolltet. Sogar mein Freund und ich haben unsere Jagd abgebrochen und uns heimwärts gewandt. Seid mein Gast, so lange es Euch gefällt.«

Ob dieser Frechheit schwoll Eichenloh eine Ader auf der Stirn. Er trat so nahe an den Raubritter heran, dass sich ihre Nasen beinahe berührten. »Elender Hund! Du wirst für das, was du getan hast, bezahlen!«

Stammberg zuckte im ersten Augenblick zusammen, setzte dann aber ein vertrauliches Grinsen auf. Mit einer verächtlichen Geste wies er auf Uta und Trudi. »Gebt doch nichts auf das, was die Weiber da schwatzen. Es sind doch nur zwei Bauernmägde, die zusammen mit einem Knecht ihrer Herrschaft davongelaufen sind.«

Damit aber erregte er Hardwins Zorn. Dieser packte Stammberg am Kragen. »Bauernmägde? Elender Lügner! Dir soll die Zunge im Maul verfaulen. Ich kenne die junge Dame hier gut. Es ist Trudi Adler, Tochter des Michel Adler auf Kibitzstein, der Kaiser Sigismund in Böhmen das Leben gerettet hat!«

Während Stammberg die Tatsache verfluchte, dass die Flüchtlinge ausgerechnet auf jemanden hatten stoßen müssen, der sie kannte, sah sich sein Kumpan in dem Glauben bestätigt, dass hier himmlische Kräfte am Werk waren, die sie durch Trudis Entführung aus einem so heiligen Ort wie Altötting heraus erzürnt hatten. Er sank auf die Knie und begann wirr zu beten.

Stammberg bleckte die Zähne wie eine in die Enge getriebene Ratte. »Verdammt! Was wollt Ihr von uns? Die Burg hier? Die könnt Ihr haben. Sie ist alles, was ich besitze.«

»Wir wollen Gerechtigkeit.« Eichenloh deutete auf Trudi, die gerade wach wurde und noch nicht ganz zu begreifen schien, dass sie gerettet war. In ihrem Erschöpfungsschlaf hatte sie geträumt, sie wäre Uta und würde von den Schurken gequält und geschlagen. Nun tastete sie unwillkürlich ihren Körper ab. Doch sie

empfand weder Schmerz, noch fühlte sie die Striemen von Stockschlägen. Auch tat ihr Schoß nicht mehr weh, obwohl er nach der Vergewaltigung durch Hohenwiesen wie Feuer gebrannt hatte.
Sie stand auf, suchte ihren Dolch, den die Kerle bei ihrer Gefangennahme an sich genommen hatten, und stellte sich vor die beiden hin. »Ja, wir wollen Gerechtigkeit! Ihr habt meine beiden Getreuen grausam gequält und seid wie Tiere über Uta hergefallen. Mich hättet ihr ebenso misshandelt, wären wir euch nicht durch die Gnade des Himmels entkommen. Möge Gott euch dafür verfluchen und auf ewig dem Höllenfürsten überlassen!«
»Nein, nicht dem Satan!« Hohenwiesen fiel vor ihr auf die Knie. »Gnade, Herrin! Überlasst meine Seele nicht dem Teufel! Ich weiß, ich bin ein Sünder und habe schwere Strafe verdient. Doch versagt mir nicht die Hoffnung auf Erlösung am Jüngsten Tag, an dem unser Heiland die Guten und die Bösen scheiden und die einen ins Paradies führen wird, während die anderen für immer in den feurigen Klüften der Hölle schmachten müssen.«
Es dauerte einige Augenblicke, bis Trudi und auch Eichenloh begriffen, dass Hohenwiesens Verstand gelitten hatte und er das Mädchen als Inkarnation der Himmelsherrin ansah. Er flehte Trudi an, seine Seele zu verschonen, und brach zuletzt in Tränen aus.
»Schwächling!«, murmelte Stammberg, der noch immer hoffte, sich aus dieser üblen Lage herauswinden zu können. Sein Ruf war zwar auch hier in der Heimat nicht der beste, aber einige Männer der Gegend waren ihm etwas schuldig, und die würden sich wohl für ihn verwenden.
Eichenloh war nicht bereit, sich länger mit diesem Gesindel abzugeben. Er wartete gerade so lange, bis seine Leute mit mehreren Körben voll Pökelfleisch und Mehl sowie ein paar Kannen Wein aus dem Keller zurückkehrten, dann rief er alle, die mit ihm aus Franken in dieses Land gekommen waren, in der großen Halle zusammen.

Der Raum war halb gemauert, halb aus dem Felsen geschlagen und so düster, dass selbst die Fackeln ihn kaum zu erhellen vermochten. Da die hölzernen Fensterläden bereits stark verrottet waren, hatte der Wind Schnee hereingeweht, der sich auf dem abgetretenen Steinboden türmte.

Als einer von Eichenlohs Männern den eisernen Leuchter, der in der Mitte des Raumes hing, herablassen wollte, um die Fackeln hineinzustecken, hob Eichenloh die Hand. »Lass das! Wir bleiben nur kurze Zeit herinnen. So lange werdet ihr die Fackeln halten können.«

Der einheimische Führer drängte sich durch die Männer, bis er neben Eichenloh stand. »Was habt Ihr vor, Herr?«

»Gericht halten!«, war Eichenlohs ebenso knappe wie klare Antwort.

Der Mann hob abwehrend die Hände. »Aber das dürft Ihr nicht. Ihr müsst diese beiden dem zuständigen Amtmann übergeben.«

»Wir befinden uns auf einem Kriegszug, der Heimlichkeit bedingt. Da können wir nicht in die nächste Stadt reiten und nach dem Vogt fragen. Mitnehmen will ich die Kerle auch nicht, also werden wir sie hier aburteilen.« Eichenloh wandte dem Führer den Rücken zu und wies mit einer ausholenden Geste in die Runde.

»Diese beiden Ritter haben eine Jungfer von Stand gefangen gehalten und gequält. Außerdem haben sie ihre beiden Bediensteten geschunden. Frau, zieh dich aus!«

Das Letzte galt Uta, die ihn zunächst erstaunt ansah, sich dann aber zögernd aus ihrer Kleidung schälte. Die Blutergüsse um ihre Augen und die Schrammen in ihrem Gesicht hatten schon vorher verraten, wie hart sie geschlagen worden war, und als sie nur noch im Hemd dastand, konnten die Männer die Spuren schwerer Misshandlung auf Armen und Beinen erkennen.

»Runter mit dem Hemd!«, befahl Eichenloh.

Uta warf dem Söldnerführer einen flehenden Blick zu. Konnte er denn nicht verstehen, dass sie sich nach den Erfahrungen, die sie mit Stammberg gemacht hatte, nicht unbekleidet einer ganzen Horde von Männern zeigen wollte?

Eichenloh verfluchte insgeheim die beiden Schurken, aber er konnte Uta diese letzte Demütigung nicht ersparen. »Mach schon, sonst erfrierst du hier noch!«

Tatsächlich zitterte Uta bereits ebenso vor Kälte wie vor Angst. Tränen liefen ihr über die Wangen, als sie den Saum packte und hochhob. Sie schloss die Augen, um die Männer im Saal nicht ansehen zu müssen, streifte das Hemd ab und umklammerte es mit einer Hand.

Flüche erklangen und wüste Beschimpfungen, die den Raubrittern galten, als die Männer all die frischen Striemen und die Spuren älterer Schläge musterten, die den Körper der Magd wie ein Webmuster bedeckten. Selbst Eichenloh, der glaubte, in seinem Leben bereits genug gesehen zu haben, wurde bei diesem Anblick flau im Magen.

Trudi, die den Söldnern wie eine Traumwandlerin gefolgt war, wurde nun ganz wach. Sie hob ihren Dolch, den sie immer noch umklammert hielt, und ging auf ihre Entführer los. Eichenloh fing sie im letzten Augenblick ab und entwand ihr die Klinge, um nicht selbst getroffen zu werden.

»Ich bringe die Schweine um!«, schrie Trudi, während sie sich zu befreien versuchte.

»Haltet endlich still, Mädchen! Die Kerle werden ihre Strafe erhalten. Wollt Ihr Euch wirklich die Hände an ihnen schmutzig machen?« Eichenloh stieß sie Quirin in die Arme. Da sie diesen Mann nicht mochte, ging sie ihm mit den Fingernägeln ins Gesicht. Zu seinem Glück griff Hardwin ein. Er fasste Trudis Hände und bat sie, sich zu beruhigen. Trudi sah die flehende Miene ihres Jugendfreunds, atmete tief durch und blieb neben ihm stehen.

»Verdammt, ist das eine Wildkatze!«, schimpfte Quirin und wandte sich an seinen Anführer. »Diese Schurken haben wirklich den Tod verdient!«

»Das haben sie«, stimmte ihm Steinsfeld zu.

Eichenloh blickte in die Runde und sah seine Männer nicken. Nur ihr Führer schüttelte den Kopf, wagte es aber nicht, sich für die beiden Gefangenen zu verwenden.

Während Hohenwiesen mit immer schriller klingender Stimme Gebete sprach und zuletzt flehte, vor einen Priester gebracht zu werden, der ihm die Beichte abnahm, begann sein Kumpan wuterfüllt zu brüllen. »Ihr habt nicht das Recht, über mich Gericht zu halten! Der Amtmann wird Euch dafür einsperren und wie Strauchdiebe aufhängen lassen. Gebt mich sofort frei, verstanden, sonst …«

»Was sonst?«, unterbrach Eichenloh ihn. Ohne sich weiter um den Schurken zu kümmern, zeigte er auf die Vorrichtung, mit der der eiserne Leuchter von der Decke gelassen werden konnte. »Die Kette sieht mir kräftig genug aus, um die beiden Strolche auszuhalten. Los, hängt sie auf!«

Das ließen die Männer sich nicht zweimal sagen. Im Saal war es kalt, daher zog es sie in die warme Küche, in der das Essen auf dem Herd stand und Wein auf sie wartete. Während Stammberg ein paar gotteslästerliche Flüche losließ, wurde der Leuchter herabgelassen. Ein paar Männer brachten Stricke herbei, knüpften zwei Schlingen und legten sie Stammberg und Hohenwiesen um den Hals.

»Zieht an«, befahl Quirin.

Vier kräftige Burschen packten die Kette, mit der der Leuchter hochgezogen werden konnte, und hängten sich mit ihrem ganzen Gewicht daran. Die beiden Schurken wurden förmlich vom Boden hochgerissen. Hohenwiesen stieß noch ein »Maria, hilf!« aus, der Rest erstarb in einem Röcheln. Sein Kumpan zappelte verzweifelt, zog damit die Schlinge noch enger zu und erschlaffte schließlich, während ihm die blau angelaufene Zunge zum Mund herausquoll.

Trudi spürte, wie ihr übel wurde, und wandte sich ab. Zwar hatte sie die Bestrafung der Kerle herbeigesehnt, aber die gnadenlose Art und Weise, mit der Eichenloh die beiden aufgehängt hatte, erfüllte sie mit Grauen. Nun wollte sie nur noch allein sein und weinen.

4.

Eichenloh hatte die Kammer, in der Trudi gefangen gehalten worden war, von seinen Leuten säubern lassen und ihr und Uta als Quartier zugewiesen. Einer seiner Männer, der als Sohn eines Baders gewisse Kenntnisse in der Wundversorgung besaß, kümmerte sich um die Magd und um Lampert. Beide würden etliche Tage brauchen, bis ihre Verletzungen abgeklungen waren. Auch Trudi war so von der Gefangenschaft und der Flucht mitgenommen, dass sie nur noch schlafen wollte.

Eichenloh, Quirin und Hardwin machten sich mehr Gedanken um sie. In einer Ecke der Küche schwiegen sie sich zunächst an, Becher mit erwärmtem Wein in den Händen. Schließlich hob Hardwin den Kopf und sah seinen Anführer an. »Was willst du mit Trudi machen? Mitnehmen können wir sie nicht.«

»Ich kann keinen von meinen Leuten entbehren, um sie zum König bringen zu lassen. Außerdem haben wir nur einen Mann bei uns, der diese Gegend kennt, und den brauchen wir selbst. Ohne einen kundigen Führer aber würde sich die Jungfer mitsamt ihren Begleitern verirren und in den Bergen umkommen.«

Eichenloh war anzumerken, dass er Trudi und deren Begleiter ins Pfefferland wünschte. Er trank aus, warf den Becher einem seiner Männer zu und befahl, ihn erneut zu füllen. Da es nicht der erste Becher an diesem Abend war, musterte Quirin ihn besorgt. Anders als sonst erlegte Junker Peter sich beim Trinken keine Schranken auf.

»Verdammt, warum mussten wir diesem unsäglichen Weibsstück begegnen?«, brach es nun aus ihm heraus. »Wir haben einen Auftrag und müssen diesen um jeden Preis erfüllen.«

»Wenn die beiden Weibsen und der verletzte Knecht stören, lass sie ebenso aufhängen wie die beiden Schurken. Dann sind wir sie los.« Quirins keineswegs ernst gemeinter Vorschlag ließ Junker Peter wütend auffahren. »Bist du übergeschnappt? Die drei haben so viel ertragen müssen. Es wundert mich, dass sie nicht daran zugrunde gegangen sind.«

Hardwin lächelte gedankenverloren. »Trudi ist aus einem harten Stoff gemacht und wird die Sache überstehen. Ich kenne sie, seit sie ein kleines Mädchen war, und habe sie schon damals bewundert!« Hardwins Erinnerungen galten jedoch weniger Trudi als vielmehr Bona, und er spürte den Schmerz, der an seinem Herzen nagte und den weder die Zeit noch die Entfernung dämpfen konnten. Doch die Frau, die er liebte, gehörte einem anderen Mann, und er musste seine Sehnsucht nach ihr überwinden.

»Wenn die ganze Sache hinter uns liegt und ich wieder nach Hause zurückkehren kann, werde ich Trudi fragen, ob sie mich heiraten will. Eine bessere Burgherrin werde ich nirgends finden!« Hardwin seufzte dabei so tief, als wäre es eine Strafe, mit Trudi verheiratet zu sein, auch wenn sein Verstand ihm sagte, dass dies die beste Lösung wäre.

Seltsamerweise gefiel Junker Peter diese Aussicht ganz und gar nicht, und er ärgerte sich, den jungen Mann mitgenommen zu haben. Dabei hatte Hardwin sich während der Zeit, die er unter seinen Fittichen steckte, gut herausgemacht. Seit er nicht mehr unter der Fuchtel seiner Mutter stand, war er weitaus selbstsicherer geworden und hatte auch einige kindliche Unarten abgelegt. Im Grunde hatte er sich ebenso gut in die Söldnerschar eingefügt wie seinerzeit Otto von Henneberg, und bislang war Eichenloh bereit gewesen, ihn als Bereicherung seiner Truppe anzusehen. Nun aber hätte er diesem vorlauten Bürschchen am liebsten erklärt, er könne seinen Trupp sofort verlassen und Trudi und deren Leute mit sich nehmen. Doch die Verantwortung für dieses störrische Ding ruhte nun einmal auf seinen Schultern, und er sah es als seine Pflicht an, sie zu Friedrich zu bringen. Vorher aber musste er Burg Teiflach in seine Gewalt bringen, und dafür benötigte er jeden Mann.

»Vergessen wir dieses spitzzüngige Jüngferlein fürs Erste und überlegen, wie wir die Nuss knacken, zu deren Rückeroberung der dritte Friedrich uns losgeschickt hat. Nach diesem Sturm dürfte der Schnee brusthoch vor den Mauern und Toren von Teiflach liegen. Also ist ein Angriff ebenso wenig denkbar wie eine längere Belagerung.«

»Dann müssen wir es mit einer List versuchen. Doch ich bezweifle, dass die Kerle, die die Burg für Herzog Albrecht von Österreich verteidigen, auf einen Trick hereinfallen.« Quirin machte keinen Hehl daraus, dass er den Kriegszug für aussichtslos hielt und nur aus Treue zu seinem Anführer mitritt.

Peter von Eichenloh spie ins Feuer. »Ich werde nicht mit eingezogenem Schwanz zu König Friedrich zurückkehren und ihm sagen, dass ich doch nicht so gut bin, wie er glaubt!«

»Wenn wir den Schnee im Schutz von beweglichen hölzernen Wänden wegräumen, müssten wir doch bis an die Mauern kommen und Sturmleitern anlegen können, ohne dass uns die Verteidiger empfindliche Verluste beibringen können«, schlug Hardwin vor.

Das war ursprünglich auch Eichenlohs Plan gewesen, doch er hatte das Wetter unterschätzt. Außerdem hätten sie das nötige Holz ein ganzes Stück entfernt schlagen und hierherbringen müssen. Daher schüttelte er den Kopf. »Das würde zu lange dauern. Wir führen ja nicht einmal genug Zelte für alle unsere Leute mit. Bei diesem Wetter im Freien zu übernachten, aber würde

den Tod bedeuten. Also muss es schnell gehen und – wie Quirin schon sagte – mit Hilfe einer List.«
»Und wie stellst du dir das vor?«, fragte sein Stellvertreter.
Eichenloh grinste breit und deutete auf die Tür, hinter der Trudi und Uta schliefen. »Ihr werdet sehen. Wer weiß, vielleicht schlägt uns die Begegnung mit Michel Adlers Tochter doch noch zum Guten aus.«

5.

Als der Sturm sich nach drei Tagen ausgetobt hatte, brach die Truppe auf. Trudi und Uta waren glücklicherweise wieder in der Lage, zu reiten, während Lampert in Decken eingehüllt auf einer Trage mitgeführt werden musste, die zwischen zwei Pferden hing. Die beiden Schurken hatte Eichenloh eigentlich zur Abschreckung am Leuchter hängen lassen wollen, aber nach dem Hinweis auf Verwandte und Freunde Stammbergs, die dies als Beleidigung ansehen könnten, ließ er sie im hinteren Teil der Höhle unter etlichen Steinen begraben. Ihr Führer hatte sogar noch zwei Kreuze gebastelt und einen schreibkundigen Mann der Truppe gebeten, die Namen der beiden Toten mit der glühenden Spitze eines Messers ins Holz zu brennen.
Nun lag die Burg hinter ihnen, und Eichenloh verschwendete keinen Gedanken mehr an sie oder die Gehenkten. Sein Blick ruhte auf Trudi, die an seiner Seite ritt. Sie trug über ihrem eigenen Mantel noch einen weiten Umhang und feste Fäustlinge, die früher einmal Stammberg gehört hatten. Trotzdem wirkte sie mit ihrem blonden Haar, das in reicher Fülle unter ihrer Mütze herausquoll, sowie ihrer einer Dame angemessenen Reitweise sehr weiblich. Eichenloh erschien sie beinahe zu schön für die Aufgabe, für die er sie vorgesehen hatte. Doch sie war nun einmal der Trumpf, auf den er zählte.

Die Vorzeichen standen gut. Es war beinahe windstill, und die Sonne leuchtete von einem fast sommerblauen Himmel. Allerdings warf der Schnee das Licht so grell zurück, dass die Männer die Augen abwenden mussten, um nicht blind zu werden, und von den mit hohen Schneekappen gekrönten Bäumen fielen immer wieder kleine Schneebrocken herab.

Eichenloh lachte, als Trudi von einer dieser Schneelasten getroffen wurde und hastig nach ihrem Kragen griff. »Halt! So gerät Euch der Schnee nur noch tiefer ins Genick. Beugt Euch zu mir herüber!«

Trudi gehorchte mit knirschenden Zähnen, denn sie konnte den eisigen Klumpen alleine nicht herausholen.

»Ich hätte klüger sein und die Kapuze aufbehalten sollen«, murmelte sie, während Eichenloh unter ihren Mantel griff und einige Batzen Schnee herausholte. Dabei schob sich seine Hand beinahe bis zu ihrer Taille hinab, an der mit Sicherheit kein Schnee zu finden war.

»Grabt Ihr nicht ein wenig zu tief, Herr Söldner?«, fragte sie schnippisch.

Eichenloh entfernte die letzten Schneereste und rieb ihr dabei sanft über den Nacken. Sofort versteifte sie sich unter seinen Händen. Er schalt sich einen Narren. Dieses Mädchen hatte den Charakter einer Distel und war gewiss nicht die Frau, die ihm gefallen konnte. Außerdem war sie bereits durch andere Hände gegangen. Schließlich hatte sie auf Fuchsheim das Bett mit dem Ansbacher Markgrafen geteilt und zugegeben, von mindestens einem ihrer Entführer vergewaltigt worden zu sein.

Während er versuchte, sich mit Hochmut zu wappnen, dachte er an Steinsfeld, der Trudi trotz dieses Makels heiraten wollte, und fand, dass der junge Bursche ihr keinesfalls gewachsen war. Sie würde ihm die Hosen noch vor der Hochzeit ausziehen und sie zeit ihres Lebens nicht mehr hergeben. Zwar benötigte Hardwin eine Frau, die ihn zu leiten vermochte, doch das musste mit

Zuneigung und einem gewissen Fingerspitzengefühl verbunden sein. Die Blicke, die Trudi ihrem Jugendfreund zuwarf, sprachen nicht gerade von Liebe. Sie schien Hardwin eher als eine Art tapsigen, jungen Hund anzusehen, bei dem man scharf aufpassen musste, damit er seine Pfützchen nicht dorthin machte, wo Menschen sich hinsetzen wollten.

Diese Überlegung entlockte Eichenloh ein Grinsen, und er spürte, wie seine Laune sich schlagartig hob. Gleichzeitig nahm er wahr, dass er immer noch seine Finger über Trudis Nacken gleiten ließ, und zog sie hastig zurück. »Ich glaube, jetzt müsste aller Schnee entfernt sein!«

»Falls er nicht geschmolzen und den Rücken hinuntergelaufen ist. Ich danke Euch, dass Ihr meinen Nacken und den Schulteransatz so fürsorglich gewärmt habt.«

War das nun ernst gemeint, oder stellte die Bemerkung eine weitere Spitze gegen ihn dar?, fragte er sich. Doch als er Trudi ansah, wirkte ihr Gesicht glatt, und ihr Blick schien in eine Ferne gerichtet zu sein, in die er ihr nicht folgen konnte. Ihn hätte es interessiert, ob sie dabei an ihn dachte, an den Schnösel Steinsfeld oder an irgendeinen anderen Mann. Aber wenn er sie darauf ansprach, würde er wohl eher eine Ohrfeige statt einer Antwort bekommen, und gerade jetzt durfte er sie am allerwenigsten verärgern.

Stattdessen versuchte er, das stockende Gespräch wieder in Gang zu bringen. »Ich freue mich, dass Ihr Euch bereit erklärt habt, dem Recht Seiner Majestät wieder zur Geltung zu verhelfen und die Burg Teiflach seinen Feinden zu entreißen.«

Eigentlich war er immer noch überrascht, dass die Jungfer sofort einverstanden gewesen war, den Lockvogel für die Burgbesatzung zu spielen. Aus welchem Grund sie dies tat, hatte er noch nicht herausfinden können. Da sie seine erste Bemerkung nicht beantwortet hatte, fragte er sie direkt danach.

Trudi wandte ihm das Gesicht zu und blickte ihn hochmütig an. »Da behauptet man, Männer wären klug und müssten alles wis-

sen. Doch entweder ist dies eine falsche Meinung, oder Ihr unterscheidet Euch doch arg von Euren Geschlechtsgenossen.«
»Das hat gesessen!« Junker Peter nahm sich vor, sich nicht provozieren zu lassen, und wiederholte seine Frage. »Dann könnt Ihr mir doch verraten, warum Ihr mir helft!«
»Ich helfe nicht Euch, sondern Seiner Majestät, dem König. Danach dürfte er geneigt sein, mich anzuhören und meine Bitte zu erfüllen.« Um ihre Familie zu retten, sagte Trudi sich, war sie sogar bereit, mit Eichenloh zu reiten, auch wenn sie dadurch dessen unverdienten Ruhm noch vermehren würde. Es ging jedoch um Kibitzstein, und dafür musste sie jedes Opfer bringen. Einen Moment dachte sie an Georg von Gressingen und spürte, wie ihr Herz sich schmerzhaft zusammenzog. Viel lieber hätte sie die Tat mit ihrem Geliebten vollbracht.
Eichenloh schalt sich einen Trottel, denn darauf hätte er selbst kommen können. Das Mädchen hatte ihm doch schon erklärt, es wolle Friedrich um Hilfe für seine bedrängte Mutter bitten. Doch sie würde eine herbe Enttäuschung erleben. Der erwählte deutsche König und Herzog von Österreich vermochte kaum, sich selbst zu helfen, geschweige denn jemand anderem. Marie Adler auf Kibitzstein würde sich aus eigener Kraft behaupten müssen oder – was er für wahrscheinlicher hielt – Kibitzstein und ihren restlichen Besitz an den Fürstbischof von Würzburg verlieren.
»Wenn ich ihm Teiflach zurückbringe, wird Herr Friedrich Kibitzstein retten!«, betonte Trudi noch einmal.
»Das wird er gewiss«, antwortete er mit wenig Überzeugung in der Stimme und kam sich dabei so schlecht vor, als hätte er eben seinen besten Freund belogen.
Im ersten Augenblick wollte Junker Peter Trudi anbieten, sie in die Heimat zu begleiten und zu versuchen, etwas für sie und ihre Mutter zu erreichen. Doch mit zwei Dutzend Kriegern würde er einem Gottfried Schenk zu Limpurg keinen großen Schrecken

einjagen. Eichenloh beschloss daher, nicht mehr an die ferne Zukunft zu denken, sondern an das, was direkt vor ihm lag.

»Ist es noch weit?«, rief er dem Führer zu, der nicht mehr zu Fuß gehen wollte, sondern auf einem Pferd bestanden hatte.

Der Mann schüttelte den Kopf. »Nein! Die Burg liegt hinter dem Bergsporn da drüben. Wir werden sie zwei Stunden vor Einbruch der Nacht erreichen.«

»Dann sollten wir nun Rast machen und unsere Vorkehrungen treffen. Seid Ihr bereit, Jungfer Trudi?«

Wurde Trudi sonst von Fremden angesprochen, nannten diese sie Jungfer Hiltrud, während ihre Freunde und Bekannten sie schlicht Trudi nannten. Nun vernahm sie zum ersten Mal die ihrem Stand angemessene Bezeichnung Jungfer zusammen mit ihrem Rufnamen, und es gefiel ihr. Daher fiel ihr Nicken freundlicher aus, als sie eigentlich wollte. Eine kleine Spitze konnte sie sich dennoch nicht verkneifen. »Ich bin bereit, Herr Söldner.«

»Söldnerhauptmann ist die richtige Bezeichnung. Dafür muss die Zeit reichen!« Junker Peter lachte auf und winkte vier seiner Männer zu sich, die etwas kleiner waren als der Rest. Diese mussten unter den spöttischen Bemerkungen ihrer Kameraden in jene Frauenkleider schlüpfen, die ihnen beim Durchsuchen der Höhlenburg in die Hände gefallen waren. Das Zeug roch modrig und hatte auch dem Angriff von Motten und Mäusen nicht widerstanden, doch bei beginnender Dämmerung würde man in den angeblichen Frauen keine verkleideten Männer erkennen, zumal sie sich wegen des Winters in dicke Mäntel hüllen konnten. Da Uta noch stark unter den Folgen der ihr zugefügten Misshandlungen litt, hatte Eichenloh beschlossen, die Magd nicht mitzuschicken. Stattdessen würde Trudi neben den als Frauen verkleideten Männern noch vier bewaffnete Krieger mitnehmen, die ein durchaus standesgemäßes Gefolge darstellten.

Zufrieden mit den Vorbereitungen betrachtete er die Männer

und klopfte jedem auf die Schulter. »Macht es gut, Leute! Versucht, das Tor zu halten. Wir kommen so schnell wie möglich nach.«

Er hatte erwogen, selbst mit Trudi zu reiten, sich dann aber dagegen entschieden. Die Mannen Herzog Albrechts von Österreich wussten vielleicht bereits, dass er in die Dienste des Königs getreten war, und es gab in dessen Gefolge genug Leute, die ihn schon einmal gesehen hatten. Quirin schied ebenfalls aus, da der Reisemarschall einer Dame von Stand sich besser ausdrücken können musste als er.

Aus diesem Grund war seine Wahl auf Hardwin von Steinsfeld gefallen. Der Bursche wirkte zwar nervös wie eine Braut vor der Hochzeitsnacht, doch Junker Peter hoffte, er würde die nötige Übersicht behalten. Er griff nach der Hand des jungen Mannes und hielt sie fest. »Ihr wisst, was Ihr zu tun habt?«

Hardwin nickte mit bleichen Lippen.

»Dann ist es gut. Wir warten hier, bis sich im Westen die Abenddämmerung ankündet. Dann reitet Ihr los. Was auch geschehen mag – denkt immer daran, dass wir Euch folgen und im Notfall heraushauen werden.«

Eichenloh hoffte, dass es nicht dazu kommen würde. Von ihrem Führer hatte er erfahren, dass sich kaum mehr als zehn oder zwölf Leute in der Burg aufhalten sollten. Ein paar davon würden Knechte sein, die nicht für den Kampf ausgebildet waren. Aber auch dann, wenn die Besatzung etwas größer sein sollte, traute er seinen Männern zu, das Tor lange genug zu halten. Trudi selbst sollte jedoch nicht in Gefahr geraten. Daher schärfte er ihr erneut ein, dass sie, sobald der Kampf am Tor begann, ihre Stute zu wenden und zurückzureiten hätte.

»Passt aber auf, dass Ihr uns dabei nicht in die Füße geratet! Wir müssen sehr schnell sein, wenn wir unseren Freunden zu Hilfe eilen wollen«, ermahnte er sie und streichelte dabei den Knauf seines Schwerts.

Seine Handflächen schwitzten, und er fühlte sich so unruhig wie noch selten in seinem Leben. Mit einem unwilligen Brummen riss er sich die Handschuhe herunter und genoss eine Weile den scharfen Biss der Kälte. Als die Sonne im Westen die Berggipfel zu berühren schien, nickte er Steinsfeld zu. »Jetzt könnt Ihr aufbrechen. Gebt aber auf die Jungfer acht. Wir erwerben uns wenig Ruhm, wenn wir die Burg gewinnen, sie aber zu Schaden kommt.«

»Ihr tut so, als könnte ich nicht selbst auf mich aufpassen. Aber da habt Ihr Euch getäuscht!« Trudi maß ihn mit einem – wie sie hoffte – vernichtenden Blick und winkte ihren Begleitern, ihr zu folgen.

Eichenloh widerstand nur mit Mühe dem Wunsch, sie zurückzuholen, übers Knie zu legen und ihre nackte Kehrseite mit Schnee zu polieren. »Wenn sie etwas falsch macht, bringe ich sie um!«, murmelte er und wandte sein Gesicht ab, als wolle er seine übrigen Männer mustern. Doch ein paar Augenblicke später blickte er auf ihre langsam kleiner werdende Gestalt.

Neben ihm schüttelte Quirin sich. »Wenn mir nach unserer ersten Begegnung mit der Jungfer in Dettelbach jemand erklärt hätte, sie würde einmal mit uns reiten und unsere Feinde für uns täuschen, hätte ich ihn für verrückt erklärt.«

»Halt den Mund!«, fuhr Eichenloh ihn an.

Quirin legte den Kopf schief und fragte sich, was in seinen Anführer gefahren sein mochte. Dann nahm er den Blick wahr, mit dem Junker Peter Trudi nachstarrte, und musste sich das Lachen verkneifen. Anscheinend ging das Interesse seines Hauptmanns an diesem Frauenzimmer tiefer, als Eichenloh es selbst begriffen hatte. Trudi Adler war zwar eine arge Beißzange, aber auch ein ausnehmend hübsches Mädchen. Zu Junker Peter passte nach Quirins Ansicht auch kein weiches, nachgiebiges Ding, das ihn bereits nach ein paar Tagen langweilen würde. Er benötigte eine Frau, die in der Lage war, auch einmal zurückzuschlagen.

Quirin schnaubte bei dem Gedanken und tadelte sich selbst. »Was für ein Blödsinn! Die Kleine hält ihn doch für den Mann, der ihren Vater umgebracht hat, und hilft uns nur, weil sie beim König gut dastehen will.«

»Was hast du gesagt?«, wollte Eichenloh wissen, der das Brummen seines Stellvertreters vernommen, aber nicht verstanden hatte.

Quirin wurde rot wie eine ehrpusselige Jungfer bei einem obszönen Witz. »Ich habe nur mit mir selbst geschimpft. Mir passt es mir nicht, dass wir von einem kleinen Mädchen abhängig sind. Wenn Trudi Adlerin einen Fehler macht, brauchen wir uns beim König nicht mehr sehen zu lassen.«

»Die Einwände hättest du vorbringen müssen, als noch Zeit dazu war. Nun ist es zu spät! Komm jetzt! Die Gruppe hat den Bergsporn erreicht und wird bald vor der Burg stehen. Wir dürfen unsere Leute nicht zu lange warten lassen. Wer weiß, wie hitzig die Unterhaltung dort werden wird.«

6.

Hinter dem ersten Bergsporn tauchte ein zweiter, noch höherer auf. Dieser fiel auf drei Seiten so stark ab, dass es auch bei besseren Verhältnissen kaum möglich war, diese Hänge zu erklimmen. Nur an der vierten Seite war die Burg erreichbar, aber der Zugang wurde durch eine mächtige Schildmauer geschützt. Hinter ihr schien es einen schmalen Zwinger zu geben, und dann erst kam die eigentliche, noch höher liegende Burg.

Aber es war nicht diese schiere Uneinnehmbarkeit, die Teiflach Bedeutung verlieh, sondern ihre Lage. Die Burg thronte über zwei sich zu ihren Füßen vereinigenden Handelsstraßen, und wer die Wehranlage besaß, vermochte die Wege zu sperren. Daher wunderte es Trudi nicht, dass König Friedrich Teiflach nicht seinen Gegnern überlassen wollte. Sie fragte sich jedoch, weshalb er einen simplen Söldnerführer wie Eichenloh damit beauftragt hatte, sie zurückzuerobern, und keinen seiner Edelleute. Auch war die Zahl der Krieger, über die der Mann verfügte, für dieses Vorhaben viel zu gering.

Das war wohl Eichenlohs Beweggrund, auf eine List zu setzen. Obwohl sie ihm eine herbe Niederlage gegönnt hätte, betete sie nun, dass er Erfolg haben möge. Wurde die Rückeroberung der Festung mit ihrer Hilfe errungen, war es für den König eine Frage der Ehre, ihre Bitte um Hilfe für das bedrohte Kibitzstein zu erfüllen.

Mit dieser Überlegung lenkte sie ihre Stute auf den Weg, der zur Burg führte, und sah zwischen den Bäumen, die auf dem unteren Teil des Hügels wuchsen, die grauen Mauern näher kommen. Einige bange Minuten mussten sie durch das um die Burg freigeräumte Schussfeld reiten, dann erreichten sie das Tor, das seit dem Sturm nicht mehr geöffnet worden war. Trudi glaubte im ersten Augenblick, die Burg sei unbewohnt. Dann aber entdeckte sie einen dünnen Rauchfaden, der sich vermutlich über der Burgküche kräuselte, und erst in diesem Augenblick wurde ihr bewusst, dass sie sich auf einer gefährlichen Mission befand. Sie würde sich den Verteidigern gegenüber glaubhaft als eine hilflose, verängstigte Reisende ausgeben müssen, die sich im Gebirge verirrt hatte.

Hardwin schloss zu ihr auf und sah sich so angespannt um, dass Trudi ihn am liebsten zurechtgewiesen hätte. Ein solches Benehmen musste die Leute in der Burg misstrauisch machen.

»Hallo, ist da jemand?«, schrie er.

Da bei solchen Witterungsverhältnissen die äußeren Tore von Burgen oft nur mangelhaft bewacht wurden, musste man sich normalerweise lautstark bemerkbar machen und lange auf eine Reaktion warten.

Hier aber kam sofort eine Antwort. »Wer ist da?«

Freundlich klingt das nicht, dachte Trudi und lenkte ihre Stute neben Steinsfelds Hengst. »Mein lieber Mann, könntest du so gut sein und deinem Herrn mitteilen, dass ich, Hiltrud Adler zu Kibitzstein, um Obdach für diese Nacht ansuche?«

Eigentlich wäre es Hardwins Aufgabe gewesen, sie anzukündigen, doch sie fürchtete, er könnte sich in seiner Nervosität versprechen und den Wächter Verdacht schöpfen lassen, dass es keine harmlosen Reisenden waren, die da Einlass begehrten.

Die beiden Männer in der Wachstube starrten durch eine kleine Luke auf die Reitergruppe und sahen sich dann an. »Wo kommen denn die her? Ich werde Herrn von Gressingen Bescheid geben«, sagte der eine.

Sein Kamerad verzog säuerlich das Gesicht. »Der schläft wahrscheinlich schon oder liegt besoffen in der Ecke. Willst du die Edeldame so lange draußen in der Kälte warten lassen?«

Der Sprecher war der illegitime Sohn eines Ritters und hielt sich für etwas Besseres als die anderen Fußknechte. Eine Zeitlang hatte er sogar gehofft, Herzog Albrecht von Österreich würde ihn zum Burghauptmann von Teiflach ernennen. Deswegen ärgerte er sich über die Anwesenheit der beiden Ritter und ging sowohl Gressingen, den er wegen seines Hochmuts verabscheute, wie auch Henneberg möglichst aus dem Weg.

Der andere Wächter verbarg ein hämisches Grinsen. In seinen Augen hatte Gott, der Herr, jeden Menschen auf den Platz gestellt, an den er gehörte, und so sollte es auch bleiben. Daher hatte er für den Ehrgeiz seines Kameraden nur Verachtung übrig. Es war nun einmal so Sitte, dass ein Ritter den Bauern befahl, ein Graf den Rittern und ein Herzog den Grafen. Über einem Herzog stand noch der König, und gerade das bereitete dem Mann Zahnschmerzen. Nach Gottes Gesetz hätte Herzog Albrecht von Österreich als jüngerer Bruder und als Gefolgsmann Friedrich III. gehorchen müssen, anstatt sich gegen ihn zu erheben. Er hütete sich aber, diesen Gedanken laut auszusprechen, denn er stand nun einmal in Herzog Albrechts Diensten und musste dessen Willen folgen.

»Ich öffne das Tor!«, sagte der Ritterbastard und wollte die Wachstube verlassen, doch sein Gefährte hielt ihn zurück.

»Du maßt dir zu viel an! Nur Herr von Gressingen kann entscheiden, ob diese Leute die Burg betreten dürfen oder nicht. Ich werde ihm ihre Ankunft melden.« Er stieß den anderen auf die Sitzbank zurück und verließ die Kammer. Während er den nur nachlässig vom Schnee geräumten Weg zur Hauptburg emporstieg, hörte er die Stimme der Frau, die sich quengelnd beschwerte, so lange in der Kälte vor dem Tor verweilen zu müssen.

Der Ritterbastard war über die Anmaßung seines Kameraden, ihm Anweisungen erteilen zu wollen, so empört, dass er ebenfalls aus der Wachstube trat und nach einem Blick auf den Rücken des Davoneilenden den schweren Torbalken löste. Als er sich gegen einen Torflügel stemmte, saß dieser wegen des reichlich gefallenen Schnees so fest, als hätte man ihn eingemauert.

»Ihr werdet mir helfen müssen, Leute! Allein krieg ich das Tor nicht auf«, rief er gerade so laut nach draußen, dass nur die Ankömmlinge ihn hören konnten.

Die vier, die Trudis Trabanten darstellten, stiegen aus den Sätteln und begannen, den Schnee mit Händen und Schwertern beiseitezuschaufeln. Dabei sahen ihnen die als Frauen verkleideten Kameraden von den Pferden aus fröhlich grinsend zu. In deren Augen war diese Arbeit genau die richtige Strafe für den Spott, den sie sich wegen ihrer Verkleidung hatten anhören müssen.

Kurz darauf stand ein Torflügel weit genug offen, um die Reiter einzeln passieren zu lassen. Eigentlich hätte Trudi nun umkehren und sich in Sicherheit bringen sollen. Stattdessen setzte sie sich an die Spitze des Zuges, beantwortete Junker Hardwins vorwurfsvollen Blick mit einer stummen Warnung und lenkte ihre Stute durch das Tor.

»Gott zum Gruße, edle Dame«, begrüßte der Wächter sie und starrte im nächsten Augenblick auf die Schwertspitze, die Steinsfeld ihm an die Kehle setzte. Das war jedoch zu früh, denn in dem Augenblick erreichte der andere Wächter das obere Tor und drehte sich noch einmal um.
Als er die Klinge aufblitzen sah, versuchte er, Alarm zu schlagen. »Angriff! Zu den Waffen!«, schrie er und wollte das Tor im oberen Mauerring schließen. Doch das war seit Tagen nicht mehr bewegt worden und saß im Schnee fest. Der Soldat rüttelte ein paarmal daran, begriff aber, dass dies vergeblich war, und rannte zur Winde, um das Fallgitter herunterzulassen.
Trudi hatte bereits bemerkt, dass er ihnen den Weg versperren wollte, und gab ihrer Stute die Sporen. »Vorwärts, meine Gute! Wenn der Kerl uns zuvorkommt, werden wir uns an der Burg die Zähne ausbeißen!«
Das Tier galoppierte den glatten, ansteigenden Weg hoch, und Trudi war froh um die Stollen, die einer der Männer aus Eichenlohs Truppe vor dem Aufbruch an den Hufeisen angebracht hatte. Als sie das innere Tor näher kommen sah, wurde ihr plötzlich bewusst, dass sie nur einen Dolch bei sich hatte.
Der Wächter hatte sein Schwert gezogen, schien aber unschlüssig, ob er auf sie warten oder das Seil der Winde, die das Fallgitter hielt, durchtrennen sollte. Der Gedanke, eine Gefangene zu machen, mit deren Hilfe seine Anführer die Eindringlinge erpressen konnten, war jedoch zu verlockend. Er trat einen Schritt von der Winde weg und sah Trudi grinsend entgegen.
Sie beugte sich tief über den Pferderücken, um nicht gegen die obere Torkante zu stoßen, und nahm für einen Augenblick nicht mehr wahr als das Klappern der Hufe auf dem mit Flusskies belegten Boden. Dann war der Mann vor ihr und drohte mit erhobenem Schwert.
»Bleibt stehen und steigt ab, Jungfer! Ihr seid meine Gefangene!«

»Das glaubst auch nur du!« Trudi stieß Wirbelwind die Sporen so kraftvoll in die Weichen, dass die Stute vor Schmerz aufwieherte und den Wächter mit voller Wucht rammte. Der Mann verlor seine Waffe, stürzte rücklings in eine Schneewehe, und bevor er sich aufgerafft hatte, waren die Eindringlinge über ihm.

»Du bist wohl verrückt geworden! Der Kerl hätte dich umbringen können«, herrschte Hardwin Trudi an.

Sie zuckte mit den Achseln. »Nachdem du so närrisch warst, dein Schwert zu ziehen, obwohl es nicht nötig war, blieb mir nichts anderes übrig. Hätte der Mann das Fallgitter herabgelassen, wäre eine Eroberung der Burg kaum noch möglich gewesen, und Eichenloh hätte dir das Fell bei lebendigem Leib über die Ohren ziehen lassen.«

Die Tatsache, dass Trudi recht hatte, ließ Hardwin kleinlaut werden. »Ich bin froh, dass es dir gelungen ist – aber es war wirklich gefährlich.«

»Umso höher ist der Dienst anzusetzen, den ich Seiner Majestät erwiesen habe.« Nach diesen Worten stieg Trudi vom Pferd und untersuchte ihre Stute. Als sie keine Verletzung entdeckte, atmete sie auf.

»Hätte Wirbelwind sich verletzt, würde ich dich durch die ganze Burg prügeln«, erklärte sie, und Hardwin, der sie um mehr als Haupteslänge überragte, zog den Kopf ein.

Einer der Männer, der sich als Trudis Zofe verkleidet hatte, zwinkerte seinen Kameraden grinsend zu. »Die Kleine ist ein Teufelsbalg. Mit der möchte ich nicht aneinandergeraten.«

»Ich auch nicht. Sie soll Eichenloh einen Schweinskopf ins Gesicht geworfen haben. Da hätte ich unseren Hauptmann sehen mögen!«

»Haha! Das muss komisch gewesen sein. Allerdings hätte ich danach nicht in der Haut der Jungfer stecken mögen. Gewiss hat er ihr die Kehrseite grün und blau geschlagen«, antwortete der Dritte.

Unterdessen hatte Hardwin versucht, sich einen Überblick zu verschaffen. Nun wies er auf den Wohnturm. »Seht zu, dass ihr den Eingang zum Palas gewinnt! Sonst müssen wir die Kerle dort drinnen aushungern.«

Einer der Männer winkte ab. »Das wäre nicht mehr so wild. Immerhin können wir die Ställe der Burg und die Nebengebäude in Besitz nehmen, und in denen ließe es sich eine Weile aushalten.«

»Eichenloh dürfte dir etwas anderes erzählen! Jetzt folgt mir leise! Vielleicht haben die oben noch nichts bemerkt.« Hardwin schwang auffordernd sein Schwert, sah sich kurz auf dem Burghof um und schlich auf die Treppe des Wohnturms zu.

Die Dämmerung neigte sich der Nacht zu, so dass die Männer zu Schatten wurden. Trudi sah den Abendstern aufleuchten und hielt das für ein gutes Omen. Sie beobachtete, wie ihre acht Begleiter die Freitreppe hinaufstiegen und sich rechts und links neben dem Tor aufstellten. Im Gebäude selbst blieb alles ruhig, man schien tatsächlich noch nichts von den Geschehnissen draußen bemerkt zu haben. Einer der Männer trat an die Tür und versuchte, sie zu öffnen. Doch sie war von innen abgeschlossen.

Der Krieger pochte nun, als sei er einer der Wächter, der Einlass begehre, und kurz darauf konnte man hören, wie innen der Schlüssel im Schloss gedreht wurde. Der Mann, der ihm öffnete, machte sich nicht die Mühe, vorher nachzusehen, ob auch wirklich einer seiner Kameraden aus der Wachstube draußen stand, sondern riss den Torflügel auf. Bevor er begriffen hatte, dass kein Torwächter Einlass begehrte, brachte ihn ein Schlag mit dem Schwertknauf zum Schweigen.

7.

Der Rest war nur noch Aufräumen. Als Eichenloh mit seiner Schar die Burg erreichte, war der größte Teil der Arbeit schon getan. Sein zufriedenes Grinsen erlosch jedoch, als er erfuhr, auf welche Weise die Burg gewonnen worden war. Für einen Augenblick sah es so aus, als wolle er Hardwin niederschlagen. Dann aber trat er auf Trudi zu und blickte tadelnd auf sie hinab. »Wieso müsst Ihr Euch nur immer so töricht benehmen? Ich hatte Euch strengstens befohlen, die Burg nicht zu betreten, sondern Euch unverzüglich in Sicherheit zu bringen.«

»Ehrlich gesagt, hatte ich nicht die Absicht, eine Nacht im Freien zu verbringen! Dazu aber wäre es zweifellos gekommen, hätte ich den Wächter nicht daran gehindert, das Fallgitter herabzulassen.« Trudi widmete ihm ihren hochmütigsten Blick, winkte Uta zu sich und befahl ihr, nach einer geeigneten Schlafkammer zu suchen.

Einer der Männer, die mit ihr zusammen die Burg gestürmt hatten, vertrat ihnen den Weg. »Verzeiht, Jungfer, aber wir haben die Anführer der Wachen und ein paar andere in ihren Kammern eingesperrt. Nicht, dass Ihr eine davon versehentlich öffnet.«

»Dann sammelt die Burgbesatzung ein und sperrt sie in den Keller. Wer ist ihr Anführer? Ich hoffe, es ist der Verräter, der die Burg an Herzog Albrechts Leute ausgeliefert hat.« Junker Peter brauchte jemanden, an dem er seine Wut auslassen konnte, und da wäre ihm dieser Mann gerade recht gekommen.

Sein Untergebener schüttelte den Kopf. »Der Kerl hat sich wohl frühzeitig in die Büsche geschlagen. Zur Besatzung gehören sechs Waffenknechte, von denen wir drei sofort festnehmen konnten, die restlichen drei haben wir ebenso wie die beiden Ritter, die hier das Kommando geführt haben, in ihren Kammern eingeschlossen. Bei dem übrigen Gesinde handelt es sich nur um ein paar Knechte, die uns nicht gefährlich werden können.«

»Da wäre ich mir nicht so sicher.« Aus seinem instinktiven Gefühl für Gefahr heraus zog Eichenloh sein Schwert und winkte einigen Männern, ihm zu folgen. Als sie die Treppe hochstiegen, hörten sie von oben schabende Geräusche und wurden schneller. Sie kamen gerade noch rechtzeitig, um zu sehen, wie einer der Knechte die Riegel der Tür zurückzog, hinter der Gressingen und Henneberg gefangen waren. Sofort stürmten die beiden Ritter mit den Schwertern in der Hand heraus.

»Was ist hier los?«, hörte Eichenloh Gressingen fragen und übernahm anstelle des Knechts die Antwort.

»Wir haben die Burg eingenommen. Übrigens Gott zum Gruße, Gressingen. Ich habe nicht gewusst, dass Ihr in die Dienste Herzog Albrechts von Österreich getreten seid. Jetzt wäre ich Euch dankbar, wenn Ihr mir Euer Schwert übergeben könntet. Diese Burg gehört ab sofort wieder König Friedrich.«

»Eichenloh? Euch hat wohl der Teufel geschickt!«

»Das ist keine besonders liebenswerte Begrüßung für einen alten Bekannten, aber ich will es Euch nachsehen. Auf jeden Fall habt Ihr Euch als Gefangener Seiner Majestät, König Friedrichs, zu betrachten.«

»Nicht, solange ich noch mein Schwert in der Hand halte!« Gressingen wollte auf Eichenloh losgehen, sah dann aber die Söldner auf der Treppe auftauchen, und blieb stehen. Während er mit seinem Stolz kämpfte, sagte ihm sein Verstand, dass er in einem Zweikampf mit Eichenloh nichts gewinnen konnte. Zum einen hieß es von dem Mann, er sei noch niemals besiegt worden, und zum anderen trug sein Gegner eine Rüstung.

Wuterfüllt ließ Gressingen die Waffe fallen. »Ihr habt gewonnen, Eichenloh. Ihr müsst mit dem Teufel im Bunde sein, sonst hättet Ihr diese Festung nie einnehmen können. Oder hat einer meiner Leute Euch eingelassen? Wenn ja, war er ein Narr, denn auf Friedrichs Dank kann er lange warten.«

»Daran könnt Ihr noch lange herumrätseln! Gebt Ihr mir jetzt

Euer Ehrenwort, dass Ihr mein Gefangener sein wollt und nichts gegen mich und König Friedrich unternehmt, bis Euer Herr Euch auslöst oder gegen einen Gefolgsmann des Königs tauscht?«

»Ihr habt mein Wort!« Kaum hatte Gressingen es gesagt, fiel ihm siedend heiß ein, dass er damit den Auftrag Herzog Albrechts von Österreich nicht mehr ausführen konnte. Wenn er jetzt den König tötete, würde er sich eines Eidbruchs schuldig machen, und das war der schnellste Weg zur Hölle, da Eidbrechern das Himmelreich auf ewig versagt blieb. Da kam ihm auch der andere, allerdings nicht ganz so schwerwiegende Eid wieder in den Sinn, den er ebenfalls nicht eingehalten hatte. Damals hatte er Trudi Adler geschworen, umgehend bei ihrem Vater um sie anzuhalten. Von diesem Schwur hatte der Prälat Cyprian Pratzendorfer ihn später entbunden. Das musste Pratzendorfer eben auch in diesem Fall tun. Die Belohnung, die Herzog Albrecht von Österreich ihm in Aussicht gestellt hatte, war das Risiko wert.

Mit dieser Überlegung trat Gressingen auf Eichenloh zu und neigte mit einem spöttischen Lächeln das Haupt. »Ich gebe mich auf Ehre in Eure Hand!«

Eichenloh juckte es bei diesen Worten im Nacken, ohne dass er einen Grund dafür erkennen konnte. Er kam auch nicht dazu, nachzudenken, denn in dem Augenblick trat der zweite gefangene Ritter auf ihn zu und schloss ihn in die Arme. »Peter, du Teufelskerl. So ein Streich konnte wirklich nur dir gelingen!«

»Otto von Henneberg!« Eichenloh klang bei weitem nicht so begeistert wie sein früherer Kampfgefährte. Er nahm es dem jungen Grafen immer noch übel, dass dieser ohne Abschied aus Fuchsheim verschwunden war, obwohl er sich so stark für ihn eingesetzt hatte. Schließlich wäre Otto ohne ihn als Michel Adlers Mörder verurteilt worden, und so, wie er Michel Adlers Witwe und vor allem Trudi kannte, hätten die beiden sich nicht

mit weniger zufriedengegeben als mit dessen Kopf. Vermutlich zählte Magnus von Henneberg nun zu denen, die Trudis Mutter bedrängten, denn der Mann hatte aus seiner Verachtung für die Kibitzsteiner keinen Hehl gemacht.
Andererseits konnte Otto nichts für die Borniertheit seines Bruders und war anderthalb Jahre lang ein zuverlässiger Mitstreiter gewesen. Die Erinnerung daran veranlasste Eichenloh, den jüngeren Henneberg freundlicher zu begrüßen, als er es eigentlich gewollt hatte. Dann wies er mit dem Kinn auf Gressingen. »Bist du etwa in dessen Dienste getreten? Da hättest du auch wieder zu mir kommen können.«
»Wenn es nach mir gegangen wäre, hätte ich das auch getan. Aber mein Bruder hat mich auf Anraten des Prälaten Pratzendorfer nach Österreich geschickt, um ...«
Gressingen fand es an der Zeit, einzuschreiten, denn Henneberg war in seinen Augen dumm genug, Eichenloh auch noch von dem geplanten Mordanschlag auf König Friedrich zu berichten. Daher versetzte er ihm einen heftigen Rippenstoß und drängte ihn beiseite.
»Ich war selbst überrascht, als Graf Otto in dieser Gegend aufgetaucht ist. Herzog Albrecht von Österreich hat uns erlaubt, den Winter auf Teiflach zu verbringen. Aber welchem Herrn wir im nächsten Frühjahr dienen, hatten wir noch nicht entschieden.«
Otto von Henneberg zog beschämt den Kopf ein. Obwohl ihm der Auftrag, den König Friedrichs Bruder ihm und Gressingen erteilt hatte, als schändlich erschien, gebot ihm die Ehre, die Sache zu verschweigen. Außerdem hatte Gressingen eben geschworen, während der Zeit seiner Gefangenschaft nichts gegen den König zu unternehmen, und er war bereit, den gleichen Schwur zu leisten.
Eichenloh hatte sich inzwischen damit abgefunden, zwei alte Bekannte übertölpelt und gefangen zu haben, und beschloss, sie in

leichter Haft zu halten. Daher erlaubte er ihnen, ihre Schwerter zu behalten und sich innerhalb der Burg frei zu bewegen.

»Allerdings nur bis zum inneren Tor. Den Zwinger und vor allem das Tor in der Schildmauer werdet ihr meiden«, erklärte er ihnen.

Sowohl Otto von Henneberg wie auch Georg von Gressingen waren damit einverstanden. Letzterer hoffte dennoch auf eine Gelegenheit zur Flucht, während Graf Otto seine Worte ernst meinte.

Durch ihr Ehrenwort waren die beiden Ritter von Gefangenen zu Gästen geworden. Während die einfachen Soldaten und die Knechte der Burgbesatzung mit einem eiskalten Kerker vorliebnehmen mussten, führte Eichenloh Gressingen und Graf Otto in die Halle, in der inzwischen ein kräftiges Kaminfeuer brannte.

Dort saß Trudi, der man immer noch keine Kammer zugewiesen hatte, und starrte auf ihre fleckig gewordenen Stiefel. Sobald das Leder trocken war, musste es dringend mit einer Schweineschwarte eingerieben werden, um Schnee und Wasser widerstehen zu können. Eichenloh und seinen Gefangenen schenkte sie zunächst keinen Blick.

Dafür starrte Hardwin die beiden Männer verblüfft an. »Beim Herrgott, Graf Otto und Junker Georg! Wie kommt Ihr in diese Gegend?«

»Sie sind derzeit unsere Gäste«, erklärte Eichenloh kurz angebunden.

Er wusste selbst nicht, weshalb er so ungehalten war. Dabei hätte er sich freuen müssen, Teiflach auf eine so leichte Weise gewonnen zu haben. Eines störte ihn jedoch. Warum hatte Herzog Albrecht von Österreich ausgerechnet zwei landfremde Ritter mit der Verwaltung dieser Burg beauftragt?

Trudis halberstickter Aufschrei riss ihn aus seinem Grübeln. Sie sprang auf und lief auf Gressingen zu. »Herr Georg! Aber wie ist das möglich?«

In Trudis Kopf wirbelten die Gedanken wie bunte Blätter im Herbstwind. So lange hatte sie sich danach gesehnt, ihren Geliebten wiederzusehen, und nun stand er als Gefangener vor ihr. In diesem Augenblick hasste sie Eichenloh und auch den König, der den Söldner gegen Teiflach ausgeschickt hatte, und verspürte gleichzeitig ein Glücksgefühl, weil sie endlich wusste, wohin ihr Geliebter sich gewandt hatte. Bei seiner Gefangennahme konnte es sich nur um ein Versehen handeln. Er war gewiss kein Feind des Königs, sondern hatte sich im guten Glauben hier auf dieser Burg aufgehalten. War sie bis eben noch stolz darauf gewesen, Eichenloh geholfen zu haben, schämte sie sich jetzt und hätte sich am liebsten Gressingen zu Füßen geworfen und ihn um Verzeihung gebeten.
Im Gegensatz zu Graf Otto, der Trudi sofort erkannte, brauchte Georg von Gressingen ein paar Augenblicke, um zu begreifen, wer da vor ihm stand. Verblüffung über die unerwartete Begegnung zeichnete sich ebenso auf seinem Gesicht ab wie eine gewisse Furcht. Sollte Trudi ihn beim König wegen des gebrochenen Heiratsversprechens anklagen, half ihm auch die Lossprechung durch Pratzendorfer nicht viel. Zum einen konnte er nicht beweisen, dass sie tatsächlich erfolgt war, und zum anderen würde die kleine Metze bei Friedrich Zweifel wecken, ob seinem Ehrenwort zu trauen war. Dann würde er den Winter im kalten Kerker einer abgelegenen Burg verbringen müssen, ohne eine Möglichkeit, sich Friedrich von Habsburg auch nur zu nähern. Wenn er Aussicht auf Erfolg haben wollte, musste er das dumme Ding täuschen und so tun, als strebe er mit ganzem Herzen danach, ihrer würdig zu sein.
Schnell senkte Gressingen den Kopf und bot Trudi das Bild eines vom Schicksal geschlagenen Mannes. Damit fachte er ihren Hass auf Eichenloh an, der sie gezwungen hatte, die Burgbesatzung zu täuschen. Nur der Gedanke, auf den Söldnerführer angewiesen zu sein, um zum König zu gelangen, hinderte sie

daran, Junker Peter wie eine gereizte Wildkatze ins Gesicht zu fahren.

Sowohl Gressingen wie auch Eichenloh erkannten, welche Gefühle in Trudi tobten, und während Junker Georg innerlich aufjubelte, hätte Eichenloh das Mädchen am liebsten erwürgt.

Gressingen bemühte sich, einen scheinbar freudig überraschten Ausdruck auf sein Gesicht zu zaubern, breitete die Hände aus und trat einen Schritt auf Trudi zu. Mitten in der Bewegung stockte sein Fuß. »Jungfer Hiltrud! Welch eine Freude, Euch zu sehen. Sagt, wie kommt Ihr in die Gesellschaft dieses Mannes?« Es gelang ihm, seiner Stimme einen Hauch Eifersucht zu verleihen.

Trudi errötete. »Herr von Eichenloh hat sich erboten, mich zu Seiner Majestät, König Friedrich, zu geleiten.«

Also habe ich richtig gelegen. Die kleine Metze will nach Graz, fuhr es Gressingen durch den Kopf, und er nahm sich vor, alles zu tun, um ihre offenkundige Verliebtheit auszunutzen. Scheinbar betrübt verneigte er sich vor ihr und seufzte tief. »Möge Euer Weg glücklicher sein als der meine. Mich hat er in diese Burg geführt, und nun befinde ich mich in der Gewalt fremder Menschen.«

Sie hätte ihn am liebsten umarmt und getröstet, doch sie begnügte sich damit, ihm ein Lächeln zu schenken. »Herr von Eichenloh wird Euch gewiss nicht gefangen halten.«

Die unterschwellige Bitte hätte Junker Peter beinahe dazu gebracht, Gressingen in Ketten schlagen und in den abgelegensten Keller der Burg einsperren zu lassen – und Trudi gleich mit dazu. Es dauerte zwei, drei Atemzüge, bis er sich wieder im Griff hatte. »Ich muss Euch enttäuschen, Jungfer. Gressingen freizulassen, liegt nicht in meiner Macht. Er ist ein Gefangener des Königs, und nur Herr Friedrich vermag über ihn zu entscheiden.«

Eichenloh bereute seine Worte, kaum dass sie seine Lippen verlassen hatten, denn Trudi sah ganz so aus, als wolle sie sich beim

König mehr für Gressingens Freiheit einsetzen als für ihr eigenes Anliegen.

Gressingen lächelte in sich hinein, die Situation entwickelte sich trotz der Niederlage zu seinen Gunsten. Wenn es ihm gelang, Trudi so einzuwickeln, dass sie ihm aus der Hand fraß, konnte er sie zu seiner Helferin machen. Aus diesem Grund gab er seiner Stimme einen besorgten Klang. »Was ist so Schreckliches geschehen, dass Ihr mitten im Winter den König aufsuchen wollt?«

Trudi blickte ihn an wie ein Reh, das den Pfeil des Jägers im Fleisch spürt. »Es geht um Kibitzstein. Der Bischof von Würzburg bedrängt meine Mutter, sich ihm zu unterwerfen. Doch Kaiser Sigismund hat uns die Herrschaft reichsfrei und ohne jede Verpflichtung gegenüber diesem selbsternannten Herzog von Franken verliehen. Daher will ich König Friedrich bitten, uns zu beschützen.«

Gressingen lachte innerlich auf, denn Friedrich konnte nicht einmal eine Bauernkate in seiner nächsten Umgebung schützen, geschweige denn eine reichsfreie Burg am fernen Main. Aber er stimmte Trudi wortreich zu und brachte sie auf diese Weise dazu, mehr zu berichten. Innerhalb kurzer Zeit erfuhr er, dass sämtliche Freunde und Verbündete von Kibitzstein abgefallen und sich dem Würzburger Bischof zugewandt hatten.

Eichenloh hörte den beiden eine Weile zu, dann wandte er sich an Quirin. »Ist die Burg gesichert?«

»Das ist sie. Aber wir werden nicht lange hier bleiben können, denn sonst reichen die Vorräte für die Burgbesatzung, die wir zurücklassen müssen, nicht bis zum Frühjahr.«

»Wir brechen morgen früh auf! Suche dir zehn zuverlässige Leute aus, denen wir die Burg anvertrauen können. Sie werden selbst kochen müssen, denn ich habe nicht die Absicht, einen der Knechte von der alten Besatzung hierzulassen. Wie rasch Teiflach den Besitzer wechseln kann, hat man in letzter Zeit gesehen.«

8.

*E*ndlich würde sie vor den König treten. Trudi presste beide Hände auf ihr heftig pochendes Herz, denn sie sah sich zweifach in der Pflicht. Sie musste Herrn Friedrich nicht nur dazu bewegen, ihrer Familie beizustehen, sondern wollte sich auch für Georg von Gressingen verwenden, den nur dieser Neidhammel Eichenloh als Feind des Königs hinstellte. Am liebsten hätte sie dem Söldnerführer ins Gesicht geschrien, was sie von ihm hielt, beherrschte sich aber, um in der Residenz des Königs nicht als keifendes Weib dazustehen. Sie legte sich die Worte zurecht, mit denen sie Friedrich gnädig stimmen wollte, damit er Georg von Gressingen nicht nur aus der Haft entließ, sondern nach Möglichkeit auch in seine Dienste nahm. Wenn Junker Georg Friedrichs Gefolgsmann wurde und ein Lehen erhielt, war er nicht auf ihre Mitgift angewiesen, und das würde seinem Stolz guttun.
Eichenloh schritt neben Trudi her und wirkte so grimmig, als hätte er eine schwere Niederlage erlitten. Als sie sich dem Portal des Audienzsaals näherten, räusperte er sich, um Trudi aus ihrem Sinnieren zu wecken.
Einer von Friedrichs Kammerherren empfing sie mit einem in selbstverliebter Würde erstarrten Gesichtsausdruck. Von Eichenloh wusste er nur, dass dieser ein Söldnerführer dubioser adliger Herkunft war, und Trudi war ihm völlig unbekannt. Daher neigte er nur kaum merklich seinen Kopf und verharrte in Schweigen.
»Dies ist Jungfer Trudi Adler auf Kibitzstein. Ihr allein haben wir es zu verdanken, dass wir Burg Teiflach ohne Verluste einnehmen konnten.« Eichenloh hatte Trudis Verdienste erst vor dem König herausstreichen wollen, doch nun bereitete es ihm eine diebische Freude, dies auch vor Gressingens und Graf Ottos Ohren zu tun, die von vier Söldnern flankiert hinter ihnen schrit-

ten. Trudi wurde rot und musste den Impuls unterdrücken, sich zu ihrem Geliebten herumzudrehen und sich für ihre Tat zu entschuldigen.

»Ich begrüße Euch im Namen Seiner Majestät, König Friedrichs III.« Die Verbeugung, die der Kammerherr nun vor Trudi machte, fiel um einiges tiefer aus als die vor Eichenloh. Dann sah er den Söldnerführer fragend an und wies mit dem Kinn auf Henneberg und Gressingen.

»Graf Otto von Henneberg, mainfränkische Linie«, stellte Eichenloh seinen einstigen Weggefährten vor und wies dann auf seinen zweiten Gefangenen. »Junker Georg von Gressingen, der von Herzog Albrecht eingesetzte Kastellan von Teiflach.«

Sofort traten zwei Wachen auf Gressingen und Graf Otto zu.

»Eure Schwerter, meine Herren!«

Mit einem verkniffenen Lachen öffnete Gressingen seinen Schwertgurt und reichte den Männern die Waffe. »Gebt sorgsam darauf acht. Es ist ein gutes Schwert und hat mir in so mancher Schlacht gute Dienste erwiesen.«

»Ich wusste gar nicht, dass Ihr bereits so viele Kämpfe ausgefochten habt!«

Eichenlohs Spott reizte Trudi, und sie fragte sich, warum er sich ihrem Geliebten gegenüber so benahm, als sei dieser sein Todfeind. Am liebsten wäre sie ihm über den Mund gefahren, doch da öffnete ein Diener das Portal, und der Kammerherr machte eine einladende Handbewegung. Eichenloh ist es nicht wert, dass ich einen Gedanken an ihn verschwende, sagte Trudi sich und schritt als Erste durch die Tür.

Der Saal wirkte viel zu groß für das einzige Möbelstück darin, den Sessel, auf dem der König Platz genommen hatte. Ein weiter Brokatmantel mit Hermelinbesatz umfing seine Gestalt, und auf seinem Kopf saß eine Krone mit rotem Stoffbesatz. Die linke Hand lag auf dem Knauf eines juwelengeschmückten Schwerts, das Friedrich III. vor sich auf den Boden gestellt hatte, während die Rechte ein Zepter hielt, das länger war als sein Arm. Sein Blick war in die Ferne gerichtet, und seiner Miene nach schien er nicht einmal zu bemerken, dass der Kammerherr Gäste hereingeführt hatte.

Auf Trudi wirkte Friedrich III. so edel und entrückt, dass sie kaum zu atmen wagte und sich schämte, weil ihr Kleid raschelte, als sie in einen tiefen Knicks sank. Die Männer in ihrer Begleitung beugten die Rücken so tief, als wollten sie den Boden küssen.

Auf ein Zeichen des Kammerherrn schlug der Herold des Königs mit seinem Stab dreimal auf den Fußboden.

»Seine Erlaucht, Graf Otto von Henneberg, Jungfer Hiltrud Adler zu Kibitzstein, Junker Georg von Gressingen, Herr Hardwin von Steinsfeld, Herr Peter von Eichenloh«, kündete der Kammerherr die Gäste dem Rang nach an, den er ihnen zumaß.

Der König hob den Kopf und betrachtete die vier Männer und das Mädchen. »Ihr nennt den Besten zuletzt. Doch seid mir alle willkommen. Nun, Eichenloh, ist es Euch gelungen, diese Burg einzunehmen?«

Der Gefragte verbeugte sich erneut. »Es ist mir eine Freude, Euer Majestät berichten zu können, dass Euer Banner wieder über Teiflach weht.«

»Sehr schön. Ich wusste, Ihr würdet es schaffen.«

Trudis Augen blitzten zornig auf. Immerhin war es nur ihr zu verdanken, dass alles so glimpflich verlaufen war. Sie wollte einen weiteren Schritt auf den König zugehen und ihm dies erklären, doch da griff Eichenloh zu und krallte seine Finger in den Stoff ihres Kleides, und zwar so heftig, dass sich seine Fingerspitzen in ihre Pobacken bohrten.

Es war die einzige Möglichkeit für ihn, sie aufzuhalten, ohne dass der König es merkte. Er kannte Friedrich III. und wusste, wie sehr dieser auf die Wahrung der Etikette bedacht war. Ein Mädchen, das ihn ungefragt ansprach, würde auf der Stelle seine

Sympathie verlieren. Während Trudi schwankte, ob sie Eichenloh vor dem König ohrfeigen oder nur mit Worten zurechtweisen sollte, zog dieser sie ein Stück zurück und verbeugte sich erneut.

Der König sah ihn an und nickte. »Sprecht.«

»Die Burg wurde durch Geschick und Mut gewonnen, Euer Majestät, doch will ich nicht mich rühmen, sondern diese junge Dame, die uns dabei geholfen hat. Es ist ihr gelungen, die Wachen zu überlisten und uns den Weg in die Burg zu öffnen.«

Bevor er ausführlicher werden konnte, hob der König die Hand. »Ihr werdet heute Abend beim Mahl Gelegenheit finden, mir die näheren Umstände Eures Sieges zu berichten. Jetzt wünsche ich nur zu erfahren, wer diese beiden Herren sind, die ich noch nicht kenne. Die Henneberger sind doch im Norden Frankens begütert.«

»Mein Familienzweig lebt am Main. Dort hatten meine Vorfahren bereits zu Zeiten Kaiser Konrads ihren Sitz!« Graf Otto sprach mit dem Stolz eines Mannes, dessen Sippe der habsburgischen einmal ebenbürtig gewesen war, auch wenn das Schicksal den Letzteren die Krone des Reiches in den Schoß gelegt hatte.

»Am Main? Ach ja!« Der Tonfall des Königs verriet, dass ihn diese Gegend im Augenblick nicht sonderlich interessierte. Stattdessen musterte er Gressingen, der wegen seines fehlenden Schwerts ebenfalls als Gefangener zu erkennen war.

»Georg von Gressingen war der Anführer der Männer, die Herzog Albrecht in Teiflach zurückgelassen hatte«, berichtete Eichenloh mit einer gewissen Gehässigkeit.

»Ein Gefolgsmann meines Bruders also.« Die Lippen des Königs wurden schmal, und sein Blick verdüsterte sich.

Gressingen hätte Eichenloh erwürgen können. So, wie dieser ungewaschene Söldling ihn bei Friedrich einführte, würde es ihm niemals gelingen, den König zu übertölpeln und von seinen Leibwachen zu trennen. Auch jetzt standen zwei kräftige Kerle mit gezogenen Schwertern hinter dem Thron und gaben auf jede Bewegung in der Umgebung des Königs acht, um bei der geringsten Gefahr eingreifen zu können. Dennoch hielt Gressingen sein Vorhaben nicht für undurchführbar.

Sein Blick streifte Trudi, die zwischen Ehrfurcht für den König und Ärger über dessen Missachtung schwankte. Da sie nicht wusste, wann sie wieder vor Friedrich geführt werden würde, wollte sie näher auf ihn zutreten. Erneut hielt Eichenloh sie auf.

»Wartet, bis Ihr mit dem König privat sprechen könnt!«

Er flüsterte, doch Friedrich hörte ihn trotzdem. »Wie es aussieht, hat die junge Dame ein Anliegen an mich. Ich werde es mir heute Abend anhören.«

Sein Tonfall und seine Geste zeigten, dass er die Audienz für beendet hielt. Sofort eilte der Kammerherr herbei und wies auf die Tür, die gerade von zwei Dienern geöffnet wurde.

Im Zwiespalt ihrer Gefühle verfangen, vergaß Trudi beinahe, noch einmal vor dem König zu knicksen. Doch da beugte Eichenloh Haupt und Rücken und zog sie mit der Rechten ebenfalls nieder. Es gelang ihr gerade noch, die Bewegung mit einem halbwegs ehrerbietigen Knicks abzuschließen, dann fasste Eichenloh ihren Arm und zog sie mit sich.

Kaum waren die Türen des Saales hinter ihnen geschlossen worden, fuhr sie mit zornrotem Kopf zu ihm herum. »Du hirnloser Narr! Glaubst du, ich lasse mich von dir vor dem König lächerlich machen. Ich werde dir …«

Eichenloh hielt ihre zum Schlag gehobene Hand fest und funkelte sie grimmig an. »Ich habe nur getan, was getan werden musste! Wollt Ihr, dass der König Euch ungesäumt nach Hause zurückschickt? Herr Friedrich hätte Euch eine Störung des vorgeschriebenen Ablaufs seiner Audienz niemals verziehen. Seid mir lieber dankbar, dass ich seine Aufmerksamkeit auf Euch gerichtet habe und er deshalb bei günstigerer Gelegenheit mit Euch sprechen wird. Bis dahin aber solltet Ihr üben, wie Ihr vor ihm zu knicksen habt. Es scheint, als habe man Euch zu Hause keine Manieren beigebracht.« Mit diesen Worten stieß er sie von sich und ging mit langen Schritten davon.

Trudi blickte ihm nach und fühlte, wie ihr die Tränen in die Augen stiegen. Obwohl sie den Mann mehr denn je verabscheute, begann sie zu ahnen, dass er recht hatte. Immerhin ging es um das Überleben ihrer Familie, und da durfte sie den König nicht verärgern. Andererseits hätte sie sich von Friedrich ein wenig mehr Verständnis und vor allem Einsatz für ihre Belange erhofft. Auch ärgerte es sie, dass er Georg von Gressingen so feindselig behandelt hatte. Ihr blieb nur zu hoffen, dass er sich beim abendlichen Mahl aufgeschlossener zeigen würde. Und was Eichenloh betraf, durfte sie nicht vergessen, dass sie ihm ihr Leben verdankte. Tief in ihr drinnen wusste sie mittlerweile auch, dass er nicht der Mörder ihres Vaters sein konnte. Gewiss, er war ein rauher Kerl, aber ehrlich und geradeheraus, also gewiss nicht der Mann, der einen Meuchelmord beging.

Sie vertrieb den Söldnerführer jedoch rasch wieder aus ihren Gedanken und richtete diese auf ihr nächstes Zusammentreffen mit Gressingen. Auf der Reise nach Graz hatte sie nicht ungestört mit ihm sprechen können. Dabei gab es so viel zu erzählen, und sie wollte unbedingt erfahren, was er in den letzten Monaten gemacht hatte. Dann würde sie hoffentlich verstehen, warum er nicht auf Kibitzstein erschienen war, obwohl er ihr ewige Treue geschworen hatte.

9.

So genau König Friedrich auf den zeremoniellen Verlauf offizieller Auftritte achtete, so locker gab er sich, wenn man beim Mahl an seinem Tisch saß. Eben lauschte er mit sichtlichem Vergnügen Eichenlohs Bericht über die Einnahme der Burg Teiflach und blickte wohlwollend zu Trudi hinüber, deren Taten ausführlich gewürdigt wurden. Selbst Graf Otto, der Trudi immerhin die hässliche Narbe im Gesicht verdankte, nickte anerkennend, als er hörte, wie das Mädchen den Wächter ausgeschaltet hatte, der das Fallgitter hatte herablassen wollen.

»Ich habe zu meinem Leidwesen schon erfahren, dass die Jungfer mehr Mut besitzt als mancher Mann. Aber wäre ich nicht betrunken gewesen ...« Diese Möglichkeit ließ Henneberg unausgesprochen.

Eichenloh winkte ab. »In dem Fall wärst du nicht verrückt genug gewesen, sie überhaupt anzugreifen, sondern hättest dich höflich vor ihr verbeugt und sie gebeten, sich nach Hause zu begeben.«

»Was ich bestimmt getan hätte!« Trudi versuchte, ruhig zu bleiben. »Es war unser geschriebenes Recht, den Wein auf Hilgertshausener Land zu lesen, und davon lassen wir uns nicht abbringen. Zu was schließt man Verträge, wenn sie nur dazu dienen, das Herdfeuer anzuzünden?«

»Die junge Dame spricht ein wahres Wort«, pflichtete der König ihr bei. »Würden die Herrschenden Recht und Gesetz so befolgen, wie es beschworen ist, würde es im Reich friedlicher zugehen. Doch viele der Edlen streben danach, sich mit Gewalt und falschen Eiden möglichst viel Land anzueignen, um noch mächtiger zu werden. Die göttliche Ordnung gilt ihnen nichts mehr!«

Eichenloh wusste, dass König Friedrich weniger auf den Würzburger Bischof als auf seinen Bruder Albrecht von Österreich anspielte, der sich seiner Meinung nach als der Jüngere seiner Führung hätte anvertrauen müssen, anstatt selbst nach Macht und Reichtum zu greifen.

Auf Trudi hingegen wirkten die Worte so, als wolle er den Feind ihrer Mutter in die Schranken weisen, und sie schöpfte neue Hoffnung. »Ihr sprecht weise, Euer Majestät. Wir selbst, das heißt, meine Mutter, meine Geschwister und ich, werden wider alles Recht durch den Bischof von Würzburg bedrängt, der uns einen großen Teil unseres Besitzes wegnehmen will und für den Rest den Untertaneneid fordert. Dabei ist Kibitzstein ein reichsfreies, erbliches Lehen, das Kaiser Sigismund meinem Vater verliehen hat. Kaiser Sigismund wollte meinen Vater wegen seiner Verdienste sogar noch zum Reichsfreiherrn ernennen, doch der Tod kam ihm zuvor.

Erhabener Herr, Ihr müsst uns helfen! Allein vermögen wir dem Würzburger nicht zu widerstehen. Doch wenn Kibitzstein fällt, wird der Bischof sich auch noch die übrigen reichsfreien Herrschaften in Franken einverleiben und diese Euch als dem Wahrer des Reiches entziehen. Seht Euch nur Herrn Georg von Gressingen an. Er wurde von dem Bischof bereits von seinem Besitz vertrieben, nur weil er seine angestammten Rechte wahren wollte.«

Trudis Versuch, sich auch für ihren Geliebten zu verwenden, war in Eichenlohs Augen Narretei. Für Friedrich war der Mann eine Kreatur seines Bruders Herzog Albrecht und damit ein Feind, und ihr Eintreten für diesen Mann entwertete ihre Bitte um Unterstützung.

Der Gesichtsausdruck des Königs wurde abweisend. »Ich werde die Sache bedenken!«

Auf Trudi wirkten diese Worte wie ein kalter Guss. Aber sie wollte nicht glauben, dass er ihre Bitte zurückwies. »Euer Majestät, hier gibt es nichts mehr zu bedenken. Ihr müsst diesen Bischof in die Schranken weisen, sonst wird er in seiner Anmaßung all Eure treuen Reichsritter in Franken zu seinen Knechten machen.«

Trudi hatte in ihrer Verzweiflung völlig vergessen, dass man einem König nicht widersprechen durfte. Ihre Augen flammten, und sie ballte die Fäuste, als wolle sie Herrn Gottfried Schenk zu Limpurg aus der Ferne niederschlagen.

»Ich sagte, ich werde die Sache bedenken!« In Friedrichs Stimme schwang eine unverhohlene Warnung mit, ihn nicht weiter mit dieser Angelegenheit zu behelligen.

Während Trudi mit den Tränen kämpfte, verspürte Eichenloh zu seiner eigenen Verwunderung Mitleid mit ihr. Sie war mit großen Hoffnungen nach Graz aufgebrochen und hatte unterwegs vielerlei Schrecken erduldet. Dabei hätte sie genauso gut zu Hause bleiben können, denn Friedrich III. war nicht in der Lage, auch nur einen einzigen Bewaffneten nach Franken zu schicken. Er musste sich nicht nur den Forderungen seines Bruders erwehren, der in der Wahl seiner Mittel nicht eben zimperlich war, sondern wurde auch von den Böhmen und den Ungarn bedrängt. Die Ersteren forderten ihren Thronerben Ladislaus von ihm, während Wladislaw Jagiello ihm seine Anerkennung als neuer ungarischer König abtrotzen wollte. Nur dem osmanischen Sultan Murad, der die ungarischen Grenzen bedrohte, hatte Friedrich es zu verdanken, dass der Jagiellone seine Truppen nicht gegen Österreich aufmarschieren ließ.

Friedrich III. hatte genug damit zu tun, sich selbst zu behaupten. Daher konnten die Fürsten frei schalten und walten, und deren Machtstreben fielen die kleinen, reichsunmittelbaren Herrschaften zum Opfer. Auch eine Trudi Adler vermochte daran nichts zu ändern. Mit einem Mal ärgerte Eichenloh sich, weil er sich so viele Gedanken wegen dieses Mädchens machte. Trudi war ein kleines, scharfzüngiges Biest, das es allenthalben an der gebotenen Ehrfurcht und Höflichkeit fehlen ließ und, wie er inzwischen von ihrer Magd Uta erfahren hatte, sich ohne die Erlaubnis ihrer Mutter auf diese gefahrvolle Reise begeben hatte.

Um zu verhindern, dass Trudi den König noch weiter bedrängte und dadurch verärgerte, beugte er sich vor und versuchte, Friedrichs Aufmerksamkeit auf sich zu lenken.

Dieser drehte sich sofort zu ihm um. »Ihr seht aus, als hättet Ihr etwas auf dem Herzen, Eichenloh.«

Dieser nickte lächelnd, wurde dann aber sofort wieder ernst. »Euer Majestät, mir geht es um diese junge Dame hier. Ohne sie

hätten wir Teiflach vielleicht gar nicht einnehmen können. Aus diesem Grund hat sie eine Belohnung verdient.«
Der König wurde nachdenklich. »Das hat sie durchaus, nur wollte ich vorher bedenken, was ihr zusteht.«
»Mein Vorschlag wäre, ihr eine passende Heirat zu verschaffen. Ihr habt doch sicher einen Gefolgsmann, der dafür in Frage käme. Er sollte schon etwas älter sein, um dem überschäumenden Temperament der jungen Dame mit Gleichmut begegnen zu können. Vielleicht würde auch die Aufsicht über etliche Stiefkinder ihre Lebhaftigkeit ein wenig dämpfen. Ein harter Kopf könnte ebenfalls von Vorteil sein, denn gelegentlich fliegen Gegenstände, und die junge Dame ist, wie ich aus eigener Erfahrung berichten kann, äußerst zielsicher.«
Steinsfeld und Henneberg, die den Wurf mit dem Schweinskopf in Fuchsheim miterlebt hatten, mussten an sich halten, um nicht lauthals herauszuplatzen. Gressingen hingegen schwankte zwischen Hoffen und Bangen. Wenn der König Trudi einem anderen Mann zum Weibe gab, war er aller Verpflichtungen ledig und konnte ihr sogar Trauer und Betroffenheit vorheucheln. Nur durfte diese Ehe nicht zu früh geschlossen werden, denn für seine weiteren Pläne war Trudis Hilfe unabdingbar.
Der König dachte nicht daran, sofort einen passenden Kandidaten und einen Kaplan rufen zu lassen, sondern zog die Stirn in nachdenkliche Falten. »Ich werde es erwägen. Euer Vorschlag erscheint mir gut, denn lange kann ich die junge Dame nicht hier an meinem Hof behalten. Dies wäre nur möglich, wenn ich eine Gemahlin hätte, die sich ihrer annehmen könnte. Doch auch meine eigene Heirat muss sehr genau bedacht werden.«
Trudi war dem kurzen Gespräch zwischen dem König und Eichenloh mit wachsender Erbitterung gefolgt und sprang auf. »Wenn Ihr schon eine Ehe stiften wollt, Euer Majestät, dann für diesen Herrn. Er hat es gewiss nötiger als ich, denn er braucht dringend ein Weib, das auf seine Kleidung achtet.«

Für den König hatte Eichenloh sich zwar sorgfältiger gekleidet als sonst, trotzdem war sein Gewand, wie Trudi mit heimlicher Zufriedenheit bemerkte, nicht besonders sauber. Im Gegensatz zu den anderen Herren, die in schillerndem Brokat glänzten, wirkte er in seinem einfarbigen grünen Wams, den hellgrauen Hosen und den eher bequemen als modischen Knöchelstiefeln recht unscheinbar.

Trudi berichtigte sich sofort. Eichenlohs Kleidung mochte unscheinbar sein, er selbst aber war es nicht. Obwohl Otto von Henneberg und Hardwin von Steinsfeld größer waren, schien er die beiden zu überragen. An ihm war etwas, das sich mit der Elle allein nicht messen ließ. Sie musterte ihn gründlicher als sonst, um herauszufinden, woran dies lag, und fand ihn gar nicht so abstoßend, wie sie es bisher geglaubt hatte. Natürlich war er nicht einmal hübsch und schon gar nicht mit Georg von Gressingen zu vergleichen. Er strahlte jedoch eine Selbstsicherheit aus, die sie ihrem Geliebten ebenfalls gewünscht hätte. Diesem Mann, schoss es ihr durch den Kopf, hätte Gottfried Schenk zu Limpurg die heimatliche Burg nicht so einfach wegnehmen können.

Unterdessen hatte der König sich mit einem sinnenden Lächeln Eichenloh zugewandt. »Nun, was haltet Ihr von dem Vorschlag der jungen Dame? Es wäre kein schlechter Gedanke, Uns Eurer Treue durch eine Heirat zu versichern.«

Eichenloh begriff, dass der Wind sich zu drehen begann. Trudi war für Friedrich III. nur ein junges Mädchen ohne besonderen Wert. Aber er hatte seine Nützlichkeit bereits bewiesen, und daher mochte der König auf den Gedanken kommen, ihn durch eine Heirat an sich zu binden.

»Euer Majestät sollten bedenken, dass ich nicht für eine Ehe geschaffen bin. Das arme Mädchen, dem Ihr mich antun würdet, ist jetzt schon zu bedauern. Sie würde mich selten sehen und noch seltener meine Umarmungen spüren.« Bei diesen Worten bedachte er Trudi mit einem mörderischen Blick.

Sie aber lächelte zufrieden, und Gressingen nahm die Gelegenheit wahr, ihm einiges heimzuzahlen. »Euer Sinn steht wohl mehr nach Knaben, was? Doch im Allgemeinen sollte dies kein Hindernis für eine Ehe sein, da Ihr Euch zumeist außer Haus aufhaltet.«
Während Trudi zu begreifen versuchte, was ihr Geliebter damit sagen wollte, fühlte Hardwin sich von Gressingens Worten angegriffen.
»Wenn das Wort Knabe auf mich bezogen sein sollte, so bin ich gerne bereit, Euch Eure schmutzigen Gedanken auf der Stechbahn auszutreiben. Was Ihr für einer seid, habt Ihr vor einigen Monaten im Fuchsheimer Wald deutlich bewiesen.«
Trudi und Gressingen wussten sofort, worauf Steinsfeld anspielte. Das Mädchen kniff die Lippen zusammen, um nichts zu sagen, was es später bereuen würde, während Gressingen vernehmlich mit den Zähnen knirschte.
»Mit dem Maul kämpft Ihr recht gut, doch mit Lanze und Schwert dürfte es noch hapern. Ich bin gerne bereit, Euer Lehrmeister zu sein. Beschwert Euch hinterher jedoch nicht, denn meine Lektionen sind hart!«
»Wenn der Winter gewichen ist, Gressingen, könnt Ihr Eure Fertigkeit im Turnier beweisen. Vorerst aber werdet Ihr Frieden halten!« König Friedrichs Miene verriet noch deutlicher als seine Worte, wie wenig er von dem Ritter aus dem Gefolge seines Bruders hielt.
Gressingen verschluckte eine wütende Antwort und musterte Trudis Miene. Auch sie schien über den Ausspruch und vor allem über Friedrichs Tonfall aufgebracht zu sein, und dies würde er sich zunutze machen.
Während das Gespräch sich anderen Themen zuwandte, bereute Trudi, den langen Weg nach Graz angetreten zu haben, denn von diesem zaudernden Mann, der sich König nannte, war keine Hilfe zu erwarten. Sie war einem Traumgebilde gefolgt, als sie sich

mit ihren beiden Getreuen durch einen kalten, regnerischen Herbst und durch Schneestürme gekämpft hatte. Wäre sie zu Hause geblieben, hätte sie nicht unter einem Schurken wie Melchior von Hohenwiesen liegen müssen. Beim Gedanken an den Raubritter verknotete sich ihr Magen, und sie fühlte noch einmal die Hilflosigkeit, mit der sie ihm ausgeliefert gewesen war. Dann dachte sie an Uta, die noch immer die Spuren der Misshandlungen trug, und an Lamperts Qualen. Bei dieser Erinnerung konnte sie die Tränen nicht mehr zurückhalten.

Friedrich sah es und nahm an, dass sie ihre bedrohte Heimat beweinte, und fragte sich, was er für sie tun konnte. Für das Mädchen war er der König, dessen Wort in allen Teilen des Reiches zu gelten hatte. Doch die Wirklichkeit sah leider anders aus. Das entließ ihn jedoch nicht aus seiner Verantwortung gegenüber den vielen kleinen reichsfreien Herrschaften und Reichsstädten, die sich den Begehrlichkeiten ihrer mächtigeren Nachbarn ausgeliefert sahen.

Als er Trudi ansah, wirkte sein Lächeln freundlicher als bisher. Aber er sagte nichts, was sie hätte trösten können, denn er wollte eine Entscheidung über ihre Angelegenheit auf den Zeitpunkt verschieben, an dem ihm eine passende Lösung eingefallen war. In seinen Augen gab es keine so drängende Gefahr für Kibitzstein, denn während des Winters würde der Fürstbischof von Würzburg nichts gegen die Burg unternehmen, und wenn er es doch tat, war immer noch Zeit, sich Michel Adlers Witwe und ihrer Kinder in Gnaden anzunehmen.

Trudi ahnte nichts von den Gedanken des Königs, sondern fühlte sich durch seine vermeintliche Gleichgültigkeit bis ins Mark verletzt. Als Eichenloh nun das Zusammentreffen mit ihr schilderte und dabei erwähnte, dass er ihre beiden Entführer in der eigenen Burghalle hatte aufhängen lassen, begriff sie nicht, dass er den König durch diesen Bericht für sie einnehmen wollte. Stattdessen beschäftigten sich ihre Gedanken mit Junker Georg.

In ihrem Wahn, der König könnte ihr und ihrer Mutter helfen, hatte sie seinen Feinden geholfen, ihn gefangen zu nehmen, und ihn damit sein Gesicht vor seinem neuen Herrn, Herzog Albrecht von Österreich, verlieren lassen. Jetzt würde er den Winter über in Haft verbringen und im nächsten Frühjahr als fahrender Ritter durchs Land ziehen müssen, bis er einen neuen Herrn fand, der ihn in seine Dienste nahm. An eine Heirat war unter diesen Umständen nicht zu denken. Dabei erschien es ihr dringlicher denn je, den Bund mit ihm zu schließen, die Bemerkungen Eichenlohs und des Königs waren nicht missverständlich gewesen. Auf keinen Fall wollte sie mit einem anderen Mann verheiratet werden als mit Junker Georg, und sie würde alles tun, was sie diesem Ziel näher brachte.

10.

Magnus von Henneberg stellte den Becher auf den Tisch zurück und nickte seinem Gastgeber mit zufriedener Miene zu. »Der Wein ist gut. Ich bezweifle, dass Seine Hoheit, der Fürstbischof, einen besseren Tropfen in seinen Kellern hat.«
Ritter Moritz' ältester Sohn Markus von Mertelsbach lächelte geschmeichelt. »Ich würde Herrn Gottfried Schenk zu Limpurg gerne ein paar Fässer dieses Weines verehren, und Euch natürlich auch, Erlaucht.«
»Der Fürstbischof würde die Gabe zu schätzen wissen, und auch ich wäre sehr erfreut.« Das war nicht einmal gelogen, denn auf den Mertelsbacher Lagen reifte ein Wein, der sich mit dem auf dem Würzburger Stein messen konnte. Henneberg ging es jedoch weniger um ein oder zwei Fässer dieses Trunks, sondern darum, mit Markus von Mertelsbach einen weiteren einflussreichen Burgherrn auf seine Seite ziehen zu können. Die Aussichten standen gut, denn Markus' Vater, der erst vor wenigen

Monaten die blutjunge Bona von Fuchsheim geheiratet hatte, lag schwerkrank darnieder und würde den Worten des Arztes zufolge, den Graf Magnus mit einigen Goldmünzen bestochen hatte, sein Bett in diesem Leben nicht mehr verlassen.

Daher musste Markus von Mertelsbach sich so rasch wie möglich den Besitz seines Vaters sichern, bevor die baldige Witwe im Namen ihres ungeborenen Kindes darauf Anspruch erhob. Bei dem Gedanken an Bona verhärtete sich Junker Markus' Miene, und er warf der jungen Frau, die eben durch die Halle ging, einen hasserfüllten Blick zu.

Elgard von Rendisheim, die seit der Erkrankung des Burgherrn wieder auf Mertelsbach lebte, um ihren Verwandten mit kundiger Hand zu pflegen, wie sie ständig betonte, teilte Markus' Abneigung. Ihrer Ansicht nach wäre sie die passende Ehefrau für den alternden Ritter gewesen und nicht dieses unreife Ding. Nun stieß sie Graf Magnus an und wies auf die junge Frau. »Habt Ihr schon einmal ein Weib nach so kurzer Ehe mit einem so dicken Bauch herumlaufen sehen? Ich sage Euch, der Fuchsheimer hat seine Tochter nur deshalb so schnell mit meinem armen Verwandten verheiratet, um einen Fehltritt dieses Weibsstücks zu verbergen.«

»Einem Bastard werde ich hier keine Rechte einräumen, und seiner Mutter auch nicht!«, setzte Junker Markus grimmig hinzu. Er sah sich kurz vor dem Ziel, denn seine drei Brüder, die gleich ihm ehelich geboren waren, galten noch als zu jung, um Ansprüche stellen zu können, und hatten auch nicht die Macht, ihn zu irgendetwas zu zwingen. Hinter Bona aber standen ihr Vater und die gesamte Sippe des Fuchsheimers. Wenn diese sich gegen ihn wandten und versuchten, Bonas Bankert als posthum geborenen Sohn des Moritz von Mertelsbach zu der Burg seines Vaters zu verhelfen, stand es schlecht um ihn. Daher musste er alles tun, um den stärksten Fürsten in dieser Gegend als Verbündeten zu gewinnen, und das war Gottfried Schenk zu Limpurg, das Oberhaupt des Würzburger Hochstifts.

»Wenn das Kind früher geboren wird als neun Monde nach der Heirat – und das wird es gewiss –, kann es nicht von meinem Verwandten stammen!«, setzte Frau Elgard beschwörend hinzu.

Graf Magnus durchschaute die beiden, aber solange deren Absichten ihm in die Hände spielten, würde er sie unterstützen. Ihm ging es um seine eigenen Pläne, und für diese benötigte er den Ritter auf Mertelsbach. Nicht zuletzt deshalb war er dem Schicksal dankbar, das ihn bald von dem widerspenstigen Vater seines Gastgebers erlösen würde. Junker Markus war wie Wachs in seinen Händen, und was Bona betraf, so bestand zur Hälfte die Möglichkeit, dass sie ein Mädchen gebar. Sollte es anders kommen, würde ein Gunstbeweis des Fürstbischofs an ihren Vater ausreichen, diesen dazu zu bringen, seine Tochter in ein Kloster zu stecken und ihren Sohn einem geistlichen Leben zu weihen.

»Ihr steht also auf meiner Seite«, stellte er fest.

Der junge Mertelsbacher nickte eifrig. »Freilich! Das hochnäsige Gesindel auf Kibitzstein muss zurechtgestutzt werden. Obwohl sie aus dem Bodensumpf des niederen Volkes stammen, fühlen sie sich über uns alte Geschlechter erhaben und demütigen uns, wo sie nur können. Das muss ein Ende haben.«

Magnus von Henneberg nickte zustimmend und steuerte schnurstracks auf sein Ziel zu. »Wie viele Waffenknechte könnt Ihr stellen?«

Sein Gegenüber wand sich ein wenig, bevor er Antwort gab. »Ich könnte Euch fünfzehn Krieger geben und dazu dreißig Knechte. Aber solange ich eine Fehde mit dem Fuchsheimer befürchten muss, brauche ich diese Männer selbst.«

»Ich kann zwischen Euch und Fuchsheim vermitteln. Herr Ludolf wurde von Michel Adler vor dessen Tod um mehrere Dörfer gebracht, und die will er wiederhaben. Wenn Ihr ihm versprecht, ihm die Mitgift seiner Tochter zurückzugeben, wird er gewiss bereit sein, ein Bündnis mit Euch einzugehen. Im Notfall bitte ich den hochwürdigen Prälaten Pratzendorfer, mit dem Fuchsheimer zu reden.«

Bei der Aussicht auf eine so hochrangige Fürsprache atmete Markus von Mertelsbach auf. »Unter diesen Umständen bin ich gerne bereit, mich Euch anzuschließen, Graf Magnus. Ich weiß jedoch nicht, wie mein Vater reagieren wird. Zwar liegt er schwerkrank darnieder, aber er versucht immer noch, das Heft in der Hand zu behalten.«

»Wer weiß, ob er die nächsten Tage überleben wird«, antwortete Henneberg leichthin.

Graf Magnus war nicht bereit, den gewonnenen Vorteil noch einmal aus der Hand zu geben. Notfalls würde er dem Arzt einen vergoldeten Wink geben müssen, die Leiden des alten Ritters zu verkürzen. Für ihn aber galt es, alle Vorbereitungen zu treffen, um Kibitzstein zu Beginn des Frühjahrs zu belagern und einnehmen zu können. Es musste so schnell gehen, dass Marie Adler nicht in der Lage war, den Markgrafen von Brandenburg-Ansbach zu Hilfe zu rufen.

11.

Während auf Mertelsbach die letzten Schlingen gelegt wurden, in denen Marie sich verfangen sollte, wartete diese bereits seit Tagen auf Michis Rückkehr. Sie wagte schon nicht mehr, zum Ziegenhof zu gehen, weil sie Hiltrud keine Nachricht von ihm überbringen konnte. Die Angst, die Schergen des Fürstbischofs könnten Michi abgefangen und eingekerkert haben, nagte in ihrer Brust, und sie fürchtete jeden Tag, einen Würzburger Boten auftauchen zu sehen, der die Übergabe von Kibitzstein gegen Michis Leben fordern würde. Schon um Hiltruds willen würde ihr nichts anderes übrigbleiben, als sich Herrn Gottfrieds Spruch

zu unterwerfen und zu hoffen, dass dieser ihr wenigstens die Burg und das Meierdorf Habichten ließ.
Ihre Verzweiflung steckte Lisa und Hildegard an, deren kämpferischer Geist inzwischen geschwunden war und die sich zumeist in der Burgkapelle aufhielten, um für Michis sichere Heimkehr zu beten. Raten konnten die beiden ihrer Mutter nicht, aber sie nahmen sich ein Beispiel an ihr und versuchten, sich ihre Angst nicht vor dem Gesinde anmerken zu lassen.
An diesem Morgen ertrugen die Mädchen die beengende Atmosphäre der Burg nicht mehr. Daher schlichen sie in Schafsfellumhängen, die sie wie Mägde aussehen ließen, aus dem Tor, eilten den Burgberg hinab, so schnell Schnee und Eis es zuließen, und liefen ins Meierdorf, um Alika zu besuchen. Als sie das Häuschen erreichten, in dem die Mohrin wohnte, sahen sie Alika und Theres vor einem Schuppen stehen, in dem zwei Knechte aus der Burg einen großen, alten Planwagen instand setzten.
»Was machen die da?«, fragte Hildegard neugierig.
Alika schenkte ihnen erst einen tadelnden Blick, weil sie unbegleitet die Burg verlassen hatten, legte dann aber die Finger auf die Lippen und lächelte traurig. »Ihr habt sicher Appetit auf etwas, das die Glieder wärmt. Kommt mit ins Haus.«
Die Mädchen hatten zwar gerade je einen großen Becher Morgenbier getrunken, dennoch folgten sie der Mohrin, in der Hoffnung, diese würde ihnen erklären, was hier vorging.
In der Küche füllte Alika drei Becher mit einem heißen Absud verschiedener Kräuter, den sie am Morgen lieber trank als Bier, und setzte sich auf einen Stuhl. Sie wartete, bis auch die beiden Mädchen Platz genommen hatten, hob dann ihren Becher und trank so langsam, als wolle sie ihre Erklärungen auf diese Weise hinauszögern.
»Ihr solltet eigentlich nicht wissen, was wir vorhaben. Theres und ich werden Habichten verlassen.«

»Ihr wollt fort?« Lisa machte ein Gesicht, als würden die beiden Frauen übelsten Verrat begehen.

»Wollen ist nicht der richtige Ausdruck. Eure Mutter hat uns darum gebeten. Die Spatzen pfeifen es bereits vom Dach, dass Magnus von Henneberg Truppen sammelt, um Kibitzstein anzugreifen. Angeblich sucht er Rache für seinen Bruder, dem Trudi das Gesicht zerschnitten hat. In Wahrheit aber steckt der Fürstbischof dahinter. Herr Gottfried will an Kibitzstein ein Exempel statuieren, um den anderen Burgherren in diesen Landen zu zeigen, dass sie sich besser nicht gegen ihn stellen sollten.«

»Aber was hat das mit euch zu tun?«, unterbrach Hildegard die Mohrin.

Alika versuchte zu lächeln, doch es wurde ein Zähnefletschen. »Eure Mutter weiß, dass sie der Macht des Fürstbischofs auf Dauer nicht widerstehen kann. Wenn nicht der Markgraf von Ansbach zu ihren Gunsten einschreitet – und danach sieht es im Augenblick nicht aus –, wird sie Kibitzstein verlieren. Aus diesem Grund lassen Theres und ich den Wagen herrichten. Die Knechte werden einen zweiten Boden einziehen und dadurch ein Geheimfach schaffen, in dem wir Geld, Schmuck und andere wertvolle Dinge fortbringen können, die eure Mutter nicht den Feinden in die Hände fallen lassen will. Sollte es zum Äußersten kommen, werdet ihr wenigstens nicht als Bettler dastehen.«

Lisa schlug die Hände vors Gesicht. »Aber wo wollt ihr denn hinfahren? Jetzt, mitten im Winter, kommt ihr doch nicht weit!«

»Das ist natürlich ein Geheimnis. Doch eure Mutter wird nichts dagegen haben, wenn ich es euch mitteile. Kommt näher!« Alika winkte die Mädchen zu sich, umschlang sie mit den Armen und zog sie an sich.

»Theres und ich werden nach Kessnach fahren. Diesen Besitz kann euch der Fürstbischof nicht wegnehmen, da er Pfälzer Lehen ist. Dort werden wir abwarten, was hier geschieht. Solltet ihr von eurer Mutter getrennt werden, dann strebt danach, Kessnach zu erreichen.«

»Das werden wir tun!« Lisa schenkte der Mohrin einen dankbaren Blick und ärgerte sich gleichzeitig über ihre Mutter, die es nicht für nötig gehalten hatte, sie in ihre Pläne einzuweihen. Doch sogleich schämte sie sich für diesen Gedanken. Die Mutter hatte auf so vieles zu achten und noch mehr zu tun, dass sie sicher nicht daran gedacht hatte.

»Danke, Alika!« Erleichtert küsste Lisa die Mohrin auf die Wangen und wechselte dann einen beredten Blick mit ihrer Schwester. »Wenigstens werden wir eine Heimat haben und Falko ein Erbe, wenn wir von hier vertrieben werden.« Sie sagte es in einem so ehrlichen Ton, als wäre nie erwogen worden, dass sie selbst den Kessnacher Besitz als Mitgift erhalten sollte.

Alika strich ihr gerührt übers Haar und dachte sich, was für ein prachtvolles Mädchen aus dem Säugling geworden war, den Sklavenhändler einst mit Marie und ihr in ein fernes Land verschleppt hatten. In Lisa mochte zwar nicht das gleiche Blut fließen wie in Trudi und Hildegard, aber dennoch war sie im gleichen Maße Maries Tochter wie die beiden anderen.

»Ihr dürft mit niemandem darüber sprechen, auch mit eurer Mutter nicht. Irgendjemand könnte euch belauschen und es an unsere Feinde verraten.« Alikas Worte klangen beschwörend, und die beiden Mädchen nickten sofort.

»Unsere Lippen sind versiegelt!«, beteuerte Lisa.

Hildegard stimmte ihr sofort zu, stand dann aber auf. »Wir sollten nach Hause zurückkehren und Mama helfen!«

»Darüber wird sie sich freuen.« Alika zog die beiden noch einmal an sich und wollte gerade mit ihnen das Haus verlassen, als von draußen ein lauter Ruf erscholl.

»Michi ist zurück!«

Jetzt gab es für die drei kein Halten mehr. Sie stürmten zur Tür hinaus und blickten erleichtert auf die Mistfuhre, die sich den Hangweg hinaufquälte.

»Michi hat die Kanone! Los, holt ein paar Bauern mit weiteren Zugtieren zum Vorspannen. Michis Ochsen schaffen es alleine nicht.« Alika versetzte den beiden Mädchen einen leichten Schubs und eilte dann in Richtung Burg, um Marie Bescheid zu sagen.

12.

Da einige Zeit verging, bis die beiden Mädchen genug Ochsen zum Vorspannen besorgt hatten, erreichten sie Michis Wagen fast zur gleichen Zeit wie ihre Mutter. Schon als sie den Weg hinabliefen, spürten sie, dass etwas Schlimmes passiert sein musste, denn der junge Mann peitschte sein Gespann, als wolle er die Tiere den schweren Wagen allein den Berg hochziehen lassen. Als sie näher kamen, erschraken sie darüber, wie unglücklich er aussah.

»Was ist passiert, Michi?«, fragte Marie ängstlich.

Hiltruds Sohn blies zischend die Luft aus den Lungen und warf einem der herbeieilenden Knechte die Zügel zu. Dann stieg er mit müden Bewegungen ab und legte den Bremskeil hinter ein Hinterrad, damit der Wagen auf der abschüssigen Straße nicht zurückrollte.

»Ich habe die Kanone. Es ging weitaus leichter, als ich es erwartet habe«, berichtete er und wies mit dem rechten Daumen auf den Wagen.

»Weshalb hat es dann so lange gedauert?«, wollte Marie wissen. »So heftig hat der Winter doch noch nicht eingesetzt.«

Michi rieb sich mit dem Ärmel über die Augen, als müsse er Tränen abwischen, und senkte den Kopf. »Es ist etwas passiert, dem ich nachgehen musste. Am liebsten hätte ich Wagen und

Gespann Tesslers Knechten überlassen, um Euch die schreckliche Nachricht schneller überbringen zu können. Nun aber weiß ich nicht, wie ich anfangen soll.«
»Nun sag schon, was los ist!«, drängte Marie ungeduldig.
»Trudi ist verschwunden! Sie ist nur ein paar Tage in Schweinfurt bei meiner Schwester gewesen und hat dann die Stadt verlassen. Mariele und ihrem Mann hat sie erklärt, sie hätte die Erlaubnis von Euch, eine Wallfahrt zu machen, um für das Seelenheil ihres Vaters zu beten. Meine Schwester, dieses Schaf, hat sie einfach gehen lassen, anstatt einen Boten zu Euch zu schicken und nachzufragen, und mein Schwager hat ihr sogar noch zwei Waffenknechte mitgegeben. Die aber sind kurz nach dem Christfest allein zurückgekehrt. Trudi hat sich irgendwo im Bayrischen von ihnen getrennt, um noch weitere Kirchen und heilige Orte aufzusuchen.
Ich konnte selbst mit beiden Männern sprechen und glaube ihnen, dass sie auf Trudi eingeredet haben wie auf eine kranke Kuh. Sie sagten, die Jungfer habe sich geweigert, mit ihnen nach Schweinfurt zurückzukehren. Daraufhin hätten sie sich von ihr getrennt, wären aber an den ersten Tagen nur langsam gereist, um ihr die Möglichkeit zu geben, zu ihnen aufzuschließen. Die Männer waren überzeugt gewesen, Trudi würde es mit der Angst zu tun bekommen und ihnen folgen. Aber sie haben sie nicht wiedergesehen. Die beiden konnten sogar einen Brief von Trudi vorweisen. Hier ist er.« Michi zog ein Blatt heraus und reichte es Marie.
Diese überflog den Inhalt und zerknüllte das Papier mit einer heftigen Bewegung. »Trudi ist übergeschnappt! Sie schreibt, sie reise mit Uta und Lampert allein weiter. Dabei kennt sie sich in diesen Gegenden doch gar nicht aus. Wer weiß, was ihr inzwischen alles zugestoßen ist ...«
Michi spreizte abwehrend die Hände. »Ich hätte mir am liebsten von meinem Schwager ein Reitpferd ausgeliehen, um Trudi zu

suchen. Aber da war die Kanone, auf die ich aufpassen musste, und ich wollte auch nicht, dass Ihr die Nachricht von einem Fremden erfahrt. Jetzt aber wird mich nichts mehr davon abhalten, ihr zu folgen.«

Während Michi insgeheim mit seiner Schwester haderte, die seiner Meinung nach besser auf das Mädchen hätte aufpassen müssen, erklärte er Marie, wo er mit seiner Suche anfangen wollte. Es würde ein langer Ritt werden, und er hoffte, dass sich die Leute in den Herbergen an Trudi erinnerten und ihm sagen konnten, wohin sie sich gewandt haben mochte.

Marie stand zunächst wie erstarrt, glättete dann den Brief und las noch einmal den Namen des Ortes, den ihre Tochter als nächsten hatte aufsuchen wollen. »Weißt du, wo dieses Altötting liegt?«, fragte sie.

Michi schüttelte den Kopf. »Nein, leider nicht. Es muss ziemlich weit weg sein, denn ihre Begleiter haben sich hinter Freising von ihr getrennt, und das soll dem Vernehmen nach schon tief im Bayernland liegen. Ich werde zusehen, dass ich so schnell wie möglich dorthin komme und Trudis Spur aufnehmen kann. Wenn ich nur wüsste, was sie wirklich geplant hat! Eine Pilgerschaft passt so gar nicht zu ihr.«

Lisa und Hildegard sahen einander nachdenklich an. Als die Jüngere den Mund öffnete, um etwas zu sagen, legte ihr die Schwester den Arm auf die Hand, als wolle sie sie zurückhalten. Marie entging diese Geste, doch Alika bemerkte sie und trat neben die zwei. »Ihr seht mir so aus, als würdet ihr etwas verbergen. Heraus mit der Sprache! Oder wollt ihr, dass wir uns doppelt und dreifach Sorgen um eure Schwester machen?«

Marie und Michi drehten sich zu den beiden Mädchen um, deren Mienen ihr schlechtes Gewissen verrieten.

»Redet, sonst setzt es was!«, befahl Marie ihnen scharf.

»Trudi wollte zum König reisen und ihn um Hilfe bitten, da Kibitzstein als reichsfreie Herrschaft unter seinem Schutz steht.«

Wie meist war es Hildegard, die der Autorität der Mutter sofort gehorchte.

Marie sah zuerst sie und dann Lisa an und schüttelte den Kopf. »Sagt bloß, ihr wusstet von Anfang an, was Trudi im Sinn hatte?«

»Sie hat es uns gesagt, bevor sie nach Schweinfurt gereist ist, und uns um Geld für diese Fahrt gebeten. Wir haben ihr alles gegeben, was wir hatten, sogar unseren Schmuck!« Lisa sagte es in einem Ton, als würde sie dafür auch noch Dank erwarten.

Marie hätte am liebsten die nächste Gerte geschnitten und die beiden Mädchen durchgebleut. Ihr Verstand sagte ihr jedoch, dass ihre Älteste die treibende Kraft hinter dem Ganzen gewesen war. Daher streckte sie die Arme aus und drückte die beiden Mädchen an sich.

»Ich weiß, ihr habt es gut gemeint! Aber ihr hättet es mir sagen müssen. Jetzt ist Trudi in der Ferne, hat wahrscheinlich viel zu wenig Geld in der Tasche und weiß doch nicht einmal, wo Österreich liegt. Wie will sie da den König finden?«

»Trudi ist gewitzt und weiß sich zu behaupten. Außerdem wird sie unterwegs immer wieder auf Leute treffen, die ihr weiterhelfen können.« Michi wollte eigentlich nur Marie beruhigen, doch als er in sich hineinhorchte, klammerte auch er sich an die Hoffnung, dass dieses verrückte Mädchen den weiten Weg bewältigt haben könnte.

»Auf jeden Fall weiß ich jetzt, wo ich suchen muss«, sagte er mit einem etwas missratenen Lächeln.

Marie schüttelte energisch den Kopf. »Nein! Hier benötige ich dich dringender. Auch wenn ich mich noch so sehr um Trudi sorge, darf ich die Gefahr nicht vergessen, in der wir alle schweben. Wenn du Kibitzstein verlässt, gibt es niemanden hier, der unsere Leute zusammenhalten und ihnen Mut einflößen kann. Jetzt, da wir wissen, wohin Trudi sich gewandt hat, kann ich Gereon hinter ihr herschicken und ihm gleich eine Botschaft an den

König mitgeben. Man hört zwar nicht viel Gutes über Herrn Friedrich, aber es könnte auch einmal ein Wunder geschehen. Ich muss jetzt ein anderes Problem lösen.«

Marie winkte Alika zu sich. »Theres und du, ihr werdet so bald wie möglich aufbrechen und die beiden Mädchen mitnehmen. Ich will Hildegard und Lisa in Sicherheit wissen.«

»Aber Mama, das kannst du nicht tun!«, protestierte Lisa. Doch die Miene ihrer Mutter verriet ihr, dass jeder Widerspruch sinnlos war.

Siebter Teil

Der Anschlag

I.

Georg von Gressingen bot Trudi ein Bild vollkommener Niedergeschlagenheit. »Das ist allein Eichenlohs Schuld!«, klagte er und warf einen sehnsüchtigen Blick durch das schmale Fenster. »Hätte er mich nicht beim König verleumdet, wäre ich nie in diese Kammer gesperrt worden, die ich nur zur Messe und zu den Mahlzeiten verlassen darf!«

Wie er es beabsichtigt hatte, schürten seine Worte Trudis Pein. Hätte sie nicht geholfen, Teiflach zu erobern, wäre er nicht in diese schier ausweglose Lage geraten. Es war gewiss kein Verbrechen, führte er ihr vor Augen, dass er in die Dienste Herzog Albrechts von Österreich getreten war. Schließlich hatte er es nur getan, um von diesem ein Lehen zu erhalten und ihr somit eine Heimat bieten zu können. Außerdem, betonte er, war der Herzog ein mächtiger Mann im Reich und hätte sich gewiss für ihre Familie verwenden können.

Trudi konnte ihm kaum noch in die Augen sehen, so sehr schämte sie sich. »Wenn ich doch etwas für Euch tun könnte«, flüsterte sie und fasste nach seiner Hand.

»Ihr helft mir schon genug, Jungfer Hiltrud. Ohne Euch ginge es mir wie einem Falken im Käfig. Dank Euch habe ich wenigstens einen Menschen, mit dem ich sprechen kann. Lieber wäre es mir jedoch, wenn wir ungestört blieben.« Gressingen warf Uta, die in einer Ecke des Raumes saß und den aufgerissenen Saum eines Kleides nähte, einen vorwurfsvollen Blick zu.

Die Magd hatte sich körperlich wieder erholt, allerdings kehrten die Ereignisse in der Höhlenburg regelmäßig als Alpträume zurück. Während sie nähte, ließ sie Trudi und den Ritter kaum aus den Augen, teils, weil es ihre Pflicht war, darauf zu achten, dass die beiden die gebotene Sittsamkeit einhielten, teils aber auch, weil sie wissen wollte, was ihre Herrin mit diesem ihr immer unsympathischer werdenden Menschen alles zu bereden hatte.

Trudi versuchte, Junker Georg zu beruhigen. »Uta ist treu wie Gold und würde selbst auf der Folter kein Wort verraten.«

Gressingen ging es jedoch weniger ums Reden als um andere Dinge, die er mit Trudi anstellen könnte, wenn sie allein blieben. Er langweilte sich in dem kleinen Raum, und anders als den Gästen des Königs war es ihm nicht möglich, sich an einer willigen Magd schadlos zu halten. Außerdem reizte Trudi ihn immer noch, wenn auch nur als willige Geliebte, denn er war weniger denn je bereit, sie zur Frau zu nehmen. Sie war nicht einmal mehr eine erstrebenswerte Erbin, da ihre Mutter den Zwist mit dem Würzburger Bischof ebenso verlieren würde wie das nach Krämerart zusammengeraffte Vermögen.

Gressingen erinnerte sich wieder an das Angebot seines Onkels, sich bei der Suche nach einem passenden Weib für ihn zu verwenden. Auf das würde er zurückkommen – wenn er erst frei war und seinen Auftrag erfolgreich ausgeführt hatte. Für beides aber musste er die Verliebtheit dieser dummen kleinen Gans ausnutzen. Aus diesem Grund begann er wieder zu klagen.

»Ich gehe hier bald zugrunde! Wenn ich wenigstens die Aussicht hätte, wieder freizukommen. Doch wie ich Eichenloh kenne, wird er darauf dringen, dass ich über kurz oder lang in einen richtigen Kerker eingesperrt werde.«

Es gelang Gressingen, gleichzeitig verzweifelt und kämpferisch zu wirken. Mit einer leidenschaftlichen Geste legte er Trudi die Arme um die Schultern und zog sie näher an sich heran. »Du hast mir während der letzten Monate so gefehlt! Immer wieder habe ich an dich gedacht und mir geschworen, dich heimzuführen, sobald ich dazu in der Lage wäre. Deshalb bin ich auch in Herzog Albrechts Dienste getreten. Von ihm erhoffte ich mir den Lohn, der deiner würdig ist. Doch solange ich hier eingesperrt bin wie ein Ochse im Stall, bleibt unsere Liebe unerfüllbar.«

Trudi wurde von einem Glücksgefühl durchströmt, wie sie es

noch nie erlebt zu haben glaubte, gleichzeitig aber fraß die Sorge um ihren Geliebten sie halb auf.

»Ihr müsst auf Euren guten Stern vertrauen«, beschwor sie ihn. Gressingen schüttelte wild den Kopf. »Mein Stern ist längst gesunken! Wenn niemand mir hilft, wird er auch nie mehr aufsteigen.«

»Ich werde Euch helfen!« Trudi blickte ihn dabei so selig an, dass er sich eines spöttischen Lächelns erwehren musste. Was für ein Glück, dass dieses Mädchen so naiv war! Allein die Tatsache, dass sie ihm alles berichtete, was sie in der Burg hörte und sah, verschaffte ihm einen unschätzbaren Vorteil.

»Der König wird mich nach den Lügen, die Eichenloh über mich verbreitet hat, niemals freilassen. Dieser Soldknecht ist eine üble Kreatur, die überall, wo sie hinkommt, nur Unfrieden stiftet«, klagte er.

»Da habt Ihr wohl recht!« Trudi verdrängte, dass Eichenloh ihr das Leben gerettet hatte, und maß ihn nur noch an den spöttischen Bemerkungen, die er in Gegenwart des Königs über sie geäußert hatte. Zudem störte es sie, dass er seit der Ankunft in Graz häufig ihre Gegenwart suchte und sie daran hinderte, so oft zu ihrem Geliebten zu kommen, wie es ihr gefiel. In den Nächten träumte sie bereits von Eichenloh. Meist sah sie ihn mit dem Schwert in der Hand zwischen ihr und Junker Georg stehen, oder er versuchte, sie mit einem alten, klapprigen Mann zu verheiraten, der die Gesichtszüge von Bonas Ehemann Moritz von Mertelsbach trug.

Das Schicksal ihrer Freundin wollte Trudi niemals teilen. Sie schenkte Gressingen einen liebevollen Blick, denn sie fühlte sich ihm nun doppelt verbunden. Genau wie er war sie eine Gefangene, auch wenn sie sich innerhalb der Mauern frei bewegen durfte. Friedrich mied jedoch jeden Kontakt zu ihr. Bei den Mahlzeiten wurde sie zu einem Stuhl geführt, der so weit entfernt stand, dass sie ihn nicht ansprechen konnte, und bei der Messe musste sie vor dem König die Kapelle betreten und durfte sie erst nach ihm wieder verlassen.

Gressingen merkte, dass Trudi in ihren Gedanken versunken war. Mit einem Mal fürchtete er, das Mädchen werde nicht den Mut aufbringen, das zu tun, was er von ihr verlangen musste. Ohne auf Utas mahnendes Räuspern zu achten, schloss er Trudi plötzlich fest in die Arme und küsste sie leidenschaftlich.

»Ich brauchte ein Schwert und ein Pferd! Dann kann ich diesem Gefängnis entfliehen«, flüsterte er ihr so leise ins Ohr, dass Uta seine Worte nicht verstehen konnte. Er mochte die Magd nicht, die in seinen Augen schwatzhaft und zu aufsässig war, als dass man ihr etwas Wichtiges anvertrauen konnte.

Trudi überließ sich für ein paar Augenblicke den erfahrenen Händen ihres Geliebten und hätte ihm weitaus mehr gestattet, wäre Uta nicht wie ein Wachhund auf sie zugekommen.

»Herr Ritter, es schickt sich wirklich nicht, meine Herrin so zu überfallen!«

Gressingens drohender Blick hätte selbst die Medusa beschämt, doch Uta dachte nicht daran, zu Stein zu erstarren, sondern funkelte ihn drohend an. »Wenn Ihr meine Herrin weiterhin zu solchen Dingen verführen wollt, werde ich es melden!«

Im ersten Augenblick befürchtete Gressingen, Uta habe seine Bitte an Trudi doch gehört, begriff dann aber, dass sie seine Umarmung und die Küsse meinte, und lächelte. Mit ihrer übertriebenen Wachsamkeit trieb die Magd ihre Herrin nur noch stärker in seine Arme. Er mimte jedoch den reuigen Sünder und ließ Trudi los. »Verzeiht, aber ich vermochte meine Leidenschaft nicht mehr zu zügeln.«

»Es gibt nichts zu verzeihen!« Trudi strich ihm mit der Hand sanft über die Wange und wünschte Uta ins Pfefferland. Es wäre so schön gewesen, mit ihrem Geliebten allein zu sein und über alles sprechen zu können, was sie beide bewegte. Der Gedanke, er könnte dabei von ihr dasselbe fordern wie damals im Fuchs-

heimer Wald, ernüchterte sie jedoch ein wenig. Das gehörte zwar dazu, wenn man verheiratet war, aber vorher sollte ein sittsames Mädchen nicht einmal an so etwas denken.
Trudi seufzte und nickte ihrer Magd zu. »Es ist schon gut, Uta. Du kannst weiternähen.«
»Wenn Ihr noch oft hierherkommen wollt, werde ich mir neue Sachen besorgen müssen, die ich ausbessern kann. Mit Euren Kleidern bin ich fertig.«
»Herr von Gressingen würde sich gewiss freuen, wenn du deine Nadelfertigkeit seinen Gewändern zukommen lassen würdest.«
Trudis Vorschlag entlockte Uta nur ein verächtliches Schnauben. Bevor sie auch nur einen Stich für diesen Ritter tat, würde sie die Wirtschafterin der Burg um einen Stapel Wäsche bitten, der dringend geflickt werden musste. Sie mochte Junker Georg nicht, obwohl ihre Herrin ganz vernarrt in ihn war. Dabei hatte sie vor etlichen Monaten noch davon geträumt, ihrer Herrin zu Gressingens Burg zu folgen und dort Wirtschafterin werden zu dürfen. Doch diese Zeit lag inzwischen so fern wie der Mond am Himmel.
Hier in Graz hatte sie den Mann beobachten können und spürte etwas Falsches an ihm. Sie hatte versucht, Trudi darauf anzusprechen, aber ihre Herrin war so in diesen windigen Ritter vernarrt, dass ihr wohl auch der letzte Funken Verstand abhandengekommen war. Gerade deswegen nahm sie sich vor, die Augen offen zu halten und zu verhindern, dass Jungfer Trudi Dummheiten machte, die sie später einmal bereuen würde.
Uta setzte sich wieder in ihre Ecke und nahm das Kleid zur Hand, um den Rest des widerspenstigen Saums zu bändigen. Dabei ließ sie Trudi und Gressingen nicht aus den Augen.
Der Junker hatte inzwischen begriffen, dass er sich vor der Magd in Acht nehmen musste, und näherte seinen Mund erneut Trudis Ohr. »Du musst mir eine Waffe und ein schnelles Pferd besorgen. Sonst werde ich mich noch in zehn Jahren in Friedrichs Gewahrsam befinden.«

»Wenn ich nur wüsste, wie!« Trudi war bereit, Gressingen zu helfen, sah aber keine Möglichkeit, an ein Schwert und ein Streitross zu kommen.

»Es muss dir gelingen, meine Liebste! Oder willst du, dass ich in diesen Mauern sterbe?« Gressingen ergriff erneut Trudis Hände, wagte aber angesichts der misstrauischen Aufpasserin nicht mehr, das Mädchen zu umarmen.

»Ich flehe dich an: Besorge mir, worum ich dich bitte, und alles wird gut werden! Außerdem muss ich mit dem Tagesablauf des Königs vertraut werden, damit ich ihm und dem Schwarm, der um ihn herumschwirrt, aus dem Weg gehen kann. Stell dir vor, ich müsste mich auf der Flucht irgendwo verstecken und würde aus Versehen in die Kapelle treten, wenn Friedrich gerade dort betet – oder gar in sein Schlafgemach geraten!« Gressingen begleitete seine Worte mit einem schmelzenden Lächeln, das ein aufmerksamerer Beobachter als Trudi als unecht erkannt hätte.

Trudi aber nahm nur seinen Blick wahr, der von großer Liebe sprach, und erklärte ihm leise, was sie bereits über den König und seine Gewohnheiten in Erfahrung gebracht hatte. Gressingen hörte ihr aufmerksam zu. Wahrscheinlich, dachte er, ist es das Beste, sich in der Nacht, in der das dumme Luder mir zur Freiheit verhilft, in Friedrichs Schlafkammer zu schleichen und ihn dort zu ermorden.

Gerade in diesem Augenblick berichtete Trudi ihm, dass stets mehrere Bewaffnete und zwei Diener vor Friedrichs Tür standen, wenn er sich in seinem Schlafgemach aufhielt, und so ließ er diesen Gedanken fallen.

Er würde einen anderen Weg finden müssen, den König zu töten, wenn er in Ehren zu Herzog Albrecht von Österreich zurückkehren wollte. Nun betete Gressingen, dass die kleine Metze, die seine Hände umklammerte, als sei er der Rettungsanker in ihrem Leben, gewitzt genug war, ihm weitere Informationen zu beschaffen, und gleichzeitig so einfältig und blind, dass sie nicht merkte, was er plante.

2.

Peter von Eichenloh hatte sich in seinem bisherigen Leben selten so gelangweilt wie im winterlichen Graz. Gewohnt, auf dem Schlachtfeld rasche Entscheidungen zu treffen, war er die Gespräche mit König Friedrich und dessen Vertrauten, in denen jedes Für und Wider stets aufs Neue durchgekaut wurde, bald herzlich leid.
Friedrich machte sich über alles Gedanken, am meisten über seinen Bruder Albrecht, dem er an dem einen Tag Strenge androhte, um am nächsten Tag versöhnlich über ihn zu sprechen. Gleichzeitig belastete ihn die Lage in Böhmen, dessen Reichtümer ihm an allen Ecken und Enden fehlten. Derzeit waren das Gold und all die Güter, die er aus diesem Land hätte ziehen können, so fern für ihn wie die Sterne, und er musste hoffen, dass Georg von Podiebrad ihn nicht im Namen der böhmischen Stände offen bekriegte, weil er ihnen die Herausgabe des kleinen Ladislaus verwehrte. Er wollte seinen Verwandten jedoch selbst erziehen und ihn nicht fremden Menschen überlassen.
Auch richtete der König das Gespräch immer wieder auf die Lage in Ungarn, die von Woche zu Woche kritischer zu werden drohte, und suchte Rat, wie er gegen die Eidgenossen vorgehen sollte, die noch ein Jahrhundert früher treue Untertanen Habsburgs gewesen waren und nun ihr Gebiet Stück für Stück auf Kosten ihrer früheren Herren erweiterten.
Der Unwille, den Friedrich gegen die Eidgenossen hegte, ließ Eichenloh hoffen, der König werde ihn mit seinen Mannen an den Bodensee schicken, um eine der bedrohten Burgen zu sichern. Doch davon wollte Friedrich nichts wissen. Eichenloh war

ein angenehmer Gesprächspartner, auf den er während der kalten Wintermonate nicht verzichten wollte. Außerdem mochte es sein, dass er den Söldnerführer noch einmal an dieser Stelle brauchte.

Ein paarmal versuchte Eichenloh, die Unterhaltung so zu lenken, dass Trudis Anliegen zur Sprache kam, doch der König wich jedes Mal aus oder gab ihm den Rat, dafür zu sorgen, dass das Mädchen so oft wie möglich in der dem heiligen Martin geweihten Kapelle in der Nähe des oberen Tores betete und um die Unterstützung der Heiligen ansuchte.

Als Eichenloh an diesem Abend in die Kammer zurückkehrte, die er mit Hardwin von Steinsfeld teilte, warf er seinen Mantel, der in den zugigen Korridoren der Burg unabdingbar war, mit einem ärgerlichen Knurren auf sein Bett.

»Herr Friedrich sollte sich weniger auf die himmlischen Mächte verlassen als vielmehr auf seinen Verstand. Er müsste als Erstes Truppen sammeln und seinen Bruder zur Räson bringen. Danach würden auch die Böhmen und Ungarn kuschen.« Er schnaubte, füllte einen Becher mit Wein und stürzte diesen in einem Zug hinunter.

Hardwin schenkte sich ebenfalls ein, trank aber um einiges weniger hastig als Eichenloh. »Im Reich nennt man Friedrich einen Zauderer und traut ihm kaum etwas zu. Wie man munkelt, sollen sich die Kurfürsten für ihn entschieden haben, weil er einen ehrgeizigen Bruder hat, der die Machtgelüste des neuen Königs im Zaum hält. Während die beiden miteinander beschäftigt sind, heißt es, können die Großen des Reiches schalten und walten, wie sie es für richtig finden. Ich wäre mir da jedoch nicht so sicher. Friedrich mag zwar alles und jedes bedenken, doch gerade damit bereitet er sich auf alle Möglichkeiten vor und weiß genau, wie er reagieren muss.«

Eichenloh lachte bitter auf. »Wenn er wenigstens reagieren würde! Aber hier am Hof wird alles nur zerredet.«

»Du würdest anders reden, wenn Frühling wäre und du an der Spitze unserer Schar ins Feld ziehen könntest. Die kurzen Ausritte, die wir derzeit unternehmen können, passen dir nicht, vor allem, weil Trudi Adler es vorzieht, unsere Begleitung zu meiden.«

Sein Freund fuhr auf wie von der Tarantel gestochen. »Bist du völlig närrisch geworden? Was schert mich dieses boshafte und undankbare Ding? Wegen mir könnte König Friedrich sie an die Türken verkaufen!«

»Also beschäftigt sie dich doch! Sonst würdest du nicht so daherreden«, trumpfte Hardwin auf.

Junker Peter ballte die Fäuste, und für einige Augenblicke sah es so aus, als wolle er seinen Freund schlagen. Dann setzte er sich mit einer verächtlichen Handbewegung und goss sich den nächsten Becher ein.

Hardwin musterte ihn missbilligend. »Du solltest weniger trinken! Der Wein verschafft dir zuerst einen Hitzkopf, danach Kopfschmerzen und schließlich Übelkeit.«

»Das mag vielleicht dir so gehen, aber ich vertrage einiges mehr!«

Um seine Worte zu bekräftigen, trank er den Becher leer und wollte ihn wieder auf den Tisch stellen. Er verschätzte sich jedoch und setzte ihn so auf die Kante, dass das Gefäß vom Tisch kippte und auf den Boden fiel.

»Sei bloß froh, dass du in deinem Zustand nicht auch noch das Schwert ziehen musst. Du würdest wohl doppelt so viele Feinde sehen, als dir in Wirklichkeit gegenüberstehen.«

Auch wenn Hardwins Worte spöttisch klangen, war er doch ehrlich um seinen Anführer besorgt, denn bis zu diesem Aufenthalt hatte er ihn als beherrschten Menschen erlebt. Die erzwungene Untätigkeit aber machte Junker Peter reizbar, und die Gegenwart von Trudi Adler übte eine eigenartige Wirkung auf ihn aus. Eichenloh schien die Jungfer kaum zu beachten, doch wenn er sich unbeobachtet glaubte, starrte er sie an, als wolle er sie fressen.

Hardwin hatte den Auftritt der beiden in Fuchsheim miterlebt und auch gerüchteweise gehört, dass sie einige Zeit zuvor in Dettelbach heftig aneinandergeraten sein sollten. Was, fragte er sich, mochte in ihnen vorgehen? Zwar spielte er selbst mit dem Gedanken, Trudi zu seiner Gemahlin zu machen, um eine tatkräftige Frau auf seinen Besitz zu bringen, doch er hätte sie auch Junker Peter vergönnt. Aber so, wie die zwei zueinander standen, würden sie sich eher zerfleischen, statt gut zusammenzuhausen. Es war also wohl doch besser, wenn er selbst um sie warb. Schon vor ein paar Tagen, als König Friedrich von einer Heirat Trudis gesprochen hatte, war Hardwin kurz davor gewesen, sich als möglichen Bräutigam ins Spiel zu bringen. Vielleicht sollte er etwas energischer auf dieses Ziel hinarbeiten. Seine Gedanken verließen jedoch diesen Pfad wieder und wandten sich seinem Freund zu.

»Trudi hält dich immer noch für den Mörder ihres Vaters. Daher dürfte sie sich so schroff benehmen.«

Sein Versuch, bei Peter um Verständnis für das Mädchen zu werben, rief nur eine weitere abwertende Handbewegung hervor.

»Der Verstand müsste ihr sagen, dass ich es nicht gewesen sein kann. Hätte ich sonst versucht, Henneberg zu helfen?«

»Henneberg ist dein Freund. Trudi dürfte annehmen, du wolltest ihn nicht für eine Tat bestraft sehen, die du selbst begangen hast.«

Hardwins Vermutung war nicht von der Hand zu weisen, doch Eichenloh war zu verärgert und auch zu betrunken, um sie ernsthaft zu erwägen. »Sie ist ein boshaftes Geschöpf, das die größte Freude daran hat, andere Leute zu beschimpfen und zu beleidigen. Wäre sie meine Tochter, ich würde ihr jeden Tag das Fell gerben, bis sie um Gnade fleht.«

»Da würde dir eher der Arm abfallen. Trudi ist nämlich eine besonders harte Nuss. Die beißt sich eher die Zunge ab, als jemanden, den sie nicht mag, um Gnade zu bitten.« Hardwin

machte das Gespräch zunehmend Spaß. Er selbst kannte eine ganz andere Trudi, als Junker Peter sie darstellte. Sie mochte impulsiv sein, aber boshaft oder gar bösartig war sie gewiss nicht, sondern im Gegenteil sehr hilfsbereit, und wenn sie wollte, konnte sie auch liebenswürdig sein. Das brachte ihn auf einen anderen Gedanken.
»Eines ist eigenartig. Man sieht sie so selten. Ich bin ihr heute noch kein einziges Mal begegnet.«
»Ha! Das ist kein Wunder. Meist ist das Weibsbild in Gressingens Kammer zu finden! Der König hätte den Kerl längst auf eine andere Burg schaffen lassen sollen. Es tut dem Ruf des Mädchens nicht gut, wenn es andauernd bei ihm hockt.«
Das ist es also!, fuhr es Hardwin durch den Kopf. Sein Freund Eichenloh war eifersüchtig auf Gressingen. »Trudis Ruf wird durch die Anwesenheit ihrer Magd geschützt. In deren Gegenwart wird Gressingen sich kaum zu ungebührlichen Dingen hinreißen lassen. Uta mag ihn nicht und würde es dem Haushofmeister melden, wenn Junker Georg sich schlecht benähme. Was der König dazu sagen würde, kannst du dir denken.«
»Friedrich sollte Gressingen in den Kerker seiner elendsten Burg werfen lassen und das Mädchen zur Reinigung seiner Seele in das nächste Kloster stopfen.«
Peter klang sehr überzeugend, dachte Hardwin und ertappte sich dabei, dass er Gressingen ebenfalls eine schärfere Haft wünschte. Dabei war Junker Georg einmal sein Freund gewesen. Doch seit jenem Nachmittag im Fuchsheimer Wald waren seine Bewunderung und seine freundschaftlichen Gefühle für den anderen wie ausgelöscht. Mit dem Gedanken kehrte die Erinnerung an sein Beisammensein mit Bona zurück, die mit diesem unsäglichen Mertelsbach verheiratet war. Bei der Vorstellung, dass dieses wunderbare Mädchen nun die Umarmungen eines schmutzigen Greises ertragen musste, fühlte er sich beinahe ebenso elend wie sein Freund.

»Komm, trinken wir! Dann vergessen wir die Weiber«, stieß er seufzend aus und schenkte sich und Eichenloh nach.

3.

Das Fehlen einer Königin und des dazugehörigen Hofstaats machte es Trudi schwer, sich in Graz einzuleben. Friedrich zählte zwar fast dreißig Jahre, war aber immer noch unvermählt, und daher trafen nur selten weibliche Gäste ein. Bei den wenigen handelte es sich um die Ehefrauen von Würdenträgern, die das Mädchen aus Franken zwar neugierig musterten, aber die Burg zu schnell wieder verließen, als dass Trudi eine engere Bekanntschaft mit ihnen hätte schließen können. Daher fehlten ihr ein geneigtes Ohr, dem sie ihr Anliegen hätte mitteilen können, und ein Mund, der ihre Bitten an den König weitertragen konnte. Sie selbst bekam Friedrich nur noch selten zu Gesicht, und ihn anzusprechen, wurde ihr von den Höflingen und dem steifen Zeremoniell verwehrt. An manchen Tagen kämpfte sie mit dem Gefühl, der König habe sie längst vergessen oder ihr Begehr als lästig abgetan. Dann wieder klammerte sie sich an die Hoffnung, er würde ihre Sache noch immer überdenken und könne jeden Tag zu einer Entscheidung kommen, die ihr und ihrer Familie nützlich sei.

Ähnlich wie Eichenloh hatte sie zu viel Zeit zum Grübeln, aber sie suchte ihr Heil nicht im Wein, sondern in ihrer Liebe zu Gressingen. Ihm zu Gefallen sammelte sie alles Wissen über die Burg, die Menschen darin und den König selbst. Dabei wurde ihr klar, dass sie Gressingens Flucht nicht ohne die Hilfe ihrer Magd und ihres Knechts bewerkstelligen konnte. Allerdings musste sie zumindest bei Uta sehr geschickt vorgehen, denn diese würde sie wohl bei dem geringsten Verdacht verraten. Mit Lampert war das anders. Der Knecht hing mit all seiner Treue an ihr und nahm es ihr auch nicht übel, dass der Haushofmeister des Königs ihn nicht im Palas hatte dulden wollen, sondern zu den Stallknechten gesteckt hatte.

Gerade diese Anordnung konnte sich nun als Vorteil erweisen, dachte Trudi, als sie sich wieder einmal auf den Weg zu Gressingens Kammer machte.

Uta klebte wie ein Schatten an ihr, als sie den Raum betrat. Da sie nicht für den Junker nähen wollte, hatte sie sich etliche Laken geben lassen, die einer flinken Nadel und einer sicheren Hand bedurften.

Trotz ihrer Achtsamkeit bekam die Magd nicht mit, was der Junker und ihre Herrin ständig zu flüstern hatten. Kam sie näher, verstummten beide oder sprachen über unverfängliche Dinge.

Trudi, die Uta im Auge behielt, sah, wie die Magd einen hässlichen Riss entdeckte, die Zungenspitze zwischen die Lippen schob und ihre Nadel so zu führen versuchte, dass möglichst wenig von der Naht zu sehen sein würde. Schnell zupfte sie ihren Geliebten am Ärmel und legte ihren Kopf an seine Schulter. »Ich glaube, jetzt ist es mir möglich, Euch zur Flucht zu verhelfen.«

Gressingen spannte sich wie ein Bogen. »Je eher es geschieht, desto besser ist es!«

Nun erwartete er, Forderungen von ihr zu hören, und war bereit, Trudi für ihre Unterstützung alle Eide zu leisten, die sie von ihm verlangte. Wenn er seinen Auftrag erfolgreich ausgeführt hatte, würde der Prälat Pratzendorfer ihn von allen Banden befreien, die die Umstände ihm aufzwingen mochten.

»Lampert muss als Rossknecht im Stall arbeiten. Daher ist es ihm möglich, ein Pferd für Euch und meine Stute für mich zu satteln.«

»Ihr wollt mitkommen?« Gressingen schluckte, diese Entwicklung hatte er nicht vorausgesehen. Wenn Trudi ihn zu Herzog Albrecht begleitete und verkündete, sie habe ihn befreit, würde Friedrichs Bruder sie allein aus Dankbarkeit mit ihm verheiraten.

Er wollte Trudi sagen, dass er sie nicht mitnehmen könne, doch ihr Gesichtsausdruck warnte ihn. Sie war impulsiv und starrköpfig, und er durfte nicht riskieren, dass sie ihm wegen eines falschen Worts jede Hilfe versagte. Außerdem, sagte er sich, würde er verhindern können, dass es eine gemeinsame Flucht gab.

Scheinbar erfreut nickte er ihr zu. »Das ist eine gute Idee, meine Liebe! Gewiss wird Herzog Albrecht Euch die Unterstützung gewähren, auf die Ihr hier vergebens hofft! Doch jetzt erzählt mir bitte, wie Ihr Euch die Sache vorstellt.«

»Lampert wird dafür sorgen, dass die Pferde zu dem von uns gewünschten Zeitpunkt bereitstehen. Kurz zuvor werde ich Euch ein Schwert beschaffen, denn ich weiß jetzt, wo die Rüstkammer der Burg liegt. Sie wird nicht extra bewacht, und das macht es mir möglich, unauffällig an eine Waffe zu kommen. Dann gilt es nur noch, den Wachtposten vor Eurer Tür zu täuschen und zu überwältigen. Tötet ihn aber nicht, denn er ist ein freundlicher Mann.«

»Ihm wird nichts geschehen!« Gressingen lächelte innerlich über Trudis Naivität. Natürlich konnte er es nicht riskieren, den Wächter am Leben zu lassen. Nun musste er diese kleine Hurentochter dazu bringen, genau den richtigen Zeitpunkt abzupassen. »Ihr solltet zu Beginn jener Stunde zu mir kommen, in der der König sich zum Gebet in die Kapelle zurückzieht. Dann erhalten wir genug Vorsprung, um möglichen Verfolgern eine lange Nase drehen zu können.«

Trudi nickte eifrig. »Das ist eine gute Idee! Übrigens habe ich mir die Wege, die aus Graz hinausführen, bei meinen Ausritten in den letzten Tagen genau angesehen und werde Euch leiten können.«

Diese Aussage brachte Gressingen beinahe dazu, sie tatsächlich mitzunehmen. Da sie es jedoch niemals zulassen würde, dass er den König tötete, musste er seine Flucht allein antreten. Er atmete tief durch und streichelte Trudis Wange.

»Ihr seid ein mutiges Mädchen. Ich werde Euch das nie vergessen, solange ich lebe.«

»Ich liebe Euch«, flüsterte Trudi und wünschte sich, dieser Augenblick würde niemals vergehen.

Doch just zu dem Zeitpunkt war Uta mit ihrem Leintuch fertig und räusperte sich hörbar. »Es ist schon spät geworden, Jungfer. Wenn Ihr nicht noch mehr in Verruf geraten wollt, als es bereits geschehen ist, sollten wir die Kammer verlassen.«

Trudi zog ein langes Gesicht, tadelte Uta aber nicht, weil sie wusste, dass die Magd recht hatte. Hardwin von Steinsfeld hatte ihr bereits gesagt, dass ihre häufigen Besuche bei dem Gefangenen sie in ein schlechtes Licht setzen würden. Da sie so kurz vor der Befreiung kein Aufsehen mehr erregen wollte, erhob sie sich von ihrem Schemel und knickste mit einem schelmischen Gesichtsausdruck vor Gressingen.

»Ihr erlaubt, dass ich morgen und vielleicht auch übermorgen fernbleibe, denn ich habe noch andere Pflichten zu erledigen.«

»Ihr solltet endlich zusehen, dass der König Euch eine Audienz gewährt, sonst ist Eure Mutter verloren. Es wird nicht mehr lange dauern, bis der Fürstbischof seine Soldaten ausschickt!« Utas Mahnung war berechtigt, doch Trudi ging mit einer wegwerfenden Geste darüber hinweg. Friedrich III. hatte ihr bereits gezeigt, dass er weder willens noch in der Lage war, ihr beizustehen. Auch aus diesem Grund wollte sie mit Gressingen reiten, denn sie hoffte, bei Herzog Albrecht eher ein geneigtes Ohr zu finden.

»Obwohl ich mich hier wie ein Vogel im Käfig fühle, muss ich Eure Entscheidung akzeptieren.« Gressingen klang missmutig, aber er zwinkerte Trudi zu, um sie zu beruhigen. Sie würde Zeit brauchen, um die Flucht vorzubereiten, und er hoffte, dass sie umsichtig vorging und keinen Verdacht erregte.

»Gebt auf Eichenloh acht! Der Kerl könnte uns gefährlich werden«, flüsterte er Trudi noch zu, dann verbeugte er sich vor ihr und trat zum Fenster. Mit einem zufriedenen Schnauben stieß er die Läden auf und blickte auf die Stadt hinunter, die zu Füßen der Burg lag. Er hatte den Weg in die Freiheit in Gedanken schon oft zurückgelegt. Wenn er die Burg verlassen konnte, bevor Friedrichs Tod bemerkt wurde, brauchte er sich keine Sorgen mehr zu machen. Er hielt sich für einen ausgezeichneten Reiter und hatte während der Gespräche bei Tisch und in seinen Unterhaltungen mit Trudi genug erfahren, um zu wissen, wie er jeden Verfolger täuschen konnte.

4.

Es fiel Trudi nicht leicht, ihre Vorbereitungen unbemerkt zu treffen, denn Eichenloh schien die Gabe zu besitzen, in ihrem Gesicht zu lesen. Als sie bei der Abendmahlzeit durch einen eifrigen Zeremonienmeister das erste Mal seit langem wieder an seine Seite geführt wurde, zog er die Stirn in Falten.
»Ihr seht aus, als würdet Ihr irgendeine Teufelei aushecken!«
»Welch freundliche Begrüßung für eine schutzlose Waise! So spricht wohl nur ein großer Held!« Trudi flüchtete sich in Spott, obwohl sich sofort ihr Gewissen meldete und sie daran erinnerte, dass Eichenloh sie gerettet und zum König gebracht hatte. Schnell wappnete sie sich mit Trotz. Wenn ihre Flucht mit Gressingen gelingen sollte, durfte sie sich durch nichts beirren lassen.
Nun ärgerte Eichenloh sich, dass er seinen Einfluss geltend gemacht hatte, um Trudi wieder in die Nähe des Königs zu plazieren. An dieser Stelle war es ihr möglich, Friedrich noch einmal auf die schwierige Lage ihrer Mutter anzusprechen. Doch wie es aussah, schien das Mädchen nicht einmal zu begreifen, welche Gelegenheit sich ihr bot. Seine Laune sank noch mehr, als der König erschien und seine Gäste leutselig grüßte. Trudis Knicks

war gerade noch höflich zu nennen, und sie blieb, als der König sie kurz ansprach, so stumm wie ein Fisch.

Daher wandte Friedrich sich Eichenloh zu. »Ich habe Nachricht aus Franken erhalten. Graf Magnus von Henneberg bittet mich, seinen Bruder freizugeben, und ist bereit, zu schwören, dass weder er noch Graf Otto jemals wieder das Schwert gegen mich erheben werden.«

»Dabei hat der junge Henneberger sein Schwert nicht einmal gegen Euch erheben können, da er gemeinsam mit Gressingen im Schlaf überrascht worden ist.« Eichenlohs Stimme klang für Spott etwas zu kratzig, doch der König schien es nicht zu bemerken.

»Ich werde ihn wohl freigeben. Die Henneberger sind in Franken begütert, und Graf Magnus schrieb, sein Bruder habe die Aussicht auf neuen Besitz.«

Bei diesen Worten ruckte Trudis Kopf herum. Sie wusste nicht zu sagen, weshalb, doch sie war sicher, dass es sich dabei um Kibitzstein handelte. Bei dem Gedanken spürte sie bittere Galle im Mund. Da etwas in ihr nicht mehr glauben mochte, dass Eichenloh ihren Vater umgebracht hatte, sah sie in Otto von Henneberg nun den möglichen Mörder. Aus diesem Grund hatte sie seine Gegenwart gemieden und war auch nicht auf seine Versuche eingegangen, ein Gespräch mit ihr zu beginnen. Wütend wollte sie ihn ungeachtet der Anwesenheit des Königs zur Rede stellen, doch bevor sie ein Wort sagen konnte, setzte Friedrich seine Rede fort.

»Henneberg werde ich freilassen, aber bei Herrn von Gressingen habe ich meine Zweifel. Er ist ein landloser Ritter, der sein Schwert an den verkauft, der ihm am meisten dafür bietet.«

»Wenn dies ein Stich gegen mich sein sollte, so habt Ihr getroffen!« Es war nicht gerade höflich von Eichenloh, dem König ins Wort zu fallen, denn das konnte ihn Friedrichs Gunst kosten.

Der König lachte jedoch nur leise auf. »Ihr pflegt das Bild eines rauhen Söldners mit großer Sorgfalt, dabei weiß ich, dass Ihr Euch mindestens zweimal geweigert habt, für Männer zu streiten, die einen anderen gegen jedes Recht und Gesetz bedroht haben. Beide Male habt Ihr Euch der anderen Seite angeschlossen und dieser trotz schlechter Vorbedingungen zum Sieg verholfen. Nein, Eichenloh, auf Euer Wort würde ich eine Burg bauen lassen – und sie würde nicht zusammenfallen. Von Gressingen sind mir jedoch Dinge zugetragen worden, die mir nicht gefallen.« Für Augenblicke ballte der König die Faust und hätte damit beinahe auf die Tischplatte geschlagen. Er tat es dann doch nicht, sondern blickte Eichenloh nachdenklich an.

»In Würzburg besitzt derzeit ein Mann großen Einfluss, von dem Herr Gottfried Schenk zu Limpurg sich besser trennen sollte. Ich nehme an, dass dieser Mann nicht ganz unschuldig daran ist, dass Otto von Henneberg und Georg von Gressingen den Weg hierher angetreten haben.«

Eichenloh rieb sich über die Augenbrauen. »Ihr meint Pratzendorfer! Mit dem habe ich auch noch ein Huhn zu rupfen. Der Kerl hat sich auf Fuchsheim alle Mühe gegeben, mich als Michel Adlers Mörder hinzustellen. Dabei habe ich nur versucht, zu Otto von Hennebergs Gunsten einzugreifen. Der wäre in seinem volltrunkenen Zustand nun wirklich kein Gegner für einen Mann wie den Herrn auf Kibitzstein gewesen.«

»Auf jeden Fall schürt der Mann geschickt die dort schwelenden Fehden und macht sich dabei den Ehrgeiz des Würzburger Bischofs zunutze. Pratzendorfer ist gefährlich – und ganz bestimmt nicht mein Freund.« Friedrichs Tonfall klang so gleichmütig, als rede er über das Wetter, doch seine Miene war besorgt.

Franken war zwar ein ganzes Stück weg von Graz, doch Veränderungen im dortigen Machtgefüge würden sich auch im Rest des Reiches bemerkbar machen und möglicherweise den Auftakt zu einer Reihe kleinerer Kriege bilden. Wenn der Würzburger mit schlechtem Beispiel voranging und Erfolg hatte, würden auch andere aufstrebende Landesherren versuchen, ihre kleineren Nachbarn zu unterwerfen.

»Pratzendorfer dürfte wohl auch hinter der Bedrohung der Reichsherrschaft Kibitzstein durch den Würzburger Bischof stecken!« Eichenloh wollte Trudi damit einen Ball zuwerfen, den sie nur noch auffangen musste. Doch anstatt zu reden, tat das Mädchen so, als ginge es dies alles nichts an.

Der König stieß ein bitteres Lachen aus. »Nach außen hin hält Pratzendorfer sich zwar aus dieser Sache heraus, doch ich bin mir sicher, dass er hinter Magnus von Henneberg steht. Es heißt, Graf Magnus strebe mit aller Macht danach, sich an Kibitzstein zu rächen, weil sein Bruder dort nicht nur sein schmuckes Aussehen verloren, sondern auch seinen Ruf beschädigt hat.« Ein kurzer Blick des Königs streifte Trudi, die mit gesenktem Kopf auf die Tischplatte starrte.

Spätestens in diesem Augenblick hätte sie begreifen können, dass dem König die Verhältnisse im Reich bei weitem nicht so gleichgültig waren, wie es den Anschein hatte, und dass er erstaunlich gut informiert war. Doch ihre Gedanken galten der geplanten Flucht und der Hoffnung, Hilfe von anderer Seite zu erhalten, statt auf diesen gekrönten Bedenkenträger zu setzen, wie Junker Georg ihn nannte.

Eichenloh ließ sich durch Friedrichs Haltung ebenfalls in die Irre führen und sah ihn empört an. »Ihr wisst, dass Magnus von Henneberg das Reichslehen Kibitzstein bedroht. Dennoch wollt Ihr seinen Bruder freilassen, so dass dieser ihm dabei helfen kann?«

Er klang so, als würde er seinen früheren Freund am liebsten in den tiefsten Kerker stecken, den es in Friedrichs Machtbereich gab.

Der König blickte ihn verwundert an, lächelte dann aber und lobte die gefüllten Wachteln, die eben aufgetischt worden waren.

Eichenloh verschmähte die Delikatesse und setzte zu einem weiteren Vorwurf an. Das mahnende Räuspern des Zeremonienmeisters aber brachte ihn dazu, den Mund zu halten, anstatt dem König ins Gesicht zu sagen, wie er über die Angelegenheit dachte.

Da Friedrich III. nun das Thema wechselte, kamen sie auch nicht wieder auf die Situation in Franken zu sprechen. Stattdessen warf Eichenloh Trudi wütende Blicke zu, weil sie die Gelegenheit nicht genutzt hatte. Aber sie behandelte ihn auch während des restlichen Mahles, als bestände er aus Luft.

5.

Gressingen nahm ebenfalls an dem Mahl teil, musste aber am untersten Ende der Tafel sitzen. Während er aß, stand einer der Wächter, die sich sonst vor seinem Zimmer ablösten, hinter ihm und ließ ihn nicht aus den Augen. Kaum hatte der König die Tafel aufgehoben, wurde Gressingen wieder in seine Kammer geführt. Als er hörte, wie draußen der Riegel vorgelegt wurde, wurde ihm mit erschreckender Deutlichkeit bewusst, wie sehr er von Trudis Hilfe abhängig war. Im Gegensatz zu Otto von Henneberg hatte er niemanden, der für ihn bürgte. Herzog Albrecht von Österreich musste ihn für einen Versager halten, und der Fürstbischof würde bestimmt keinen Finger rühren, um ihn auszulösen.

Sollte Trudi es nicht gelingen, ihm ein Schwert zu besorgen, würde er sie erwürgen, was auch immer danach mit ihm passierte. Das schwor er bei allen Heiligen. Je mehr der Tag sich neigte, umso unsicherer wurde Gressingen. Trudi war nur ein Mädchen und hatte weniger Verstand im Kopf als er im kleinen Finger. Daher konnte sie in seinen Augen nur scheitern. Seine Wut auf diese anhängliche Hurentochter wuchs bis ins Unerträgliche und raubte ihm sogar den Schlaf. Daher stand er die halbe Nacht am Fenster und trotzte der kalten Luft, die von draußen hereinpfiff. Unter ihm lag die Stadt wie ein schwarzer Kadaver, in dem nur hie und da ein Funken Leben aufglimmte, wenn ein nächtlicher Spaziergänger mit einer Fackel oder Lampe durch die Gassen eilte. Was hätte er nicht alles dafür gegeben, in der erbärmlichsten Kate dort unten schlafen zu können anstatt in dieser Kammer.

In den Wochen seiner Gefangenschaft hatte er tagtäglich überlegt, wie er den Wachtposten an der Tür überlisten könnte. Doch selbst wenn es ihm gelänge, den Mann zu überwältigen, seine Waffen an sich zu nehmen und seinen Auftrag auszuführen, würde er ohne Pferd ein leichtes Opfer seiner Verfolger werden. Und selbst mit Hilfe der kleinen Metze würde es alles andere als leicht sein. Er musste genau die Stunde abpassen, in der Friedrich in die Martinskapelle trat, um ungestört von anderen Menschen zu beten.

Nur dort hatte er die Möglichkeit, ihn zu töten und gleich darauf die Burg durch das obere Tor zu verlassen. Dafür aber musste ein gesatteltes Pferd bereitstehen. Je weiter die Zeit verstrich, umso stärker zweifelte er daran, dass dieses verliebte Dummchen alles richtig machte. Ein kleiner Fehler von ihr, und ihm würde weder das Attentat noch die Flucht gelingen.

Trudi fand ebenfalls keinen Schlaf, sondern ging immer wieder die einzelnen Schritte durch. Dabei musste sie auf jeden Fall eine Begegnung mit Eichenloh meiden, der sie immer wieder misstrauisch beäugte. Auch Hardwin von Steinsfeld durfte keinen Verdacht schöpfen, denn der würde sofort Eichenloh alarmieren.

Als sie sich am nächsten Morgen nach einem hastigen Frühstück aus Getreidebrei und Bier auf den Weg zum Stall machte, um mit Lampert zu reden, begegnete sie ausgerechnet dem Steinsfelder.

Hardwin vertrat ihr mit tadelnder Miene den Weg. »Du hättest gestern beim Mahl klüger sein und den König auf eure Probleme ansprechen sollen.«

»Wenn man jemanden trifft, sagt man erst einmal guten Morgen«, antwortete Trudi hochmütig.

»Meinetwegen. Ich wünsche dir einen guten Morgen! Aber trotzdem war es dumm von dir. Da sorgt Eichenloh dafür, dass du endlich wieder einmal in die Nähe des Königs gesetzt wirst, und du bleibst stumm wie ein Fisch. Das kann dir deine Mutter gewiss nicht danken!«

Hardwin mochte die Kibitzsteiner und hätte ihnen gewünscht, noch viele Generationen auf ihrer Burg leben zu können. Außerdem war ihm bewusst, dass der Fürstbischof nach einem Erfolg gegen diese reichsfreie Burg auch die anderen kleinen Herrschaften im Umkreis von Würzburg unterwerfen und dem Hochstift einverleiben würde. Damit war auch Steinsfeld in Gefahr.

»Pah, dieser König rührt doch keinen Finger für uns!« Mit diesen Worten schlüpfte Trudi an ihrem Jugendfreund vorbei und eilte die Treppe hinab. Zu ihrer Erleichterung folgte er ihr nicht, sondern stieg grummelnd nach oben. Am Tor zum Hof atmete Trudi noch einmal tief durch und trat dann ins Freie. Die Luft war nicht mehr so kalt wie noch am Tag zuvor, und sie glaubte einen Hauch Frühling darin zu spüren. Es wird wirklich höchste Zeit, fuhr es ihr durch den Kopf. Sie wusste zwar nicht, welche Möglichkeiten Herzog Albrecht von Österreich besaß, um ihrer Familie zu helfen, doch er würde sicher mehr tun können als der König, der sich kaum für die Nöte von Kibitzstein interessiert hatte.

Von dieser Hoffnung beseelt, eilte sie zu den Ställen. Die Knechte waren gerade dabei, auszumisten. Lampert kam mit der Forke in der Hand auf sie zu.

»Ihr wünscht, Herrin?« Trudi hatte ihn bislang kaum eingeweiht. Er wusste nicht mehr, als dass sie bald weiterreisen wolle.

Ihrem Gesichtsausdruck nach schien dieser Zeitpunkt kurz bevorzustehen. Lampert war deshalb nicht traurig, denn die einheimischen Knechte lasteten ihm stets die unangenehmsten Arbeiten auf.

»Komm mit! Ich muss irgendwo mit dir sprechen, wo uns niemand hören kann!«

Er wies auf Wirbelwind, die die Ankunft ihrer Herrin ebenfalls bemerkt hatte und nun ihren Hals reckte, weil sie hoffte, ein Rübenstück oder eine andere Leckerei zu bekommen. Da es auf das Ende des Winters zuging, leerten sich die Vorratskeller, und der Stallmeister ließ das Zusatzfutter für die Pferde sehr knapp bemessen.

Trudi bemerkte den sehnsüchtigen Blick ihrer Stute und bedauerte es, nichts bei sich zu haben. Da drückte Lampert ihr ein Stückchen Rübe in die Hand, das er selbst an die Stute hatte verfüttern wollen.

»Habt Ihr Befehle für mich?«, fragte er dabei beiläufig.

Trudi sah, dass sich die übrigen Knechte auf der gegenüberliegenden Seite befanden und offensichtlich nur daran dachten, bald mit ihrer Arbeit fertig zu werden.

Leise sagte sie: »Ich benötige heute Abend, kurz nach Sonnenuntergang, zwei gesattelte Pferde, zum einen Wirbelwind, zum Zweiten den schnellsten Hengst, der hier im Stall zu finden ist.«

Lampert begriff sofort. »Ihr wollt mit Gressingen fliehen!«

»Sei still! Oder willst du, dass jemand uns hört und die Flucht verhindert?«

»Nein, aber …« Der Knecht seufzte und wies mit dem Kinn auf einen kräftigen Braunen. »Es würde auffallen, wenn ich einen Hengst des Königs oder seines engeren Gefolges sattle. Also wird es Eichenlohs Gaul sein müssen. Er ist vielleicht nicht das schnellste, aber gewiss das ausdauerndste Schlachtross in diesem Stall.«

Im ersten Augenblick wollte Trudi ablehnen, um sich ihrem Lebensretter gegenüber nicht als undankbar zu erweisen. Dann aber dachte sie daran, wie oft sie sich über Eichenloh geärgert hatte, und gönnte ihm diesen Streich. Sie kicherte bei dem Gedanken, wurde jedoch rasch wieder ernst und nickte Lampert zu.

»Tu das! Sieh aber zu, dass man dich nicht verdächtigt, uns geholfen zu haben. Du und Uta, ihr kommt nach. Ihr findet uns entweder in Linz oder in Innsbruck. Den Weg dorthin werdet ihr schon finden. Hier, das Geld ist für euch. Es wird hoffentlich reichen.« Trudi drückte Lampert den Beutel mit ihren restlichen Münzen in die Hand und lächelte ihm aufmunternd zu.

»Keine Sorge, es wird schon alles gutgehen. Ich muss mich allerdings auf dich verlassen können.«

»Das könnt Ihr, Herrin!« Lampert hätte sich lieber den Arm abschlagen lassen, als Trudi zu enttäuschen. Seine Gedanken rasten jedoch. In seinen Augen war es naiv, zu denken, man würde ihn nicht mit Trudis und Gressingens Flucht in Verbindung bringen. Eichenloh würde die richtigen Schlüsse ziehen, ihn verhaften und verhören lassen. So verwegen, zu glauben, er könne der Folter widerstehen, war Lampert nicht. Doch wenn er eingesperrt oder gar hingerichtet würde, hatte Uta niemanden mehr, der sich um sie kümmern konnte. Die Magd mochte ein schwatzhaftes Ding sein, und er ärgerte sich immer wieder über sie, dennoch hatte sie es nicht verdient, allein in der Fremde zurückgelassen zu werden. Daher würde er, wenn die Stallarbeit getan war und die Knechte beim Essen saßen, vier Pferde satteln, zwei für die Herrin und Gressingen sowie die beiden, auf denen Uta und er hierhergeritten waren. Zwar würden die beiden Gäule nicht mit den anderen mithalten können, aber wenn er es geschickt anfing, würden auch Uta und er den Verfolgern entgehen.

Lampert nickte noch einmal, als müsse er seinen eigenen Entschluss bekräftigen. Trudi glaubte, alles gesagt zu haben, und klopfte ihm auf die Schulter. Dann drehte sie sich um und ging.

Der Knecht sah ihr nach und schüttelte den Kopf. Diese Flucht war ein ebenso verrückter Gedanke von seiner Herrin wie die Reise hierher. Doch er hatte keine andere Wahl, als ihr zu gehorchen und schlimmstenfalls mit ihr zusammen bis zu den Pforten der Hölle zu reisen. Blieb er hier zurück, würde er, falls man ihn überhaupt in der Burg duldete, weiterhin so ein Hundeleben führen wie in den letzten Wochen.

Wie zur Bestätigung seiner Überlegung kam einer der Untergebenen des Stallmeisters auf ihn zu und blaffte ihn an. »Mach, dass du an die Arbeit kommst! Es reicht, dass wir eure Gäule umsonst durchfüttern müssen! Weitere nutzlose Fresser werden hier nicht geduldet.«

Diese Beleidigung ließ Lampert den Abend herbeisehnen. Bis dahin aber hatte er noch einiges zu tun. Trudi würde Uta gewiss nicht ins Vertrauen ziehen. Also musste er die Magd suchen und auf ihre Flucht vorbereiten.

Es dauerte noch einige Stunden, bis Lampert seine Arbeit getan hatte, denn die einheimischen Knechte nützten ihn aus, wo sie nur konnten, und hetzten ihn von einem Ende des Stalles zum anderen. Deswegen kam er zu spät zum Essen, und kaum hatte er seinen Löffel in den Eintopf getaucht, sprach der oberste Stallknecht ihn an.

»Trödle nicht! Die fünf Pferde, die heute beschlagen werden sollen, müssen zum Schmied geführt werden!«

Lampert nickte nur und schlang den Inhalt seines Napfes in sich hinein. Doch er kehrte nicht sofort in den Stall zurück, sondern betrat den Palas und suchte Trudis Kammer auf. Er hoffte, seine Herrin würde um diese Zeit beim Mahl sitzen, und trat ein. Die Kammer war klein und schlicht eingerichtet. Außer einem schmalen Bett für seine Herrin gab es nur einen quer davorliegenden Strohsack für Uta, eine alte Truhe und einen Tisch, auf dem eine Schüssel und ein Krug mit Wasser standen. Einen Stuhl suchte er vergebens. Lampert begriff schnell, dass nicht die Wirtschafterin der Burg an diesem Mangel schuld war, sondern Trudi selbst, die die Sitzgelegenheiten in Gressingens Kammer hatte schaffen lassen.

Uta hatte die Abwesenheit ihrer Herrin zu einem kleinen Schläfchen genutzt und schnarchte leise. Für einen Augenblick sah Lampert auf sie hinab und musterte sie nachdenklich. Obwohl ihre Lippen schmerzlich zuckten und sie sogar einmal leise stöhnte, sah sie so lieblich aus, dass er sich am liebsten neben sie gesetzt und sie still betrachtet hätte. Er benötigte sie jedoch in wachem Zustand. Daher beugte er sich über sie und rüttelte sie. Uta stieß einen erschreckten Ruf aus und rollte sich zusammen. Dann begriff sie, dass kein Frodewin von Stammberg sie geweckt hatte, um sie erneut zu quälen.

»Ach, du bist es! Was willst du?« Ihre Stimme klang unfreundlich, aber dennoch so, als sei sie erleichtert, aus ihrem Alptraum erwacht zu sein.

»Ich muss dir etwas sagen. Komm heute Abend, wenn es dunkel wird, zu mir in den Stall. Zieh dich aber gut an, denn es kann in der Nacht noch kalt werden.«

»Was soll ich in der Nacht bei dir? Willst du vielleicht deinen Bauch an dem meinen reiben? Danke, davon habe ich genug.«

Lampert sah sie an und stellte fest, dass er wirklich nichts gegen ein zärtliches Stündchen mit der Magd gehabt hätte. Doch es war keine gute Zeit, an so etwas zu denken.

»Aber doch nicht dafür!«, winkte er scheinbar verächtlich ab. »Ich muss mit dir heute Abend über die Herrin sprechen. Es ist wichtig, verstehst du?«

»Das wird wohl etwas Gescheites sein«, spottete Uta herausfordernd und strich ihr Kleid glatt.

Lampert antwortete ihr nicht, sondern hoffte, dass die Neugier sie dazu bringen würde, rechtzeitig zu kommen, und verließ die Kammer wieder. Das, was er an Vorbereitung für eine erfolgreiche Flucht hatte tun können, war geschehen.

6.

Anders als Lampert schlug Trudi sich mit tausend Zweifeln herum. Sie wagte es nicht einmal mehr, mit irgendjemandem zu reden, denn sie fürchtete, sich durch Gesten oder ihren Gesichtsausdruck zu verraten. Da sie aber auch nicht die ganze Zeit in ihrer Kammer sitzen wollte, suchte sie die Burgkapelle auf, nahm in einer dunklen Ecke Platz und begann leise zu beten. Sie flehte die Heilige Jungfrau an, ihr und Gressingen während der nächsten Stunden und Tage beizustehen, und bat sie auch, sich ihrer Mutter, ihrer Geschwister und aller Bewohner von Kibitzstein und den dazugehörigen Dörfern anzunehmen.

Als die Mittagsglocke erklang, verließ sie die Kapelle und eilte in den Saal, in dem das Essen aufgetragen wurde. Sie übersah dabei geflissentlich Hardwins aufforderndes Winken und setzte sich unter den verwunderten Blicken des Haushofmeisters zu einigen ihr unbekannten Gästen an das entgegengesetzte Ende der Tafel. An diesem Tag hätte man ihr Schuhleder oder Kleister vorsetzen können, sie hätte es nicht bemerkt. Ihre Nerven waren bis zum Äußersten angespannt, und sie ging wieder und wieder die Schritte durch, die noch vor ihr lagen. Dabei war es ihr, als seien die noch zu überwindenden Probleme viel zu groß, als dass sie sie würde bewältigen können.

Da sie auf Fragen nur einsilbig oder gar nicht antwortete, gaben ihre Tischnachbarn es bald auf, sie anzusprechen, und unterhielten sich mit anderen Gästen. Es schien eine Ewigkeit zu dauern, bis der König die Tafel aufhob, und als das erlösende Wort erklang, sprang sie auf und ging gerade langsam genug zur Tür hinaus, dass ihre Erregung, wie sie hoffte, niemandem auffiel. Draußen begann sie zu rennen.

Als sie in ihre Kammer zurückkehrte, schien es, als habe ihre eigene Unruhe die Magd angesteckt, denn diese fragte sogar, was sie für ihre Herrin tun könne. »Geh zur Wirtschafterin und bitte sie um einen Auftrag für diesen Nachmittag. Wir wollen Speis und Trank ja schließlich nicht ganz umsonst erhalten!«, sagte sie, um Uta loszuwerden.

Sofort quälte sie ein schlechtes Gewissen, weil sie ihre Magd ohne Erklärung zurücklassen musste, und es war kein großer Trost für sie, dass Lampert sich um sie kümmern würde.

Uta zog eine Schnute und blickte demonstrativ auf ihre zerstochenen Fingerkuppen. In den letzten Wochen hatte sie mehr Leintücher und andere Wäsche genäht als in all den Jahren auf Kibitzstein und war von der Wirtschafterin sogar für ihre sorgfältige Arbeit gelobt worden. Ihre Bereitschaft, noch mehr zu tun, war denkbar gering. Aber ein Blick auf das verschlossene Gesicht ihrer Herrin verriet ihr, dass Widerspruch ihr nur Ärger eintragen würde. Nun fühlte sie sich schlecht behandelt, denn das Essen, für das sie arbeiten sollte, kam nicht ihr zugute. Auf das Ende des Winters zu gab es für das Gesinde tagein, tagaus nur noch einen fad schmeckenden Eintopf, und satt wurden nur noch die, die an der Tafel des Königs speisen durften. Aber da Gott es so eingerichtet hatte, dass Trudi ihre Gebieterin war und sie nur eine Magd, schlurfte sie zur Tür.

Dort drehte sie sich noch einmal um. »Braucht Ihr mich heute wirklich nicht mehr? Dann wollt Ihr auch Gressingen nicht mehr aufsuchen. Das ist klug von Euch! Die Leute tuscheln nämlich schon, und der König helfe Euch deshalb nicht, so heißt es, weil Ihr Euch mit seinem Gefangenen abgebt.«

»Nein, heute gehe ich nicht zu Gressingen.« Trudi betonte das Wort »heute«, als wolle sie Uta für ihre Worte tadeln, merkte aber, dass ihre Wangen rot wurden. Sie war nicht gewohnt zu lügen, doch nun musste sie es tun, um den Mann zu retten, den sie liebte.

Hoffentlich vergisst er nicht, wie viel ich für ihn riskiere, fuhr es ihr durch den Kopf. Sofort schämte sie sich dafür, Junker Georg schlechte Absichten zu unterstellen. Sie presste die Hände auf die Wangen, um ihre Erregung zu verbergen, und befahl Uta zu verschwinden.

Kaum hatte die Magd die Tür hinter sich ins Schloss gezogen, warf Trudi sich aufs Bett, verkrallte sich in das Laken und begann zu weinen. Die Anspannung war einfach zu viel für sie, und sie sehnte sich nach einem Menschen wie ihre Patentante Hiltrud oder Alika, mit dem sie über all das hätte reden können, was ihr schier das Herz abdrückte. Hier in der Fremde fühlte sie sich so allein wie nie zuvor, und es gab wirklich nur Junker Georg, dem an ihrem Wohlergehen lag. Er war der Mann, dem sie ihre Jungfernschaft geopfert hatte, und ihm würde sie treu bleiben, bis der Tod sie schied.

Trudi versuchte sich vorzustellen, wie glücklich sie mit Georg von Gressingen sein würde, doch statt schöner Bilder stiegen Zweifel in ihr hoch. Der Junker hatte ihr im Fuchsheimer Wald geschworen, umgehend um sie zu werben, und hatte es doch nicht getan. Es gab natürlich Gründe, die ihn daran gehindert hatten. Allerdings wäre ihr ein offenes Wort lieber gewesen als all die Monate, die sie in Angst und Unsicherheit verbracht hatte. Auch jetzt war er wieder rasch bei der Hand mit seinen Schwüren, und sie wollte ihm glauben. Aber der Glanz des strahlenden Helden, den sie all die Zeit in ihm gesehen hatte, war wie ein Schleier von ihm abgezogen worden, und darunter kam nun ein ganz gewöhnlicher Mann zum Vorschein.

Als ihr dann durch den Kopf schoss, dass ihr Vater an Junker Georgs Stelle sich durch nichts hätte hindern lassen, zu ihr zu reiten, um mit ihr und ihren Eltern zu sprechen, zuckte sie zusammen und versuchte, all ihre Zweifel weit weg zu schieben. Stattdessen aber sagte eine Stimme höhnisch in ihr, dass selbst Peter von Eichenloh ein Mädchen, das er liebte, nicht hätte warten lassen. Nicht einmal Hardwin hätte das getan, obwohl er von den Nachbarn als charakterloses Muttersöhnchen angesehen wurde.

An dieser Stelle zwang sie sich, ihre Gedanken auf die geplante Flucht zu richten. Sie hatte Georg von Gressingen versprochen, ihm zur Freiheit zu verhelfen, und das würde sie tun. Mit einem Ruck richtete sie sich auf, wischte sich die Tränen mit dem Bettlaken ab und holte tief Luft. Wenn die Flucht gelingen sollte, wurde es Zeit, zu handeln. Ein weiteres Mal würde es Lampert wohl kaum gelingen, unauffällig die Pferde zu satteln.

Sie raffte ihren Umhang an sich, den Uta fein säuberlich auf die Truhe gelegt hatte, warf ihn über die Schulter und ging hinab zum Hauptportal, als wolle sie ein wenig frische Luft schnappen. Dann kehrte sie auf einem anderen Weg in den Palas zurück und blieb schließlich vor einer Tür stehen, die mit schweren Riegeln verschlossen war. Es gab auch noch ein großes, eisernes Schloss, dessen Bügel in den Ösen hing, die es verschließen sollte. Aber zu ihrem Glück war dieser nicht eingerastet.

Trudi versicherte sich, dass sich niemand in ihrer Nähe befand, und entfernte zuerst das Schloss. Es war höllisch schwer, und wäre es versperrt gewesen, hätte sie es auch mit dem darin steckenden Schlüssel nicht aufgebracht. Das sperrige Ding schien auch dem Rüstmeister und seinen Untergebenen Schwierigkeiten zu bereiten, sonst hätten sie die Tür so versperrt, wie es sich gehörte. Dieser Schlendrian bot Trudi die Gelegenheit, in die Kammer einzudringen. Auch kam ihr die Tatsache entgegen, dass die Riegel gut eingefettet waren und sich leicht und geräuschlos zurückziehen ließen.

Sie horchte kurz, ob jemand auf diesen Gang zukam, stemmte sich dann gegen die schwere Tür und schlüpfte hinein. Viel Zeit hatte sie nicht, das war ihr klar. Jeden Augenblick konnte jemand um die Ecke biegen und die offene Tür sehen. Daher suchte sie auch nicht lange, sondern nahm das vorderste Schwert aus der Halterung und verbarg es unter ihrem Umhang. Schneller als eine Maus auf der Flucht vor dem Besen der Köchin verließ sie die Rüstkammer, schob die Riegel vor und stemmte das schwere

Schloss hoch. Dabei entglitt ihr das Schwert und schlug scheppernd auf den steinernen Boden.

Trudi erschrak bis ins Mark und glaubte, sich verraten zu haben. Aber es klangen weder Rufe auf, noch erschollen Schritte, und sie vernahm auch sonst kein verräterisches Geräusch. Mit zitternden Händen hängte sie das Schloss an seinen Platz, raffte das Schwert an sich und eilte, so schnell sie es vermochte, auf dem gleichen Weg zurück.

Sie gelangte ungesehen in ihre Kammer und wagte erst dort wieder richtig Luft zu holen. Als Erstes versteckte sie das Schwert unter ihrer Matratze. Dann zog sie sich bis auf ihr Hemd aus, obwohl es in der Kammer lausig kalt war, suchte praktischere Kleidung für die Flucht heraus und kleidete sich sorgfältig an. Da sie bis zur Dämmerung nichts weiter tun konnte als warten, legte sie sich auf das Bett und zog das Laken bis zum Kinn hoch.

Trotz aller Aufregung schlief sie ein, und als sie erwachte, war es bereits dunkel. In dem Glauben, sie habe den richtigen Zeitpunkt verpasst, sprang sie auf und starrte aus dem Fenster. Unten im Hof eilten gerade die Knechte zu dem Raum, in dem sie das Essen erhielten. Nun erinnerte sie sich, im Aufwachen den Klang der Essensglocke gehört zu haben, und schlug erleichtert das Kreuz.

Sie war gerade noch rechtzeitig aufgewacht, um ihren Plan in die Tat umsetzen zu können. Zu dieser Zeit versammelten sich die Herrschaften um den König zum Abendessen, und das Gesinde, welches nicht zur Bedienung gebraucht wurde, bekam ebenfalls sein Nachtmahl. Uta würde wohl ebenfalls in der Gesindeküche sein. Darüber war Trudi froh, denn sie zog es vor, ohne Abschied von ihrer Magd zu scheiden, um sich nicht von ihren Gefühlen überwältigen zu lassen. Sie holte das Schwert unter der Matratze hervor, steckte es unter ihren Umhang und verließ vorsichtig das Zimmer, das ihr den größten Teil des Winters Obdach geboten hatte.

Das Glück blieb ihr auch weiterhin treu, denn auf dem Weg zu Junker Georgs Kammer begegnete sie keinem Menschen. Da er sein Gefängnis zu den Mahlzeiten verlassen durfte und dabei von dem Wachtposten begleitet wurde, war kein Riegel vorgelegt. Trudi trat ein und zog die Tür hinter sich zu. Im Raum war es so dunkel, dass sie die Hand nicht vor Augen sehen konnte, und für ein paar Augenblicke fühlte sie sich wie in einer Gruft. Schnell vertrieb sie diesen unpassenden Vergleich, tastete sich zu dem in der Ecke stehenden Hocker und ließ sich darauf nieder, um auf die Rückkehr ihres Geliebten zu warten.

7.

Schritte auf dem Gang ließen Trudi hochschrecken. Sie drückte sich in die Ecke hinter der Tür, um nicht gesehen zu werden, falls der Wachtposten den Kopf hereinstrecken würde. Sie sah jedoch nur Gressingen mit einer Unschlittlampe in der Hand eintreten.

Er drehte sich zu dem Wächter um, so dass dieser die Tür nicht hinter ihm schließen konnte. »Wenn du mir noch einen Krug Wein besorgen könntest, wäre ich dir sehr dankbar.«

»Ich darf meinen Posten nicht verlassen«, antwortete der Mann. Gressingen lachte auf. »Bei Gott, du schiebst doch die beiden Riegel vor! Außerdem bist du ja gleich wieder zurück.«

Der Wächter nickte und wartete, bis Gressingen weit genug zurückgetreten war. Dann zog er die Tür zu und verriegelte sie. Einen Augenblick später vernahm Trudi, wie sich die Schritte des Mannes in der Ferne verloren.

»Na, wie habe ich das gemacht? Jetzt muss der Kerl nur noch hereinkommen, dann kann ich ihn überwältigen.« Gressingen sah Trudi erwartungsvoll an. »Gib mir jetzt das Schwert! Stehen die Pferde bereit?«

»Das tun sie«, antwortete Trudi leise und schlug ihren Umhang auf, damit er das Schwert sehen konnte. Gressingen griff danach, zog es aus der Scheide und schwang es prüfend durch die Luft.
»Endlich! Du weißt gar nicht, wie sehr ich es vermisst habe, mein Schicksal wieder in die eigene Hand nehmen zu können.«
»Darüber bin ich auch sehr froh! Doch nun solltet Ihr Euch wärmer anziehen, damit wir fliehen können, sobald der Wachtposten zurückgekommen ist.«
»Wir haben Zeit.« Gressingen sagte es, um Trudi zu beruhigen, die wie ein aufgescheuchtes Huhn vor der Tür hin und her lief. In Wirklichkeit fieberte er nicht weniger als sie der Rückkehr des Mannes entgegen. Schon bald würde der König die Kapelle betreten, um darin zu beten. Er musste vor Friedrich dort sein, sonst kam er nicht mehr an dessen Leibwächtern vorbei.
»Ich glaube, ich höre ihn!« Gressingen bedeutete Trudi, von der Tür wegzugehen, und hob das Schwert. Er sah dabei so grimmig aus, dass Trudi beinahe Angst vor ihm bekam.
»Bitte töte ihn nicht!« Die Wächter waren immer freundlich zu Trudi gewesen, daher wünschte sie diesem Mann nichts Böses. Gressingen achtete jedoch nicht auf sie, sondern wartete, bis der Mann klopfte. »Ich habe den Wein!«
»Dann bring ihn herein. Ich habe Durst!« Gressingens Stimme klang rauh, und er musste die Zunge mit Speichel anfeuchten, um reden zu können.
»Tretet zurück!« Der Wachtposten verstand sein Handwerk. Gressingen wollte ihm jedoch keine Gelegenheit geben, selbst sein Schwert ziehen zu können, und bedeutete Trudi, ein paar Schritte auf die Außenmauer zuzugehen, während er selbst bei der Tür blieb.
Trudi brauchte einen Augenblick, um zu begreifen, was er von ihr wollte. Dann aber ging sie mit festem Schritt zum Fenster und wartete dort auf das, was geschehen würde.

Da der Wachtposten glaubte, Gressingen hätte sich von der Tür zurückgezogen, öffnete er die Riegel und trat ein. Noch bevor er begriff, dass der Junker direkt neben der Tür auf ihn lauerte, traf dessen Waffe ihn mit voller Wucht. Er kam nicht einmal mehr dazu, einen Schrei auszustoßen, sondern war schon tot, als er auf dem Boden aufschlug.

Trudi starrte mit weit aufgerissenen Augen auf den gespaltenen Schädel des Mannes und glaubte zu fühlen, wie der Boden unter ihr schwankte. »Bei Gott, das wäre doch nicht nötig gewesen!«

»Nötig vielleicht nicht, aber sicherer.« Gressingen zerrte den Toten von der Tür weg und drehte sich dann zu Trudi um. Dieses Problem würde er sich nun ebenfalls mit einem schnellen Schwerthieb vom Hals schaffen.

Trudi sah das blutige, erhobene Schwert und nahm den verächtlichen, ja sogar angeekelten Ausdruck wahr, mit dem Gressingen auf sie herabschaute, und erkannte seine Absicht. Aber sie wollte nicht glauben, was sie sah. Sie musste in einem Alptraum gefangen sein! Es war doch nicht möglich, dass der Mann, der ihr immer wieder seine Liebe geschworen und sie noch vor der Ehe zur Frau gemacht hatte, sie umbringen wollte. Mit einem Mal durchschaute sie das Spiel, welches Gressingen mit ihr getrieben hatte.

Wie von selbst tastete sie mit der Rechten nach ihrem Dolch, mochte dies auch eine jämmerliche Waffe im Vergleich zu dem Schwert sein. »Was soll das bedeuten? Ich liebe dich doch!«

Gressingen lachte höhnisch auf. »Deine blinde Verliebtheit war mir sehr nützlich. Nun kann ich endlich das tun, für das man mich erwählt hat. Ich werde im Auftrag Herzog Albrechts den König töten und reichen Lohn dafür erhalten. Du dummes Ding hast mich nie interessiert! Es war nur deine Mitgift, die mich eine Weile gereizt hat.

Dein Vater, dieser Narr, hat noch versucht, mich zu einer Heirat mit dir zu zwingen, weil du dich mir im Fuchsheimer Wald hingegeben hast wie eine läufige Hündin. Das hat er mit seinem Leben bezahlt! Ja, schau nicht so dumm! Ich habe Michel Adler umgebracht, nicht die Schwachköpfe, die von Pratzendorfer angeklagt wurden!«

Seine Worte trafen Trudi wie Peitschenhiebe. Er war der Mörder ihres Vaters! Er hatte den kalten Stahl in dessen Herz gestoßen! Nicht Eichenloh oder Otto von Henneberg, die sie mit ihrem Hass verfolgt hatte, hatten ihr den liebsten Menschen genommen, den es für sie gegeben hatte. Nein, Gressingen war schuld an ihrem Elend und auch den ganzen Schwierigkeiten, mit denen ihre Mutter und ihre Geschwister sich nun herumschlagen mussten. Junker Georg war nicht nur ein Mörder, sondern auch ein abgefeimter Lügner und Heuchler. Voller Scham dachte sie daran, wie er sie umgarnt und im Fuchsheimer Wald benützt hatte wie eine wohlfeile Magd. Ihre Mutter, Lisa und alle anderen, die sie vor diesem Mann gewarnt hatten, waren im Recht gewesen. Aber sie hatte sich von ihm einwickeln lassen wie eine Fliege von der Spinne und ihn überdies gegen jedermann verteidigt. Nun würde sie den Lohn für ihre Dummheit erhalten. Stumm bat sie alle, die sie schwer enttäuscht hatte, um Verzeihung. Sie würde sterben, ohne das Geringste für Kibitzstein erreicht zu haben, und bereitete ihren Lieben noch zusätzlichen Kummer.

Während Gressingen seinen Triumph auskostete, wunderte Trudi sich, wieso alle ihre Gedanken ihrer Familie galten. Es war, als habe ein Teil ihrer selbst schon lange gespürt, dass Gressingen dieser Liebe nicht wert war. Er war nichts als ein Feigling, der ihren Vater heimtückisch ermordet hatte, anstatt zu seinem Wort zu stehen. Hass wallte in ihr hoch wie eine alles überrollende Woge. Sie straffte ihre Schultern und schwor sich, bis zum letzten Atemzug zu kämpfen.

8.

Peter von Eichenloh strahlte eine so schlechte Laune aus, dass ein wütender Eber neben ihm wie ein Lamm gewirkt hätte. Sogar Quirin, der ihn viel länger kannte als Hardwin, konnte sich nicht erinnern, seinen Anführer jemals so zornig erlebt zu haben. Eichenlohs Gesicht sah zum Fürchten aus, und er knetete die Schachfiguren, die er gerade gegen Steinsfeld zog, als wolle er das Elfenbein in Teig verwandeln. Er hätte mit dem nächsten Zug seinen Gegner matt setzen können, stattdessen schleuderte er seine Dame gegen die Wand.

»Der Teufel soll die Weiber holen!«

»Alle oder ein ganz spezielles?«, stichelte Hardwin.

Peter von Eichenloh hieb so auf den Tisch, dass die übrigen Spielfiguren hochschnellten und durch den Raum flogen.

»Wegen mir alle! Aber eines ganz besonders!«

»Dabei hat sie dir doch heute gar keinen Schweinskopf nachgeworfen«, spöttelte Hardwin weiter und ließ sich im nächsten Augenblick nach hinten fallen, um Peters Fausthieb zu entgehen.

»Ich habe sie heute nicht bei der Abendtafel gesehen, und ihre Magd schnattert unten bei dem anderen Weibervolk herum. Sie war auch nicht in ihrer Kammer!« Junker Peters Anklagen klangen reichlich verworren, doch seine beiden Freunde begriffen, was er meinte.

»Also bist du in Trudis Zimmer gewesen, um nachzusehen, wo sie abgeblieben ist«, stellte Hardwin fest.

Eichenloh nickte. »Sie war nicht da; und ich habe sie auch nirgendwo anders getroffen. Wenn du mich fragst, hat sie sich während des Mahles in Gressingens Kammer geschlichen, um die Nacht mit ihm zu verbringen. Morgen, wenn Gressingen zum Frühstück geführt wird, schlüpft sie wieder hinaus und kehrt in ihre Kammer zurück, als wäre nichts geschehen. Ich kenne doch die Weiber! Schließlich habe ich es einem Weib zu verdanken, dass der Würzburger Bischof mich im Büßerhemd sehen will – und danach in seinem Kerker.«

»Nein, nein! Da verkennst du Trudi völlig! Sie ist keine Frau mit lockerer Moral, sondern ...«

»Ha!« Junker Peter riss die Tür auf, blieb aber stehen und durchbohrte Hardwin mit seinem Blick. »Ich werde dir beweisen, dass ich recht habe! Jetzt hole ich diese Metze aus Gressingens Kammer und bringe sie hierher, damit ihre Schande allen offenbar wird!«

Hardwin und Quirin hörten ihn den Gang hinunterstürmen und sahen einander kopfschüttelnd an.

»Herrgott im Himmel! Peter ist nicht mehr bei Sinnen!«, sagte Hardwin und wollte hinter seinem Anführer herlaufen.

Quirin hielt ihn zurück. »Lass ihn in Ruhe! Wenn er solch eine Laune hat, ist er unberechenbar. Ist das Mädchen bei Gressingen, kannst du ihr ohnehin nicht mehr helfen. Ist sie es nicht, wird er sich hoffentlich draußen im Freien austoben.«

Hardwins Blick irrte ein paar Atemzüge lang zwischen dem Söldner und der Tür hin und her. Dann nickte er und begann, die im Raum herumliegenden Schachfiguren aufzusammeln.

Unterdessen hatte Junker Peter den Korridor erreicht, in dem Gressingens Kammer lag, und ging unwillkürlich auf Zehenspitzen, um das Liebespaar nicht vorzuwarnen. Erst als er die Tür fast erreicht hatte, fiel ihm auf, dass der Posten vor dem Zimmer fehlte. Das musste nichts heißen, denn der Mann konnte zum Abtritt gegangen sein. Nur wären in dem Fall die Riegel vorgeschoben gewesen. Aber die Tür war nur angelehnt, und Gressingens Stimme drang heraus. Sie troff vor Hohn.

Eichenloh verstand zwar nicht, was der Mann sagte, aber er war gewarnt und wollte sein Schwert ziehen. Das lag jedoch in seiner Kammer. Stattdessen lockerte er den Dolch und schob die Tür vorsichtig auf, um zu sehen, was sich in dem Raum abspielte. Als

Erstes entdeckte er den toten Wächter, dann Gressingen mit dem blutigen Schwert in der Hand und zuletzt Trudi. Ihre Miene verriet, dass sie vor Zorn kochte und gleichzeitig mit ihrem Leben abgeschlossen zu haben schien.

Gressingen stand mit dem Rücken zur Tür, bedrohte das Mädchen mit der Klinge und überschüttete es mit Schmähungen. Dann schwang er mit einem letzten Auflachen das Schwert. »Nun leb wohl, Metze!«

In dem Augenblick brüllte jemand hinter ihm: »Halt!«

Gressingen fuhr herum und sah Eichenloh mit dem Dolch auf sich zukommen. Aus dem Augenwinkel nahm er wahr, dass auch Trudi ihren Dolch zog, und handelte so, wie sein Ausbilder es ihm beigebracht hatte. Seine Klinge beschrieb einen Bogen, zwang Eichenloh, zurückzuweichen, und im gleichen Schwung führte er die Waffe gegen Trudi. Das Mädchen versuchte noch, sich zu ducken, doch das Schwert traf sie mit einem hässlichen Geräusch am Kopf. Blut schoss aus der Wunde und färbte ihr Haar rot.

Gressingen sah noch, wie sie zusammensank, und griff Eichenloh an. Sein Streich traf den Arm seines Gegners und prellte ihm den Dolch aus der Hand. Bevor Eichenloh danach greifen konnte, riss Gressingen die Waffe zurück und stieß sie ihm in den Leib.

Ohne einen Laut ging der Söldnerführer zu Boden und rührte sich nicht mehr.

Gressingen sah schwer atmend auf ihn herab, warf dann Trudi einen Blick zu und sah ihren Kopf in einer Blutlache liegen. Die Sache war besser gelaufen, als er erwartet hatte. Nun war er nicht nur das Mädchen los, sondern auch den Söldnerführer, der sich als hartnäckiger Verfolger hätte erweisen können. Da die Zeit drängte, wischte er das Schwert am Bettlaken ab, steckte es in die Scheide und verließ eilig die Kammer. Draußen schob er noch die Riegel vor, damit niemand zu früh Verdacht schöpfte.

Da er an den Gottesdiensten hatte teilnehmen dürfen, kannte er den kürzesten Weg zur Kapelle und legte die Strecke im Laufschritt zurück. Das Glück blieb ihm treu, denn er traf auf keine Menschenseele, und als er das Gotteshaus erreichte, standen noch keine Wachen davor. Doch gerade, als er die Tür hinter sich schloss, vernahm er Kommandos und das Klirren von Waffen. Im Schein der einzelnen Kerze, die in einer Laterne über dem Altar brannte, hastete er durch den Innenraum, schlüpfte in die Sakristei, in der es so schwarz war wie in einer mondlosen Nacht. Erschöpft lehnte er sich hinter der Tür gegen die Wand, damit jemand, der kurz hereinblickte, ihn nicht gleich entdecken konnte.

Der König schien keine Eile zu haben, denn er blieb auf dem Gang stehen und sprach mit einem Begleiter. Das gab Gressingen die Zeit, sich um seinen Fluchtweg zu kümmern. Er tastete sich zur Außentür der Sakristei und zerrte an den Riegeln. Sie ließen sich nur schwer bewegen und verursachten ein schleifendes Geräusch, das ihm durch Mark und Bein ging. Er zuckte zusammen und lauschte. Doch es schien niemandem etwas aufgefallen zu sein. Als er probehalber die Klinke drückte, ließ die Tür sich öffnen.

Zufrieden zog er die Tür wieder ins Schloss und kehrte auf Zehenspitzen zu der Pforte zurück, die von der Sakristei in die Kapelle führte. In diesem Moment kam Friedrich herein und wandte sich dem Platz zu, auf dem er stets kniete, um zu beten. Gressingen wartete noch eine Weile, um zu sehen, ob eine der Leibwachen den Raum kontrollierte. Doch der König blieb allein.

Als Friedrichs Gebete jedes andere Geräusch übertönten, schlich er auf Zehenspitzen auf ihn zu und hob sein Schwert, um es in den Rücken des Königs zu bohren.

9.

Uta war sauer. Den ganzen Tag über hatte sie hart arbeiten müssen, ohne ein Wort des Dankes zu hören, und als sie in die Kammer ihrer Herrin trat, war diese einfach weggegangen. Die Magd tastete nach einem der Kienspäne, die in einer Nische lagen, und kehrte auf den Flur zurück, um ihn an einer brennenden Fackel zu entzünden. Als sie zurückkam, zeigte ihr ein prüfender Blick, dass Trudis Stiefel, ihre warme Kleidung und der Mantel fehlten, als habe sie einen Spaziergang oder einen Ausritt unternehmen wollen. Da dies für die späte Tageszeit ungewöhnlich war, zog Uta die Stirn kraus.

Im gleichen Augenblick erinnerte sie sich an Lampert, der sie aufgefordert hatte, etwa zu dieser Stunde zu ihm in den Stall zu kommen, und zwar so warm angezogen, wie es nur möglich war. Uta hielt sich selbst nicht für die Klügste, doch sie besaß genug Hausverstand, um eins und eins zusammenzuzählen. Lampert war nicht danach, mit ihr ein wenig durch die Nacht zu schlendern und die Sterne am Himmel zu zählen. Er hatte in Trudis Auftrag gehandelt, und das konnte nur eines bedeuten: Ihre verrückte Herrin wollte heimlich die Burg verlassen.

Uta verstand Trudis Entscheidung sogar. Schließlich hatte der König bisher noch nicht einmal angedeutet, dass er Kibitzstein helfen wollte. Dennoch hätte Trudi nach Utas Ansicht Herrn Friedrich offiziell um Abschied bitten und zu einer christlichen Zeit aufbrechen müssen.

Nun schoss ein Gedanke durch Utas Kopf, der sie erstarren ließ. Diese Heimlichkeit konnte nur eines bedeuten: Trudi wollte Georg von Gressingen befreien und mit ihm zusammen fliehen. Bei dem Gedanken, wegen dieses unangenehmen Menschen in die kalte Winternacht hineinreiten zu müssen, schauderte es Uta, und sie ballte die Fäuste. Das musste sie unter allen Umständen verhindern. Als sie die Kammer verließ, legte sie sich die Worte zurecht, mit der sie ihrer Herrin ins Gewissen reden wollte. Getrieben von Wut und einer wachsenden unerklärlichen Angst, rannte sie durch die von flackerndem Fackellicht erleuchteten Gänge, bis sie vor Gressingens Kammer stand.

Auf den ersten Blick schien alles in Ordnung zu sein, denn die Riegel waren zugeschoben. Allerdings fehlte der Posten vor der Tür, und das gefiel Uta gar nicht. Einen Augenblick scheute sie davor zurück, die Riegel zu lösen und einzutreten. Doch ein Stöhnen hinter der Tür ließ sie alle Bedenken vergessen. Rasch öffnete sie und streckte den Kopf hinein. Als Erstes sah sie den ermordeten Wachtposten und schrie auf, dann fiel ihr Blick auf ihre Herrin und Eichenloh.

Trudi kniete am Boden und schwankte. Noch immer lief ihr Blut über das Gesicht und blendete sie. Dennoch versuchte sie, zu Eichenloh hinüberzukriechen, der schmerzverkrümmt dalag und die Hände auf eine Wunde presste.

»Herrin! Was ist geschehen?« Uta schoss auf Trudi zu und fasste sie bei den Schultern.

»Gressingen wollte mich töten. Bei Gott, hätte er es doch getan!« Tränen rannen Trudi wie rote Perlen über die Wangen.

»Unsinn!« Es kostete Eichenloh Mühe, das Wort auszustoßen.

»Lasst Euch verbinden!«, rief Trudi, wischte sich über die Augen und versuchte, zu Eichenloh zu blicken.

»Ich muss den König warnen!« Junker Peter wollte aufstehen, sank aber mit einem Aufstöhnen wieder zurück. »Es geht nicht. Könnt Ihr laufen? Wenn ja, dann beeilt Euch. Gressingen hat gesagt, er wolle Friedrich umbringen. Warnt den König!«

Nach diesen Worten sank sein Kopf zur Erde, und er regte sich nicht mehr.

Trudi starrte ihn entsetzt an und kämpfte sich auf die Füße. »Versorge Eichenlohs Wunden!«, befahl sie Uta. »Ich muss zum König!«

»Das sollte besser ich …«, rief Uta ihr nach, brach aber mitten im Satz ab. Als einfache Magd würde sie nie in die Nähe des Königs gelangen, und man würde ihr wohl auch nicht glauben. Mit einem wütenden Schnauben, das sowohl dem Dickkopf ihrer Herrin wie auch der Situation galt, wandte sie sich dem Verwundeten zu.

»Ich werde Euch jetzt verbinden, Herr. Gebt mir aber nicht die Schuld, wenn Ihr trotzdem sterbt.« Uta kämpfte dabei mit den Tränen, denn sie hatte es Eichenloh nicht vergessen, dass er sie, Trudi und Lampert vor einem jämmerlichen Tod durch Erfrieren gerettet hatte.

10.

Trudi rannte so schnell, wie ihre Verletzung es zuließ, doch mit jedem Schritt wurde ihr Kopf klarer. Gleichzeitig wuchs ihre Verachtung für sich selbst. Wenn der König starb, war dies die nächste Schuld, die sie auf sich geladen hatte. So beladen würde sie zur Hölle fahren, ohne jegliche Hoffnung, am Tag des Jüngsten Gerichts ins Paradies aufgenommen zu werden.

Ihre Füße klatschten auf den Boden, und das Geräusch hallte von den Wänden wider. Trudi bemerkte die Leute kaum, die ihr verwundert nachstarrten, und nahm auch den Aufschrei der Frau kaum wahr, die ihr blutüberströmtes Gesicht direkt vor sich auftauchen sah. Nach einer schieren Ewigkeit erreichte sie den Korridor, der zur Kapelle führte, und bog in ihn ein. Die Leibwächter steckten gerade die Köpfe zusammen und unterhielten sich so leise, als hätten sie Angst, ihren Herrn beim Gebet zu stören.

Als Trudi auf sie zurannte, wandten sie sich ihr zu und wollten sie aufhalten. Doch das Blut, das Haare und Kleid getränkt hatte, schenkte ihr einen Augenblick der Überraschung. Sie tauchte unter den zugreifenden Händen hindurch und schlüpfte durch die angelehnte Tür in die Kapelle.

Sie sah den König vor dem kleinen Altar knien und Gressingen stoßbereit hinter ihm stehen. Den König jetzt noch zu warnen, war ebenso sinnlos, wie die Wachen zu rufen. Niemand würde die Mordtat mehr verhindern können.

Aber noch hatte Gressingen sie nicht bemerkt. Trudis Blick fiel auf eine unterarmlange Madonnenstatue, die nicht weit von ihr auf einem Podest stand, und sie erinnerte sich daran, wie Uta in der Höhlenburg den Schurken Hohenwiesen niedergeschlagen hatte. Wenn die Wächter ihr nicht sofort folgten und Gressingens Aufmerksamkeit auf sie richteten, mochte ihr Ähnliches gelingen.

Gressingen hatte kein Ohr für das leise Tappen hinter sich. Sein Herz schlug wie ein Hammer, und er wollte den König im ersten Impuls ansprechen, um dessen Gesicht im Angesicht des Todes zu sehen. Doch wenn Friedrich nach seinen Wachen rief, würden diese hereinkommen und ihn sofort verfolgen. Sein Blick suchte die Stelle, an der das Schwert den Lebensfaden des Königs so durchschneiden würde, dass Friedrich zu keinem Schrei mehr kam, und spannte seine Muskeln zum Stoß.

In dem Augenblick tauchte ein Schatten an seiner Seite auf. Er nahm noch ein rot verschmiertes Gesicht mit wild flackernden Augen wahr und rotfleckige Hände, die einen länglichen Gegenstand schwangen.

Trudi schlug mit all der Kraft zu, die ihr brennender Hass und unendlicher Zorn verliehen. Im selben Moment drehte der König sich um und sah den Mann hinter sich, dem das Schwert aus der erschlaffenden Hand fiel, und das blutüberströmte Mädchen, das eine Madonnenstatue fallen ließ.

Mittlerweile hatten auch die Leibwachen des Königs begriffen, dass die Gefahr nicht aus dem Palas kam, wie sie es beim Anblick der verwundeten Frau angenommen hatten, und stürzten mit Schwertern in den Händen in die Kapelle. Friedrich empfing sie mit versteinerter Miene. »Bevor ich die Kapelle betrete, werdet ihr in Zukunft nachsehen, ob sich jemand in der Sakristei befindet!«

Die Männer nickten beschämt. Einer von ihnen trat zu Gressingen hin und schüttelte verwirrt den Kopf. »Das ist doch der Gefangene. Wie konnte er aus seiner Kammer entkommen?«

»Das werden wir wohl alles erfahren. Einer soll jetzt meinen Arzt holen, damit er sich dieser mutigen Jungfrau annimmt. Ihr anderen schafft den Kerl da fort.«

»Soll der Arzt sich auch um ihn kümmern?«, fragte einer der Leibwächter.

Friedrich hob die Madonnenstatue auf, wog sie kurz in der Hand und stellte sie an ihren angestammten Platz. »Später vielleicht! Dem Mann dürfte wohl nicht mehr zu helfen sein. Die Statue besteht aus massiver Bronze. Damit dürfte Jungfer Trudi ihm den Schädel eingeschlagen haben.«

Erleichterung und eine gewisse rachsüchtige Zufriedenheit schwangen in der Stimme des Königs mit; sogar dann noch, als er niederkniete und Gott, Christus und der Heiligen Jungfrau dankte, dass sie ihm in dieser Stunde ihre Gunst nicht entzogen hatten.

Drei Wachen schleiften Gressingen wie ein totes Schwein hinaus, während der vierte Mann losrannte, um den Arzt zu holen und den Vertrauten des Königs zu berichten, was sich hier zugetragen hatte.

11.

Zwei Tage später wurde Gressingen unbetrauert in einem Winkel des Friedhofs verscharrt. Außer den beiden Knechten, die seinen Leichnam ins Grab warfen und Erde darüberschaufelten, war nur noch ein einfacher Priester anwesend, der aber nicht für die Seele des Toten betete, sondern Gott inbrünstig dafür dankte, den König errettet zu haben.

Lange Zeit sah es so aus, als müsste man auch für Trudi die letzte Ruhestätte vorbereiten. Sie lag mit hohem Fieber in tiefer Bewusstlosigkeit und warf sich oft wild umher, als würde sie von grausamen Alpträumen geplagt.

Im Gegensatz zu ihr erholte sich Junker Peter dank seiner kräftigen Natur recht schnell. Zwar kämpfte auch er gegen das Wundfieber, doch der Leibarzt des Königs verstand sein Handwerk. Daher entzündeten sich seine Verletzungen nicht, und nach Aussage des Arztes würde er seinen Schwertarm wieder gebrauchen können.

Trotz Utas aufopfernder Pflege verbesserte sich Trudis Befinden nicht. Eichenloh, der selbst noch in einem elenden Zustand war, ließ sich regelmäßig berichten, wie es um sie stand. Als Hardwin nach der düsteren Prophezeiung, man müsse sich wohl auf ihr Begräbnis einrichten, wieder nach seiner Laute griff, um seinem verletzten Freund und Anführer die Zeit mit ein paar Liedern zu vertreiben, fuhr Junker Peter auf und nannte Steinsfeld einen herzlosen Sack. Dann versuchte er, sich auf die Beine zu kämpfen.

Hardwin wollte ihn aufhalten. »Der Arzt sagt, du sollst liegen bleiben!«

Eichenloh schüttelte grimmig den Kopf. »Der Salbenschmierer kann sagen, was er will! Ich muss nach dem Mädchen sehen.«

»Warte noch ein paar Tage, bis dein Fieber gesunken ist«, bat Steinsfeld ihn.

»Nach deinen eigenen Worten ist sie bis dahin längst in die Ewigkeit eingegangen!«

Hardwin schnaubte unwillig, denn er wollte nicht auch noch den Freund verlieren. Gegen dessen Starrsinn war er jedoch machtlos. Junker Peter wankte zur Tür, vermochte sie aber mit der Linken nicht zu öffnen.

»Warte! Ich helfe dir!« Hardwin sprang auf und fing Eichenloh auf, der vor Schwäche einzuknicken drohte, und warf ihm einen Mantel über. »Gib aber nicht mir die Schuld, wenn du hinterher ebenso in die Grube fährst wie Gressingen!«, schimpfte er.
Dann stützte er seinen Freund und führte ihn zu Trudis Kammer. Obwohl Hardwin Junker Peter halb trug, strengte der kurze Weg den Verletzten so an, dass er sich schweißgebadet und mit kalkweißem Gesicht auf den Hocker fallen ließ, den Uta schnell räumte. Hardwin befürchtete bereits das Schlimmste und wollte den Arzt holen.
»Lass den Kerl, wo er ist! Besorge mir lieber einen Krug Wein«, sagte Junker Peter mit bemerkenswert kräftiger Stimme.
Hardwin wechselte einen kurzen Blick mit Uta, sah diese nicken und ging. Zunächst befahl er dem Kellermeister, den Krug halb zu füllen, entschied sich dann aber doch für einen ganzen Krug und forderte auf dem Rückweg eine Magd auf, zwei Becher in Trudis Kammer zu bringen.
Unterdessen sah Peter von Eichenloh auf die schmale, blasse Gestalt nieder, die zusammengerollt und mit verkrampften Gliedern auf dem Bett lag, und fühlte, wie die Verzweiflung in ihm wuchs. Er hätte Trudi nicht losschicken dürfen, um den König zu warnen. Doch Uta wäre wohl kaum an den Wachen vorbeigekommen, und wenn es ihr wider Erwarten doch gelungen wäre, hätte ihr die notwendige Kaltblütigkeit gefehlt, Friedrichs Leben zu retten.
Er spürte, wie seine Augen feucht wurden, und versuchte ungeschickt, die Tränen wegzuwischen. »Gibt es nicht doch eine Besserung?«, fragte er die Magd, die mit verbissenem Gesichtsausdruck neben ihm stand.
Uta stieß einen abgrundtiefen Seufzer aus und ballte die Fäuste. »Nein! Sie liegt heute genauso da wie gestern und vorgestern. Es ist, als hätte ihre Seele den Körper schon verlassen.«
Einen Augenblick später sah sie den Junker schwanken und hielt

ihn fest. »Stützt Euch lieber hier auf die Truhe. Sonst fallt Ihr noch um, und zum Aufheben seid Ihr mir wirklich zu schwer.«
Eichenloh presste stöhnend seine Linke auf die verletzte Seite, die mit einem Mal höllisch stach, und ließ sich wieder auf dem Hocker nieder.
Uta reichte ihm einen Becher, in dem sich mit Wasser vermischter Wein befand. »Trinkt! Ihr seht aus, als könntet Ihr mehr als einen Schluck gebrauchen.«
»Danke!« Als Peter den Becher entgegennahm, spürte er, wie durstig er war, leerte das Gefäß, dessen Inhalt für Trudi bestimmt war, aber nur zur Hälfte. Dann gab er es zurück und deutete auf die Kranke. Uta verstand seine stumme Aufforderung, hob Trudis Kopf und Oberkörper an und flößte ihr das Getränk tropfenweise ein. Tatsächlich schluckte die Bewusstlose die Flüssigkeit.
»Wenn sie wenigstens die Augen aufmachen würde! Doch sie liegt entweder völlig regungslos da oder wirft sich herum, als kämpfe sie gegen einen Dämon, der sie in die Hölle zerren will.«
Uta fasste nach Trudis Hand und führte sie an ihre Lippen. »Bitte, Herrin, wacht doch auf!«
»Ist ihre Verletzung so schlimm?«, fragte Eichenloh.
»Eigentlich nicht. Gressingen hat sie nur mit der flachen Klinge getroffen und nicht mit der Schneide. Es ist nur eine große Platzwunde, doch der Arzt sagt, ihr Gehirn sei arg erschüttert worden. Aber das ist keine Verletzung, an der man sterben muss. Ich fürchte, sie will einfach nicht mehr leben. Da! Jetzt beginnt es wieder. Hört doch selbst!«
Trudi warf sich mit fest geschlossenen Augen herum, und ihre Hände bewegten sich, als wolle sie etwas abwehren. Dabei stieß sie Töne aus, die wie unterdrückte Hilfeschreie klangen, und begann dann mit dünner Stimme zu sprechen. »Geht weg! Geht weg! Nicht dorthin! Nicht nach unten! Oh, Vater im Himmel, ich habe alle verraten, die ich liebte, und so viel Schuld auf mich geladen. Verzeih mir! Ich will ja sterben!«

»Herrin, sagt das nicht!«, flehte Uta und sah Eichenloh voller Verzweiflung an. »Der Arzt müsste ihr Mohnsaft geben, damit diese Anfälle aufhören, doch er wagt es nicht aus Angst, sie würde dann ganz in die andere Welt hinübergleiten. So aber ist noch etwas Leben in ihr.«

Junker Peter war sichtlich erschüttert, versuchte aber, Uta aufmunternd anzublicken. »Es wird alles wieder gut werden! Du musst nur fest daran glauben.«

Die Magd schniefte und schüttelte den Kopf. »Ich kenne meine Herrin. Wenn sie sich etwas in den Kopf setzt, dann führt sie es auch aus. Sie glaubt, versagt zu haben, und sehnt ihr Ende herbei.«

»Das ist doch Unsinn!«, unterbrach Peter von Eichenloh sie erregt. »Sie ist das mutigste Mädchen, das mir je untergekommen ist.«

»Das ist sie ganz bestimmt! Wenn ich daran denke, wie sie diesen Otto von Henneberg in seine Schranken gewiesen hat.«

Utas Augen blitzten zornig auf, denn mit jener Aktion hatte nach ihrem Dafürhalten das Unglück begonnen. Da sie sonst niemanden hatte, mit dem sie über Trudi reden konnte, kam ihr Eichenloh gerade recht. Ehe er sich's versah, erfuhr er alles, was die Magd ihm berichten konnte, angefangen von dem Tag, an dem die Hilgertshausener die Kibitzsteiner Mägde im Weinberg überfallen hatten. Vieles kannte sie selbst nur vom Hörensagen, wie die Ereignisse um den Mord an Michel Adler, doch sie wusste die Fäden sehr geschickt zu verknüpfen.

Junker Peter hörte ihr aufmerksam zu und zog seine eigenen Schlüsse. Darin spielte Pratzendorfer keine geringe Rolle. Er hatte dessen Wirken am eigenen Leibe erlebt und nicht vergessen, wie eifrig dieser sich bemüht hatte, ihm den Mord an Michel Adler in die Schuhe zu schieben. Offensichtlich hatte der Prälat auch das Netz gesponnen, in dem Trudi und ihre Verwandten nun klebten.

Uta ließ sich durch Hardwins Rückkehr nicht unterbrechen, sondern sprach unentwegt weiter. Sie fand in Peter von Eichenloh einen interessierten Zuhörer, und als Hardwin der Magd über den Mund fuhr, forderte er den Freund knurrig dazu auf, sich herauszuhalten. Er wollte alles über Trudi erfahren, was Uta ihm erzählen konnte. Dabei fiel ihm auf, mit welcher Liebe die Magd von ihrer Herrin sprach.

Das wurde auch Uta bewusst, die bisher selten einer Meinung mit Trudi gewesen war und ihr die lange, beschwerliche Reise und die Gefangenschaft in der Höhlenburg noch nicht verziehen hatte. Doch während sie Eichenloh alles haarklein berichtete, begriff sie, dass Trudi das einzig Richtige getan hatte, um ihrer Mutter zu helfen und Kibitzstein der Familie zu erhalten.

Nach dieser Erkenntnis klagte Uta sich selbst an, nicht die Bedienstete gewesen zu sein, die Trudi verdiente, und ihre Herrin nicht genügend unterstützt zu haben.

Peter aber war der Meinung, dass Utas Sünden eher lässlicher Natur waren, und fiel ihr ins Wort. »Du hast getan, was du konntest. Nun mach weiter und sorge für deine Herrin wie für deinen Augapfel.«

»Das werde ich tun, Herr!« Wie um zu zeigen, wie sehr ihr Trudis Wohlergehen am Herzen lag, wischte sie ihr den Schweiß von der Stirn und bat dann die beiden Herren, sie allein zu lassen, da sie ihre Herrin am ganzen Körper trockenreiben müsse.

Junker Peter wäre gerne länger geblieben, doch Hardwin sah, dass sein Freund kaum noch die Kraft hatte, sich aufrecht zu halten, und bat ihn, in sein Bett zurückzukehren. Eichenloh sträubte sich im ersten Augenblick, musste es dann aber zulassen, dass Hardwin ihn wie einen Schwerkranken auf die Arme nahm und in seine Kammer trug.

12.

Junker Peter hielt es nicht lange in seiner Kammer. Kaum hatte er ein wenig Kraft geschöpft, verlangte er von Hardwin, ihn wieder zu Trudi zu bringen. Doch der Arzt, der gerade eintrat, um seine Verbände zu erneuern, war nicht erfreut, seinen Patienten herumlaufen zu sehen, und sorgte mit einem Mohntrunk dafür, dass der Verletzte lange und tief schlief. Als Eichenloh wieder erwachte, war er über die Eigenmächtigkeit des Arztes so aufgebracht, dass er ihm, als der Mann nach ihm sehen wollte, seinen leeren Becher an den Kopf warf.

Mit seiner schlechten Laune vertrieb er auch Hardwin von Steinsfeld, aber an dessen Stelle tauchte Quirin auf, so als hätten die beiden sich abgesprochen. Peter sah aus, als wolle er auch ihn schnurstracks aus dem Zimmer jagen, doch dann entspannte er sich und winkte seinem Unteranführer, näher zu treten. »Du könntest mir aufhelfen. Allein ist es noch etwas mühsam.«

»Bleib lieber liegen! Nicht, dass deine Wunden aufplatzen.« Doch ein Blick seines Anführers belehrte ihn eines Besseren. Quirin nickte seufzend und richtete Junker Peter auf, ohne dass der Verletzte stärkere Schmerzen verspürte.

»Gehen kann ich alleine. Verschwinde in die Küche und schau, ob du etwas zu essen für mich bekommst. Ich habe Hunger wie ein Wolf.«

Quirin grinste über das ganze Gesicht. »Wo soll ich das Essen hinschaffen? In die Kammer der Jungfer?«

»Woher weißt du, dass ich zu Trudi will?«, fragte Junker Peter verblüfft.

»Ich kenne dich doch!«, antwortete Quirin lachend und verschwand, bevor auch ihn der Becher treffen konnte.

Der Weg zu Trudis Kammer war nicht mehr ganz so beschwerlich wie zwei Tage zuvor, doch Eichenloh war froh, dass Uta ihm sofort den Schemel frei machte und sich auf die Truhe setzte.

»Es geht ihr immer noch nicht besser!«, sprudelte sie heraus, ehe Junker Peter sie nach Trudis Zustand fragen konnte.

Er presste die Lippen zusammen und atmete scharf ein. »Das ist nicht gut! War der Arzt bei ihr?«

Uta nickte. »Das war er, aber er sagt, er kann ihr nicht helfen. Da helfe nur noch beten, und das tu ich wirklich genug, und der Lampert auch.«

Jetzt erst erinnerte Peter sich wieder an den Knecht. »Was macht der Bursche eigentlich?«

»Er muss im Stall arbeiten.«

»Was soll das? Er wird hier gebraucht, um dir zur Hand zu gehen. Er soll sofort herkommen!« Peter war zornig, denn Uta sah übernächtigt aus, und um ihre Augen lagen tiefe Schatten. Seiner Ansicht nach war es ein Unding, dass sie sich allein um die Verletzte kümmern musste.

Es war aber nicht Lampert, sondern Quirin, der als Nächster ins Zimmer trat. In der einen Hand hielt er einen Napf mit heißer Brühe und in der anderen einen Trinkkrug mit gewürztem Bier.

»Hier ist dein Frühstück. Beschimpf aber nicht mich, sondern den Arzt, denn mehr hat der Kerl dir nicht erlaubt.«

Peter war so hungrig, dass er für sein Gefühl sogar einen rohen Ochsen hätte verspeisen können. »Gib her!«, befahl er daher nur und ließ sich den Napf und einen Löffel reichen.

Da er nur eine Hand frei hatte, stellte er den Napf auf seinen Schoß und fluchte gleich darauf, denn das Ding war heiß.

»Kannst du nicht aufpassen!«, schalt er Quirin, der mit Uta einen beredten Blick wechselte.

Sein Waffenmeister feixte. »Ich kann dich auch atzen wie ein kleines Kind!«

»Lass die Scherze!«, warnte Eichenloh ihn.

Da entwand Uta ihm den Löffel, nahm den Napf und begann ihn tatsächlich zu füttern. Zunächst sträubte Eichenloh sich, merkte aber dann, dass er auf diese Weise schneller satt wurde.

»So bekleckere ich mich wenigstens nicht«, brummte er zwischen zwei Löffeln und blickte Quirin auffordernd an. »Geh in den Stall und hol Trudis Knecht. Er soll seiner Herrin aufwarten, anstatt Pferde zu striegeln.«

»Mach ich!«, antwortete Quirin, blieb aber stehen. »Übrigens hatte dieser Lampert am Abend des Mordes vier Pferde gesattelt, darunter deinen Hengst und Jungfer Trudis Stute. Was sagt dir das?«

»Dass der Kerl einiges von Pferden versteht! Und jetzt hau ab!«

Während Quirin den Raum verließ, sah Peter Uta fragend an. »Die Jungfer wollte fliehen, nicht wahr, und zwar zusammen mit Gressingen!«

»Mir hat sie nichts dergleichen gesagt«, sagte Uta, wagte aber nicht, Junker Peter anzusehen.

»Es muss so sein! Kannst du mir sagen, was sie an einem solch windigen Kerl hat finden können?«

Die Magd zog den Kopf ein. »Junker Georg ist häufig nach Kibitzstein gekommen und hat der Jungfer den Hof gemacht. Dann ist er plötzlich weggeblieben, und sie war wochenlang sehr traurig deswegen. Aber sie hat gewiss nicht gewollt, dass er den König tötet!«

Dieser Gedankensprung brachte Peter zum Lachen. Dann schnappte er schmerzerfüllt nach Luft, weil seine Bauchwunde ihm die Bewegung übelnahm. »Das wollte sie gewiss nicht, sonst hätte sie ihn nicht erschlagen, bevor er die Tat vollbringen konnte.«

Diese Überlegung tat ihm gut. Er ließ sich mit dem Rest der Brühe füttern und bat Uta, ihm einen Becher mit dem nach recht exotischen Gewürzen duftenden Bier zu füllen.

»Hast du denn heute schon etwas gegessen?«, fragte er, weil der Blick, mit dem sie den leeren Napf betrachtete, sehr hungrig wirkte.

Uta schüttelte den Kopf. »Nein, ich wollte bei der Herrin blei-

ben. Wenn die Mägde mit der Arbeit fertig sind, kommt eine und passt so lange auf meine Herrin auf, bis ich mir etwas geholt habe.«
»Bis dahin bist du vor Hunger umgefallen! Marsch, in die Küche! Die paar Augenblicke kann ich auf die Jungfer achtgeben.«
Die Magd sah ihn zweifelnd an, begriff aber rasch, dass es besser war, ihm nicht zu widersprechen, und schlüpfte zur Tür hinaus. Peter von Eichenloh rückte seinen Hocker näher ans Bett und starrte Trudi an. Es presste ihm schier das Herz im Leib zusammen, sie so elend zu sehen. Uta hatte sich Mühe gegeben, sie gründlich zu waschen, und die Blutkrusten aus ihrem Haar entfernt. Der Verband, den der Arzt über die Wunde gelegt hatte, leuchtete inzwischen wieder rot, weil sich das Mädchen immer wieder heftig bewegte und um sich schlug.
Trudis Gesicht war schmal geworden, die Wangenknochen stachen hervor, und ihre Haut wirkte wie Wachs. Sie lag ansonsten regungslos, aber ihre Kiefer waren in ständiger Bewegung, so als würde sie reden, ohne einen Ton herausbringen zu können.
Mit einem Mal richtete sie sich auf und öffnete die Lider. Er glaubte schon, sie wäre endlich erwacht, und wollte sie ansprechen. Doch ihre Augen blickten durch ihn hindurch, als bestände er aus Luft.
»Ich habe meine Tugend auf den Mist geworfen!« Trudis Stimme klang so kindlich, dass er verwundert den Kopf schüttelte.
Noch mehr verblüffte es ihn, als Trudi sich selbst mit fester, erwachsener Stimme antwortete. »Ich wollte es doch nicht! Er hat so gedrängt und mich betrunken gemacht. Außerdem hat er einen heiligen Eid geschworen, noch am selben Tag mit meinem Vater zu reden!«
»Ich hätte klüger sein und nicht mit ihm gehen sollen«, wandte die kindliche Trudi ein.
Die erwachsene Trudi stieß einen Laut aus, der ein Lachen hätte sein können, ohne jedoch etwas zu sagen.

Dafür setzte die Kinderstimme ihre Klagen fort. »Ich war in ihn verliebt! Konnte ich denn wissen, was für ein Schuft er ist? Er hat Papa umgebracht, und auch das war meine Schuld. Nur weil ich diesem Mann vertraut habe, sind Mama, Lisa und Hildegard ebenfalls dem Untergang geweiht. Sie werden alle sterben – so wie der arme Eichenloh!«

»Für einen Toten fühle ich mich aber noch recht lebendig«, brummte Junker Peter.

Trudi zwinkerte verwundert mit den Lidern, fuhr aber mit ihren Selbstanklagen fort. So erfuhr Eichenloh, dass ihre Mutter sie immer wieder vor Gressingen gewarnt hatte und ihre Schwestern Geld und Schmuck geopfert hatten, damit sie zum König reisen konnte. Immer wieder rief sie, dass sie alle enttäuscht hätte und für ihre Sünden nun auf ewig zur Hölle fahren müsse. In ihrem Fieberwahn entschuldigte sie sich bei Uta und Lampert und klagte im nächsten Augenblick, dass der König sie nicht einmal angehört hätte. Sie verstieg sich sogar dazu, freiwillig alle Höllenstrafen auf sich zu nehmen, wenn Kibitzstein gerettet würde. Peter versuchte, sie zu beruhigen, doch sie schien ihn nicht wahrzunehmen. Nach einer Weile sank sie zurück und lag mit geschlossenen Lidern da, als wäre mit den Worten auch das Leben aus ihr geronnen. Eichenloh begriff, dass nur noch ein schmaler Faden sie mit dieser Welt verband, und da er nicht wusste, wie er ihr noch helfen konnte, fasste er ihre Hand.

»Auch wenn der König dir seine Hilfe versagt, wird deine Familie nicht untergehen, das verspreche ich dir! Ich werde meine Männer sammeln und umgehend nach Franken aufbrechen, um an der Seite deiner Leute zu kämpfen. Wir werden Kibitzstein verteidigen und Sieger bleiben, so wie wir es immer getan haben.«

Es schien, als würden seine Worte bis zu Trudi durchdringen, denn ihre Atemzüge wurden auf einmal tiefer. Die Starre wich aus ihrem Gesicht, und es nahm einen so weichen, lieblichen Ausdruck an, wie Peter ihn noch nie an ihr wahrgenommen hatte.

»Ich werde für deine Familie kämpfen, das schwöre ich dir«, wiederholte er.

In dem Augenblick fiel ein Schatten über ihn. Er erwartete Uta zu sehen, doch statt ihrer stand König Friedrich im Raum. »Euer Majestät!« Peter wollte aufstehen und sich verbeugen, doch Friedrich hielt ihn fest.

»Lasst das! Oder wollt Ihr, dass Eure Wunden wieder aufbrechen?« Er trat neben ihn und sah auf Trudi hinab.

»Der Arzt sagt, er könne nichts mehr für sie tun. Jetzt liegt alles in Gottes Hand. Ich habe gebetet, dass der Herr im Himmel diesem mutigen Kind die Kraft verleiht, wieder ins Leben zurückzukehren.«

»Wenn Gebete helfen, unternehme ich jedwede Wallfahrt!«, brach es aus Peter heraus.

Friedrich III. musterte ihn kurz und schüttelte den Kopf. »In Eurem Zustand, mein lieber Eichenloh, werdet Ihr weder wallfahren noch einen Kriegszug unternehmen.«

Der König presste die Lippen zusammen und blickte in eine Ferne, in die Eichenloh ihm nicht folgen konnte. Als er weitersprach, wirkte er weitaus älter und müder, als es seinen knapp dreißig Jahren angemessen war.

»Dieses Mädchen kam zu mir, um mich um Hilfe zu bitten. Sie dachte, als König des Reiches könnte ich ihr und ihrer Sippe Gerechtigkeit verschaffen. Doch wie sollte ich das tun, Eichenloh? Mir fehlt die Macht, mit der ich die wahren Herren des Reiches zwingen könnte, mir zu gehorchen. Ich trage eine Krone, die kaum mehr ist als Tand! Lange habe ich mich gegen diese Bürde gesträubt, eben weil ich wusste, dass mir die Möglichkeiten fehlen, die Hoffnungen all jener zu erfüllen, die sich nach Frieden und Gerechtigkeit sehnen. Schließlich habe ich sie allein deswegen angenommen, um sie dem Hause Habsburg zu erhalten. Mir bleibt nur die Hoffnung, dass einer meiner Nachkommen einmal in der Lage sein wird, der König zu werden, der ich nie sein werde.«

Es lag so viel Resignation in diesen Worten, dass Peter erschrocken aufsah. »Aber Ihr seid der König, Herr. Wer sollte im Reich bestimmen, wenn nicht Ihr?«

»Kaiser Sigismund war König von Böhmen und Ungarn und nannte große Teile des Reiches sein Eigentum. Doch selbst er vermochte den Reichsfürsten nicht seinen Willen aufzuzwingen. Ich selbst besitze nur ein Viertel der Habsburger Besitzungen, und sogar die werden mir von meinen Verwandten geneidet, wie Ihr am eigenen Leib erfahren musstet.«

»Ihr nehmt an, dass Euer Bruder hinter Gressingens Mordanschlag steckt?«

Der König wiegte unschlüssig den Kopf. »Er hat sich sicher nicht gegen dieses Vorhaben gesträubt! Doch dürfte der Plan nicht in seinem Kopf entstanden sein. Wahrscheinlich steckt jener Mann dahinter, der sowohl Gressingen wie auch Henneberg zu ihm geschickt hat.«

»Der Prälat Pratzendorfer?«

»Darauf würde ich meine Krone verwetten.«

»Aber warum?«

»Macht. Einfluss. Die Protektion meines Bruders, die ihm in Rom nützlich sein kann.« Der König seufzte und zuckte mit den Achseln. »Meine Wachen werden in Zukunft noch aufmerksamer sein müssen. Übrigens habe ich Henneberg aus der Haft entlassen.«

»Jetzt wird er auf schnellstem Weg zu seinem Bruder eilen und mit diesem zusammen Kibitzstein angreifen. Er ist ein weitaus besserer Anführer als Graf Magnus und könnte die Burg nehmen, bevor ich ihr zu Hilfe eilen kann.« Junker Peter stemmte sich erregt hoch und sah aus, als wolle er auf der Stelle aufbrechen.

Der König hob jedoch begütigend die Hand. »Ich konnte auf Ehre nicht anders handeln. Was Kibitzstein angeht, so ist die Mutter dieses Mädchens ein härterer Brocken, als sich alle vorstellen können. So schnell fällt diese Burg nicht.«

Friedrich lächelte einen Augenblick so versonnen, als wisse er mehr und sei mit der Situation recht zufrieden. Das war durchaus möglich, denn der König war immer erstaunlich gut informiert. Eichenloh hätte ihn am liebsten gefragt, doch Friedrich hob die Hand. »Nun muss ich gehen. Möge Gott Eure Wunden und auch die dieses Mädchens heilen.«

Er nickte Peter kurz zu und verließ den Raum. An seiner Stelle kam Uta herein, die es angesichts der königlichen Wachen nicht gewagt hatte, das Zimmer zu betreten. In der Hand hielt sie einen Krug Bier und ein Stück Brot.

»Da bin ich wieder«, sagte sie überflüssigerweise und setzte sich auf die Bettkante. Dabei musterte sie ihre Herrin und zog die Stirn kraus. »Irre ich mich oder sieht sie etwas kräftiger aus als vorhin?«

Nun bemerkte Peter es auch. Trudis war nicht mehr so wachsbleich, und ihre Augenlider flatterten. Ein entschlossener Zug legte sich um ihren Mund, und sie stieß einen Laut aus, der wie das Fauchen einer gereizten Katze klang.

»Nein, Mama, ich gebe nicht auf! Ich verspreche es dir«, murmelte sie. Dann riss sie die Augen auf, und sie sah sich verwirrt um. Als sie Uta erkannte, griff sie nach deren Händen, als müsse sie sich an ihr festhalten, um nicht in ihre Alpträume zurückzusinken.

Dann sah sie den Becher und das Brot, das Uta abgesetzt hatte, neben sich stehen und leckte sich die Lippen. »Das trifft sich gut! Ich habe ein solches Loch im Bauch, dass ich ein halbes Schwein essen könnte!«

Jetzt erst nahm sie Eichenloh wahr und starrte auf seine Verbände und den an den Leib gebundenen rechten Arm. »Ich hatte einen ganz schrecklichen Alptraum, in dem Ihr getötet worden seid und ich verletzt.«

Sie griff sich mit der Rechten an den Kopf, ertastete ihren Verband und starrte ins Leere. »Also war es kein Traum! Gressingen hat den König töten wollen und ich ... Habe ich ihn wirklich mit der Statue der Muttergottes niedergeschlagen?«

»Das hast du! Und der König ist dir sehr dankbar dafür!« Peter verspürte bei diesen Worten einen bitteren Geschmack im Mund, denn wie er eben erfahren musste, beschränkte Friedrichs Dankbarkeit sich auch weiterhin nur auf Worte. Taten konnte Trudi von ihm nicht erwarten.

Trudi bemerkte den niedergeschlagenen Gesichtsausdruck ihres Besuchers. »Er wird uns trotzdem nicht helfen, nicht wahr?«

Peter zuckte mit den Achseln und verzog das Gesicht unter der prompt folgenden Schmerzwelle. »Das fällt nicht mehr ins Gewicht! Als du so elend dagelegen bist, habe ich geschworen, mit meinen Leuten für dich und deine Familie zu kämpfen. Daran halte ich mich! Wir werden zwar nur wenige Männer gegen viele sein, aber ich habe bisher noch keine Schlacht verloren!«

»Das werdet Ihr auch diesmal nicht!« Trudis Ausruf klang wie ein Stoßgebet. Dann zog ein Ausdruck von Scham und Kummer über ihr Gesicht. »Könnt Ihr mir verzeihen?«

»Verzeihen? Aber was?«

»Ich habe Euch für den Mörder meines Vaters gehalten und Euch deswegen vor allen Leuten beschuldigt. Dabei hat Gressingen ihn umgebracht, weil mein Vater ihn zu einer Heirat mit mir zwingen wollte. Also bin ich schuld an seinem Tod!« Für einige Augenblicke sah es so aus, als wolle sie wieder in die Selbstzerfleischung zurückfallen, unter der sie während ihrer Fieberträume gelitten hatte. Während Peter noch überlegte, wie er sie beruhigen sollte, brach Uta ein Stück Brot ab, tauchte es in das Bier und steckte es Trudi in den Mund.

»Esst! Ihr habt seit Tagen nichts mehr zu Euch genommen und

wollt doch nicht ganz vom Fleisch fallen.« Zwar liefen der Magd die Freudentränen über die Wangen, aber ihre Stimme klang resolut.
Peter von Eichenloh grinste, da er nicht lachen durfte, und Trudi war eine Weile damit beschäftigt, das biergetränkte Brot zu kauen und vorsichtig herunterzuschlucken. Als sie halbwegs satt war, hatte sie auch wieder lächeln gelernt. Sie maß Junker Peter mit einem herausfordernden Blick.
»Ihr sagt, Ihr habt noch nie einen Kampf verloren. Dann müssen wir dafür sorgen, dass es auch so bleibt!«

Achter Teil

Die Belagerung

1.

Marie presste die Hände auf die Ohren, und doch peinigte der dumpfe Knall ihre Nerven, mit dem das Geschütz seine steinerne Ladung gegen die Feinde spie.
Neben ihr stieß Falko einen jubelnden Ruf aus. »Das hat gesessen!«
Marie blickte auf und sah, wie der Belagerungsturm, den Magnus von Hennebergs Knechte mit viel Mühe zusammengebaut hatten, auseinanderbrach, als hätte ihn die Faust eines Riesen getroffen.
»Gut gemacht!« Falko winkte Michi, der das Geschütz selbst gerichtet und abgefeuert hatte, lachend zu, während seine Mutter stumm neben ihnen stand und versuchte, ihrer Gefühle Herr zu werden.
Zwar war es ihr gelungen, ihre beiden jüngeren Töchter fortzuschaffen, doch kurz danach war ihr Sohn aufgetaucht, von dem sie angenommen hatte, er sei auf Hettenheim in Sicherheit. Falko war am gleichen Tag losgeritten, an dem er von ihren Schwierigkeiten mit dem Würzburger Bischof und dessen Handlanger Magnus von Henneberg erfahren hatte. Überdies hatte er seinen Freund Hilbrecht von Hettenheim mitgebracht, den jüngsten Sohn seines Erziehers Heinrich von Hettenheim. Die beiden schienen den Kampf um Kibitzstein trotz der Überzahl der Belagerer als großen Spaß anzusehen und waren bei jedem Ausfall dabei, mit dem Michi die Gegner zu zermürben suchte.
Die Schramme an Falkos Helm stammte von dem Schwert eines feindlichen Kriegers, und auch seine Rüstung wies bereits Spuren harter Hiebe auf. Glücklicherweise hatten die beiden Jünglinge die Kämpfe bis auf kleine Schrammen und Blutergüsse unbeschadet überstanden. Aber Marie konnte sich nicht vorstellen, dass dies auf Dauer gutgehen würde. Falko und Hilbrecht waren

so übermütig, dass sie sogar die Geduld der Heiligen strapazieren mussten.

Ein übler Scherz des Schicksals, so schien es Marie, war wohl schuld daran, dass sie Michels Tochter Hildegard und ihre Pflegetochter Lisa in Sicherheit hatte bringen können, aber um ihre leiblichen Kinder bangen musste. Von Trudi hatte sie seit dem vergangenen Herbst nichts mehr gehört, und in ihren düstersten Stunden sah sie sie ermordet und irgendwo neben einer Straße verscharrt. Nun fürchtete sie, dass ihr Sohn hier auf Kibitzstein sein Grab fand.

»Daran wird der Henneberger zu kauen haben!« Falko machte aus seiner Verachtung für den gegnerischen Anführer keinen Hehl.

Da Graf Magnus davon ausgegangen war, Kibitzstein würde nur von einer vor Angst zitternden Witwe verteidigt, hatte er sein Lager zu Beginn recht nahe an den Mauern der Burg errichten und seine drei Kanonen beinahe schon im Schatten des Kibitzsteiner Haupttors aufstellen lassen. Daher war es Michi, Falko, Hilbrecht und einigen Knechten in einem nächtlichen Ausfall gelungen, die feindlichen Geschütze samt den Pulvervorräten in die Luft zu sprengen. Seitdem blieb Graf Magnus und seinen Leuten nichts anderes übrig, als Kibitzstein auf altüberlieferte Weise zu belagern und zu versuchen, es mit Leitern oder Belagerungstürmen einzunehmen. Aber bisher hatte noch kein Feind den Mauerkranz betreten.

In einer Hinsicht wirkte Falkos Rückkehr sich günstig aus, denn an seiner Seite kämpften die Kibitzsteiner wie Löwen. Sie wären auch Michi gefolgt, das war Marie klar, aber niemals mit dieser zähen Verbissenheit, mit der sie schon drei Sturmangriffe der zunehmend ungeduldiger werdenden Feinde abgewehrt hatten.

Wenn Marie auf die Mauern stieg, musste sie Rüstung und Helm tragen und von einem ihrer Knechte begleitet werden, der mit einem großen Schild neben ihr herging. Die feindlichen Krieger schossen auf alles, was sich bewegte, und Graf Magnus schien speziell ausgebildete Bogenschützen auf sie, Falko und Michi angesetzt zu haben. In ihrer Wut über die eigenen Verluste zielten Magnus' Leute aber auch auf jede andere Frau, die sich auf dem Mauerring sehen ließ.

»Ich glaube, die geben bald auf«, erklärte Falko selbstzufrieden.

»Das wäre schön!« Marie seufzte, denn ihr war klar, dass die Sache auch dann nicht ausgestanden war, wenn die Belagerung aufgehoben würde. Dennoch hoffte sie, Falko behielte recht, dann könnte sie selbst nach Ansbach reisen und Markgraf Albrecht Achilles um Unterstützung bitten. Bis jetzt hatte er zwar nicht auf ihre Briefe reagiert, aber es würde auch ihn schwächen, wenn er zuließ, dass der Würzburger Fürstbischof seine Macht auf Kosten der kleinen Herrschaften in Franken ausbaute. Ihrer Meinung nach hätte Albrecht Achilles längst eingreifen müssen. Nun fragte sie sich, ob es möglich war, dass ihre Briefe an den Markgrafen abgefangen worden waren, um zu verhindern, dass er Kibitzstein beistand. Wenn dies der Fall war, stand ihre Sache bitter schlecht.

Sie wandte ihren Blick von den Feinden ab und sah ihren Sohn an, der bereits einen halben Kopf größer war als sie und so schlank, dass er beinahe hager wirkte. Sein mädchenhaft weiches Gesicht hatte schon so manchen Gleichaltrigen zu spöttischen Bemerkungen gereizt. Den meisten war das nicht gut bekommen, denn Falko war im Kampf ein kleiner Teufel, der niemals aufgab. Sein Freund Hilbrecht war kleiner als er, aber um einiges breiter in den Schultern und wies bereits den ersten dünnen Bartflaum auf. Die beiden waren etwa gleich alt, doch abgesehen von der Größe sah Heinrich von Hettenheims jüngster Sohn weitaus erwachsener aus als Falko. Aber gerade er war ein zu allerlei Streichen aufgelegter Kindskopf.

Michi trat neben Marie und unterbrach ihre Grübeleien. Trotz des eben errungenen Erfolgs hatte er eine sorgenvolle Miene aufgesetzt und wies auf einen Trupp Bewaffneter, die von Volkach heraufzogen. »Wie es aussieht, bekommen wir weitere unerwünschte Gäste.«

Falko hatte die schärfsten Augen von allen und zeigte auf das Banner, welches die Männer mit sich führten. »Das sind die Mertelsbacher. Wie es aussieht, hat der alte Moritz das Zeitliche gesegnet und sein Sohn nichts Eiligeres zu tun, als sich dem Fürstbischof als Knecht anzudienen.«

»Wenn mir je einer gesagt hätte, ich würde einmal den Tod von Ritter Moritz bedauern, hätte ich ihn ausgelacht. Er war ein sehr unangenehmer Mensch. Jetzt aber wünschte ich, er wäre so alt geworden wie Methusalem. Bis zuletzt hat er sich gegen den Willen seines Sohnes gestemmt, an Hennebergs Seite gegen uns zu ziehen.« Marie biss sich auf die Lippen, damit sie das, was ihr nun durch den Kopf schoss, nicht aussprach. Der Herrgott im Himmel, dachte sie, musste einen eigenartigen Humor besitzen, so mit seinen Geschöpfen umzuspringen.

Michi dachte an Trudis Freundin, die auch ihm ein wenig ins Auge gestochen hatte, obwohl er wegen seines niederen Standes nicht um sie hätte werben dürfen. »Mir tut es um Bona leid. Ihr Stiefsohn hat ihr von Anfang an ablehnend gegenübergestanden, und jetzt wird er sie wohl noch schlechter behandeln.«

Falko winkte verächtlich ab. »Sie wird zu ihrem Vater zurückkehren und warten, dass ein neuer Ehemann sie von dort fortholt.«

Er hatte Bona nicht verziehen, dass sie ihn stets wie einen kleinen Jungen behandelt und nie ernst genommen hatte. Da es ihm an Erfahrung mit dem anderen Geschlecht fehlte, hatte Bona dennoch die eine oder andere Rolle in seiner Phantasie gespielt. Rasch schüttelte er diesen Gedanken ab und versuchte, die Zahl der Mertelsbacher Waffenknechte zu schätzen.

»Mit denen werden wir auch noch fertig«, meinte er schließlich. Michi wies auf die Banner, die neben Hennebergs Feldherrenzelt

aufgesteckt worden waren. »Henneberg hat fünfzig eigene und zweihundert Würzburger Fußknechte bei sich. Dazu kommen die Leute der frommen Damen von Hilgertshausen und des ach so ehrwürdigen Abts von Schöbach. Maximilian von Albach ist ebenso mit seinen Mannen hier aufgekreuzt wie unser lieber Dieboldsheimer Nachbar Ingobert. Außerdem bedankt Herr Ludolf von Fuchsheim sich auf recht eigenartige Weise für die Hilfe, die Ihr ihm anlässlich der Hochzeit seiner Tochter habt zukommen lassen. Diesen Herrschaften haben sich die Aufgebote zweier Vasallen des Würzburger Hochstifts angeschlossen, und jetzt stoßen auch noch die Mertelsbacher dazu. Morgen folgen ihnen möglicherweise das Volkacher, das Gerolzhofener oder das Prichsenstädter Aufgebot.
Nein, Falko, Graf Magnus wird nicht aufgeben, es sei denn, es geschieht ein Wunder und Brandenburg-Ansbach greift doch noch an unserer Seite in den Kampf ein. Das bezweifle ich jedoch. Markgraf Albrecht Achilles wird abwarten, bis wir erledigt sind und er sich der Empörung und der Angst unter den anderen Burgherren sicher genug sein kann, um sie auf seine Seite zu ziehen. Er ist nicht weniger, sondern vielleicht sogar mehr als der Würzburger Bischof auf seinen Vorteil bedacht und wird sich daher gedulden, bis er selbst die Ernte einfahren kann.«
»Und warum kämpfen wir dann noch, wenn es von vorneherein zum Scheitern verurteilt ist?«, fuhr Falko auf.
»Weil wir an ein Wunder glauben! Ganz gleich, ob es durch den Markgrafen kommt oder von woanders her«, wies seine Mutter ihn zurecht.
Falko senkte beschämt den Kopf. »Es tut mir leid, Mama.«
»Schon gut!« Marie strich ihrem Sohn über das schulterlange blonde Haar, das denselben Farbton aufwies wie das ihre in jungen Jahren. »Der Feind hat sich mit den Adlern auf Kibitzstein angelegt. Jetzt wird er erkennen müssen, dass unsere Schnäbel scharf sind und unsere Krallen fest zupacken können!«

»Das wird auch nötig sein!« Michi wies auf einen weiteren Zug, der langsam auf das Lager der Feinde zukam. Zwar war die Zahl der Männer nicht halb so groß wie die der Mertelsbacher, doch sie führten einen von sechs Ochsen gezogenen Wagen mit sich, auf dem ein mit Stricken befestigtes Rohr aus blitzendem Metall lag. »Magnus von Henneberg erhält Ersatz für seine verlorenen Belagerungsgeschütze. Dieses Kaliber wird uns weh tun.«

»Dann sollten wir zusehen, dass wir es ebenso zerstören wie die anderen Kanonen«, schlug Falko vor.

»Sie werden einen solchen Angriff erwarten und entsprechend vorsichtig sein. Also schlagt euch diesen Gedanken aus dem Kopf.« Michis Warnung galt ebenso Falko wie dessen Freund, der mit gerunzelter Stirn und vorgeschobener Unterlippe zu den Neuankömmlingen hinunterblickte.

»Die Männer tragen das Wappen des Bischofs. Damit ergreift Gottfried Schenk zu Limpurg jetzt offiziell Partei für unsere Feinde«, antwortete Hilbrecht von Hettenheim empört.

»Diese Erkenntnis hilft uns auch nicht weiter. Nicht die Anzahl der Männer macht mir Sorgen, sondern dieses Geschütz. Aber ich weiß nicht, was wir dagegen unternehmen können, solange sie es nicht in Reichweite unserer eigenen Kanone aufstellen.« Michi schien jeglichen Mut verloren zu haben.

Falko und Hilbrecht wechselten hinter seinem Rücken einen kurzen Blick. Ihre Absicht stand fest.

2.

Bona griff sich an den Bauch und stöhnte. Der Schmerz war kaum noch zu ertragen. Dabei lag der Zeitpunkt, an dem sie gebären sollte, noch zwei Monate in der Zukunft, und sie fürchtete, vor der Zeit niederzukommen. Von anderen Frauen hatte sie gehört, dass Kinder ab dem siebten Monat überleben konnten, und da ihre Heirat erst fünf Monate zurücklag, würde ein lebendes Kind allen Menschen ihre Schande offenbaren.

In diesen Stunden haderte sie mit ihrem Leichtsinn, der sie dazu getrieben hatte, Hardwin von Steinsfeld zu verführen, nur um von ihm und nicht ihrem alten Ehemann entjungfert zu werden. Jetzt fragte sie sich, was sie an diesem Muttersöhnchen hatte finden können. Seit ihrer Hochzeit hatte man nichts mehr von ihm gehört. Seine Mutter, so hieß es, machte sich große Sorgen um ihn, denn der Reisegefährte, den er sich ausgesucht hatte, galt für viele als der Mörder des Ritters Michel Adler auf Kibitzstein.

Bei dem Gedanken an Peter von Eichenloh schauderte es Bona. Der Söldnerführer war ungehobelt und ein Raufbold, wie es in diesen Landen keinen Zweiten geben sollte. Der Gedanke, Hardwin würde sich ein Beispiel an diesem Mann nehmen und ebenso werden, tat ihr beinahe körperlich weh. Aber die nächste Schmerzwelle ließ sie den jungen Mann vergessen. Sie krümmte sich und konnte nur mit Mühe einen Schrei unterdrücken.

»Hoffentlich verlierst du endlich das Balg!« Elgard von Rendisheims Stimme traf Bona wie ein Schlag. Als sie sich umdrehte, sah sie die wuchtige Verwandte ihres Ehemanns auf sich zuwalzen. Die Frau sah so aus, als wolle sie handgreiflich dafür sorgen, dass das Kind tot zur Welt kam. Nicht zum ersten Mal fragte Bona sich, was sie dieser Frau angetan hatte, konnte sich die Antwort aber selbst geben.

Frau Elgard hatte gehofft, Moritz von Mertelsbach werde sie als Gattin heimführen. Dem Burgherrn war ihre Mitgift jedoch zu gering gewesen, und überdies hatte er sich etwas Jüngeres und Hübscheres für sein Ehebett gewünscht.

Bona konnte die Ablehnung, die ihr verstorbener Ehemann der Rendisheimerin entgegengebracht hatte, gut verstehen, denn sie war eine kaltherzige, unangenehme Person, die sich nach der Heirat ihres Vetters mit dessen ältestem Sohn Markus zusammengetan hatte. Nachdem Junker Markus seinen Vater in unziemlicher Hast unter die Erde gebracht hatte, war er mit einem Trupp Bewaffneter aufgebrochen, um sich Magnus von Henneberg vor Kibitzstein anzuschließen. Daher konnte die Frau nun auf Mertelsbach schalten und walten, als sei es ihre eigene Burg. Entgegen ihren früheren Erwartungen empfand Bona den Verlust ihres Gemahls als doppeltes Unglück und trauerte tief um ihn. Moritz von Mertelsbach hatte sich trotz seines harschen Auftretens als umsichtiger und geradezu liebevoller Ehemann erwiesen, und sie hätte sich noch etliche gemeinsame Jahre mit ihm gewünscht. Doch der Himmel hatte es anders beschlossen.

»Was ist jetzt? Wirst du endlich an deine Arbeit gehen, oder muss man dich dazu prügeln?«, schrie Elgard von Rendisheim sie an. Sie behandelte Bona, als sei sie eine Magd und nicht die Witwe des Burgherrn, und ihr schlechtes Beispiel brachte das Gesinde dazu, die Witwe ebenfalls zu schikanieren.

Bona versuchte sich aufzurichten, brach aber mit einem Wehlaut wieder zusammen. »Ich kann nicht! Die Schmerzen sind entsetzlich.«

Frau Elgards Augen glitzerten in freudiger Erwartung. »Wie es aussieht, wirst du diesen Sündenbalg los! Ist auch besser so, denn hier auf Mertelsbach hat er nichts verloren.«

Da Bona zu schwach war, um auf die angeblich eheliche Abkunft ihres Kindes zu pochen, drehte sie Frau Elgard wieder den Rücken zu und wünschte sich, das Weib würde endlich gehen.

Doch Elgard von Rendisheim genoss Bonas Qualen. Bei der Hochzeit auf Fuchsheim hatte sie nicht mehr tun können, als heimlich ihr Gift zu verspritzen, und danach hatte sie zu anderen Verwandten ziehen müssen, weil sie sich mit Ritter Moritz gestritten hatte. Als sie von seiner Erkrankung gehört hatte, war sie scheinbar friedfertig zurückgekehrt, um ihn zu pflegen, hatte jedoch brav den Mund halten müssen, um von Bonas Ehemann nicht noch einmal aus der Burg gewiesen zu werden. Nun endlich konnte sie dem jungen, unverschämt hübschen Weibsbild allen Ärger über ihre Zurücksetzung durch ihren Vetter heimzahlen.

»Mach, dass du auf die Beine kommst! Faulenzerinnen können wir hier nicht gebrauchen.« Scharfe Rutenschläge begleiteten diese Worte, und Bona schrie erschrocken auf. Sie versuchte, aus dem Bett zu kommen, und fing sich dabei ein paar weitere Hiebe ein, die Frau Elgard absichtlich gegen ihren vorgewölbten Leib führte.

Bona wünschte sich nur noch zu sterben. Doch ihr Körper war jung und kräftig, und so schleppte sie sich trotz der Last in ihrem Leib zur Tür und stieg die Treppe hinab. Elgard von Rendisheim folgte ihr und stellte ihr ein Bein, um sie zu Fall zu bringen. Bona merkte es im letzten Augenblick und hielt sich an dem Seil fest, welches das Geländer ersetzte. Dabei sah sie die ältere Frau mit aus der Not geborenem Spott an. »Hast du keine Angst davor, als Mörderin zur Hölle zu fahren?«

»Pah! Der ehrwürdige Prälat Pratzendorfer würde mich von dieser Sünde freisprechen, so wie er es bereits bei Georg von Gressingen getan hat, dessen Eid gegenüber Trudi von Kibitzstein nun nichtig ist. Es pfeifen doch schon die Spatzen von den Dächern, dass er dieser Metze leichtsinnigerweise die Ehe versprochen hatte und von dem höchstehrwürdigen Prälaten auf den richtigen Weg gebracht wurde.«

Bona begriff zweierlei. Solange Elgard von Rendisheim in diesem Haus weilte, war sie ihres Lebens nicht mehr sicher, und zum anderen hatte Junker Georg ihre Freundin Trudi schmählich verraten. Sie fragte sich, ob die Leute auch um die Vorgänge im Fuchsheimer Wald wussten. Wenn ja, dann würde Elgard von Rendisheim ihr nicht einmal ein christliches Begräbnis vergönnen, und ihr Kind käme ungetauft in die Vorhölle, die es selbst am Jüngsten Tag nicht verlassen durfte.

Wut, Abscheu, aber auch ein Lebenswille, der sie selbst überraschte, brandeten in ihr auf. Zwar hatte sie sich versündigt, wofür sie ihren verstorbenen Gemahl insgeheim auch immer wieder um Verzeihung bat, dennoch hoffte sie, der Herr Jesus und seine Mutter Maria würden sich ihrer und ihres unschuldigen Kindes erbarmen. Aber wenn ihr die Hölle bestimmt war, so konnte diese nicht schlimmer sein als das, was sie hier auf Mertelsbach erleiden musste.

Ohne Elgard von Rendisheim eines weiteren Blickes zu würdigen, ging Bona in die Küche, um dort zu arbeiten, wie es ihr befohlen worden war. Die Frau eines Burgherrn musste natürlich wissen, wie die Speisen zubereitet wurden und was man dazu benötigte. Allerdings gehörte es sich nicht, Magddienste von ihr zu verlangen, wie es ihr seit dem Tod ihres Mannes widerfuhr.

Von der Köchin und deren Untergebenen erfuhr sie keine Unterstützung. Obwohl sie die Leute seit ihrer Ankunft auf Mertelsbach gut behandelt hatte, waren sie alle mit fliegenden Fahnen in Frau Elgards Lager übergeschwenkt und redeten ihr nach dem Mund. Zwar gab es einige, die nicht ganz mit der Herrschaft dieser Frau einverstanden waren, aber auch die wagten nicht, sich auf ihre Seite zu schlagen oder ihr wenigstens die Achtung zu erweisen, die ihr zustand.

Bona nahm die Schüssel entgegen, die ihr die Köchin hinhielt, und begann den darin angesetzten Teig zu rühren. Schon bald lief ihr der Schweiß über die Stirn, und sie musste achtgeben, damit keine Tropfen hineinfielen. Von Frau Elgard angestachelt, hatte die Köchin sich angewöhnt, ihr bei jedem kleinen Fehler mit dem Kochlöffel auf die Hände zu schlagen wie einem naschhaften Küchenmädchen.

Elgard von Rendisheim war Bona gefolgt und überschüttete sie mit weiteren Schmähungen. Da sie jedoch keine Antwort erhielt, ging sie nach einer Weile wieder und begab sich in die Gemächer der Burgherrin, die sie selbst bezogen hatte. Wenn Markus von Mertelsbach einmal heiratete, würde sie diese wieder räumen

müssen, aber sie hatte bereits ein Mädchen für ihn im Auge, das sich ihrem Herrschaftsanspruch nicht entgegenstellen würde.
Während Elgard von Rendisheim von einer angenehmen Zukunft träumte, bearbeitete Bona den Teig mit wachsender Verbissenheit. Zu ihrer Erleichterung ließen die Schmerzen in ihrem Leib nach, und sie fühlte sich besser als in den letzten Tagen. Anscheinend hatten ihre Bitten an die Jungfrau Maria die Muttergottes doch gerührt. Um vor der Heiligen nicht als eigensüchtiges Ding zu gelten, flocht sie in ihre stillen Gebete auch Fürbitten für ihre Freundin Trudi ein, die nun schon seit vier Monaten spurlos verschwunden war.
Der Gedanke an Trudi verlieh ihr neuen Mut. Ihre Freundin war stets die Beherztere von ihnen gewesen und hatte Dinge vollbracht, an die sie selbst nicht einmal zu denken gewagt hatte. Nun war ihr, als stände Trudi für andere unsichtbar neben ihr und würde sie auffordern, ihr Schicksal in die eigenen Hände zu nehmen, anstatt sich weiterhin Frau Elgards Tyrannei zu unterwerfen.
Sonst hatte Bona sich beschwert und versucht, sich wenigstens gegen die Anmaßung der höheren Bediensteten zur Wehr zu setzen. An diesem Tag aber saß sie still auf einem Schemel und tat ihre Arbeit. Zuerst rührte sie den Teig, bis die Köchin damit zufrieden war. Danach stellte sie sich an den Herd und briet die Fleischstücke, die für Frau Elgards Abendessen bestimmt waren, ohne sie in ihrer Wut anbrennen zu lassen, und zuletzt holte sie Holz, damit am nächsten Morgen genug da war, um den Herd anheizen zu können. Auf diesem Gang beobachtete sie, wie einer der Knechte, der ein Mädchen im Dorf hatte, durch die hintere Pforte in der Mauer verschwand und diese nur zuzog. Der Mann würde die Tür erst bei seiner Rückkehr verriegeln, und das würde kaum vor Einbruch der Nacht erfolgen.
Noch am Vortag hätte Bona sich über die Pflichtvergessenheit des Burschen aufgeregt, doch nun sah sie darin ein Zeichen des

Himmels. Sie ging weiter zu dem neben der Mauer aufgeschichteten Feuerholz und füllte ihren Korb. Als sie ihn anhob, war er so schwer, dass sie vor Anstrengung keuchte.

Ächzend schleppte sie ihre Last durch den Burghof, begleitet vom höhnischen Gelächter einiger jüngerer Knechte, die ihren früheren Herrn heiß um seine junge Gemahlin beneidet hatten und sich nun bei Elgard von Rendisheim einschmeicheln wollten. Bona beachtete sie nicht, sondern trat in den Küchenanbau und stellte ihren Korb aufatmend ab.

»Du kannst gleich Wasser holen und das Vorratsschaff füllen!« Die Köchin überschlug sich darin, ihr möglichst entehrende und kraftzehrende Arbeiten aufzuhalsen.

Ohne ein Wort ergriff Bona den Eimer. Sie musste etliche Male zur Zisterne gehen, bis das große Gefäß in der Küche voll war. Als sie das letzte Mal zurückkam, waren die anderen schon beim Essen. Die Köchin schob ihr mit säuerlicher Miene einen Napf mit Getreidebrei hin. Da alle Sitzgelegenheiten in der Küche besetzt waren und niemand ihr einen Platz frei machen wollte, lehnte Bona sich gegen die Wand, hielt in einer Hand die Schüssel und löffelte mit der anderen den Brei, der nach nichts roch und nach noch weniger schmeckte.

Sie aß jedoch den Napf leer, denn in den nächsten Stunden würde sie alle Kraft benötigen, die noch in ihr steckte. So als hätte das Ungeborene gemerkt, dass die Mutter dabei war, eine lebenswichtige Entscheidung zu treffen, hielt es still und machte sich nur gelegentlich durch einen leichten Tritt bemerkbar. Ein Lächeln spielte um Bonas Mund, als sie die Schale auf den Spülstein legte und ihr mit Wasser und Bürste zu Leibe rückte. Dies würde die letzte Mahlzeit gewesen sein, die sie hier gegessen hatte, schwor sie sich, während ihr die übrigen Knechte und Mägde ihre Schüsseln zum Spülen reichten. Niemand dachte daran, ihr zu helfen, doch das war ihr gerade recht.

Einer nach dem anderen verließ nun die Küche, als Letzte die

Köchin, die am Eingang noch einmal stehen blieb. »Du bleibst hier, bis ich wiederkomme! Sieh zu, dass du das Feuer am Brennen hältst, für den Fall, dass die Dame noch etwas benötigt.« Mit der Dame meinte sie Elgard von Rendisheim, die Bona eher als alten Drachen bezeichnet hätte.

Bona brummte etwas, das die Frau als Zustimmung werten konnte, und wartete, bis diese verschwunden war. Als die Schritte verklungen waren, warf sie alle Schüsseln, die schmutzigen wie die bereits gespülten, ins volle Wasserschaff.

Ein kurzer Blick bestätigte ihr, dass der Weg frei war. Sie lief zur Küche hinaus und nahm am hinteren Eingang einen alten, aber noch wärmenden Schaffellumhang mit. Die Eisheiligen waren noch nicht vorbei, und daher konnte es in der Nacht kalt werden. Ungesehen erreichte sie die Pforte in der Mauer und schlüpfte hindurch. Im Westen versank die Sonne gerade hinter den Hügeln, während im Osten bereits eine nächtliche Schwärze aufzog. Bona nützte das letzte Licht des vergehenden Tages, um so rasch wie möglich von Mertelsbach fortzukommen. Zwar konnte sie sich nicht vorstellen, dass Elgard von Rendisheim sie verfolgen ließ, aber sie wollte nichts riskieren.

Als sie die Burg ein Stück hinter sich gelassen und ein Waldstück erreicht hatte, in dem sie sich den Blicken der Turmwächter entzogen wusste, ging ihr auf, dass sie kein Ziel hatte. Zu ihrem Vater durfte sie nicht zurückkehren, denn der hatte sich von Magnus von Henneberg und dem unsympathischen Prälaten Pratzendorfer auf die Seite des Würzburgers ziehen lassen und ihr erklärt, sie müsse dem Erben ihres Gemahls in allem gehorchen. Obwohl er selbst begierig darauf war, einen möglichst großen Teil der Kibitzsteiner Besitzungen zu erhalten, gönnte er ihr nicht einmal die Mitgift, die sie benötigte, um in einem ehrbaren Kloster unterzukommen. Auf Kibitzstein wäre sie gewiss willkommen gewesen, doch das war wegen der Belagerung unerreichbar.

Welcher Mensch, fragte Bona bang, würde sich ihrer erbarmen? Ihr Schritt stockte, und für eine Weile war sie so verzweifelt, dass sie ihrem Leben ein Ende setzen wollte. Aber das hätte sie auch auf Mertelsbach tun können.

Für einen Augenblick gab sie sich der Vorstellung hin, ein gesundes Kind in die Arme des wahren Vaters zu legen und seine Augen aufleuchten zu sehen. Da wusste sie mit einem Mal, wohin sie sich wenden musste. Energisch ging sie weiter und folgte schließlich einer Abzweigung, die in Richtung Steinsfeld führte. Zwar befand sich Hardwin nicht zu Hause, aber das war ihr ganz recht. Er sollte sie nicht in diesem elenden Zustand sehen. Seiner Mutter glaubte sie vertrauen zu können. Leider durfte sie Frau Hertha nicht erzählen, dass sie ihr Enkelkind unter dem Herzen trug, sondern musste sie in dem Glauben lassen, sie sei nichts als eine von ihrem Stiefsohn und dessen Verwandten schlecht behandelte Witwe. Hardwins Mutter war harsch, aber auch gerecht, und würde ihr als der Tochter eines Nachbarn die notwendige Hilfe nicht verweigern.

3.

Etwa um die gleiche Zeit, in der Bona den Entschluss fasste, nach Steinsfeld zu wandern, schlichen Falko und sein Freund Hilbrecht im Schatten der Burgmauer zu einer Ausfallpforte und öffneten das Guckloch, um zu den Belagerern hinüberzusehen. Die Stelle, an der sich das neue Geschütz aufgebaut befand, wurde von den Lagerfeuern hell ausgeleuchtet, und sie zählten mindestens ein Dutzend Männer, die dort Wache hielten.

»Glaubst du wirklich, dass wir das schaffen?«, fragte Hilbrecht ungewohnt furchtsam.

»Natürlich! Hätte ich sonst vorgeschlagen, dass wir es tun sollen?« Falkos Stimme klang gepresst. So sicher, wie er tat, war er sich seiner Sache nicht. Doch wenn sie die Belagerung noch längere Zeit durchstehen wollten, musste auch dieses Geschütz ausgeschaltet werden. Er zog seinen Freund näher zu sich, bis sich ihre Gesichter beinahe berührten.

»Der Feind rechnet mit einem ähnlichen Ausfall wie jenem, bei dem wir die letzten Geschütze zerstört haben, aber nicht mit drei Männern, die tief in der Nacht zu ihren Pulvervorräten schleichen. Du wirst sehen, es ist kinderleicht, das Zeug in die Luft zu jagen. Meine Mutter hat so etwas auch schon gemacht, und zwar zusammen mit Anni und einer anderen Frau, die jetzt in Kitzingen verheiratet ist.«

Vor dem, was ein paar Frauen fertiggebracht hatten, durfte Hilbrecht seinem Gefühl nach nicht zurückschrecken, und so bemühte er sich, energisch und furchtlos zu wirken, ohne daran zu denken, dass Falko dies in der ägyptischen Finsternis gar nicht sehen konnte. Sie hatten die Fackeln, die diesen Teil des Burghofs während der Belagerung ausleuchteten, gelöscht, damit der Feind nicht auf sie aufmerksam wurde, wenn sie die Pforte öffneten.

»Also, wie machen wir es?«, fragte Hilbrecht mit betont munter klingender Stimme.

»Wir warten noch auf Giso!«

»Bin schon da!« Der jüngste Sohn der Ziegenbäuerin war unbemerkt näher getreten und gluckste fröhlich, als die beiden Jünglinge erschrocken auffuhren.

»Wenn wir auf unserem Weg genauso leise sind wie ich jetzt, werden die Würzburger uns erst bemerken, wenn es zu spät ist«, fuhr Giso fort und spähte selbst zum Feind hinüber.

»Sie haben etliche Wachfeuer angezündet, aber in spätestens zwei Stunden dürften die meisten von ihnen niedergebrannt sein. Dann können wir zuschlagen.« Giso war einige Jahre älter als die beiden Freunde und besuchte eine Schule, da er Geistlicher werden wollte. Doch es verband ihn wenig mit dem Würzburger Bischof, und er hatte sich, als die Probleme um Kibitzstein bekannt wurden, beurlauben lassen, um seiner Familie beizustehen. Seine Mutter und sein Bruder befanden sich nun ebenfalls in der Burg, weil sie Übergriffe der feindlichen Soldaten fürchteten. Da er nicht einfach nur in den Reihen der Verteidiger stehen wollte, hatte er sich Falko und Hilbrecht angeschlossen und mit ihnen auch diesen Streich ausgeheckt.

»Hier sind die Kleider, die ihr braucht! Ihr müsst wie die Knechte aussehen, die Hennebergs Leute von den Höfen der Bauern verschleppt haben, damit sie ihnen die Drecksarbeit machen. Eure feinen Gewänder würden euch schnell verraten!«

Er reichte den beiden je ein Stoffbündel. Falko begann sofort, sich auszuziehen. Seine eigene Kleidung faltete er fein säuberlich zusammen und legte sie auf einen Sims, während Hilbrecht die Sachen einfach auf den Boden warf. Kurz darauf steckten beide in einfachen Kitteln aus ungefärbter Wolle, die auf der Brust mit einer Schnur zusammengehalten wurden, und hatten formlose Kappen über die Köpfe gezogen.

»Habt ihr die Flasche besorgen können?«, fragte Giso.

Falko lachte leise auf. »Natürlich.« Er hob dabei eine große Tonflasche auf, die mit einem Stopfen aus Stoff verschlossen war, aus dem eine mit Pulver versetzte und mit Wachs getränkte Schnur herausragte.

»Habt ihr auch an Feuer gedacht?«, fragte Giso weiter.

Statt einer Antwort öffnete Falko eine kleine, mit Luftlöchern versehene Blechbüchse, in der ein Stück Baumschwamm glomm. »Ich habe mir gedacht, das ist sicherer, als wenn ich Stahl und Feuerstein mitnehme. Man würde hören, wenn ich Feuer schlage.«

»Das ist schon richtig, aber du solltest dennoch Gerät zum Feuermachen bei dir haben. Was ist, wenn wir vorher in einen Bach steigen müssen und der Baumschwamm gelöscht wird?«

»Da sieht man den studierten Herrn! Der denkt an alles und das gleich doppelt«, feixte Hilbrecht, um sofort wieder ernst zu werden. »Ich habe Stahl, Feuerstein und Zunder dabei, und zwar in geöltes Leder gehüllt. Damit kann ich auch durchs Wasser gehen.«

»Ihr tut ja direkt so, als wolltet ihr durch den Main schwimmen. Das wird nicht nötig sein.« Falko war verärgert, weil seine Freunde sich zu sehr mit Einzelheiten beschäftigten. Er selbst wollte nur hinausgehen, die Pulvervorräte des Feindes zerstören und wieder in die Burg zurückkehren.

»Wir sollten aufbrechen«, erklärte er, um sich von Giso nicht das Heft aus der Hand nehmen zu lassen.

Hilbrecht schien immer noch verunsichert zu sein, denn er zupfte den Priesterschüler am Ärmel. »Sollen wir?«

Giso brannte nicht weniger als Falko darauf, die Sache hinter sich zu bringen. »Natürlich! Wir haben einen weiten Weg vor uns und müssen dabei den Feind umgehen, um von hinten an die Pulverwagen zu kommen. Das ist Falkos Plan, und ich finde ihn gut.«

Damit war der Friede zwischen den jungen Burschen wiederhergestellt. Falko öffnete die Pforte und schlüpfte hinaus. »Die Luft ist rein!«, flüsterte er seinen Kameraden zu. Die beiden folgten ihm und starrten auf die hell lodernden Wachfeuer, welche selbst noch die Mauern der Burg in flackerndes Licht tauchten.

»Bückt euch, sonst entdecken sie uns!«, befahl Falko kaum hörbar und ging selbst in die Knie. So vorsichtig, als lägen nicht weit über hundert Schritte zwischen ihnen und ihren Feinden, kroch er in den Graben, der die Mauer umgab.

Zum Glück hatte sich kein Wasser darin gesammelt, und er bot ihnen auch noch Deckung, als sie an eine Stelle kamen, die von den feindlichen Feuern hell ausgeleuchtet war. Sie befanden sich nun in der Nähe des Burgtors und konnten das feindliche Geschütz deutlich sehen. Es war auf die hölzernen Torflügel gerichtet und würde, wenn ihr Vorhaben nicht gelang, bereits am nächsten Tag schwere Steinkugeln abfeuern.

Unter der festen Holzbrücke, die vor dem Tor den Graben überbrückte, blieben sie stehen und prägten sich die Gegebenheiten genau ein. Danach huschten sie lautlos wie Wiesel weiter und verschwanden in der Dunkelheit.

Der Feind hatte Kibitzstein zwar in einem weitläufigen Bogen eingekreist, doch dieser Ring war gegenüber dem Hauptlager recht dünn geraten, und die Wachfeuer leuchteten in diesem Teil nicht alles aus. Daher konnten die drei Freunde an den Wächtern vorbeischleichen. Die feindlichen Soldaten standen um die Feuer herum und unterhielten sich, statt sorgfältig Ausschau zu halten. Ärger erwarteten sie allenfalls auf der Vorderseite der Burg, an der das neue Geschütz stand. Sie selbst kamen sich überflüssig vor, weil die Kibitzsteiner keine Hilfe von außen zu erwarten hatten und ein Ausfall in ihre Richtung angesichts der steilen Weinberge sinnlos war. Jeder Trupp, der die Hänge als Fluchtweg benutzen wollte, würde von den Belagerern rasch gestellt werden.

Falko und seine Freunde dankten den Wächtern im Stillen für ihre Unaufmerksamkeit und schlichen durch die Weinberge, die ihnen nicht nur Deckung verschafften, sondern ihnen auch halfen, sich in der mondlosen Nacht zu orientieren. Ein Stück hinter Habichten verließen sie die schier endlosen Reihen der Rebstöcke und schlugen einen Bogen, der sie zur Burg zurückführte. Dabei wiesen ihnen die lodernden Feuer der Belagerer den Weg.

An einem schmalen Graben hielt Falko an und griff in den feuchten Schlamm. »Schmiert euch damit Gesicht und Hände ein, sonst seid ihr im Feuerschein zu schnell auszumachen.«

»Du tust ja so, als würdest du so etwas jede Woche machen«, maulte Hilbrecht, der sich nicht schmutzig machen wollte.

»Erinnere dich an die Lehren deines Vaters! Der war ein fast so großer Krieger wie der meine.«

»Das ›fast‹ will ich überhört haben«, entgegnete Hilbrecht und tarnte sein Gesicht nun ebenfalls mit einer Schlammschicht. Auch Giso befolgte den Rat. Als jemand, der das Paternoster nicht nur fehlerfrei beten konnte, sondern auch wusste, was die lateinischen Worte bedeuteten, sah er mit einer gewissen Nachsicht auf die beiden Rittersöhne hinab. Dennoch war er froh, dass die beiden kühles Blut bewahrten und Falko sich als würdiger Anführer erwies.

Kurz darauf erreichten sie den Rand des von den Wachfeuern ausgeleuchteten Geländes und blickten begehrlich auf das wuchtige Holzgestell, auf dem das Geschütz lag. An dieser Stelle war es so hell, dass selbst eine Maus keine drei Schritte weit kam, ohne entdeckt zu werden. Den Wagen mit den Pulvervorräten hatten die Belagerer jedoch nach der ersten bösen Erfahrung etliche Schritte von der Kanone und den Burgmauern entfernt aufgestellt und in respektvollem Abstand darum herum einen lockeren Kreis von Wachfeuern entzündet. Deren Flammen erzeugten nun ein flackerndes Spiel von Licht und Schatten, das einem beherzten Jüngling genügend Deckung bieten konnte.

»Zu dritt schaffen wir das nicht. Das ist zu gefährlich.« Falko rieb sich nachdenklich die Nase, dann steckte er die Tonflasche, die er mit Pulver gefüllt hatte, unter seinen Kittel und entblößte sein Gebiss zu einem Grinsen, das seine Zähne im Licht der Feuer wie Perlen schimmern ließ.

»Ich wage es! Gelingt es mir, ist es gut. Werde ich erwischt, müsst ihr zusehen, dass ihr die Beine in die Hand nehmt.«

»Sollte nicht besser ich gehen?«, wandte Giso ein. »Wenn du gefangen wirst, muss deine Mutter die Burg übergeben, denn Henneberg wird sie sicher mit deinem Leben erpressen. Ich hingegen werde höchstens umgebracht.«

»Es ist unsere Burg, und wenn ich sie behalten will, muss ich mich ihrer würdig erweisen. Gelingt es uns nicht, das Pulver zu sprengen, wird das Geschütz über kurz oder lang das Tor und den Torturm zusammenschießen. Dann kommt es zum Sturmangriff, und ob wir den überstehen, steht in den Sternen. Also gehe ich.«

Ohne auf eine Antwort seiner Freunde zu warten, kroch Falko wie ein Salamander auf allen vieren davon. Hilbrecht wollte ihm folgen, doch Giso hielt ihn zurück.

»Falko hat recht. Diese Tat kann nur von einem vollbracht werden!«

4.

Jede Bodenunebenheit nutzend, kroch Falko auf den Pulverwagen zu. Alles in ihm drängte, es schnell hinter sich zu bringen, aber er blieb vorsichtig und behielt die Wachen im Auge. Immer wenn einer der Männer den Kopf in seine Richtung wandte, drückte er sich eng an den Boden und rührte sich nicht. Auf diese Weise schienen Stunden zu vergehen, ohne dass er dem Wagen nennenswert näher kam. Im Stillen dankte er Giso, der ihm den schlichten Bauernkittel aufgenötigt hatte, denn der unterschied sich kaum von der Farbe der zertrampelten Erde. Selbst als der Lichtschein eines aufgeschürten Feuers ihn voll erfasste, nahm keiner der Wächter ihn wahr.

Während die beiden Krieger, die ihn noch hätten sehen können, wieder ein paar Worte miteinander wechselten, sprang Falko auf und verbarg sich unter dem Wagen. In der Deckung der großen Räder, deren Speichen so viele Schatten warfen, dass selbst ein Adler ihn dort nicht hätte ausmachen können, zog er seine kleine, selbstgebastelte Bombe hervor und fragte sich, wie er sie am wirkungsvollsten einsetzen konnte. Wenn er sie einfach unter den Wagen legte und die Lunte anzündete, würde sie wohl wirkungslos verpuffen, denn die Bohlen, aus denen der Boden des Gefährts bestand, waren beinahe so stabil wie die des Burgtors. Er musste mehr wagen! Falko schob die Zunge zwischen die Lip-

pen und richtete sich auf. Als die Wachen ihm für einen Augenblick den Rücken zukehrten, zog er sich auf den Wagen und schlüpfte unter die Plane. Unter dem schweren Stoff konnte er zwar nichts mehr sehen, doch seine Hände ertasteten einen Spalt zwischen den Fässern, in den er die Pulverflasche stecken konnte. Dann rollte er die Zündschnur aus, die ihm mit einem Mal arg kurz erschien, und zog die Zunderbüchse aus der Tasche.
Sein Magen verknotete sich. Wenn der Baumschwamm erloschen war, konnte er die Lunte nicht entzünden, da er keine Möglichkeiten besaß, Feuer zu machen. Zwar hatte Hilbrecht Stahl und Feuerstein bei sich, doch die fünfzig Schritte, die ihn von seinem Freund trennten, hätten gut und gern ebenso viele Meilen sein können.
Falko richtete ein Stoßgebet zum Himmel und öffnete die Dose. Ein Stein fiel ihm vom Herzen, als er das rote Glimmen in ihrem Innern sah. Rasch blies er die Glut an und hielt sie an das Ende der Zündschnur. Es dauerte ein wenig, bis das mit Schwarzpulver verdrillte Werg Feuer fing. Als es zischte, ließ Falko die Dose fallen und sprang aus dem Wagen. Schon wollte er losrennen, als ihm klarwurde, dass er die Wachen auf sich aufmerksam machen würde. Wenn einer der Männer den richtigen Einfall hatte und früh genug nachsah, würde er die Zündschnur löschen können.
Also blieb ihm nichts anderes übrig, als erneut eine Eidechse zu spielen und auf dem Bauch davonzukriechen. Falko versuchte mitzuzählen, wie rasch die Zündschnur abbrannte. Kam er nicht weit genug von dem Wagen weg, würde das explodierende Pulver ihn ins Himmelreich schleudern. Halberstarrt vor Anspannung, begann er leise zu beten und rutschte schließlich auf Knien und Ellbogen weiter.
Er hatte noch nicht ganz die Hälfte bis zum Kreis der Wachfeuer zurückgelegt, da schien hinter ihm die Welt unterzugehen. Ein Licht flammte auf, heller als der Tag, und gleichzeitig packte ihn eine Riesenfaust und schleuderte ihn durch die glutheiße Luft,

die ihm Haut und Haare versengte. Er landete hart und vernahm gleichzeitig einen Donner, der die Erde bis ins Mark erschütterte. Dann war es so still wie in einem Grab.

Falko stemmte sich ein wenig hoch, schüttelte sich benommen und verspürte einen Schmerz im Nacken, der sich bis in den Rücken und über den halben Kopf zog. Mühsam wandte er sich um und unterdrückte einen triumphierenden Aufschrei. Was er sah, hätte er sich in seinen kühnsten Träumen nicht ausmalen können. Dort, wo der Pulverwagen gestanden hatte, befand sich ein Loch im Boden, das groß genug war, um ein Pferd darin zu begraben. Die meisten Zelte ringsum waren wie von einem Sturmwind davongerissen worden, und viele andere loderten auf wie Scheiterhaufen. Offensichtlich hatte die Explosion das Holz der Wachfeuer aufgewirbelt und die gepichte Leinwand in Brand gesetzt. Flammen schlugen aus Zelten, Unterständen und Vorratswagen und tauchten die Landschaft in ein gespenstisches Licht.

Überall rannten Menschen herum, sie schienen kopflos zu sein und gestikulierten wild. Auch sahen sie so aus, als würden sie schreien oder einander etwas zurufen, aber Falko vernahm keinen Laut. Während er sich verwundert umschaute, zupfte ihn jemand am Ärmel. Er fuhr herum und atmete erleichtert auf, als er Hilbrecht erkannte. Auch sein Freund bewegte die Lippen, doch Falko konnte nichts verstehen.

Erschrocken deutete er auf seine Ohren. »Ich kann nicht mehr hören!«

Hilbrecht stutzte, begriff dann aber, was sein Freund meinte, und packte ihn am Arm. »Lass uns verschwinden!«

Er wollte Falko mit sich ziehen, doch dieser riss sich los und zeigte auf die Kanone, die immer noch in ihrer Bettung lag. Die Männer, die dort hätten Wache halten müssen, waren weg. Wahrscheinlich versuchten sie ebenfalls, wenigstens die Vorräte vor den Flammen zu retten.

»Lass uns das Ding ebenfalls zerstören!« Täuschte er sich, oder nahm er wenigstens seine eigene Stimme wieder wahr? Aber das war jetzt nicht wichtig.

Falko lief zu dem Geschütz hinüber, dessen Wachfeuer zum größten Teil von der Explosion weggeblasen worden waren. An dieser Stelle herrschte eine von gelegentlichem Aufflackern durchbrochene Dunkelheit, in der die drei Freunde darauf achten mussten, nicht über Gegenstände oder – wie Giso gerade feststellte – über Tote zu stolpern.

Vor der Kanone blieb Falko stehen, kratzte sich unwillkürlich am Kopf und stöhnte auf, als er die verbrannte Haut spürte. Das ist ein geringer Preis für diesen Erfolg, fuhr es ihm durch den Kopf. Er würde den Rest seines Haares opfern, wenn es ihm gelang, auch die größere Gefahr für die Burg zu beseitigen. Schwarzpulver konnten die Feinde schneller heranschaffen als eine neue Kanone. Schnell prüfte er die Lage des Geschützes. Das Rohr saß fest in seiner Bettung, und um es herauszuheben, wären ein Dreifuß und ein Seilzug notwendig.

Falko wollte schon aufgeben, obwohl ihm klar war, dass er nur einen Aufschub von ein oder zwei Wochen erreicht hatte. Da entdeckte er die Keile, mit denen das Geschützrohr in seiner Lage gehalten wurde. Hennebergs Leute waren offensichtlich noch nicht dazu gekommen, die Bettung mit Eisennägeln zu sichern. Diese lagen zusammen mit einem Schlägel, mit dem sein Fuß gerade schmerzhaft in Berührung gekommen war, neben der Kanone im Gras.

Kurzentschlossen hob Falko den langstieligen Hammer auf und holte aus. Der Schlag hallte misstönend durch die Nacht, und seine beiden Freunde starrten erschrocken zu den Belagerern hinüber. Doch sie hatten Glück. Das Feuer hatte einige Vorratswagen erfasst und fraß sich mit knackenden Geräuschen, in die sich kleinere Explosionen mischten, durch die Ladung.

Falko schlug noch einmal zu und ein drittes Mal. Nun flog der erste Keil im weiten Bogen davon.

»Ja, so ist es richtig!«, feuerte Hilbrecht seinen Freund an. Giso lief um die Kanone herum, in der Hoffnung, einen zweiten Schlägel zu finden. Doch er stolperte nur über die Teile des Dreifußes. Lange Stangen, die zwischen dickeren Stämmen lagen, brachten ihn auf eine Idee.

Er rief Hilbrecht herbei und drückte ihm eine in die Hand. »Los! Wir klettern hinauf, und sowie Falko genügend Keile gelöst hat und die Kanone sich absenkt, wuchten wir das Rohr aus seiner Bettung.«

Hilbrecht stieß einen vergnügten Laut aus, und Falko, der nun auch wieder einzelne Worte verstehen konnte, verdoppelte seine Anstrengung. Der nächste Keil flog durch die Luft, dann der übernächste.

»Schneller! Die Kerle haben gemerkt, dass sich hier etwas tut!«, rief Hilbrecht seinem Freund zu und wollte seine Stange gegen das Geschützrohr stemmen.

»Halt, du Narr, wenn das Ding jetzt ins Rollen kommt, wird es Falko zermalmen«, brüllte Giso. Auch ihm fiel es schwer, seine Ungeduld zu bezähmen, aber im Gegensatz zu Hilbrecht behielt er die Übersicht.

Falko eilte unterdessen zum vorderen Teil, um auch da die Keile wegzuhauen.

»Stell dich anders! Sonst fällt das Rohr auf dich drauf!«, rief Giso hinab und setzte ebenfalls die Stange an.

Er und Hilbrecht legten sich mit aller Kraft ins Zeug, doch selbst als Falko weitere Keile herausgeschlagen hatte, gelang es ihnen nicht, das Rohr zu bewegen. Während Hilbrecht unbeherrscht fluchte, sprach Giso ein lateinisches Gebet.

Falko aber schnaubte und griff nach einer weiteren Stange. »Lasst es uns zu dritt versuchen! Wir müssen es einfach schaffen.«

Er ließ sich von Giso auf die Geschützbettung ziehen und stemmte seine Stange mit einem auffordernden Schnalzen gegen das Geschützrohr. »Und jetzt zugleich!«

Die drei legten sich mit ihrem vollen Gewicht auf die Stangen. Doch das Geschütz rührte sich nicht.

Auf Falkos Befehl setzten sie die Stangen neu an und warfen sich erneut mit vollem Gewicht auf die Hebel. »Zur Hölle mit dir verdammtem Ding!«, fluchte Giso, der gesehen hatte, wie die Würzburger Waffenknechte sich sammelten, um geschlossen gegen den vermeintlichen Ausfall der Kibitzsteiner vorzugehen.

In dem Augenblick ging ein Ruck durch das Geschütz.

»Wir schaffen es!«, jubelte Hilbrecht.

Es war, als würde ihnen diese Erkenntnis neue Kräfte verleihen, denn im nächsten Augenblick bewegte sich das Rohr erneut. Falko befahl ihnen, die Stangen noch einmal weiter vorne anzusetzen. Als sie sich nun auf die Hebel warfen, rutschte das Rohr wie von selbst über den Rand der Bettung, rollte einige Klafter weit und schien dann zur Ruhe zu kommen. Im nächsten Augenblick aber kippte es über eine Kante und fiel in abschüssiges Gelände.

Ein paar Herzschläge lang sahen die drei Jünglinge zu, wie das Geschützrohr in der Nacht verschwand. Man konnte hören, wie es gegen blanken Felsen krachte und Rebstöcke niederwalzte. In diesem Herbst würde es weniger Wein geben, aber das war ein geringer Preis für diesen Sieg.

Das Rohr rollte noch zu Tal, als hinter ihnen scharfe Kommandos aufklangen. Sie drehten sich um und sahen die Würzburger in breiter Front auf sich losstürmen.

»Zur Burg!«, befahl Falko. Es war der letzte Ausweg, da sie beinahe schon umzingelt waren. Als sie auf die Burg zurannten, kam ihnen ein weiterer Trupp feindlicher Krieger entgegen.

»Wir hätten vielleicht doch die andere Richtung nehmen sollen«, rief Hilbrecht erschrocken und tastete nach seinem Schwert. Das aber hatte er auf Kibitzstein zurückgelassen. Genau wie Falko trug er nur einen Dolch bei sich, und Giso besaß nicht mehr als das Messer, welches er zum Essen benutzte.

»Jetzt zeigen wir den Kerlen mal, was Heldenmut ist«, rief Hilbrecht mit einer Stimme, die seine Angst verriet.

Falko lachte kurz auf, denn er sah, wie die Tore von Kibitzstein sich öffneten und die Burgbesatzung mit Michi an der Spitze einen Ausfall machte. »Kommt, Leute, das schaffen wir!«

Er rannte auf die Henneberger zu, schlug dann Haken und versuchte, die Leute zu umgehen. Hilbrecht wählte die andere Richtung, während Giso, der etwas zurückgeblieben war, genau in die Lücke hineinlief, die ihm die Verfolger seiner Freunde öffneten. Wie durch ein Wunder gelang es allen drei, den Hennebergern so lange zu entgehen, bis Michi mit seinen Mannen heran war und sich brüllend auf die Feinde stürzte.

Die Kriegsknechte, die den Schrecken des explodierenden Pulverwagens noch nicht überwunden hatten, schienen die neue Gefahr nicht richtig wahrzunehmen, denn sie stolperten immer noch hinter den drei Freunden her. Erst als die Wurfspieße und Pfeile der Verteidiger ihre Ziele fanden, machten Hennebergs Soldaten Front gegen die Kibitzsteiner. Doch sie hatten zu spät reagiert und wurden zurückgedrängt.

Falko und seine beiden Freunde schlüpften durch die eigenen Reihen und rannten, bis sie in Sicherheit waren. Mitten auf dem Burghof ließen sie sich atemlos fallen und hielten sich die Bäuche vor Lachen.

Hinter ihnen blies ein Knecht, der sie hatte kommen sehen, ein Signal, und Michi gab den Befehl zum Rückzug. Er und seine Leute lösten sich von dem verwirrten Feind, brachten sich in der Burg in Sicherheit und schlossen die Tore hinter sich, ehe feindliche Krieger ihnen folgen konnten.

Als die großen Balken vorgelegt waren, trat Michi zu Falko und blaffte ihn und seine Freunde an. »Was habt ihr blutigen Narren euch bloß dabei gedacht? Wäre nur einer von euch von den Hennebergern erwischt worden, hätten wir die Waffen strecken müssen!«

Falko konnte vor Lachen kaum atmen. »Sie haben uns aber nicht erwischt! Stattdessen haben sie kein Pulver mehr, und ihre letzte Kanone liegt jetzt im Main. Auf unserer Seite haben wohl nur Mutters Weinstöcke gelitten.«

»Das wird Frau Marie dir verzeihen! Geh und wasch dich, bevor du ihr gegenübertrittst. Du siehst grässlich aus. Und lass dich vorher noch von Anni verarzten.« Michis Stimme verriet, dass er trotz seines ersten Aufbrausens stolz auf die Burschen war. Er zwinkerte Falko sogar noch zu, bevor er auf die Burgmauer stieg, um im heraufziehenden Morgengrauen die Verheerungen zu betrachten, welche die drei bei den Belagerern angerichtet hatten.

5.

Die Erleichterung der Kibitzsteiner, dass nun keine Kanone mehr auf ihr Tor gerichtet war, hielt kaum länger als vierundzwanzig Stunden an. Gegen Mittag des übernächsten Tages marschierten weitere Soldaten die Straße von Volkach herauf. Sie führten zwar keine Kanonen mit sich, dafür flatterte das Banner des Fürstbischofs über ihren Köpfen. Offensichtlich hatte Herr Gottfried Schenk zu Limpurg die Geduld mit den Verteidigern von Kibitzstein verloren.

Der Anführer der Truppe trug das Wappen der mainfränkischen Henneberger, und da es im Augenblick nur zwei Männer gab, die es tragen durften, konnte es sich nur um Graf Otto handeln, den ehemaligen Hilgertshausener Vogt. Ein unbekannter Kleriker und der Marie seit der Fuchsheimer Hochzeit verhasste Prälat Pratzendorfer begleiteten ihn.

Otto von Henneberg war erst vor wenigen Tagen aus österreichischer Haft zurückgekehrt und hatte in Würzburg erfahren, dass sein Bruder Kibitzstein belagerte. Auf Pratzendorfers Rat hin hatte der Bischof ihm eine Truppe mitgegeben und ihn als Verstärkung zu Graf Magnus geschickt. Statt abzusteigen und seinen Bruder zu begrüßen, zügelte Otto sein Pferd neben dem Krater, den die Explosion der Pulvervorräte gerissen hatte, und starrte abwechselnd in das Loch und auf die leere Geschützbettung.

»Was ist denn hier passiert?«, fragte er.

Magnus von Henneberg musste zu seinem Bruder aufsehen und ärgerte sich unwillkürlich darüber. »Die Kibitzsteiner haben vorgestern Nacht einen weiteren Ausfall gemacht und dabei eine Menge Schaden angerichtet.«

Pratzendorfer drängte sein Maultier zwischen Ottos Pferd und Graf Magnus. »Ihr habt Euch doch schon zu Beginn der Belagerung von diesem Gesindel überraschen lassen! Schlafen Eure Wachen?«

Graf Magnus bekam vor Wut einen roten Kopf, doch er hielt sich mühsam zurück, denn bei dem Einfluss, den der Prälat auf den Fürstbischof ausübte, konnte ihm jedes falsche Wort schaden. »Sie haben Hilfe von außen erhalten, Kerle mit geschwärzten Gesichtern. Erst als die meine Leute abgelenkt hatten, kamen die Ratten der Hure aus der Burg. Doch das wird denen da drinnen nichts nützen. Kibitzstein fällt, dagegen verwette ich meine eigene Burg! Und dieses Weib – das schwöre ich, so wahr ich hier stehe – wird mit bloßen Füßen und mit nichts als ihren Kleidern auf dem Leib diese Gegend verlassen.«

»Löblich, dass Ihr der Dame wenigstens noch die Kleider lassen wollt«, spottete Pratzendorfer. Er kümmerte sich jedoch nicht weiter um Graf Magnus, sondern wandte sich an Graf Otto. »Glaubt Ihr, Ihr seid in der Lage, als Hauptmann der Truppen die Burg einzunehmen?«

Otto von Henneberg schluckte. Diese Worte setzten ihn in Konkurrenz zu seinem Bruder, und Magnus sah bereits jetzt so aus, als würde er jeden Augenblick platzen. Um seinetwillen hätte er

am liebsten nein gesagt, doch als Gefolgsmann des Würzburger Bischofs musste er dessen Willen durchsetzen.
»Ohne Geschütze wird es alles andere als leicht sein. Aber wir haben genug Männer, um die Burg zu erobern.«
Damit ist der Fehdehandschuh geworfen, dachte Graf Otto traurig. Magnus hatte jedoch zu viele Fehler begangen, um weiterhin das Kommando führen zu können.
Pratzendorfer ließ dem jüngeren Henneberger keine Zeit zum Nachdenken. »Dann übernehmt Ihr ab jetzt die Befehlsgewalt über diese Truppe. Euer Bruder kann als Euer Stellvertreter fungieren.« Sein Ton verriet, dass er dies als großes Zugeständnis für Graf Magnus ansah.
»Bevor die Herren sich weiterhin dieser Fehde zuwenden, ist noch etwas zu erledigen!«, mischte sich der fremde Kleriker ein. Er nickte sowohl Graf Magnus wie auch dessen Bruder freundlich zu und zog eine Pergamentrolle aus seinem Ärmel.
»Die beiden Grafen Henneberg haben versprochen, das Schwert nie mehr gegen Seine Majestät, den König, zu ziehen. Aber der dafür nötige Schwur wurde noch nicht geleistet. Solange dies nicht geschehen ist, gilt Graf Otto noch immer als Gefangener des Königs und darf ohne dessen Erlaubnis weder in die Dienste eines anderen Herrn treten noch in irgendeiner Fehde die Waffe ergreifen!«
Der Prälat starrte den Sprecher an, als würde er ihn am liebsten von den Soldaten nackt ausziehen und mit Peitschen davonjagen lassen. Doch Graf Otto nickte und sah seinen Bruder herausfordernd an. »Du hast dem König in deinem Brief diesen Eid angeboten. Also musst du ihn auch leisten!«
Graf Magnus sah aus, als hätte er in einen Gallapfel gebissen. Schließlich hatte er dieses Versprechen nicht gegeben, um hinterher das Kommando an seinen Bruder zu verlieren.
Dem fremden Kleriker dauerte sein Schweigen zu lange. »Seine Majestät, König Friedrich, hat Graf Otto auf Ehrenwort gehen

lassen. Werden die Bedingungen nicht erfüllt, bleibt mir nichts anderes übrig, als den Grafen zu bitten, mit mir nach Graz zurückzukehren.«

»Bitten kannst du viel, aber ob es dir erfüllt wird, ist eine andere Sache!«, fuhr Pratzendorfer ihn an, der diese Angelegenheit für ein kindisches Spielchen des Steiermärkers hielt.

»Wenn ich nicht zurückkehre, verliere ich meine Ehre!«, sagte Graf Otto und starrte enttäuscht auf die Mauern der belagerten Burg. Es lockte ihn, Kibitzstein im Auftrag des Fürstbischofs zu erobern und damit seinem Bruder zu beweisen, dass er die Kriegskunst besser beherrschte als dieser.

Pratzendorfers Blick wanderte besorgt zwischen den beiden Hennebergern hin und her. Wenn der Ältere sein Versprechen nicht einhielt, würde Graf Otto auf das Kommando verzichten und zu Friedrich III. zurückkehren, und er verlor den einzigen Mann, der bereit und auch fähig war, die Burg zu erobern. Daher fuhr er Graf Magnus zornig an. »Jetzt leistet endlich diesen Eid, damit die Sache ein Ende nimmt! Oder wollt Ihr die Gunst Seiner Hoheit, des Fürstbischofs, ganz verlieren? Herr Gottfried ist sehr unzufrieden mit der Art und Weise, in der Ihr die Belagerung bislang geführt habt!«

Graf Magnus kämpfte noch einen Augenblick mit sich und seinem Stolz, dann senkte er den Kopf. »Wenn es denn sein muss.« Um die Lippen des fremden Priesters spielte ein eigenartiges Lächeln, und er nickte den beiden Hennebergern freundlich zu. Der römische Prälat aber schien Luft für ihn zu sein.

6.

Peter von Eichenloh hockte gebeugt auf seinem Hengst, als sei er ein hochbetagter Greis. Noch am Morgen hatte der Arzt ihn davor gewarnt, so früh wieder in den Sattel zu steigen, doch für seinen Geschmack war er schon zu lange in Graz geblieben. Zudem drängte die Zeit. Es war schon längst Frühling geworden, und Kibitzstein mochte bereits gefallen sein. Der Verlust der Heimat aber würde Trudi den letzten Lebensmut nehmen. Während der letzten drei Wochen hatte sie ihn mehr an ein wildes, gefangenes Tierchen erinnert als an eine stolze Rittertochter, und er hatte schon befürchtet, sie würde sich heimlich und ganz allein auf die gefährliche Reise nach Hause machen, obwohl sie dort nicht das Geringste bewirken konnte. Daher hatte er Quirin und Hardwin, aber auch Uta und Lampert gebeten, gut auf sie achtzugeben.

Immer wieder fragte er sich, ob er in der Lage sein würde, das Schicksal von Kibitzstein zu wenden. Wunder konnte auch er keine vollbringen, und er fürchtete, dass er zum ersten Mal auf einem Kriegszug scheitern würde. Aber er schwor sich aufs Neue, alles zu tun, was in seiner Macht stand. Mit diesem Vorsatz drehte er sich zu Trudi um und musterte sie.

Das Mädchen wirkte entschlossen und so kampfeslustig, als würden sie bereits in der nächsten Stunde den Soldaten des Würzburger Bischofs gegenüberstehen. Doch noch lagen viele Meilen zwischen ihnen und Kibitzstein. Selbst wenn sie schnell ritten und die Pferde nicht schonten, würden sie mindestens zwanzig Tage unterwegs sein.

Sein Blick wanderte weiter über seine Söldner, die er hier in Graz hatte frisch ausrüsten können. Bis auf ihn ritt jeder seiner Männer ein neues Pferd und führte sein altes zum Wechseln mit. Auch mit Waffen waren sie besser versehen als jemals zuvor, und sie besaßen Vorräte für einen langen Ritt.

»Wir sollten aufbrechen!«, drängte Trudi. Ihre Stimme verriet, wie stark die Enttäuschung in ihr nagte, weil der König ihnen keinen einzigen Soldaten mitgegeben hatte.

In der letzten Woche hatten sie Friedrich nicht einmal mehr gesehen. Wie es hieß, war er in seine andere Residenz zurückgekehrt, die näher bei Wien lag. Trudi nahm an, dass er sich dort in einer prächtigeren Kirche die Knie wund rutschte und Gott um Hilfe gegen seine Feinde bat. Von diesem König hatte sie mehr als genug, und sie begriff langsam, weshalb die Kurfürsten ausgerechnet ihm die Krone des großen Karls aufs Haupt gesetzt hatten. Da er tatenlos blieb, hatten Fürsten wie der Würzburger Bischof freie Hand, die kleinen Herrschaften in ihrer Reichweite zu bedrängen.

Beinahe tat der König ihr leid, doch sie schob dieses Gefühl rasch wieder von sich. Weder das Mitleid noch die Verachtung, die sie für diesen schwachen Herrscher empfand, halfen ihrer Familie. In ihrem Ärger wollte sie ihre Stute antreiben, um endlich den Ort hinter sich zu lassen, an dem ihre Hoffnungen wie Seifenblasen zerplatzt waren. Da öffnete sich das Portal des Palas, und mehrere Männer traten auf den Hof.

Zu ihrer Verwunderung erkannte Trudi Friedrich III., der erst vor wenigen Stunden nach Graz zurückgekehrt sein konnte, denn beim Abendessen am Vortag war sein Stuhl leer gewesen. Der König trug einen weiten Umhang mit einem breiten Schulterkragen aus Pelz, der weniger dazu gedacht war, ihn gegen den kalten Wind zu schützen, der von den nahen Bergen herabblies, sondern seinen Rang betonen sollte. Trudi empfand das als lächerlich, neigte aber ihr Haupt. Absteigen und noch einmal vor Friedrich knicksen wollte sie jedoch nicht.

Friedrich III. schien diese Höflichkeitsbezeugung auch nicht zu erwarten, denn er befahl Peter von Eichenloh, der sich aus dem Sattel schwingen wollte, sitzen zu bleiben. Dabei lächelte er auf eine seltsame Art, so als amüsiere er sich über etwas. Dann aber machte er ein hoheitsvolles Gesicht und sprach Junker Peter an.

»Ich bedauere, dass Ihr Uns so rasch wieder verlassen wollt, doch Wir wollen Euch nicht von Eurem Ritt abhalten. Da Ihr auf dem Weg zu Eurem Ziel nach Würzburg kommt, geben Wir Euch diese Briefe mit, damit sie sicher zu ihrem Empfänger gelangen.«

Einer der Begleiter des Königs reichte Eichenloh eine Ledertasche, auf der das königliche Wappen prangte.

Nun schien Friedrich ein Lächeln zurückhalten zu müssen. »Die Briefe sind für Seine fürstbischöfliche Hoheit, Herrn Gottfried Schenk zu Limpurg, und die Grafen von Henneberg bestimmt. Übermittelt den Herren meine besten Wünsche!«

Beim letzten Satz biss Trudi die Zähne zusammen. Am liebsten hätte sie die Ledertasche gepackt und Friedrich vor die Füße geworfen.

Der König schien zu bemerken, was sie bewegte, denn er nahm Junker Peter ein wenig beiseite und sprach leise auf ihn ein. »Hört mir gut zu, Eichenloh. Ihr steht vor einem Scheideweg, an dem sich Euer weiteres Schicksal entscheiden wird. Ich brauche Männer wie Euch!« Wie meist, wenn er ein vertrauliches Gespräch führte, schlug Friedrich einen persönlicheren Tonfall an und verzichtete auf das Wir und Uns, mit dem er sonst seinen Rang betonte.

Da der König einen Augenblick in die Ferne blickte, glaubte Eichenloh, er erwarte eine Antwort, und räusperte sich. Doch Friedrich sprach weiter. »Von Eurem Vater seid Ihr nach dem Streit wegen Eurer Mutter enterbt worden, und nach dessen Tod haben sich Eure Stiefmutter und deren Söhne das Erbe geteilt. Dort habt Ihr nichts mehr zu erwarten.«

»Das ist mir bewusst, Euer Majestät. Sollen meine Halbbrüder sich um den Knochen balgen, den ihnen der Vater hinterlassen hat!« Peters Stimme klang scharf und so laut, dass Trudi es hörte und nachdenklich wurde. Sie wusste eigentlich gar nichts von ihm, wenn man von seiner Position als Anführer einer Söldnertruppe absah, und nahm sich vor, dies während ihrer Reise nach Kibitzstein zu ändern.

Der König schüttelte den Kopf. »Euer Vater hat sich schwer an

Eurer Mutter versündigt, als er sie wegen angeblicher Untreue in ein Kloster steckte. Immerhin war sie königlichen Geblüts.«
»Sie war vorher schon krank und ist dort nach zwei Monaten verstorben. Aber in seiner Gier, eine neue Ehe einzugehen, hat der Mann ihr nicht einmal einen ehrenhaften Tod vergönnt!«
»Ihr habt ihn mit dem Verzicht auf seinen Namen und den Titel schwer erzürnt.« Friedrich III. verriet mit keiner Regung, ob er in dieser Frage zum Vater oder zum Sohn hielt.
Junker Peter zuckte mit den Achseln. »Eichenloh ist ein ebenso guter Name wie der, den meine Halbbrüder tragen.«
»Das ist er, besonders wenn ein königliches Siegel den Träger in den Rang eines Freiherrn einsetzt und er Land und Güter besitzt. Kehrt zu mir zurück, wenn diese Sache vorbei ist, und Ihr werdet ein Lehen erhalten. Nicht aus der Hand des Königs, sondern aus der des Herzogs der Steiermark. Ich brauche treue Leute in meinen Stammlanden, auf die ich mich verlassen kann. Auf Euren Oheim braucht Ihr nicht mehr zu zählen. Von den Lügen getäuscht, die ihm gewisse Kreaturen in die Ohren geblasen haben, indem sie Euch nach Michel Adlers Tod als Meuchelmörder bezichtigten, hat er einen Erbvertrag mit dem Hochstift Mainz abgeschlossen – und was die Kirche einmal besitzt, das gibt sie nicht mehr her.«
Peter fragte sich, ob der König ihm dieses Angebot gemacht hatte, weil er vom Scheitern seines Zuges nach Franken überzeugt war, oder ob er ihn wirklich an seiner Seite sehen wollte. Es war eigentlich nicht sein Wunsch, ein direkter Gefolgsmann dieses gekrönten Zauderers zu werden, doch wenn Kibitzstein in die Hände des Würzburger Bischofs fiel und Trudis Familie heimatlos wurde, konnte er ihr in diesem Landstrich eine neue Heimat schaffen. Diese Überlegung ließ seine Antwort ehrerbietiger ausfallen, als sie sonst gewesen wäre.
»Ich danke Euer Majestät von Herzen und werde, so Gott mich diese Reise überleben lässt, zu Euch zurückkehren.«

»Das hoffe ich doch! Heiratet das Mädchen da und bringt es mit. Und nun reitet mit Gott!«

Mit diesen Worten trat der König zurück und hob grüßend die Hand.

Trudi brachte eine gerade noch höflich zu nennende Verbeugung zustande und sprengte zum Burgtor hinaus, Peter folgte ihr mit einer weitaus respektvolleren Geste. Äußerlich schien er mit sich und der Welt im Reinen zu sein, aber in seinem Kopf führten die Gedanken einen wilden Tanz auf.

Er hatte schon lange mit seiner Familie gebrochen und nicht geglaubt, dass ihn die Vergangenheit noch einmal berühren könne. Das Gespräch mit dem König aber hatte die alten Wunden wieder aufgerissen. Um das bittere Gefühl in seinem Innern zu vertreiben, richtete er seine Gedanken auf den Rat des Königs, Trudi Adler zu heiraten. Eigentlich war schon die Vorstellung absurd. Zu seinen Vorfahren gehörte mit Heinrich VII. immerhin ein Kaiser, wenn auch nur über eine illegitime Tochter, und er sollte eine Frau ehelichen, deren Vater noch Bierkrüge ausgewaschen hatte und deren Mutter gerüchteweise in ihrer Jugend eine Hure gewesen war? Trudi selbst war mit ihrer Tugend ebenfalls recht liederlich umgegangen und hatte sich Gressingen an den Hals geworfen.

Sein Sinn für Gerechtigkeit widersprach dieser Feststellung. Immerhin war ihm zu Ohren gekommen, dass Trudi sich diesem Kerl nicht freiwillig hingegeben hatte, sondern von ihm betrunken gemacht worden war. Das kam für ihn einer Vergewaltigung gleich. Er hasste Männer, die mit Frauen umsprangen, als seien sie beliebig nutzbar, und sah Gressingens Tod durch Trudis Hand als ausgleichende Gerechtigkeit an. Das durfte er jedoch niemals verlauten lassen.

Um Trudis Gemüt nicht mit einem Totschlag zu belasten, war auf Anweisung des Königs offiziell festgestellt worden, dass sie den Attentäter mit einem Gegenstand betäubt habe. Sein Tod war den Leibwächtern zugeschrieben worden, die ihn in ihrer Wut erschlagen hätten. In Peters Augen wäre es nicht notwendig gewesen, die Wahrheit zu verbiegen. Trudi war so robust, dass diese Tat nicht ihr Gewissen belastete, und sie wusste genau, was sie getan hatte.

Während seiner Überlegungen hatte sein Hengst, der nur ungern ein Pferd vor sich gehen ließ, zu Trudis Stute aufgeschlossen und versuchte nun trotz des kurzen Zügels, wenigstens eine Nasenlänge Vorsprung zu halten.

Ehe Peter etwas sagen konnte, blickte Trudi ihn herausfordernd an. »Was hat der König noch gesagt? Sollen wir in seinem Auftrag dem Würzburger Bischof vielleicht auch noch den A..., äh ..., den Saum seines Ornates küssen?«

Peter schmunzelte. »Davon war nicht die Rede. Er hat mir nur berichtet, dass mein Vater gestorben ist und mein Oheim sein Land an den Mainzer Bischof verschenkt hat. Damit habe ich nun endgültig keine Heimat mehr und bin so frei wie ein Vogel.«

»Wenn es uns gelingt, Kibitzstein zu erhalten, wird meine Mutter dafür sorgen, dass Ihr eine Heimat bekommt. Ich denke da an die Herrschaft Windach. Sie war einst für meine Mitgift bestimmt, doch ich verzichte gerne zu Euren Gunsten.«

»Das Angebot könnte mich dazu bringen, noch härter für Euch zu kämpfen. Das Söldnerleben ist ja schön und gut, aber irgendwann wird man dessen doch überdrüssig.«

Es machte ihm Spaß, sie ein wenig an der Nase herumzuführen, insbesondere, da es sich, wie er fand, um eine sehr hübsche Nase handelte. Zwar hatte er schon schönere Mädchen als Trudi gesehen, aber keine von ihnen war so temperamentvoll gewesen, ihm einen Schweinsschädel an den Kopf zu werfen. Bei dieser Erinnerung musste er lachen, und er bemerkte erleichtert, wie die Bitterkeit, die das Gespräch über seine Familie in ihm hochgespült hatte, langsam schwand.

»Nun, dann ein Hoch auf Kibitzstein! Wir wollen doch sehen, ob wir die Mannen dieses Magnus von Henneberg nicht zu Paaren treiben können!«

»Das ist ein Wort, an dem ich Euch messen werde!« Trudi warf Peter einen kämpferischen Blick zu und zog eine Miene, als wolle sie eher selbst das Schwert in die Hand nehmen, als zuzusehen, wie ihre Heimat verlorenging. Also musste er scharf aufpassen, damit sie nicht zu Schaden kam.

7.

Hertha von Steinsfeld hatte sich vor Markgraf Albrecht Achilles aufgebaut, als sei sie eine Henne, deren Küken er bedrohte. Die Rechte zur Faust geballt, wies sie mit der anderen Hand in die Richtung, in der ihre Heimat lag.

»Wie könnt Ihr zulassen, dass der Würzburger Bischof uns freie Reichsritter seiner Herrschaft unterwirft? Kibitzstein ist nur der Anfang. Wenn diese Burg fällt, wird der Würzburger Raubvogel sich auf die nächste Beute stürzen!«

Damit meinte Junker Hardwins Mutter sich selbst und ihren Besitz. Sie hatte die Burg und die Herrschaft Steinsfeld nicht so viele Jahre für ihren Sohn erhalten, um nun einen Bückling vor dem Würzburger machen zu müssen. Auch gefiel es ihr wenig, ihren Bauern noch höhere Abgaben aufzuerlegen, um die Steuern zahlen zu können, die Gottfried Schenk zu Limpurg von ihr fordern würde.

Albrecht Achilles von Hohenzollern, Markgraf zu Brandenburg-Ansbach, brauchte kein Hellseher zu sein, um die Gedanken der Witwe nachvollziehen zu können. Wahrscheinlich hätte sie statt seiner lieber den Teufel um Hilfe gebeten, denn sie war ebenso wenig bereit, seine Farben anstelle der Würzburger über ihrem Besitz aufziehen zu lassen. Gleichzeitig erinnerte Albrecht

Achilles sich an sein Versprechen, das er Marie Adlerin auf Kibitzstein nach dem Mord an ihrem Mann gegeben hatte. Da war er wohl doch etwas voreilig gewesen, wie er sich selbst eingestehen musste. Es reizte ihn zwar, den Würzburger Bischof zu rupfen und seine eigene Macht mainabwärts auszubauen. Doch ein solcher Feldzug musste gut vorbereitet werden. Einen Streit mit Gottfried Schenk zu Limpurg vom Zaun zu brechen, würde ihm keinen nennenswerten Gewinn bringen, aber große Kosten verursachen. Andererseits durfte er dem Würzburger nicht freie Hand lassen.

»Warum hat Marie Adlerin sich nicht schon vorher an mich gewandt? Dann hätten wir uns rüsten und ihr wirkungsvoll zu Hilfe eilen können!«, fragte er, um Zeit für Überlegungen zu gewinnen.

Hertha von Steinsfeld plusterte sich erneut auf. »Das hat sie sehr wohl. Drei Mal hat sie Euch Botschaft geschickt.«

»Nicht eine hat mich erreicht, und auch sonst erhielt ich keinen Hinweis, dass sich die Situation um Kibitzstein so dramatisch zugespitzt hat.«

Auf der sonst so glatten Stirn des Markgrafen zeichneten sich Kerben ab. Wer von seinen Höflingen oder Beamten hatte sich vom Würzburger Gold dazu verleiten lassen, ihm Marie Adlerins Briefe zu unterschlagen und alles, was mit dieser Frau zu tun hatte, kleinzureden? Nach dem, was er erfahren hatte, gab es zwar eine Fehde, aber bei der sollte es sich nur um eine Auseinandersetzung zwischen Kibitzstein und einem oder zwei Nachbarn handeln. Solche Reibereien waren in diesen Gegenden nicht selten. Meist wurden sie mit vielen Worten und wenig Pulver geführt und bald durch die Vermittlung der Nachbarn beigelegt.

Er war getäuscht worden, und das machte es ihm beinahe unmöglich, jetzt noch ein Heer zu sammeln und in Marsch zu setzen. Einige seiner Nachbarn warteten nur darauf, dass er eines seiner Länder entblößte.

»Könnt Ihr Nachricht nach Kibitzstein bringen lassen?«, fragte der Markgraf unvermittelt.

Hertha von Steinsfeld wiegte den Kopf. »Bis vor kurzem wäre das noch möglich gewesen. Aber seit Graf Otto von Henneberg den Oberbefehl über die Truppen der Belagerer übernommen hat, ist Kibitzstein von der Außenwelt abgeschnitten. Doch ich werde es versuchen.«

Über das Gesicht des Markgrafen huschte ein boshaftes Lächeln. »Tut das, gute Frau! Lasst Marie Adlerin mitteilen, dass sie die Burg halten soll, solange es irgend möglich ist. Ich werde derweil ein Heer zu ihrer Unterstützung zusammenrufen.«

Albrecht Achilles nahm sich vor, diese Nachricht so schnell wie möglich unter seinen Höflingen zu verbreiten. Mindestens einer von ihnen würde sie an den Würzburger Bischof weiterleiten. Mit etwas Glück würde er herausbekommen, wer in Herrn Gottfrieds Diensten stand, und denjenigen bestrafen können.

Albrecht Achilles konnte nur hoffen, dass Gottfried Schenk zu Limpurg die Nachricht ernst nahm und Frieden mit Kibitzstein schloss. Begriff der Würzburger jedoch, dass es sich um eine Kriegslist handelte, und vertrieb Marie Adlerin von ihrem Besitz, musste er dem Mann, der sich Herzog von Franken nennen ließ, zu einer gelegeneren Zeit die Rechnung für dessen Raffgier präsentieren.

Hertha von Steinsfeld nahm die Zusage des Markgrafen für bare Münze und bedankte sich überschwenglich. Gleichzeitig fasste sie den Entschluss, der Himmelsmutter eine besonders schöne Kerze zu stiften, damit Gottfried Schenk zu Limpurg Vernunft annahm und die Belagerung von Kibitzstein aufgab. Ein Krieg zwischen den beiden Reichsfürsten, in den sie womöglich selbst hineingezogen wurde, war nicht gerade das, was sie sich wünschte. Während sie sich unter Ehrenbezeugungen zurückzog, verfluchte sie ihren Sohn, der sie im Stich gelassen hatte, um dem Söldnerhauptmann Eichenloh zu folgen. Gleichzeitig aber wünschte sie, Hardwin würde von diesem Mann lernen, die Freiheit seiner Herrschaft zu erhalten.

8.

Seit Otto von Henneberg den Oberbefehl übernommen hatte, wurde die Lage der Kibitzsteiner von Tag zu Tag schwieriger. Dabei kämpfte er eigentlich nicht, um Rache für seine Verletzung zu nehmen. Der Schnitt war gut verheilt und verlieh seinem Gesicht ein verwegenes Aussehen, das ihn älter und erfahrener wirken ließ als seinen Bruder. Auch Magnus' Verbündete zeigten sich davon beeindruckt, denn es war keine Rede mehr davon, er sei eigentlich noch viel zu jung, um verantwortungsvolle Aufgaben zu unternehmen.

Dennoch waren Ludolf von Fuchsheim, Ingobert von Dieboldsheim und ihre Standesgenossen nicht gerade die Männer, die er sich für einen solchen Kriegszug gewünscht hätte. Ihre Aufgebote bestanden zumeist aus Ackerknechten, die sie in einfachste Lederkoller mit ein paar aufgenieteten Blechplatten gesteckt hatten. Die Kerle wussten gerade mal, wo bei einem Speer die Spitze und wo das Ende war, und legten keinen besonderen Eifer an den Tag. Peter von Eichenlohs Reiter würden Leute wie diese mit Leichtigkeit überrennen und zerstreuen. Um Kibitzstein einnehmen zu können, benötigte er ausgebildete Soldaten, und über solche verfügte in dieser Gegend nur der Würzburger Bischof. Doch der hatte seinem Bruder ebenso wie ihm nur schlecht ausgebildete Plänkler mitgegeben.

Bereits am zweiten Tag hatte Graf Otto den Prälaten Pratzendorfer mit dem Auftrag nach Würzburg zurückgeschickt, ihm erfahrene Soldaten und vor allem neue Belagerungsgeschütze zu verschaffen. Ohne Kanonen würden sie noch im Herbst vor der Burg liegen und sich die Fingernägel abkauen. Im Feuer der Kibitzsteiner Geschütze musste jeder Sturmangriff in einem Blutbad enden und sein Heer so schwächen, dass es zu keinen weiteren Aktionen fähig war.

Dabei stellte Kibitzstein nur die erste in einer ganzen Reihe von Herrschaften dar, die Gottfried Schenk zu Limpurg dem Würzburger Hochstift unterwerfen wollte. Ein rascher Sieg über diese gut befestigte Burg würde die meisten anderen Burgherren dazu bewegen, ihr Knie vor Herrn Gottfried zu beugen, bevor dessen Soldaten vor ihren Mauern auftauchten. Doch mit jedem Tag, den dieses Adlernest den Belagerern trotzte, wuchs der Widerstand der kleinen fränkischen Herren, deren Ahnen von einem längst vermoderten König die Reichsfreiheit erhalten hatten, und in den Reichsstädten ringsum wurde bereits alles an Geschützen zusammengekauft, was sich in erreichbarer Nähe befand.

Graf Otto war aber auch bewusst, dass mindestens ein Mann im Heer ihm den Sieg missgönnte, und das war ausgerechnet sein eigener Bruder. Magnus konnte ihm nicht verzeihen, dass er als der Ältere und Erbe des Familienstammsitzes hinter ihm zurückstehen musste. Das war in Ottos Augen Narretei, denn Herr Gottfried würde sie gleichermaßen reich belohnen, ganz gleich, welcher Henneberg den gewünschten Erfolg errang.

»Reut es dich bereits, dem hochwürdigsten Herrn Bischof diese Burg als leichte Beute versprochen zu haben?«, fragte Graf Magnus mitten in Ottos Grübeln hinein.

Dieser drehte sich zu seinem Bruder um und schüttelte den Kopf. »Zwar habe ich das Kommando übernommen, aber Herrn Gottfried Schenk zu Limpurg keinen raschen Erfolg versprochen. So, wie du den Karren in den Dreck gefahren hast, wird es verdammt lange dauern, ihn wieder herauszuholen.«

An diesen unverblümten Worten hatte Graf Magnus zu schlucken. »Die Kibitzsteiner Hure ist zäher, als du denkst, kleiner Bruder. An der wirst auch du dir sämtliche Zähne ausbeißen.«

»Mir wurde zugetragen, du habest dem Bischof versprochen, die Burg in fünf Tagen einzunehmen. Jetzt liegt dieses Heer schon seit mehr als fünf Wochen vor den Mauern, und die Einzigen, die Erfolge auf ihre Fahnen heften können, sind die Kibitzsteiner, die dich zweimal um Pulver und Kanonen gebracht haben.« Otto war der ständigen Sticheleien müde und gereizt genug, die gebotene Rücksichtnahme dem Älteren gegenüber fallenzulassen. »Es wäre besser, du würdest zu deiner Gemahlin zurückkehren. Frau Elisabeth dürfte es wohl arg kalt sein in ihrem einsamen Bett.«

»Willst du damit andeuten, sie nähme es mit der Treue nicht so genau?«, fuhr Magnus auf.

Otto begriff, dass er sich mit seiner Bemerkung in die Nesseln gesetzt hatte, aber er war nicht bereit, auch nur einen Fingerbreit zurückzustecken. »Ob dein Weib dir treu ist, musst du selbst wissen. Ich habe sie in den letzten Jahren nur zweimal gesehen, und das für wenige Tage.«

Gott sei Dank, setzte er insgeheim hinzu, denn er hielt seine Schwägerin für noch aufgeblasener als seinen Bruder. Gewiss hatte sie hinter dem Befehl seines Bruders gesteckt, er müsse Peter von Eichenlohs Söldnertrupp verlassen. Das hatte ihm nicht mehr eingebracht als diesen Schnitt durchs Gesicht und sehr viel Spott, weil er nicht einmal mit einem Mädchen fertig geworden war. Insgeheim verglich er Magnus' Frau mit Jungfer Hiltrud und stellte fest, dass diese in allen Dingen besser abschnitt. Zwar hatte er das Fräulein von Kibitzstein auch in Graz nicht näher kennengelernt, aber zumindest feststellen können, dass in ihren Adern warmes, rotes Blut floss und kein Eiswasser wie bei seiner Schwägerin.

Der Streit zwischen den Brüdern begann sich in einer Weise zu verschärfen, die nach Trennung verlangte. Graf Magnus begriff dies genauso wie Otto, aber er war nicht bereit, das Heer zu verlassen, denn ein solcher Schritt hätte ihn in den Ruch der Feigheit gebracht.

Otto von Henneberg wollte seinen Bruder jedoch nicht länger im Lager dulden. »Es ist wirklich besser, wenn du uns verlässt!«
Die Stimmung im Zelt war auf dem Siedepunkt, und beide Henneberg-Brüder wussten nicht zu sagen, was passiert wäre, wenn nicht Maximilian von Albach eingetreten wäre und aufgeregt in Richtung Volkach gezeigt hätte. »Die Verstärkung kommt!«
Seine Stimme verriet, wen er als geeigneten Anführer für diesen Feldzug ansah, nämlich sich selbst. Doch als einfacher Ritter mit wenig Besitz musste er hinter den gräflichen Brüdern zurückstehen, und das wurmte ihn.
Die drei traten aus dem Zelt und starrten in die von Albach gewiesene Richtung.
»Wie es aussieht, hat der hochwürdige Prälat sich beeilt!« Otto von Henneberg atmete auf, denn mit den neuen Truppen würde sich die Waagschale auf seine Seite neigen.
Genau das befürchtete sein Bruder und knurrte leise. Zu sagen wagte er nichts mehr, denn sowohl Otto wie auch Albach waren in der Lage, despektierliche Äußerungen an den Bischof weiterzutragen. Er folgte den beiden, die den Neuankömmlingen entgegenschritten, und verfluchte sein Schicksal. Hätte der Bischof ihm von Anfang an diese Anzahl an gut ausgerüsteten Kriegern und das Gerät zur Verfügung gestellt, wäre Kibitzstein längst gefallen.
Es waren anderthalbmal so viele Soldaten, wie jetzt schon vor der Burg lagen, und das gab Graf Otto die Möglichkeit, Kibitzstein so eng zu umschließen, dass nicht einmal mehr eine Maus ungesehen durch seine Reihen schlüpfen konnte. Noch mehr freute er sich über die drei großen Wagen, die von je sechs Ochsen gezogen wurden. Auf jedem von ihnen lag ein blitzendes Geschützrohr von beeindruckendem Kaliber.
Graf Otto, die Edelleute und die Soldaten, die zu ihnen aufgeschlossen hatten, achteten zunächst nur auf die Geschütze. Da-

her entging ihnen der Reisewagen, der den Soldaten gefolgt war. Erst als der Kutscher die Peitsche schwang und seine Pferde ausgreifen ließ, wurden sie auf ihn aufmerksam.

»Wer mag das sein?«, fragte der Fuchsheimer, dessen Augen nicht mehr so gut waren.

»Dem Wappen nach der höchstwürdige Herr Bischof persönlich«, antwortete ein anderer Ritter verblüfft.

Graf Otto war der gleichen Ansicht und neigte den Kopf, als der Wagen vor ihnen hielt. Eine Hand, die, wie unschwer zu erkennen war, Pratzendorfer gehörte, hob den Vorhang an, der die Insassen vor dem Staub der Straße geschützt hatte, und dann streckte Gottfried Schenk zu Limpurg den Kopf heraus, den ein roter, breitrandiger Hut bedeckte.

»Wie weit seid Ihr mit der Belagerung gekommen?« Er grüßte nicht, gab keinen Kommentar zu seiner Ankunft, sondern stellte nur diese eine Frage.

Graf Otto wies auf die Mauern von Kibitzstein, die noch keine einzige Scharte aufwiesen. »Wir schnüren die Burg ab, um zu verhindern, dass sie Nachschub an Männern und Nahrungsmitteln erhält. Mehr können wir ohne Kanonen derzeit nicht tun.«

»Ich habe Euch Geschütze mitgebracht. Hütet sie besser, als Euer Bruder es mit den seinen vermocht hat!«

Der Bischof sah Graf Magnus nicht einmal an, sondern befahl seinem Kutscher weiterzufahren. Die beiden Henneberger und die anderen Edelleute folgten ihm wie gescholtene Schulbuben. Vor Magnus von Hennebergs Zelt, welches so groß war, dass drei Bauernhäuser hineingepasst hätten, und dessen kunstvolle Verzierungen in der Sonne leuchteten, ließ der Bischof anhalten. Er wartete, bis Graf Otto ihm den Arm als Stütze reichte, und als er auf festem Boden stand, schlug er seinen weiten, roten Reisemantel zurück und verblüffte seine Untergebenen, weil er darunter nur eine rote Kutte trug und bis auf seinen Bischofsring auf alle Zeichen seiner hohen Würde verzichtet hatte.

Im Gegensatz zu Herrn Gottfried stieg Pratzendorfer aus dem Wagen, ohne Hilfe in Anspruch zu nehmen. Das und seine ganze Haltung verrieten Otto von Henneberg, wie angespannt der Mann war.

Auch der Bischof wirkte nicht gerade erfreut. Zwar wusch er sich mit dem Wasser, das ein Knecht ihm in einer Lederschüssel hinhielt, den Reisestaub von Gesicht und Händen und nahm auch den Becher entgegen, den ein anderer Diener ihm reichte. Aber er trank nicht, sondern richtete den Blick auf Otto von Henneberg.

»Kibitzstein muss fallen, und zwar so rasch wie möglich.«

Graf Otto kniff die Lippen zusammen. »Das wird es erst, wenn wir die Mauern der Festung zusammengeschossen haben.«

Er wollte noch mehr sagen, doch der Bischof unterbrach ihn mit eisiger Stimme. »Ich sagte: so rasch wie möglich!«

»Das kostet viel Blut«, wandte Ludolf von Fuchsheim ein, der nicht an dieser Fehde teilnahm, um seine Leute abschlachten zu lassen, sondern um die Dörfer behalten zu können, die er an Michel Adler verpfändet hatte.

Auch die anderen Burgherren sahen betreten drein. Jeder von ihnen hatte gehofft, sich durch eine gewisse Fügsamkeit den allzu begehrlichen Umarmungen Würzburgs entziehen zu können. Aber der Fürstbischof behandelte sie nicht wie Verbündete, sondern wie Knechte.

Pratzendorfer spürte den Unmut, der sich unter den Edelleuten breitmachte, und versuchte, die Wogen zu glätten. »Es gibt einen dringlichen Grund, diese Sache so schnell wie möglich abzuschließen: Aus Brandenburg-Ansbach kam die Nachricht, dass Markgraf Albrecht Achilles ein Heer aufstellt, um die Kibitzsteiner zu unterstützen. Also muss die Burg fallen, bevor er seine Truppen in Bewegung setzen kann. Seid Ihr, Graf Otto, der Ansicht, dies schaffen zu können?«

Otto von Henneberg blickte durch den Zelteingang auf die neu angekommenen Soldaten und die Geschütze. »Mit dieser Verstärkung wird es uns gelingen!«

»Dann ist es gut.« Nun erst führte der Bischof den Becher zum Mund und trank. Dabei beschloss er, den Eifer der Belagerer zu erhöhen, indem er bis zur Eroberung der Burg im Lager blieb und den Angriff überwachte.

9.

Marie, Falko und Michi standen auf den Mauern von Kibitzstein und blickten zu den Truppen hinüber, die der Fürstbischof ihren Belagerern zugeführt hatte. Ganz abgesehen von den Kanonen kamen nun auf jeden eigenen Bewaffneten mehr als zehn Feinde.

»Ein drittes Mal wird es uns nicht mehr gelingen, die Geschütze zu zerstören!« Trotz seiner bitteren Worte verriet Falkos Miene, dass er es trotzdem versuchen wollte.

Michi legte seine Rechte schwer auf Falkos Schulter. »Damit würdest du nur unnütz dein Leben opfern oder gar denen da als Geisel dienen. Graf Otto führt den Angriff mit viel mehr Umsicht als sein Bruder, wie du selbst sehen kannst. Der lässt sich nicht überraschen. Es ist zum Verzweifeln! Bis die neue Truppe aufgetaucht ist, hatte ich noch die Hoffnung, wir könnten uns halten. Aber das da drüben sind gut gedrillte Würzburger Soldaten und von der Anzahl her wahrscheinlich die gesamte Heeresmacht, die der Fürstbischof aufbringen konnte. Der Teufel soll Herrn Gottfried holen!«

Marie lachte bitter auf. »Das wünschte ich auch! Aber leider steht der Mann dem Herrgott zu nahe.«

Sie sah ihren Sohn und ihren Kastellan fragend an. »Hat es überhaupt noch Sinn, Widerstand zu leisten? Verurteilen wir damit nicht zu viele Menschen zu einem sinnlosen Tod?«

»Vermutlich hat Herr Gottfried Kenntnis davon erlangt, dass der Markgraf von Brandenburg-Ansbach uns zu Hilfe kommt, und will uns in die Knie zwingen, bevor dessen Truppen marschbereit sind. Aber wenn wir uns jetzt ergeben, fallen wir Albrecht Achilles in den Rücken.«
Falkos Stimme klang beschwörend, während an Michi sichtlich Zweifel nagten. Von den Absichten des Brandenburgers hatten sie nur durch Hertha von Steinsfelds Boten erfahren, dem es gelungen war, sich nächtens an den Belagerern vorbeizuschleichen. Ihm schien es unwahrscheinlich, dass Markgraf Albrecht Achilles wegen Kibitzstein einen Krieg mit Würzburg beginnen würde. Und selbst wenn der Ansbacher käme, würde es für sie zu spät sein.
Der Fürstbischof schien seinen Leuten nach dem Marsch keine Pause zu gönnen. Während ein Teil der Soldaten die Ochsen ausspannte, machte sich ein anderer daran, die Bettungen für die Geschützrohre aufzubauen. Am nächsten, spätestens am übernächsten Tag würden die Mäuler der Kanonen schwere Steine gegen die Kibitzsteiner Mauern schleudern.
Das Geschütz, welches Michi von Schweinfurt hierhergeschmuggelt hatte, wies ein kleineres Kaliber auf und vermochte die feindlichen Kanonen nicht zu erreichen.
»Wir werden sie nicht daran hindern können, uns zusammenzuschießen, und wir können auch keine Ausfälle mehr machen, denn der Feind ist uns an jeder Stelle überlegen und würde uns sofort in die Zange nehmen.«
Michi merkte selbst, wie mutlos er klang, und lachte spöttisch auf, um diesen Eindruck zu verwischen. »Unsere Mauern sind fest und werden dem Beschuss einige Zeit standhalten. Wenn die Kerle wirklich stürmen, werden wir ihnen einen sehr heißen Empfang bereiten.«
»Also kämpfen wir?«, fragte Marie zweifelnd.
»Diese Entscheidung müsst Ihr treffen. Ihr wisst selbst, was

Euch blüht, wenn Ihr Euch ergebt. Magnus von Henneberg hat überall herumposaunen lassen, Ihr müsstet barfuß und im Büßerhemd diese Gegend verlassen. Falko würde wahrscheinlich in einem Kerker des Fürstbischofs enden und der Rest von uns als leibeigene Knechte des hohen Herrn!«

Noch während er diese Worte aussprach, begriff Michi, dass er eher kämpfend untergehen wollte, als sich selbst, seine Mutter und seine Geschwister als Unfreie zu sehen.

Falko schüttelte die Fäuste gegen den Feind. »Ich kämpfe! Für meine Familie und für Kibitzstein!«

Nach einigen tiefen Atemzügen nickte Marie ebenfalls. »Auf eine so beschämende Weise werden wir uns nicht ergeben. Dennoch sollten wir beim Bischof anfragen, ob er zu Verhandlungen bereit ist. An die Hilfe des Brandenburgers glaube ich nämlich erst, wenn sein Banner den Weg von Prichsenstadt heraufgetragen wird.«

10.

Trudi, Peter von Eichenloh und ihre Leute folgten von Graz aus zunächst dem Tal der Mur aufwärts bis Sankt Michael, um von dort ins Tal der Liesing einzubiegen und dann mit den Wassern der Enns der Donau zuzustreben.

Ihr erstes größeres Ziel war Linz. Aber auch dort hielten sie sich nur eine Nacht auf. Am nächsten Morgen brachen sie schon in aller Frühe auf, um donauaufwärts bis Passau zu reiten und von dort über Regensburg weiter nach Nürnberg zu ziehen. Diesmal war es ein anderes Reisen als auf dem Hinweg. Zwar besaß Trudi selbst kaum mehr Geld, doch Friedrich III. hatte Eichenloh für die Eroberung von Teiflach gut belohnt, so dass dessen Kriegskasse gefüllt war. Daher brauchten sie unterwegs weder zu hungern noch zu frieren und waren auch nicht gezwungen, die Näch-

te, die doch noch recht kühl zu werden vermochten, im Freien zu verbringen.
Es hätte eine angenehme Reise sein können, doch der Wille, Kibitzstein so rasch wie möglich zu erreichen, trieb sie vorwärts, und so gönnten sie den Burgen und Städten an ihrem Weg kaum mehr als einen beiläufigen Blick. Die Anstrengungen setzten Mensch wie Tier gleichermaßen zu, und Peter von Eichenloh fragte sich immer wieder, was er mit seinen erschöpften Kriegern und den abgetriebenen Pferden würde erreichen können.
Schlug er jedoch vor, langsamer zu reiten, regte Trudi sich auf und schrie ihn an, es ginge um das Leben und das Schicksal ihrer Familie.
Auch an diesem Tag hatte sie sich an die Spitze des Trupps gesetzt und gab ein Tempo vor, das Quirin den Kopf schütteln ließ. »Vielleicht kommen wir auf diese Weise rechtzeitig an, aber das wird wohl auch alles sein.«
Peter nickte mit düsterer Miene. »Ich fürchte, wir werden gar nichts ausrichten können. Glaubst du, die Leute des Bischofs werden sich von uns paar Hanseln daran hindern lassen, Kibitzstein zu erobern?«
»Was ist denn mit dir los? So mutlos kenne ich dich gar nicht. So wenig zu fürchten sind wir auch wieder nicht. Immerhin sind wir die Eichenloher!« Peters Bemerkung hatte Quirins Widerspruchsgeist geweckt, und im Augenblick sah er ganz so aus, als wolle er das Heer des Fürstbischofs allein in die Flucht schlagen.
Einige der Reiter stimmten ihm grimmig zu, und Junker Peter stellte erleichtert fest, dass weder der anstrengende Ritt noch die Aussicht, einem vielfach überlegenen Feind gegenüberzustehen, den Kampfgeist seiner Männer hatte mindern können. Sie würden ihm in jede Schlacht folgen, in die er sie führte, und gerade das bereitete ihm Sorgen. Der Bischof hasste ihn und würde mit

doppelter Vehemenz gegen Kibitzstein vorgehen, wenn er erfuhr, wer der Burgherrin zu Hilfe kam.

Verärgert über seinen Kleinmut, hieb er mit der Faust durch die Luft. »Wir werden es Herrn Gottfried schon zeigen!«

»Aber nicht, wenn wir weiterhin wie Schnecken dahinkriechen«, antwortete Trudi bissig.

»Wir und Schnecken?«, fuhr Quirin auf. »Wir reiten bereits jetzt schon so schnell, dass der Wind neidisch wird, und da behauptet dieses Küken, wir wären Schnecken. Na, dem werden wir zeigen, wie wir Eichenloher reiten!«

Quirin und die Übrigen trieben ihre Pferde zu noch schnellerer Gangart an, und Peter blieb nichts anderes übrig, als es ihnen gleichzutun.

»Ich glaube, hier sind alle verrückt geworden«, sagte er zu Hardwin, der mit verkniffener Miene zu ihm aufschloss.

»Wenn du das sagst, wird es schon stimmen!« Hardwins Gedanken beschäftigten sich jedoch weniger mit dem Kampf um Kibitzstein als vielmehr mit Trudis Freundin Bona, die er nicht aus seinem Gedächtnis verbannen konnte. In Graz waren es nur flüchtige Gedankenfetzen gewesen, doch nun, da ihn jeder Schritt seines braven Braunen näher zu ihr hintrug, spukte sie in einer Weise in seinem Kopf herum, die ihn beinahe wahnsinnig machte. In seinen schlimmsten Träumen sah er sich selbst, wie er Moritz von Mertelsbach erschlug, nur um sie wieder in den Armen halten zu dürfen wie damals im Fuchsheimer Wald.

Sein Blick heftete sich auf Trudi, die schon wieder ein ganzes Stück vorausritt. Er hatte sie seit Graz immer wieder beobachtet, um sich klarzumachen, ob sie wirklich die richtige Braut für ihn wäre. Im Herbst hatte er diese Frage noch freudig bejaht, doch nun stieß ihre bestimmende Art ihn ab. Es war für ihn nicht leicht gewesen, ständig von der Mutter gegängelt zu werden. Zwar wusste er selbst, dass er eine kluge Frau brauchte, die ihm zu raten wusste. Aber Trudi würde ihm keine Ratschläge erteilen, sondern Befehle. Um mit ihr fertig zu werden, bedurfte es eines Mannes mit einem weitaus härteren Willen, als er ihn aufbrachte.

Hardwin hatte längst bemerkt, dass sein Anführer mehr für Trudi empfand, als dieser sich anmerken ließ. Doch von Minne war zwischen den beiden nichts zu spüren. Beinahe täglich stießen sie mit ihren harten Köpfen gegeneinander, als seien sie junge Widder, die ihre Kräfte erproben wollten. Dennoch erschien es ihm das Beste für beide zu sein, wenn sie zueinanderfanden. Im nächsten Augenblick schüttelte er jedoch den Kopf. Trudi würde Peter von Eichenloh nicht einmal mehr ansehen, wenn es diesem nicht gelang, ihrer Familie die Heimat zu erhalten. Schon jetzt verspottete sie ihn als den Kurier des Königs, weil er Briefe an ihre Feinde überbringen sollte.

Seufzend vertrieb Hardwin alle Überlegungen, die sich um seinen Anführer und Trudi Adler drehten. Schließlich ritt er seiner ersten Schlacht entgegen und hoffte, dass er sich darin bewähren würde. Seine Mutter sollte stolz auf ihn sein – und Bona ebenfalls. Zuerst wollte er diesen Gedanken abwehren, doch dann sagte er sich, dass seine Liebe nicht ganz so unerreichbar war, wie er bisher geglaubt hatte. Ihr Ehemann war um etliches älter als sie, sogar älter als ihr Vater. Sollte sie in ein paar Jahren zur Witwe werden, konnte er nach schicklicher Zeit um sie werben. Aber wenn er Pech hatte, wurde Moritz von Mertelsbach steinalt. Hin- und hergerissen zwischen seiner Zuneigung zu Bona und der Pflicht, notfalls eine andere Frau zu heiraten, damit die Linie derer von Steinsfeld nicht abriss, sehnte auch er die Ankunft in Kibitzstein herbei, mochte diese auch harte Kämpfe mit sich bringen.

11.

Zwei Tagesreisen hinter Nürnberg erhielten sie die ersten Nachrichten über die Fehde, in die sie ritten. Dem Anschein nach hielt die Burg sich noch. Als Trudi das vernahm, sah sie so aus, als wäre ihr ein Alpengipfel vom Herzen gefallen. An diesem Tag nahm sie zum ersten Mal Rücksicht auf ihre Begleiter, denn sie bestand nicht darauf, bis in die Dämmerung hineinzureiten, sondern ließ zu, dass der Trupp eine knappe Stunde vorher in einem Marktort anhielt, dessen Herberge genug Platz für alle bot.

Der Wirt begrüßte die Gäste mit einer Miene, als hoffe er, die Söldner würden weiterreiten und nicht seine Herberge kurz und klein schlagen, tat aber dann sein Bestes, ein gutes Mahl auf den Tisch zu bringen. Auch die übrigen Gäste, die erschrocken zusammengerückt waren, entspannten sich, als sie sahen, dass die Bewaffneten sich manierlich benahmen, und wandten sich wieder ihren Gesprächspartnern zu.

Trudi wurde zwischen Peter und Hardwin eingezwängt, beschwerte sich aber nicht, sondern ließ sich den Wein schmecken, der sie an ihre Heimat erinnerte. In Österreich waren ihr die Weine zu süß und zu schwer gewesen. Während sie den Eintopf aß, den die Wirtsmagd ihr hingestellt hatte, lauschte sie einer Diskussion am Nachbartisch.

»Ich sage euch, es wird Krieg geben«, erklärte eben ein Mann, der seiner Kleidung nach der Schneiderzunft angehörte.

»Pah, das glaubst auch nur du!«, winkte sein Tischnachbar, ein Metzger, ab.

»Täusche dich nicht! Der Markgraf ist voller Ehrgeiz und wird seine Macht vergrößern wollen. Wo könnte er das besser als im Krieg mit dem Würzburger«, beharrte der Schneider.

»Es tut nicht gut, geistig Land anzugreifen.« Ein Mönch, der bisher still in einer Ecke gesessen und seinen Eintopf gelöffelt hatte, trat nun an den Tisch der beiden Zunftmeister. »Der Markgraf muss sich gut überlegen, ob er Hand an das Besitztum Seiner hochwürdigsten Exzellenz, des Fürstbischofs von Würzburg, legen will. Dafür wäre ihm der Kirchenbann sicher, und vielleicht sogar mehr!«

Was er damit meinte, erklärte der Mönch nicht, doch die anwesenden Bürger zogen die Köpfe ein. Sie konnten sich vorstellen, zu welchen Mitteln die Kirche greifen würde, wenn ein Landesherr sich an ihrem Eigentum vergriff. Es wäre nicht das erste Mal, dass der Papst einen Bann über einen Landstrich warf, der alle geistlichen Handlungen verbot. In der Markgrafschaft würde kein Kind mehr getauft, kein Paar getraut und kein Verstorbener mit dem Segen der Kirche begraben werden dürfen. Selbst die Beichte würde den Bürgern nicht mehr abgenommen werden, so dass sie als beladene Sünder vor den himmlischen Richter treten, lange Jahre im Fegefeuer ausharren oder gar zur Hölle fahren mussten.

Trudi ärgerte sich, weil ein einziger Satz des Mönches genügt hatte, die Stimmung in der Gaststube zu verdüstern, und sah ihn herausfordernd an. »Ihr sprecht sehr beredt, frommer Bruder, doch sagt mir, ob ein hoher Herr der heiligen Kirche wie der Bischof von Würzburg die Witwe eines freien Reichsritters bedrängen darf, um ihr das vom Kaiser verliehene Lehen zu entreißen?«

Der Mönch warf ihr einen überheblichen Blick zu und lachte. »Ihr meint damit wohl die Herrin auf Kibitzstein? Kaiser Sigismund hatte nicht das Recht, dieses Lehen an ihren Ehemann zu vergeben, da es an das Hochstift Würzburg verpfändet war. Wäre dieses Weib weniger halsstarrig gewesen und hätte ihr Knie vor dem Bischof gebeugt, so wäre ihm nichts geschehen. So aber erleidet sie nur die gerechte Strafe für ihren Trutz!«

Wenn der Mönch erwartet hatte, Trudi mit seinen Worten zu beeindrucken, so täuschte er sich. »Ihr reist wohl im Auftrag des Würzburgers durch die Lande, um den Leuten in seinem Auftrag Lügen ins Ohr zu blasen. Ich weiß nämlich genau, dass Kibitzstein vom Kaiser frei aller Lasten und Pflichten vergeben worden ist. Der hochehrwürdige Herr Johann von Brunn, Fürstbischof zu Würzburg und einer der Vorgänger des jetzigen Titelträgers, hat dies selbst beurkundet! Sagt also, auf welcher Seite liegt nun das Recht?«

Der Mönch lief vor Wut rot an, beherrschte sich jedoch und winkte verächtlich ab. »Woher willst du wissen, Weib, ob Johann von Brunn so eine Urkunde gesiegelt hat oder nicht?«

»Weil ich zufällig dabei war«, antwortete Trudi mit einer Freundlichkeit, die jeden, der sie kannte, zur Flucht veranlasst hätte.

Ein Lachen war die Antwort. »Du willst dabei gewesen sein, wie Michel Adler das Lehen erhielt? Damals warst du doch noch ein Kind.«

»Das war ich, und zwar Michel Adlers Tochter!«

Es klang wie ein Peitschenhieb und traf den Mönch auch wie einer. Er öffnete den Mund, brachte aber nichts heraus, sondern schnappte wie ein Karpfen nach Luft.

Peter von Eichenloh nickte Trudi anerkennend zu und stand ebenfalls auf. »Es wäre besser, Ihr würdet Euch für diese Nacht ein anderes Quartier suchen, frommer Bruder. Hier geht es doch arg eng zu, und da mag es leicht sein, dass Ihr am nächsten Morgen mit blauen Flecken und lahmen Gliedern aufwacht.«

»Wollt Ihr mir etwa drohen?«, würgte der Mönch hervor.

Wie einige andere Mitbrüder war er tatsächlich von dem Prälaten Pratzendorfer ausgesandt worden, um in Brandenburg-Ansbach die Stimmung gegen den Markgrafen zu schüren und die Handlungen des Würzburger Bischofs als gerecht hinzustellen. Bis jetzt hatte er damit Erfolg gehabt, doch nun haderte er mit Gott, ausgerechnet auf Hiltrud Adler getroffen zu sein. Doch war sie es überhaupt, die Jungfer?, fragte er sich. Schließlich sollte Michel Adlers Tochter doch gegen Ende des letzten Jahres spurlos verschwunden sein.

Ein Blick auf die Gruppe, in der sie saß, hielt ihn davon ab, weiter nachzufragen. Grummelnd packte er seinen Wanderstock und verließ die Herberge unter dem heimlichen Gelächter der Anwesenden. Da es sich um das einzige Gasthaus in dem Dorf handelte, würde er entweder in einem der Bauernhäuser um Unterkunft bitten oder unter freiem Himmel nächtigen müssen.

Trudi sah dem Mönch nach, bis die Tür hinter ihm geschlossen worden war, und wandte sich dann Eichenloh zu. »Ich hasse diese Kerle, die vor aufgeblasener Wichtigkeit beinahe platzen und nur sich und niemandem sonst die Luft zum Atmen gönnen.«

Ganz so schlimm sah Peter die Vertreter der Kirche nicht, denn er kannte etliche Priester und Mönche, mit denen es sich gut reden ließ. Der Mönch, den sie eben vertrieben hatten, war ihm jedoch ebenso unsympathisch gewesen wie Cyprian Pratzendorfer. Der Prälat aber war überdies sein Feind, denn er steckte hinter dem Mordanschlag auf König Friedrich. Zwar schützte ihn das hohe geistliche Amt vor weltlicher Verfolgung, doch Peter war klar, dass er Pratzendorfers Umtriebe auf die eine oder andere Weise unterbinden musste. Ein Meuchelmord an einem Kirchenmann war seiner eigentlich unwürdig, doch wenn dies die einzige Lösung des Problems war, würde er die Buße tragen, die man ihm dafür auferlegte. Wichtig war nur, dass er den König von einem heimtückischen Feind befreite.

12.

Als ein dröhnender Knall die Luft erfüllte, bäumte Trudis Stute sich auf und wollte ausbrechen, und auch die Reiterin sah sich erschrocken um.

»Das war ein Belagerungsgeschütz! Und ein zweites!«, rief Quirin und zuckte zusammen, als eine weitere Detonation über das Land hallte. »Es sind drei Kanonen! Ziemlich schwere Kaliber, muss ich sagen. Denen kann keine Mauer der Welt lange standhalten.«

Als er sah, dass er Trudi damit erschreckte, versuchte er, sie zu beruhigen. »Immerhin wissen wir jetzt, dass Eure Leute sich noch verteidigen. Und jetzt kommen wir, um mit den Feinden aufzuräumen!« Es klang so selbstgefällig, als wären er und die anderen Reiter Eichenlohs in der Lage, jeden Gegner zu werfen. Im Gegensatz zu ihm wirkte Peter mit einem Mal besorgt. »In wenigen Stunden sind wir vor Kibitzstein. Mir wäre es lieb, Jungfer Trudi, wenn wir Euch vorher bei einem Eurer Nachbarn in Sicherheit bringen könnten.«

»Die meisten Nachbarn stehen nach dem, was wir in Prichsenstadt gehört haben, zusammen mit dem Heer des Bischofs vor unserer Burg, und die, die nicht dabei sind, würden mich dem Bischof ausliefern, um bei ihm gut Wetter zu machen. Da fühle ich mich bei Euch und Euren Männern weitaus sicherer.«

»Meine Mutter würde dich gewiss nicht ausliefern«, wandte Hardwin ein. Dann aber schüttelte er bedauernd den Kopf. Er hatte seine Heimat bereits vor etlichen Monaten verlassen und wusste nicht, was sich in der Zwischenzeit zugetragen hatte. Vielleicht hatte seine Mutter sich bereits Herrn Gottfried unterwerfen müssen.

»Ich weiß noch etwas Besseres«, sagte er. »Du hast doch Bekannte in Schweinfurt, die dich aufnehmen können!«

Trudi zog den Kopf ein, als er sie an Mariele erinnerte. Wie sie die älteste Tochter ihrer Patentante kannte, würde diese ihr zuerst gründlich den Kopf waschen und sie anschließend so lange in den Keller sperren, bis ihre Mutter oder ihr Bruder sie holen kamen. Außerdem wollte sie nicht fern der Geschehnisse sein, während ihre Familie in Gefahr war.

»Ich komme mit! Sollten die Leute des Bischofs versuchen, Hand an mich zu legen, fliehe ich in die Burg. Wirbelwind trägt ihren Namen zu Recht!« Sie tätschelte die Stute und nannte sie ihre

Gute. Das Tier hatte sich wieder beruhigt und schlug von selbst den Weg in die Heimat ein.

Peter streckte die Hand aus, um Trudi aufzuhalten, doch Quirin schüttelte lachend den Kopf. »Lass es! Das schaffst selbst du nicht. Außerdem müssen die Mannen des Bischofs sich erst mit uns herumschlagen, bevor sie an die Jungfer kommen. Wir lassen doch keine Dame gefangen nehmen, die so weit mit uns geritten ist!«

»Da hast du recht!« Eichenloh klopfte seinem Unteranführer vom Sattel aus auf die Schulter und trieb dann seinen Hengst an, um zu Trudi aufzuschließen. Inzwischen meldete ihnen ein etwas leiserer, aber scharfer Ton, dass weiter geschossen wurde. Trudi gab ihrer Stute den Sporn zu fühlen, so dass sie in Galopp fiel, und der gesamte Trupp folgte ihr.

»Wenn wir so weiterreiten, hängen unseren Gäulen die Zungen bis auf den Boden, noch bevor wir Kibitzstein erreicht haben«, schrie Peter hinter Trudi her.

Sie wollte ihm schon sagen, dass sein Hengst und ihre Stute das Tempo mit Sicherheit durchhalten würden. Dann aber dachte sie an die anderen Pferde, die weniger ausdauernd waren, und zügelte Wirbelwind.

Vom nächsten Hügel aus konnten sie bereits bis nach Kibitzstein hinüberblicken. Trudi kannte ihre Heimat nur aus friedlichen Zeiten, und es drückte ihr das Herz ab, als sie die Zelte der Belagerer und die drei schweren Kanonen sah, die eben wieder geladen wurden. In Habichten, dem zu Kibitzstein gehörenden Meierdorf, hielten sich ebenfalls feindliche Soldaten auf, die in den Häusern und Hütten der Bauern aus und ein gingen, als wäre es ihr Eigentum. Die Burg selbst war so weiträumig umschlossen, dass die verteidigenden Geschütze, wie Peter vermutete, die Belagerer nicht mehr erreichen konnten. Zerstörtes Kriegsgerät und zerfetzte Schanzkörbe, die außerhalb des Belagerungsrings lagen, verrieten jedoch, dass die Kibitzsteiner selbst auf die größtmögliche Entfernung zielsicher trafen. Das nötigte dem kriegserfahrenen Söldnerhauptmann große Achtung ab. Aber in dieser Situation halfen der Mut und die Geschicklichkeit der Verteidiger nicht gegen die schiere Masse der Angreifer und die mauerbrechenden Kanonen.

Äußerlich weitaus ruhiger, als er sich fühlte, lenkte er seinen Hengst an die Spitze und befahl Trudi, sich ans Ende des Trupps zurückfallen zu lassen, damit sie nicht sofort gesehen würde. Auf seinen Wink hin entrollte Quirin zum ersten Mal seit langem wieder das Banner. Als es über ihnen flatterte, hielt Eichenloh kurz die Luft an, denn das Fahnentuch trug nicht mehr nur die drei goldenen Eicheln und Eichenblätter, sondern auch den einköpfigen schwarzen Reichsadler auf goldenem Schild, der sonst nur Reichsstädten und freien Reichsherrschaften verliehen wurde. Auf seinen fragenden Blick hin zuckte Quirin mit den Achseln.

»Einer der Kammerherren des Königs bot sich an, unser doch schon arg zerfetztes Banner flicken zu lassen, und brachte es erst am Tag unserer Abreise zurück. Daher konnte ich es mir nicht mehr ansehen.«

»Dann lassen wir halt den Adler fliegen. Er beweist immerhin, dass wir im Auftrag des Königs kommen.« Peter hatte wenig Lust, über die überraschende Wandlung seines Wappens nachzudenken. Mit einem Handzeichen befahl er seinen Männern, ihm in Zweierreihen zu folgen, und eine weitere Geste wies sie an, ihre Waffen bereitzuhalten.

Zu ihrem Ärger musste Trudi neben Uta reiten, die es inzwischen gelernt hatte, sich auf einem Pferd zu halten. Die Magd griff nach hinten, nestelte ihren Umhang los, den sie hinter dem Sattel festgebunden hatte, und reichte ihn Trudi.

»Hier, Herrin, zieht das über! Ihr wollt doch nicht, dass man Euch sofort erkennt.«

»Danke!« Trudi nickte ihrer Magd kurz zu und sagte sich, dass

Uta sich während dieser Reise gut herausgemacht hatte. Sie redete zwar immer noch viel, konnte aber inzwischen das, was wichtig war, für sich behalten. Außerdem jammerte sie nicht mehr wegen jeder Kleinigkeit, sondern griff beherzt zu. Auch Lampert hatte Statur gewonnen. Man hatte ihn in Graz in eine einfache Rüstung gesteckt und ihm einen Helm aufgesetzt, damit er kriegerischer wirkte. Das schien ihm zu gefallen, und Trudi hoffte, dass er nicht auf den Gedanken kam, sich ganz den Söldnern anzuschließen. Ein treuer Knecht wie er war nicht mit Gold aufzuwiegen.

Als sie sich dem feindlichen Lager näherten und sie das Banner des Bischofs von Würzburg über dem größten Zelt wehen sahen, spürten Peter und Trudi, wie ihre Mägen sich zusammenzogen.

Die Würzburger Soldaten blickten den Ankömmlingen interessiert entgegen. Da die Schar viel zu klein wirkte, um Gefahr für ihr Heer zu bedeuten, stellte sich ihr niemand in den Weg. Erst kurz vor dem bischöflichen Zelt kam ihnen ein Edelmann entgegen.

»He da! Wer seid ihr und was wollt ihr hier?«

Es handelte sich um Markus von Mertelsbach, der das Wappen seines Geschlechts stolz auf der Brust trug. Sein Anblick erregte Hardwins Zorn. Bis jetzt war er mit Quirin zusammen hinter Peter geritten, nun aber lenkte er sein Pferd nach vorne und blickte von oben auf Junker Markus herab.

»Haben sich deine Augen in den letzten Monaten so getrübt, dass du niemanden mehr erkennst?«

Der Mertelsbacher stieß ein verächtliches Lachen aus. »Das Muttersöhnchen von Steinsfeld! Hast du doch wieder den Weg nach Hause gefunden?«

Bei diesen höhnischen Worten fuhr Hardwins Rechte zum Schwertgriff. »Gib acht auf das, was du sagst, sonst muss dir meine Klinge etwas mehr Höflichkeit beibringen!«

Bevor Markus von Mertelsbach etwas entgegnen konnte, mischte sich Peter von Eichenloh ein. »Gebt Seiner hochwürdigen Exzellenz, dem Fürstbischof von Würzburg, Bescheid, dass wir Briefe für ihn überbringen. Ach ja, und ruft die Grafen von Henneberg hierher. Auch für sie habe ich wichtige Nachrichten.«

Junker Markus behagte es wenig, als Bote dienen zu müssen. Aber ein Blick auf Eichenlohs Gesicht brachte ihn dazu, sich auf dem Absatz herumzudrehen und die Anweisung zu befolgen. Da er als Einziger der hier anwesenden Burgherren nicht an der Fuchsheimer Hochzeit teilgenommen hatte, kannte er Junker Peter nicht, und dies trug ihm eine Rüge des Bischofs ein. Herr Gottfried wollte zuerst wissen, wer der Neuankömmling sei. Daraufhin schalt Magnus von Henneberg den jungen Mertelsbacher einen Narren, weil er nicht nach dem Namen des Anführers der plötzlich aufgetauchten Schar gefragt hatte.

Sein Bruder fiel ihm ins Wort. »Es ist gänzlich unnötig, sich Gedanken über den Fremden zu machen. Es handelt sich um Eichenloh und seine Reiter!«

Für einen Augenblick hoffte Graf Otto, der Zorn, den der Fürstbischof auf seinen Freund hegte, habe sich gelegt und Peter sei von Herrn Gottfried zur Unterstützung herbeigerufen worden. Er selbst hätte sich mit Freuden dem Kommando seines Freundes und früheren Lehrmeisters untergeordnet. Aber ein Blick auf die Formation, die Eichenlohs Männer eingenommen hatten, verriet, dass sie nicht als Freunde kamen. Die Männer sahen eher so aus, als wollten sie jeden Augenblick die Schwerter ziehen und zum Angriff übergehen.

Graf Otto brauchte auch nicht wie die anderen zu rätseln, um wen es sich bei den beiden Frauen handelte, die nun von Eichenlohs Leuten in die Mitte genommen worden waren. Trudi war schon damals bei der Eroberung von Teiflach mit Eichenloh geritten und nun, wie es aussah, von diesem nach Hause begleitet worden. Er fand es tollkühn von seinem Freund, mitten ins Lager zu reiten. Es war ein Streich, den wirklich nur Eichenloh zu wagen vermochte. Da Peter nicht abgestiegen war, blieb dem Bischof nichts anderes übrig, als sein Zelt zu verlassen und nachzusehen. Im Gegensatz zu dem jüngeren Henneberger benötigte er einige Augenblicke, um den Söldnerführer zu erkennen. Dann aber verengten sich seine Augen, und er wollte schon den Befehl geben, den frechen Kerl vom Pferd zu holen und in Ketten zu schlagen.

Doch bevor er dazu kam, deutete Peter eine Verbeugung an und streckte ihm das königliche Schreiben entgegen. »Mit den besten Empfehlungen Seiner Majestät, König Friedrichs III.!«

Der Bischof gab Markus von Mertelsbach, der wie ein Lakai hinter ihm stand, einen Wink, das Schreiben entgegenzunehmen und es ihm zu reichen. Erst nachdem er sich von der Echtheit des Siegels überzeugt hatte, erbrach er es und entfaltete den Brief. Als er zu lesen begann, bildeten sich scharfe Falten auf seiner Stirn, und er wurde zuerst kreidebleich und dann tiefrot im Gesicht.

»Seine Majestät schreibt, dass sie Euch, Freiherr von Eichenloh, zu seinem Gesandten und Vermittler in dem Konflikt um die Reichsherrschaft Kibitzstein ernannt hätte.«

Peter versuchte, eine gleichmütige Miene beizubehalten, und fragte sich gleichzeitig, was Friedrich III. sich dabei gedacht haben mochte. Da der Fürstbischof einen persönlichen Hass gegen ihn empfand, wäre jeder andere Edelmann für diese Aufgabe besser geeignet gewesen.

»Seine Majestät schreibt weiter, dass Ihr Briefe für meine Dienstleute, die Grafen Magnus und Otto von Henneberg, bei Euch tragen würdet!«

Peter nickte, holte die beiden versiegelten Schreiben hervor und überreichte sie Junker Markus, der hastig danach griff und sie weitaus zögerlicher an die beiden Henneberger weitergab. Während Graf Magnus den an ihn gerichteten Brief sofort aufriss, wartete sein Bruder ab, was Magnus zu sagen hatte.

Das Gesicht des älteren Hennebergs wurde mit jeder Zeile, die er entzifferte, länger. Schließlich warf er den Brief mit einem unflätigen Ausdruck auf den Boden.

Pratzendorfer, der sich auf seine leisetreterische Art zu der Gruppe gesellt hatte, wies Junker Markus flüsternd an, den Brief aufzuheben und ihm zu reichen. Bevor der Prälat das Schreiben lesen konnte, nahm der Bischof es ihm ab und überflog es. Dann las er den Brief mit grimmig klingender Stimme vor.

»Wir, Friedrich, erwählter König der Deutschen, Herzog von Österreich, der Steiermark, von Karantanien und der Krain ... et cetera, geben kund und zu wissen, dass Magnus, Graf von Henneberg, für die Freilassung seines Bruders, des Grafen Otto von Henneberg, der in feindlicher Absicht eine Unserer Burgen besetzt hielt, einen heiligen Eid auf die Reliquien der heiligen Ursula und des heiligen Kilian geleistet hat, niemals das Schwert gegen Uns und das Reich zu erheben.

Diesen Eid hat er gebrochen, als er ein Heer in die freie Reichsherrschaft Kibitzstein geführt und deren Burg belagert hat. Als König des Reiches und Beschirmer der freien, nur Uns untertanen Herrschaft Kibitzstein verhängen Wir die Reichsacht über Magnus von Henneberg und erklären ihn aller Titel und Würden ledig!«

Es handelte sich nur um ein paar Worte, die mit gezierter Schrift zu Papier gebracht worden waren. Die Wirkung auf die Umstehenden war jedoch so, als wäre gerade ein weiterer Pulverwagen explodiert. Magnus von Henneberg sah aus, als würde er den Brief am liebsten packen und in tausend Stücke zerreißen. Sein Bruder blickte derweil auf seinen Brief und zuckte mit den Schultern.

»Ich glaube nicht, dass ich das noch lesen muss.« Er steckte das Schreiben unter seinen Waffenrock und trat auf den Bischof zu.

Als er zu sprechen begann, klang seine Stimme weniger bedrückt als erleichtert.

»Ich bedaure, Euer Exzellenz nicht länger als Feldhauptmann dieses Heeres dienen zu können. Der Spruch des Königs macht mir dies unmöglich.«

»Das ist doch Unsinn!«, rief Pratzendorfer aus. »Der Wisch hat überhaupt nichts zu besagen. Dieser König vermag nicht einmal den Bauern in seinem eigenen Land etwas zu befehlen, geschweige denn so einem hohen Herrn wie Euch!«

»Seid still!«, schnauzte der Bischof ihn an und versank dann in dumpfes Brüten.

Die Androhung der Reichsacht richtete sich zwar gegen die beiden Henneberger, doch Gottfried Schenk zu Limpurg begriff, wer der eigentliche Adressat der königlichen Warnung war. Sollte er weiterhin auf der Unterwerfung Kibitzsteins bestehen, würde Friedrich III. nicht zögern, die Reichsacht auch über ihn zu verhängen. Der König hatte zwar nicht die Macht, selbst gegen ihn vorzugehen, doch er konnte die Reichsexekutionen an jemand anderen übergeben. Etliche Würzburger Nachbarn, allen voran der ehrgeizige Markgraf von Brandenburg-Ansbach, würden nicht zögern, im Namen des Reiches Krieg gegen ihn zu führen. Auch einige der fränkischen Reichsstädte wie Hall, das sich aus Trutz gegen die Würzburger Zugriffe dem Schwäbischen Städtebund angeschlossen hatte, würden sich mit Begeisterung zu seinen Feinden gesellen. Seine Sippe war bei Hall begütert, und das würden die Bürger dieser Stadt mit Sicherheit ausnützen, um ihren Machtbereich zu vergrößern.

Der Bischof schnaufte wie nach einem schweren Marsch. Sollte er dies alles wegen der einen Burg riskieren? Es gab genug Herrschaften in dieser Gegend, die früher dem Hochstift untertan gewesen waren und derer er sich gefahrlos bemächtigen konnte. Ein letzter Blick auf Kibitzstein gab den Ausschlag. Die Burg besaß weder einen besonderen strategischen Wert, noch war sie in anderer Weise bedeutend. Außerdem hatte er einer Erweiterung der Kibitzsteiner Macht mit dem Erbvertrag für den Markt Dettelbach bereits einen Riegel vorgeschoben.

Mit Ingrimm im Herzen, aber auch dem Wissen, dass er keine andere Wahl hatte, wandte er sich an Peter von Eichenloh. »Ich werde die Belagerung dieser Burg einstweilen einstellen und die Gerichte bemühen, um die Würzburger Pfandrechte auf zwei Dörfer dieser Herrschaft zu beweisen.«

»Da gibt es nichts zu beweisen! Kibitzstein wurde uns ohne jede Verpflichtung übergeben. Der hochwürdige Bischof Johann von Brunn hat dies eigenhändig gesiegelt!« Trudi hielt die Anspannung nicht mehr aus und mischte sich nun in die Unterhaltung ein.

Peter fluchte leise, weil sie überflüssigerweise ihre Herkunft aufgedeckt hatte, denn die Miene des Prälaten verriet dessen Absicht, sich Trudis als Geisel zu bemächtigen.

»Wenn ein solches Dokument existiert«, antwortete der Bischof, »dann hat Johann von Brunn vergessen, es dem bischöflichen Archiv zu übergeben. Wir werden prüfen, ob Eure Behauptung stimmt.«

»Natürlich existiert es!«, fuhr Trudi auf. »Wir selbst besitzen eine Abschrift davon. Eine weitere liegt im königlichen Archiv und ...« Über den Verbleib einer dritten Kopie schwieg sie sich aus, damit der Bischof nicht auf den Gedanken kommen konnte, sie sich anzueignen und zu zerstören.

»Wenn das so ist, wurde dieser Kriegszug unter falschen Voraussetzungen begonnen. Frau Marie Adler, Eure Mutter, wie ich denke, hätte Uns längst über die Existenz dieser Urkunde in Kenntnis setzen müssen.«

Trudi verkniff es sich, dem Bischof ins Gesicht zu sagen, dass ihre Mutter die ganze Zeit über auf dieses Dokument gepocht hatte. Erleichtert, weil Gottfried Schenk zu Limpurg endlich

Vernunft angenommen hatte, grüßte sie stumm und zog sich etwas zurück, um den weiteren Verlauf der Dinge genau im Auge zu behalten.

Der Bischof sah sich um, als suche er Sündenböcke für diese misslungene Aktion. Da mischte der Prälat sich sichtlich empört ein. »Das ist doch alles Humbug! Ob der Herzog der Steiermark, der sich König nennt, einen Fetzen Papier beschreibt oder nicht, hat hier gar nichts zu bedeuten! Die Burg wird in weniger als drei Tagen fallen. Dann haltet Ihr ein Faustpfand in der Hand, das Euch niemand mehr nehmen kann.«

Pratzendorfer hätte den Bischof am liebsten gepackt und so lange geschüttelt, bis dieser sich seiner Meinung anschloss. Wenn ein Brief Friedrichs III. hier Wirkung entfaltete, stärkte das die Macht des Königs und schwächte die seines Auftraggebers. Also musste er dafür sorgen, dass das, was in diesem Wisch stand, nicht zum Tragen kam. Außerdem war er es den Verbündeten, die er zusammengebracht hatte, schuldig, ihnen zu der versprochenen Beute zu verhelfen. Schon allein deswegen musste er dafür sorgen, dass die Androhung der Reichsacht von Herrn Gottfried und den anderen nicht ernst genommen wurde.

Otto von Henneberg hatte nun doch das Schreiben des Königs geöffnet und überflogen. »Um uns von der Acht zu lösen, müssten wir nach Graz zu König Friedrich reisen, fußfällig um Vergebung bitten und danach den Schwur gemeinsam vor heiligen Reliquien wiederholen.«

Im Gegensatz zu seinem Bruder war er mit der Entwicklung zufrieden. Ihm war während dieser Verhandlungen klargeworden, dass er hier einen ungerechten Kampf ausfocht, und er misstraute Cyprian Pratzendorfer, der ihn nach Österreich geschickt hatte, damit er dort zum Meuchelmörder werden sollte. Für ihn war dieser Mann der eigentliche Anstifter des Kriegszugs, und das war ein weiterer Grund, die Fehde zu beenden.

Graf Magnus sah hingegen so aus, als schöpfe er Hoffnung. »Da mein Bruder das Kommando niederlegt, werde ich es wieder übernehmen.«

Markus von Mertelsbach lachte höhnisch auf. »Damit die Kibitzsteiner uns wieder die Geschütze zerstören, wie sie es schon zweimal getan haben? Nein, sage ich! Wir brauchen einen anderen Feldhauptmann, nämlich ...!« Er schluckte im letzten Augenblick das »mich«, welches ihm bereits auf der Zunge lag, denn die Augen des Bischofs schienen mit einem Mal Feuer zu sprühen.

»Es wird kein Geschütz mehr zerstört werden! Ich lasse die Rohre bereits morgen nach Würzburg zurückschaffen. Ebenso werden alle Würzburger Waffenknechte und die meiner Lehnsleute von hier abziehen!« Damit, so sagte Gottfried Schenk zu Limpurg sich, hatte er den Willen des Königs erfüllt und konnte sich in Zukunft jenen Burgherren widmen, die keinen so hochrangigen Beschützer besaßen.

Mertelsbach und die anderen Edelleute sahen sich betreten an, denn sie begriffen, dass sie allein außerstande waren, Kibitzstein in die Knie zu zwingen. Das war auch dem Prälaten klar, der sich erregt an den Bischof wandte. »Wenn Ihr Euch jetzt zurückzieht, werden alle sagen, Ihr hättet vor Friedrich gekniffen, und über Euch lachen. Ernennt einen neuen Hauptmann und lasst ihn die Burg erobern!«

»Ich tue das, was für das Hochstift am besten ist«, beschied Herr Gottfried ihm mit kühler Stimme. Er erinnerte sich nur allzu gut, dass diese Fehde hinter seinem Rücken begonnen hatte und erst durch Pratzendorfers Intrigen ausgeufert war. Zudem hatte der Prälat mit Magnus von Henneberg einen unfähigen Anführer bestimmt. Wahrscheinlich hatten erst Hennebergs unsinnige Drohungen die Witwe auf Kibitzstein dazu gebracht, sich mit allen Mitteln zur Wehr zu setzen. Er selbst wäre damit zufrieden gewesen, wenn Marie Adlerin ihm in ihrem Namen und dem ihres Sohnes den Treueid geschworen hätte. Danach hätte er sich als gnädig erweisen und ihr den größeren Teil ihres Besitzes überlassen können.

Ganz im Gegensatz zu seinen Plänen und ohne seine Zustimmung hatte Pratzendorfer Kibitzstein und die dazugehörigen Pfänder all jenen Burgherren, die sich unter Graf Magnus' Kommando zusammengefunden hatten, als Beute versprochen. Damit hatte der Prälat jeden Kompromiss bereits im Ansatz verhindert, und wenn er, Gottfried Schenk zu Limpurg, hier das Gesicht verlor, dann war es allein Pratzendorfers Schuld.

Ohne den Mann noch einmal anzusehen, drehte der Bischof sich um und trat auf Trudi zu. »Jungfer Hiltrud Adler zu Kibitzstein, wenn ich mich nicht irre.«

Trudi, die die Worte des Bischofs verblüfft, aber auch sehr erleichtert aufgenommen hatte, neigte das Haupt. »Die bin ich, hochwürdigste Exzellenz.«

»Seid so gut und reitet zur Burg! Übermittelt Eurer Mutter, dass Wir zu verhandeln wünschen.«

»Gerne!« Trudi zog Wirbelwind herum und ritt durch die Gasse, die ihr die Soldaten öffneten. Die Männer sahen alles andere als zufrieden aus, denn sie hatten genau wie ihre Herren auf Beute gehofft. Aber die lange Belagerungszeit hatte sie gelehrt, dass es kein Spaziergang werden würde, die Burg im Sturm zu nehmen, und so tröstete sich so mancher mit der Aussicht auf den nächsten Feldzug. Lange konnte der Bischof diesen nicht hinauszögern, wollte er nicht vor aller Welt als zahnloser Wolf dastehen.

13.

*A*uf Kibitzstein hatte man inzwischen bemerkt, dass sich im Lager der Feinde etwas Unerwartetes ereignete. Marie, Falko, Michi und Hilbrecht standen hinter den Zinnen und spähten hinüber, und schließlich gesellte sich auch Anni zu ihnen. Die Wirtschafterin warf nur einen Blick auf die neu angekommene Reitergruppe und zeigte aufgeregt hinab. »Dort ist Uta! Da, bei den Fremden!«

Marie starrte sie ungläubig an. »Was sagst du da?«

Sie nahm die Person, die Anni ihr wies, in Augenschein, konnte aber nur erkennen, dass es sich um eine Frau handelte.

»Du hast anscheinend schärfere Augen als ich«, murmelte sie enttäuscht und wandte sich an Falko und Michi. »Könnt ihr herausfinden, ob es sich um Uta handelt?«

Ihr Sohn zuckte unschlüssig mit den Achseln. »Ich bin zu lange von Kibitzstein weg gewesen, um das sagen zu können.«

»Mir geht es genauso. Ich kannte Uta nur als Kind«, setzte Michi hinzu.

Anni blinzelte und spähte noch einmal hinüber, um sich die Reiterin genauer anzusehen. So sicher wie beim ersten Blick war sie nicht mehr, denn die Frau saß wie selbstverständlich im Sattel, während Uta lieber zu Fuß gegangen war, als sich einem Pferd zu nähern. Dann fiel ihr Blick auf die zweite, eindeutig weibliche Person.

Sie schrie auf und schlug das Kreuz. »Herrin im Himmel, mach, dass ich mich nicht irre!«

»Was ist denn jetzt los?«, fragte Marie ungehalten.

Anstatt einer Antwort zupfte Anni Falko am Ärmel und wies auf die zweite Reiterin. »Sieh dir diese Frau an!«

Im nächsten Augenblick wandte die Fremde ihr Pferd und ritt im scharfen Galopp auf Kibitzstein zu. Dabei rutschte ihr die Kapuze vom Kopf, und nun konnten die Beobachter auf der Mauer die langen, blonden Haare sehen, die wie eine Fahne im Wind wehten.

Selbst Marie, deren Augen früher einmal besser gewesen waren, erkannte sie sofort. »Es ist Trudi!«

Sie presste ihre Hände gegen die Brust, in der das Herz schier zersprengen wollte, und benötigte Falkos und Michis Hilfe, um von der Mauer hinabzusteigen.

Die Wächter hatten die Rufe gehört und waren bereits dabei, beide Flügel weit aufzureißen. Michi wollte sie schon schelten, da der Feind dies als Aufforderung hätte ansehen können, Kibitzstein im Handstreich zu besetzen. Doch als er hinüberschaute, regte sich dort niemand.

Trudi sprengte in den Burghof, sprang ohne Hilfe aus dem Sattel und eilte ihrer Mutter entgegen. »Mama!« Sie klammerte sich an Marie und begann vor Freude zu schluchzen.

Marie legte den linken Arm um sie und streichelte sie mit der rechten Hand. »Kind, endlich! Ich bin so froh, dich wiederzuhaben.«

Trudi lachte und weinte zugleich. »Ich war beim König! Ich weiß nicht, wie, aber er hat es mit einem einzigen Brief geschafft, den Bischof zum Aufgeben zu bewegen.«

Sie war überglücklich, diese Nachricht überbringen zu können, doch ihre Mutter achtete gar nicht auf ihre Worte, sondern strich ihr mit den Händen über das Gesicht und küsste sie, als könne sie es nicht glauben, die lange vermisste Tochter wieder in den Armen zu halten. Auch Falko gab sich ganz seiner Freude hin und ließ seine Tränen ungehemmt laufen.

Michi aber kratzte sich nachdenklich am Kinn. »Was hast du gesagt? Der Bischof will mit seinen Truppen abziehen?«

Maries Blick verriet ihm, dass sie sich in ihrer Wiedersehensfreude gestört fühlte, doch für Michi war es weitaus wichtiger, zu wissen, ob man die Fehde wirklich beenden konnte.

Trudi fing ihre durcheinanderwirbelnden Gedanken ein und nickte. »Ja, das will er! König Friedrich hat die Grafen Magnus und Otto von Henneberg mit der Reichsacht belegt, und der Bischof dürfte wohl Angst haben, dass ihm das Gleiche blüht. Daher will er mit Mama reden. Also kommt jetzt! Dann wird doch noch alles gut.«

»Wir sollten nicht alle die Burg verlassen«, wandte Michi ein.

Aber Marie, Trudi und Falko hatten sich bereits auf den Weg gemacht.

Hilbrecht wollte ihnen folgen, doch Michi hielt ihn zurück. »Du bleibst! Wenn der Bischof Verrat üben sollte, weißt du, was du zu tun hast. Verteidige die Burg bis zum Äußersten und sprenge zuletzt die Pulvervorräte in die Luft. Wenn sie falschspielen, müssen sie dafür bezahlen!«

Hilbrecht blickte unglücklich den anderen hinterher, kehrte mit einem Seufzer in die Burg zurück und ließ die Tore schließen. Michi rannte Marie und ihren Kindern nach, bis er sie eingeholt hatte. Als er neben ihnen ging, ruhte seine Hand auf dem Schwertknauf. Er würde auf der Hut sein, denn es kam durchaus häufig vor, dass es sich bei einem Verhandlungsangebot um eine List handelte, hochrangige Personen des Gegners in die Hände zu bekommen.

Unterdessen hatte Herr Gottfried sich wieder auf seine geistliche Würde besonnen und empfing Marie und die Ihren in seinem Zelt auf einem Purpurkissen sitzend und mit einem goldenen Kreuz in der Hand.

Auch wenn er ihr Feind war, durfte Marie ihm nicht die Achtung als Bischof und damit Wächter über die Seelen in diesem Landstrich verweigern. Sie knickste und bemühte sich dann, möglichst empört auszusehen.

Herr Gottfried kam ohne Umschweife zur Sache. »Eure Tochter sagt, Johann von Brunn habe ein Schreiben gesiegelt, in dem er im Namen des Hochstifts Würzburg auf alle Anrechte an Kibitzstein und den dazugehörigen Dörfern Habichten, Dohlenheim und Spatzenhausen verzichtet habe.«

Marie straffte den Rücken. »Das stimmt, hochwürdigste Exzellenz.«

»Uns war davon nichts bekannt. Lasst Uns dieses Schreiben sehen, damit Unser Schreiber es kopieren und Wir es neu siegeln können!«

Marie wusste nicht, ob sie darauf eingehen sollte. Wenn der Bischof ihr die Urkunde wegnahm und sie verbrennen ließ, gab sie ihm freie Hand, ihren Besitz zu beschlagnahmen. Zwar besaß sie auf Kessnach Kopien, mit denen sie das Reichsgericht anrufen konnte, aber bis das eine Entscheidung traf, würden viele Jahre vergehen. Verunsichert sah sie ihren Sohn an. Falko hatte bei Heinrich von Hettenheim und seinen Besuchen in der Heidelberger Residenz des Pfalzgrafen gelernt, dass kaum etwas wichtiger war, als zu verhindern, dass ein so hoher Herr sein Gesicht verlor. Er verbeugte sich, um die Aufmerksamkeit des Fürstbischofs auf sich zu lenken.

»Wenn Ihr erlaubt, Euer Exzellenz, hole ich die Urkunde!«

»Tut das!« Der Bischof nickte dem Jüngling kurz zu und ließ sich dann von einem Diener einen Becher Wein reichen. Von den Leuten, die sich in und vor seinem Zelt aufhielten, bekam niemand etwas, auch Pratzendorfer nicht, der sich bis jetzt zu den vertrautesten Freunden des Bischofs hatte zählen können.

14.

Nicht lange danach kehrte Falko mit einer eisenbeschlagenen Kiste unter dem Arm zurück. Marie erschrak, denn in dieser Schatulle lagen nicht nur ihre wertvollsten Besitzurkunden, sondern auch die Pfandverschreibungen, die etliche der hier versammelten Herrschaften ausgestellt hatten, und von jenen, die ihre direkten Nachbarn betrafen, existierten keine gesiegelten Abschriften.

Falko stellte die Kiste kurzerhand auf den Fußschemel, den ein Diener für den Bischof gebracht hatte, schloss sie auf und wühlte so lange darin, bis er das entsprechende Dokument gefunden hatte. Gottfried Schenk zu Limpurg nahm es direkt von ihm entgegen, las aufmerksam den Text und prüfte anschließend das

Schreiben genau. Sowohl die Unterschriften wie die Siegel des Bischofs Johann von Brunn, seines Vorvorgängers, wie auch die seiner Zeugen waren echt.

Mit einer Bewegung, die großmütig wirken sollte, reichte er die Urkunde zurück. »Wie es aussieht, wurde ich falsch beraten. Meine Dame, Ihr seid zu Recht Herrin auf Kibitzstein!« Er neigte kurz das Haupt in Richtung Marie und wollte die Sache nun beenden.

Pratzendorfer begriff, dass Herr Gottfried ihm die Schuld an diesem Fehlschlag in die Schuhe schieben wollte, und überlegte fieberhaft, wie er sich aus dieser Klemme winden konnte. Herzog Albrecht von Österreich hatte ihn nach Würzburg geschickt, um den Fürstbischof zu unterstützen und damit auf seine Seite zu ziehen. Stattdessen hatte er Gottfried Schenk zu Limpurg vor allen Leuten zum Gespött gemacht, und das würde der Mann, der sich auch Herzog von Franken nannte, ihm niemals verzeihen. Er erinnerte sich, wie nachtragend der Bischof Peter von Eichenloh mit seinem Hass verfolgte. Um doch noch einen Erfolg zu erringen, musste er Zwietracht säen, bis das Hochstift Würzburg in einen Krieg mit dem Markgrafen Albrecht Achilles von Brandenburg-Ansbach verwickelt war und der Bischof Herzog Albrecht von Österreich um Hilfe anflehen musste.

Mit diesem Ziel trat er zwischen den Bischof und Falko und hob gebieterisch die Hand. »Dieser Fetzen Pergament mag für die Burg und die darin beschriebenen Dörfer gelten, nicht aber für jene Dörfer und Herrschaften, um die Michel Adler und sein Weib so edle Herren wie Ludolf von Fuchsheim, Ingobert von Dieboldsheim oder die frommen Damen zu Hilgertshausen gebracht haben!«

Sein Appell wurde von den Betroffenen vehement aufgenommen, und der Fürstbischof sah sich mit ihren Forderungen nach Wiedergutmachung konfrontiert.

Marie war über die Haltung ihrer Nachbarn so empört, dass sie

in die Truhe griff und dem Bischof eine ganze Handvoll Schuld- und Pfandverschreibungen hinhielt. »Ihr seid der Gerichtsherr von Franken! Sagt, ob diese Papiere dem Recht entsprechen oder nicht! Mein Mann und ich haben gutes Geld gegeben oder im Falle des Fuchsheimers fuderweise Wein und Nahrungsmittel geliefert. Weder haben wir Zinsen dafür verlangt noch sonst etwas Ungebührliches getan!«
Junker Markus, der dem Bischof am nächsten stand, wollte die Papiere an sich reißen, doch Marie hielt sie fest, bis Hardwin, der dem Mertelsbacher das Muttersöhnchen nicht vergessen hatte, Bonas Stiefsohn mit einer verächtlichen Bewegung zurückgestoßen hatte.
»Wenn Ihr erlaubt«, sagte er und reichte Herrn Gottfried die Urkunden. Der Fürstbischof nahm sie an sich und prüfte sie ebenso aufmerksam wie die erste Urkunde. Nach einer Weile gab er sie über Hardwin an Marie zurück.
»Ihr werdet Uns für die Herrschaft Windach, die Hofmark Bernreuth und Euren Anteil an Unserem Markt Ingersdorf den Treueid leisten und Abgaben bezahlen!«
Marie war im ersten Augenblick verblüfft. Mit diesem Schiedsspruch hatte Gottfried Schenk zu Limpurg ihr Recht auch auf diese Besitzungen bekräftigt und gleichzeitig gegen jene Position bezogen, die sie um Land und Anteile hatten bringen wollen.
Pratzendorfer sah den Rittern an, die er als Verbündete gewonnen hatte, dass sie sich düpiert und um ihren Lohn betrogen fühlten. Die Männer fletschten die Zähne, und Klara von Monheim, deren Gesicht die Farbe alten Burgunderweins angenommen hatte, schüttelte mehrmals den Kopf. Sie war ebenfalls nicht bereit, die Entscheidung des Fürstbischofs hinzunehmen. Dem Prälaten war bewusst, dass die Edelleute seinen Versprechungen geglaubt hatten und es ihm ankreiden würden, wenn sie leer ausgingen. Dabei konnte er weit mehr verlieren als nur die Fehde um Kibitzstein.

Er deutete auf Ingobert von Dieboldsheim und die anderen Burgherren. »Diese Ritter und die ehrwürdige Äbtissin von Hilgertshausen haben Kibitzstein die Fehde angesagt und werden diese erst beenden, wenn ihre gerechten Forderungen erfüllt worden sind.«

»Ganz genau!«, stimmte Ludolf von Fuchsheim ihm zu. Er hatte bei Bonas Hochzeit ein Drittel seines Besitzes an Michel Adler und seine Frau überschreiben müssen und wusste, dass er niemals genug Geld aufbringen würde, um diese Schuld zu tilgen. Auch der Dieboldsheimer und einige Verwandte und Freunde, die sich den Burgherren angeschlossen hatten, forderten lauthals das ein, was sie ihr gutes Recht nannten.

Marie begriff, dass der Fuchsheimer und die anderen nicht bereit waren aufzugeben. Sie würden zwar die Belagerung beenden und ihre Krieger zurückziehen müssen, sich dafür aber mit Überfällen und Brandschatzungen schadlos halten. Obwohl sie die wortbrüchigen Nachbarn aus tiefstem Herzen verachtete, überlegte sie sich, ob sie um des lieben Friedens willen auf einen Teil ihrer Forderungen verzichten sollte.

Bevor sie zu einer Entscheidung kam, meldete sich ihr Sohn zu Wort, und seine Stimme verriet den Zorn, der in ihm loderte. »Wenn ihr eine Fehde haben wollt, sollt ihr sie bekommen! Wir Kibitzsteiner stehen nicht ohne Freunde da. Für jede Weintraube und jedes Korn, das ihr stehlt oder in den Schmutz tretet, werdet ihr fünffach bezahlen, das schwöre ich euch!«

»Seid Ihr bereit, für Eure Worte einzustehen?«, fragte der Prälat mit angespannter Miene.

Falko nickte hochmütig. »Das bin ich!«

»Dann schlage ich vor, diese leidige Sache durch einen Zweikampf zu beenden. Ihr, junger Herr auf Kibitzstein, gegen einen der Ritter, die gegen Euch stehen.«

»Das ist doch Narretei!«, fuhr Marie auf. »Mein Sohn ist noch ein halbes Kind.«

»Er sagt, er will für seine Sache einstehen. Aber er kann gerne zurücktreten und die Forderungen seiner Gegner erfüllen!«
Pratzendorfers höhnische Worte ließen Falkos Temperament überschäumen. Ehe Marie ihn daran hindern konnte, zog er sein Schwert und stieß es vor dem Prälaten in den Boden.
»Nennt mir meinen Gegner!«
»Falko, das kannst du nicht!« Marie wollte ihren Sohn packen und beiseiteziehen, doch er schüttelte sie ab. »Jetzt geht es auch um meine Ehre!«
Marie brach in Tränen aus. »Sollen sie ihre verdammten Dörfer doch wiederhaben! Ich will dich nicht verlieren.«
Unterdessen war Trudi zu Peter von Eichenloh getreten. »Tut doch etwas!«, forderte sie ihn auf.
»Euer Bruder hat die Herausforderung angenommen und kann nicht mehr zurücktreten. Aber ich werde diesem Schwarzrock gehörig in die Suppe spucken.« Er schob Trudi beiseite und stellte sich neben Falko.
»Es geht hier um die Forderungen verschiedener Herren und einer Dame. Die können nicht durch einen einzigen Zweikampf entschieden werden!«
Etliche giftige Blicke trafen ihn, doch der Bischof nickte zustimmend. »Wir schlagen drei Paarungen vor, die mit der Lanze gegeneinander anreiten sollen.«
»Falko ist der Erste, der Zweite bin ich!« Eichenloh ließ keinen Zweifel daran, dass er für Marie und ihre Familie eintreten würde.
»Und ich bin der Dritte. Ich bin zwar kein Ritter, aber im Kampf geübt!« Michi stellte sich nun ebenfalls dazu, fand aber in Hardwin einen Konkurrenten, denn dieser forderte nun ebenfalls das Recht, auf Maries Seite kämpfen zu dürfen.
Der Bischof musterte Pratzendorfer mit einem spöttischen Blick.
Diese Entwicklung hatte der Prälat nicht erwartet, doch er gab

nicht auf. »Der Kibitzsteiner Hauptmann ist, wie er selbst sagte, kein Ritter, und Hardwin von Steinsfeld nur im Stand eines Knappen, denn er hat den Ritterschlag noch nicht erhalten. Die beiden können nicht kämpfen!«

»Mein Sohn hat den Ritterschlag auch noch nicht erhalten!« Marie schöpfte Hoffnung, diesen unseligen Zweikampf doch noch verhindern zu können. Pratzendorfer aber machte diese sofort wieder zunichte. »Als Hauptbeteiligter kann Falko Adler den hohen Herrn Bischof bitten, ihn zum Ritter zu schlagen.«

Tu's nicht, bat Marie stumm, doch ihr Sohn kniete sofort vor Gottfried Schenk zu Limpurg nieder. »Mein Herr, ich bitte Euch, mir diesen Kampf zu gestatten.«

Der Bischof nickte mit einem zweideutigen Lächeln und befahl einem seiner Höflinge, ihm das Schwert zu reichen. Dann erhob er sich, vollführte eine für den feierlichen Akt beinahe nachlässige Bewegung und berührte mit der Klinge Falkos Schulter. »Erhebt Euch, Ritter Falko Adler zu Kibitzstein.«

Während Pratzendorfer sich die Hände rieb, schritt Herr Gottfried weiter, winkte Hardwin und Michi, niederzuknien, und schlug auch sie zu Rittern. Nachdem er zu seinem Stuhl zurückgekehrt war und das Schwert zurückgegeben hatte, wandte er sich an den Prälaten.

»Jetzt stehen vier Ritter bereit, um für Kibitzstein in die Schranken zu treten. Nennt Uns nun die Ritter der Gegenseite.«

Pratzendorfer befand sich in einer Zwickmühle. Die beiden geistlichen Teilnehmer an der Fehde, nämlich Abt Pankratius von Schöbach und die Äbtissin Klara von Monheim, hatten schlichte, bürgerliche Söldner geschickt, von denen keiner dazu taugte, zum Ritter geschlagen zu werden. Ludolf von Fuchsheim war schon zu alt, um sich noch mit Aussicht auf Erfolg mit einem jüngeren Kämpfer messen zu können, Markus von Mertelsbach hatte den Ritterschlag ebenfalls noch nicht erhalten, und Ingobert von Dieboldsheim sah aus, als würde ihn bereits der Gedan-

ke, gegen einen Totschläger wie Peter von Eichenloh anreiten zu müssen, dazu bringen, Fersengeld zu geben.
Für etliche quälende Augenblicke fand der Prälat sich im Zentrum aller Blicke wieder und spürte die klammheimliche Freude derer, die ihn nicht mochten. Er war jedoch nicht bereit aufzugeben und wandte sich mit einer energischen Bewegung den beiden Hennebergern zu.
»Die Grafen Magnus und Otto haben die Fehde begonnen und diese ehrenwerten Herren und die ehrwürdige Äbtissin dafür gewonnen. Es ist ihre Pflicht, für deren Rechte zu streiten.«
»Aber wir sind in Acht und Bann getan«, wandte Otto ein.
»Wollt Ihr Euch der Verantwortung für Euer Handeln entziehen und als Feigling gelten?«, giftete der Prälat.
Obwohl er im Gegensatz zu seinem Bruder nichts mit der Planung des Angriffs auf Kibitzstein zu tun gehabt hatte, trat Otto vor. »Ein Feigling bin ich nicht. Ich kämpfe so, wie meine Ehre es gebietet!«
Ein seltsamer Unterton in Graf Ottos Stimme ließ Peter von Eichenloh aufhorchen. Die Miene seines Freundes drückte Belustigung aus, und als ihre Blicke sich fanden, zwinkerte er ihm zu. Peter glaubte Otto gut genug zu kennen, um zu wissen, dass dieser zwar nichts tun würde, was seine Ehre beschmutzen konnte; einen eifrigen Streiter für die gierige Bande jedoch hatte Pratzendorfer in ihm nicht gefunden.
Magnus von Henneberg aber schien froh, dass er ein Opfer vor die Klinge bekam, an dem er seine Wut über den missglückten Feldzug auslassen konnte.
»Ich bin bereit!«, erklärte er mit klirrender Stimme.
»Da die Herren von Henneberg für Euch streiten wollen, soll es so sein. Doch es fehlen immer noch zwei Kämpfer für Eure Sache.« Der Tonfall des Bischofs versprach seinen beiden Gefolgsleuten nichts Gutes. Otto lächelte jedoch nur, und Magnus war zu wütend, um darauf zu achten.

Pratzendorfer schritt auf seine restlichen Verbündeten zu. Die meisten von ihnen wichen unbewusst vor ihm zurück, und da sich niemand freiwillig meldete, blieb dem Prälaten nichts anderes übrig, als zwei von ihnen zu bestimmen.

»Meine übrigen Kämpfer sind Ritter Ingobert von Dieboldsheim sowie Markus von Mertelsbach, der ebenso wie unsere Gegner das Recht hat, zum Ritter geschlagen zu werden. Immerhin entstammt er im Gegensatz zu dem Kibitzsteiner Hauptmann einem edlen Geschlecht.«

Während der Mertelsbacher sich erfreut vordrängte, um sich vor den Bischof für den Empfang des Ritterschlags hinzuknien, warf Ingobert von Dieboldsheim dem Prälaten einen entsetzten Blick zu. Er war nie besonders mutig gewesen und fragte sich nun, wie er gegen einen mit so viel Kriegsruhm behafteten Krieger wie Eichenloh bestehen sollte, oder gegen den muskelbepackten Bauernlümmel, dem der Bischof eben den Namen Michel von Ziegenhain verliehen hatte. Zwei Gegner gab es allerdings, mit denen er fertig zu werden glaubte. Falko war noch ein halber Knabe und Hardwin von Steinsfeld trotz seines unverdienten Ritterschlags ein Muttersöhnchen ohne jeden Mumm. Noch während der Dieboldsheimer überlegte, wie er es anstellen sollte, einen von denen als Gegner zu erhalten, erklärte der Bischof, dass die einzelnen Kämpfer dreimal gegeneinander anzureiten hätten, und befahl, die Paarungen auszulosen.

Die Kibitzsteiner stöhnten auf, als Falko gleich zu Beginn den kampferfahrenen Otto von Henneberg als Gegner bekam. Marie rang so verzweifelt die Hände, dass Peter von Eichenloh neben sie trat und sie um die Schulter fasste.

»Nehmt mein Wort. Eurem Sohn wird nichts geschehen!« Er sprach leise, damit kein anderer es hören konnte. Zwar konnte er sich nur auf die Geste seines Freundes stützen, doch er glaubte, Otto vertrauen zu können.

Marie, die ihn erst ein Mal auf Fuchsheim gesehen und ihn dort nicht gerade als Freund empfunden hatte, sah ihn überrascht an. »Graf Otto hasst unsere Familie. Immerhin hat meine Tochter sein Gesicht verstümmelt.«

»So schlimm sieht er auch wieder nicht aus. Ich kenne Männer, die ihn um diese Narbe beneiden würden. Zudem hat diese Begebenheit ihm geholfen, endlich erwachsen zu werden.«

Ehe Marie ihm antworten konnte, wurde die nächste Paarung ausgerufen und von den versammelten Burgherren frenetisch beklatscht. Hardwin von Steinsfeld musste gegen Markus von Mertelsbach antreten. Als Nächstes fiel das Los auf Peter von Eichenloh und Magnus von Henneberg. Ein kurzer Blick verriet Peter, dass Otto nicht traurig sein würde, wenn sein Bruder eine herbe Niederlage erlitt. Die letzten Kämpfer mussten nicht mehr ausgelost werden, da auf Kibitzsteiner Seite nur noch Michi und für die Belagerer Ingobert von Dieboldsheim übrig geblieben waren.

Michi achtete nicht auf seinen Gegner, sondern sah Peter von Eichenloh an. »Wenn Falko etwas passiert, wird Henneberg es bereuen!«

Peter spürte, dass Michi bereit war, Otto von Henneberg in diesem Fall zu töten, auch wenn er damit friedlos wurde, und hoffte daher, dass sein Glaube in Otto ihn nicht trog.

Da der Bischof die Angelegenheit rasch hinter sich bringen wollte, bestimmte er, dass die Zweikämpfe sofort stattzufinden hätten.

Während Falko und Michi nach Kibitzstein zurückeilten, um ihre Pferde zu holen, begann Markus von Mertelsbach zu spotten. »Die beiden werden wir heute wohl nicht wiedersehen!«

Marie krümmte sich innerlich vor Angst um ihren Sohn, aber dennoch funkelte sie den Sprecher zornig an. »Mein Sohn ist kein Feigling! Er wird gegen Henneberg antreten und bestehen.«

Ihre Gegner lachten sie aus, doch bevor sie sich zu einem falschen Wort hinreißen lassen konnte, zog Trudi sie zur Seite und senkte ihre Stimme. »Ich vertraue Junker Peter. Er kennt Graf Otto am besten.«

»Wie bist du denn an Eichenloh geraten?«, wollte Marie wissen. Über Trudis Gesicht huschte trotz aller Beklemmung ein spitzbübisches Lächeln. »Er hat mir, Uta und Lampert das Leben gerettet und sich beim König vehement für uns eingesetzt. Friedrich III. hat uns zwar keine Soldaten schicken können, aber du hast die Macht erlebt, die seinen Worten innewohnt.«

Marie nickte unwillkürlich, fragte sich aber, was Kibitzstein ihr noch bedeuten sollte, wenn Falko diesen Tag nicht überlebte. Außerdem sorgte sie sich um Junker Hardwin, der einem Raufbold wie Markus von Mertelsbach bestimmt nicht gewachsen war.

Die Ziegenbäuerin, die ebenfalls die Burg verlassen hatte und sich nun zu Marie gesellte, bemerkte den zweifelnden Blick ihrer Freundin und fragte sich ebenfalls, wie Falko und Hardwin sich gegen ihre Gegner durchsetzen wollten. Ihrem eigenen Sohn traute sie zu, gegen Ingobert von Dieboldsheim zu bestehen, wandte sich aber dennoch mit einem kurzen Gebet an die Heilige Jungfrau Maria, in das sie ihn einschloss. Für Michi und Falko konnte sie nicht mehr tun als beten. Daher wandte sie sich Junker Hardwin zu. Zwar wirkte er erwachsener als früher und schien fest entschlossen, den Holmgang zu gewinnen. Aber sie hielt es für besser, seinen Kampfgeist noch ein wenig anzuheizen.

Schwerfällig trat sie auf ihn zu und zupfte ihn am Ärmel. »Seid Ihr schon zu Hause gewesen, Junker Hardwin?«

Dieser schüttelte den Kopf. »Nein! Gibt es schlechte Nachrichten?«

»Nein, nein, nur einen Gast, den Eure Mutter bei sich aufgenommen hat.«

»Einen Gast?« Hardwin wirkte verwirrt. Er wollte seine Gedanken für den Kampf sammeln und nicht über irgendwelche Gäste seiner Mutter reden. Bevor er sich jedoch von Hiltrud freimachen konnte, sprach diese weiter.

»Es handelt sich um Frau Bona, die nach dem Tod ihres Gemahls von ihrem Stiefsohn Markus aus der Burg vertrieben worden und in ihrer Not zu Eurer Mutter gelaufen ist, in der Hoffnung, bei ihr Obdach gewährt zu bekommen. Sie wird in wenigen Wochen niederkommen! Ich weiß, was damals im Fuchsheimer Wald geschehen ist. Trudi hat sich mir anvertraut. Die Zeit von dort bis zur Geburt von Bonas Kind wird wohl die üblichen neun Monate zählen.« Mit diesen Worten ließ die Ziegenbäuerin ihn los und zog sich in die Gruppe der Kibitzsteiner zurück.

Hardwin starrte ihr entgeistert nach, während seine Gedanken einen wirren Tanz aufführten. Dreierlei wurde ihm klar. Bonas Ehemann war tot, sie ging schwanger mit einem Kind, dessen Vater nur er sein konnte, und Markus von Mertelsbach hatte sie übel behandelt. Bei der letzten Erkenntnis packte ihn eine solche Wut, dass er es kaum mehr erwarten konnte, den Mann vor allen Leuten in den Staub zu werfen.

15.

Da es sich um kein offizielles Turnier handelte, wurde rasch eine Stechbahn abgemessen und ein einfacher Zaun errichtet. Auf Tribünen und Ähnliches mussten Kombattanten und Zuschauer verzichten. Selbst der Bischof begnügte sich mit einem Stuhl und gab, als er sich gesetzt hatte, das Zeichen zum ersten Kampf.

Falko war so nervös, dass er kaum die Lanze richtig fassen konnte. Sein Kopf war wie leergefegt, und ihm war, als hätte er niemals einen Übungskampf bestritten. Sein Freund Hilbrecht hatte ihm in die Rüstung geholfen und sah nun angespannt zu ihm hoch.

»Du weißt, was du zu tun hast?«

»Freilich. Immerhin war dein Vater mein Lehrer, und der weiß zu kämpfen.«

Bei dem Gedanken an Heinrich von Hettenheim, der zwar nicht mehr so gelenkig war wie früher, aber eine große Erfahrung vermitteln konnte, fand Falko zu sich selbst zurück und vermochte sein Pferd so ruhig auf den Stechplatz zu lenken, als ginge es um einen Ausritt. Am jenseitigen Ende sah er Graf Otto auf seinem Pferd sitzen und wunderte sich, wie klein der Henneberger wirkte. Mit einer energischen Bewegung der linken Hand schloss er den Helm und fasste den kleinen Schild. Durch den Schlitz im Visier sah er den anderen antraben und gab nun auch seinem Pferd die Sporen.

Die beiden Pferde rannten, durch den Zaun getrennt, aufeinander los. Ihre Reiter senkten die Lanzen und zielten mit ihren Spitzen auf die Schilde. Falko biss die Zähne zusammen, als der Aufprall kam. Mit einer geschickten Drehung, die sein Arm wie von selbst machte, gelang es ihm, die Lanze seines Gegners von seinem Schild abgleiten zu lassen, während seine eigene beim Zusammenstoß zerbrach.

Ohne Pause ging es weiter. Hilbrecht, der sich als Knappe angeboten hatte, reichte seinem Freund eine neue Lanze, und dann ritt Falko zum zweiten Mal gegen Graf Otto an. Seine Unruhe hatte sich nun völlig gelegt, und ihm war, als klinge die Stimme seines Ausbilders in seinem Kopf auf. Diesmal gelang es ihm zwar nicht mehr, die Lanze seines Gegners abzulenken, doch er konnte die Wucht des Stoßes mindern und sich im Sattel halten. Das wunderte ihn, denn eigentlich hätte Otto von Henneberg ihn mit Leichtigkeit vom Pferd heben müssen.

»Der Junge hält sich ausgezeichnet!«, rief Peter begeistert aus.

Damit brachte er Marie, die die Anspannung nicht mehr ausgehalten und zu Boden gestarrt hatte, dazu, aufzublicken. Gerade ließ Otto von Henneberg sich eine neue Lanze reichen und hatte gleichzeitig Mühe, seinen übermütig stampfenden Hengst zu beruhigen.

Auf ein Zeichen des bischöflichen Herolds gaben die beiden Streiter ihren Pferden erneut die Sporen. Falko sah Henneberg näher kommen und wusste, dass er einen festen Stoß nicht mehr überstehen würde. Zu seiner Verblüffung wanderte die Lanze seines Gegners jedoch kurz vor dem Zusammenprall zur Seite und zielte an ihm vorbei. Bevor er sich jedoch einen Gedanken machen konnte, trafen sie aufeinander. Seine Lanze zerbrach, während Henneberg ihn um Haaresbreite verfehlte.

»Verdammter Gaul!«, fluchte Graf Otto, doch Peter hörte das Lachen in seiner Stimme und sah Marie grinsend an.

»Was habe ich Euch gesagt? Falko passiert nichts!«

Marie begriff, dass die Gefahr für ihren Sohn vorüber war, kniete nieder und dankte der Heiligen Jungfrau und ihrer persönlichen Schutzheiligen Maria Magdalena für dieses Wunder.

Unterdessen lenkte Graf Otto sein Pferd vor den Bischof, ließ sich den Helm abnehmen und neigte den Kopf. »Wie es aussieht, habe ich meinen Gegner unterschätzt. Beinahe wäre es ihm dadurch gelungen, mich aus dem Sattel zu heben. Zum Glück blieb mir die Schande der Niederlage erspart.«

»Ihr hättet härter zustoßen sollen«, grollte Pratzendorfer, der ebenso wie der Bischof begriff, dass der jüngere Henneberger seinen Kontrahenten geschont hatte.

Das wurde nun auch Falko klar, und sein verletzter Stolz bäumte sich auf. Doch Graf Otto ritt auf ihn zu und streckte ihm die Hand entgegen.

»Ihr hattet einen ausgezeichneten Lehrmeister, Junker Falko, einen besseren jedenfalls, als ich ihn in Eurem Alter besaß!« Dieses Lob für den abwesenden Heinrich von Hettenheim konnte Falko nicht zurückweisen. Er ergriff Ottos Hand und sah ihn mit einem bitteren Lächeln an.

»Ihr seid ein ebenso ehrenhafter wie edelmütiger Gegner gewesen. Doch einen weiteren Gang mit Euch hätte ich wahrscheinlich nicht mehr überstanden.«

»Ihr kämpft für Euer Alter ausgezeichnet, Falko Adler. In wenigen Jahren wird es nicht mehr viele Ritter geben, die gegen Euch bestehen werden.« Mit diesen Worten war der Friede wiederhergestellt, und die beiden ritten gemeinsam zur Seite, als wären sie die besten Freunde, und sahen nebeneinander den weiteren Kämpfen zu.

Hatte Otto von Henneberg behauptet, er habe seinen Gegner unterschätzt, so verfiel Markus von Mertelsbach tatsächlich in diesen Fehler, denn er war sich seines Sieges über Hardwin sicher. In seinem Hochmut waren ihm die Blicke entgangen, mit denen sein Gegner ihn zuletzt gemustert hatte, und nun verhüllten Helm und Visier das Antlitz des jungen Steinsfeld.

Hardwin stellte sich Bona vor, die hochschwanger den weiten, steinigen Weg bis zu seiner Mutter hatte bewältigen müssen, und rief sich alles ins Gedächtnis, was er von Junker Peter und Quirin gelernt hatte. Als der Herold das Zeichen gab, spornte er sein Ross und sprengte auf Mertelsbach zu. Dessen Stoß war gut gezielt, wurde aber von Hardwin mit dem Schild abgefangen. Seine Lanze traf hingegen mit großer Wucht den Brustpanzer seines Gegners, und als er sich umsah, sah er, wie Markus von Mertelsbach aus dem Sattel gerissen wurde und über die Kruppe des Pferdes hinweg zu Boden stürzte.

Die Umstehenden sahen einander verdattert an. Keiner von ihnen hatte erwartet, dass Hardwin von Steinsfeld so ein harter Turnierkämpfer war. Dann richteten sich alle Blicke auf den Mertelsbacher, der keine Anstalten machte, sich aufzurichten oder zumindest seine Leute herbeizuwinken. Die Knechte, die auf ihn zueilten und ihm den Helm abnahmen, stellten fest, dass sein Kopf in einem unnatürlichen Winkel von der Schulter abstand, und richteten sich erschrocken auf. Einer von ihnen lief auf den Fürstbischof zu und kniete nieder. »Ritter Mertelsbach ist tot, Euer Exzellenz – ganz mausetot!«

Einige der Kibitzsteiner jubelten, doch Marie hieß sie, still zu sein. »Es ist nicht gut, sich über den Tod eines anderen Menschen zu freuen. Mir wäre es lieber gewesen, Junker Markus würde noch leben und uns in Zukunft ein angenehmer Nachbar sein.«

Da legte ihre alte Freundin Hiltrud ihr die Hand auf die Schulter. »Es ist besser so! Er war kein guter Mensch. Seine jüngeren Brüder stehen unter der Vormundschaft des Bischofs und werden Mertelsbach einmal bessere Herren sein, als Markus es jemals geworden wäre.«

»Kommt jetzt! Wir wollen zusehen, wie Junker Peter diesen aufgeblasenen Magnus von Henneberg in den Staub wirft!«, rief Trudi und zupfte ihre Mutter und ihre Patentante an den Ärmeln.

Eichenloh, der sich gerade für seinen Waffengang zurechtmachte, sah, wie die drei sich zu ihm umdrehten, und grinste übermütig. Obwohl er seine Verletzungen noch spürte, fühlte er sich kräftig genug, um mit jedem Gegner fertig zu werden.

Graf Magnus aber musste an die vielen Kämpfe denken, die sein Gegner bereits siegreich bestritten hatte, und an Markus von Mertelsbach, dessen Leichnam gerade beiseitegetragen wurde. Sein Kopf gaukelte ihm vor, er läge ebenso kalt und leblos da, während seine Ehefrau schmerzgebeugt an seiner Bahre stand. Diese Vorstellung trieb ihm den Schweiß auf die Stirn. In der Hoffnung, sofort eine Entscheidung zu seinen Gunsten erzwingen zu können, spornte er sein Pferd zu höchster Geschwindigkeit an und umklammerte die Lanze so fest, wie es ihm möglich war.

Schiere Kraft aber führte bei einem Gegner wie Eichenloh nicht zum Sieg. Peter keuchte zwar, als die Lanze des Hennebergers ihn traf. Doch der Schaft splitterte, während seine Waffe standhielt und er seinen Gegner aus dem Sattel stemmen konnte.

Magnus von Henneberg schlug scheppernd auf dem Boden auf, doch als die Knechte ganz aufgeregt auf ihn zustürmten, winkte er ab. Nur sein Stolz hatte eine tiefe Wunde davongetragen.

Als letztes Paar standen sich nun Michi und Ingobert von Dieboldsheim gegenüber. Michi, oder Junker Michel, wie er jetzt genannt wurde, hatte die Größe und Breite seiner Mutter geerbt und wirkte in seiner Rüstung wie das Idealbild eines Ritters. Seine Miene aber war so kalt wie eine sternklare Nacht im Januar.

Als Ingobert von Dieboldsheim seinen Gegner vor sich sah, begann er so zu zittern, dass er die Lanze, die man ihm reichte, nicht festhalten konnte. Er hob sein Visier an und wandte sich zu Herrn Gottfried um. »Da der Kampf bereits zugunsten der Kibitzsteiner entschieden ist, ist dieser letzte Waffengang überflüssig geworden. Ich erkenne die Forderungen von Frau Marie und Junker Falko als rechtmäßig an und schwöre, in Zukunft gute Nachbarschaft mit ihnen zu halten.«

Der Dieboldsheimer wusste, dass er von diesem Tag an als Feigling gelten würde, doch das war ihm lieber, als das gleiche Schicksal zu erleiden wie Markus von Mertelsbach.

Michi wollte seinen Gegner schon mit bissigen Bemerkungen zum Kampf zwingen, doch da tauchte Peter neben ihm auf und klopfte ihm gegen die Beinröhre.

»Lass es gut sein! Dieses Ende ist besser, als wenn du ihn tötest oder schwer verletzt. Euch Kibitzsteinern ist in allem Genugtuung geschehen. Das sollte dir genügen.«

Michi warf Marie einen fragenden Blick zu und sah sie nicken. »Also gut! Ich verzichte, wenn dieser Kampf zu meinen Gunsten gewertet wird, so als hätte ich meinen Gegner besiegt.«

»Das wird er!«, erklärte der Bischof, der mit diesem Ausgang hochzufrieden war. Kibitzstein und die drei dazugehörigen Dörfer blieben zwar freies Reichslehen, doch für all die anderen Dörfer und Herrschaften, welche die Adler-Sippe in ihren Besitz gebracht hatte, würden die Witwe des toten Reichsritters und

dessen Sohn ihm den Treueid schwören. Damit waren sie so, wie er es wollte, in die Würzburger Herrschaft eingebunden. Er nickte Marie und ihren Getreuen zu und befahl dann, alles für den Abmarsch am nächsten Tag vorzubereiten.
Für einen Augenblick kreuzte sich der Blick des Bischofs mit dem von Junker Peter. Beide wussten, dass jene alte Sache noch immer zwischen ihnen stand. Doch keinem von ihnen war danach, an diesem Tag darauf zurückzukommen. Gottfried Schenk zu Limpurg hatte bereits zu viele Kröten schlucken müssen, um Eichenloh einfach verzeihen zu können, und Peter erfreute sich so sehr des errungenen Erfolgs, dass er diesen nicht durch eine ungeschickte Handlung oder ein falsches Wort riskieren wollte. Um zu zeigen, dass er nicht unbedingt auf Eichenlohs Kopf aus war, winkte der Bischof ihm mit einer knappen Geste zu und kehrte in sein Zelt zurück, vor dem zwei seiner Männer Wache bezogen.
Marie interessierte sich im Augenblick nicht für das, was um sie herum vorging, sondern sie umarmte ihren Sohn unter Tränen und schalt ihn gleichzeitig wegen der Angst, die sie seinetwegen hatte ausstehen müssen. Dann sah sie Eichenloh herausfordernd an. Peter verstand ihre unausgesprochene Frage und verneigte sich lächelnd vor ihr. »Ich habe Eurer Tochter in Graz geschworen, auf Eurer Seite zu kämpfen, und bin glücklich, dass ich mein Wort wenigstens auf diese Weise halten konnte.«
Nun blickte Marie Trudi an, die auf einmal traurig und betroffen wirkte. »Mama, ich …, wir …, wir haben Herrn von Eichenloh großes Unrecht getan. Weder er noch Graf Otto von Henneberg haben Vater ermordet. Es war Gressingen! Vater wollte …«
In ihrer Erschütterung war Trudi kurz davor, Dinge zu verraten, die nicht einmal ihre Mutter wusste. Um das zu verhindern, stieg Peter ihr auf den Fuß und entschuldigte sich, noch ehe sie sich des Schmerzes bewusst wurde. »Verzeiht meine Unbeholfenheit. Ich habe Euch hoffentlich nicht weh getan?«

»Mein Fuß ist noch heil, aber Ihr könntet trotzdem herabsteigen.«

Peter zuckte scheinbar erschrocken zurück und sah Marie mit fröhlich blitzenden Augen an. »Ihr könnt stolz auf Eure Tochter sein, Herrin. Sie hat dem König das Leben gerettet und ihn dazu gebracht, sich für Euch zu verwenden.«

Die Ziegenbäuerin nickte anerkennend. »Das ist einmal eine gute Nachricht, Herr Ritter!«

Gleichzeitig atmete Hiltrud erleichtert auf, denn sie hatte begriffen, dass Junker Peter Trudi davon abgehalten hatte, zu viel preiszugeben. Maries Trauer um ihren Mann war noch zu groß, und das Wissen, dass Michel Trudis wegen ermordet worden war, hätte eine tiefe Kluft zwischen ihr und ihrer Tochter aufreißen können. Später, wenn sie zur Ruhe gekommen und die Fehde um Kibitzstein auch mit den direkten Nachbarn beigelegt worden war, würde man es ihr vielleicht erzählen können, obwohl Hiltrud es für besser hielt, dieses Geheimnis für alle Zeiten ruhen zu lassen.

»Habt Ihr Hunger, Herr Ritter? Ich habe heute Morgen einen ausgezeichneten Schinken angeschnitten. Er wird Euch munden!« Die Ziegenbäuerin hakte sich kurzerhand bei Peter ein und hoffte, bei einem guten Mahl mehr über ihn zu erfahren. Die Blicke, mit denen er Trudi beinahe verschlang, wenn das Mädchen nicht hinsah, kannte sie. So hatte Thomas, ihr verstorbener Mann, sie immer angeschaut.

Peter hatte wirklich Hunger. Für einen Augenblick wollte er dennoch verneinen, denn da war noch Pratzendorfer, um den er sich kümmern musste. Solange der Mann seine Intrigen weiterspinnen konnte, war sein Auftrag noch nicht erfüllt. Doch sein Magen sagte ihm, dass er sich auch später um diese Angelegenheit kümmern konnte. Daher folgte er der hochgewachsenen, fülligen Bäuerin und beantwortete lächelnd die Fragen, die sie ihm stellte.

16.

Auf der Stechbahn blieb nur noch die Gruppe von Edelleuten zurück, die sich mit Magnus von Henneberg und Cyprian Pratzendorfer gegen Kibitzstein zusammengeschlossen hatten. Eine Weile starrten sie sich schweigend an, als könnten sie nicht verstehen, dass ihnen das Schicksal so übel mitgespielt hatte.
Mit einem Mal trat Ludolf von Fuchsheim gegen den primitiven Zaun, der die Kämpfer getrennt hatte, und brachte diesen auf etliche Klafter zum Einsturz.
»Aus und vorbei! Adlers Witwe behält alles, und wir bekommen gar nichts!«
Sein Gesicht war grau vor Sorge, denn um diesen Kriegszug finanzieren zu können, hatte er den Rest seines Besitzes beleihen müssen, und nun suchte er nach einem Opfer, an dem er seine Wut auslassen konnte. Wie ein zubeißender Kettenhund ging er auf Magnus von Henneberg los.
»Ihr seid an allem schuld! Ihr habt mich dazu gedrängt, mich auf dieses elende Vorhaben einzulassen. Und was habe ich davon? Mir gehört nicht einmal mehr ein Stein der Burg, deren Namen ich trage.«
Graf Magnus sah ihn zunächst verblüfft an und begann dann zu lachen. »Ich soll schuld sein? Ich habe doch nur das getan, was dieser Pfaffe da von mir gefordert hat. Er hat mich durch die Lande geschickt, um euch alle als Verbündete zu gewinnen, und jedem von uns reichen Gewinn versprochen. Fragen wir ihn, wie er uns jetzt belohnen will!«
Ingobert von Dieboldsheim trat neben den Grafen und fuchtelte mit beiden Fäusten vor dem Prälaten herum. »Ja genau! Ich habe Schulden machen müssen, um meine Leute zu bewaffnen, und will neben dem Dorf, das ich nun an Kibitzstein übergeben muss, nicht noch weitere verlieren!«
Zwar hatte er vor dem Zweikampf gekniffen, aber inmitten seiner

Freunde, die seinen Zorn auf den Pratzendorfer teilten, fühlte er sich stark genug, Forderungen zu stellen.

Dies tat nun auch Pankratius, der Abt von Schöbach. »Ehrwürdiger Vater, bitte sagt, wie stellt Ihr Euch die Entschädigung für unsere Verluste vor? Frau Marie hatte uns viel Geld für die Seelenmessen versprochen, die in unserem Kloster für ihren Gemahl gelesen werden sollten. Ihr habt mich jedoch dazu gebracht, dieses Angebot abzulehnen und mich Euch anzuschließen. Mit diesem Ergebnis aber kann ich nicht in mein Kloster zurückkehren. Meine Mitbrüder würden mich nicht mehr als ihren Abt anerkennen und absetzen.«

Andere Burgherren, die sich dem Feldzug angeschlossen hatten, drangen ebenfalls auf den Prälaten ein, und ein Hagel aus Forderungen und wüsten Beschimpfungen ergoss sich über ihn. Keiner der Edelleute, die Krieger oder Knechte gestellt hatten, wollte wie ein geprügelter Hund nach Hause zurückkehren.

Pratzendorfer hatte jedoch nichts zu verteilen, weder Gold noch Ländereien oder Titel. Da sein Anschlag auf König Friedrich misslungen war, konnte er nicht einmal darauf zählen, dass Herzog Albrecht von Österreich ihn weiterhin unterstützte. Mit einem bitteren Gefühl stellte der Prälat fest, dass seine Karriere durch diese Rückschläge schweren Schaden genommen hatte. Nun hatte er die Wahl, nach Rom zurückzukehren, um dort wieder als nachrangiger Gefolgsmann des Papstes auf eine der wenigen Aufstiegsmöglichkeiten zu lauern, oder einen neuen Herrn zu suchen, in dessen Diensten er wieder Macht und Einfluss erlangen konnte. Aber die weltlichen Herrscher, bei denen er noch anklopfen konnte, waren dünn gesät.

Aus Ärger über seine verfahrene Lage antwortete er harscher, als es klug war. »Was wollt Ihr von mir? Es ist doch Eure Schuld, dass es so geendet hat! Ihr seid nur halbherzig bei der Sache gewesen, habt gezaudert und Euch vom Feind die Geschütze zerstören lassen. Erwartet nicht, dass ich Euch dafür lobe.«

Pratzendorfer wollte sich umdrehen und gehen, doch da hielt Magnus von Henneberg ihn fest. »So lassen wir uns nicht abspeisen! Ich bin verfemt und muss in Sack und Asche nach Graz reisen, um mich dem König vor die Füße zu werfen. Das verdanke ich Euch!«

»Das verdankt Ihr allein Eurer Dummheit«, antwortete Pratzendorfer wütend. »Bei Gott, ich hätte mir einen fähigeren Anführer suchen sollen, einen wie Eichenloh. Der hätte dieses Kibitzstein wie eine Laus zerknackt!«

Graf Magnus packte ihn und riss ihn herum. »Das ist zu viel! Wärt Ihr ein Ritter, würde ich Euch zum Zweikampf fordern. Doch wenn Ihr glaubt, dass Eure Kutte Euch rettet, habt Ihr Euch geirrt.«

»Wollt Ihr Euch an einem Mann der Kirche vergreifen?«, spottete Pratzendorfer. Dann aber sah er das Flackern in Graf Magnus' Augen und bekam es mit der Angst zu tun.

»Nein, aber an einem elenden Verräter!« Graf Otto hatte bisher abseitsgestanden, kam aber nun auf den Prälaten zu und legte ihm die Hand auf die Schulter.

»Soll ich diesen Leuten erzählen, zu welchem Zweck Ihr mich und Gressingen nach Österreich geschickt habt?«

»Was soll das?« Pratzendorfer starrte ihn verwirrt an.

In dem Augenblick drängte sich ein junger Bursche, der zu den vielen Knechten im Lager gehörte, durch die Leute und wies mit zitternden Fingern auf den Prälaten. »Dieser Mann hat Michel Adler ermordet! Ich habe gesehen, wie er sich über den Toten gebeugt hat.«

»Was redest du da, Kerl?« Ludolf von Fuchsheim packte den Knecht, der von seiner Burg stammte, und schüttelte ihn. »Und weshalb hast du das bis jetzt verschwiegen?«

»Ich hatte Angst, weil der Prälat doch so ein hoher Herr ist. Wenn ich mein Maul aufgemacht hätte, wäre ich bestimmt geschlagen oder gar umgebracht worden!«

»Das ist doch Unsinn! Ich habe Michel Adler nicht umgebracht«, fuhr der Prälat auf.

Der Knecht ließ sich jedoch nicht mehr aufhalten. »Ich habe Euch gesehen, wie Ihr mit dem Ritter Gressingen geredet habt, und dann habt Ihr Euch den Toten angesehen!«

»Mit Gressingen?« Graf Ottos Augen glitzerten wie Eisstückchen, als er begriff, in welch widerwärtiges Spiel er verwickelt worden war. »Gressingen war der Mörder, nicht wahr? Ihr habt ihn dazu angestiftet, Michel Adler umzubringen, und ihn dann nach Österreich geschickt mit dem Auftrag, König Friedrich zu töten!«

»Gressingen sollte einen Königsmord begehen?« Graf Magnus begriff nun, weshalb der König so zornig auf ihn und Otto war.

Die Edelleute um sie herum zogen erschrocken die Köpfe ein, und Abt Pankratius sah aus, als erwarte er, von der Hölle verschlungen zu werden. Friedrich III. mochte in dieser Gegend wenig Macht besitzen, aber ihn umstrahlte der Kranz der Krone, der ihn weit über alle anderen Fürsten des Reiches hinaushob. Die Hand gegen ihn zu erheben, war für die meisten der hier Versammelten ein ebenso schlimmer Frevel, wie Gott zu leugnen.

»Was ist? Habe ich recht?«, bohrte Otto von Henneberg nach. Er kannte Peter von Eichenloh gut genug, um vermuten zu können, dass sein einstiger Anführer Kibitzstein auch deswegen zu Hilfe gekommen war, um das Problem Pratzendorfer zu lösen. Solange der Prälat lebte, stellte er eine Gefahr für den König, aber auch für diejenigen dar, denen es gelungen war, ihn zu entlarven.

Als Pratzendorfer nicht antwortete, fügte Graf Otto hinzu: »Man sollte Euch dem Fürstbischof übergeben, damit er über Euch richtet!«

»Ich bin ein Mitglied des päpstlichen Hofstaats. Nur Seine Heiligkeit in Rom darf ein Urteil über mich fällen«, trumpfte der Prälat auf.

»Oder einige biedere fränkische Ritter, die sich einig sind!« Otto von Henneberg warf einen raschen Blick in die Runde. Die meisten Leute waren bereits ins Lager oder in die Burg zurückgekehrt, und andere befanden sich auf dem Weg dorthin. Auf der Stechbahn aber hielten sich außer Pratzendorfer und dem Fuchsheimer Knecht nur noch jene Leute auf, die auf die Versprechungen des Prälaten hereingefallen waren.
Daher blickte er seinen Bruder auffordernd an. »Magnus, dieser Mann hat Michel Adler ermorden lassen, um gegen Kibitzstein Krieg führen zu können. Dich und all die anderen hat er mit Versprechungen und Lügen dazu gebracht, sich an diesem Feldzug zu beteiligen, und euch dabei ins Elend gestürzt. Bevor der König nicht die Reichsacht zurücknimmt, die er über dich verhängt hat, kannst du nicht zu deiner Gemahlin zurückkehren. Du würdest als Geächteter und Flüchtling vor Elisabeth treten müssen. Vielleicht wird der Fürstbischof dir sogar deinen Besitz wegnehmen, so wie er es bei Gressingen getan hat.«
Während Graf Magnus hilflos vor ihm stand und nicht wusste, was er sagen oder tun sollte, meldete Maximilian von Albach sich zu Wort. »Gressingens Verlust war nur eine Finte, um die Feinde des Bischofs zu täuschen. Das hat Pratzendorfer ebenfalls ausgeheckt. Mein Neffe hätte seine Burg zurückerhalten und etliches mehr, wenn er Erfolg gehabt hätte.«
Albach hatte erst im Verlauf dieses Tages erfahren, dass sein Neffe im fernen Graz ums Leben gekommen war. Der junge Mann war leichtsinnig gewesen, doch so hätte es nicht enden müssen. Mit einem bitteren Gefühl erinnerte er sich auch daran, dass er auf Pratzendorfers Einflüsterungen hin Gressingen davon abgehalten hatte, sich um Michel Adlers Tochter zu bewerben, und das nur, weil der Prälat den angeblich so einflusslosen Michel Adler als erstes Opfer erkoren hatte, um die Macht des Hochstifts zu vergrößern.
Angesichts der erschrockenen Mienen um ihn herum begann

nun auch Albach um seine Sicherheit zu fürchten. Sollte Pratzendorfer wieder an Macht und Einfluss gewinnen, würde der Mann ihn als Feind ansehen und ihm schaden. Hilfesuchend blickte er Graf Otto an. »Pratzendorfer hat uns alle mit Lügen und leeren Versprechungen dazu gebracht, Kibitzstein gegen alles Recht anzugreifen, und nun stehen wir schlechter da als zuvor. Daher haben wir das Recht, diesen Verräter zu richten.«

Abt Pankratius schlug das Kreuz. »Pratzendorfer ist ein Mann der Kirche. Aber Gott wird uns verzeihen, denn er hat einen Edelmann zum Königsmord angestiftet.«

Der Prälat starrte zuerst Graf Otto und dann den Schöbacher Abt an. »Seid ihr denn alle wahnsinnig geworden?«

»Unsere Gedanken sind klarer als jemals zuvor. Deinetwegen habe ich mich mit diesem elenden Markus von Mertelsbach zusammengetan und meine Tochter verstoßen! Der Teufel soll dich holen, Pfaffe, und das so schnell wie möglich!« Außer sich vor Wut, wollte Ludolf von Fuchsheim nach seinem Dolch greifen, doch Graf Otto hinderte ihn daran.

»Wie der ehrwürdige Abt von Schöbach bereits sagte, ist Pratzendorfer ein Mann der Kirche. Deshalb sollte man keine Wunde an ihm finden!«

»Aber wie ...«, stotterte der Fuchsheimer.

Otto von Henneberg wies auf den Main, der ein Stück weit unter ihnen floss. »Lasst uns einen Spaziergang machen. Magnus, Fuchsheim, Dieboldsheim, ihr haltet den Prälaten fest, damit er nicht fliehen kann, und Ihr, Abt Pankratius, stopft ihm etwas ins Maul, sonst ruft sein Geschrei noch Aufmerksamkeit hervor.«

Cyprian Pratzendorfer hatte sich bis zu diesem Augenblick nicht vorstellen können, dass es wirklich jemand wagen würde, Hand an ihn zu legen. Nun begriff er, dass es um sein Leben ging, und er versuchte sich zu wehren. Aber gegen die vielen Fäuste, die ihn packten, hatte er keine Chance, und als er um Hilfe rufen wollte, stopfte ihm Abt Pankratius mangels eines geeigneten Tuches

seine Kappe zwischen die Zähne. Eingekeilt in einer Gruppe zu allem entschlossener Männer, starrte der Prälat mit Grauen auf den Fluss, in dessen Richtung er geschleppt wurde, und flehte stumm den Himmel an, ihn aus dieser Not zu erretten.
Am Ufer fällte Otto von Henneberg mit seinem Schwert einen dünnen Stamm, entfernte die Äste und hielt zuletzt eine mehr als doppelt mannslange Stange in der Hand, die vorne in einer Gabel auslief. Auf seinen Wink hin stießen die anderen Pratzendorfer in den Fluss. Sofort versuchte der Prälat, schwimmend außer Reichweite zu kommen. Doch Magnus von Henneberg riss seinem Bruder die Stange aus den Händen, drückte Pratzendorfer damit unter Wasser und ließ nicht eher los, bis der Körper des verzweifelt um sich schlagenden Mannes erschlaffte. Als er ihn wegstoßen wollte, holte Otto den Toten ans Ufer zurück, zog ihm die Mütze des Abtes aus dem Mund und reichte sie dem Schöbacher. Dann schob er den Leichnam in tieferes Wasser und sah ebenso wie die Umstehenden zu, wie Pratzendorfer mit dem Gesicht nach unten von den Wellen davongetragen wurde.
»Gott sei den armen Seelen gnädig, die er ins Verderben geführt hat. Ihn selbst aber soll der Teufel holen!« Mit diesen Worten warf Otto die Stange in den Fluss und wandte sich zum Gehen. Nun konnte er seinem Freund Peter von Eichenloh wieder offen in die Augen sehen.

17.

Cyprian Pratzendorfers Leichnam wurde am nächsten Morgen ein Stück mainabwärts ans Ufer gespült. Diese Nachricht brachte ihm ein Vogt aus Volkach nach Kibitzstein. Der Tod des Prälaten erregte zwar Aufsehen, weckte aber nur wenig Mitleid. Da Pratzendorfer vielen Menschen Schaden zugefügt hatte, fragte niemand genauer nach, wie der Mann ertrunken war. Selbst der

Bischof beschränkte seine Anteilnahme auf ein kurzes Gebet und befahl, den Toten in eines der umliegenden Würzburger Dörfer zu schaffen und dort zu begraben. Von denen, die seinen Tod verursacht hatten, folgte niemand seinem Sarg. Die meisten von ihnen dachten über die Buße nach, die sie für die Mitschuld an diesem Mord auf sich nehmen wollten. Am leichtesten hatten es die beiden Henneberger. Sie würden gemeinsam in härenen Kitteln und barfuß nach Graz pilgern und unterwegs an jedem heiligen Ort um Vergebung für ihre Sünden bitten.

Für Ludolf von Fuchsheim, den Abt von Schöbach und Ingobert von Dieboldsheim ergab sich keine solche Möglichkeit. Der Schöbacher beschloss, seinen Posten und seinen Titel abzulegen und zum Heiligen Rock nach Trier zu pilgern, in der Hoffnung, in einem der dortigen Klöster ein neues Aufgabengebiet zu erhalten. Ludolf von Fuchsheim entfloh kurzerhand seinen Schulden und trat den Weg nach Santiago de Compostela an, um dort Vergebung zu finden. Sein Knecht, der Pratzendorfers Mitwisserschaft an Michels Tod aufgebracht hatte, begleitete ihn und berichtete später, sein Herr habe das Ziel glücklich erreicht und sei dort mit den heiligen Sterbesakramenten versehen gestorben.

Nur der Dieboldsheimer kam weder mit seiner Schuld noch mit seinen Schulden zurecht. Er sah sich den heftigen Vorwürfen seiner Frau ausgesetzt, die ihm übelnahm, dass er sich dem Bischof angeschlossen und damit die Reichsfreiheit seines Besitzes aufgegeben hatte. Gleichzeitig schnitten ihn seine Nachbarn und hießen ihn, wie er es befürchtet hatte, einen Feigling. Als er die Situation nicht mehr ertrug, erhängte er sich eines Nachts im Stall. Daraufhin entsandte der Fürstbischof ein kleines Heer und ließ die Burg besetzen. Frau Wiburg, die vergebens nach Würzburg reiste und Herrn Gottfried auf Knien bat, ihr das Lehen für ihren ältesten Sohn zurückzugeben, musste ihre Kinder der Obhut des Fürstbischofs übergeben und zu ihrem Vater zurückkehren.

Als schließlich die Weinstöcke wieder voller Trauben hingen und der Tag sich jährte, an dem Michel sich mit seinen Freunden auf Fuchsheim versammelt und an dem Trudi ihre Unschuld verloren hatte, deutete im weiten Umkreis nichts mehr darauf hin, dass hier vor kurzem noch Hader, Hass und Gier geherrscht hatten.

Auf Kibitzstein war die Zeit nicht stehengeblieben, aber sie hatte die Lücke, die der Tod des Burgherrn gerissen hatte, nicht schließen können. Marie, Trudi, Hildegard und die anderen trauerten heftig um Michel, und sein Platz an der Tafel und in der Kapelle blieben fürs Erste leer.

Falko, der sich nun Herr auf Kibitzstein nennen konnte, war mit seinem Freund Hilbrecht zu dessen Vater zurückgekehrt, um von Ritter Heinrich zu lernen, wie man seinen eigenen Besitz verwaltet und beschützt. Auch Peter von Eichenloh war mit seinen Männern weitergezogen und kämpfte Gerüchten zufolge am Rhein für seine Halbbrüder, die von ehrgeizigen Nachbarn bedrängt wurden.

Zu ihrer eigenen Verwunderung vermisste Trudi ihn mehr, als sie es sich hätte vorstellen können. Selbst als sie sich klarzumachen versuchte, dass er der Nachkomme eines deutschen Königs war, den der jetzige König Friedrich zum Reichsfreiherrn ernannt hatte, und vom Ansehen her weit über ihr, der Tochter eines geadelten Schankwirtssohnes stand, wünschte sie sich nichts mehr, als dass er wenigstens käme, um sie zu fragen, wie es ihr und ihrer Mutter erginge. Wahrscheinlich, sagte sie sich, hatte er für ein Mädchen, das seine Ehre leichtfertig an einen Mann wie Gressingen weggeworfen hatte, insgeheim nur Verachtung übrig. Dennoch eilte sie, wenn Besucher gemeldet wurden, auf die Zinnen der Burg oder wenigstens ans Fenster, genau wie zu der Zeit, als sie noch an Junker Georgs ehrliche Absichten geglaubt hatte. Doch außer einigen Nachbarn, die sich während der Auseinandersetzungen mit dem Würzburger Heer neutral verhalten hatten und nun wieder die Verbindung zu Kibitzstein suchten, und einem Beamten des Bischofs, der Marie die Steuerschätzung für deren dem Würzburger Recht unterworfenen Außenbesitzungen überbrachte, kamen nur wenige auf die Burg. Es gab auch keine Nachricht von Eichenloh oder Hardwin von Steinsfeld, der nicht nach Hause zurückgekehrt, sondern entgegen allen Erwartungen bei Eichenloh geblieben war. Trudi schien es, als wären die beiden samt ihren Söldnern für eine Spanne ihres Lebens aufgetaucht, um dann wie durch einen Zauber zu verschwinden.

Wenn sie die Anspannung nicht mehr aushielt, suchte sie das Häuschen im Dorf auf, in das Alika und die alte Theres mittlerweile zurückgekehrt waren. Meist begrüßte Alika sie lächelnd und fragte sie nach eher belanglosen Dingen, als wollte sie nicht an Geschehenes rühren.

An einem außergewöhnlich schönen Spätsommertag musterte sie sie prüfend. »Du siehst von Mal zu Mal unzufriedener aus!«

Trudi schniefte und ballte die Fäuste. »Wie soll ich zufrieden sein, wenn alles ganz anders geht, als ich es mir wünsche?«

»Es geht selten so, wie der Mensch es sich wünscht. Komm, setz dich und iss mit uns! Oder willst du zum Ziegenhof hinüber?«

Trudi schüttelte vehement den Kopf. Seit der Sohn ihrer Patentante vom Würzburger Bischof in den Ritterstand erhoben worden war, redete ihre Mutter immer wieder davon, sie mit Michi zu verheiraten. Zwar sprach die alte Hiltrud sich dagegen aus, doch es gab genug Leute auf Kibitzstein, die diese Verbindung guthießen oder sie sogar herbeiwünschten. Zu denen gehörte Alika jedoch nicht, und deswegen war sie Trudis engste Freundin geworden.

Während die Mohrin einen Teller mit Hirsebrei füllte, der auf fremdartige Weise gewürzt war, musterte sie Trudi mit schräg gelegtem Kopf. Es war noch kein Jahr her, dass das Mädchen ihr sein Herz ausgeschüttet und seine Liebe zu Gressingen gebeichtet hatte. Damals war Trudi von Trotz erfüllt gewesen. Jetzt aber zuckten ihre Mundwinkel schmerzhaft, und ihre Augen wirkten wie von Trauer umflort.

»Es ist eigenartig, wie Menschen sich in so kurzer Zeit verändern können. Du hast innerhalb des letzten Jahres mehr Leid ertragen als manche in ihrem gesamten Leben und bist vom Kind zur Frau gereift.«

»Ich habe viel Schuld auf mich geladen. Vater würde noch leben, wenn ich nicht so unbesonnen gewesen wäre.« Trudi senkte den Kopf und begann zu weinen.

Alika legte ihr den Arm um die Schulter und zog sie an sich. »Woher willst du wissen, ob Pratzendorfer ihn nicht auf eine andere Art und Weise hätte ermorden lassen?«

»Du meinst, dieser grässliche Prälat hätte Papa unter allen Umständen tot sehen wollen?«

»Davon bin ich überzeugt!« Alika hatte sich lange mit Marie über die Geschehnisse unterhalten und auch sonst ihre Ohren gespitzt, um alles zu erfahren, was Kibitzstein und seine Nachbarn betraf. Dabei waren der auf geheimnisvolle Weise umgekommene Prälat und sein Wirken monatelang ein Thema gewesen. In ihren Augen hatte Pratzendorfer sich unheilvoll in die Politik des Hochstifts eingemischt, und Michel Adler war seinen Plänen im Weg gewesen. Aber selbst dann, wenn Maries Gemahl von Gressingen umgebracht worden war, ohne von dem Prälaten dazu angestiftet worden zu sein, so hatte dieser versucht, von dem Mord zu profitieren.

Trudi wischte ihre Tränen ab und sah sie dankbar an. »Daran habe ich noch nicht gedacht! Ich war fest davon überzeugt, es hätte wirklich nur mit mir zu tun gehabt.«

»Die meisten Menschen machen sich viel zu viele Gedanken. Dazu gehört auch deine Mutter. Aber du darfst ihr deshalb nicht böse sein.«

»Ich und ihr böse! Um Gottes willen, nein! Sie hat viel mehr Grund, mir zu zürnen. Ich habe ihr viel Kummer und Leid gebracht.«

»Aber auch viel Freude und Glück. Vergiss das nicht. Zum Leben gehört beides, wenn es ein gutes Leben sein soll.« Alika klopfte Trudi aufmunternd auf die Schulter und forderte sie auf zuzugreifen.

»Oder schmeckt dir mein Essen nicht mehr?«

»Doch, das tut es!« Um dies zu beweisen, stieß Trudi ihren Löffel in den Hirsebrei, doch bevor sie den ersten Bissen essen konnte, hörte sie das Traben etlicher Pferde und sprang auf.

»Das muss Junker Peter sein!« Ihre Stimme jubelte, und der Napf war ebenso vergessen wie Alika, die mit einem nachsichtigen Lächeln zusah, wie Trudi zur Tür hinausstürzte und dabei vergaß, sie wieder zu schließen.

Alika zog Trudis Löffel aus dem Brei, wusch ihn ab und steckte ihn in die Tasche, um ihn ihrer Freundin zurückzugeben. So kopflos, wie Trudi im Augenblick war, würde sie nicht mehr wissen, wo sie ihn gelassen hatte. Während sie dem Mädchen langsam zur Burg folgte, sagte sie sich, dass Eichenloh wohl zur rechten Zeit erschienen war. Lange hätte Trudi die Ungewissheit nicht mehr ausgehalten, und die Mohrin hatte schon befürchtet, das Mädchen würde wieder heimlich aufbrechen und sich auf die Suche nach dem Söldnerführer machen. Jetzt blieb nur zu hoffen, dass er wirklich an ihr interessiert war, denn sonst würde Trudi doch noch den Sohn ihrer Patentante heiraten müssen, und das war keine Verbindung, die unter einem Glücksstern geschlossen werden würde.

18.

Peter von Eichenloh stieg aus dem Sattel und warf dem herbeieilenden Lampert mit einem knappen Nicken die Zügel zu. Dann musterte er den Burghof, die Wehrmauern und die Gebäude, als müsse er den Zustand der Befestigungen beurteilen. Alles befand sich in bestem Zustand, und nichts wies mehr darauf hin, dass die Bewohner noch vor wenigen Monaten einer harten Belagerung hatten standhalten müssen. Kibitzstein wirkte so friedlich, als wäre seit Jahren nichts Außergewöhnliches geschehen. Statt bewaffneter Männer liefen biedere Knechte herum und sahen den Ankömmlingen ebenso freundlich wie neugierig entgegen. Auf einigen Gesichtern las er sogar Freude über seine Ankunft, und die jüngeren Töchter der Burgherrin, die auf den Altan hinausgetreten waren, winkten ihm jubelnd zu. Sie schienen nicht vergessen zu haben, dass er jene rettenden Botschaften überbracht hatte.

Die Person aber, wegen der er zurückgekehrt war, konnte er nirgends entdecken. Nun fragte Peter sich, ob es ein Fehler gewesen war, Kibitzstein sofort nach dem Abrücken der Würzburger zu verlassen. Wahrscheinlich hätte er damals schon mit Trudi und ihrer Mutter reden sollen. Doch darüber nachzudenken, war ebenso sinnlos, wie einem vergossenen Becher Wein nachzutrauern.

Marie trat aus dem Palas und ging den Gästen entgegen, um sie zu begrüßen. Sie wusste Eichenloh nicht recht einzuschätzen. In letzter Zeit hatte sie einiges über ihn erfahren, und nicht alles hatte ihr gefallen. Aber er war ein wertvoller Verbündeter, und schon deshalb durfte sie ihn nicht verärgern.

Sie schloss ihn zur Begrüßung in die Arme und küsste ihn auf die Wange, wie es einem hochgeehrten Gast zustand.

»Seid uns willkommen, edler Herr.« Da der König ihm den Titel eines Reichsfreiherrn verliehen hatte, stand er beinahe so hoch im Rang wie ein Graf, und sie bemühte sich, ihn angemessen zu behandeln.

Peter blickte etwas bang auf Marie. An Höflichkeit ließ sie es wirklich nicht mangeln, doch ihre Augen musterten ihn für seinen Geschmack ein wenig kühl.

»Verzeiht, dass ich Euch so unvorbereitet überfalle«, begann er.

»Ihr seid hier immer ein gerngesehener Gast, denn wir alle wissen, wie viel wir Euch zu verdanken haben. Aber ich sehe Junker Hardwin nicht bei Euch. Hoffentlich ist ihm nichts passiert! Seine Mutter wäre untröstlich.«

… und Bona auch, setzte Marie insgeheim hinzu. Sie hatte erst vor wenigen Tagen Frau Hertha auf Steinsfeld aufgesucht und war dabei auch der jungen Witwe begegnet. Dort hatte Bona ihr lang und breit berichtet, welche Angst sie um Hardwin ausgestanden hatte, und die Burgherrin war in die gleichen Klagen ausgebrochen. Offensichtlich war die Sorge um ihn zu einer Klammer geworden, die Hardwins Mutter und Bona zusammenschweißte. Das Trauerjahr der jungen Frau war bereits zur Hälfte verstrichen, und daher konnte sie schon an eine neue Ehe denken. Auch ordnete sie sich Frau Hertha klaglos unter, und deshalb hielt diese sie für die ideale Schwiegertochter.

Marie schob diesen Gedanken beiseite und blickte Junker Peter fragend an. »Was ist denn nun mit Steinsfeld?«

»Dem geht es gut. Ich habe ihn nach Hause geschickt, damit er endlich seine Mutter besucht und sich die junge Frau ansieht, die bei ihr leben soll.«

»Sie heißt Bona und ist eine Freundin meiner Tochter!«, sagte Marie aufatmend und richtete ihre Aufmerksamkeit nun ganz auf den unverhofften Gast. »Folgt mir bitte in die Halle. Dort wartet ein Willkommenstrunk auf Euch. Ich lasse auch gleich ein Mahl auftragen, damit Ihr Euch stärken könnt.«

Peter lächelte. »Gegen einen Becher Wein und einen guten Bra-

ten habe ich nichts einzuwenden. Ach ja – wenn es keine Umstände macht, hätte ich gerne einen Schweinskopf dabei.«
Quirin, der hinter ihm stand, verdrehte die Augen. In den letzten Wochen hatte Eichenloh immer wieder davon erzählt, wie Trudi damals auf Fuchsheim mit einem Schweinskopf nach ihm geworfen und zielsicher getroffen hatte. Da er den manchmal recht eigenartigen Humor seines Anführers kannte, befürchtete er einen Zwischenfall, der das gute Einverständnis mit ihrer Gastgeberin beeinträchtigen würde.
Ohne sich um Quirins tadelnde Miene zu kümmern, folgte Peter Marie in den Wohnturm. Gerade, als er durch das Portal getreten war, schoss Trudi in sehr undamenhaftem Lauf zum Burgtor herein und eilte schnurstracks zum Hauptgebäude. Quirin trat schnell beiseite, um nicht von ihr angerempelt zu werden, und begann dann zu grinsen. Wie es aussah, versprach der heutige Tag noch interessant oder – besser gesagt – turbulent zu werden.
Händereibend überwachte Quirin die Knechte, die sich um die Pferde der Truppe kümmerten. Eine Magd, in der er erst auf den zweiten Blick Uta erkannte, reichte ihm einen Becher Wein.
»Zum Wohl!«
»Danke, Mädchen!« Quirin klopfte ihr ein wenig auf den Hintern und erntete einen vernichtenden Blick von Lampert. Er trank dem Knecht zu und wies dann auf Uta. »Ein hübsches Mädchen, findest du nicht auch? Du solltest dich beeilen, damit kein anderer sie dir wegschnappt.«
»Den heiraten? Pah, da wüsste ich mir etwas Besseres!« Uta warf den Kopf hoch, wagte dann aber doch einen Seitenblick auf Lampert, der mit hochrotem Kopf im Stall stand.
Da sie nicht in Unfrieden von ihm scheiden wollte, trat sie auf ihn zu. »Wenn du mich wirklich heiraten willst, solltest du erst mich und dann die Herrin fragen, ob sie es uns erlaubt!«
»Das ist so viel wie ein Ja, mein Junge. Jetzt heißt es, allen Mut zusammennehmen und vor Frau Marie treten. Oder willst du

mit Uta ohne den Segen der Kirche zusammenleben?« Quirin mochte die beiden und gefiel sich in der Rolle des Ehestifters. Lachend klopfte er Uta noch einmal auf den Po und schob sie in Lamperts Richtung.

»Los, küsse ihn endlich, damit er Mut bekommt! Soviel ich über eure Herrin gehört habe, wird sie euch schon nicht die Köpfe abreißen.«

Mit einem vergnügten Lachen verließ Quirin den Stall und verstummte abrupt, als er mit einem Mal vor einem Wesen stand, das es seiner Erfahrung nach auf Gottes Erdboden nicht geben durfte. Das Geschöpf sah aus wie eine hochgewachsene Frau mit guten Formen und steckte in einem glatt fallenden, bis zu den Knöcheln reichenden Kleid, welches in allen erdenklichen Farben schillerte. War dieses Gewand bereits ungewöhnlich, musste Quirin zweimal hinsehen, um zu begreifen, dass die dunkle Hautfarbe dieses Wesens echt war.

Nun erinnerte er sich an ein Bild, auf dem ein ähnliches Geschöpf mit dunkler Haut zu sehen gewesen war. Der Mann, der es ihm gezeigt hatte, hatte das abgebildete Wesen einen Mohren genannt und erzählt, solche lebten tief im Süden beinahe am Weltenrand. Aber noch nie hatte er gehört, dass sich jemand aus diesem Volk bis hierher verirrt haben könnte.

Alika war zu der Zeit, in der Quirin mit Eichenloh auf Kibitzstein geweilt hatte, im Odenwald gewesen und kannte ihn daher nicht. Da sie daran gewöhnt war, angestarrt zu werden, ging sie, ohne eine Miene zu verziehen, an dem Mann vorbei.

Quirin folgte ihr auf dem Fuß und versuchte sie anzusprechen. »He du! Was bist du eigentlich? Ich bin Quirin, der Stellvertreter des berühmten Peter von Eichenloh.«

Mit diesem Aufruf weckte er Alikas Interesse. Sie blieb stehen und sah ihn an. »Du bist ein Mann aus Eichenlohs Truppe? Kannst du mir mehr über ihn erzählen?«

Quirin setzte sich beinahe auf den Hosenboden, denn er hatte

nicht erwartet, dass dieses Wesen so sprechen konnte wie ein richtiger Mensch. Seine Aussprache klang zwar ein wenig fremdartig, aber nicht unangenehm, und als es über seine Verblüffung lachte, hörte es sich an wie jede andere junge Frau mit fröhlichem Herzen.
Nun fand Quirin sein Grinsen wieder. »Ich erzähle dir gern mehr über meinen Herrn. Aber zuerst musst du mir sagen, wer du bist.«
»Mein Name ist Alika, und ich wohne drüben im Dorf.«
»Alika? Das ist aber kein christlicher Name!«
»Er ist das Einzige außer meiner Hautfarbe, das mir von meiner Heimat geblieben ist.« Ein Hauch von Trauer zog über Alikas Antlitz, verlor sich aber rasch. Manchmal überkam sie die Sehnsucht nach dem Dorf an dem großen Strom, in dem sie aufgewachsen war, und sie träumte von Menschen, die aussahen wie sie, und sang im Schlaf ihre Lieder mit. Aber sie hatte sich längst damit abgefunden, dass sie niemals mehr dorthin zurückkehren konnte.
»Wenn es dich beruhigt: Ich bin nach den Regeln eurer Kirche getauft worden und habe dabei den Namen Maria erhalten. Aber da es hier schon genug Maries und Marias gibt, nennen mich alle weiterhin Alika«, setzte sie hinzu, weil sie fürchtete, sonst von dem Mann als Geschöpf des Teufels angesehen zu werden.
»Das freut mich! Was Eichenloh betrifft ...« Während Quirin ihr einiges berichtete, erreichten sie den Rittersaal. Nun konnte er feststellen, dass die Mohrin auf Kibitzstein sehr angesehen sein musste, denn sie nahm ganz selbstverständlich auf einem der Stühle in der Nähe der Burgherrin Platz. Ein weiterer Blick zeigte ihm, dass Trudi noch nicht anwesend war, und er fragte sich, wo sie abgeblieben sein mochte.

19.

Trudi war zitternd vor Erwartung in den Palas gestürmt, doch kurz vor der Halle fiel ihr ein, dass sie Peter nicht vom raschen Lauf erhitzt und auch nicht in einem alten Kleid entgegentreten wollte. Daher rannte sie die Treppe hinauf und verschwand schnell in ihrer Kammer. Da Uta nirgends zu sehen war, musste eine andere Magd ihr beim Umziehen helfen, und die verging beinahe vor Angst, etwas Falsches zu tun. Daher dauerte es länger als gewöhnlich, bis sie fertig war, und ihr Aussehen stellte sie keinesfalls zufrieden. Als sie die Kammer verließ, legte sie sich noch die Worte zurecht, mit der sie ihre Leibmagd schelten würde, weil sie ausgerechnet jetzt verschwunden war, und stieg die Treppe zur Halle hinab. Dort vergaß sie Uta sofort wieder, denn gleichzeitig mit ihr trafen weitere Gäste ein.

Es handelte sich um Hertha von Steinsfeld und Bona, die von Hardwin begleitet wurden. Besonders herzlich schien die Begrüßung auf Steinsfeld nicht ausgefallen zu sein, denn der Junker wirkte verbissen. Seine Mutter maß ihn auch jetzt mit tadelnden Blicken, während Bona sichtlich mit den Tränen kämpfte. Ihnen folgte die Amme, die Bonas vor vier Monaten geborene Tochter bei sich trug. Hardwin schien das Kind bewusst zu übersehen, als nehme er der Kleinen übel, dass sie existierte.

Marie erfasste die Gemütslage ihrer neuen Gäste mit einem Blick, tat aber so, als bemerke sie nichts, und begrüßte sie freundlich. Frau Hertha hatte zu den wenigen Nachbarn gehört, die während der großen Fehde zu ihr gehalten und sie insgeheim unterstützt hatten. Sie war sogar zu Markgraf Albrecht Achilles vorgedrungen, um diesen um Hilfe zu bitten. Zwar hatte der Brandenburger nicht viel getan, doch das wenige hatte zusammen mit dem Brief des Königs den Würzburger Bischof zum Einlenken bewegt. Aus diesem Grund war Hertha ihr doppelt willkommen. Marie umarmte sie und bat sie, an ihrer linken Seite Platz zu nehmen.

Hertha von Steinsfeld winkte ihrerseits Bona, sich neben sie zu setzen. Ihr Sohn ging auf die andere Seite der Tafel hinüber und blieb neben Peters Stuhl stehen.

»Nun, wie war es?«, fragte dieser.

Hardwin zog ein langes Gesicht. »Kaum war ich angekommen, ging es nur noch um das Kind. Sie haben es mir vor die Nase gehalten, es mir in die Arme gedrückt und nur noch von ihm geredet. Dabei bin ich mir vollkommen überflüssig vorgekommen.«

Peter grinste geradezu unverschämt. Das Gejammer klang ganz nach dem alten Hardwin, jenem Schürzenkind, das von seiner Mutter auf ein Podest gestellt worden war. Wahrscheinlich hatte der Gute sich seine Heimkehr anders vorgestellt und fühlte sich nun zurückgesetzt. Peter stand geschmeidig auf und trat zu der Amme, die sich in einen Winkel gesetzt hatte und nicht wusste, ob sie der Kleinen angesichts der Herrschaften die Brust geben durfte oder mit ihm in die Küche gehen sollte. Peter nahm ihr das Kind ab, schaukelte es ein wenig in seinen Armen und kam dann mit ihm an seinen Platz zurück. »Ein prachtvolles Mädchen, Frau Bona. Sie sieht Euch sehr ähnlich und wird gewiss einmal ebenso schön werden wie Ihr!«

Trudi kommentierte das Kompliment mit einem Schnauben und ärgerte sich gleichzeitig, weil Eichenloh sie nicht zu beachten schien. Hardwin wollte ebenfalls einen verächtlichen Laut ausstoßen, aber Bonas Gesicht und auch das strahlende Lächeln seiner Mutter verrieten ihm, dass sein Freund genau die richtigen Worte gewählt und die Herzen der beiden Frauen gewonnen hatte. Nun sah auch er sich das Kind genauer an und fand, dass es sich doch arg von Bona unterschied. Vor allem hatte es schon jetzt dieselben etwas tiefliegenden Augen wie er. Bei dieser Feststellung musste er schlucken. Zwar hatte er sich schon vorher mit dem Gedanken vertraut gemacht, der wirkliche Vater der

Kleinen zu sein, doch das Wissen hatte bisher noch keinen Widerhall in seinem Innern gefunden. Als das Kind ihn nun anlächelte, fühlte er sich auf einmal ganz anders.

»Darf ich sie einmal halten?«, fragte er Bona.

Ohne die Antwort abzuwarten, schob Peter ihm das Kind in die Arme und nahm seinen Becher zur Hand. »Auf die Kleine! Besäße ich einen Sohn, würde ich auf der Stelle eine Heirat zwischen den beiden aushandeln.«

»Vielleicht besitzt Ihr Söhne, schämt Euch aber, Euch zu ihnen zu bekennen, da sie nur von Mägden und niederen Weibern stammen!« Aus dem Ärger heraus, bis jetzt von ihm missachtet zu werden, begann Trudi, gegen Peter zu sticheln.

Dieser blickte sie an, als bemerke er jetzt erst ihre Anwesenheit. »Hätte ich Söhne, von denen ich weiß, dass sie von mir stammen, würde ich sie gewiss nicht verleugnen.«

Hardwin fasste dies als Appell auf, sich zu seiner Tochter zu bekennen. Doch Bona merkte es früh genug und unterbrach ihn nach den ersten, noch unverfänglichen Worten. »Mein Gemahl wäre gewiss sehr glücklich über die Geburt der kleinen Marie gewesen. Noch einmal meinen Dank, Frau Marie, dass Ihr meine Kleine aus der Taufe gehoben habt. Ritter Moritz war mir ein guter Mann und hat ein ehrenvolles Andenken verdient.«

Hardwin schluckte, denn die Warnung war deutlich. Die Kleine mochte seine Tochter sein, doch als Vater hatte Moritz von Mertelsbach zu gelten. Gleichzeitig überraschte es ihn, dass Bona so freundlich über ihren verstorbenen Ehemann sprach, und er verspürte mit einem Mal rasende Eifersucht.

Bona merkte, wie es in ihm brodelte, und schenkte ihm ihr süßestes Lächeln. »Sobald ich dazu in der Lage bin, werde ich eine Kapelle für das Seelenheil meines toten Gemahls errichten lassen. Aber zu meinem Leidwesen sind meine Tochter und ich aus unserer Heimat vertrieben worden und suchen eine schützende Hand, die sich unser annimmt.«

Peter begriff, dass er seinem Freund einen leichten Schubs geben musste, und deutete mit beiden Händen auf ihn. »Wenn Ihr eine schützende Hand sucht, Frau Bona: Bei Hardwin findet Ihr sie. Ich weiß, dass er Euch liebt und nur deshalb zu meinen Söldnern gestoßen ist, weil er Euch für immer verloren glaubte. Nun hat er sich gut herausgemacht, und Ihr würdet es nicht bereuen, wenn Ihr ihm Eure Hand reicht.«

Hardwins Mutter schenkte ihm einen anerkennenden Blick und gab Bona einen leichten Rippenstoß. »Ist dir mein Sohn so zuwider, dass du kein Wort herausbringst?«

»Bei Gott, nein, natürlich nicht! Er ist ...« Bona brach ab, denn sie musste sich die Tränen abwischen, die ihr mit einem Mal aus den Augen quollen.

Peter fand, dass sie für seinen Geschmack zu nahe am Wasser gebaut hatte, doch da Hardwin sie liebte, würde es seinem jungen Freund nichts ausmachen. Er selbst zog energischere Frauen vor. Während Hardwin um den Tisch eilte, um Bona zu umarmen, wandte Peter sich Marie zu, die von einer stillen Heiterkeit erfüllt auf ihrem Platz saß. Man konnte immer noch erkennen, dass sie einst eine große Schönheit gewesen war. Trudi war zwar hübsch, würde sich aber nie mit der Mutter messen können. Das entlockte ihm jedoch nicht einmal ein Achselzucken. Maries älteste Tochter war genau die Frau, die ihm gefiel. Derzeit sah sie allerdings eher so aus, als wollte sie ihm den nächstbesten Gegenstand an den Kopf werfen, begnügte sich aber noch mit verbalen Pfeilen.

»Wie ich hörte, habt Ihr letztens aufseiten Eurer Familie gekämpft, obwohl Ihr einen heiligen Eid geleistet habt, deren Burgen und deren Land nie mehr zu betreten.«

Marie warf ihrer Tochter einen warnenden Blick zu. Ihren Gast auf eine solche Weise als Eidbrecher zu bezeichnen, gehörte sich einfach nicht. Zu ihrer Erleichterung schien Junker Peter sich nicht zu ärgern, denn um seine Lippen spielte ein fröhliches Lächeln.

»Ich habe für meine Halbbrüder gestritten, das stimmt. Es entspricht auch der Wahrheit, dass ich mich im Zorn von meinem Vater getrennt und diesen Schwur geleistet habe. Doch da Not am Mann war, musste ich mich von dem erlauchtesten Kurfürsten und Erzbischof von Mainz, Dietrich von Erbach, von diesem Eid entbinden lassen, ehe ich mein Schwert ziehen konnte. Dennoch habe ich weder die Burgen meiner Brüder noch deren Dörfer betreten, und ich habe auch das Angebot auf eine neue Erbteilung ausgeschlagen. Zwar könnte ich mich nun unbesorgt Graf Peter nennen lassen, aber darauf verzichte ich ebenso wie auf den Sippennamen meines Vaters. Er starb unversöhnt, und was ich tat, tat ich nicht für ihn, sondern auf Bitten des Kurbischofs von Mainz für meine Brüder.

Herr Dietrich von Erbach hat übrigens auch dafür gesorgt, dass Herr Gottfried Schenk zu Limpurg mir inzwischen vergeben hat.« Peters Gesicht wurde für einen Moment abweisend, denn er musste daran denken, wie er im Büßerhemd vor dem Würzburger Bischof hatte stehen und die Verantwortung für eine Tat übernehmen müssen, bei der er im Grunde nur das Opfer gewesen war. Die Ehre der Schenks zu Limpurg und ihrer Verwandten war jedoch wiederhergestellt, und damit auch der Frieden zwischen dem Bischof und ihm.

Peter atmete tief durch und blickte Trudi an. »Im Übrigen werden wir bald Nachbarn sein. Ich habe von König Friedrich die hochverschuldete Herrschaft Fuchsheim erworben sowie die Herrschaft Gressingen, die sich im Besitz des Fürstbischofs befand. Maximilian von Albach hat nicht schlecht geflucht, als der Besitz seines Neffen an mich ging, aber er konnte es nicht verhindern.«

»Euch gehört Gressingen?« Trudi zischte diesen Namen wie einen Fluch.

»Jetzt nicht mehr«, erklärte Peter zuvorkommend. »Ich habe es wieder verkauft und mit einer gewissen Draufgabe an Geld dafür

die Reichsherrschaft Mertelsbach erworben. Eure Mitgift und Euer Wittum sind davon jedoch nicht betroffen, Frau Bona. Ihr könnt nun wieder über Euren Besitz verfügen.«
Auf Hertha von Steinsfelds Gesicht trat ein zufriedenes Lächeln. Damit war Bona nicht nur eine angenehme, sondern auch eine wohlhabende Schwiegertochter, die ihren eigenen Besitz mehren würde.
Trudi aber starrte Peter höhnisch an. »Ihr unser Nachbar? Bei Gott, ich hoffe, ich überlebe das!«
Jetzt wurde es Marie zu viel. Ihre Hand klatschte laut auf die Tafel, doch bevor sie ihre Tochter zurechtweisen konnte, war Peter aufgestanden und mit einem schelmischen Lächeln auf Trudi zugetreten. Bevor diese begriff, wie ihr geschah, hatte Peter sie gepackt und legte sie trotz allen Sträubens übers Knie. Einen Augenblick später klatschte seine Rechte auf ihre Kehrseite. Obwohl Trudi einige Unterröcke unter dem Kleid trug, tat der Schlag weh, und sie versuchte, sich loszureißen. Peter hielt sie jedoch scheinbar mühelos fest und machte weiter.
Zu Beginn hatten die Anwesenden nur erschrocken zugeschaut. Nun aber wollte Michi aufspringen und Trudi zu Hilfe eilen. Marie streckte jedoch die Hand aus und hielt ihn fest.
»Lass ihn!«, sagte sie scharf, auch wenn sie selbst nicht sonderlich erfreut wirkte. Ihre Hoffnungen, Hiltruds Sohn doch noch als Schwiegersohn zu gewinnen, musste sie nun wohl begraben. Dennoch war sie mit der Entwicklung nicht unzufrieden. Trudi brauchte einen Mann, der sie zwar zügeln konnte, ihr aber auch seine ganze Liebe schenkte. Peter von Eichenloh schien ihr dafür der Richtige zu sein. Gleichzeitig bezweifelte sie jedoch, dass seine rauhe Werbung von großem Erfolg gekrönt sein würde.
Peter verabreichte Trudi noch einen fünften Schlag und ließ sie dann los. Obwohl er nicht seine ganze Kraft eingesetzt hatte, tat Trudi der Hintern weh, und ihre Augen flammten voller Wut. Da

drehte er sich um, ging zum Tisch und nahm den Schweinskopf an sich, den Marie auf seine Bitte hin hatte auftischen lassen.
Er reichte ihn Trudi und stellte sich lächelnd vor sie hin. »Den kannst du mir jetzt an den Kopf werfen!«
Trudi sah zuerst ihn an, dann den Schweinskopf in ihrer Hand und seufzte. »Bei Gott, es wäre die gerechte Strafe für dich. Aber als wohlerzogene junge Dame tue ich so etwas natürlich nicht.«
Unter dem halbunterdrückten Gelächter derer, die sie kannten, hob sie ihren Kopf, bis ihre Nase zur Decke zeigte, und wollte sich wieder an die Tafel setzen.
Peter fing sie jedoch ab, umarmte sie und drückte ihr einen Kuss auf die Lippen. Dann blickte er sie strahlend an. »Da wir uns so gut verstehen, frage ich dich, ob du mich heiraten willst?«
»Bei Gott, ich tue es, und sei es nur, um dir das Leben zur Hölle machen zu können!«, entfuhr es Trudi, und sie merkte erst am Beifall der anderen, dass man ihre Worte ernst nahm.
Bevor sie protestieren konnte, küsste Peter sie erneut und ließ sie erst wieder los, als sie beide halberstickt waren.
Nun vor Freude weinend, eilte Bona auf sie zu und schloss sie in die Arme. »Ich freue mich so für dich. Herr von Eichenloh ist ein hochangesehener Mann, und Hardwin hat nur in den höchsten Tönen von ihm gesprochen.«
Mit einem Mal stand auch Michi vor ihr und grinste. »Ich wünsche dir Glück, Wildfang. Peter von Eichenloh ist wirklich der beste Ehemann für dich. Allen anderen wärst du ja doch nur auf der Nase herumgetrampelt.« Er wirkte geradezu erleichtert, denn er wäre nur ungern Maries Drängen gefolgt, Trudi zu heiraten.
Marie seufzte und sah ihn bedauernd an. »Es tut mir leid um dich, Michi, oder, besser gesagt, Ritter Michi.«
»Wenn, dann Junker Michel. Das hat er sich um Kibitzstein verdient.« Peter reichte Michi die Hand und klopfte ihm mit der anderen auf die Schulter.

»König Friedrich hat mich gebeten, zu ihm zurückzukehren, da er dringend treue Männer braucht, und mir Besitz in der Steiermark angeboten. Diesen wird er auch dir überlassen, wenn ich ihm schreibe, mit welchem Geschick du Kibitzstein verteidigt hast.«
Michi starrte ihn verwirrt an. »Das würdet Ihr für mich tun?«
Er wusste selbst, dass er von den Burgherren in dieser Gegend trotz des Ritterschlags durch den Würzburger Bischof nicht als gleichrangig anerkannt wurde, obwohl er wie viele alte Geschlechter von Freibauern abstammte, und nicht wie Michel Adler von einem einfachen Bierschenk. Sein fragender Blick ruhte einen Augenblick auf Marie, um dann zu seiner Mutter zu wandern.
»Ihr solltet jemanden mitnehmen, der Euch helfen und die Burg bewirtschaften kann, die der König Euch zu Lehen geben wird«, fuhr Peter fort.
Michi sah sich unbewusst zu Anni um. Zwar war es zwischen ihnen nie zu einem engeren Verhältnis gekommen, doch was Schaffenskraft und Zuverlässigkeit anging, gab es kaum eine, die ihr glich. Außerdem mochte er sie.
Sein Blick entging Marie nicht, und sie schob Anni mit einem zufriedenen Lächeln in Michis Arme. Ihre Wirtschafterin starrte erst ihn und dann ihre Herrin entgeistert an und machte sich energisch frei. »Ich denke nicht daran, mit Michi zu gehen!«
Marie lachte kurz auf. »Du sollst nicht nur mit ihm gehen, sondern auch seine Frau werden. Herr von Eichenloh hat recht. In der Steiermark könnt ihr ein neues Leben beginnen, ohne dass man euch wegen eurer Herkunft anfeindet.«
Trudi nickte heftig. »Das geht ganz einfach! Michi kann den Stammbaum der Arnsteiner für sich beanspruchen. Immerhin ist er ein Vetter des jetzigen Reichsritters auf Arnstein, und Ritter Grimald wird nichts gegen Verwandte in der Nähe des Königs haben.«
»Ein guter Gedanke! Ich wusste doch, weshalb ich dich zur Frau

nehmen will.« Peter grinste auch noch, als Trudi ihm ihre Faust unter die Nase hielt.

»Noch habe ich nicht eingewilligt, Euch zu heiraten, mein Herr.«

»Doch, das hast du. Laut und deutlich! Du willst mir das Leben zur Hölle machen, hast du gesagt. Ach, wie freue ich mich auf die Hölle mit dir!« Mit diesen Worten gelang es Peter, Trudi vollständig zu entwaffnen. Während sie nach Worten rang, deutete er auf Anni und Michi.

»Außerdem wollen wir doch kein schlechtes Beispiel für die beiden dort abgeben. Jetzt sag, wie finden wir für die Braut einen Stammbaum, mit dem die braven Steirer Ritter zufrieden sind?«

»Anni stammt aus Böhmen«, wandte Marie ein.

»Noch besser! Dort sind in den Kriegen viele Geschlechter ausgerottet worden. Da fällt es nicht auf, wenn eines davon auf diese Weise weitergeführt wird. Ein paar Worte von Eurer Hand und meine Unterschrift als Zeuge dürften genügen, um Annis Abstammung glaubhaft zu machen.« Peter schnurrte vor Vergnügen, denn das war ein Spaß, wie er ihn mochte.

Auch Trudi amüsierte es, die brave Anni zu einer Edeldame zu machen, blickte Peter aber tadelnd an. »Mein Herr, Ihr seid mir ein arger Schlingel!«

Peter zog erstaunt die Augenbrauen hoch. »Dabei versuche ich nur, mich Euer würdig zu erweisen, meine Holde!«

Trudi versuchte, ein Lachen zu unterdrücken, und fragte sich, was sie mit diesem Mann anfangen sollte. Anders als einst bei Georg von Gressingen empfand sie für Peter bei weitem kein so himmelstürmendes Gefühl. Vor sich selbst aber musste sie zugeben, dass er bereits bei ihrem ersten Zusammentreffen in Dettelbach ihr Interesse geweckt hatte. Irgendwie schien sie ihn doch zu mögen, sonst hätte sie sich nicht so elend gefühlt, als er nach dem überraschenden Ende der Belagerung so schnell abgereist war und sie nichts mehr von ihm gehört hatte.

»Nun denn! Heiraten wir eben, damit Anni keine Ausrede hat. Aber nur, wenn Mama es erlaubt!« Trudi blickte ihre Mutter etwas verunsichert an und sah sie nicken. Dann wandte sie sich an Anni, die noch immer stocksteif im Saal stand, und umarmte die Tschechin. »Ich freue mich für dich!«
»Ich will aber Michi nicht heiraten, ich …«, begann Anni, doch Marie schnitt ihr das Wort ab.
»Du wirst hier ebenso wenig gefragt wie ich damals bei der Vermählung mit meinem Michel. Er und ich sind trotzdem sehr glücklich miteinander geworden. Das werden du und dein Michel auch werden! Und jetzt küsst euch!« Maries letzte Worte klangen scharf und warnten Anni, sich nicht länger zu spreizen.
Michi ergriff die Hände der jungen Frau und sah sie fragend an. »Wäre es für dich wirklich so schlimm, mit mir verheiratet zu sein?«
»Nein, das nicht, aber …« Zu mehr kam sie nicht, denn Michi zog sie an sich und küsste sie.
Dies war, wie Peter fand, ein gutes Beispiel, das er bei Trudi gleich in die Tat umsetzte.
Marie trat ein paar Schritte zurück, bis sie neben ihrer alten Freundin Hiltrud stand. »Ich hoffe, du bist mir deswegen nicht böse?«, fragte sie ein wenig besorgt und deutete auf Michi, der sehr zufrieden aussah.
Die Ziegenbäuerin wiegte nachdenklich den Kopf. »Du weißt, dass ich Anni mag. Sie ist sehr tüchtig und pflichtbewusst. Aber ich weiß nicht, ob sie meinen Sohn so lieben kann, wie ich es mir wünsche.«
Sie seufzte und zuckte dann mit den Achseln. »Verzeih, Marie, ich weiß, dass du es tust, um Michi zu helfen. Dafür danke ich dir. Aber ich bin ein wenig traurig. Er wird so weit von mir fortziehen! Nie werde ich meine Enkel sehen und in die Arme schließen können.«
Bei der Vorstellung liefen Tränen über ihre runzlig werdenden

Wangen. Gleichzeitig schämte sie sich, weil sie sich fürchterlich undankbar vorkam, denn alles, was sie war und was sie und ihre Kinder erreicht hatten, schuldete sie ihrer Freundin.

Marie zog Hiltrud tröstend an sich. »Anni wird Michi schon aus Pflichtgefühl lieben, aber ich glaube fest daran, dass es nicht bei der Pflicht bleiben wird. Die beiden mögen einander und werden in der Fremde wohl ebenso eng zusammenrücken, wie Michel und ich es getan haben. Außerdem glaube ich nicht, dass dein Sohn und seine Frau dich und uns vergessen werden. Sie werden kommen und dir ihren Erstgeborenen zeigen – oder ihre Erstgeborene.«

Mit einer müden Bewegung wischte Hiltrud sich die Tränen aus den Augen. »Du hast recht, wie immer! Ich freue mich auch für dich. Ein Schwager wie Eichenloh, der seinen Stammbaum auf einen König zurückführen kann, wird auch Falkos Ansehen steigern und es ihm leichter machen, Herr auf Kibitzstein zu werden.«

Marie dachte an ihren Sohn, der unbedingt noch einmal hierherkommen musste, bevor Michi und Anni Kibitzstein verließen, und sah dann die beiden Paare an, die doch recht zufrieden wirkten. Plötzlich fühlte sie, wie jemand an ihrem Rock zog. Als sie sich umdrehte, standen Uta und Lampert vor ihr. Während die Magd unternehmungslustig wirkte, schien Lampert in den Boden versinken zu wollen.

Uta zwinkerte Marie fröhlich zu. »Wenn schon so viele Paare zusammengegeben werden, denke ich, macht es nichts aus, wenn Lampert und ich ebenfalls in den Stand der Ehe eintreten.«

»Ihr wollt heiraten?« Marie maß die beiden mit einem strengen Blick. Lampert schien davonlaufen zu wollen, doch Marie winkte ihm, stehen zu bleiben. Die beiden hatten ihre Tochter auf der Reise nach Graz begleitet und sie dabei nie im Stich gelassen. Das war eine Belohnung wert. Nach ihrer Rückkehr hatte Marie einen erheblich besseren Eindruck von Uta gewonnen, und Lampert war selbstbewusster geworden. Also würden die beiden Trudi und Peter als Wirtschafterin und Aufseher der Knechte gute Dienste leisten.

»Also gut! Von mir aus dürft ihr heiraten«, sagte sie und hoffte, dass nicht noch andere Paare auf den Gedanken kamen, sie könne ihnen die Hochzeit ausrichten. Ihr Blick streifte Alika, die sich für ihre Verhältnisse ungewöhnlich munter mit Eichenlohs Unteranführer Quirin unterhielt.

Dann trat sie auf ihren zukünftigen Schwiegersohn zu. »Was wird aus Euren Söldnern? Als Burgherr werdet Ihr nicht so viele Bewaffnete benötigen.«

»Mein guter Quirin und ein paar meiner Männer bleiben bei mir. Den Rest übernimmt Otto von Henneberg, der seine eigene Söldnertruppe aufstellen und damit sein Glück machen will. Wohnen will ich auf Fuchsheim, daher werde ich den Palas ausbauen und etliches erneuern, und im ehemaligen Gemüsegarten soll eine Kapelle zu Ehren Eures Gemahls entstehen. Es tut mir leid, dass ich ihn nur so kurz kennenlernen durfte. Er war ein guter Mann!«

»Das war er!« Marie hob den Blick zur Decke hoch, sah aber nicht die wuchtigen Balken und Bretter, die sich über die Halle spannten, sondern glaubte bis in den Himmel zu schauen und Michel zu sehen, der ihr lächelnd zuwinkte.

»Ich habe es geschafft«, sagte sie in Gedanken zu ihm. »Ich habe Kibitzstein mit all seinen Besitzungen für Falko erhalten und mit Peter von Eichenloh einen Schwiegersohn gewonnen, der Trudi so lieben wird, wie sie es braucht. Auch wird sein Rang mir helfen, die beiden anderen Mädchen gut zu verheiraten. Ich hoffe, es freut dich, Michel. Es wäre jedoch viel schöner gewesen, wenn du es selbst hättest erleben dürfen. Ich vermisse dich so sehr!«

Jetzt musste auch Marie sich die Tränen aus den Augen wischen. Danach forderte sie die Gäste resolut auf, sich wieder zu setzen und weiterzuessen.

Trudi und Peter lieferten sich nun ein Wortduell, wem der Schweinskopf eher zustehen würde, und entschlossen sich zuletzt, ihn so zu teilen, wie es sich für ein braves Brautpaar geziemte.

Anhang

Geschichtlicher Überblick

Als wir vor mehreren Jahren nach einer neuen Heimat für unsere Marie gesucht und durch Namen wie Vogelsburg und Schnepfenbach bei Volkach und Dettelbach inspiriert unser Kibitzstein in diese Gegend gesetzt haben, wurden wir unweigerlich auch mit der Geschichte des Hochstifts Würzburg zu dieser Zeit konfrontiert. Die Bischöfe von Würzburg waren nicht nur religiöse Würdenträger, sondern auch die Fürsten einer weltlichen Herrschaft, die über die Grenzen des eigentlichen Bistums hinausreichte. Interessant war auch, dass den Würzburger Bischöfen durch Kaiser Friedrich Barbarossa das Recht zugesprochen wurde, sich Herzöge von Franken zu nennen.

Das war in erster Linie ein Ehrentitel, da der größte Teil Frankens aus kleinen und mittleren reichsfreien weltlichen und kirchlichen Herrschaften bestand und als Königsland galt. Doch ebenso wie in Schwaben und Thüringen gelang es den deutschen Königen und römischen Kaisern in der Folge nicht, dort ihre unmittelbare Macht zu erhalten. Stattdessen rangen die Bischöfe von Würzburg mit den anderen Territorialherren Frankens wie dem Fürstbischof von Bamberg, dem Kurbischof von Mainz, dem Reichsabt von Fulda und den Grafen von Hohenlohe, Castell, Henneberg, Wertheim und anderen Adelsgeschlechtern, Reichsstädten wie Nürnberg und Rothenburg ob der Tauber sowie den Hohenzollernfürsten von Brandenburg-Ansbach und Brandenburg-Kulmbach um den Einfluss in diesem Gebiet.

Keiner der Herren war auf Dauer in der Lage, sich entscheidend gegen die anderen durchzusetzen, und so blieb Franken bis in die napoleonische Zeit ein Konglomerat kleinster bis mittlerer Herrschaften.

Unter den historischen Zeitgenossen Maries in dieser Region

ragen vor allem zwei hervor, Gottfried Schenk zu Limpurg, der Fürstbischof von Würzburg, sowie sein Widerpart, Markgraf Albrecht Achilles von Brandenburg-Ansbach, das damals noch Onoldsbach genannt wurde. Der besseren Verständlichkeit halber haben wir im Roman den heute gebräuchlichen Namen der Markgrafschaft verwendet.

Gottfried Schenk zu Limpurg wurde zu einer Zeit Bischof von Würzburg und Fürst des Hochstifts, als dieses nach mehreren verschwenderischen und unfähigen Vorgängern im Niedergang begriffen war. Der neue Bischof machte sich ebenso energisch wie zielstrebig daran, die Macht des Hochstifts zu vergrößern und jene Gebiete und Herrschaften, die früher zu Würzburg gehört hatten, zurückzugewinnen. Gleichzeitig versuchte er, seinem Titel als Herzog von Franken die Bedeutung zu verleihen, die er ihm zumaß.

Sein härtester Konkurrent um die Macht in Franken war der Markgraf von Brandenburg-Ansbach, Albrecht von Hohenzollern, dem Enea Silvio Piccolomini, der spätere Papst Pius II., aufgrund seiner Tapferkeit den Beinamen Achilles gegeben hat. Albrecht Achilles war bei der Teilung des väterlichen Erbes der südliche Teil um Ansbach zugefallen, ein Gebiet, das für seinen Ehrgeiz zu klein war und das er auf vielfältigste Art zu vergrößern suchte. Er geriet dabei sowohl mit der freien Reichsstadt Nürnberg wie auch mit dem Hochstift Würzburg aneinander.

Die meisten seiner Nachbarn werden froh gewesen sein, als Albrecht Achilles in der Nachfolge seines Bruders Friedrich II. Kurfürst von Brandenburg wurde und seinen Ehrgeiz an Havel und Spree und nicht mehr an Pegnitz und Main zu befriedigen suchte.

Eine weitere historische Persönlichkeit, die unser Interesse geweckt hat, war Kaiser Friedrich III. Kein anderer deutscher König und römischer Kaiser regierte länger als dieser Monarch, nämlich mehr als fünfzig Jahre, und kaum einer wurde ähnlich

verachtet wie er. Schon zu seinen Lebzeiten erhielt er den Beinamen »des Reiches Erzschlafmütze«, weil er sich kaum um die Belange des Reiches kümmerte. Stattdessen musste er sich gegen eine Vielzahl von Feinden durchsetzen, darunter seinen eigenen Bruder Albrecht, König Wladislaw von Polen, der Friedrichs Mündel Ladislaus Postumus die Herrschaft in Böhmen und Ungarn streitig machte, und später Matthias Corvinus Hunyadi, der sich schließlich als König von Ungarn durchsetzen konnte.
Friedrichs Lebenslauf ist geprägt von einer Vielzahl an Niederlagen und Rückschlägen, und doch gelang es ihm im Lauf der Jahre, die Macht Habsburgs zu steigern und schließlich alle Habsburger Erblande in seiner Hand zu vereinigen. Von dem Wissen getrieben, dass ein Kaiser sich nur dann im Reich durchsetzen kann, wenn seine Hausmacht stark genug ist, verzichtete er auf jede Aktion im Reich, die ihn nur Kraft gekostet hätte, und arbeitete kontinuierlich am Aufstieg des Hauses Habsburg. Seinen Sohn Maximilian verheiratete er mit Maria, der Erbin des Herzogtums Burgund, und sein Enkel Philipp wurde schließlich mit Johanna von Kastilien und Aragon vermählt. Beider Sohn war Kaiser Karl V., in dessen Reich die Sonne nicht mehr unterging.

Iny und Elmar Lorentz 2008

Die Personen

Die Adler zu Kibitzstein

Michel Adler: Reichsritter zu Kibitzstein
Marie: Michel Adlers Ehefrau
Trudi (Hiltrud): Maries und Michels älteste Tochter
Lisa: Maries und Michels Ziehtochter
Hildegard: Maries Stieftochter
Falko: Maries und Michels Sohn

Die Familie der Ziegenbäuerin

Hiltrud: Maries älteste Freundin
Michi (Michel): Hiltruds ältester Sohn
Mariele: Hiltruds älteste Tochter
Anton Tessler: Marieles Ehemann
Mechthild: Hiltruds zweite Tochter
Dietmar: Hiltruds mittlerer Sohn
Giso: Hiltruds jüngster Sohn

Personen auf Kibitzstein

Anni: Wirtschafterin auf Kibitzstein
Karel: Kastellan auf Kibitzstein
Gereon: Karels Stellvertreter
Lampert: Knecht auf Kibitzstein
Uta: Magd auf Kibitzstein
Alika: Mohrin, enge Freundin Maries
Theres: ehemalige Marketenderin
Hilbrecht von Hettenheim: Freund Falko Adlers

Nachbarn von Kibitzstein

Georg: Ritter auf Gressingen
Maximilian: Ritter auf Albach, Georgs Onkel
Ludolf: Ritter auf Fuchsheim
Bona: Ludolfs Tochter
Hertha: Herrin auf Steinsfeld
Hardwin: Herthas Sohn
Ingobert: Ritter auf Dieboldsheim
Wiburg: Ingoberts Ehefrau
Moritz: Ritter auf Mertelsbach
Markus: Moritz' ältester Sohn
Elgard von Rendisheim: Verwandte von Ritter Moritz
Pankratius: Abt von Schöbach
Klara von Monheim: Äbtissin von Hilgertshausen

Weitere Personen in Franken

Peter von Eichenloh: Söldnerführer
Quirin: Eichenlohs Stellvertreter
Magnus: Graf von Henneberg
Elisabeth: Graf Magnus' Ehefrau
Otto: Graf von Henneberg, Magnus' Bruder
Cyprian Pratzendorfer: römischer Prälat
Issachar ben Schimon: jüdischer Pfandhändler in Schweinfurt

Personen auf Trudis Reise

Frodewin von Stammberg: österreichischer Ritter
Melchior von Hohenwiesen: Frodewins Freund

Historische Personen

Gottfried Schenk zu Limpurg: Fürstbischof von Würzburg
Albrecht Achilles: Markgraf von Brandenburg-Ansbach
Friedrich von Habsburg: deutscher König
Albrecht von Habsburg: Herzog von Österreich, Friedrichs
  jüngerer Bruder

Glossar

Albe langes, hemdartiges Untergewand eines geistlichen Herrn

Allod Eigenbesitz einer adligen Familie. Im Gegensatz dazu steht das Lehen, das von einem Landesherrn überlassen worden ist und zumindest theoretisch wieder zurückgefordert werden kann.

Dalmatika besticktes Übergewand eines geistlichen Herrn

Franken Die historische Landschaft Franken umfasste in jener Zeit nicht nur die heutigen fränkischen Regierungsbezirke Bayerns, sondern auch den Nordosten des heutigen Baden-Württembergs sowie Teile des heutigen Hessens und Thüringens

Fürstbischof Bischof eines Bistums und gleichzeitig Herrscher eines Hochstifts. Die Grenzen eines Hochstifts mussten nicht unbedingt mit denen des Bistums übereinstimmen.

Gulden deutsche Goldmünze nach dem Vorbild des Florentiner Florin. Der Name Gulden kommt von Gold und zeigt die Bedeutung dieser Münze. Ein Gulden entspricht in etwa sechzehn Schillingen.

Halsgerichtsbarkeit das Recht, schwere Leibesstrafen und auch die Todesstrafe zu verhängen

Hochstift Bezeichnung für eine geistliche Herrschaft im Heiligen Römischen Reich, die entweder unter der Herrschaft eines Fürstbischofs oder eines Fürstabts stand

Holmgang altertümliche Bezeichnung für Zweikampf

Innerösterreich Die Habsburger Erblande wurden in jener Zeit mehrfach aufgeteilt, wobei laut Hausvertrag dem Senior der Familie ein Weisungsrecht über die anderen Herzöge aus der Habsburger Sippe eingeräumt wurde, um nach außen die Einheit des Familienbesitzes zu garantieren. Innerösterreich wurde jener Teil genannt, der in etwa die heutige Steiermark, Kärnten und die Krain (Teile Sloweniens und Kroatiens) umfasste. Andere Teilgebiete waren Niederösterreich, Oberösterreich und die Vorlande (Gebiete in der heutigen Schweiz, im Elsass und Baden-Württemberg).

Junker Anrede für unverheiratete Männer aus niederem Adel, die kein Anrecht auf einen höheren Titel hatten

Kasel Umhang eines geistlichen Herrn, eine Art vorne und hinten spitz zulaufender Poncho

Mitra	oben spitz zulaufende Mütze eines Bischofs oder Abtes
Palas	Wohngebäude einer Burg
Prälat	Titel eines höheren Geistlichen, der vom Papst verliehen wird
Reichsgericht	auch Hofgericht, Gericht des Königs, das für Streitigkeiten im Reich zuständig ist
Reichsritter	Besitzer einer Herrschaft, die nur dem Kaiser, aber keinem Landesherrn untertan ist. Dies gilt auch für freie Reichsstädte und Reichsabteien.
Schildmauer	eine besonders feste und hohe Mauer an besonders gefährdeten Stellen einer Burg
Schilling	mittelalterliche Silbermünze zu zwölf Pfennigen
Vogt	Beamter, der für die Verwaltung und Sicherheit seines Amtsbezirks verantwortlich ist

Iny Lorentz

Die Wanderhure

Konstanz im Jahre 1410: Als Graf Ruppert um die Hand der schönen Bürgerstochter Marie anhält, kann ihr Vater sein Glück kaum fassen. Er ahnt nicht, dass es dem adligen Bewerber nur um das Vermögen seiner künftigen Frau geht und dass er dafür vor keinem Verbrechen zurückschreckt. Marie und ihr Vater werden Opfer einer gemeinen Intrige, die das Mädchen zur Stadt hinaustreibt. Um zu überleben, muss sie ihren Körper verkaufen. Aber Marie gibt nicht auf …

Die Kastellanin

Maries Glück mit ihrem Ehemann Michel Adler scheint vollkommen: Sie erwarten ein Kind! Doch dann muss Michel im Auftrag seines Pfalzgrafen in den Krieg ziehen. Nach einem grausamen Gemetzel verschwindet er spurlos. Marie, die nun auf sich allein gestellt ist, sieht sich täglich neuen Demütigungen und Beleidigungen ausgesetzt. Schließlich muss sie von ihrer Burg fliehen. Doch sie hat die Hoffnung nicht aufgegeben, dass Michel noch leben könnte, und schließt sich als Marketenderin einem neuen Heerzug an. Wird sie den geliebten Mann jemals wiederfinden?

Das Vermächtnis der Wanderhure

Als Hulda erfährt, dass ihre Todfeindin Marie wieder schwanger ist, schmiedet sie einen perfiden Plan: Marie soll entführt und für tot erklärt werden. Die Rechnung scheint aufzugehen: Michel trauert tief um seine geliebte Frau. Hulda bedrängt ihn, sich wieder zu verheiraten. Marie ist inzwischen als Sklavin verkauft und verschleppt worden. Als ihr unter Einsatz ihres Lebens endlich die Rückkehr in die Heimat gelingt, muss sie feststellen, dass ihr geliebter Michel eine neue Frau gefunden hat …

Eine Frau kämpft in der grausamen Welt des Mittelalters um ihr Glück. Die erfolgreiche Trilogie von Bestsellerautorin Iny Lorentz!

KNAUR TASCHENBUCH VERLAG

*Ein neuer dramatischer und facettenreicher
historischer Roman von dieser Meisterin des Genres!*

Iny Lorentz
Dezembersturm

Roman

Ostpreußen 1875: Die junge Lore lebt nach dem Tod ihrer Eltern bei ihrem Großvater Nikolaus von Trettin. Lore hält diesen für verarmt und ahnt nicht, dass er sein Geld beiseitegeschafft hat, um es ihr nach seinem Tod zu vererben – sehr zum Ärger seines Neffen, der die Rivalin aus dem Weg schaffen will. Um sie zu retten, schmiedet Nikolaus einen tollkühnen Plan: Lore soll nach Amerika auswandern und so ihrem geldgierigen Verwandten entkommen …

»Iny Lorentz gehört zu den besten Historien-Ladys Deutschlands!« *Bild am Sonntag*

KNAUR TASCHENBUCH VERLAG

Iny Lorentz

Die Kastratin

Die junge Giulia, Tochter des Kapellmeisters Fassi aus Salerno, hat nur einen brennenden Wunsch: Sie möchte im Chor ihres Vaters singen, denn sie hat eine wunderschöne Stimme. Doch im Italien der Renaissance ist den Frauen das Singen in der Kirche verwehrt. Ein Zufall gibt Giulia die Chance, ihren größten Traum zu verwirklichen. Doch sie zahlt einen hohen Preis dafür, denn fortan muss sie als Kastrat verkleidet durch die Lande ziehen ...

Die Goldhändlerin

Deutschland im Jahre 1485: Für die junge Jüdin Lea endet ein Jahr der Katastrophen, denn ihr Vater und ihr jüngerer Bruder Samuel kamen bei einem Pogrom ums Leben. Um das Erbe ihres Vaters und damit ihr Überleben und das ihrer Geschwister zu sichern, muss Lea sich fortan als Samuel ausgeben. In ihrer Doppelrolle drohen ihr viele Gefahren, nicht nur von christlicher Seite, sondern auch von ihren Glaubensbrüdern, die »Samuel« unbedingt verheiraten wollen. Und dann verliebt sie sich ausgerechnet in den mysteriösen Roland, der sie zu einer mehr als abenteuerlichen Mission verleitet ...

Die Tatarin

Russland im Jahre 1707: Das Leben der jungen Tatarin Schirin ändert sich jäh, als ihr Vater, der Khan, nach einem missglückten Aufstand von den Russen gefangen genommen wird. Die Sieger fordern den Khan auf, ihnen einen Sohn als Geisel zu stellen. Doch der älteste seiner Söhne ist bereits tot und der jüngste noch zu klein. Also wird Schirin kurzerhand in Männerkleider gesteckt und unter dem Namen ihres toten Bruders an die Russen ausgeliefert. Für Schirin beginnt eine harte Zeit, in der sie nicht nur ihre wahre Identität verheimlichen, sondern auch ihre aufkeimenden Gefühle für einen jungen Russen aus feindlichem Lager verbergen muss ...

KNAUR TASCHENBUCH VERLAG

Iny Lorentz

Die Pilgerin

Die Reichsstadt Tremmlingen im 14. Jahrhundert: Hier führt die junge Tilla ein behütetes Leben. Da stirbt ihr Vater – und verfügt in seinem Testament, dass sein Herz in Santiago de Compostela begraben werden soll. Tillas Bruder schert sich jedoch nicht um den Letzten Willen seines Vaters. Stattdessen zwingt er die Schwester zur Ehe mit seinem besten Freund. Tilla hat nur eine Chance: Sie muss fliehen! Als Mann verkleidet verlässt sie ihre Heimatstadt – im Gepäck das Herz ihres Vaters. Ihr Ziel heißt Santiago de Compostela ...

Die Löwin

Italien im 14. Jahrhundert: Nachdem die Familie des jungen Edelfräuleins Caterina einer groß angelegten Intrige zum Opfer gefallen ist, erbt sie allein das Söldnerheer ihres Vaters. Der zwielichtige Fabrizio, Stellvertreter ihres Vaters, will ihr das Söldnerheer abkaufen, aber Caterina entscheidet sich dazu, das Heer selber in der Schlacht zu führen. Sie muss sich nun nicht nur als Kriegerin, sondern auch als Verhandlungsführerin bewähren. Doch unter der Rüstung der Kämpferin schlägt das Herz einer liebeshungrigen Frau, die den Werbungen des Feindes zu erliegen droht ...

Die Feuerbraut

Deutschland im Dreißigjährigen Krieg: Die junge Irmela von Hochberg muss zusammen mit ihrem Vater vor den heranrückenden Schweden fliehen. Doch auf der Flucht fallen sie den Feinden in die Hände. Wie durch ein Wunder kann Irmela entkommen – und wird daraufhin beschuldigt, eine Hexe zu sein. Dies ist Wasser auf die Mühlen des Priors vom Kloster Lexenthal, der bereits vor Jahren Irmelas Mutter auf den Scheiterhaufen bringen wollte. Nun wird die Tochter zum Opfer seines düsteren Ränkespiels ...

KNAUR TASCHENBUCH VERLAG

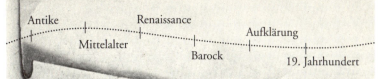

www.Historische-Romane.de
...und Geschichte wird lebendig!

**Einzigartig: die Buchsuche nach
Epochen – Regionen – Ereignissen – Persönlichkeiten**
Aktuelle Neuerscheinungen,
Rezensionen, Leser-Forum, Autoren-Interviews
und Lesungs-Kalender

**Entdecken Sie die ganze Welt der
Historischen Romane!**